El hijo

Philipp Meyer (Nueva York, 1974) es el autor de *American Rust*, novela aplaudida por la crítica norteamericana. Esta ganó el premio de *Los Angeles Times* en 2009; fue el libro del año según *The Economist*; estuvo en el ranking del *Washington Post* de los diez mejores libros del año, y el *New York Times* lo incluyó en su lista de «100 Notables Books of the Year». Su autor se graduó en la Universidad de Cornell y obtuvo un máster en la de Austin, Texas. Meyer es uno de los principales valores de la literatura norteamericana actual, y así lo demuestra su segunda novela, *El hijo*, un verdadero fenómeno y best seller aclamado unánimemente por la crítica, que aborda los momentos más difíciles de la historia de Texas. *El hijo* fue uno de los tres finalistas del Pulitzer obtenido por *El jilguero* de Donna Tartt, y hasta la fecha ha sido traducido a más de diez idiomas. En la actualidad, Philipp Meyer vive a caballo entre Nueva York y Austin.

El hijo

PHILIPP MEYER

WITHDRAWN

Traducción de
Eduardo Iriarte

LITERATURA RANDOM HOUSE

MIXTO
Papel procedente de
fuentes responsables
FSC® C117695

Título original: *The Son*
Primera edición: noviembre de 2015

© 2013, Philipp Meyer
© 2015, de la presente edición en castellano para todo el mundo:
Penguin Random House Grupo Editorial, S. A. U.
Travessera de Gràcia, 47-49. 08021 Barcelona
© 2015, Eduardo Iriarte Goñi, por la traducción

Printed in Spain – Impreso en España

ISBN: 978-84-397-2927-3
Depósito legal: B-21446-2015

Compuesto en La Nueva Edimac, S. L.

Impreso en Cayfosa (Barcelona)

RH29273

Penguin
Random House
Grupo Editorial

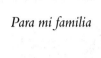

Para mi familia

En el segundo siglo de la era cristiana, el imperio de Roma abarcaba la parte más hermosa de la tierra, y la porción más civilizada de la humanidad [...].

[...] su genialidad quedó humillada entre el polvo; y ejércitos de bárbaros desconocidos, procedentes de las regiones heladas del Norte, habían establecido su victorioso dominio sobre las provincias más hermosas de Europa y Asia.

[...] las vicisitudes de la fortuna, que no perdona al hombre ni a la más gloriosa de sus obras [...] sepulta imperios y ciudades en una fosa común.

EDWARD GIBBON

LOS McCULLOUGH

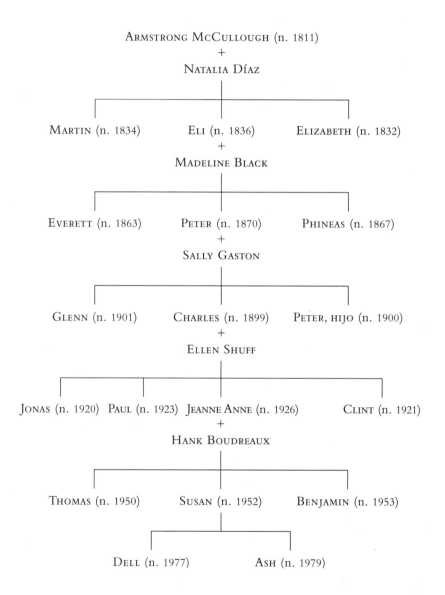

ARMSTRONG McCULLOUGH (n. 1811)
+
NATALIA DÍAZ

MARTIN (n. 1834) ELI (n. 1836) ELIZABETH (n. 1832)
+
MADELINE BLACK

EVERETT (n. 1863) PETER (n. 1870) PHINEAS (n. 1867)
+
SALLY GASTON

GLENN (n. 1901) CHARLES (n. 1899) PETER, HIJO (n. 1900)
+
ELLEN SHUFF

JONAS (n. 1920) PAUL (n. 1923) JEANNE ANNE (n. 1926) CLINT (n. 1921)
+
HANK BOUDREAUX

THOMAS (n. 1950) SUSAN (n. 1952) BENJAMIN (n. 1953)

DELL (n. 1977) ASH (n. 1979)

1

EL CORONEL ELI McCULLOUGH

EXTRACTO DE UNA GRABACIÓN DE 1936 DE LA
ADMINISTRACIÓN DE PROYECTOS DE TRABAJO

Se me auguró que viviría cien años, y tras haber alcanzado esa edad no tengo motivos para dudarlo. No muero como cristiano aunque tengo la cabellera intacta, y si hay un cazadero eterno, allá voy a ir a parar. Allá o a la laguna Estigia. Mi opinión en este momento es que he tenido una vida muy corta: cuánto bien podría hacer si se me concediera otro año en pie. En cambio, estoy amarrado a esta cama, haciéndome encima las necesidades como un crío.

Si el Creador tiene a bien darme fuerzas, me llegaré a las aguas que discurren por los pastos. El río Nueces a la altura de su meandro este. Siempre he preferido el del Devil. En sueños lo he alcanzado tres veces, y es sabido que Alejandro Magno, su última noche de vida mortal, se escabulló del palacio e intentó sumergirse en el Éufrates, consciente de que si su cuerpo desaparecía, su pueblo pensaría que había ascendido a los cielos como un dios. Su esposa lo detuvo a la orilla del agua. Lo arrastró de vuelta a casa para que muriese como mortal. Y la gente se pregunta por qué no volví a casarme.

Si apareciera mi hijo, preferiría no verme obligado a soportar su sonrisa de triunfo. Semilla de mi destrucción. Sé lo que hizo y sospecho que lleva ya tiempo honrando con su presencia las riberas del Jordán, porque Quanah Parker, último jefe de los comanches, no dio muchas oportunidades al muchacho de llegar a los cincuenta. A cambio de esa información ofrecí a Quanah y sus guerreros un búfalo joven, un animal de primera para que lo matasen a la antigua usanza con lanzas, en mis tierras que antaño fueran su cazadero. Uno de los compañeros de Quanah era un venerable jefe arapahoe, y mientras nos comíamos el hígado caliente del búfalo según las viejas costumbres, untado en la propia bilis del animal, me dio una alianza de plata que él mismo le quitó del dedo a George Armstrong Custer. En el anillo figura la inscripción «7.º Cab.». Tiene una profunda hendidura de un lanzazo, y, puesto que no tengo un heredero como es debido, lo llevaré conmigo al río.

La mayoría estará familiarizada con mi fecha de nacimiento. La Declaración de Independencia que liberó a la República de Texas de la tiranía mexicana se ratificó el 2 de marzo de 1836, en una humilde choza a orillas del Brazos. La mitad de los firmantes padecía malaria; la otra mitad había venido a Texas para huir de la soga del verdugo. Yo fui el primogénito de la nueva república.

Los españoles llevaban en Texas cientos de años pero no habían llegado a ninguna parte. Desde Colón habían estado conquistando a todos los nativos que se les ponían delante y aunque nunca he conocido a un azteca, debían de ser un montón de monaguillos remilgados. Los apaches lipanes pararon a los antiguos conquistadores en seco. Luego llegaron los comanches. El mundo no había visto nada parecido desde los mongoles; ahuyentaron a los apaches hasta el mar, destruyeron el ejército español y convirtieron México en un mercado de esclavos. Una vez vi comanches conduciendo una multitud de aldeanos por la orilla del Pecos, los había a centenares, del mismo modo que uno llevaría el ganado.

Tras haber sido derrotado por los indígenas, el gobierno mexicano concibió un plan a la desesperada para colonizar Texas. Cualquier hombre, de cualquier nacionalidad, dispuesto a trasladarse al oeste del río Sabine recibiría cuatro mil acres de tierra libre. La letra pequeña se escribió en sangre. La filosofía comanche respecto de los forasteros era de una rigurosidad casi pontificia: torturar y matar a los hombres, violar y matar a las mujeres, destinar los niños a la esclavitud o la adopción. Muy pocos oriundos de los antiguos países de Europa aceptaron la oferta de los mexicanos. De hecho, no vino nadie en absoluto. Salvo los norteamericanos. Llegaron en tropel. Tenían mujeres e hijos de sobra, y al que venciere le daré de comer del árbol de la vida.

En 1832 llegó mi padre a Matagorda, cosa habitual en aquellos tiempos si uno consideraba que el riesgo de morir ante un pelotón de fusilamiento o de perder la cabellera a manos de los comanches era la manera que tenía Dios de decirle que había grandes recompensas al alcance de la mano. Para entonces el gobierno mexicano, inquieto ante la horda anglo que crecía dentro de sus fronteras, había prohibido la inmigración norteamericana a Texas.

Y aun así era mejor que los Antiguos Estados, donde a menos que uno fuese hijo del dueño de una plantación, no podía aspirar más que a las migajas. Como demuestran los archivos, las clases más acomodadas, los Austin y los Houston, accedieron de buen grado a seguir siendo ciudadanos de México siempre y cuando pudieran conservar sus tierras. Sus descendientes han librado batallas propagandísticas para salvaguardar su nombre y conseguir que se les declare Fundadores de Texas. En realidad fueron solo los hombres como mi padre, que no tenían nada, los que llevaron a Texas a la guerra.

Al igual que todo escocés sano, arrimó el hombro en la derrota de San Jacinto y después de la guerra trabajó de herrero, armero y tasador. Era alto y de trato fácil. Tenía la espalda erguida y las manos duras, y la gente se sentía a salvo en su compañía, lo que a la postre resultaba ser una falsa ilusión para la mayoría.

Mi padre no era religioso, y a él achaco mi conducta pagana. Aun así era de los que sienten el aliento del jinete pálido en la nuca. No era partidario de perder el tiempo. Primero vivimos en Bastrop, cultivando maíz y sorgo y criando cerdos, despejando el terreno hasta que llegaron los nuevos colonos, los que esperaron a que el peligro de los indios hubiera quedado atrás, y luego llegaron con sus abogados para recusar las escrituras y los títulos de propiedad de los que habían civilizado la región y vencido al piel roja. Aquellos primeros texanos habían adquirido sus propiedades con la moneda humana más antigua que existe y la mayoría no sabía leer ni escribir. Antes de cumplir diez años yo ya había cavado cuatro tumbas. El más leve rumor de cascos al galope despertaba a toda la familia, y para cuando llegaban las noticias −algún vecino abierto en canal como un cochinillo en Acción de Gracias−, mi padre ya había comprobado la munición y luego él y el mensajero se perdían en la noche. Los valientes mueren jóvenes: así reza el dicho comanche, pero también era cierto en el caso de los primeros anglos.

Durante los diez años que Texas resistió como nación, el gobierno ansiaba desesperadamente la llegada de colonos, sobre todo de los que tenían dinero. Y por medio de algún telégrafo invisible el mensaje alcanzó los Antiguos Estados: ahora esta zona es segura. En 1844 llegó el primer forastero a nuestra puerta: corte de pelo de barbería, ropa comprada en una tienda, un alazán en el que hubiera podido montar una dama. Pidió pienso aunque su caballo se hundía en la hierba. Un caballo que no comía hierba: nunca había oído nada parecido.

Dos meses después fue recusado el derecho a la propiedad de los Smithwick y luego el de los Hornsby y el de los MacLeod fueron adquiridos por una miseria. Para entonces había más abogados per cápita en Texas que en ningún otro lugar del continente y en apenas unos años todos los primeros colonos habían perdido la tierra y se habían visto obligados a ir al oeste de nuevo, hacia territorio indio. Las clases más nobles que habían robado las tierras ya estaban urdiendo una guerra para proteger a sus negros; el Sur sufriría una maldición pero Texas, una criatura del Oeste, saldría indemne.

Mientras tanto se lanzó una campaña contra mi madre, castellana de antigua estirpe, de piel morena pero facciones delicadas: los nuevos colonos aseguraron que tenía una octava parte de sangre negra. Los caballeros de las plantaciones se enorgullecían de tener ojo para esas cosas.

Para 1846 habíamos cruzado la frontera colonizada rumbo a las tierras que le fueron concedidas a mi padre en el Pedernales.

Era un cazadero comanche. Los árboles no habían oído nunca hacha alguna y la tierra, y todos los animales que en ella vivían, se veía abundante y hermosa. La hierba hasta el pecho, la tierra profunda y negra en las cuencas, y hasta las laderas más abruptas cubiertas de flores silvestres. No era el lugar árido y pedregoso que es hoy en día.

Las reses españolas salvajes se atrapaban fácilmente a lazo: en cuestión de un año teníamos un centenar de cabezas. También había cerdos y mustangs al alcance de cualquiera. Había ciervos, pavos, osos, algún que otro búfalo, tortugas y peces en el río, patos, ciruelas y uvas cimarronas, árboles con colmenas y caquis: la tierra rebosaba de vida tal como hoy en día está podrida de gente. El único problema era conservar la cabellera en su sitio.

2

JEANNE ANNE McCULLOUGH

3 DE MARZO DE 2012

Había murmullos y voces quedas, no la suficiente luz. Estaba en una sala grande que al principio tomó por una iglesia o sala de tribunal, y aunque estaba despierta, no sentía nada. Era como flotar en un baño tibio. Había arañas de luces apenas iluminadas, leña humeante en la chimenea, mesas y sillas jacobinas y bustos de antiguos griegos. Había una alfombra que había sido regalo del sha. Se preguntó quién la encontraría.

Era una casa grande y blanca al estilo español: diecinueve dormitorios, biblioteca, un gran salón y sala de baile. Sus hermanos y ella habían nacido allí, pero ahora no era más que una casa para los fines de semana, un lugar para las reuniones familiares. El servicio no volvería hasta el día siguiente. Tenía la mente despierta del todo, pero el resto de su ser parecía desconectado y estaba casi segura de que alguien más era responsable de que se encontrara así. Tenía ochenta y seis años, pero por mucho que le gustara decirles a los demás que se moría de ganas de cruzar a la Tierra de Mañana, no era exactamente cierto.

«Lo más importante es un hombre que haga lo que le digo.» Se lo comentó a una periodista de la revista *Time* y la sacaron en la portada, cuarenta y un años y aún seductora, de pie en su Cadillac delante de un campo de bombas de extracción de petróleo. Era una mujer menuda y esbelta, aunque la gente lo olvidaba nada más conocerla. Tenía una voz que se hacía oír y los ojos grises como una pistola vieja o de un azul viento del norte; era imponente, si bien no exactamente hermosa. Cosa que el fotógrafo yanqui debió de haber visto. Le hizo desabrocharse otro botón de la blusa y le dejó el pelo como si acabara de apearse de un descapotable. No estaba en la cima de su poder —eso había llegado décadas después—, pero la gente empezaba a tomarla en serio. Ahora el hombre que había sacado la fotografía estaba muerto. «No va a encontrarte nadie», pensó.

Claro que iba a ocurrir así; ya de niña había estado sola casi siempre. Su familia era propietaria del pueblo. Lo de la gente no tenía sentido, a su modo de ver. Los hombres, con quienes lo tenía todo en común, no apreciaban su compañía. Las mujeres, con quienes no tenía nada en común, sonreían demasiado, se reían más fuerte de la cuenta y le recordaban en buena medida a perrillos falderos, sus vidas desperdiciadas en la decoración de interiores y los atuendos de otros. Nunca había habido lugar para una persona como ella.

Era pequeña, ocho o diez años, y estaba sentada en el porche. Era un día fresco y las colinas verdes se prolongaban hasta donde alcanzaba la vista, propiedad de los McCullough, hasta donde alcanzaba la vista. Pero algo no encajaba: ahí estaba su Cadillac, aparcado en la hierba, y los viejos establos, que su hermano no había quemado todavía, ya habían desaparecido. «Ahora voy a despertar», pensó. Pero entonces el Coronel —su bisabuelo— estaba hablando. Su padre también estaba presente. Una vez tuvo un abuelo, Peter McCullough, pero desapareció y nadie tenía nada bueno que decir de él y era consciente de que a ella tampoco le habría gustado.

«Estaba pensando que igual podías pasarte por la iglesia este domingo», dijo su padre.

El Coronel era de la opinión de que esas cosas era mejor dejárselas a los negros y los mexicanos. Tenía cien años y no le importaba decirle a la gente que se equivocaba. Tenía los brazos como baquetas y la cara cubierta de manchas igual que un viejo cuero de vaca, y decían que la siguiente vez que se cayera, lo haría directamente en la tumba.

«Lo que pasa con los predicadores —decía—, es que si no están cortejando a tus hijas o comiéndose todo el pollo frito y la tarta de la nevera, están engañando a tus hijos en algún asunto de trata de caballos.»

Su padre era el doble de grande que el Coronel, pero, como señalaba el Coronel cada dos por tres, era ancho de espaldas y débil de mente. Su hermano Clint le compró un caballo y una silla de montar a aquel pastor y debajo de la manta tenía una úlcera casi del tamaño de una torta.

Su padre la obligó a ir a la iglesia de todos modos, madrugando para hacer el trayecto hasta Carrizo, donde asistía a la escuela dominical. Tenía hambre y apenas podía mantener los ojos abiertos. Cuando le preguntó a la maestra qué le pasaría al Coronel, que estaba en casa en ese preciso instante, probablemente tomándose un julepe, la maestra dijo que iría al infierno, donde lo torturaría el mismísimo Satanás. «En ese caso, pienso ir con él», respondió Jeannie. Era una diablilla desvergonzada. De haber sido mexicana, se habría llevado una buena zurra.

De regreso a casa, no alcanzaba a entender por qué su padre se había puesto de parte de la maestra, que era picuda igual que un águila y olía como si se le hubiera muerto algo dentro. Aquella mujer era más fea que un cubo de brea. «Durante la guerra —decía su padre—, prometí a Dios que si sobrevivía, iría a misa todos los domingos. Pero justo antes de nacer tú, dejé de ir porque estaba ocupado. ¿Y sabes qué ocurrió?» Lo sabía; siempre lo había sabido. Pero él se lo recordaba de todos modos: «Tu madre murió».

Jonas, su hermano mayor, dijo algo de que no la asustara. Su padre le dijo a Jonas que se callara y Clint le pellizcó el brazo a ella y susurró: «Cuando vas al infierno, lo primero que hacen es meterte una horca por el culo».

Ella abrió los ojos. Clint llevaba muerto sesenta años. No se había movido nada en la sala en penumbra. «Los documentos», pensó. Los había salvado una vez del fuego y no había llegado a destruirlos. Ahora los encontrarían.

3

LOS DIARIOS DE PETER McCULLOUGH

10 DE AGOSTO DE 1915

Mi cumpleaños. Hoy, sin ayuda de whisky, he llegado a la conclusión: no soy nadie. Al volver la vista sobre mis cuarenta y cinco años no veo nada digno de mención: lo que había tomado por un alma se parece más a un abismo negro; he dejado que otros me moldearan como quisiesen. A juicio del Coronel, soy el peor hijo que ha tenido: siempre ha preferido a Phineas e incluso al pobre Everett.

Este diario será el único testimonio auténtico de esta familia. En Austin están planeando una celebración por el octogésimo cumpleaños del Coronel, y no sé qué se dirá con sinceridad sobre un hombre que es tratado como una celebridad en capitolios. Mientras tanto, nuestro verano sangriento continúa. Las líneas de teléfono con Brownsville no se pueden mantener abiertas: cada vez que se reparan, los insurgentes las hacen saltar por los aires. El rancho King fue atacado por cuarenta sediciosos anoche, hubo una batalla a tiros de tres horas en Los Tulitos, y el presidente de la Liga Cameron del Orden Público fue abatido, aunque no sé si esto último es una suerte o una desgracia.

Por lo que a los mexicanos respecta, viendo a tantos de ellos muertos a tiros en cunetas o colgados de los árboles, cualquiera diría que son un azote tan nocivo como las panteras o los lobos. El *San Antonio Express* ya no menciona sus muertes —haría falta demasiado papel—, así que los texanos mueren sin que quede constancia de ello y son enterrados, cuando lo son, en tumbas poco profundas, o los atan con una cuerda y los arrastran hasta algún lugar donde no molesten a nadie.

Después de ser asesinados Longino y Esteban Morales el mes pasado (no sé a manos de quién, aunque sospecho de Niles Gilbert), el Coronel concibió una nota para todos nuestros vaqueros: «Este hombre es un buen mexicano. Haga el favor de dejarlo en paz. Cuando haya terminado con él, lo mataré yo mismo». Nuestros hombres lucen esas notas cual insignias de honor; adoran al Coronel (como todos los demás), nuestro patrón.

Por desgracia para los texanos, los ganaderos de la zona siguen perdiendo cabezas de ganado. En los pastos del oeste, la semana pasada Sullivan y yo encontramos una sección donde habían cortado los alambres y al caer la noche solo habíamos hallado 263 vacas y terneros, frente a las 478 contadas durante la recogida de primavera. Unas pérdidas de veinte mil dólares y todos los indicios, circunstancialmente al menos, apuntan a nuestros vecinos, los García. Por lo que a mí respecta, preferiría perder el reino que entablar un pleito de sangre con la persona equivocada. Pero es una opinión muy poco común.

Siempre he pensado que debería haber nacido en los Antiguos Estados, donde, aunque su tierra está más empapada de sangre que la nuestra, ya no necesitan armas. Pero, naturalmente, va en contra de mi carácter. Incluso Austin me parece abrumadora, como si todos y cada uno de sus sesenta mil habitantes me gritasen al mismo tiempo. Siempre me ha resultado difícil aclararme la cabeza —hay imágenes y sonidos que me persiguen durante años—, así que aquí sigo, en el único lugar que es mío de veras, tanto si me quiere como si no.

Mientras inspeccionábamos las cercas cortadas, Sullivan señaló, de manera más bien innecesaria, que las huellas iban directas hacia las tierras de los García, que bordean el río, que, al haber estado tan seco, se puede cruzar casi por cualquier parte.

—No tengo nada contra el viejo Pedro —dijo—, pero sus yernos son la cuadrilla de negratas más abominable que he visto en la vida.

—Pasas demasiado tiempo con el Coronel —le dije.

—Él sí que sabe de mexicanos.

—Yo he comprobado justo lo contrario.

—En ese caso, jefe, espero que me pongas al tanto de cómo se explica sinceramente una cerca cortada que linda con los pastos de Pedro García justo cuando nos faltan doscientas cabezas de ganado. Ya va siendo hora de que crucemos y las recuperemos, pero eso nos viene un poco grande de un tiempo a esta parte.

—El viejo Pedro no puede tener vigilado hasta el último palmo de sus tierras, como tampoco podemos vigilar nosotros hasta el último palmo de las nuestras.

—Eres un gran hombre —dijo—, y no veo por qué te comportas como uno tan pequeño.

No tuvo nada que añadir a eso. Considera una afrenta personal que un mexicano sea propietario de tantas tierras en nuestros tiempos. Naturalmente, los vaqueros no son de gran ayuda: debido a su peso y su voz aguda le llaman «Don Castrado» a sus espaldas.

Por lo que a Pedro García respecta, los problemas parecen seguirle igual que un perro solitario. A dos hijos suyos les buscan las autoridades mexicanas por robo de ganado, un logro considerable teniendo en cuenta las opiniones de ese país al respecto. Intenté ir a verle la semana pasada, solo para que José y Chico me hicieran regresar. «Don Pedro no se siente bien», me dijeron, y fingieron no entender lo que les decía yo en español. He conocido a Pedro toda mi vida y sabía que él hubiera querido verme, pero, por supuesto, hice volver la grupa al caballo y no dije nada.

Pedro sufre escasez de personal desde hace tanto que la maleza está invadiendo sus tierras, y durante los dos últimos años solo ha conseguido marcar la mitad de sus terneros. Cada año gana menos dinero, cada año alcanza a contratar menos hombres, y como consecuencia cada año sus ingresos descienden de nuevo.

Aun así conserva su buen talante. Siempre he preferido su casa a la nuestra. A los dos nos gustaban los viejos tiempos, cuando la tierra era más mansa, con caminos de caliche blanco y pueblos de adobe, sin espinos por ninguna parte ni la hierba crecida hasta los estribos. Ahora la maleza es implacable y los viejos pueblos de piedra están abandonados. Las únicas casas construidas son tortuosas monstruosidades con armazón de madera que brotan cual hongos pero empiezan a pudrirse con la misma rapidez.

En muchos aspectos Pedro ha sido un padre para mí en mayor medida que el Coronel; si alguna vez me ha dirigido una palabra dura, no la he oído. Él siempre había esperado que me interesara por una de sus hijas, y durante una temporada estuve bastante encaprichado de María, la mayor, pero me di cuenta de que el Coronel se oponía firmemente, y, como un cobarde, dejé de lado mis sentimientos. María se fue a Ciudad de México a seguir con sus estudios; sus hermanas se casaron con mexicanos, todos ellos con la vista puesta en las tierras de Pedro.

Mi mayor temor es que Sullivan está en lo cierto y que los yernos de Pedro andan implicados en el robo de nuestro ganado; es posible que no entiendan cuáles serán las consecuencias; es posible que no entiendan que Don Pedro no les puede proteger.

11 DE AGOSTO DE 1915

Sally y el doctor Pilkington llevan a Glenn, nuestro benjamín, a San Antonio. Ha recibido un disparo esta noche al cruzarse con unos jinetes en la oscuridad. La herida está en la parte superior del hombro y desde luego no reviste peligro de muerte; de no ser por el Coronel, yo mismo habría ido a San Antonio con mi hijo.

El Coronel ha decidido que los pistoleros eran nuestros vecinos. Al protestar yo diciendo que estaba muy oscuro para que ninguno de nosotros viera a los culpables, se ha dado a entender que soy un traidor.

—Ojalá hubieras aprendido algo de lo que te enseñé —dijo—. Eran Chico y José los que montaban esos caballos.

—Bueno, debes de tener ojos de puma para poder ver en la oscuridad a casi doscientos metros.

—Como bien sabes —me dijo—, siempre he tenido mejor visión que otros hombres.

Cerca de una cuarta parte del pueblo (la cuarta parte blanca) está abajo. Junto con los Rangers, todos nuestros vaqueros y los vaqueros de Midkiff también. Dentro de unos minutos atacaremos a los García.

4

ELI McCULLOUGH

Primavera de 1849, la última luna llena. Llevábamos dos años en nuestra «acreocracia» del Pedernales, no muy lejos de Fredericksburg, cuando a nuestro vecino le robaron dos caballos a plena luz del día. Syphilis Poe, como le llamaba mi padre, había bajado de los montes Apalaches, imaginando que Texas era un paraíso para los holgazanes donde la leña se cortaba sola, los caquis te caían en el regazo y la pipa siempre estaba llena de estramonio. Era del tipo de hombre más común en la frontera, aunque había muchos como mi padre –decidido a enriquecerse si seguía vivo el tiempo suficiente–, y luego estaban los alemanes.

Antes de que llegaran los alemanes, se consideraba que era imposible hacer mantequilla en el clima sureño. También se consideraba imposible cultivar trigo. Es el efecto que tiene la economía esclavista en la mente humana, pero los alemanes, a los que nadie había dicho lo contrario, llegaron y empezaron a batir mantequilla de primera y a cultivar abundantes cosechas del noble cereal, que vendían a sus vecinos mudos de asombro obteniendo grandes beneficios.

Los alemanes no tenían alergia al trabajo, cosa que era evidente cuando uno se fijaba en sus posesiones. Si, al pasar junto a algún campo, veías que el terreno estaba nivelado y las ringleras rectas, la tierra era propiedad de un alemán. Si el campo estaba lleno de pedruscos, si las ringleras parecían haber sido plantadas por un indio ciego, si era diciembre y el algodón aún no se había cosechado, no te cabía duda de que la tierra pertenecía a alguno de los blancos de la zona, que había llegado a la deriva desde Tennessee y esperaba que la generosidad de la madre Naturaleza, como por arte de brujería, le brindase un esclavo.

Pero me adelanto a los acontecimientos. El problema al que se enfrentaba mi padre esa mañana era el robo de dos caballos escuálidos y un rastro evidente de huellas de potro desherrado que llevaba hacia las colinas. El sentido común sugería que los responsables tal vez seguían por allí —ningún cuatrero que se preciara se hubiese dado por satisfecho con las sarnosas yeguas de lomo hundido de Poe—, pero la ley de la frontera exigía que se les persiguiera, así que mi padre y los demás hombres se pusieron en camino, dejándonos a mi hermano y a mí con un rifle por cabeza y dos pistolas engastadas en plata que le fueron arrebatadas a un general en San Jacinto. Eso se consideraba más que suficiente para defender una casa recia, porque el ejército había llegado a la frontera y se creía que las grandes incursiones indias de principios de la década de los cuarenta habían tocado a su fin.

Los hombres se marcharon poco antes de mediodía, y mi hermano y yo, que apenas salíamos de la infancia pero estábamos convencidos de ser adultos, no nos preocupamos. No nos daban miedo los indígenas; había docenas de tonkawas y demás parásitos viviendo cerca, a la espera de que el gobierno abriera una reserva. Tal vez robaran a yanquis extraviados, pero sabían muy bien que más les valía no importunar a los vecinos: todos queríamos un pellejo indio y nos hubiéramos hecho con uno a la menor excusa.

Para cuando cumplí los doce, había matado el mayor jaguar que se había visto en el condado de Blanco. Era capaz de seguir la pista de un ciervo por terreno duro y mi sentido de la orientación era tan bueno como el de nuestro padre. Incluso mi hermano, aunque tenía debilidad por los libros y la poesía, era capaz de disparar mejor que cualquier hombre de los Antiguos Estados.

Por lo que a mi hermano respecta, yo sentía vergüenza ajena. Le señalaba rastros que él no atinaba a ver, diciéndole hacia qué lado había vuelto la cabeza el ciervo y si tenía la barriga llena o vacía y por qué se había puesto nervioso. Veía más lejos, corría más rápido, oía cosas que él creía imaginaciones mías.

Pero a mi hermano no le importaba. Se consideraba superior por razones que yo no alcanzaba a entender. Mientras que yo detestaba cada nueva rodera de carreta, cada indicio de un colono recién llegado, mi hermano siempre había sabido que se iría al este. Hablaba sin cesar de la superioridad de las ciudades y no tardaría mucho en alcanzar su deseo: nuestras cosechas eran abundantes, nuestros rebaños cada vez más nutridos; nuestros padres podrían contratar a alguien para sustituirle.

Gracias a los alemanes de Fredericksburg, donde había más libros apilados que en todo el resto de Texas a la vez, a los que eran como mi hermano se les consideraba normales. Entendía el alemán porque nuestros vecinos lo hablaban, el francés porque era una lengua superior y el español porque no se podía vivir en Texas sin él. Había terminado *Las penas del joven Werther* en el idioma original y aseguraba estar trabajando en su propia versión superior, aunque no quería dejar que nadie la leyera.

Fuera de Goethe y Byron, mi hermana era quien ocupaba la mayor parte de los pensamientos de mi hermano. Era una chica preciosa que tocaba el piano casi tan bien como leía y escribía mi hermano, y muchos consideraban que era una pena que estuvieran emparentados. Yo, por mi parte, tenía cara como de cuchillo. Los alemanes eran de la opinión de que parecía francés.

Por lo que respecta a mi hermano y mi hermana, si había algo indecoroso nunca me di cuenta, aunque cuando ella se dirigía a él sus palabras eran de algodón, o de un dulce que se te deshace en la lengua, mientras que a mí me hablaba igual que a un perro de mala raza. Mi hermano siempre andaba escribiendo obras de teatro para que ella las representase, los dos interpretando a un pareja abocada a un destino funesto mientras a mí se me adjudicaba el papel del indio o el malvado que provocaba su desgracia. Mi padre fingía interés mientras me lanzaba miradas cargadas de intención. En lo que a él se refería, mi hermano solo era aceptable porque yo había salido prácticamente perfecto. Pero mi madre estaba orgullosa. Tenía grandes esperanzas respecto a mis hermanos.

La cabaña tenía dos habitaciones unidas por un pasillo cubierto y abierto por ambos extremos. Estaba ubicada en un risco donde un manantial brotaba de la roca y caía desde una cornisa al Pedernales. El bosque era tupido como en tiempos de la creación y mi padre decía que si alguna vez los árboles dejaban de rozar la casa con sus ramas, nos mudaríamos. Naturalmente mi madre no era de la misma opinión.

Levantamos una cerca con cancela en torno a un jardín y un redil, construimos un ahumadero, un granero para el maíz y un establo donde mi padre se dedicaba a la herrería. Teníamos suelo de madera y ventanas de vidrio con postigos y una estufa de fabricación alemana que ardía toda la noche con unos pocos leños. El mobiliario parecía comprado en una tienda; estaba pintado de blanco y lo habían torneado los mormones de Burnet.

En la habitación principal mis padres tenían una cama con dosel para ellos y un catre para mi hermana; mi hermano y yo compartíamos una cama en el cuarto sin estufa del otro lado del pasillo, aunque a menudo yo dormía a la intemperie sobre un cuero de vaca que había colgado de las ramas de un viejo roble a unos ocho metros de altura. Mi hermano solía encender una vela para leer (un lujo que mi madre le permitía), lo que me impedía dormir.

La atracción de la estancia principal era un pianoforte español, la única herencia de mi madre. Era una rareza, y los alemanes venían los domingos de visita a cantar y someterse a las obras de teatro de mi hermano. Mi madre planeaba mudarnos de Fredericksburg, lo que permitiría a mis hermanos retomar sus estudios. A mí me tenía por una causa perdida, y de no haber sido testigo de mi alumbramiento habría negado toda responsabilidad en mi creación. En cuanto tuviera edad suficiente yo pensaba alistarme en una compañía de Rangers y luchar contra indios, mexicanos o quienquiera que fuese.

Al volver la vista atrás, está claro que mi madre sabía lo que ocurriría. La mente humana era más perspicaz en aquellos tiempos, notábamos hasta la última perturbación y murmullo; incluso los que eran como mi hermano estaban en sintonía con las leyes naturales. Hoy en día el hombre vive en un ataúd de carne. No oye ni ve nada. La Tierra y la Ley están pervertidas. La Biblia dice os llevaré a Jerusalén y atizaré contra vosotros el fuego de mi furia. Vosotros sois la tierra que no está purificada. Estoy de acuerdo. Nos urge un enorme incendio que llegue de un océano al otro, y juro que me empaparía en queroseno si se me prometiera que ese fuego llegaría a arder.

Pero me voy por las ramas. Aquella tarde estaba haciendo algo de provecho, como acostumbraban a hacer los niños por aquel entonces, tallando una yunta para bueyes de madera de cornejo. Mi hermana salió de la casa y dijo:

—Eli, ve a la fresquera y llévale a madre toda la mantequilla y la confitura de uva.

Al principio no contesté, porque no la consideraba superior en modo alguno, y, por lo que a sus supuestos encantos respecta, se habían esfumado hacía mucho tiempo. Aunque reconozco que a menudo sentía unos celos feroces de mi hermano, por como los veía juntos sonriendo por motivos íntimos. Yo tampoco estaba muy a bien con ella, pues había robado poco antes el caballo de su pretendiente preferido, un alsaciano llamado Hiebert. Pese a que devolví el caballo en mejor estado del que lo encontré, tras haberle mostrado los placeres de un buen jinete, Hiebert no había vuelto a visitarla.

—¡Eli!

Tenía la voz de una porquera. Decidí que sentiría lástima por cualquier pobre desgraciado que acabara ligado a ella.

—Casi no queda mantequilla —contesté a voz en grito—. Y papá se enfadará si vuelve a casa y ve que se ha acabado.

Seguí tallando. Se estaba bien a la sombra sin otra cosa que las verdes colinas y una vista de sesenta kilómetros. Justo a mis pies el río dibujaba una serie de pequeñas cascadas.

Además de la yunta, tenía que hacer un mango nuevo para mi hacha de talar. Era un naranjo de Luisiana joven que había encontrado en mis viajes. El mango sería más flexible de lo que le gustaba a mi padre, con una doble curva al final para que no resbalara.

—Levántate —dijo mi hermana. Estaba a mi lado—. Ve a por la mantequilla, Eli. Lo digo en serio.

Alcé la vista hacia ella, allí plantada con su mejor vestido azul hecho en casa, y reparé en un nuevo forúnculo que intentaba disimular con maquillaje. Cuando por fin llevé la mantequilla y la confitura, mi madre había atizado la estufa y abierto todas las ventanas para que la casa estuviera fresca.

—Eli —dijo mi madre—, baja a pescar unos cuantos peces, ¿quieres? Y tal vez caza un faisán sin ves alguno.

—¿Y qué pasa con los indios? —dije.

—Bueno, si atrapas alguno, no lo traigas. No tiene sentido besar al Diablo antes de haberlo conocido.

—¿Dónde está San Martin?

—Ha ido a coger moras.

Bajé por el risco de caliza camino del río, llevándome la caña de pescar, el zurrón y el Jaegerbuchse de mi padre. El Jaegerbuchse disparaba un proyectil de una onza, tenía doble gatillo y era uno de los mejores rifles en toda la frontera, pero a mi padre le resultaba engorroso volver a cargarlo montado a caballo. Podría habérselo quedado mi hermano, pero tenía un retroceso demasiado feroz para su poética constitución. Causaba estragos por ambos extremos, pero a mí no me importaba. Habría atravesado incluso al más anciano de la tribu de Efraín, o, si así lo preferías, desollado una ardilla prácticamente a cualquier distancia. Estaba encantado de llevarlo.

El Pedernales era angosto y estaba bien arraigado en la roca, y las más de las veces no había mucha agua, tal vez un centenar escaso de metros de anchura y unos pocos palmos de profundidad. En las riberas había viejos cipreses y sicomoros, y el río en sí estaba plagado de pozas y cascadas y remansos umbríos rebosantes de anguilas. Como la mayoría de los ríos de Texas, no tenía ninguna utilidad para los barqueros, lo que para mí era una ventaja, porque mantenía a los barqueros alejados.

Desenterré unos gusanos de la orilla, recogí unas agallas de roble a guisa de corchos y busqué un remanso a la sombra de un ciprés. Justo encima de mí, en la ladera, había una zarza enorme, tan cargada de frutos que ni siquiera los mapaches habían podido comérselos todos. Me quité la camisa y recogí tantos como pude, con la intención de llevárselos a mi madre.

Me puse a pescar, aunque era difícil tomárselo con calma porque no alcanzaba a ver la casa, en lo alto del risco encima de mí. A los indios les gustaba desplazarse por los cauces de los ríos y mi padre se había llevado las únicas armas de repetición. Pero a su modo eso no estaba mal porque me hacía mantenerme atento a todo, al agua que espejeaba sobre la piedra, a las huellas de mofeta en el barro, a una garza en un remanso a lo lejos. Había un lince al acecho entre los sauces, convencido de que nadie lo veía.

Ribera arriba había una hilera de pacanas donde una ardilla roja mordisqueaba nueces verdes y las dejaba caer al suelo para que se pudrieran. Me pregunté por qué lo hacían: una ardilla desperdicia la mitad de las nueces de un árbol antes de que maduren. Pensé en darle una lección. El hígado de ardilla es un cebo de primera; si el Creador fuera pescador, seguro que no usaría nada más. Pero no quería disparar un proyectil de una onza contra una criaturilla de cola peluda. Ojalá hubiera llevado el Kentucky del calibre 36 de mi hermano. Empecé a comer zarzamoras y poco después se habían terminado. Mi madre prefería las moras, en cualquier caso. A su modo de ver, las zarzamoras eran como el té de sasafrás, de baja calidad.

Tras una hora más de pesca vi una bandada de pavos en la otra orilla y disparé contra uno. Estaba a casi setenta metros, pero le arranqué la cabeza limpiamente. Yo tenía permitido apuntar a la cabeza; mi hermano, no: el ave aleteó como loca, intentando remontar el vuelo mientras la sangre manaba a chorro. Un disparo para el libro de récords.

Sujeté la caña de pescar bajo una piedra, limpié el cañón con la baqueta, calculé una carga apropiada, introduje el proyectil y coloqué la cápsula fulminante en la cazoleta. Luego vadeé el río para cobrar la pieza.

Cerca de donde yacía el ave en un abanico de sangre había una punta de lanza púrpura que asomaba de la arena. Era de diez centímetros de largo y estuve examinándola un buen rato; tenía dos acanaladuras en la base que el hombre moderno aún no ha aprendido a reproducir exactamente. El sílex de la zona era todo entre crema y marrón, lo que me dio otro indicio sobre esa punta de lanza: había llegado de muy lejos.

Cuando volví a la caña de pescar flotaba río abajo y vi que un siluro bien grande se había enganchado a mi cebo, otra oportunidad entre un millón. Tiré del anzuelo, dando ya el pez por perdido, pero lo saqué del agua sin problemas. Decidí pensar en ello. Mientras estaba sentado vi algo en el cielo y cuando miré a través del puño caí en la cuenta de que era Venus, que lo estaba viendo durante el día. Un mal augurio donde los haya. Cogí el pavo, el siluro y la camisa manchada de zarzamoras y salí pitando hacia casa.

—Sí que has ido rápido —comentó mi madre—. ¿Solo un pez? Levanté el pavo.

—Nos hemos preocupado al oír un disparo —señaló mi hermana.

—No creo que convenga alejarse tanto de la casa.

—Los indios no te darán problemas —repuso mi madre—. El ejército está por todas partes.

—Estoy preocupado por ti y por Lizzie, no por mí —dije.

—Ay, Eli —exclamó mi madre—. Mi pequeño héroe.

No pareció reparar en mi camisa sucia, y olía al brandy que guardábamos para los invitados importantes. Mi hermana también olía a brandy. Se le había subido a la cabeza y me pellizcó la mejilla con dulzura. Me molesté con ella. Me planteé recordarle que Miles Wallace había sido secuestrado no hacía ni un mes. Pero a diferencia del hijo de los Wallace, que había sido hecho prisionero por unos comanches que le cortaron la cabellera pocos kilómetros más allá, yo no era un lisiado estrábico. Sabía que si me secuestraban probablemente disfrutaría, porque lo único que hacían esos era cabalgar y disparar.

Tras volver a comprobar nuestras existencias de tacos y proyectiles, salí y me encaramé a la hamaca de cuero, desde donde se divisaba el cauce del río, el camino y el paisaje en derredor. Colgué el Jaegerbuchse de un clavo. Tenía intención de cazar algo meciéndome en la hamaca —eso sí que sería vivir a lo grande—, pero aún no lo había conseguido. Por entre los cornejos cerca del manantial vi a mi hermano recogiendo moras. El viento soplaba suave y era agradable estar allí tumbado con el olor de lo que mi madre cocinaba. Mi hermano había llevado el rifle consigo pero se había alejado del arma, una costumbre descuidada. Mi padre era estricto respecto de esas cosas: si merece la pena llevar un arma, merece la pena tenerla en todo momento al alcance de la mano.

Pero esa tarde mi hermano estaba de suerte, porque no vimos ningún indio. Cerca del anochecer observé algo que se movía en las rocas justo encima de la línea marcada por las crecidas del río, desplazándose furtivamente entre los cedros, que resultó ser un lobo. Estaba tan lejos que bien podría haber sido un coyote, pero los lobos corren con el rabo tieso y orgulloso mientras que los coyotes los llevan entre las patas cual perros que han recibido una reprimenda. Ese iba con el rabo recto y era de color gris pálido, casi blanco. Las ramas me estorbaban, así que bajé del árbol, me acerqué con sigilo al borde del risco y aferré bien el rifle con la mira fija en lo alto del lomo del lobo. Se había detenido con el hocico en el aire, husmeando el aroma de nuestra cena. Fijé el primer gatillo, con lo que bastaba ejercer doce onzas de presión para accionar el segundo gatillo, y efectué el disparo. El lobo dio un brinco en el sitio y se desplomó muerto. Mi padre nos hacía envolver las balas en ante engrasado, y nuestros proyectiles llegaban más lejos y eran más precisos que si hubiéramos usado tacos de algodón, como hacía casi todo el mundo en la frontera.

—Eli, ¿has disparado tú?

Era mi hermana.

—No era más que un lobo —respondí a voz en cuello.

Me planteé bajar a por la piel —un lobo blanco, no había visto nunca uno de esos—, pero decidí no hacerlo porque estaba oscureciendo.

Debido a toda la comida que se estaba preparando, no nos sentamos a cenar hasta tarde. Había encendidas siete u ocho velas de sebo por la casa, otro lujo. Mi madre y mi hermana habían estado cocinando el día entero y sirvieron un plato tras otro. Todos sabíamos que era para castigar a mi padre por dejarnos solos, por dejar que lo enredaran en una persecución inútil, pero nadie dijo nada.

Mi hermano y yo bebimos suero de leche fresco; mi madre y mi hermana, una botella de vino blanco que habíamos conseguido gracias a los alemanes. Mi padre venía reservando el vino para una ocasión especial. La cena empezó con pan de trigo y mantequilla y toda la confitura de cerezas que nos quedaba, luego jamón, boniatos, pavo asado, pescado relleno de ajo silvestre y frito en sebo, filetes sazonados con sal y guindilla y hechos directamente sobre las brasas, los últimos champiñones de primavera, también cocinados en mantequilla, y una ensalada tibia de bledos y espinacas indias, aliñada con más mantequilla y ajo. No había comido tanta mantequilla en mi vida. De postre había dos tartas: de moras y de ciruelas, los frutos que había recogido mi hermano ese mismo día. No quedó en la despensa más que galletas y cerdo salado.

—Si quiere irse por ahí con Syphilis Poe —dijo mi madre—, puede comer igual que Syphilis Poe.

Me sentí culpable, pero eso no me impidió comerme mi parte. Mi madre no se sintió culpable en absoluto. Le habría gustado que hubiera más vino. Todos nos estábamos amodorrando.

Llevé el hueso del jamón a la fresquera y me senté a contemplar las estrellas. Les había puesto mis propios nombres —el ciervo, la serpiente de cascabel, el corredor— pero mi hermano me convenció de que usara los de Ptolomeo, que no tenían ni pies ni cabeza. Draco parece una serpiente, no un dragón. La Osa Mayor parece un hombre que corre; no hay una osa por ninguna parte. Pero mi hermano no podía tolerar algo tan impregnado de sentido común, y como consecuencia mi tentativa de poner nombre a los cielos quedó abortada.

Metí los caballos en el establo, atranqué la puerta desde dentro y salí por el hueco del alero. Cualquier indio tardaría un buen rato en llegar hasta ellos. Los caballos parecían tranquilos, lo que era una buena señal, porque eran capaces de olfatear indios mejor que los perros.

Para cuando volví dentro, mi madre y mi hermana se habían retirado a la cama con dosel de mis padres y mi hermano yacía en el catre de mi hermana. Por lo general mi hermano y yo dormíamos en el cuarto del otro lado del pasillo, pero lo dejé correr. Tras depositar el rifle, el zurrón y las botas a los pies de la cama, apagué de un salivazo la última vela y me acosté bajo las mantas con mi hermano.

Hacia medianoche oí que nuestros perros montaban jaleo a coro. No había estado durmiendo muy bien de todos modos, así que me levanté para echar un vistazo a la portilla, preocupado por que mi madre o mi hermana viesen lo que asomaba bajo mi camisa de dormir.

Cosa que olvidé de inmediato. Había una docena de hombres cerca de la valla y más aún en el jardín lateral. Oí que un perro lanzaba un gañido y luego la más pequeña, una feist con el nombre de Perdida, salió corriendo hacia la maleza. Llevaba el lomo encorvado igual que un ciervo con un tiro en las tripas.

—Todo el mundo arriba —exclamé—. Levántate, mamá. Levantaos todos.

La luna estaba alta y para el caso podría haber sido de día. Los indios sacaron nuestros tres caballos del jardín y se los llevaron colina abajo. Me pregunté cómo habrían descubierto la manera de entrar en el establo. Nuestro bulldog perseguía a un guerrero alto como si fueran amigos de toda la vida.

—Aparta —dijo mi hermano.

Él, mi madre y mi hermana se habían levantado y estaban a mi espalda.

—Hay muchos indios.

—Son probablemente Rooster Joe y los demás tonkawas —señaló mi hermano.

Le dejé que me apartara, luego me acerqué al fuego y lo aticé para que tuviéramos luz. Desde que alcanzamos la categoría de estado habíamos tenido unos buenos años en cuestión de indios; la mayor parte del ejército de Estados Unidos estaba estacionada en Texas para vigilar la frontera. Me pregunté dónde andarían. Sabía que debía cargar todas las armas, pero entonces recordé que ya lo había hecho. Me vino a la cabeza una rima: «Empuñadura de búfalo, Barlow el filo, mejor cuchillo nunca se hizo». Sabía lo que ocurriría: los indios llamarían a la puerta, no les dejaríamos entrar e intentarían echarla abajo hasta que se aburrieran. Luego prenderían fuego a la casa y nos abatirían conforme fuéramos saliendo.

—¿Martin? —dijo mi madre.

—Tiene razón. Hay al menos dos docenas.

—Entonces son blancos —comentó mi hermana—. Alguna banda de cuatreros.

—No, son indios, sin duda.

Cogí el rifle y me senté en un rincón de cara a la puerta. Había sombras y una tenue luz rojiza. Me pregunté si iría al infierno. Mi hermano caminaba de aquí para allá y mi madre y mi hermana se habían sentado en su cama. Mi madre le cepillaba el pelo a mi hermana mientras decía:

—Venga, Lizzie, calla, todo irá bien.

En la penumbra sus ojos eran cuencas vacías como si los buitres ya las hubieran encontrado. Aparté la mirada.

—Tu rifle tiene cazoleta, ¿sabes? —le dije a mi hermano—, y las pistolas también.

Negó con la cabeza.

—Si ofrecemos resistencia, igual se contentan con los caballos.

Vi que no estaba de acuerdo, pero fue al rincón y cogió el rifle de caza, palpando la cazoleta para ver si había una cápsula fulminante.

—Ya he puesto la cápsula —repetí.

—Igual piensan que no estamos en casa —dijo mi hermana.

Miró a mi hermano pero él contestó:

—Pueden ver que tenemos el fuego encendido, Lizzie.

Oímos a los indios revolver el taller de herrería de mi padre, hablando en voz baja. Mi madre se levantó, puso una silla delante de la puerta y se subió encima. Había otra tronera más arriba y retiró la tabla para acercar la cara.

—No veo más que siete.

—Hay por lo menos treinta —le aseguré.

—Seguro que papá está persiguiéndolos —dijo mi hermana—. Sabrá que están aquí.

—Igual cuando vea las llamas —comentó mi hermano.

—Se acercan.

—Baja de ahí, mamá.

—No grites tanto —dijo mi hermana.

Alguien dio una patada a la puerta y mi madre casi se cayó de donde estaba encaramada. «Salir, salir.» Descargaron puñetazos. El español era el idioma que hablaban la mayoría de las tribus salvajes, si es que hablaban otra cosa que no fuera indio. Supuse que la puerta detendría unos cuantos disparos como mucho y volví a indicarle a mi madre que se agachara.

«Tenemos hambre. Nos dan los alimentos.»

—Qué ridiculez —dijo mi hermano—. ¿Quién va a tragarse eso?

Hubo un largo silencio y luego mi madre nos miró y dijo, con su voz de maestra:

—Eli y Martin, haced el favor de dejar las armas en el suelo.

Empezó a retirar la tranca de la puerta y entonces caí en la cuenta de que todo lo que se decía de las mujeres era cierto: no tenían ni pizca de sentido común y no se podía confiar en ellas.

—No abras la puerta, mamá.

—Cógela —le dije a Martin.

Pero no se movió. Vi levantarse la tranca y apoyé el rifle en la rodilla. La luz de la luna entraba por las ranuras cual fuego blanco pero mi madre no se daba cuenta; dejó la tranca a un lado como si fuera a dar la bienvenida a una antigua amistad, como si lo hubiera estado esperando desde el día en que nacimos.

Los periódicos decían que las madres de la frontera guardaban sus últimas balas para sus propios hijos, de modo que no se los llevaran los salvajes, pero no se oía que ninguna lo hiciera. De hecho, era justo lo contrario. Todos sabíamos que yo tenía la edad perfecta: los indios me querrían con vida. Mi hermano y mi hermana tal vez fueran un poco mayores, pero mi hermana era bonita y mi hermano parecía más joven de lo que era. Sin embargo, mi madre tenía casi cuarenta años. Sabía exactamente lo que le harían.

La puerta se abrió de par en par y dos hombres se encararon con ella. Un tercero se quedó tras ellos en el vano, escudriñando la penumbra de la casa.

Cuando mi disparo lo alcanzó, movió un brazo cual aspa de molino y cayó de espaldas. Los otros indios salieron a la carrera y le grité a mi hermano que cerrara la puerta, pero no se movió. Me acerqué a toda prisa para cerrarla yo mismo pero el indio muerto estaba en el umbral. Le estaba cogiendo los pies, con la intención de arrastrarlo dentro y despejar el paso, cuando me dio una patada en el mentón.

Cuando recuperé el sentido los árboles se mecían a la luz de la luna y se oía un estruendo tras otro. Había indios a ambos lados del umbral, se asomaban para disparar dentro y luego se agachaban a la vuelta de la esquina. Mi hermana dijo: «Martin, creo que me han dado». Mi hermano estaba allí sentado sin más. Pensé que le habían pegado un tiro. Los indios hicieron un alto para que se despejara el humo de la pólvora, así que le arrebaté el rifle de la mano, comprobé que estuviera amartillado, y estaba dirigiéndolo a los indios cuando mi madre me detuvo.

Entonces me vi boca abajo; al principio pensé que la casa se había derrumbado, pero era un hombre. Intenté cogerle el cuello, pero mi cabeza golpeaba el suelo una y otra vez. Luego estaba a la intemperie bajo los árboles.

Hice ademán de levantarme, pero me patearon, y lo intenté de nuevo y me patearon de nuevo. Ahora los pies de un hombre, ahora la tierra a su lado. Ahora un par de piernas, cubiertas de cuero de vaca. Le mordí el pie y me patearon por tercera vez y noté que me tiraban del pelo como si fueran a arrancármelo de raíz. Aguardé a que empezaran a cortar.

Cuando abrí los ojos había una cara grande y roja; olía a cebolla y a retrete sucio y me indicó con el cuchillo que debía comportarme o iba a cortarme el cuello. Luego me ató las manos con cuerda para el ganado.

Cuando se alejó, no se parecía a ningún indio que hubiera visto. Los aborígenes que vivían entre los blancos eran delgados, de cuerpo liviano, y estaban muy curtidos. Este era alto y fornido, con la cabeza cuadrada y la nariz gruesa; tenía más aspecto de negro que de indio sudoroso y medio muerto de hambre y caminaba con el pecho henchido, como si apoderarse de todo lo que poseíamos fuera su derecho natural.

Había quince o veinte caballos fuera de la cancela y otros tantos indios apoyados en la cerca, riendo y bromeando. No había ni rastro de mi madre, mi hermano o mi hermana. Los indios iban desnudos de cintura para arriba y cubiertos de pintura y dibujos como si se hubieran escapado de un espectáculo ambulante; uno se había pintado la cara igual que una calavera, otro llevaba el mismo dibujo en el pecho.

Unos indios registraban la casa y otros registraban los establos o los cobertizos, pero la mayoría estaban apoyados en la cerca viendo trabajar a sus amigos. Todos los blancos que había visto pasaban horas nerviosos después de una refriega, caminando arriba y abajo y hablando tan deprisa que no se les entendía, pero los indios estaban aburridos y bostezaban como si acabaran de volver de un paseo vespertino, salvo por el hombre contra el que había disparado, que estaba sentado con la espalda apoyada en la casa. Tenía sangre en el pecho y le salía espuma por la boca. Igual se había apartado de un salto al prender el fulminante: se decía que los indios tenían reflejos de ciervo. Sus amigos me vieron mirarle y uno se acercó y dijo «Taibo nʉ wʉkupatʉʔi», y luego me dio un golpe en la cabeza.

Tuve un largo sueño en el que era conducido ante un hombre para ser juzgado por mis pecados. Era san Pedro, solo que con la forma del maestro de nuestra escuela de Bastrop, que me tenía más inquina que a cualquier otro alumno, y no me cupo duda de que iría a parar al infierno.

Luego la mayoría de los indios estaba en un corro mirando algo en el suelo. Había una pierna blanca doblada en el aire y encima el trasero desnudo de un hombre y las polainas de cuero. Me di cuenta de que era mi madre, y por la manera de moverse del hombre y los cascabeles que sonaban en sus piernas supe lo que le estaba haciendo. Un rato después se levantó y volvió a ponerse el taparrabos. Otro ocupó su lugar de inmediato. Acababa de levantarme cuando empezaron a zumbarme los oídos y el suelo salió a mi encuentro y pensé que estaba muerto con toda seguridad.

Tiempo después volví a oír ruidos. Vi el segundo grupo de indios un poco más allá junto a la cerca, pero ahora oí la voz de mi hermana gimiendo. Los indios le estaban haciendo lo mismo que a mi madre.

Por fin caí en la cuenta de que estaba en la cama. Estaba soñando. Era agradable hasta que desperté del todo y oí gritos de guerra y vi que seguía en el jardín. Mi madre estaba desnuda y huía a rastras de los indios; había llegado al porche e intentaba alcanzar la puerta. Dentro de la casa, alguien aporreaba el piano y de la espalda de mi madre sobresalía algo oscilante que atiné a ver que era una flecha.

Los indios debían de haber decidido que no querían que entrara en la casa porque empezaron a lanzarle más flechas. Ella siguió arrastrándose. Al cabo, uno se le acercó, le plantó el pie entre los hombros y la aplastó contra el suelo. Le agarró la larga melena como si se dispusiera a lavársela, la tensó con una mano y sacó su cuchillo de carnicero. Mi madre no había emitido el menor sonido desde que había despertado yo, ni siquiera con las flechas clavadas, pero entonces empezó a gritar, y vi que otro indio se le acercaba con el hacha de hoja ancha de mi padre.

Yo había estado lloriqueando y gimiendo, pero fue entonces cuando se me secaron las lágrimas de una vez por todas. No miré a mi madre y es posible que oyera un sonido o que no lo oyera. Intenté localizar a Martin y a Lizzie. Donde había estado Lizzie distinguí una mancha blanca y luego otra y caí en la cuenta de que era ella y estaba tendida donde la habían dejado. Luego, cuando se nos llevaron, vi un cadáver con los pechos cortados y envuelto en sus propias entrañas.

Me condujeron a rastras hasta la cerca junto a mi hermano. Él lloraba y se quedaba callado y lloraba de nuevo. Mientras tanto, de mi boca no salía nada. Hice de tripas corazón para mirar a mi madre; estaba boca abajo con las flechas clavadas. Los indios entraban y salían de la casa. Mi hermano estaba allí sentado mirando. Empecé a ahogarme y a notar arcadas y cuando se me pasó, dijo:

—Creía que estabas muerto. He estado mirándote un buen rato.

Tuve la sensación de que me habían clavado una cuña entre los ojos.

—Estaba pensando que igual papá venía a casa, pero ahora me parece que estaremos a kilómetros de aquí antes de que nadie sepa lo que ha pasado.

Un indio joven nos vio hablar y nos amenazó con el cuchillo para que nos callásemos, pero cuando se alejó Martin dijo:

—Han alcanzado a Lizzie en el estómago.

Sabía adónde quería llegar y pensé en cómo se había quedado allí sentado mientras nuestra madre desatrancaba la puerta, se había quedado allí sentado mientras yo intentaba retirar al indio del umbral, se había quedado ahí sentado con un rifle cargado mientras los indios disparaban hacia el interior de la casa. Pero la cabeza me dolía demasiado para decir nada. Volví a ver motas.

—¿Has visto lo que les han hecho a ella y a mamá?

—Un poco —dije.

Los comanches entraban y salían de la casa, llevándose lo que querían y tirando el resto a un montón en el jardín. Alguien destrozaba nuestro piano con un hacha. Esperaba que los indios nos mataran o desmayarme de nuevo. Mi hermano miraba fijamente a mi hermana. Los indios sacaban montones de libros que supuse que eran para el fuego, pero en cambio los metieron en sus bolsas. Luego usarían las páginas para rellenar los escudos, que estaban formados por dos capas de pellejo de lomo de búfalo. Rellenos de papel, los escudos detenían prácticamente cualquier bala.

Sacaron a rastras los colchones y los rajaron y el viento barrió las plumas y las dispersó por todo el patio cual copos de nieve. Mi madre estaba en medio. Las plumas le caían encima. Las hormigas habían dado con nosotros, pero apenas nos dábamos cuenta; mi hermano seguía mirando a mi hermana.

—No deberías seguir mirándola.

—Quiero mirarla —contestó.

Cuando desperté hacía calor. Habían prendido fuego al montón de todo lo que no querían los indios, sobre todo muebles hechos pedazos. Se me estaba clavando una agarita. El fuego creció y alcancé a ver entre las sombras donde yacían muertos nuestros perros y me pregunté si los indios tenían intención de echarnos al fuego. Se sabía que ataban a gente a ruedas de carreta y les prendían fuego. Luego miré mi cuerpo igual que si fuera el de un soldadito de plomo. Interesado en lo que podía hacer pero sin que me importara de veras.

—Ya puedo mover las manos —le dije a mi hermano.

—¿Para qué? —preguntó él.

—Hay que estar preparados.

Guardó silencio. Miraba el fuego.

—¿Tienes sed?

—Claro que tengo sed —dijo.

El fuego estaba creciendo, el musgo en las ramas encima de nuestra cabeza llameaba y brotaba humo de la corteza. Las ascuas de nuestras pertenencias quemadas nos chamuscaban la cara y el pelo; observé cómo ascendían las chispas. Cuando miré a mi hermano estaba cubierto de ceniza igual que si llevara muerto mucho tiempo y pensé en el aspecto que habían tenido mi madre y mi hermana sentadas juntas en la cama.

Los indios sacaron todas las herramientas de mi padre y las examinaron a la luz de la hoguera y decidí recordar todo lo que se llevaban: herraduras, martillos, clavos, flejes, el hacha de hoja ancha y el hacha de talar, la laya de descortezar, una azuela y una juntera; todos los bocados, riendas, sillas de montar y estribos, otros arreos; el rifle Kentucky de mi hermano. Consideraron que mi Jaegerbuchse era muy pesado y lo partieron contra el lateral de la casa. Se llevaron nuestros cuchillos, limas, piquetas y leznas, herramientas para perforar, balas de plomo, moldes para balas, barriles de pólvora, cápsulas fulminantes, una soga de crin que colgaba en el pasillo. Nuestras tres vacas lecheras oyeron el revuelo y se acercaron a la casa a que les dieran de comer. Los indios les lanzaron flechas. Estaban animados. Retiraron leños ardiendo de la hoguera y los llevaron dentro de la casa; los hombres ceñían sus atadijos, comprobaban las cinchas, preparándose para marcharse. Salía humo por puertas y ventanas, y entonces alguien me desató las manos y me puso en pie.

Tiraron nuestra ropa al fuego junto con todo lo demás y nos sacaron desnudos por la cancela, a través del camino y hacia nuestro campo. Habían traído una buena remuda, ponis cayuse mezclados con caballos americanos más grandes. Los indios no nos hacían ningún caso y hablaban entre sí, «ums» y «ags», gruñidos, ni rastro de lenguaje, aunque tenían palabras que sonaban a español, y una palabra, «taibo», nos la decían a menudo, «taibo» tal y «taibo» cual. Íbamos descalzos y estaba oscuro y procuré no pisar una chumbera ni llevarme un pisotón de alguno de los caballos que iban de aquí para allá. Me sentí mejor al ver que estaba ocurriendo algo, pero luego me recordé que eso no tenía sentido.

Nos auparon y nos sujetaron las piernas al lomo desnudo de los animales con las manos atadas delante. Podría haber sido peor, porque a veces sencillamente te ataban encima del caballo igual que un saco de harina. Mi poni estaba nervioso; no le gustaba mi olor.

Los demás caballos piafaban y lanzaban bufidos y los indios lanzaba gritos en nuestro campo y mi hermano se echó a llorar, y yo me enfurecí con él por llorar delante de los indios. Luego empecé a lloriquear también. Atravesamos al trote la zona inferior de nuestros pastos, tres meses de desarraigar tocones; pasamos junto a un bosquecillo de nogales que yo había ojeado como troncos para hacer tablones. Pensé en los hombres que nos expulsaron de Bastrop, llamaron negrata a mi madre y pleitearon por nuestro título de propiedad. Una vez hubiera matado a todos los indios volvería y mataría a todos los nuevos colonos; arrasaría el pueblo hasta sus cimientos. Me pregunté dónde estaría mi padre y esperé que viniera, y luego me sentí culpable por esperar tal cosa.

Después íbamos a trote ligero con el tallo azul fustigándonos las piernas. Nos extendimos en una columna y vi que los indios se internaban en el bosque delante de mí y luego mi caballo también se sumió en la oscuridad.

Cruzamos Grape Creek por el único punto donde no había que saltar, tomamos un sendero a través de las marismas cuya existencia ignoraba, llegamos al galope a los pies de Cedar Mountain. Nuestras cabezas de ganado eran puntos blancos en la ladera. Estábamos cubriendo una buena distancia por una cuenca larga y llana rodeada de colinas por todas partes, atravesando zonas boscosas y dejándolas atrás, pasando de la oscuridad a la luz de la luna y de nuevo a la oscuridad, los indios confiados en la visión de los caballos, ahuyentando a todos los animales del bosque a nuestro paso. Busqué a mi hermano con la mirada. Detrás de mí los jinetes asomaban por entre los árboles como si surgieran de la negrura misma.

Pese a la oscuridad y el terreno irregular, mi caballo no había resbalado y tenía resuello de sobra. Estábamos llegando a los pies de Packsaddle Mountain. Era el último terreno que conocía bien. Podía volver la grupa hacia el bosque, pero dudaba que lo alcanzase y mi hermano no tendría la menor oportunidad solo.

Cuando subíamos la ladera blanca, alcancé a ver la manada de mustangs que había tenido intención de atrapar a lazo y domar. Se quedaron mirándonos pasar.

Dos horas después cambiamos de montura. Ya tenía las piernas y el trasero despellejados y las ramas me habían azotado la cara, el pecho y los brazos. Mi hermano tenía cortes incluso peores: todo su cuerpo estaba cubierto de sangre y mugre. Volvimos a montar y adoptamos el mismo ritmo apresurado. Luego llegamos a un río que debía de ser el Llano. Parecía imposible que hubiéramos llegado tan lejos.

—¿Es lo que creo? —dijo mi hermano.

Asentí.

Esperamos a que los caballos cruzaran en la oscuridad.

—Estamos jodidos —dijo—. Esto está a toda una jornada a caballo.

Tiempo después llegamos a otro río, probablemente el Colorado, después de lo cual nos detuvimos a cambiar monturas de nuevo. Alcancé a oler que mi hermano se había cagado encima. Cuando me dejaron en el suelo me acuclillé con las manos atadas delante, el agua resbalando por mi cuerpo y los caballos yendo de aquí para allá. Tenía las piernas agarrotadas y apenas podía mantenerme en esa posición. Alguien me dio una patada, pero no quería cabalgar sucio de mi propia porquería, así que acabé de cagar y me obligaron a ponerme en pie por el pelo. Dudo que me quedara ni rastro de piel de cintura para abajo. Me subieron a otro poni. Los comanches no confiaban en caballos criados por blancos.

Un rato después de las primeras luces nos detuvimos para cambiar monturas por tercera vez, pero en vez de volver a montar nos quedamos a orillas de un río. Estábamos en un cañón profundo; supuse que seguía siendo el Colorado, pero ni siquiera el ejército había llegado nunca tan lejos. El sol no había salido pero había luz suficiente para ver colores, y los indios estaban a la espera de algo. Bebían del río o se inclinaban y estiraban la espalda, ordenaban y reordenaban las alforjas. Era la primera vez que los veía a la luz.

Llevaban arcos, carcajs y lanzas, mosquetes de cañón corto, hachas ligeras y cuchillos de carnicero, las caras pintadas con flechas y soles radiantes y la piel tersa por completo, con las cejas y las barbas afeitadas al rape. Todos lucían el pelo igual que lo haría una muchacha holandesa, dos largas trenzas a los lados, pero estos indios llevaban entreveradas piezas de cobre y plata y cuentas de colores.

—Ya sé lo que estás pensando —dijo mi hermano.

—Parecen una panda de mozas —dije, aunque en realidad no lo creía.

—Más bien parecen actores sobre un escenario. —Luego añadió—: No nos busques más problemas.

Entonces se acercó un guerrero membrudo y nos separó con la lanza. Llevaba en la espalda la huella de una mano de sangre seca y un manchurrón largo y oscuro en la parte anterior de las polainas. Lo que había creído que eran pedazos de piel de becerro atados a la cintura resultaron ser cabelleras. Miré río arriba.

Delante de nosotros había un mirador elevado y detrás de nosotros los indios llevaban por turnos los caballos a pastar en la hierba de las riberas. Hubo una discusión y luego la mayoría de los comanches se fue a pie hacia el mirador. Uno de ellos llevaba un caballo y atado al caballo iba el cadáver del hombre que había matado yo. No sabía que lo había matado y me embargó una sensación fría. Mi hermano se adentro en el río. Los dos indios que nos vigilaban empuñaron los arcos pero cuando abrí los ojos mi hermano seguía de una pieza, chapoteando y salpicándose; iba cubierto de su propios excrementos. Los indios le miraban, arrugado, pálido y tembloroso, el pecho hundido de leer tantos libros.

Cuando estuvo limpio volvió y se sentó a mi lado.

—Espero que mereciera la pena arriesgarte a que te pegaran un tiro solo para limpiarte el culo —dije.

Me dio unas palmadas en la pierna.

—Quiero que sepas lo que ocurrió anoche.

No quería saber más de lo que ya sabía pero no podía decírselo así que me quedé callado.

—Mamá no iba a salir con vida, pero no creo que tuvieran intención de matar a Lizzie. Cuando vieron que estaba herida le quitaron la blusa y le examinaron el tiro con mucho cuidado; incluso improvisaron una especie de antorcha para que un indio viejo diera su opinión. Debieron de llegar a la conclusión de que era grave, porque se fueron todos a hablar un rato y luego volvieron, le quitaron el resto de la ropa y la violaron. —Miró río arriba hacia donde los indios subían por el cañón—. Lizzie Lizzie Lizzie.

—Está en un lugar mejor.

Se encogió de hombros.

—No está en ninguna parte.

—Aún queda papá —señalé.

Lanzó un bufido.

—Cuando papá lo descubra, lo más seguro es que coja el caballo y vaya directo a ver a esa mujer que tiene en Austin.

—Eso es ruin. Incluso para ti.

—La gente no va por ahí diciendo esas cosas si no son verdad, Eli. Eso también deberías saberlo.

Los vigilantes volvieron la mirada. Ojalá hubieran interrumpido nuestra conversación, pero ahora les traía sin cuidado.

—Mamá sabía que podía salvarte —dijo. Se encogió de hombros—. A Lizzie y a mí…, no sé. Pero tú eres otro cantar.

Fingí no entenderle y miré en torno. Las paredes del cañón alcanzaban cientos de metros de altura y por las grietas brotaba hierba de oso y agarito. De la cara misma descollaba un viejo cedro retorcido; parecía el tubo de una estufa y albergaba un nido de águila. Río arriba había grandes cipreses de raíces estevadas. Para ellos quinientos años era una minucia.

Cuando el sol llegó a las paredes superiores del cañón se alzaron lamentaciones y cánticos. Resonó un disparo y la comitiva funeraria empezó a desfilar río abajo y cuando llegaron hasta nosotros nos derribaron y nos propinaron patadas hasta que mi hermano volvió a cagarse encima.

—No puedo evitarlo —dijo.

—No te preocupes.

—Estoy preocupado —insistió.

Varios indios eran de la opinión de que debían llevarnos hasta el lugar de la sepultura y matarnos junto al caballo del fallecido, pero el cabecilla del grupo de guerreros, el que me había sacado a rastras de la casa, se opuso. «Nabituku tekwaniwapi Toshaway», decían. Mi hermano empezaba a entender algunas palabras de comanche; Toshaway era el nombre del jefe. Hubo acusaciones y ofertas y contraofertas, pero Toshaway no cedió. Me vio mirarle, pero me hizo el mismo caso que si fuera un perro.

Mi hermano adoptó un aire filosófico y me puse nervioso.

—El caso —dijo— es que todo el rato estaba esperando que cuando saliera el sol nos verían y se darían cuenta de que habían cometido un terrible error, que éramos gente igual que ellos, o al menos gente sin más, pero ahora espero justo lo contrario.

No dije nada.

—A lo que voy es a que esa afinidad que esperaba que nos salvase podría ser la razón por la que nos maten. Porque, naturalmente, no podemos hacer nada en absoluto por cambiar nuestro destino, pero en el fondo ellos tampoco, y tal vez sea eso por lo que nos maten. Para borrar, siquiera temporalmente, sus propios reflejos.

—Ya está bien —dije—. Cállate.

—Les trae sin cuidado —repuso—. Les trae sin cuidado todo lo que decimos.

Sabía que estaba en lo cierto, pero justo entonces terminó la discusión y los indios que estaban a favor de la ejecución se acercaron y empezaron a pisarnos y patearnos.

Cuando terminaron mi hermano yacía en un charco de agua entre las piedras, la cabeza en ángulo, mirando al cielo. Noté sangre en la garganta y vomité en el río. Las piedras flotaban a mi alrededor. Decidí que mientras nos mataran a los dos juntos todo iría bien. Vi que un lobo me observaba desde una alta cornisa, pero cuando parpadeé desapareció. Pensé en el lobo blanco que había matado y en que me había dado mala suerte, luego pensé en mi madre y mi hermana y me pregunté si los animales habrían dado con ellas. Me puse a lloriquear y me dieron unos cachetes en la cabeza.

Martin daba la impresión de haber perdido diez kilos; sangraba por las rodillas, los codos y la barbilla, y tenía tierra y arena pegada por todas partes. Los indios estaban ensillando caballos de refresco. Tenía hambre, y antes de que me pusieran a lomos de otro caballo sorbí agua del río hasta llenarme el estómago.

—Más vale que bebas —le dije.

Negó con la cabeza. Se quedó allí tendido, cogiéndose las partes pudendas con las manos. Los indios nos obligaron a ponernos en pie a tirones.

—La próxima vez —dije.

—Estaba pensando en lo agradable que era no tener que volver a levantarme. Entonces me he dado cuenta de que no me habían matado. Qué fastidio.

—No sería mucho mejor.

Se encogió de hombros.

Continuamos cabalgando a buen ritmo, y si los indios estaban cansados no lo dejaron traslucir, y si tenían hambre, tampoco. Estaban alerta pero no nerviosos. De tanto en tanto alcanzaba a ver toda la remuda a la zaga por el cañón. Mi hermano no dejaba de hablar.

—El caso es que estaba mirando a madre y a Lizzie —dijo—. Siempre había pensado dónde estaría el alma, cerca del corazón o quizá en los huesos, siempre había pensado que habría que cortar para encontrarla. Pero hubo un montón de cortes y no vi que saliera nada. Estoy seguro de que la habría visto.

No le hice caso.

Un rato después, dijo:

—¿Te imaginas a un blanco, incluso a un millar de blancos, cabalgando con esta soltura por territorio indio?

—No.

—Es curioso, porque todo el mundo les llama salvajes y diablos rojos, pero ahora que los hemos visto, creo que es justo lo contrario. Se comportan como se supone que se comportaban los dioses. Aunque supongo que me refiero a héroes o semidioses, porque, como tú desde luego has contribuido a demostrar, aunque no sin cierto coste, estos indios son sin duda mortales.

—Haz el favor de callar.

—Uno no puede por menos de pensar en el problema de los negros, ¿eh?

A mediodía dejamos atrás el cañón. Íbamos por una pradera ondulante cubierta de ásteres y primaveras, vernonias y amapolas rojas. Unas codornices se escabulleron hacia la maleza. La pradera no tenía fin; había manadas de antílopes y ciervos y algún que otro búfalo aislado a lo lejos. Los indios se detuvieron para mirar en derredor y luego nos pusimos en marcha.

No teníamos nada que nos protegiera del sol, y para primera hora de la tarde ya alcanzaba a oler mi propia piel quemada y de tanto en tanto me adormilaba. Seguimos adelante a través de la hierba alta, cruzamos brechas de caliza, brevemente a la sombra siguiendo el cauce de arroyos —aunque sin pararnos en ningún momento a beber— y luego otra vez al sol.

Después todos los comanches tiraron de las riendas y tras hablar un poco nos llevaron a mi hermano y a mí de regreso a un arroyo que acabábamos de cruzar. Nos desmontaron sin miramientos de los caballos, nos ataron espalda con espalda y nos pusieron a la sombra. Dejaron vigilándonos a un adolescente.

—¿Rangers?

—Ese no parece muy nervioso —dijo mi hermano.

Cada cual miraba en una dirección y era raro no verle la cara.

—Igual es papá con los demás.

—Supongo que vendrían por detrás —señaló.

Transcurrido un rato decidí que tenía razón. Llamé al indio joven para que se acercase. Había uvas por toda la orilla del arroyo.

Negó con la cabeza. «Ista aitʉ.» Luego añadió «Itsa keta kwasupʉ» y, al no estar seguro de que lo entendía, dijo en español: «No en sazón».

—Dice que no están maduras.

—Ya lo sé.

Quería comérmelas de todos modos, tenía tanta hambre que no me importaba. El indio cortó un racimo y lo dejó caer en mi regazo. Luego se lavó las manos en el arroyo. La uva estaba tan amarga que estuve a punto de vomitar. Pensé que me iría bien para la fiebre. Me escocían los labios.

—Están buenas —dije.

—Igual para curtir pieles.

—Deberías comer.

—Eso no tiene ningún sentido —respondió.

Comí más uvas. Era igual que si hubiera tragado agua hirviendo.

—Vamos a acercarnos al arroyo e inclinarnos —dije, y eso hicimos.

Mi hermano apoyó la cabeza en el agua, tan quemado por el sol como yo, pero me di cuenta de que no bebía. Algo en ello hizo que me entraran ganas de llorar, pero en cambio seguí bebiendo. El indio joven estaba encaramado a una roca y nos miraba. Volvimos a sentarnos. Tuve la impresión de que me bajaba la fiebre y estiré las piernas.

—¿Cómo te llamas? —le dije en español a nuestro vigilante.

Durante un buen rato no contestó. Luego dijo:

—Nuukaru.

Miró en torno con ademán nervioso y después se fue como si hubiera revelado un secreto, y cuando volví a verle estaba río arriba, tendido boca abajo, bebiendo. Era la primera vez que veía a uno de los indios comer o beber nada, salvo algún que otro trago. Al levantarse se arregló las trenzas y comprobó la pintura.

—Me pregunto si serán maricas —comentó mi hermano.

—No sé por qué, pero lo dudo.

—Los espartanos lo eran.

—¿Quiénes son los espartanos? —pregunté.

Estaba a punto de decir algo cuando se oyó un traqueteo de disparos a lo lejos. Hubo una andanada dispersa a modo de respuesta y al final el lento golpeteo de una pistola de repetición. Luego se hizo el silencio y supe que no eran más que los indios con los arcos. Me pregunté quién habría tenido mala suerte.

Otro indio joven bajó por las rocas y luego volvieron a atarnos a lomos de los caballos y nos sacaron del lecho del río. Había remitido la fiebre y el sol no me molestaba. Después de cruzar un altiplano pedregoso descendimos hacia una pradera que parecía cubierta sobre todo de espuelas de caballero y malvas. La cruzaba un camino para carretas de tierra rojiza y era un paisaje agradable con el cielo azul, unas pocas nubes radiantes y flores silvestres por todas partes.

Los indios se apiñaban en torno a un par de carretas de mercancías tiradas por bueyes. Una tercera carreta estaba más allá entre la hierba, volcada, con un tiro de mulas plantado delante. Alguien gritaba.

—No quiero verlo —dijo Martin.

Había algo blanco al borde del camino; un niño rubio con camisa de pechera. Le había atravesado el ojo un astil de flecha y un enorme pájaro carpintero carirrojo repiqueteaba contra una rama encima de él.

Camino adelante resbalaba sangre de las carretas como si alguien hubiera derramado un cubo entero. Había cuatro o cinco texanos tendidos en la tierra roja y otro aovillado igual que un bebé en la trasera de la carreta. A un lado entre la hierba y las espuelas los indios le hacían algo al último miembro de la caravana y él gritaba con voz aguda y le imitaban.

A excepción de los dos que se estaban ocupando del texano que quedaba, nadie perdía el tiempo. Desengancharon el tiro de mulas, pero no se movieron; permanecieron con la cabeza gacha como si hubieran hecho algo mal. Había un poni moteado muerto en la cuneta, el cuello cubierto de sangre; su dueño intentaba quitarle la silla de montar. Otro poni indio, un hermoso ruano de color afresado, estaba de pie, expulsando espuma rosa por un agujero en el pecho. Su dueño le quitó la silla, la manta y la brida y las dejó con cuidado en el suelo. Luego, mientras abrazaba y besaba al ruano en el cuello, le pegó un tiro detrás de la oreja.

Lo sacaron todo de las carretas, incluidos dos cadáveres más que no habíamos visto. Hacía calor y el polvo rojizo se posaba en las flores. Registraron los bolsillos de los muertos y cortaron la cabellera a quienes aún no se la habían cortado; el último del grupo había quedado en silencio. A uno de los indios le pusieron una cataplasma, un trozo de rama de chumbera abierto y atado con tela; la mayoría de los escudos de pellejo tenían muescas recientes de plomo y un guerrero alto con sangre karankawa limpiaba la lanza con hierba. Otros revisaban el cargamento, sobre todo sacos de harina, que rasgaron y derramaron en el camino. Abrieron a golpes de tomahawk un barrilete de whisky y otros barriletes de pólvora de menor tamaño fueron amarrados a los caballos junto con varias cajas pequeñas que, a juzgar por su peso, debían de estar llenas de plomo. Cogieron cuchillos y mantas, rollos de tabaco, moldes para balas, un par de hachas y una sierra, algo de percal y unas pistolas de repetición. Comprobaron los cerrojos y los muelles reales del resto de las armas y se llevaron los que aún estaban en buen estado. Hubo una breve discusión por una cabellera. Descubrieron dos tartas de cereza y las trocearon con cuchillos ensangrentados.

Los comanches más jóvenes peinaron la hierba en busca de flechas perdidas, llevaron a las mulas con la manada, dieron unas vueltas rápidas para asegurarse de no haber pasado por alto nada ni a nadie, recuperaron un trozo de tela interesante, luego volvieron a cargar todas las armas, llenaron los carcajes, tensaron correas y cinchas y se enjuagaron la boca. Los bueyes entonaron su protesta final cuando alguien les cortó el cuello; para entonces el resto de la sangre en el camino se había vuelto negra y los cadáveres estaban cubiertos de polvo. Daba la impresión de que siempre hubieran estado allí.

Los indios se dividieron en tres grupos y dejaron un amplio reguero de huellas que conducían hacia la civilización, en sentido opuesto al que en realidad nos dirigíamos. Todos estaban de buen humor. Uno de los guerreros se acercó y me puso una cabellera recién cortada en la cabeza, con el pelo estropajoso colgando. Me calaron encima el sombrero ensangrentado de un hombre, cosa que a los indios les pareció desternillante. Seguimos hacia el noroeste, la hierba alta con poblados sotos de robles dispersos, los mezquites con sus hojas trémulas y las yucas con sus flores blancas.

Unas horas después el guerrero decidió que no quería estropear más su trofeo y me lo quitó de la cabeza, se lo ató al cinto y tiró el sombrero del muerto entre unos matorrales. La cabellera y el sombrero me habían protegido del sol y pedí que me devolvieran el sombrero pero seguimos adelante. Para entonces se habían reunido con nosotros los otros grupos.

En el siguiente cambio de monturas, los indios repartieron un poco de cecina que les habían arrebatado a los de la caravana. A mi hermano y a mí nos dieron unos bocados. Aún hacía calor pero a los indios les traía sin cuidado beber agua, y cuando uno me ofreció tabaco tenía tanta sed que no pude aceptar. A mi hermano no le ofrecieron tabaco. Estaba de pie con las piernas arqueadas y aire de abatimiento.

Cuando por fin se puso el sol tenía la boca tan seca que creía que iba a ahogarme. Me recordé que debía coger un guijarro para chuparlo y entonces me dio por pensar en el manantial que había cerca de nuestra casa, en estar sentado y dejar que se precipitara mientras yo miraba más allá del río. Empecé a sentirme mejor.

Estaba oscuro y en algún momento nos detuvimos en una cuenca embarrada y los caballos quedaron atrás mientras los indios arrancaban hierba y la amontonaban en el barro y echaban un par de tragos por barba. Mi hermano y yo metimos toda la cara y bebimos hasta no poder más. Sabía a ranas y olía como si se hubieran revolcado allí animales pero no nos importó. Después de haber bebido suficiente mi hermano se echó a llorar, y entonces los indios empezaron a darle patadas en el estómago y a ponerle el cuchillo en la garganta. «Wʉyupaʔnitʉ», cállate. «Nihpʉʔaitʉ», deja de hablar.

Planeaban algo. Cambiaron de monturas, pero nos dejaron rezagados con la manada de caballos.

—Creo que hemos recorrido unos ciento cincuenta kilómetros. Debemos de estar justo a este lado del San Saba.

—¿Crees que me dejarán beber otra vez?

—Claro —dije.

Volvió a meter la cara en el agua turbia. Yo lo intenté de nuevo, pero ahora no soportaba el olor. Mi hermano bebió sin parar. Ahora dolía incluso estar sentado en el suelo. Me pregunté cuánto tardaría en cicatrizar; semanas quizá. Nos acurrucamos juntos como pudimos. Olía mal y me di cuenta de que mi hermano se había cagado.

—No puedo parar.

—No pasa nada.

—No tiene sentido —dijo.

—Lo único que tenemos que hacer es seguir adelante —le recordé—. No es para tanto si se piensa en ello.

—Y luego ¿qué? ¿Qué pasará cuando lleguemos a donde nos llevan?

Guardé silencio.

—No quiero averiguarlo —dijo.

—Fíjate en John Tanner —señalé—, en Charles Johnston, tú mismo has leído esos libros.

—No soy de los que viven a base de corteza y grosellas.

—Serás una leyenda —dije—. Iré a verte a Boston y le diré a tu amigo Emerson que eres un hombre de verdad y no un poeta amariconado.

No dijo nada.

—Podrías poner un poco más de empeño —le dije—. Arriesgas nuestra cabellera cada vez que los cabreas.

—Hago todo lo que puedo.

—Eso no es verdad.

—Bueno, me alegra que lo sepas.

Rompió a llorar de nuevo. Luego se puso a roncar. Me enfadé porque estaba siendo perezoso. No nos estaban alimentando menos, ni nos estaban obligando a ir más deprisa de lo que iban los propios indios; los dos habíamos bebido mucha más agua que ellos y quién sabía cuánto tiempo habrían pasado ellos así. La situación tenía su lógica pero mi hermano no la veía. Si un hombre lo ha hecho, tú también puedes: eso solía decirnos nuestro padre.

Luego nos despertaron a tortas. Todavía estaba oscuro y nos ataron a los caballos; había una luz radiante a lo lejos y supimos que era una granja en llamas. No sabía que hubiera blancos tan lejos, pero la tierra era fértil e imaginé por qué se habían arriesgado. Se acercaron unos guerreros y me di cuenta de que estaban contentos con los jóvenes por habernos montado a lomos de los caballos.

En la oscuridad vimos que añadían a la manada otra docena o así de caballos. Había dos nuevas cautivas; por sus gritos supimos que eran mujeres y por su idioma supimos que eran alemanas, u holandesas, como las llamábamos por entonces.

Para el amanecer habíamos recorrido otros setenta kilómetros y pico, cambiando dos veces de montura. Las alemanas no dejaron de llorar en toda la noche. Cuando hubo luz suficiente subimos a una meseta, siguiendo un sinuoso sendero por la cara más alejada antes de dar la vuelta para ver por donde habíamos ascendido. La tierra se había abierto, había mesetas, colinas aisladas, paisajes lejanos.

Las alemanas estaban tan desnudas como nosotros. Una tenía diecisiete o dieciocho años y la otra era un poco mayor, y aunque las dos iban cubiertas de sangre y mugre saltaba a la vista que estaban en la flor de sus encantos femeninos. Cuanto más las miraba, más empecé a odiarlas y a esperar que los indios las humillasen más y yo pudiera verlo.

Mi hermano dijo:

—Detesto a esas holandesas y espero que los indios se las follen bien folladas.

—Yo también.

—Pero parece que tú lo llevas bien.

—Porque no me caigo del caballo una y otra vez.

Esa noche nos habíamos detenido dos veces para que ataran más fuerte a mi hermano.

—Intentaba que el caballo me pisara la cabeza, pero no he tenido tanta suerte.

—Seguro que mamá estaría encantada de oírlo.

—Tú llegarás a ser un buen indiecito, Eli. Lástima que no estaré para verlo.

No dije nada.

—La razón por la que no disparé es que no quería que hicieran daño a madre ni a Lizzie.

—Te quedaste de piedra.

—Habrían matado a madre de todas maneras, es evidente, pero se habrían llevado a Lizzie con nosotros. Fue solo porque estaba herida que…

—Calla —dije.

—Tú no tuviste que ver lo que le hicieron.

Estaba mirándole. Tenía el mismo aspecto de siempre, con los ojos un poco bizcos y los labios finos, pero parecía alguien que hubiera conocido mucho tiempo atrás.

Poco después me dijo que lo lamentaba.

Los indios nos pasaron unos trozos de cecina de los de la caravana. Una de las alemanas me preguntó dónde creía que íbamos. Fingí no entenderla. Se dio cuenta de que de nada hubiera servido preguntarle a Martin.

Al día siguiente las vistas se hicieron más alargadas. Estábamos en un cañón de unos quince kilómetros de anchura, las paredes más de trescientos metros por encima de nuestras cabezas, todo roca roja. Había álamos de Virginia y almezos pero no muchos árboles más y pasamos junto a una punta de lanza de color magenta en la arena, igual a la que había visto debajo de nuestra casa. Había criaturas de piedra en todas las rocas y riberas de arroyos: un nautilo del tamaño de una rueda de carreta, cuernos y huesos de animales más grandes que cualquier otra cosa aún con vida sobre la faz de la tierra.

Toshaway me dijo en español que en otoño el cañón estaría lleno de búfalos. Él estaba apreciando la vista. Había largos mechones de pelo moreno prendidos a los cedros y los mezquites; los búfalos llevaban mucho tiempo sirviéndose de aquel lugar.

Los indios no daban señal alguna de cansancio ni de querer comer como era debido, pero el ritmo era más lento. Se me hacía la boca agua pensando en todos los peces que podríamos haber alanceado a nuestro paso: el agua estaba llena de siluros, anguilas, bagres búfalo y lucios. Perdí la cuenta de los venados de cola blanca y los antílopes. Un oso pardo de color canela, el más grande que había visto en mi vida, tomaba el sol en una cornisa. Por los riscos se precipitaban manantiales que formaban remansos más abajo.

Esa noche acampamos debidamente por primera vez y me dormí sobre las piedras abrazado a mi hermano. Alguien nos hecho una piel de búfalo encima y cuando levanté la vista, Toshaway estaba acuclillado junto a mí. Su olor empezaba a resultarme familiar.

—Mañana haremos fuego —dijo.

La mañana siguiente pasamos cabalgando por mesetas de arenisca con figuras grabadas en la roca: chamanes, hombres en combate, lanzas y escudos y tipis.

—Ya sabes que nos van a separar —dijo Martin.

Le miré.

—Estos tipos son de dos grupos distintos.

—¿Cómo lo sabes? —pregunté.

—Tu dueño es kotsoteka —dijo—. El mío es yamparika.

—Mi dueño es Toshaway.

—Ese es su nombre. Es de la tribu kotsoteka. Mi dueño es Urwat. Vienen diciendo que Urwat aún tiene mucho camino por delante, pero el tipo al que perteneces tú no está lejos de casa.

—No son nuestros dueños —repuse.

—Tienes razón. No alcanzo a imaginar de dónde sacan esa idea

Seguimos cabalgando.

—¿Y qué hay de los penatekas?

—Ahora los penatekas están enfermos, o les está ocurriendo alguna otra desgracia. Lo único que sé es que ninguno de estos es penateka.

A pesar de la promesa de Toshaway, esa noche acampamos de nuevo al fresco. Por la mañana salimos del gran cañón y ascendimos hacia las llanuras. No había madera, ni sendero, ninguna línea de maleza que señalara un arroyo, nada más que hierba y cielo, y noté que se me encogía el estómago solo de mirarlo. Supe dónde estábamos: en el Llano Estacado. Un espacio en blanco en el mapa.

Tras cabalgar una hora no había cambiado nada y estaba otra vez mareado. Podíamos haber recorrido quince centímetros o quince kilómetros y para el final de la jornada pensaba que se me había aflojado algo en la cabeza. Mi hermano se durmió y fue ladeándose hasta quedar justo debajo del caballo y los indios se detuvieron, le golpearon y volvieron a colocarlo en la grupa.

Acampamos junto a un arroyo con el cauce tan hundido en la llanura que no lo vimos hasta llegar a él. Fue la primera vez que hicieron fuego, y como no había árboles que reflejaran la luz, no se veía desde lejos. Pusieron a asar un par de antílopes, con piel y todo, y Toshaway nos trajo un montón de carne de venado humeante a medio hacer. Mi hermano no tenía energía para comer. Yo mastiqué la carne hasta hacerla pedazos pequeños y se la metí en la boca.

Luego salí del cauce para echar un vistazo. Las estrellas descendían hasta el suelo por todas partes y los comanches habían enviado pelotones en busca de otros campamentos. No me hicieron ningún caso. Volví a nuestro catre.

Un gato montés nos rugió durante casi una hora, y los aullidos de lobo resonaban de punta a punta de la llanura. Mi hermano rompió a llorar en sueños; empecé a despertarle pero me detuve. Era imposible que estuviera soñando nada peor de lo que hubiera sido despertar.

A la mañana siguiente no se molestaron en atarnos. No había ningún lugar adonde ir.

Mi hermano, pese a haber comido de verdad y dormido seis horas, no se encontraba mejor en absoluto. Entretanto, los indios reían y hacían cabriolas, cabalgaban montados del revés o de pie sobre el lomo, cruzándose bromas a voz en cuello. Me dormí y desperté en la hierba. Nos detuvimos y me ataron otra vez, me dieron unas cuantas bofetadas pero no me golpearon. Toshaway se acercó y me dio un largo trago de agua, luego mascó un poco de tabaco y me frotó el jugo en los ojos. Aun así pasé el resto del día sin saber si estaba dormido o despierto. Tenía la sensación de que en alguna parte más adelante estaba el final de la tierra y si lo alcanzábamos no dejaríamos de caer nunca.

Esa tarde vieron una pequeña manada de búfalos y la persiguieron y tras una discusión a mi hermano y a mí nos desmontaron de los caballos y nos llevaron hasta uno de los terneros. Lo abrieron en canal y le sacaron las entrañas. Toshaway le rajó el estómago y me ofreció un puñado de leche cuajada, pero no quise probarla. Otro indio le metió la cabeza a mi hermano en el estómago del animal, pero cerró los ojos y la boca. A mí me dispensaron el mismo trato. Procuré tragar la leche, pero en cambio lo vomité todo.

Lo hicieron dos o tres veces, con mi hermano sin tragar nada, yo intentándolo y vomitando, hasta que los indios dejaron de intentarlo y recogieron toda la leche agria para ellos. Cuando el estómago estuvo vacío, le cortaron el hígado. Mi hermano se negó a tocarlo y vi cómo le miraban, así que me esforcé por no vomitar. La sangre no acababa de pasarme. Siempre había creído que la sangre sabía a metal, pero eso es solo si bebes una cantidad pequeña. A lo que sabe en realidad es a almizcle y sal. Alargué la mano para coger más hígado y los indios se alegraron de verlo y seguí comiendo hasta que me apartaron a cachetes y se comieron ellos el resto del hígado, exprimiendo la vesícula biliar encima a guisa de salsa.

Una vez despachados los órganos, despellejaron el ternero y alzaron al sol un trozo de carne como ofrenda y el resto lo repartieron entre todos, algo más de dos kilos por barba. Los indios se terminaron en unos minutos lo que les había tocado y temí que fueran a quitarme lo mío, así que también comí deprisa.

Era la primera vez que tenía el estómago lleno en casi una semana y estaba cansado y a gusto, pero mi hermano seguía allí sentado, quemado por el sol, mugriento y cubierto de su propio vómito.

—Tienes que comer.

Sonreía.

—El caso es que nunca pensé que pudiera existir un lugar así. Apuesto a que en cuanto sople un poco de viento se borrarán nuestras huellas.

—Van a matarte si no comes.

—Van a matarme de todas maneras, Eli.

—Come —dije—. Papá comía carne cruda cada dos por tres.

—Estoy perfectamente al tanto de que, como Ranger, papá hacía de todo. Pero yo no soy él. Lo siento —repuso. Me tocó la pierna—. He empezado un poema nuevo sobre Lizzie. ¿Quieres oírlo?

—De acuerdo.

—«Tu sangre virgen, derramada por salvajes, estás intacta de nuevo en el cielo.» Cosa que naturalmente es una mierda. Pero es lo mejor que puedo hacer teniendo en cuenta las circunstancias.

Los indios nos miraban. Toshaway trajo otro pedazo de búfalo y me indicó que se lo diera a mi hermano. Mi hermano lo rechazó.

—Estaba seguro de que iría a Harvard —dijo—. Y luego a Roma. En realidad ya he estado allí con la imaginación, porque cuando leo, veo cosas de verdad; las veo físicamente delante de mí. ¿Lo sabías? —Al parecer se animó—. Ni siquiera esos pueden fastidiarme este lugar. —Meneó la cabeza—. He escrito a Emerson unas diez cartas, pero no las he enviado. Aunque creo que las tomaría en serio.

Cualquier carta que hubiera escrito habría ardido en el incendio, pero no lo mencioné. Le dije que tenía que comer.

—No van a convertirme en un puto indio asqueroso, Eli. Antes muerto.

Me debió de cambiar el gesto, porque luego dijo:

—No fue culpa tuya. No hago más que pensar que no deberíamos haber ido a vivir tan lejos, pero luego pienso: «¿Qué otra cosa podía hacer un hombre como papá?». En realidad no tenía opción. Fue el destino.

—Voy a prepararte un montón de comida.

No me hizo caso. Miraba fijamente algo en el suelo y luego alargó la mano y arrancó una gallardía de la enorme área de flores en que estábamos. La levantó para que la vieran todos los indios.

—Vean la gallardía —dijo—, o girasol indio.

No le hicieron el menor caso.

Siguió en voz más alta:

—Merece la pena reparar en que las plantas pequeñas, atrofiadas o inútiles, como el ciruelo mexicano, el nogal mexicano o el manzano mexicano, se llaman así en honor a los mexicanos, que sin duda perdurarán entre nosotros durante siglos, mientras que las plantas llenas de colorido y hermosura suelen llevar su nombre por los indios, ya que pronto desaparecerán de la faz de la tierra. —Miró a los indios alrededor de él—. Es un gran halago a vuestra raza. Aunque si vuestra desaparición se hubiera dado un poco antes, no me habría quejado.

Nadie prestaba atención.

—Un hombre como yo está abocado a la incomprensión. Eso es de Goethe, por si os lo preguntabais.

Toshaway intentó darle carne varias veces más, pero mi hermano no quiso ni probarla. En cuestión de media hora no quedaba nada más que hueso y pellejo. Enrollaron los pellejos y los ataron a la grupa del caballo de alguien y los indios se dispusieron a montar.

Entonces mi hermano miraba a alguien a mi espalda.

—No intentes ayudar.

Toshaway me inmovilizó contra la hierba. Él y otro indio se me sentaron encima y me ataron muñecas y tobillos con la misma rapidez con que mi padre hubiera atado una ternera. Me arrastraron un buen trecho. Cuando volví la vista, Martin no se había movido. Estaba allí sentado asimilándolo todo; apenas alcanzaba a verle la cara por encima de las flores. Tres indios habían montado en sus caballos, incluido Urwat, el propietario de mi hermano. Cabalgaban en círculo en torno a él, lanzando gritos y alaridos. Se levantó y le golpearon con la parte plana de la lanza, dejándole un pasillo e instándole a que echara a correr, pero se quedó donde estaba, hundido hasta las rodillas en flores rojas y amarillas, pequeño en contraste con el cielo a su espalda.

Al final Urwat se cansó y, en vez de usar la parte plana de la lanza, bajó la punta y se la clavó en la espalda a mi hermano, que permaneció en pie. Toshaway y los demás indios me sujetaban. Urwat cargó de nuevo y mi hermano se derrumbó sobre las flores.

Entonces Toshaway me hizo agachar la cabeza. Sabía que debía levantarme pero Toshaway no me dejaba, sabía que debía levantarme pero no quería. «No pasa nada —pensé—, pero ahora voy a levantarme.» Forcejeé con Toshaway, pero no me dejó erguirme.

Mi hermano estaba otra vez en pie. No sabía cuántas veces había sido derribado y se había puesto en pie. Urwat había dejado la lanza y ahora cargaba contra él con el hacha, pero mi hermano no se inmutó y, tras caer por última vez, los indios corrieron hacia él y formaron un círculo.

Toshaway me explicó luego que mi hermano, que se había comportado como un cobarde en todo momento, era a todas luces no un cobarde sino un *knʔtseena*, un coyote o embustero, una criatura mística enviada para ponerlos a prueba. Traía muy mala suerte matarlo: el coyote era tan importante para los comanches que no podían ni rozarlo. A mi hermano no se le podía cortar la cabellera. Había caído una maldición sobre Urwat.

Empezaron a arremolinarse y se armó un buen revuelo y tres muchachos indios me sujetaron mientras los adultos hablaban. Yo me decía que mataría a Urwat. Busqué una mirada amiga en torno, pero las alemanas no querían ni mirarme.

Arrancaron las paletillas al búfalo y varios guerreros se pusieron a cavar. Cuando hubieron abierto una fosa pasable envolvieron a mi hermano en el percal que habían cogido de la carreta de mercancías y lo metieron en el hoyo. Urwat dejó su tomahawk, otro puso un cuchillo; también metieron carne de búfalo. Discutieron acerca de matar un caballo, pero votaron en contra.

Luego nos marchamos. Vi perderse de vista la tumba, como si las gallardías ya la hubieran cubierto con su manto, como si aquel lugar no quisiera guardar recuerdo alguno de vida humana, ni de muerte; continuaría tal como mi hermano había dicho, nuestras huellas borradas nada más empezar a soplar el viento.

5

J. A. McCULLOUGH

Si fuera mejor persona no dejaría a su familia ni un centavo; unos cuantos millones, tal vez, algo para pagar la universidad o por si enfermaban. Había crecido sabiendo que si una sequía se prolongaba otro año, o empeoraban las garrapatas, o las moscas, si fallaba aunque solo fuera una cosa, la familia no comería. Claro que tenían petróleo para entonces, era un espejismo. Pero su padre se comportaba como si fuera verdad, y ella se lo había creído, así que lo era.

De niña, su padre solía dejarle terneros huérfanos para que los cuidara y, de tanto en tanto, ella juntaba los más crecidos con los novillos cuando los enviaban a Fort Worth. Ganó dinero suficiente con sus crías para invertir en acciones, y eso, decía a la gente, fue lo que le enseñó el valor de un dólar. «Más bien el valor de mil dólares», matizó una vez un periodista. No era del todo masculino. Era del Norte.

El Coronel, aunque no dejó de beber whisky en los diez años que le había conocido, nunca dormía después del amanecer. Cuando ella tenía ocho años, y él noventa y ocho, la llevó a paso lento por un prado agostado, siguiendo un rastro por el caliche que ella no atinaba a ver, en torno a matas de chumbera y espinillo de flores amarillas, siguiendo un rastro que estaba segura de que su bisabuelo imaginaba, hasta que por fin llegaron a una matojo concreto de amole y él había metido la mano y sacado un conejito. El corazón le latía a toda velocidad y ella lo abrazó contra la piel debajo de la blusa.

—¿Hay más?

No podría haber estado más entusiasmada. Los quería todos.

—Vamos a dejar los demás con su madre —dijo él.

Tenía la cara atezada, agrietada y cubierta de surcos igual que un lecho de río seco, y los ojos no dejaban de llorarle. Las manos le olían a brotes de álamo de Virginia, la savia que era como azúcar y canela y alguna flor cuyo nombre se le escapaba; siempre se detenía entre los álamos para frotarse la savia de los brotes en los dedos, una costumbre que ella también adoptó. Incluso al final de su propia vida se paraba junto a un viejo árbol y raspaba la savia anaranjada con una uña, para ir oliéndola el resto del día, pensando en su bisabuelo. Bálsamo de Gilead, le dijo alguien una vez, así se llamaba la savia, aunque no le hacía falta el nombre.

Se llevó el conejillo a casa y le dio leche, pero al día siguiente lo mataron los perros. Sabía que podía ir al matorral a por más, pero los perros acabarían por cazarlos, así que decidió dejar los demás conejos donde estaban, una decisión que le pareció muy adulta y piadosa. Y, sin embargo, no podía dejar de pensar en la piel del conejillo contra el vientre, una tersura casi líquida, la mano de su bisabuelo sobre su hombro, apoyándose en ella.

Era una niña menuda y delgada con cabello claro, nariz respingona y una piel que se bronceaba al sol, aunque imaginaba que cuando creciera tendría el pelo moreno, la piel pálida y la nariz larga y recta como su madre. Su padre bufaba al oírlo. «Tu madre no era así en absoluto —decía—. Era rubia, como tú.» Pero no era así como Jeannie pensaba en ella. Su madre murió joven, dándole a luz a los veintiséis. Solo había un puñado de fotografías, ninguna de cerca, ni buena, aunque había abundantes fotos de los caballos de su padre. Pero en las fotografías de su madre su pelo sí que parecía moreno y largo, y sí que tenía la nariz recta, y tras pensarlo, decidió que su padre sencillamente se equivocaba, que no tenía ojo para cuestiones femeninas, a menos que se tratara de ganado o caballos. Sabía que si hubiera llegado a ver a su madre con vida habría reparado en un millar de cosas que su padre pasó por alto.

En lo que se fijaba su padre era en si una vaca vieja se había quedado entre la maleza durante la recogida del ganado, o si otra vaca pasaba un segundo año sin ternero, o si un hombre nuevo, que aseguraba ser un vaquero de primera, fallaba con la lazada, o no se adentraba en la maleza con el brío necesario. Su padre se fijaba en si un toro ladino, arisco como un ciervo viejo, se mezclaba con sus novillas, y en lo que decían los mexicanos sobre la lluvia, y en cuánto trabajaban sus hijos, y en si ella, Jeannie, estaba estorbando. Pese a que su abuela intentaba disuadirla, Jeannie cabalgaba todas las mañanas con sus hermanos, siempre y cuando no fuera día de escuela. Durante la recogida del ganado iba siempre a la zaga del grupo, aunque sabía que era una ayuda adicional; su padre no la incluía en el recuento de cabezas, y a la hora de marcar con hierro candente el ganado, mientras sus hermanos hacían todo lo posible por atrapar con lazo a las vacas, aprendían a lanzar con los tumbadores o a ferretear a fuego con los marcadores, a ella solo le permitían llevar el cubo de pasta de lima para untarla en las marcas recién hechas. A veces ayudaba a hacer criadillas de ternero, cogiéndolas de un cubo lleno a rebosar para asarlas en un lecho de brasas especialmente hurgadas con ese fin. Eran dulces y tan tiernas que casi te reventaban en la boca, y las comía a puñados, pasando por alto los comentarios sarcásticos de sus hermanos, que solo entendía a medias, sobre su entusiasmo por esa exquisitez en particular.

Las criadillas de ternero eran una cosa, pero si se acercaba siquiera a los tumbadores, su padre la reprendía de inmediato. Aprendió por su cuenta, de todos modos. Para cuando tenía doce años, era capaz de flanquear y derribar tan bien como sus hermanos, era capaz de enlazar las patas delanteras de cualquier cosa que se moviera, pero daba igual. Su padre no quería que trabajara codo con codo con los hombres y a su abuela le parecía bochornoso. El Coronel, de haber seguido con vida, la habría apoyado; siempre había visto en ella lo que nadie más veía, su inquebrantable noción de su propia perfectibilidad, su certeza en que, si se empeñaba en algo, acabaría por dominarlo. Cuando el Coronel le decía, como hacía a menudo, que algún día haría algo importante, ella apenas se daba cuenta. Era como si hubiera señalado que la hierba era verde, o sus ojos grandes como los de un ciervo, o que era una chica bonita, aunque un poco pequeña, de cuya presencia hombres y mujeres disfrutaban por igual.

Así que, aunque las recogidas de ganado le parecían la encarnación misma del aburrimiento, un lento y penoso paseo detrás de una interminable hilera de novillos, lanzando latigazos con la cuerda a sus pies, caminando con una lentitud pasmosa hacia los rediles de la estación de ferrocarril, pese a todo, iba a todas las recogidas que podía. A pesar del calor y la sed del fuego de marcar –agosto era el mejor momento para hacerlo, cuando hacía demasiado calor incluso para las moscardas–, iba de todas maneras, tumbaba terneros cuando su padre no prestaba atención, las manos cubiertas de babas, manejando el hierro si el marcador le dejaba, poca presión si el metal estaba caliente, cada vez más presión a medida que el hierro se iba enfriando; no se permitía cometer errores. Les hacía gracia a los vaqueros. Sabían lo que hacía, y aunque nunca hubieran permitido que sus propias hijas participaran en el herrado, le cedían su lugar encantados para descansar a la sombra y huir del calor. Siempre y cuando no cometiera errores. Así que no los cometía.

Hubo un tiempo en que eso no era nada fuera de lo común. Un tiempo en que los ricos daban ejemplo. Cuando te ceñías a un estándar superior, cuando vivías como un ejemplo para los demás. Cuando no alardeabas de tu herencia delante de una cámara; cuando no aceptabas ser el centro de atención a menos que hubieras hecho algo. Pero ese compromiso se había perdido. Los ricos tenían tantas ganas de llamar la atención como una vulgar fregona.

Igual ella no era distinta. Había contratado a un historiador para que recopilara una historia del rancho, una historia de la familia, pero en diez años él no había hecho más que anotar todas y cada una de las cartas, recibos y papeles que había llegado a tocar el Coronel, escaneándolos en su ordenadorcito, yendo a Austin a consultar microfichas. El hombre era, se dio cuenta, incapaz de escribir el libro que había prometido.

–Puede convertir todo esto en la historia que desee –le dijo él.

–Bueno, pues escoja la mejor –respondió ella.

–Eso sería mentir –repuso él.

Era un hombrecillo gordinflón y exasperante, y ella no alcanzaba a recordar por qué había creído que el proceso debía ser tan misterioso. Había abierto la chequera y los recaudadores de fondos olisquearon el rastro, un cheque por aquí, una mención por allá, otro cheque, otra mención; el nombre del Coronel se había propagado como las raíces de un mezquite. El año siguiente figuraría en los nuevos libros de la historia del estado, esos contra los que habían luchado todos los liberales.

Si no trabajabas, no comías. Si no despertabas de noche, hiciera diez grados bajo cero o cuarenta, si no pasabas el día entero entre el polvo y los espinos, no sobrevivirías, la familia no sobreviviría, Dios te había bendecido y lo habías echado todo a perder.

Más adelante, cuando era lo bastante mayor para consultar la contabilidad, se dio cuenta de que la familia había estado a salvo en todo momento. Pero ya era tarde. No podía quedarse de brazos cruzados sin pensar en los coyotes mirando sus terneros, en molinos de viento a los que había que lubricar los engranajes o revisar las varillas de accionamiento, en cercas derribadas por el viento o por personas descuidadas. Más adelante, cuando dejó de preocuparse por el ganado, pasó a hacerlo por el petróleo. Qué pozos producían más o menos de lo que había esperado (menos, creía, era siempre menos), qué nuevos campos podían entrar en liza y a qué antiguas apuestas estaban renunciando las grandes compañías. A qué perforadores se podía contratar, quién se había quedado sin crédito, qué se podía comprar a la baja. Todos los pozos se agotaban: en cuanto dejabas de buscar pozos nuevos, las fortunas entraban en declive.

«¿Qué hago en este suelo?», pensó. Miró en torno. Había bruma en la habitación. Se preguntó si habría un problema con el humero. Y las punzadas en la cabeza; no era el dolor de un derrame. Había habido alguien en la habitación con ella, estaba segura.

Lo que había ido mal con sus hijos…, siempre había dado por supuesta una flaqueza por parte de Hank, aunque también podía haber sido la ciudad, las escuelas a las que habían asistido, los amigos que habían hecho, sus profesores liberales. Había cosas que los chicos hacían en la ciudad, pero el trabajo no estaba entre ellas, y pasar los fines de semana cabalgando con los vaqueros no era más que otra diversión, como la doma de caballos o el esquí. Para más inri, si querían llegar al rancho y regresar a tiempo para ir a clase el lunes, tenían que ir en avión. Sus hijos no eran estúpidos. Sabían que los auténticos vaqueros no iban a trabajar en aviones privados.

Además, carecían de la constitución necesaria. Hacerles trabajar durante el verano quedaba descartado. Julio y agosto eran los meses más calurosos de todos, calurosos como las llanuras de África, un fuego de herraje del que no se podía escapar. La ropa se empapaba en cuestión de minutos, una pasta mugrienta sobre cada centímetro de piel, y aunque ella creció pensando que era normal, desagradable pero normal, sus hijos no podían soportarlo ni una hora. Susan se desmayó y se cayó del caballo.

A J. A. la abochornaba, aunque nadie más pensaba así. Había empezado a dudar de sí misma. Fue solo más adelante, cuando los chicos eran adultos, cuando supo que había estado en lo cierto, que una vez las personas crecían acostumbradas al dinero gratis, a trabajar solo cuando les venía en gana, empezaban a pensar que había algo humillante en el trabajo. Se desesperaban por disculpar su holgazanería. Llegaban a creer que las propiedades de su familia eran algo inherente a la vida misma, como el agua o el aire o las sábanas limpias.

«Deberías desprenderte de todo este dinero ahora mismo», pensó. Pero ya era muy tarde. Había echado a perder a su hija; tal vez a su hijo también. Pensó en ello y se sintió asqueada…, el dinero no era lo único; sabía lo que les había hecho a sus hijos. No podía dilucidar si dejarles más dinero era una penitencia o una extraña forma de castigo adicional. «Eres mala cristiana», pensó.

Cuando murió su padre, dejó de ir a misa de inmediato. Si rezando no se podía mantener con vida a la familia, no veía de qué servía. Pero después de trasladarse Hank y ella a Houston, empezó a ir de nuevo. Si no ibas, estabas marcado. En realidad no pensaba en si creía, aunque en la década anterior había recobrado la fe, y decían que eso era lo único que importaba. Siendo anciana, en realidad no había mucha opción —la salvación o la nada eterna—, y no era de extrañar a quién se veía en la iglesia: no eran jóvenes con resaca y toda la vida por delante.

Recordó un sermón en el que el pastor mencionó a algunas personas interesantes a quienes te encontrarías en el cielo: Martin Luther King hijo (para los negros), Mahatma Gandhi, Ronald Reagan. Salvo que el pastor no habría mencionado a Gandhi. A John Wayne, tal vez. Daba que pensar: todas las personas interesantes en el cielo, todo el mundo querría hablar con ellos. No hacía falta darle muchas vueltas para caer en la cuenta de que tendría que haber un cielo aparte para los famosos, igual que en la tierra, un lugar donde no se les molestara, una comunidad privada. Se preguntó si ella iría a parar allí. Pero en el cielo no había nada semejante al dinero, así que tal vez la gente dejara de prestarle atención. Trump, Walton, Gates, ella; no revestirían más interés que los basureros.

Naturalmente, sería agradable reunirse con Hank, con sus chicos, Tom y Ben, también con sus hermanos, pero ¿y Ted, que había sido su amante durante veinte años después de Hank? Alguien estaría celoso. Y Thomas —ese pequeño detalle—, ¿estaría presente?

Si hacías caso de lo que decían sobre el cielo, era una ciudad inmensa con doce puertas. Nada de comida, evacuaciones ni sexo; estabas por ahí en trance escuchando música de arpa. Como un hospicio del que no podías marcharte nunca. Se acostaría con todos los hombres agraciados que encontrara. Por lo que, por supuesto, iría al infierno.

«No me dejes morir», pensó. Abrió los ojos. Seguía en el suelo de su salón, tendida en la alfombra de color borgoña. El fuego continuaba encendido. ¿Había cada vez más luz? No hubiera sabido decirlo. Se esforzó por mover la cabeza, y luego las piernas, pero no notó nada.

6

LOS DIARIOS DE PETER McCULLOUGH

12 DE AGOSTO DE 1915

La prensa ya está publicando su versión, directa de los labios del Coronel. Lo siguiente quedará como única acta verídica:

Ayer nuestro segundo, Ramírez, cabalgaba por uno de los pastos del oeste cuando vio a unos hombres que llevaban ganado de cara blanca hacia el río. Como los García siguen teniendo sobre todo ganado sin mejorar, era evidente a quién pertenecía.

Acababa de anochecer cuando los alcanzamos en el agua. La mayor parte del ganado ya había cruzado y la distancia era extrema, cerca de trescientos metros, pero todos –Glenn, Charles, yo mismo, el Coronel, Ramírez, nuestro capataz Rafael Garza, y un puñado de vaqueros más– empezamos a disparar de todos modos, con la esperanza de asustar a los cuatreros y que abandonaran el rebaño. Por desgracia, eran perros viejos y, en vez de dejar el ganado, unos cuantos desmontaron para responder a nuestros disparos mientras los otros seguían conduciendo las reses hacia la brasada en el lado mexicano. Alcanzaron a Glenn en el hombro, un disparo a la buena de Dios desde la otra ribera.

De regreso en la casa aguardaban dos Rangers junto con el doctor Pilkington, al que Sally llamó al oír el tiroteo. La bala no había alcanzado la arteria, pero Glenn iba a necesitar cirugía y Pilkington creyó que lo mejor era llevarlo al hospital de San Antonio. Mientras él y Sally vendaban la herida de Glenn, hablé con el sargento de los Rangers, un rubito de aire severo que parece que se hubiera fugado de una cárcel. Tiene tal vez veinte años, pero el otro Ranger está claramente asustado de él. Hay que tener cuidado con los tipos pequeños en Texas; tienen que ser diez veces más viles para sobrevivir en esta tierra de gigantes.

Una pandilla de mexicanos no dispara contra un adolescente blanco sin que haya represalias y yo había querido que hubiera tantos representantes de la ley como fuera posible, pero me bastó con echar un vistazo para darme cuenta de que estos Rangers no iban a ser de mucha ayuda. Aun así, era mejor que Niles Gilbert y sus amigos de la Liga del Orden Público.

—¿Cuántos más van a venir? —le pregunté al sargento.

—Ninguno. Ha tenido suerte de que vengamos nosotros. Tendríamos que estar en el condado de Hidalgo.

Hizo ademán de escupir en la alfombra, pero se contuvo.

Por supuesto, el rancho King tiene toda una compañía estacionada allí permanentemente, pero no merecía la pena mencionarlo.

Cargamos a Glenn en la trasera del coche de Pilkington. Sally se subió tras él. Glenn tenía un aspecto lamentable y sentí deseos de acompañarle, pero sabía que era la única voz de la razón en treinta kilómetros a la redonda; si me marchaba no quería imaginar la escena con que podía encontrarme a mi regreso.

Sally se asomó por la ventanilla y susurró:

—Tienes que matar a todos y cada uno de esos cabrones.

No dije nada. Por estos pagos, frases así se transforman rápidamente en hechos.

—Eres hijo del Coronel, Pete. Esta noche tienes que portarte como tal.

—Creo que han sido José y Chico —gritó Glenn—. Por su manera de montar a caballo.

—Estaba muy oscuro, muchacho. Y estábamos todos muy cansados.

—Bueno, estoy seguro, papá.

Otra clase de hombre no habría dudado de su propio hijo, que yacía pálido en la trasera de un coche. Pero, naturalmente, no dudaba de él en absoluto; dudaba de mi padre.

—Muy bien —le dije—. Eres un valiente.

Se fueron. Yo dudaba que Glenn creyera de veras haber visto a José y Chico hasta que oyó que lo decía el Coronel. Mi padre es capaz de meter cosas en la cabeza a otros sin que se den cuenta.

El ánimo que había era el de atacar a los García de inmediato, antes de que tuvieran tiempo de hacerse fuertes en su casa mayor. Todos los vaqueros se habían reunido y esperaban fuera, fumando cigarrillos o mascando tabaco, listos para derramar sangre por su patrón.

También habían llegado una docena o así de blancos: el sheriff Graham de Carrizo, dos agentes, otro Ranger, el nuevo guarda del coto de caza. Asimismo: Niles Gilbert, sus dos hijos y dos miembros de la Liga del Orden Público que habían venido de visita de El Paso. Gilbert trajo un cajón de rifles Krag y varios cientos de cartuchos de su tienda, pues había oído que venían más.

—¿Vienen a qué? —dije.

—A ayudaros a echar a esas víboras.

—Las víboras en cuestión están al otro lado del río —señalé.

Me lanzó una mirada. A punto estuve de hacerle ver que yo había pasado cuatro años en la universidad frente a sus cuatro años de secundaria. Pero es él quien considera que la mejor manera de dar uso al poder es humillando al prójimo. Para el caso podría haberle dado explicaciones a un asno.

Siempre he poseído una memoria casi perfecta, cosa que Charles y mi padre saben muy bien, pero ninguno de los dos me apoyó cuando se lo señalé a los demás. Hacía menos de tres horas de los acontecimientos, pero los hechos ya estaban cambiando: hombres que habían surgido cual aparecidos, sus camisas blancas apenas discernibles en el crepúsculo, se veían ahora claramente. Les recordé a todos que estaba muy oscuro para identificar a nadie —tan oscuro, de hecho, que los fogonazos de nuestras propias armas nos habían cegado—, pero ya no tenía importancia. A la luz de la memoria, había luz suficiente para ver caras, y las caras eran las de los García.

Sugerí que esperásemos la llegada de más Rangers o del ejército —estaba ansioso por demorarlo hasta el amanecer, cuando es más difícil linchar a los hombres–, pero Charles, que hablaba por la mayoría de los presentes, dijo que primero no podíamos dejar que disparasen contra Glenn sin más, y segundo que el ejército no iba a venir en absoluto, ya que el general Funston había dejado claro que solo interferiría si disparaban directamente contra sus soldados. No iba a poner a sus hombres a perseguir a vulgares cuatreros. A menos, claro, que hubieran robado ganado brahman del rancho King.

Al oírlo me deprimí aun más. Los soldados son los únicos agentes del gobierno en el sur de Texas que no tienen una marcada tendencia a disparar contra los mexicanos. Por lo que a los Rangers respecta, son los mejores y a la vez los peores. El sargento señaló que solo eran treinta y nueve en todo el estado de Texas; el que hubiera tres en la misma habitación (había llegado un tercero de Carrizo) era un milagro.

«Un milagro ¿para quién?», pensé. Había en la sala el ambiente de una asociación de ganaderos, viejos amigos que discutían cortésmente derechos de pasto y a qué políticos deberíamos apoyar y cómo íbamos a conseguir que nuestro ganado siguiera siendo competitivo en los mercados del norte. El Coronel metió baza desde el gallinero y expuso una larga argumentación a favor de Charles, en lo que ahora he empezado a considerar su típica alianza impía. Aseguró que la herida de Glenn era responsabilidad suya, pues cincuenta años atrás había tenido la oportunidad de expulsar de sus tierras a los García de una vez por todas, y no la había aprovechado, y antes muerto que dejar que ocurriera lo mismo dos veces en una sola vida.

Señalé que debido a sucesos diversos en nuestras tierras nuestro árbol genealógico ya había perdido unas cuantas hojas. Mi padre fingió no hacerme caso.

–He perdido aquí a mi madre, a un hijo y a un hermano –dije–. Y ahora otro hijo va camino del hospital. Prefiero esperar a que amanezca.

Todos coincidieron en que nuestra familia había sufrido grandes tragedias, pero lo mejor era enfrentarse a Pedro lo antes posible. Ahora era un problema de la comunidad –no solo nuestro–, porque no había manera de saber quién sería la siguiente víctima de los García.

Expuse otro argumento, a saber, que Pedro García tenía tanto orgullo como el que más, y que si se veía acosado por una muchedumbre, sin duda no entregaría a su yerno, ni a ningún otro miembro de su familia; pero si se lo pedía la ley, a la luz del día, sería harina de otro costal.

—La ley somos nosotros —dijo el sargento de los Rangers.

Los demás se mostraron de acuerdo. Ninguno se habría planteado siquiera rendirse ante una turba armada en plena noche, pero no veían por qué los García no habrían de hacerlo. Me planteé mencionarlo, pero en cambio dije:

—Con todo respeto, sería mejor esperar al amanecer. Pedro entregará a los culpables si tienen algo que ver con su familia.

No solo desestimaron la sugerencia, sino que se oyó murmurar que igual lo mejor era que me retirara a la cocina y aguardara con las demás mujeres. Esperaríamos un poco más la llegada de refuerzos, que sin duda estaban en camino, pues a estas alturas la noticia ya había corrido por los cuatro condados.

Sacrificaron un cochinillo y lo pusieron a asar; sirvieron lomo de ternera con tortillas y alubias, sacaron la mantelería buena, encendieron la chimenea y sirvieron café. Los hombres se quedaron en el salón, hablando u hojeando ejemplares antiguos del *Veterano confederado*, las botas en alto, los rifles ladeados en la suntuosa sala en penumbra con sus dibujos de ruinas florentinas, sus bustos y estatuas, manoseando ociosamente los labrados de sillas y mesas, resistiendo la tentación de tallarlas con sus navajas, todo a su alrededor comprado al por mayor a un hombre de Filadelfia fallecido, el contenido de la casa entera, incluidas las ventanas de Tiffany, compradas y enviadas, la casa construida a medida para ellas. Ni un solo hombre preguntó por los mármoles; se pararon a admirar el cuadro *Lee y sus generales*, un grabado de baratillo que tenían en sus propias casas, y luego fueron a servirse más ternera y café.

En torno a las tres de la madrugada llegaron quince hombres más; una hora después apareció otra docena en dos furgonetas Ford. Hasta entonces albergaba la esperanza de que el plan se frustrara, porque teníamos menos de cuarenta hombres, frente a los veinte o así de los García, que estaban protegidos prácticamente por una fortaleza. Ahora contábamos con más de sesenta, todos con rifles de repetición, unos cuantos Remington y Winchester automáticos. El Coronel no podía disimular su satisfacción.

–Ha recibido un disparo uno de tus nietos –le dije– y el otro está a punto de entrar en combate. No alcanzo a entender qué te hace tan feliz.

Me lanzó una mirada dándome a entender, por enésima vez, cuánto lamentaba que hubiera abandonado mis estudios para volver al rancho. Procuré tener presente que es de otra era. No lo puede evitar. Naturalmente, está el tercer nieto que no mencioné, mi tocayo, enterrado ahora junto a mi madre y mi hermano.

Fui al piso de arriba a mi despacho, me recosté en la oscuridad entre mis libros, el único consuelo que tengo. Un exiliado en mi propia casa, mi propia familia, tal vez en mi propio país. Fuera los coyotes lanzaban hipidos a lo lejos; en la galería los vaqueros hablaban en español en voz queda. Alguien contó un chiste. Si estaban nerviosos o se estaban replanteando la perspectiva de atacar a sus compatriotas, no alcancé a oírlo. Supe que las cosas iban a ir a peor.

Debí de dormirme, porque oí que alguien gritaba mi nombre. Al principio pensé que era mi madre que me llamaba para cenar; estábamos en la vieja casa de Austin, con los campos verdes y el bosque y los arroyos que corrían toda la noche. Mi madre y sus manos suaves, el olor a rosas que dejaba allí adonde iba. Pensé en esas cosas y me permití olvidar dónde estaba, y por unos instantes no me cupo duda de que era joven otra vez, que no nos habíamos mudado a este país monstruoso donde dieron comienzo todas nuestras desgracias. No sé cómo el Coronel puede amar el lugar que se ha llevado a tantos miembros de nuestra familia y es posible que aún se lleve algunos más.

Eran casi las cinco de la mañana cuando nos pusimos en marcha. Cerca de setenta hombres. Todos habían pasado la noche en vela, pero estaban tan sombríos y despiertos como si fueran camino de Yorktown o Concord. El Coronel llevaba el chaleco de cuero que es famoso en el pueblo, pues todos creen que está hecho de cabelleras apaches. Incluso los Rangers le trataban con respeto, como si estuvieran en presencia de un general, en vez de un viejo que ni siquiera fue un auténtico coronel, sino un coronel provisional, y luchó por la causa de la esclavitud humana.

Los vaqueros iban en formación de brigada en torno a él; el Coronel no tiene en mucha estima a los mexicanos, y aun así están todos dispuestos a morir por él. Yo, por el contrario, me considero su aliado —ningún patrón ha sido más generoso—, y me desprecian.

Una hora antes de amanecer maneamos los caballos y seguimos a pie hacia la casa de los García, desde la que se domina el paisaje en torno con su torre de vigilancia, sus altos muros de piedra y parapetos. Hace cien años era un baluarte de la civilización en el desierto, una plaza fuerte contra la intemperie plagada de indios, pero ahora, en la mente de los hombres que se dirigían hacia ella, se había convertido en otra cosa: el guardián de un orden antiguo, menos civilizado, que se oponía al progreso y a todo lo bueno que había sobre la faz de la tierra.

Me introduje en la maleza. Vi que el Coronel se agazapaba cerca. Me miró y sonrió y no atiné a ver si sonreía porque le ilusionaba el enfrentamiento armado o porque se enorgullecía de que yo asistiera al antiguo ritual familiar.

Por lo que a nuestros vecinos del pueblo respecta, todos se consideraban grandes héroes, pero ni uno solo de ellos había vivido aquí en los viejos tiempos; habían mantenido la distancia hasta que esto fue seguro. Me pregunté cómo había acabado en el mismo bando que hombres así. Ya solo por eso pensé que debía ponerme de parte de los García.

Poco después me crucé con Charles. Estaba muy nervioso y le pedí que volviera a casa conmigo, para lavarse las manos de lo que estaba a punto de ocurrir, pero eso quedaba descartado. Él creía que estaba a punto de tomar parte en un ritual importante; estaba a punto de hacerse hombre. Siempre me había preocupado que le picara una serpiente o le coceara un caballo, recibiera una cornada o fuera pisoteado, pero había sobrevivido a todo eso y aun así yo le había fallado. Ahí estaba, sudoroso pese al frescor de la noche, aferrado al rifle, listo para hacer la guerra contra hombres que habían asistido a su bautizo.

Desde la casa mayor de los García se divisaba lo que quedaba de su antigua aldea, unos pocos edificios pequeños y una vieja visita, todo construido de adobe o bloques de caliche, varios acres de corrales de leña. Un muro de piedra rodeaba el patio —una reliquia de los tiempos en que se dejaba a las vacas fuera de las cercas, en vez de dentro—, y fue allí donde establecimos nuestra posición, la casa rodeada por tres costados, a una distancia de sesenta metros escasos. El ánimo sombrío no había cambiado. No se trataba de un mero linchamiento, sino del derrocamiento de un antiguo orden, el rehacimiento de las cosas de cara a un nuevo mundo.

Luego Pedro estaba allí plantado. Se había peinado pulcramente hacia atrás el pelo tupido y cano; llevaba una camisa blanca limpia y los pantalones metidos en las botas limpias. Se mostró sorprendido al escudriñar el gentío, fijándose en cuántos vecinos suyos había, hombres cuyas familias conocía, cuyas esposas e hijos conocía. Arrastrando los pies con rigidez como un hombre que subiera al cadalso, salió a la galería y se llegó al borde de las escaleras. Empezó a hablar, pero tuvo que lanzar un carraspeo.

—Mis yernos no están aquí. No sé dónde están, pero me gustaría verlos colgados tanto como a vosotros. Por desgracia, no están aquí.

Se encogió de hombros como avergonzado. Si hay algo peor que un hombre orgulloso aterrorizado, no he llegado a verlo.

—Igual podría entrar alguno de vosotros para que hablemos de cómo dar con ellos.

Dejé el rifle, salté el muro y avancé hasta quedar en mitad del patio de Pedro, entre nuestros hombres y los suyos. Todos los de nuestro bando parecían nerviosos, pero se enfurecieron enseguida, porque vieron que intentaba privarles de su diversión.

—Voy a hablar con Pedro —les dije—. Si el sargento y sus hombres quieren entrar conmigo, podemos solucionar todo este asunto.

Miré al sargento. Negó con la cabeza. Tal vez le preocupaba que fuese una trampa; igual le preocupaba que no fuese una trampa: no era fácil saberlo.

—La mayoría sabéis que Glenn es hijo mío —continué—. Y que el ganado perdido también era mío. Esta lucha no es más que mía. Y no la deseo.

Todos dejaron de mirarme. Glenn y nuestro ganado ya no tenían nada que ver con eso. Se pusieron de rodillas y en cuclillas como si, sin cruzar una sola palabra, hubieran decidido que yo no existía, tal como una bandada de pájaros cambia de dirección sin que ningún individuo parezca tomar la iniciativa. Resonó un disparo en alguna parte hacia mi derecha, y luego, de súbito, lanzaron una fuerte andanada desde nuestras posiciones. Oí y sentí las balas que restallaban rozándome la cabeza y caí a la hierba.

Pedro también cayó. Quedó tendido en el porche cogiéndose el estómago pero dos hombres se precipitaron afuera y lo metieron en la casa mientras las balas astillaban el marco de la puerta en torno a ellos.

Por encima del murete de piedra alcancé a ver a todos nuestros vecinos, las cabezas y los cañones de sus armas asomando, el humo que ascendía y los lustrosos casquillos de latón que saltaban en el aire, las rociadas de polvo y piedra al incrustarse las balas en el muro. No podía moverme sin que me alcanzaran desde un lado u otro, así que me quedé allí tendido con la hierba debajo y las balas pasando por encima. Me sentí curiosamente a salvo, luego me pregunté si ya me habrían alcanzado; me notaba a la deriva, como si estuviera en un río, o en el aire, mirando hacia abajo desde una gran altura, todo carecía de sentido, para el caso como si nunca hubiéramos salido arrastrándonos de los pantanos, no éramos más capaces de entender nuestra propia ignorancia de lo que un pez, al levantar la vista desde un remanso, alcanza a comprender la suya.

Las balas seguían chasqueando por encima de mi cabeza. Miraba a Bill Hollis cuando surgió una nubecilla pálida y abrió los ojos de par en par como si de pronto hubiera entendido algo. Su rifle cayó con estrépito por encima del muro y apoyó la cabeza en la piedra igual que si echara una siesta. Me vino a la cabeza una imagen de él tocando el violín en nuestra sala mientras su hermano cantaba.

Mientras tanto estaban haciendo pedazos la casa a tiros. La gruesa puerta de roble, de trescientos años de antigüedad y traída de una hacienda familiar en España, había quedado reducida a astillas. Los parapetos se estaban desintegrando, igual que la parte superior del muro de piedra. Los sillares de caliche eran restos de otra era, aptos para detener flechas y balas de mosquete pero no proyectiles con recubrimiento, había una densa nube de polvo brotando de la casa, el polvo de sus propios huesos.

Al cabo dejaron de devolver los disparos. En algún momento durante el tiroteo había salido el sol y los rayos de luz brillaban por las viejas troneras. Todas las puertas y ventanas colgaban de astillas; salvo por el polvo reciente, la casa podría haber llevado abandonada un siglo. Empecé a acercarme poco a poco al muro.

—Volved a cargar —gritó alguien—. Que todos vuelvan a cargar.

Llegué al muro y lo trepé. El joven sargento de los Rangers les decía a los hombres reunidos:

—… Yo entro por la puerta, vosotros me seguís, os apartáis del umbral en cuanto podáis pero no avancéis más rápido de lo que seáis capaces de disparar. Los mexicanos estarán en los rincones. No paséis de largo un rincón, no deis la espalda a un rincón, a menos que vosotros o algún otro esté disparando contra él. —Alzó la cabeza para que lo vieran todos—. Cuando me levante —gritó— quiero que vaciéis los cargadores contra el edificio. Pero en cuanto me veáis saltar este muro, dejad de disparar. ¿Entendido?

No confié en que nadie le hubiera oído. Entre el pitido en los oídos y el espectáculo de destrucción ante nosotros, cada cual estaba en su propio mundo. Pero de algún modo la mayoría se mostraron de acuerdo y a quienes no lo hicieron les gritaron las instrucciones al oído.

Cuando el sargento se puso en pie, se inició una larga descarga que no cesó hasta que por fin agitó las manos y gritó un buen rato y entonces él y una docena de hombres, incluido Charles, se precipitaron hacia la galería. Grité a Charles que regresara, pero no me oyó, o fingió no oírme, y entonces me di cuenta de que el viejo gordo de Niles Gilbert no había ido, ni tampoco ninguno de sus dos hijos.

La puerta principal estaba tan destrozada que la cruzaron sin más. Los disparos comenzaron de nuevo, aumentando el tempo a medida que entraba cada hombre en la casa hasta hacerse casi continuo. No veíamos nada de lo que ocurría dentro, solo sombras oscuras que pasaban detrás de puertas o ventanas, algunas balas que se escurrían afuera y levantaban polvo en el patio. Luego se hizo el silencio y entonces se oyó un súbito «pop, pop, pop». Luego se hizo el silencio y entonces se oyeron unos cuantos disparos aislados. Después no me atrevía a mirar. A lo lejos se veía el Nueces y las verdes llanuras fluviales en derredor, el sol que seguía saliendo, iluminando el manto de polvo, el aire alrededor de la casa mayor de un tono naranja brillante como si estuviera a punto de acontecer un milagro, el descenso de unos ángeles, o tal vez lo contrario, una suerte de erupción, el ascenso de un fuego ancestral que nos barrería a todos de la faz de la tierra.

Intenté encontrarle algún sentido. Era la mejor tierra en kilómetros a la redonda, terrenos altos y bien irrigados: no habíamos sido los primeros en luchar allí. Si rebuscáramos en la tierra encontraríamos los huesos de piernas aplastadas, costillas hendidas a lanzazos.

Entonces alguien agitaba el sombrero. Era Charles. Tenía la camisa hecha jirones y le sangraba el brazo. Gritó que bajáramos las armas pero nadie se movió así que me levanté y volví a saltar el muro, agitando los brazos y recorriendo nuestras posiciones de aquí para allá de modo que los demás bajasen los rifles.

Intenté ocuparme del brazo de Charles, pero me apartó. Por lo visto eran perdigones.

—Déjame echarle un vistazo —dije.

—Ni siquiera me duele aún.

Luego, como si yo tuviera alguna enfermedad, no me dejaría ni acercarme a él.

En el interior de la casa, era como si hubieran llamado a unos obreros para llevar a cabo una demolición. O hubieran franqueado el paso a un museo a unos vándalos. Mobiliario antiguo hecho pedazos, tapicería hecha jirones y el relleno derramado como si hubiera invadido la casa una bandada de pájaros, cuadros viejísimos y oscuros de matriarcas y patriarcas, un retrato bizantino de Cristo, antiguos edredones, grabados, armas, cruces, todo perforado o aplastado o derribado. Una Biblia iluminada, el orgullo de la familia de Pedro, caída de su lugar en el altarcito y descuadernada sobre el enlucido.

En la sala de estar conté cinco hombres muertos y una mujer también muerta, con tantos disparos que hasta la última gota de sangre se les había escurrido del cuerpo y se había mezclado con las astillas, el polvo y la tapicería desventrada. Uno parecía lo bastante mayor para ser Pedro pero cuando le di la vuelta era César, un vaquero, un hombre que nos ayudaba en las recogidas de ganado desde que yo era niño. Al arrodillarme para darle la vuelta se me empaparon los pantalones y cuando me levanté el tejido oscurecido se me pegó a las piernas.

Me llamó la atención algo debajo de un sofá: una niña con vestido azul. A su lado un niño de seis u ocho años, también muerto. Para entonces se había levantado una barricada entre mis ojos y mi mente; los observé con interés científico; ahí estaba la sangre, allí los orificios. Detalles menores; charcos de color carmesí intenso, huellas de manos y botas y largos manchurrones por donde habían arrastrado a los heridos, rociadas de sangre en las paredes que indicaban algún momento final, alguna historia que no se contaría nunca. Un joven con el blanco de la espina dorsal a la vista, otro tirado como si estuviera borracho; los sesos se le habían derramado sobre la camisa. Vi a otros mirando con el mismo interés sereno; cuando la sangre no es de los tuyos, para el caso podría ser vino o agua.

En la cocina, seis muertos; tres vaqueros de Pedro —Romaldo, Gregorio y Martín— junto con la hija mediana de Pedro, Carmen. Dos hombres se miraban fijamente por encima de los cadáveres desplomados de las nietas gemelas de Pedro, con vestidos blancos y trenzas a juego. La estancia olía igual que un matadero; sangre y el olor almizcleño de los vientres abiertos, heces de los cadáveres, pero también había algo dulce —rosas— que sospeché que había inventado mi mente a partir de una ciénaga de sensaciones confusas.

Fui al despacho de Pedro. Estaba sorprendentemente incólume y me sentí cansado; tomé asiento en la silla delante de su mesa tal como había hecho muchas veces. Decidí que dejaría que los otros hicieran las averiguaciones necesarias. Aunque naturalmente sería peor. No había absolución. Me levanté y seguí el aroma de agua de rosas hacia uno de los dormitorios, donde la puerta había sido perforada por dos grandes agujeros de escopeta, el polvo del enlucido machacado bajo mis pies.

En el extremo opuesto de la habitación, en mitad de su cama con dosel, Pedro yacía boca arriba como si estuviera echando la siesta. El aroma a agua de rosas era tan intenso que casi tuve arcadas. Un precio bajo. Cuando me acerqué vi su cara, la almohada y la ropa de cama manchadas. Algo —un par de dientes— le había sido arrancado de la boca. Se habían posado sobre su rostro unas plumas blancas.

Allí había habido un enfrentamiento: la pared del fondo estaba horadada de balas, las cómodas y los armarios astillados, las joyas desperdigadas. Me pareció oír hablar a Pedro, pero no era más que una ilusión provocada por el zumbido en los oídos. Cerca de los pies de la cama yacía Ana, la hija menor de Pedro, su vestido de los domingos empapado hasta la cintura, la espalda y el cuello arqueados como si hubiera cobrado fuerzas para gritar algo. Había un viejo Colt del ejército.

Lourdes García estaba al otro lado de la cama, aferrada todavía a una antigua escopeta española.

Justo entonces el vigilante del coto de caza entró en la habitación, supervisó los daños y me dijo que no tocase los cadáveres.

—Si no te largas de aquí cagando leches —le dije—, mañana tendrás que buscar otro empleo.

Le alisé la falda a Ana y puse a ella y a Lourdes en la cama junto con Pedro. Fue un gesto sin sentido. No tardarían en sacarlos fuera. Salí del dormitorio.

En uno de los armarios de otra habitación encontramos a una mujer de treinta y tantos. Estaba viva. «¿Estás herida?» Supuse que era María, la hija soltera, pero tenía la cara tan sucia y ensangrentada y la mirada tan enloquecida que no lo supe con seguridad. Me miró. Me dejó hacer cuando le pasé los dedos por el cuero cabelludo y entre el pelo para comprobar si tenía heridas, luego le abrí rápidamente la blusa para mirar delante y detrás en busca de lo mismo, se la cerré, le levanté la falda para examinar la zona de la cadera y la cintura. No estaba herida. Permaneció muda mientras le alisaba la ropa.

La llevé afuera y la dejé en manos de Ike Reynolds y sus hijos, a quienes considero respetables. Poco después se marcharon a caballo. No sabía qué familia le queda a María; los García llevan en este país mucho más que cualquiera de las familias blancas. Antaño fueron hidalgos a carta cabal, pues esta tierra les fue concedida por el mismísimo rey de España. Pedro nunca mencionó familiares en México; no se consideraba mexicano.

Fuera el sol ya estaba en lo alto. Charles y uno de los Rangers habían sido alcanzados por perdigones, pero no los tenían alojados muy adentro. Pensé en la escopeta que tenía Lourdes. Me pregunté si Charles la habría matado, o si habría matado a Pedro, o tal vez a Ana.

El amigo de Niles Gilbert de El Paso, que tantas ganas tenía de «naturalizar» a algunos mexicanos, había recibido un tiro en la boca. Noté una fugaz satisfacción en mi interior que desapareció enseguida; se le consideraría un mártir. El sargento rubio de los Rangers había resultado herido en la mano y el antebrazo y una bala le había rajado la culata de la carabina.

Heridos o no, los doce asaltantes con vida estaban sentados en silencio en el porche, unos tendidos boca arriba, otros con las piernas colgando del borde, mirando el tejado o el cielo. Sullivan les levantaba la camisa en busca de heridas, gritándoles instrucciones al oído. Me pregunté de nuevo si habría sido Charles el que disparó contra Pedro y Lourdes, pero ahuyenté la duda por segunda vez.

Mientras tanto, los hombres del muro habían empezado a acercarse. Habían tendido a Bill Hollis a la sombra. Su hermano Dutch estaba sentado junto a él. Trajeron a otros cuatro. Vi que uno era un vaquero nuestro, aunque no tuve ánimo para acercarme a ver de quién se trataba.

Unas horas después apareció el fotógrafo. Los Rangers posaron con los cadáveres de los hombres de la familia García, la mayoría de los muertos con la cara desfigurada a balazos, un detalle que se perdería en las imágenes impresas. Se verían desenfocadas, muy sucias, como las caras de todos los muertos.

Nadie comentó la ausencia de los yernos de Pedro. Tal como este nos había dicho, no estaban en la casa. Los cadáveres de las mujeres y los niños se dejaron a la sombra, separados de sus hombres, tal vez de resultas de algún impulso anticuado, tal vez para que no apareciesen en las fotografías.

Al ver al fotógrafo tomar instantáneas de los vecinos del pueblo posando con los García —se había formado una cola deslavazada— empecé a notarme más cansado aún. Sabía lo que cualquiera que viese las fotografías pensaría, o más bien no pensaría, de los García, cuyos restos estaban tan apelmazados por el polvo y la sangre reseca que apenas se distinguían del caliche. El público se fijaría únicamente en los hombres vivos, que habían llevado a cabo la heroicidad, mientras que los muertos ni siquiera les parecerían hombres. Eran atrezzo, como una pantera o un ciervo abatido, habían vivido toda su vida a fin de morir justo para ese momento.

Seguía llegando gente del pueblo, ahora mujeres y niños. Nuestros vaqueros desaparecieron, llevándose el cadáver de su camarada caído, mientras los vigilantes y sus esposas registraban los armarios. El mobiliario dentro de la casa mayor era muy valioso; la mayor parte había venido de su país de origen: antiguas armas y armaduras españolas, plata en abundancia. Los García habían sido en otros tiempos muy ricos y supe que cuando regresara me encontraría la casa desvalijada por completo.

Por lo que a mí respecta, siempre he sabido que no dejaré nada tras de mí en este lugar, ningún indicio de haber pasado por aquí, pero para los García era distinto, porque habían esperado, y creído, que lo dejarían.

7

ELI McCULLOUGH

Dos días después de morir mi hermano yo seguía teniendo fiebre. Los indios me tenían atado al caballo. Seguía con fiebre y seguíamos en el Llano, y la mañana del tercer día vi algo que brillaba a lo lejos, algo que tomé por una ciudad, y a medida que nos acercamos vi que flotaba en el aire, una ciudad brillante sobre una colina, y supe que mi madre había estado en lo cierto, que el calor de la fiebre o algún indio gracioso había acabado conmigo y no tardaría en reunirme con el resto de mi familia. Supe que debía estar feliz, pero me sentí más triste de lo que nunca había estado.

Cuando nos acercamos vi que no era una ciudad en absoluto. Era un cañón rodeado de paredes casi verticales y seguía flotando kilómetros por encima de nuestras cabezas, como si hubieran desarraigado de la tierra una cordillera montañosa; había un largo río reluciente y manadas de ciervos en movimiento y mi madre no había estado en lo cierto. Los indios me estaban llevando a su venturoso cazadero, donde seguiría siendo su prisionero incluso después de muerto.

Sufrí un acceso de llanto, pero nadie me oyó debido al viento. Poco después llegamos al lugar en sí. Era un cañón como es debido pegado al suelo, pero un espejismo en el cielo lo reflejaba. Era más grande incluso de lo que el espejismo lo hacía parecer; casi veinte kilómetros de ancho por unos trescientos y pico metros de profundidad, con salientes como aletas y torres y grandes chimeneas naturales cual puestos de observación, mesetas y colinas menores, con arroyos que corrían espejeando entre la roca rojiza. Había álamos de Virginia y almezos, y el lecho del valle estaba cubierto de hierba y flores silvestres.

Nos llevó una hora descender hasta allí, y luego acampamos temprano a orillas de un arroyo limpio. Había un cráneo con un colmillo enorme petrificado que asomaba de la ribera. Me pregunté qué le habría parecido a mi hermano. Los indios estaban tranquilos. Por mi propia seguridad me mantuvieron atado a un árbol, aunque a las alemanas les permitieron deambular y por su pelo rubio alcancé a ver a una sentada en un montículo lejano. Los indios no estaban preocupados; había rastros de lobo, oso pardo y pantera por todas partes y no era lugar para ir por ahí a solas.

Mataron unos cuantos ciervos y un búfalo primal. Recogieron boniatos, nabos y cebolletas, los trenzaron y los asaron al fuego. Despellejaron con cuidado los animales, filetearon la carne de los huesos, atizaron las brasas y pusieron a asar las grandes piezas de carne. Colocaron al fuego los huesos y cuando todo estuvo listo los partieron y derramaron el tuétano sobre los boniatos. Hubo puñados de capulinas de postre y limonada de zumaque. Todos estábamos llenos a reventar pero al final sacaron de entre las brasas la joroba del búfalo; rezumaba grasa y se deshacía entre los dedos. Era lo mejor que había comido desde que dejé mi casa y al pensarlo volví a ceder al llanto y Nuukaru se acercó y me abofeteó.

Al atardecer dio la impresión de que las paredes del cañón estaban en llamas y las nubes que se acercaban desde la pradera relucían cual humo a la luz, como si este lugar fuera Su forja y el propio Creador siguiera moldeando la tierra.

«Urwat se marcha mañana», dijo Toshaway. Cuando los otros se acostaron, a mí me ataron para dormir tal como habían hecho desde la muerte de mi hermano, con los brazos y las piernas amarrados a estacas separadas en la tierra. Toshaway me echó encima su manto de búfalo. Las estrellas brillaban demasiado para dormir, la Osa Mayor, Pegaso, la serpiente y el dragón, Hércules; observé cómo giraban mientras meteoritos dejaban estelas humeantes de punta a punta del cañón.

Unos cuantos indios aprovecharon para hacer lo que quisieron con las alemanas. Esta vez intenté no escuchar.

A la mañana siguiente dejaron a la vista y repartieron los despojos de la incursión: armas, herramientas, arreos, caballos, todo lo que tuviera valor, incluidos las alemanas y yo. La chica mayor se fue con el grupo de Urwat; la menor y yo con Toshaway. La chica más joven lloraba cuando Urwat se alejó a caballo con su prima, y vi una larga cabellera morena, la de mi madre, atada a la silla de un caballo del grupo de Urwat. Nʉʉkaru se acercó y me abofeteó. Supe que me estaba haciendo un favor.

Tras volver a ascender al Llano no vimos agua en todo el día. Unas horas antes de ponerse el sol acampamos en un pequeño lago sin apenas agua en una cuenca por debajo del nivel de la hierba. A más de un centenar de metros resultaba invisible y no tenía idea de cómo se habían orientado hasta allí los indios, porque la llanura era tan lisa y despejada que se alcanzaba a ver la curvatura de la tierra.

Toshaway y Nʉʉkaru nos llevaron a la chica rubia y a mí al extremo opuesto del lago y después de lavarnos nos tendimos boca abajo mientras abrían con lanceta los forúnculos y las ampollas de tanto montar y nos limpiaban también las demás heridas. Nos lavaron las piernas y los traseros con té de corteza de árbol y nos los cubrieron con una cataplasma de entrañas de chumbera y raíz de equinácea. Pese a las quemaduras del sol y las llagas de la silla en las piernas y el trasero, ahora que estaba limpia, la chica alemana era muy guapa. La miré y albergué la esperanza de que hubiera connubio, pero no me hizo ningún caso. Supuse que era de esas engreídas como mi hermana. Luego no fui capaz de mirarla.

En general la trataban igual que a un caballo caro, ocupándose de alimentarla y darle de beber pero golpeándola o tirándole palos cuando hacía algo que los enfurecía. A mí me zurraban a base de bien pero nunca sin una explicación; Toshaway y Nʉʉkaru me hablaban constantemente, señalándome cosas, y ya empezaba a entender el idioma: *paa*, agua; *tʉhʉya*, caballo; *tehcaró*, come. *Tunetsʉka*: sigue adelante.

Unos días después llegamos a un gran río que supuse que era el Canadian. El paisaje mejoró. Para entonces, ni yo ni la chica íbamos atados en absoluto. Cabalgábamos a un ritmo cómodo, comíamos, bebíamos y nos cuidábamos las heridas, e incluso los caballos estaban echando carnes.

Mataron dos crías de búfalo y para variar pusieron el hígado entre las brasas junto con los huesos más pesados, el tuétano caliente derramado sobre el hígado como mantequilla. Toshaway no dejaba de pasarme carne y había más leche de ternera agria, que se volvía más dulce cada vez que la probaba.

La mañana siguiente desperté pensando en mi padre y en cómo ni siquiera con un grupo de hombres bien dispuestos habría sido capaz de darnos alcance. Incluso un indio joven como Nuukaru los habría despistado. Los comanches dejaban rastros contradictorios en cada pedazo de tierra blanda, cambiaban de dirección en cada trecho de roca o terreno duro, tomaban nota del trayecto más natural a través de un paisaje y cabalgaban por otro camino. Un desvío que a ellos les llevaba unos minutos confundiría a un perseguidor durante horas. No me había sentido tan solo en mi vida.

Me levanté para buscar a los indios. Oí voces en el río y encontré a todos los guerreros bañándose y frotándose para quitarse la suciedad y las viejas pinturas de guerra. Unos estaban sentados al sol en cueros, mirándose en diminutos espejos de mano o trozos pequeños de vidrio agrietado, y, con pinzas de acero que debían de haber sacado de los blancos, se arrancaban todo el vello de la cara. Cuando terminaron sacaron bolsitas de bermellón y otros tintes de sus pertenencias, que molieron mezclados con saliva para formar una pasta, y luego se pintaron, un color tras otro. Cada hombre se peinó con raya en medio y volvió a hacerse las trenzas y se tiñó la raya de rojo o amarillo. «Puha nabisaru», dijo Toshaway. También se estaba haciendo trenzas. Todos estaban de un humor estupendo, como si se estuvieran preparando para una noche de cortejo.

Me pusieron a cepillar los caballos con hierba. Todos los guerreros pintaron su poni con rayas y huellas de mano. Dos de los indios más jóvenes cabalgaron hacia las colinas y no regresaron.

Lavaron y cepillaron las cabelleras capturadas y las ataron a las puntas de las lanzas. Sabía que la de mi madre había desaparecido y no vi tampoco la de mi hermana. Decidí que habían sido los hombres de Urwat quienes la habían matado.

Nos ataron a la muchacha y a mí a los caballos por primera vez en días. A nuestra izquierda la ribera sur del Canadian era un acantilado cortado a pico y hacia el norte había aberturas poco profundas, colinas y montículos aislados. Seguimos un pequeño arroyo hacia los árboles y nos encontramos con una procesión de indios, centenares, todos acicalados, con polainas pintadas y vestidos de cuero, brazaletes y pendientes de cobre que chispeaban y tintineaban. Los muchachos más jóvenes estaban desnudos e iban gritando y brincando entre los caballos. Seguimos adelante y llegamos al grueso de la formación; era como el desfile que hicieron cuando regresó mi padre de la guerra. Las mujeres llamaban a los hombres y unos vecinos llamaban a otros y una anciana con aire sombrío blandía un asta con cabelleras. Algunos guerreros ataron sus cabelleras al asta. Los niños me evitaban pero todos los adultos me pellizcaban o abofeteaban a mi paso.

Luego llegamos al poblado. Los tipis se prolongaban hasta perderse de vista, dibujos arremolinados de guerreros y caballos, soldados atravesados por flechas, soldados sin cabeza, montañas y soles nacientes. El aire olía a pieles frescas y carne puesta a secar; había bastidores por todas partes con carne desollada colgando al sol igual que ropa vieja.

Un grupo de indios de aspecto furioso se abrieron paso a empellones por entre los demás. Las mujeres ululaban y lanzaban lamentos fúnebres y los hombres golpeaban el suelo con las lanzas. Me pegaron en las piernas e intentaron tirarme del caballo. Toshaway lo dejó correr hasta que una de las ancianas se me abalanzó con un cuchillo. Nadie le hizo el menor caso a la chica alemana.

Mantuvieron una larga negociación acerca de mi futuro, con el grupo de plañideras convencidas de que debía dirimirse con un cuchillo o algo peor. Toshaway defendía su posesión. Estaba seguro de que se trataba de la familia del hombre que maté, aunque Toshaway era el único que podía estar al tanto de que yo era el culpable.

Luego Nuukaru me explicó que la familia del muerto esperaba los despojos de la incursión, pero lo que recibieron en cambio fue la noticia de que a su hombre le habían metido un balazo en el pecho. Pidieron una cabellera blanca solo para oír que las de mi madre y mi hermana habían ido al norte con los Comedores de Raíces, que a mi hermano no le habían cortado la cabellera porque había muerto con suma valentía y que yo era inocente (mentira) y, sobre todo, era propiedad de Toshaway y él no estaba dispuesto a permitir que me cortaran el pelo. Le pidieron las tres cabelleras que llevaba al cinto, pero les habían sido arrebatadas a los soldados durante un combate tan legendario que no podían esperar que se desprendiese de ellas. Podía ofrecerles dos rifles. Un insulto. Un caballo, entonces. Cinco caballos sería un insulto. En ese caso no podía ofrecerles nada. Estaban al tanto de los riesgos y la tribu cuidaría bien de ellos. Bien. Aceptarían un caballo.

Mientras tanto, como había llegado un gran cargamento de armas, ponis y demás provisiones, el poblado preparaba una fiesta. De los setenta y tantos caballos capturados, Toshaway dio la mayoría a los hombres que habían participado en la incursión, uno a la familia del fallecido y unos pocos a algunas familias pobres que habían acudido a él directamente. No se podía negar un regalo si alguien lo solicitaba. Se quedó con dos caballos nuevos y conmigo. Otros jefes guerreros se habrían quedado todo el botín, pero el estatus de Toshaway mejoró considerablemente.

Después de que Toshaway llegara a un acuerdo con la familia del muerto, él, Nuukaru y yo fuimos cabalgando de tipi en tipi. Yo seguía atado al caballo. En cada lugar se me acercaba una vieja india y me pellizcaba la pierna hasta magullármela. Hubo charlas y risas frenéticas. Tras varias horas así tenía calor y estaba aburrido, rígido de estar atado; saltaba a la vista que estaban contando historias sobre mí. Al cabo, llegamos al vecindario de Toshaway. Le estaban esperando todos. Había un chico y una chica adolescentes bien parecidos, que deduje eran los hijos de Toshaway, una mujer de cerca de treinta años, su esposa, y una mujer de cerca de cuarenta, su otra esposa.

Cuando todos terminaron de ponerse al día, vinieron tres ancianos, me desataron y me dijeron que les siguiera. Nos marchamos sin más, entre los tipis, sorteando hogueras y pieles extendidas entre estacas clavadas, bastidores con carne puesta a secar, herramientas y armas desperdigadas por todas partes. Una vieja india salió de la nada y me dio un manotazo entre las piernas. Ya tenía náuseas a causa del nerviosismo, la carne medio podrida y los enjambres de moscas. Entonces apareció de la nada un guerrero joven y me golpeó en el mentón. Me acurruqué mientras me propinaba patadas pero entonces se detuvo y se puso a hablar con los ancianos. Tenía ojos azules y supe que era blanco y unos minutos después se marchó como si no hubiera pasado nada.

Los tres ancianos buscaron un lugar donde sentarse cerca del tipi de alguien. Era media tarde y se estaba bien al sol, el terreno era despejado y ondulante, el bosque quedaba a nuestra espalda, había manadas de caballos pastando a lo lejos, varios miles de animales por lo menos. Me quedé escuchando el riachuelo. Me había adormilado cuando dos de ellos me inmovilizaron los brazos a la espalda y me dieron la vuelta. El más viejo se acuclilló cerca de mi cabeza, alcancé a oler su taparrabos apestoso; estaba convencido de que iba a vomitar, lo que me preocupaba más que la idea de morir, y entonces se acercó Nuukaru y me tranquilicé.

El más viejo estaba haciendo algo en el fuego. Cuando regresó se arrodilló a mi lado provisto de una lezna caliente con la que me atravesó las orejas varias veces. Nuukaru estaba sentado encima de mí, de modo que no tenía aliento para protestar. Enhebraron cordeles de cuero engrasado en los orificios de las orejas y dejaron que me pusiera en pie.

Luego me dieron un poco de limonada de zumaque y espetaron algo de carne en palos que clavaron en el suelo sobre el fuego. Mientras esperábamos sentados, una india joven y gorda se acercó y me abrazó, me abofeteó, me tumbó en la hierba y se sentó encima de mí, forcejeando como si jugueteara con un perro. Dejé que me arrastrara por ahí y se me sentara encima y me metiera la cara en un charco de barro que olía a pies. Me sujetó la nariz para que tuviera que abrir la boca y respirar en el barro. Después de un rato se aburrió. Regresé a la hoguera. Alguien me pasó una calabaza llena de agua para lavarme. Alguien más calentaba una especie de salsa en una pequeña cacerola metálica, miel y manteca, removiéndola con el hueso de la costilla de un ciervo. Todo olía mejor incluso que la salsa de carne cremosa, pero justo cuando empezábamos a comer, se acercó el hijo de Toshaway y dijo algo. Los viejos chasquearon la lengua y menearon la cabeza. Vi que la familia del fallecido venía hacia nosotros y supe que habían decidido desenterrar el hacha.

Nɯɯkaru me dio una palmada en la espalda para animarme y luego todos nos siguieron cuando me llevaron por el cuello hasta un área abierta en medio del poblado. Habían clavado en el suelo un poste grande. Me ataron a él. Viendo a la gente me quedó claro que quien presidía el tribunal era el juez Lynch y luego tres indios adolescentes empezaron a caminar en torno a mí, apuntándome a la cabeza con pistolas.

Estaban furiosos y temí que dispararan, pero esperaban a más gente. Al final vino la mayor parte del poblado; niños que entraban y salían del gentío a la carrera, echando pedazos de madera y maleza en torno a mis piernas hasta que el montón me llegó a la cintura.

Los muchachos indios amartillaron las pistolas y me las pusieron contra la sien, en la boca. Se me aflojaron las tripas. Una vieja india se me acercó con un cuchillo para despellejar y a punto estuve de soltar las entrañas, pensando que iba a desollarme de arriba abajo, pero no me hizo más que unos cortes. Luego tuve que expulsar un poco de aire, cosa que a todos les pareció desternillante porque se dieron cuenta de que estaba asustado. «Pakatsi tsa kuya?atɯ. Pakatsi tsa tɯ?ɯyatɯ!»

Nɯɯkaru estaba en primera fila del gentío, observando la situación; tenía la misma edad difícil que mi hermano, era alto y desgarbado, no sería de gran ayuda. La vieja se fue y uno de los chicos me apuntó con la pistola y disparó. Me provocó una comezón en la cara y me chamuscó las cejas, pero no había cargado ningún proyectil. Los otros dos hicieron lo mismo. Luego un niño se acercó con una antorcha y fingió encender el montón de broza. Le indiqué con un gesto de cabeza dónde creía que debía prender el fuego. Le alenté y al final prendió la leña. Empezó a crepitar el pelo entre mis muslos y estaba a punto de darme por vencido cuando Toshaway se acercó y apartó a patadas los palos en llamas.

Toshaway dirigió un discurso a los vecinos del poblado, el meollo del cual era que no me había importado la perspectiva de que me quemaran o me matasen a tiros. Los indios elogiaron mucho esa actitud y varios me palmearon la espalda cuando regresaba al tipi de Toshaway. Sus esposas vertieron té sobre mis cortes y quemaduras, me limpiaron la cara y me vistieron con un nuevo taparrabos. Pero antes de todo eso fui a sentarme en cuclillas entre la maleza hasta que expulsé todo el mal que llevaba dentro.

La fiesta empezó a la hora de cenar. Luego Nuukaru me dijo que normalmente no se habría celebrado porque había muerto un hombre en la incursión, pero en este caso a nadie le caía bien la familia y esperaban que siguiesen su propio camino.

Había carne de venado, alce y búfalo, codorniz y perro de las praderas, huesos asados para derramar el tuétano sobre la carne o mezclarlo con judías de mezquite y miel como postre. Había patatas y cebollas, pan de maíz y calabaza de los de Nuevo México. Los comanches intercambiaban casi todo con los de Nuevo México, y también con la gente de Bent's Fort en el río Arkansas. Maíz, calabaza y calabacín, azúcar blanco y moreno, tortillas y panes duros, armas, pólvora, plomo en barra y moldes para balas. Ornamentos para caballos, cápsulas fulminantes y cuchillos de acero, hachuelas, hachas y mantas, lazos, ropa blanca y sudarios, ligas y piezas para armas, puntas de lanza y flecha, flejes, bridas, alambre de acero, alambre de cobre, alambre de oro, campanas y campanillas de cualquier tamaño, alforjas, estribos de hierro, cazuelas de hierro, cazuelas de latón, espejos y tijeras, índigo y bermellón, cuentas de vidrio y abalorios, cajas de tabaco y yesca, tenazas, peines y frutas pasas. Los comanches eran la tribu india más rica y gastaban la mitad de lo que ganaban en baratijas y bisutería, aunque, como han escrito algunos, no les gustaba mucho la ropa del hombre blanco, los sombreros de copa, las medias ni los velos de novia.

Después de que todos hubieran comido hasta hartarse, los más ancianos de la tribu empezaron a bailar e hicieron salir a un guerrero y le entregaron un largo palo con cabelleras atadas.

El guerrero narró una historia de valor y llamó a otro guerrero, que cogió el palo de las cabelleras y contó un relato y llamó a alguien más. Decir una mentira haría que cayese una maldición sobre la tribu entera y al final sacaron a un guerrero que no tenía una historia mejor que las que ya habían contado, y en vez de hablar blandió el palo de las cabelleras y se puso a bailar. La gente le siguió formando un enorme círculo que iba dando vueltas. Yo estaba ahí plantado, mirando. Me habían restregado hasta dejarme limpio y me habían pintado y llevaba el taparrabos. Los tres ancianos me habían depilado las cejas y los pocos pelillos que tenía en la barbilla y sobre el labio superior. Los tambores resonaban y los indios seguían el ritmo; me metieron en el círculo, me cedieron el palo de las cabelleras y me empujaron hacia delante de todo. Unos minutos después intenté pasárselo al hombre que tenía detrás pero me dio un empellón para que siguiera. Los tambores tañían más rápido, el aire estaba rojo de resultas del sol poniente, vi a las esposas del hombre que había matado y la siguiente vez que las vi no se habían movido y supe que el palo de las caballeras me protegía. No me tocarían mientras lo blandiese. Varias horas después había salido la luna y apenas podía mantenerme despierto, me dolían los pies de dar talonazos y me ardían los hombros, pero los indios me obligaban a seguir adelante; resonaban gruñidos y alaridos, las llamadas de osos y búfalos, panteras, ciervos y alces.

Cuando desperté todo estaba negro. Me encontraba debajo de un manto. Un retazo circular de cielo oscuro sobre mi cabeza, una hoguera agonizante a un lado, la respiración de alguien. Era un lugar tranquilo. Estaba en un tipi sobre un lecho mullido de pieles; me habían vuelto a lavar y untado con aceite y vendado las heridas; estaba limpio y caliente y arropado con un manto suave. Había algo en la persona que respiraba y empecé a notarme mustio y fue como dicen los creyentes celosos de la Biblia que ocurre cuando el pastor te sumerge en el agua: crees que el mundo es de una manera y luego sales y te das cuenta de que andabas errado en todo.

Me levanté del lecho y salí. Había estrellas y hasta donde alcanzaba la vista había tipis en los que brillaban fuegos nocturnos;

en torno a la hoguera había gente aún despierta, hablando en voz baja. Mujeres apoyadas en sus hombres, niños dormidos contra sus padres. De algunos tipis salían ronquidos y de otros risas sofocadas y en otros se oían gemidos de mujer, que se prolongaron mucho rato y me excitaron y luego me hicieron pensar en cuando oía a mi madre y mi padre haciéndolo, por no hablar de las numerosas veces que imaginé hacérselo a mi hermana, cosa que naturalmente me avergonzó, ahora más que nunca.

Oí que alguien se removía en sueños, o bien Nuukaru o bien el hijo de Toshaway, Escuté. Tomé la decisión de que encontraría a Urwat y al resto de los Comedores de Raíces y les arrancaría un ristra de cabelleras tan larga que iría arrastrando quince kilómetros detrás de mi caballo.

Por lo que a Toshaway y su familia respecta, me había salvado y había intentado salvar a mi hermano. Tal vez hubiera salvado a mi madre y mi hermana de haber sabido cómo hacerlo. Pero los indios tenían sus normas como nosotros teníamos las nuestras. Mi padre y yo disparamos una vez contra un par de esclavos fugitivos que recogían pacanas de debajo de nuestros árboles. Mi arma emitió un chasquido y se encasquilló y el disparo de mi padre se desvió varios metros hacia arriba. No lo entendí porque los negros estaban a ochenta pasos escasos y mi padre es el mejor tirador de rifle del condado. Luego no eran más que borrones oscuros corriendo por el bosque. Dije que deberíamos ir en busca de Rufe Perry y sus perros adiestrados para perseguir negratas pero mi padre comentó que amenazaba lluvia y aún teníamos unas ringleras que azadonar. Pregunté hacia dónde se dirigían los esclavos y dijo que a México, probablemente, o a vivir a la intemperie con los indios, que aceptaban negros y gente de otras razas siempre y cuando vivieran según sus leyes. Le pregunté cómo podían permitir que vivieran negros entre ellos. Dijo que mucha gente lo permitía. No se me ocurrió otra cosa salvo que lamentaba que se me hubiera encasquillado el arma y él me dijo que algún día estaría agradecido porque podría haber sido peor.

Oí que Nuukaru y Escuté respiraban profundamente. Escuché tanto rato como pude antes de dormirme yo también.

8

J. A. McCULLOUGH

Era de nuevo una muchacha, montada en una antigua montaña rusa de madera, pero algo iba mal: los vagones iban cada vez más rápido hasta que al final, en lo más alto, el convoy entero se salía de los raíles. Iba volando por los aires y luego ya no, estaba mirando el suelo, todo estaba llevando mucho tiempo. «Esto es muy grave», pensó, y entonces todos los vagones se le vinieron encima.

Luego estaba en el desierto. El mayor proyecto de perforación de su vida, el ingeniero dirigía camiones cisterna como el director de una orquesta sinfónica; las líneas estaban cargadas, doce mil libras por pulgada cuadrada, y entonces se rompió un enganche. Un tubo de hierro macizo se cimbreó igual que una serpiente. Le escocían los ojos, estaba mirando directamente al sol, había un helicóptero médico en camino, pero no serviría de nada. «Sí —pensó—. Eso es lo que ocurrió.»

Abrió los ojos de nuevo. Salvo que había habido un hombre, estaba segura. Se preguntó si habría ido en busca de ayuda. Contempló los leños y las brasas en el hogar. La alfombra de color borgoña extendida bajo su cuerpo, sus pájaros y flores y florituras, los bustos de antiguos romanos. Estaba soñando.

Se preguntó cómo la recordaría la gente. No había hecho lo suficiente por difundir su riqueza como Carnegie, por limpiar cualquier pecado ligado a su nombre, había fracasado, no había alcanzado la rama dorada. Los liberales se alegrarían de su muerte. Encenderían pitillos de marihuana e irían a sus restaurantes de sushi y comerían alimentos frescos que habían recorrido ciento veinte mil kilómetros. Se pasarían toda la cena quejándose de gente como ella, y cuando volvieran a sus casas haría frío y pulsarían un botón en la pared para calentarse. Sin dejar de quejarse de las grandes fortunas del petróleo.

La gente pensaba que Henry Ford había abierto el camino a la era del automóvil. Falso. Ponían el carro antes que el caballo. Fue en Spindletop donde dio comienzo a la era del automóvil, y Howard Hughes, con su milagrosa broca perforadora, quien la consolidó. La vida moderna nació en el pozo Lucas, cuando la gente comprendió de súbito cuánto petróleo podía haber en la tierra. Antes de eso, la gasolina no era más que disolvente barato −utilizado para limpiar engranajes y cadenas de bicicleta− y todo el petróleo que hizo millonario a John Rockefeller se quemaba en lámparas, como sustituto del aceite de ballena. Fueron Spindletop y la broca de Hughes los que abrieron camino al coche, el camión y el avión, todos los cuales dependían del petróleo barato de la misma manera que una iglesia dependía de Dios.

Ella lo había hecho bien. Había sacado algo de la nada. La esperanza de vida humana se había doblado, no se llegaba al hospital sin petróleo, los medicamentos que tomabas no se podían elaborar, los alimentos que comías no llegaban a la tienda, el tractor no salía del garaje del granjero. Cogió algo inútil de debajo de la tierra y lo sacó a la superficie, a la luz, donde tenía sentido. Fue creación. Su vida entera.

Antaño, ella no había sido excepcional en ese aspecto. Los industrialistas construyeron el país, los petroleros lo hicieron funcionar. Ahora no eran más que los petroleros. Los industrialistas, o comoquiera que se llamasen hoy en día, basaban su vida sobre la destrucción, cerraban fábricas y las trasladaban al extranjero. No esperaba que la adorasen, pero había cabrones y cabrones; esos hombres habían desmontado el país ladrillo a ladrillo y si algo detestaba más que los sindicatos era que la gente no pudiera trabajar.

Le llegaron otros recuerdos en tropel. De visita en las casas de los peones mexicanos con su padre, las mujeres como salidas de otro siglo, embarazadas y trayendo cubos de agua de pozos lejanos, vasijas de hierro encima de fuegos de leña, azulete en ollas humeantes, retorciendo las prendas en agua hirviendo. Enlataban fruta y verdura en lo peor de la canícula: hacía más calor en los jacales que al aire libre. Los hombres a la sombra, trenzando lazos de crin de caballo. «¿Por qué no compran cuerdas en la tienda?», preguntó ella, pero su padre no contestó.

Caminar por los pastos horas antes del amanecer, bien agazapada para buscar los caballos contra el cielo oscuro. Todo en torno, los vaqueros cogiendo a lazo sus monturas. El piafar de los caballos, los chasquidos de las cinchas, voces tranquilizadoras en español. Algunos ponis cedían a la soga, otros corcoveaban y se ponían de manos, porque no querían pasar la jornada corriendo al sol entre las astas. Muchos no eran más que pellejo surcado de cicatrices desde la cruz hasta los cascos; la maleza les arrancaba todo el pelaje.

Un interminable chirriar de molinos de viento, arrodillada con el Coronel para examinar la tierra húmeda en los estanques donde abrevaban los animales, las huellas recientes de la noche. Ganado, ciervos, zorros, pecaríes, faisanes, liebres, ratones, mapaches, serpientes, pavos, linces. La aparición de un rastro de pantera hizo venir a su padre y sus hermanos, un viejo mexicano con sus perros. En algún momento, no recordaba cuándo, el Coronel empezó a pasar la mano por todas las huellas de pantera que veía, borrándolas por completo. «No se lo digas a nadie.» El mundo adulto se regía por secretos. Las burlas de su padre y sus hermanos cuando decía que quería ver un lobo o un oso. Mejor están en los zoos, decía su padre. Mejor están extinguidos para siempre.

¿Y qué había aprendido? Había perdido a la mitad de su familia antes de su hora. La tierra era dura con sus hijos, más dura aún con los hijos de otras tierras. Su abuela había propuesto una vez ofrecer una recompensa por cada par de orejas mexicanas: «Tratadlos igual que si fueran coyotes». Pensó en sus hermanos asesinados por los alemanes, en su tío Glenn hecho pedazos en una trinchera.

Había intentado retirarse doce años atrás. Había sido una niña arrodillada junto al abrevadero y de pronto sus propios hijos eran de mediana edad; no había sido perfecta, quería enmendar las cosas, quería conocer a sus nietos. Había habido una ocasión. Pero el petróleo iba a la baja, más barato que el agua, decían, y las ofertas que recibió por sus terrenos arrendados eran una fracción de lo que deberían haber sido. Sabía que era su última oportunidad de ponerse a bien con la familia. Pero vender a un precio tan ínfimo: con solo pensarlo se ponía físicamente enferma.

Luego los árabes atacaron Nueva York. Empezó a contratar perforadores. Sus hijos tenían su propia vida, no la necesitaban, el petróleo empezó a subir. Ver brotar un pozo donde sólo había desierto, ver cómo manaba petróleo tras un buen trabajo de perforación, de un agujero que todos habían descartado: para eso vivía. Algo de la nada. Un acto de creación. Siempre quedaría tiempo para la familia.

9

LOS DIARIOS DE PETER McCULLOUGH

13 DE AGOSTO DE 1915

La memoria es una maldición. Cuando cierro los ojos veo la cara desfigurada a tiros de Pedro y el orificio lloroso en la mejilla de Lourdes, del que brotaba un líquido claro como una lágrima. El vestido de Ana empapado en sangre. Cuando duermo vuelvo a estar en su habitación. Pedro está recostado en la cama, apuntándome, hablándome en un idioma ancestral, y al acercarme caigo en la cuenta de que el sonido no procede de su boca, sino del agujero en la sien. Al despertar yazgo inmóvil largo rato y espero a que deje de latirme el corazón, como si la muerte me pudiera absolver de mi papel en todo esto.

Lo que ocurrió en casa de los García no fue más que el comienzo. En el pueblo hay al menos doscientos hombres armados que nadie conoce, pertrechados con rifles y escopetas como si fuera hace medio siglo, como si no hubiera pueblo en absoluto. Amado Batista fue asesinado durante la noche en algún momento, su comercio saqueado, intentaron quemar el edificio pero el fuego no se propagó.

A los García se les describe en todos los periódicos como radicales mexicanos; en realidad eran los terratenientes más conservadores en los condados de Webb y Dimmit. La fotografía de sus cadáveres se ha reimpreso en todos los rincones del estado y en México, donde, pese a que no se tiene en mucha estima a los antiguos terratenientes, sin duda quedarán como mártires.

Glenn sigue en San Antonio, reponiéndose en el hospital. Ni él ni Sally reaccionaron ante la noticia de la aniquilación de los García. Me pregunto si me estoy volviendo loco o si no quiero lo suficiente a mi familia, o si es todo lo contrario, si los quiero demasiado. Si soy la única persona cuerda que conozco.

Mientras tanto, las pensiones están atestadas de los peores tipos que puede ofrecer el valle de Río Grande y los Rangers se las ven y se las desean para mantener el orden. Le sugerí al sargento Campbell (¿fue él quien mató a Pedro y Lourdes?, ¿fue mi propio hijo?) que enviara a buscar el resto de su compañía, pero están ocupados de punta a punta de la frontera, protegiendo otros ranchos.

A Campbell, pese a su aspecto malcarado, le preocupa que la mitad de los muertos fueran mujeres y niños. Me niego a hablar con él al respecto. La gente como él cree que basta con disculparse por algo para que se esfume, que puedes confesarte una y otra vez hasta quedar libre para repetir el crimen.

Durante todo el día estuvo pasando gente por nuestra casa a mostrarnos su apoyo; en un momento dado me fui al pueblo para huir de ellos, después de lo cual me topé con dos furgonetas con una docena de hombres cada una, bien armados y con intención de enfrentarse a mexicanos insurgentes. Les dije que estaban todos muertos. Se mostraron decepcionados pero tras discutirlo decidieron ir al pueblo de todos modos: no tenía sentido perder la esperanza todavía.

A mi regreso encontré al juez Poole comiendo nuestra ternera, bebiendo nuestro whisky y tomando declaración a todos los presentes. Le di mi versión. «Solo los hechos —me corrigió varias veces—, no tu interpretación.» Al cabo, me pidió que saliera con él, aparte de los demás.

—Esto no es más que una formalidad, Pete. No dejes que nadie piense que voy a tomar partido por un puñetero espalda mojada en vez de un blanco.

A punto estuve de decirle que los espaldas mojadas éramos nosotros, que habíamos cruzado el Nueces con nuestros caballos casi un siglo después de que los García se hubieran establecido aquí. Pero naturalmente no dije nada. Me dio unas palmadas en la espalda —sus manos de carnicero— y se fue a seguir comiendo ternera gratis.

La gente continuó pasando por la casa, traían tartas, asados y disculpas por no haber podido llegar a tiempo para ayudarnos: qué valientes habíamos sido al atacar a los mexicanos con una fuerza tan pequeña. Con eso se refieren a setenta y tres contra diez. Quince si se cuenta a las mujeres. Diecinueve si se cuenta a los niños.

14 DE AGOSTO DE 1915

Sally me preguntó por qué no había ido aún al hospital a ver a Glenn. Le expliqué mis razones.

Anoche quemaron tres casas y mataron a ocho vecinos del pueblo, todos mexicanos salvo Llewellyn Pierce, que estaba casado con una mexicana.

El sargento Campbell disparó al menos contra tres saqueadores, aunque dos escaparon hacia el chaparral. El muerto es de Eagle Pass. Los tres estaban a punto de prender fuego a la casa de Custodio y Adriana Morales. Los Morales ya estaban muertos. Pensé en Custodio y en lo que le gustaban nuestros buenos caballos; siempre cobraba un precio muy bajo por reparar los arreos y demás útiles que le llevaba. Hace veinte años que tenía intención de invitarle a que viniese a montar.

Campbell me dijo en confianza que uno de sus hombres se negó a disparar contra saqueadores blancos. También encontraron muerto a un ayudante del sheriff, pero nadie estaba al tanto de ningún detalle.

Campbell ha telegrafiado de nuevo para que acuda el resto de su compañía pero le dijeron que estaban ocupados con problemas más graves más al sur.

—Tenemos que hacer algo con estos mexicanos —me dijo—. No van a estar a salvo aquí.

No se había mostrado muy preocupado por la seguridad de los García. No se lo dije, pero debió de notármelo en la cara.

—Nuestra tarea consiste en defender la paz frente a cualquiera que la perturbe —dijo—. Me trae sin cuidado de qué color sea.

Varias familias texanas —la de Alberto González, la de Claudio López, los Janero, los Sapinoso y los Urraca— se han marchado del pueblo esta tarde con todas sus pertenencias.

Campbell cree que esta noche será peor que la de ayer. Superan a sus hombres en una proporción de cincuenta a uno.

—Han hablado de comprarnos ametralladoras —dijo—. Ya deberían haberlo hecho. —A continuación preguntó—: ¿Qué piensas del sheriff Graham?

—Creo que se llevará un disgusto si se pierde todos estos saqueos.

—Eso pensaba yo.

Había silencio. Estábamos en el porche mirando el paisaje.

—¿Qué se siente al tener todo esto? —preguntó.

—Lo cierto es que no lo sé.

Asintió como si hubiera esperado esa respuesta.

—¿Quieres llevarte algo para cenar luego? —le ofrecí.

No contestó. Miramos hacia el pueblo pero no se ve desde el porche.

—Tu padre es una buena pieza, no cabe duda.

—Es una buena pieza, desde luego.

—Mi padre está muerto —dijo.

Algo me llevó a preguntarme si él no habría tenido nada que ver con esa circunstancia. Aun así, me caía bien. No podía medir más de metro sesenta y dos con las botas, y todos los hombres del pueblo le tenían miedo.

—¿Qué tienes previsto hacer esta noche?

—Disparar contra un montón de gente, supongo.

—No parece un plan muy elaborado.

—Bueno, pues es lo que hay.

—¿Te has enfrentado a muchas situaciones como esta?

—En Beaumont maté a dos tipos. Pero, en comparación, esto es como si se hubiera abierto la veda del pavo.

Todo estaba en silencio.

—¿Cómo se hace?

—Basta con apuntar —dijo.

Desde mi ventana se veía la luz de varios incendios; los disparos eran esporádicos pero constantes.

Por la mañana se había marchado otra docena de familias mexicanas; al parecer, se habían ido por su propia voluntad. Catorce muertos más, seis de ellos blancos. Por teléfono, Campbell reconoció que fue él quien disparó contra el ayudante la otra noche. El ayudante llevaba su chapa y estaba saqueando una casa.

Charles y yo fuimos al pueblo y nos encontramos con un texano colgando de un roble.

—Es Fulgencio Ypina —dijo Charles.

Nos detuvimos y Charles trepó al árbol y cortó la soga. Lo recogimos y lo depositamos con tanto cuidado como pudimos en la trasera de la furgoneta. Fulgencio llevaba años desbrozando maleza para nosotros. Su cadáver ya estaba empezando a hincharse.

—¿Quién va a enterrar a esta gente? —preguntó Charles.

—No lo sé.

—¿Va a venir el ejército?

—Eso tampoco lo sé.

—Deberíamos llamar al tío Phineas.

—Se ha ido de pesca.

—Bueno, tienes que hacer algo.

—¿Como qué?

—No lo sé. Pero tienes que hacerlo.

Las calles estaban vacías. Había carteles escritos a mano colgados por todas partes:

SE ABRIRÁ FUEGO CONTRA CUALQUIERA (BLANCOS INCLUIDOS) QUE ESTÉ EN ESTAS CALLES DESPUÉS DE ANOCHECER. POR ORDEN DE LOS RANGERS DE TEXAS.

Cuando encontramos al sargento Campbell, había recibido otro disparo, esta vez en la parte superior de la pantorrilla. Estaba sentado en una silla en la trastienda del almacén de piensos sin botas y con los pantalones bajados.

—Al menos la gente te apunta a las extremidades —bromeé.

La pierna no tenía mal aspecto: la bala no había alcanzado el hueso ni la arteria.

Campbell estaba mirando al médico.

—Te alcanzan en las manos porque tienes las manos delante del pecho cuando apuntas con un arma. Y me han dado en la pierna porque al disparar anoche contra un tipo, se le disparó el arma al caer.

Me miró como si nuestras edades se hubieran invertido.

—Puedes decir a todas las familias mexicanas del pueblo que vengan a mi rancho —dije.

—Eso me facilitará las cosas.

No pareció considerarlo un gran favor. Siguió observando a Guillermo Chávez, que con veinticinco años es el veterinario del pueblo, en sustitución de su padre. Chávez le quitó el vendaje de la mano y el brazo.

—¿Quién le puso este vendaje?

—Yo mismo. ¿Eres médico de verdad?

—Me dedico sobre todo a los animales.

—¿Titulado?

—Écheme un vistazo y adivine.

Campbell meneó la cabeza.

—Esto es un puto caos.

—Me alegro de que esté aquí —aseguró Guillermo—. Cosa que nunca pensé que le diría a un rinche.

Campbell hizo caso omiso del insulto.

—¿Qué ocurrirá si esos huesos se sueldan así?

—Tendrá problemas con la mano. —Se encogió de hombros—. Pero el problema grave está en el antebrazo, porque lo tiene muy magullado y habrá que sajarlo.

—¿O perderé el brazo?

Se le quebró la voz, y por un instante vi a Campbell como lo que era, un muchacho de veinte años asustado; pero recuperó la máscara enseguida.

—Siga echándole este polvo. Cuando empiece a supurar y a ponerse pegajoso, eche más. Tenga cuidado de que siempre haya polvo seco en la herida.

—Parece azúcar amarillo.

—Azúcar y sulfamida.

—Azúcar de mesa.

—Es un remedio fiable. Con azúcar solo ya sería suficiente.

—Vaya puta estupidez.

—Úselo o no, a mí me da igual. Sus colegas del condado de Starr asesinaron a mi primo, sus colegas de Brownsville asesinaron a mi tío y su hijo, y aquí estoy yo, atendiéndole.

—Hay manzanas podridas en todos los barriles —comentó Campbell.

—Eso dígaselo a Alfredo Cerda o Gregorio Cortez o Pedro García. O a sus esposas e hijos, que también están muertos. Sus colegas llegan y lo lían todo y luego viene el ejército y lo sofoca. Pero eso es evidente. Ni siquiera da para discutir en serio.

Campbell flexionaba los dedos para ver si aún podía blandir el arma.

—¿Tienes morfina? —le preguntó a Guillermo. A mí me dijo—: No podemos pagarte por el uso de tu rancho.

—¿Cuándo llegará el ejército?

—Nunca —aseguró.

—Bueno… Una sublevación, un Ranger.

—Claro. A menos que el único Ranger seas tú.

Sally se puso furiosa al descubrir que había invitado a todos los mexicanos del pueblo a nuestra casa y exigió de inmediato que pusiera a Consuela al teléfono. Oí que ordenaba a Consuela que las demás criadas escondieran la plata y recogieran las alfombras caras. Consuela me devolvió el aparato.

—¿Qué te pasa, Peter?

—Esas personas van a morir si no vienen aquí.

No dijo nada.

—Glenn se pondrá bien —le aseguré.

—Eso no puedes decirlo —respondió—. No puedes decirlo cuando ni siquiera estás aquí con él.

Esperaba que los mexicanos hicieran el traslado con calma, pero para el anochecer, la mitad de los vecinos texanos del pueblo, casi un centenar de personas, habían venido al rancho a pie, en coche o a caballo, empujando, arrastrando o tirando de sus pertenencias en carros de burros, carretillas o a hombros.

Midkiff y Reynolds, sin que nadie se lo dijera, enviaron hombres para ayudar a proteger a los mexicanos. «Están protegiendo nuestro rancho —me corrigió el Coronel—, no seas idiota.»

Campbell vino a supervisar la situación en persona, nombró ayudantes a ocho hombres (aunque no tenía autoridad legal para hacerlo) y volvió al pueblo, cojeando mucho y con el brazo derecho en cabestrillo. En algún sitio se había hecho con un Winchester 351, que se puede manejar con una sola mano. No le pregunté cómo lo consiguió. Hemos encadenado y atrancado las puertas del rancho y Charles y los vaqueros se han apostado a la orilla del camino.

10

ELI/TIEHTETI

1849

Los comanches kotsotekas vivían sobre todo a orillas del río Canadian, donde terminaba el Llano y las llanuras secas se convertían en tierra de cañones cubiertos de hierba. Históricamente se habían extendido hasta los alrededores de Austin; Toshaway conocía las propiedades de mi familia mejor que yo. Los texanos habían firmado un tratado según el cual no habría más asentamientos de colonos al oeste de la ciudad, pero en el fondo pertenecían a cierta estirpe, y cuando un acuerdo se volvía incómodo, no les importaba romperlo.

—Un día aparecieron unas pocas casas —comenzó Toshaway—. Alguien había estado cortando árboles. Naturalmente, no nos importó, del mismo modo que a ti no te importaría si alguien entrara en la casa de tu familia, se deshiciera de los muebles y se quedara a vivir con su propia familia. Pero tal vez..., no sé. Tal vez los blancos son distintos. Igual un texano, si alguien le robara la casa, diría: «Oh, he cometido un error, he construido esta casa, pero supongo que a ti también te gusta, así que puedes quedártela, junto con esta buena tierra que alimenta a mi familia. No soy más que un *kahúu*, un ratoncillo. Haz el favor de permitirme que te diga dónde yacen mis antepasados, para que los desentierres y saquees sus tumbas». ¿Crees que diría eso, Tiehteti-taibo?

Así me llamaba. Negué con la cabeza.

—Eso es —dijo Toshaway—. Mataría a los hombres que le hubieran robado la casa. Les diría: «Itsa nʉ kahni». Ahora os arrancaré al corazón.

Estábamos tumbados en una alameda, contemplando el valle del Canadian. La hierba era densa en derredor, grama y tallo azul, más de la que nunca se podría llegar a segar. El sol se iba poniendo y los grillos no paraban de chirriar y los pájaros estaban haciendo una matanza. En nuestra orilla del río las cañas relucían como si estuvieran a punto de prender en cualquier instante pero en la otra ribera del agua, hacia el sur y los asentamientos blancos, los riscos ya se veían oscuros. Estaba pensando en todas las veces que me había enfadado con mi hermano por tener una vela encendida y me había ido a dormir solo afuera.

Toshaway seguía hablando:

—Naturalmente, no somos estúpidos, la tierra no siempre perteneció a los comanches, hace muchos años era tierra tonkawa, pero nos gustó, así que matamos a los tonkawa y se la arrebatamos… y ahora son *tawohho* e intentan matarnos siempre que nos ven. Pero los blancos no piensan así: prefieren olvidar que todo lo que quieren ya pertenece a otros. Piensan: «Bueno, soy blanco, esto debe de ser mío». Y lo creen de veras, Tiehteti. Nunca he visto a un blanco que no parezca sorprendido cuando lo matas. —Se encogió de hombros—. Yo, cuando robo algo, espero que esa persona intente matarme, y sé el cántico que entonaré cuando muera.

Asentí.

—¿Estoy loco por pensar así?

—No sé nada —respondí en español.

Meneó la cabeza.

—No estoy ni remotamente loco. Los que están locos son los blancos. Todos quieren hacerse ricos, igual que nosotros, pero no reconocen ante sí mismos que uno solo se enriquece arrebatando cosas a otros. Creen que si no ves a aquellos a quienes robas, o si no los conoces, o si no se parecen a ti, en realidad no es robar.

Un oso se acercó al agua y en los remansos más alejados se posaban bandadas de cercetas y silbones. Toshaway continuó trenzando su lazo.

—*Moowi* —dijo.

—*Moowi* —repetí.

—Te he observado muchas veces, Tiehteti. Tu padre me ha visto dos veces, pero me avine a creer que no había visto nada. He visto a tu madre dar comida a los desdichados indios hambrientos que acudían a su puerta, te he visto tumbado boca abajo examinando huellas de ciervo, y te he visto cuando mataste el gran *tumakupa* aquella noche. —Suspiró—. Pero los Comedores de Raíces olieron el humo de vuestra cena, y cuando mentí y les dije que conocía a la familia que vivía allí, que erais muy pobres, *nabukuwaatu*, insistieron en que para ser una familia pobre, por lo visto comíais muy bien, y entonces Urwat decidió ir a echar un vistazo con sus propios ojos.

Miré más allá de las colinas y vi a mi madre en el porche y a mi hermana sobre la hierba y a mi hermano en un hoyo poco profundo. Me pregunté si mi hermano y mi hermana habrían hecho algo y fue eso lo que provocó que nos atacaran los indios. Luego me pregunté si mi hermana habría perdido el conocimiento de tanto en tanto igual que me ocurrió a mí. Mi madre no se lo habría permitido. Pero mi hermana… Seguro que habría perdido el conocimiento, decidí. La mayor parte del tiempo seguro que no estuvo despierta.

Luego estaba pensando en mi padre. Lo ahuyenté de mis pensamientos. No había más que vergüenza entre nosotros.

—*Moowi* —le dije a Toshaway.

—*Moowi* —dijo él.

Toshaway no tenía idea de su edad, aunque aparentaba unos cuarenta. Al igual que otros comanches de pura sangre tenía la frente ancha, la nariz gruesa y un melón tosco y cuadrado. Parecía un bracero, y a pie era lento como un viejo vaquero, pero a lomos de un caballo las leyes naturales no le afectaban. Todos los comanches montaban así, aunque no todos tenían la misma apariencia que Toshaway: eran más oscuros o más claros, eran altos y delgados como karankawas y gordos como banqueros, tenían cara de cuchillo o de rey español, era una mezcolanza de aspecto democrático. Todos tenían algún que otro cautivo en su línea de sangre: de otras tribus indias o de los españoles, o más recientemente, de los anglos y los alemanes.

A menos que quisiera recibir una zurra, me levantaba antes de que se pusieran las estrellas, caminaba por la hierba húmeda, llenaba jarros de agua del manantial frío y encendía el fuego. El resto del día hacía aquello que no les apetecía hacer a las mujeres. Molía maíz para la mujer de Toshaway, limpiaba y desollaba la caza que traían los hombres, iba a por más agua o leña para el fuego. La mayoría de los comanches utilizaban sílex y acero, igual que los blancos, pero me obligaron a aprender a hacer fuego a mano, lo que consistía en girar entre las palmas un tallo de yuca apoyándolo en una tabla de cedro. Lo girabas y te apoyabas en él con todas tus fuerzas hasta que surgía un ascua o empezaban a sangrarte las manos. El ascua era del tamaño de la cabeza de un alfiler. Por lo general se apagaba antes de que pudieras meterlo en el haz de espadaña o anea o lo que quiera que recogieras como yesca.

Mientras tanto, cuando no estaban de caza, Escuté y Nɨɨkaru se pasaban el día durmiendo, fumando o apostando, y si intentaba hablar con ellos a la vista de otros, no me hacían caso o me golpeaban, aunque las suyas no eran nada en comparación con las palizas que me daban las mujeres.

Cuando todo lo demás estaba hecho me ponía a hacer *taʔsiwoo nɨhɨ* –mantos de búfalo–, que era como imprimir dinero con una prensa lenta. Cada manto llevaba una semana. Se cambiaba luego por un puñado de cuentas de vidrio y acababa sobre el abrigo de un soldado que estaba luchando contra otros indios o igual encima de un sofá en Boston o Nueva York, donde, tras haber aniquilado a todos sus aborígenes, sentían una gran simpatía por todo lo indígena.

Pero ese era trabajo de mujeres. Si Toshaway me mandaba llamar, todo lo demás se detenía. A veces para ir a por su caballo y ensillarlo, a veces para encenderle la pipa o pintarlo cuando salía por la noche. Cuando venía de regreso de una incursión o un viaje, yo dedicaba unas horas a despiojarle, sajarle los forúnculos, prepararle la cena, arrancarle el vello que le hubiera salido en la cara, y luego la pintura. Dedicaba más tiempo a acicalarse que mi hermana, se ponía enormes cantidades de maquillaje y pasaba horas peinándose el pelo con un cepillo de puercoespín, engrasándoselo y volviendo a trenzárselo con esquirlas de cobre y piel hasta que tenía el mismo aspecto que al empezar.

Dependiendo de la estación del año, también me ponían a recolectar. Frutos del *wokwéesi* (chumbera), *tnahpi* (ciruela silvestre) y *tunaséka* (caqui), judías del *wohiʔhuu* (mezquite), *kɨɨka* (cebolla silvestre), *paapasi* (patata silvestre) o *mutsi natsamukwe* (uva cimarrona). No se me permitía llevar cuchillo, arma ni arco, solo un palo para cavar, y había rastros de lobo, osos y panteras por todas partes.

Ningún blanco, ni siquiera un irlandés, habría pasado una hora cavando para recoger un puñado de patatas enanas, pero era consciente de que había salido bien parado. No había dado el gran salto. Seguía sabiendo lo que era tener el estómago lleno, una hoguera caliente en una noche fría, el sonido de otros durmiendo cerca. Sabía lo que sería que la hierba creciera sobre mi cuerpo; el camino al cielo estaría empapado de mi propia sangre.

Estaría bien explicar por extenso la afinidad que descubrí entre los negros africanos que mis compatriotas tenían como esclavos y yo mismo, pero, por desgracia, no hice ningún descubrimiento semejante. Solo pensaba en mis propios problemas. Yo era un cubo vacío que necesitaba llenar con la comida o los favores que me brindaran los indios, abriéndome paso a través de cada jornada igual que un lisiado, con la esperanza de un poco de comida de más, un elogio o unos minutos de asueto a solas.

Por lo que a huir respecta, había mil doscientos kilómetros de tierra reseca entre la ranchería y la civilización. La primera vez me atraparon los demás chicos. La segunda vez me cogió Toshaway, que me dejó en manos de sus esposas. Ellas y sus madres me dieron una paliza de muerte, me hicieron cortes en las plantas de los pies y tuvieron una larga discusión acerca de dejarme tuerto, y no me cupo duda de que la siguiente vez que me largase no lo contaría.

Para preparar una piel, se extendía el pellejo en la hierba, el pelo hacia abajo, clavando las puntas a estacas. Luego te arrodillabas sobre la superficie ensangrentada, tirando de ella y raspando para quitarle la grasa y el tendón con un trozo romo de hueso o metal. Si la herramienta estaba muy afilada o no tenías cuidado la atravesabas, estropeando el cuero, por lo que te llevabas una paliza.

Entre un raspado y otro extendía una capa de ceniza de madera cocida para que la lejía ablandara la grasa; mientras aguardaba a que se ablandase, me enviaban a por más agua o leña, o despellejaba, deshuesaba y desollaba un ciervo que habían traído a rastras los hombres o los muchachos. Lo único que no hacía era arreglar o hacer ropa, aunque las mujeres me habrían enseñado de haber podido; siempre iban con meses de retraso respecto de lo que necesitaban los hombres: otro par de mocasines o polainas (una piel), un manto de piel de oso (dos pieles), un manto de lobo (cuatro pieles). Las pieles debían cortarse de manera que la forma del animal coincidiera con la de quien iba a vestirla, y, como llevaba un día entero acabar incluso una sola piel de ciervo o de lobo, no se podía cometer ningún error.

Además de fabricar todas las herramientas que necesitaba el grupo —hachas, leznas, agujas, palos para cavar, raspadores, cuchillos y utensilios—, las mujeres también hacían todo el hilo, la cuerda y el bramante. El grupo lo gastaba por kilómetros, para tipis y prendas de vestir, para sillas de montar, bridas y maniotas, para todas las herramientas y armas que hacían: todo en su vida estaba sujeto con cuerda, que había que trenzar centímetro a centímetro. Se empapaban o machacaban hojas de yuca o agave, o se separaban las fibras de las hierbas o la corteza del cedro. Una vez sueltas las fibras, se trenzaban. También se conservaban los ligamentos de los animales; los tendones del garrón del ciervo se mascaban hasta escindirlos. Los haces de fibras de la espina dorsal eran más largos y resultaba muy fácil trabajarlos, pero iban escasos y se reservaban para fabricar armas, y a las mujeres no les estaba permitido utilizarlos.

Si estabas en un aprieto, se podían hacer cuerdas de cuero de vaca, pero se le podía dar mejores usos y al mojarse se estiraba. Se extendía plano un pellejo y se le practicaba un corte en espiral de tres o cuatro centímetros de anchura, empezando por fuera y avanzando hacia dentro hasta que el pellejo entero era una larga tira. Un solo lazo requería seis tiras distintas, aunque por lo general los hombres hacían sus propios lazos, a menos que una mujer estuviera de brazos cruzados.

Los comanches no tenían paciencia con la ignorancia de sus cautivos blancos cuando a ellos los habían criado sabiendo que tardar un minuto o una hora en hacer un fuego o fabricar un arma o seguir las huellas de un hombre o un animal podía, en un momento dado, suponer la diferencia entre la vida y la muerte. Cuando no había nada que hacer, se entregaban a una holgazanería sin igual; de otro modo, eran minuciosos cual orfebres. Cuando miraban un bosque veían cada planta por separado y conocían su nombre y las estaciones en que se podía comer o utilizar como medicina; veían los rastros de todas las criaturas vivas que habían pasado por allí. Se podría haber dejado a cualquiera de ellos en la tierra con una mano detrás y otra delante y en unos días estaría viviendo cómodamente.

Por comparación éramos bobos cual novillos. No alcanzaban a entender por qué no nos habían derrotado. Toshaway siempre decía que las blancas ponían nidadas igual que las patas y las crías salían del cascarón noche tras noche, de manera que daba igual cuántos mataras.

Por lo que a mí respecta, soñaba con raspar pieles y despertaba con el tacto del raspador en las manos. Una vez raspado y seco el pellejo, cogíamos un cuenco de piel de vaca y majábamos los sesos que hubiera por ahí, sebo, agua jabonosa de yuca (que había desenterrado, troceado, llevado de regreso al campamento y luego machacado y hervido) y quizá también un poco de hígado viejo. Por lo general se usaba sebo de oso, y era ese el principal motivo de que se cazaran osos. Mi padre y los demás hombres de la frontera consideraban la carne de oso y la miel una comida digna de un rey, pero los indios solo comían oso si no encontraban ninguna criatura ungulada.

En cuanto a las pieles, si se dejaba el pelo, se curtía por un lado; si se quitaba el pelo, se curtía por los dos lados. Luego venía la peor parte del proceso; dos días de trabajar y retorcer la piel hasta que se cuarteaba. El paso final con el cuero consistía en ahumarlo para hacerlo impermeable, aunque no si era para comerciar.

Un día de agosto, Nuukaru se me acercó cuando estaba cogiendo agua. Me alegró verle porque había estado ausente casi todo el verano, y aunque compartíamos tipi, apenas teníamos oportunidad de charlar, pues las mujeres me tenían trabajando de sol a sol.

Había regresado de su última incursión con una cabellera, de modo que aunque seguía pareciendo un muchacho, con brazos y piernas huesudos, ahora las mujeres buscaban su aprobación y los hombres lo invitaban a jugar. Los comanches no tenían ceremonia para el final de la adolescencia, nada de rituales de paso en busca de visiones ni de ganchos atravesando los pezones: cuando uno creía estar preparado empezaba a participar en incursiones, cuidando de los caballos hasta que poco a poco le permitían tomar parte en las luchas.

—Es trabajo de mujeres —comentó, a guisa de saludo.

Yo llevaba el agua colina arriba. Cuando la dejase, iría a buscar patatas entre el barro.

—Me obligan a hacerlo —dije.

—Pues diles que no quieres.

—Toshaway me molería a palos.

—Nada de eso.

—Entonces lo harían sus mujeres y su madre y la mujer del vecino.

—¿Y qué?

Seguimos caminando.

—¿Qué les digo?

—Tú deja de hacerlo —respondió—. Lo demás no son más que detalles.

Seguimos subiendo la colina. La tarde era fresca y las mujeres no habían estado pidiéndome gran cosa. No vi razón para darles problemas. Nuukaru debió de notarlo, porque se volvió y me golpeó de pronto en la entrepierna. Caí de rodillas.

–Por tu propio bien, ahora vas a prestarme toda tu atención.

Asentí. Se me ocurrió que en otros tiempos habría sentido ganas de matarlo; ahora solo esperaba que no volviera a golpearme.

–Todo el mundo quiere ser *nʉmʉnʉʉ* y a ti se te está dando esa oportunidad, pero no la aprovechas. Cuando los indios se mueren de hambre en sus reservas, por ejemplo los chickasaw, cherokee, wichita, shawnee, seminola, quapaw, delaware –hizo una pausa–, incluso los apaches y los osages y muchos mexicanos, todos quieren sumarse a nuestro grupo. Dejan sus reservas, arriesgan su *ooibehkarʉ,* la mitad muere intentando dar con nuestro paradero. ¿Y por qué crees tú que es?

–No sé.

–Porque somos libres. Hablan comanche antes de llegar aquí, Tiehteti. Hablan su propio idioma y también hablan comanche. ¿Sabes por qué?

Fijé la mirada en el jarro de agua.

–Porque los comanches no se comportan como mujeres.

–Tengo que llevar el agua –dije.

–Haz lo que quieras. Pero dentro de poco será demasiado tarde y todos pensarán de ti que no eres más que un *naʔraiboo.*

A la mañana siguiente las mujeres y la madre de Toshaway y la vecina estaban arreglando el campamento. Los hombres estaban sentados alrededor del fuego, fumando o desayunando.

–Tráeme agua, Tiehteti-taibo.

Ese era mi nombre completo. Significaba Patético Hombrecito Blanco. No estaba tan mal teniendo en cuenta como eran los nombres comanches, y fui a por el recipiente de agua sin pensarlo. Entonces sentí la mirada de Nʉʉkaru sobre mí.

–Venga –me instó la hija de Toshaway.

Lanzó una mirada a Nʉʉkaru; debía de estar al tanto de lo que pasaba. El trabajo que me agotaba había agotado de la misma manera a su madre y su abuela, y si dejaba yo de hacerlo, recaería otra vez sobre ellas.

–No pienso ir a por más agua –dije–. *Okwéetuku nʉ miarʉ.*

La vecina, que tenía voz de burro y pesaba treinta y cinco o cuarenta kilos más que yo, cogió una hachuela con una mano y me agarró de la muñeca con la otra. Monté un buen revuelo entre los tipis, esquivando cazuelas y utensilios. Los hombres lanzaban risotadas y al final me tiró la hachuela a la cabeza, que, en mi mejor golpe de suerte en meses, me alcanzó con el mango por delante. Se me estaban agotando las fuerzas pero dejó de perseguirme. Ella intentaba recuperar el resuello. Yo también dejé de correr.

—Te mataré, Tiehteti.

—*Nasiinu* —le dije. Ya te puedes mear encima.

Los hombres miraron hacia otra parte y empezaron a hablar a voz en cuello sobre una expedición de caza que estaban planeando.

—Me voy al río —repetí—. Pero no pienso traer más agua.

—En ese caso recoge leña —me gritó la madre de Toshaway—. Ya no hace falta que traigas agua.

—No —dije—. Estoy harto de todo eso.

Seguí el cauce del arroyo hasta el Canadian y me senté al sol. Había alces en la ribera opuesta e indios unos cuatrocientos metros río abajo. Me quedé dormido un rato y al despertar noté un hambre canina: me había ido del campamento antes de desayunar, pero no tenía cuchillo y lo único que llevaba era el taparrabos. Había vainas de mezquite en abundancia, pero quería carne, así que me metí entre las cañas y pasé media hora cazando una tortuga. El pescado era tabú pero las tortugas no. No tenía nada con que matarla así que la llevé bajo el brazo hasta que encontré un buen trozo de sílex arcoíris, luego le pisé el caparazón hasta que asomó la cabeza y le atravesé el cuello con el sílex. Chupé un poco de la sangre y tenía cierto sabor a pescado pero no estaba tan mal así que bebí un poco más y luego volví la tortuga del revés y succioné hasta dejarla seca.

Entonces pensé que a mi madre no le habría hecho ninguna gracia verme bebiendo sangre de tortuga igual que un indio salvaje. Calculaba que llevaba con los comanches unos seis meses, pero no había tenido tiempo para pensar, solo para trabajar y dormir, y me preguntaba si me habrían vaciado la mente por completo. Cuando pensaba en mi madre veía una cara de mujer hermosa, pero una parte de mí no estaba segura de que fuera ella en realidad. Me olvidé de la tortuga y me senté. Miré a los otros indios río abajo. Tenían un nuevo cautivo, un mexicano de piel roja. Les saludé con la mano y me devolvieron el saludo, lo que me hizo sentir mejor.

Mientras seguía manando un poco de sangre de la tortuga. Me pregunté si Nuukaru tendría razón o me habría tomado el pelo como a un memo. Si permitían a las mujeres hacerme cortes de nuevo –la única diversión de la que podían disfrutar–, sería mejor acceder a llevar agua.

Vi otra tortuga tomando el sol y decidí cazarla, y luego vi dos más. Después de cortarles la cabeza no tenía nada para hacer fuego. No importaba; busqué un poco de cedro seco y pelé la corteza. Busqué otro pedazo de sílex para hacer un agujero a la tabla con la que encender fuego y un palo corto y recto para frotarlo. Tenía las manos endurecidas y encendí un ascua en pocos minutos y la yesca prendió enseguida.

Cuando el padre de Toshaway llegó a caballo, yo dormitaba en la hierba con la barriga llena de tortuga. Miró los caparazones vacíos.

–¿Me has dejado algo, so tragón?

–No sabía que venías.

Se quedó sentado en el caballo, mirando hacia el río y pensando.

–Monta detrás de mí –dijo por fin–. Ya no tienes que preocuparte por las mujeres.

La mañana siguiente dormí hasta más tarde de lo que había dormido en meses y me despertó la charla de Nuukaru y Escuté.

–El blanco se ha convertido en un hombre –dijo Nuukaru cuando salí del tipi.

No podía creer cuánto había dormido.

–De hecho –matizó Escuté–, se ha convertido en un niño.

Me ofrecieron un poco de carne que habían estado asando y limonada de zumaque, un par de patatas pequeñas. Nos sentamos y fumamos.

–¿Qué vamos a hacer hoy?

–No vamos a hacer nada –respondió Escuté–. Tú vas a salir con los demás niños.

Les miré, pero no bromeaban. Puesto que era un retrasado en todo lo que consideraban importante, los hombres habían decidido que lo mejor era emparejarme con niños de ocho y nueve años.

A los diez años, disparando un tosco arco que hacía él mismo, un niño comanche era capaz de matar cualquier cosa más pequeña que un búfalo. En la batalla del Ayuntamiento de San Antonio, cuando los grandes jefes fueron a negociar una paz y los blancos los masacraron, un niño comanche de ocho años, al oír que su pueblo había sido traicionado, cogió el arco de juguete y atravesó de un flechazo el corazón del blanco más cercano. Intentaba recuperar la flecha cuando lo mató una muchedumbre de blancos.

Los niños con los que me enviaron a jugar eran más pequeños que si hubieran crecido entre los anglos, pero habían dedicado todos y cada uno de los minutos de sus breves vidas a cabalgar, disparar y cazar. Eran capaces de montar un caballo que hubiera tirado a cualquier blanco y de alcanzarse unos a otros con flechas sin punta yendo a galope tendido. Nunca habían ido a misa ni al colegio; de hecho, nunca se les había pedido nada, salvo lo que les salía de una manera natural, que era estar por ahí cazando y siguiendo rastros, jugando a hacer la guerra. Para cuando empezara a salirles vello participarían en incursiones cuidando los caballos, hasta que su entrenamiento para hacer la guerra y hacer la guerra en sí fueran uno y lo mismo.

También se les alentaba a robar, aunque solo si estaba presente el propietario del artículo, y solo si devolvían el artículo. A Toshaway le quitaron el cuchillo de carnicero de la vaina mientras comía y le robaron la pistola de debajo del manto. Los blancos sabían que un indio podía robarte el caballo mientras dormías, por mucho que te ataras las riendas a la muñeca, y que un comanche dijera «Ese es el mejor cuatrero de nuestra tribu» era casi el mayor elogio que se podía hacer, una manera de decir que esa persona era capaz de colarse hasta lo más profundo de un campamento enemigo sin que lo vieran y, puesto que los caballos eran moneda común entre blancos e indios, probablemente se haría rico. Los comanches se alegraban tanto de robar todos los caballos a un grupo de Rangers o colonos como incluso de matarlos, pues sabían que los lobos de la pradera, los pumas o la falta de agua acabarían por dar cuenta de ellos.

Tras unas semanas de instrucción consideraron que estaba listo para ir a cazar con arco, de modo que tres niños más y yo bajamos a los cañaverales cerca del río y estuvimos esperando largo rato. No se movía nada y uno de los chavales arrancó y se llevó a la boca un trozo de caña que, al soplar por él, emitía un sonido parecido al de un cervato en peligro. En unos instantes oímos un retumbo de pezuñas, luego nada, y luego más pezuñas. Entonces vi una cierva que caminaba a paso lento por entre la hierba alta y el agua encharcada. Aguzó las orejas y me miró directamente y supe que no podía empuñar el arco sin que me viera. Por no hablar de que las flechas no atravesarían los huesos frontales, solo las costillas.

El niño de diez años hizo un ruido con la boca que parecía proceder del otro lado de la maleza. La cierva volvió la cabeza, pero su cuerpo seguía encarado hacia nosotros.

—Ahora sería un buen momento para disparar —me susurró.

—Pero el pecho...

—Dispárale al cuello.

—Recuerda apuntar hacia abajo para que se la encuentre al intentar esquivarla.

Empuñé el arco y todo empezó a parecerme mejor —la cierva no se había movido—, pero al oír tensarse la cuerda se agazapó y dio un brinco. Milagrosamente, la flecha la alcanzó, aunque solo en el músculo. Luego echó a correr a toda velocidad con la cola en alto.

El más pequeño meneó la cabeza.

—*Yee* —dijo—. *Tiehteti tsa? Awinu.*

—¿Qué tal? —pregunté.

—*Aitu* —dijo el mayor—. Muy mal. Vamos a estar siguiéndola todo el día.

Los otros suspiraron.

Bajamos en silencio hacia el río y buscamos tortugas para cazarlas, pusimos unas trampas de lazo, y cuando los niños decidieron que la cierva ya se habría tranquilizado y probablemente empezaría a estar rígida por efecto de la herida, la seguimos por entre la hierba alta y uniforme hasta donde se había refugiado, unos ochocientos metros más allá, orientándonos gracias a cuatro manchas de sangre y un poco de musgo hollado en un tronco. Echó a correr pero la alcanzaron tres flechas más. Aguardamos un rato más y cuando volvimos a encontrarla estaba muerta.

—Eso me ha parecido hacer trampa —dije—, usar la llamada para atraerla.

—Pues la próxima vez te acercas más y usas la lanza.

—O un cuchillo.

—O te vas tras un oso.

—Solo me refería al reclamo del cervato.

El mayor agitó la mano con gesto impaciente.

—Nos han dicho que lleváramos un ciervo, Tiehteti, y se habrían enfadado si no lo conseguimos. Y la próxima vez más vale que intentes atravesarle el cuello para que no tengamos que perseguir al ciervo todo el día.

—También valdría con darle en una de las arterias grandes.

—Deslizas los dedos —señaló el niño de ocho años, al tiempo que empuñaba un arco imaginario—. Tienes que apartarlos de golpe de la cuerda.

—Tal como te enseñamos —me recordó el mayor.

Guardé silencio.

—Si haces girar la cuerda, no conseguirás disparar recto.

—Toshaway os dirá qué buen tirador soy con un rifle.

—Pues vete a buscarnos un árbol joven, señor Buen Tirador.

Los chavales hacían sus propios arcos y flechas, pero los que hacían las armas de verdad eran los ancianos, guerreros retirados que se habrían vuelto demasiado ciegos o lentos para participar en incursiones, o tal vez se habían quedado sin empuje, o igual, cosa increíble para nosotros, se habían hartado de matar y querían dedicar sus últimos años a hacer objetos de naturaleza artística.

La madera del naranjo de los osages era la preferida para los arcos —aunque se podía utilizar fresno, moral o nogal americano— y la del cornejo para las flechas. Teníamos con nosotros las grandes semillas de *ohapuupi* para plantarlas allí donde pudieran crecer, y puesto que las distintas tribus llevaban cientos o quizá miles de años haciéndolo, se encontraban naranjos de los osages en todas las praderas. El *parua*, o cornejo, era igualmente importante. Cuando encontrábamos un bosquecillo podábamos los troncos casi hasta el suelo. La primavera siguiente, de cada tronco brotarían docenas de nuevos brotes finos, que crecían muy rectos y era fácil transformar en buenas flechas. Se tomaba nota de la ubicación de los bosques de flechas, y se cosechaban con tiento, teniendo buen cuidado de que los árboles sobrevivieran.

Un arco normal —mejor del que ninguna fábrica podría hacer ahora— valía un caballo. La parte superior y la inferior tenían que ceder con una presión idéntica al tiempo que ejercían un peso específico a una distancia específica de la empuñadura. Un arco muy elaborado o excepcionalmente bueno valía dos o tres caballos. Eran todos de poco menos de un metro de largo (cortos en comparación con los de las tribus del este, ya que, a diferencia de ellos, nosotros peleábamos a caballo) y estaban reforzados con tendones de la espina dorsal de un ciervo o un búfalo. Si corrían malos tiempos, los fabricantes hacían los arcos muy deprisa; si corrían buenos tiempos —si nuestros guerreros no habían muerto ni se habían perdido sus armas en incursiones—, los fabricantes se tomaban su tiempo y sus arcos acababan siendo legendarios.

Las flechas no eran distintas. Podía emplearse media jornada en hacer una como es debido —recta, con la longitud y la rigidez adecuadas, todas las plumas alineadas—, aunque en un solo minuto de combate podían hacerte falta dos docenas. Los astiles se palpaban y prensaban, se levantaban a la luz y se enderezaban entre los dientes. Una flecha torcida no era distinta de un cañón de rifle curvado. Los comanches esperaban que sus flechas alcanzaran casi cincuenta metros cuando disparaban deprisa, cientos de metros si se lo tomaban con calma. Un día tranquilo vi a Toshaway matar un antílope a doscientos metros; la primera flecha pasó por encima del lomo del animal (aunque cayó tan silenciosamente que no se dio cuenta), la segunda se quedó corta, también en silencio, y la tercera por fin le acertó entre las costillas.

Las cuerdas eran por lo general de tendón, que en seco disparaban flechas más deprisa que cualesquiera otras pero cuando estaban mojadas no eran fiables. Había quien prefería la crin de caballo, que disparaba más lento pero era digna de confianza fueran cuales fuesen las condiciones, y también había quien prefería la tripa de oso.

Las mejores plumas para flechas era las de pavo, pero las de búho o buitre ratonero también iban bien. Las plumas de halcón y águila no se usaban nunca porque se estropeaban con la sangre. Los mejores astiles tenían acanaladuras a lo largo. Nosotros usábamos dos acanaladuras y los lipanes, cuatro. Eso impedía que la flecha restañara la herida que acababa de abrir, pero también evitaba que el astil se combase.

Las puntas de las flechas de caza se fijaban en vertical, puesto que las costillas de los animales quedaban en vertical con respecto al suelo. Las puntas de las flechas de combate se fijaban en paralelo a la tierra, igual que las costillas humanas. Las puntas de caza se hacían sin lengüetas y se ataban bien fuerte al astil para arrancarlas del animal y reutilizarlas. Las flechas de guerra tenían lengüetas y los filos estaban más flojos, de manera que si se sacaba la flecha, la punta quedara alojada en el cuerpo del enemigo. Si te alcanzaban con una flecha de guerra, había que sacarla por el otro lado. Para entonces todos los blancos lo sabían, aunque no estaban al tanto de que utilizábamos flechas distintas para cazar.

Todas las tribus de las praderas usaban flechas con tres plumas, aunque algunos grupos del este usaban solo dos, cosa que desdeñábamos, porque no eran certeras. Naturalmente, los indios del este no le daban tanta importancia, pues vivían gracias a la asignación semanal de carne del hombre blanco y de todos modos pasaban borrachos la mayor parte del tiempo, pensando que ojalá hubieran muerto con sus antepasados.

De vez en cuando, durante el otoño y el invierno, veía a la chica alemana que habían hecho prisionera conmigo. La mayoría de las familias tenían al menos un esclavo o cautivo, a menudo un niño o niña mexicanos, porque era en México donde llevábamos a cabo la mayor parte de las incursiones y robos de caballos: la cuota de los comanches en ese país era a otra escala, pueblos enteros arrasados en una sola noche; los texanos no tenían de qué quejarse.

Como es natural, también había numerosos cautivos blancos, de asentamientos cercanos a Dallas, Austin y San Antonio; había un chico que fue raptado en el lejano este de Texas; había cautivos de otras tribus. Pero puesto que se consideraba que yo tenía un gran futuro por delante, evitaba hablar con ellos.

Con la única que quebrantaba esa norma era con la chica alemana, cuyo nombre era Suhi?ohapitʉ, Pelo Amarillo Entre las Piernas, aunque solían referirse a ella sencillamente como Pelo Amarillo. Al margen de lo que hubiera sido para su familia, a los ojos de los comanches era invisible, una no persona. Se pasaba el día raspando pieles, acarreaba madera y agua, escarbaba *tutupipʉ*, todo lo que había hecho yo durante los primeros seis meses. Para ella, en cambio, no tendría fin.

En primavera, me topé con ella en unos pastos, cuidando los caballos. Parecía bien alimentada, aunque se le veían los músculos muy fibrosos para una mujer y no tenía mucha grasa. Parecía haberle tomado aversión al agua. Alcancé a olerla desde lejos y tenía la espalda punteada de *mohto?a*, como si llevara meses sin bañarse.

—Eres tú —dijo en inglés—. El elegido.

Me di cuenta de que estaba enfurruñada.

—Veo que te tratan bien.

Me extrañó oír inglés. Le dije —en comanche— que podría plantearse tomar un baño. Lo que no fue justo, pero estaba enfadado con ella por dar a entender que se me debía considerar una especie de desertor.

—¿Por qué iba a bañarme? —dijo—. Esperaba que así dejaran de tocarme, pero no ha sido así.

—No deberían seguir haciéndolo. Pueden meterse en un buen lío.

—Pues lo hacen.

—Bueno, no deberían.

—Resulta de gran ayuda que lo digas.

—¿Es como antes?

—Son uno o dos en particular —dijo—. Aunque no sé qué tiene eso de diferente.

—¿Qué tal los caballos? —pregunté—. Ese que tiene una llaga en la pata, podría ponerle un poco de cuero de vaca húmedo.

—¿Piensas en lo que somos? —dijo—. Yo, si hablo con ellos, fingen no oírme. Me han puesto un nombre nuevo, por esto. —Se señaló entre las piernas—. No soy más que esto.

No dije nada.

—Lo único que me hace feliz es pensar que si muero les costará dinero, porque terminarán menos pieles. —Me miró—. Y tú, Tiehteti —utilizó mi nombre indio—, ¿puedes verte a ti mismo?

—Claro —repuse.

—Eres muy joven. Fueron listos cuando te cogieron.

Eso también me molestó.

—Puedo ayudarte si me lo pides, ¿sabes? —dije, sin saber muy bien a qué me refería.

—Entonces, mátame. O llévame lejos de aquí. Me da igual una cosa que la otra.

Volvió a raspar el pellejo. Miré en torno en busca de Ekanaki, un caballo pinto de orejas rojas que me había dado Toshaway. El sol se estaba poniendo y hacía frío y había mierda de caballo por todas partes.

—Tengo que ir a por mi poni —dije.

—Ya me parecía a mí.

Por mí, hubiera preferido no volver a dirigirle la palabra en la vida.

—Tiehteti —me gritó—, si sé que eres tú no me resistiré. —Se señaló un lado del cuello, donde clavarías un cuchillo—. Te lo prometo. Es que soy incapaz de hacerlo yo misma.

11

J.A. McCULLOUGH

La casa llevaba muerta mucho tiempo; ella era la última de sus descendientes. Se esforzó por levantarse. Las arañas de luces colgaban en silencio del techo, indiferentes a su sufrimiento. «Levántate», pensó. Pero no ocurrió nada.

Durante su infancia había sido un lugar alegre y lleno de conversaciones, sin un instante de silencio ni intimidad; la idea de que algún día yaciera a solas, la casa en silencio como un camposanto... Cuando volvía a casa de la escuela siempre había alguien en el salón o en la galería o deambulaba por la casa y se encontraba al Coronel, un grupo de amigos suyos charlando y bebiendo o tirando al pichón. Había jóvenes de aspecto serio que venían a tomar notas, viejos llaneros que pasaban sus últimos días en habitaciones alquiladas, y habría otros, como el Coronel, que eran millonarios.

Había periodistas y políticos e indios que venían en grandes cuadrillas, seis u ocho en cada coche. El Coronel se comportaba distinto con los indios; no recibía en audiencia como con los blancos, sino que más bien permanecía sentado, asentía y escuchaba. A ella no le gustaba verlo. Los indios no se vestían como era debido —para el caso podrían haber sido granjeros o mexicanos—, olían muy fuerte y no le prestaban la menor atención. Se los encontraba acechando por la casa y su padre creía que robaban. Pero al Coronel no parecía importarle, y los indios se llevaban bien con los vaqueros; muchas mañanas entraba en el salón y se encontraba a una docena de ancianos dormidos entre sus antiguos enemigos, cerveza y whisky derramados, un cuarto de ternera a medio comer en la chimenea.

Era la casa del Coronel, de eso no había duda, aunque las más de las veces dormía en un jacal colina abajo. El padre de ella se quejaba del ruido y el fanfarroneo, los interminables desconocidos e invitados, de las facturas por la comida y la cantidad de criados. Al Coronel también le traía sin cuidado él; el interés de su padre en el ganado le resultaba agotador. «Llevamos veinte años sin sacar un centavo de esas malditas bestias», o «Ese no puede ni cagar sin consultar antes con el agente del condado».

El Coronel estaba a favor del petróleo, a favor de que Jonas fuera a Princeton, y en cuanto a Clint y Paul, serían estupendos peones. Pero tú, decía, dándole palmaditas a ella en el hombro, tú vas a llegar lejos. Ella no estaba al tanto de lo frágil que era todo eso. Ahora, mirando la habitación en penumbra desde donde estaba en el suelo, vio la casa como pronto sería: un refugio para murciélagos y búhos, para ratones y coyotes, los ciervos dejando huellas en el polvo. El tejado no tardaría en ceder y la maleza empezaría a crecer dentro de la casa hasta que no fuera más que unas paredes de piedra en un desierto.

Aparte del Coronel, su abuela era la única que le hacía algún caso. Los días calurosos se sentaba en la biblioteca mientras su abuela revisaba, por enésima vez, el contenido de cajas diversas, fotografías y ferrotipos, ahí estaba su primer marido, que murió antes de que tuvieran hijos, ahí sus dos hermanas, fallecidas de tifus, ahí el tío Glenn con uniforme del ejército. Había más fotografías de Glendale —que había recibido un disparo de los mexicanos pero murió luchando contra los alemanes— que de la madre de Jeannie. Si su abuela sabía aunque solo fuera una cosa sobre la mujer que trajo a Jeannie al mundo, no se la contó. «Aquí está tu bisabuelo Cornellius, el abogado más famoso de Dallas, tu tatarabuelo Silas Burns, que era propietario de la mayor plantación de Texas antes de que los yanquis pusieran en fuga a los negratas.» Jeannie no sabía gran cosa de negratas, salvo por los pocos que había visto trabajando en los ferrocarriles.

Decían que el este de Texas estaba lleno. Pero tenía algo muy claro respecto de los viejos que aparecían en los ferrotipos, sus ridículos cuellos y bigotes, los abrigos abrochados hasta arriba, con aire de estar sentados encima de una astilla. Le traía sin cuidado lo que dijera su abuela; no estaba emparentada con ellos y nunca lo estaría.

Invitaciones a fiestas, tarjetas de visita, alfileres llamativos. Bisutería que solo una niña luciría. El anillo de compromiso de su primer marido, que murió antes de que conociese a Peter McCullough. El abuelo de Jeannie. La Gran Deshonra.

Su abuela la llevaba a cabalgar de vez en cuando; un peón preparaba el caballo y la silla de amazona, la única del condado de Dimmit. Montaba a caballo bastante bien, incluso con aquel artilugio tan incómodo. Regañaba a Jeannie por montar a pelo y saltar cercas. «Acabarás haciéndote algo que luego lamentarás.» Qué podía ser, nunca lo decía, y a veces, si Jeannie se dormía durante las historias de la aburrida juventud de su abuela, la despertaba con un fuerte pellizco.

Su abuela y los demás adultos no tenían reparos en ser aburridos; a menudo seguían hablando hasta que Jeannie deseaba estar ella misma muerta, en vez de la persona del relato, que siempre era más inteligente, o atractiva, o poseía más estilo, gracia e ingenio que nadie que hubiera conocido Jeannie. Si el Coronel sabía alguna historia aburrida, debía de haberla olvidado. Nunca decía lo mismo dos veces. Ahí se podía encontrar un nido de halcón o un par de ciervos que habían muerto con las cornamentas trabadas, ahí había un fósil de hoja, un hueso antiguo o un trozo de sílex púrpura. Tenían una caja de cosas que habían encontrado juntos, cráneos de ratoncillos, ardillas, mapaches y otros animales.

Cuando no había visitas, el coronel se sentaba en la galería haciendo puntas de flecha o tallando cedro. Una vez, después de tallar un pedazo de madera hasta no dejar más que virutas, le dijo: «Si no fuera tan viejo, nos meteríamos en el negocio de la aviación. Podríamos construir aviones aquí mismo y vendérselos al gobierno y los harían volar en ese aeropuerto cerca de Sanderson».

Había intentado enseñarle a hacer puntas de flecha, pero no lo consiguió. Jeannie se hizo una herida en la palma de la mano con un trozo de sílex afilado, al principio sorprendida de que una simple piedra cortase tanto, luego fascinada por cómo manaba a chorro su propia sangre, después presa de las náuseas. El Coronel salió de su trance y fueron cojeando a la cocina, donde la vendó y la llevó de vuelta al porche.

—Hoy quedas relevada de preparar las copas —le dijo, y le lanzó un guiño.

Fue al carro y le preparó un julepe sin whisky, y, contraviniendo las normas de su padre, le dejó beberlo directamente de la coctelera fría, los dos conspirando contra todo lo establecido. Jeannie se quedó tan feliz, el dolor de la mano olvidado.

—Es una tontería de actividad —dijo, retomando la punta de flecha que había empezado ella—. Aunque si haces un cuchillo, puedes hacer cualquier cosa. Un día cogeré todas las puntas de flecha que he hecho y las esparciré por el rancho y así tal vez en un millar de años algún historiador las encuentre y se invente historias que no son ciertas. —Luego levantó la mirada—. Hay un zorzal en ese granjeno.

Ella miró hacia el prado, pero no atinó a ver nada. El sol estaba radiante pero aún era temprano en el año; la hierba seguía verde y los robles empezaban la muda de primavera.

—Me han dicho que hay un alemán llamado Hertz —dijo él— que ha dado nombre, entre otras cosas, a la manera en que se parte el sílex cuando lo golpeas. Siempre ocurre de la misma manera. —Levantó un trozo—. Aunque, naturalmente, no lo descubrió Hertz. De hecho, el hombre que lo descubrió lleva dos millones de años muerto. Que es el tiempo que lleva la gente golpeando unas piedras con otras para hacer herramientas. —Cogió otra lasca—. Recuérdalo —dijo—. Nada vale una mierda hasta que le pones nombre.

12

LOS DIARIOS DE PETER McCULLOUGH

16 DE AGOSTO DE 1915

El tiroteo empezó a oírse en cuanto oscureció. Cerca de la medianoche, unos cincuenta hombres se acercaron a la puerta del rancho, provistos de antorchas, gritando que les entregáramos a los mexicanos.

Vacilaron en el camino −cincuenta hombres o no, entrar ilegalmente en tierra de los McCullough no es moco de pavo−, pero, tras un buen rato de dar vueltas y más vueltas, uno puso el pie en un madero y empezó a saltar la cerca. En ese momento abrimos fuego por encima de sus cabezas. Charles dio buen uso a su Remington automático, descargando los quince proyectiles mientras el grupo se dispersaba y huía por el camino. Pasamos después un buen rato apagando a pisotones los fuegos que prendieron al dejar caer las antorchas.

Luego Niles Gilbert y otros dos de la Liga del Orden Público me rogaron que expulsara a los mexicanos, porque de otro modo ardería el pueblo.

Charles gritó:

−Pues vete a matar a los gilipollas que están quemando tu pueblo. Cualquiera diría que no tienes armas suficientes.

−¿De cuántos hombres dispones, Peter?

−Tengo suficientes. Y también he armado a todos los mexicanos.

Cosa que no era cierta.

−Esto no va a acabar bien para ti −dijo.

Consuela y Sullivan habían estado cocinando toda la noche así que había ternera y cabrito en abundancia. Cuando llegó la mañana, la mitad de las familias habían pedido permiso para quedarse en el rancho hasta que el pueblo fuera seguro. La otra mitad se aprovisionó de comida y agua y empezó a cruzar nuestros pastos a pie o a caballo, camino del río y de México. Van a una zona de guerra pero por lo visto es preferible a esto.

Naturalmente, todos creen que el Coronel es responsable de su salvación: ¿quién iba a serlo salvo don Eli? Me duele mucho que así sea, pero no me tomé la molestia de corregirles. No sé cómo llegarán a alcanzar la democracia con lo cómoda que les resulta la idea de que los poderosos rijan sus vidas. O tal vez sencillamente son más sinceros al respecto de lo que nos permitimos ser nosotros.

Mi padre se portó bien, entretuvo a todos los niños en la galería con sus historias de indios, les enseñó a encender fuego con dos palos, les hizo también exhibiciones de tiro con arco (aún puede utilizar su viejo arco indio, que apenas soy capaz de tensar yo). Se mostró alegre y cómodo y rió a menudo: no recordaba haberle visto así desde antes de que muriera mi madre. Igual tendría que haber sido maestro. Cuando seguíamos con la vista a los refugiados que iban camino del río, sus pertenencias amontonadas en mulas y carretas, dijo:

—Será la última vez que vemos a ninguno de esos yendo hacia el sur, supongo.

Y, sin embargo, lo adoran. Por la noche vuelven a sus jacales, que son calientes en verano y fríos en invierno, mientras él regresa a nuestra casa, una enorme monstruosidad blanca, el sueldo de un millar de años para ellos, o un millar de millares. Entre tanto, sus hijos nacen muertos y los entierran cerca de los corrales. «¿Quién eres tú para decir que no son felices?» Eso te soltará un blanco, mirándote a los ojos mientras lo dice.

Después de marcharse el grupo más grande de mexicanos, unos cuantos fuimos puerta por puerta en el pueblo y dimos a todos los que no reconocimos cinco minutos para ponerse en camino. Campbell colgó carteles de nuevo: SE ABATIRÁ Y/O DETENDRÁ A TODO AQUEL QUE LLEVE ARMAS DE FUEGO.

A las seis en punto las calles estaban vacías. Se han quemado catorce casas. El sargento Campbell se va mañana a recibir atención médica por sus heridas. Por lo visto se ha llevado una buena reprimenda por no ir al sur a proteger los ranchos grandes: doscientas secciones se considera mediano. Pero, gracias al remedio del azúcar de Guillermo, su brazo no parece haber empeorado.

A relajarme un poco leo los periódicos por primera vez en una semana. Ayer cayó una tormenta en Galveston que mató a trescientos. Una gran victoria, pues la última mató a diez mil, poniendo fin al reinado de Galveston como ciudad más prominente de nuestro estado.

Sally me ha llamado a las cinco de la madrugada. Parece que la fiebre de Glenn ha empezado a remitir.

18 DE AGOSTO DE 1915

Hoy en la reunión de todas las personas que quedan en el pueblo, he sugerido que la estación de ferrocarril reciba su nombre en honor a Bill Hollis (muerto en casa de los García), propuesta secundada y aprobada. Me siento terriblemente mal por Marjorie Hollis. Mientras que mencionaban una y otra vez por su nombre a Glenn en todos los artículos de prensa por haber sido herido, y destacaban a Charles por encabezar el ataque contra la finca de los García (mencionando todas y cada una de las veces que es nieto del famoso guerrero indio Eli McCullough), a Bill Hollis solo lo mencionaban una vez, en el periódico local.

Después me he preguntado por qué no he sugerido que nombraran la estación en honor a alguno de los numerosos mexicanos muertos.

La tormenta nos está calando hasta los huesos. Todo el mundo está de buen ánimo. Salvo yo. No consigo dormir —han regresado los rostros de los García—, me paso casi toda la mañana sumido en una bruma nerviosa, buscando algo que hacer, como si no encontrara nada que me ocupe la cabeza... Evito mirar hacia las sombras, porque sé lo que me voy a encontrar.

Visité a la familia Reynolds, pregunté por la chica superviviente, que ahora todos sabemos era María García. Por lo visto se encerró en la habitación de invitados y luego desapareció durante la noche, robando un par de botas viejas porque no tenía zapatos.

Ike me indicó que le siguiera a la galería, donde no nos oyeran los demás.

—Pete, no te lo tomes a mal, pero si yo fuera esa chica, tal vez creyera que soy el único testigo con vida de un asesinato. —Levantó las manos—. Yo no digo que lo sea, pero desde su punto de vista...

—Yo me opuse desde el primer momento.

—Ya lo sé. —Arrastró la bota—. A veces pienso que ojalá hubiera otra manera de vivir aquí.

13

ELI/TIEHTETI

1850

Para cuando llevaba con ellos un año, me trataban igual que a cualquier otro comanche, aunque no me quitaban ojo de encima, como un tío bala perdida que hubiera jurado hacerlo. La madre Naturaleza me había oscurecido los ojos y el pelo de manera natural y en invierno me mantenía bronceado tumbándome al sol sobre un manto. Casi todas las noches dormía tan tranquilo como un ternero muerto y no se me pasaba por la cabeza irme con los blancos. Allí no me quedaba nada más que vergüenza y si mi padre había venido a buscarme, no me llegó la noticia.

Escuté y Nʉʉkaru seguían dejándome de lado así que pasaba el tiempo con los chavales más jóvenes; habíamos pasado a domar los caballos del grupo y pronto empezaríamos a cuidar la remuda durante las incursiones. De las llanuras llegaba un goteo constante de ponis sin domar: cada vez que se veía una manada, los guerreros más veloces salían a caballo y los cazaban con lazo y aquellos animales a los que no se les rompía el cuello los llevaban de regreso al campamento. Luego les cerraban los ollares hasta que se desplomaban. Los ataban de esa guisa y nos dejaban que nos ocupásemos nosotros.

El hombre blanco tiene algo que le impulsa a apreciar los caballos alazanes, pero a los indios no les sirven de nada; solo había cinco caballos que nos interesasen: los pintos rojos, los pintos negros, los appaloosa, los penacho rojo y los penacho negro. Los penacho tenían franjas oscuras en la cabeza, orejas oscuras y una mancha clara con forma de escudo medieval en el pecho. Había una clase —el *pia tso?nika* o penacho de guerra— que también tenía parches negros en los ojos y desde lejos parecía una calavera o la cabeza de la muerte. Siglos de dura existencia los había convertido en animales feroces cual panteras; tenían tanto en común con un caballo doméstico como un lobo con un perrillo faldero y te coceaban en las costillas a la menor oportunidad. Nos encantaban.

Dormía cuando quería y comía cuando quería y no hacía nada en todo el día que no me apeteciese hacer. El blanco que llevaba dentro esperaba que en cualquier momento me ordenasen cumplir algún deber o dedicarme a alguna otra tarea propia de un esclavo, pero nunca ocurrió tal cosa. Cabalgábamos y cazábamos, peleábamos y hacíamos flechas. Matábamos a todo ser vivo al que echábamos ojo —gallos y perros de las praderas, chorlitos y faisanes, ciervos de cola negra y antílopes—, lanzábamos flechas contra panteras y alces y osos de todos los tamaños, dejábamos las piezas en el campamento para que las limpiasen las mujeres y nos marchábamos con el pecho henchido como hombres. A orillas del río desenterrábamos los huesos de bisontes gigantes y conchas enormes convertidas en piedra y tan pesadas que casi no podíamos levantarlas; buscábamos cangrejos y trozos de loza, lo llevábamos todo a lo alto de los riscos y lo tirábamos desde allí para hacerlo añicos. Cazábamos linces a flechazos mientras acechaban a los patos en los cañaverales y el tiempo era cada vez más cálido y salían las flores, habían brotado los tallos de la yuca y a diez palmos de altura colgaban grandes flores blancas; había áreas de altramuces, gallardías o arbustos de ciprés que se extendían kilómetros y kilómetros, ora era verde, ora era azul, ora era rojo y naranja hasta donde alcanzaba la vista. Ya no había nieve y pendían por todas partes nubes altas y algodonosas, y el sol aparecía y se escondía conforme el viento las iba arrastrando, en dirección sur hacia México, donde arderían hasta desaparecer de una vez por todas.

Se daba por sentado que a algunos nos pedirían que participáramos en las incursiones. Yo era el mayor, el único al que había empezado a salirle vello, pero también tenía deficiencias; disparaba bien en tierra firme pero los otros chicos eran capaces de alcanzar faisanes y conejos montando al galope. Aun así, cuando Toshaway salió al prado una mañana con su pistola y un escudo nuevo de piel de búfalo, fue a mí a quien escogió entre el grupo. Los otros hicieron comentarios pero los pasé por alto.

Caminamos un buen trecho, dejamos el escudo apoyado en un álamo enano y me tendió el arma.

—Adelante.

—¿Así sin más?

—Claro.

Disparé y el escudó cayó. Quedó tiznado de plomo pero no se abolló. Sonreí, volví a colocarlo y disparé hasta vaciar el cargador.

—Muy bien —dijo—. Un escudo puede detener una bala. Pero si una bala alcanza un escudo inmóvil, es que eres idiota. —Se lo ciñó al brazo y lo movió en rápidos círculos—. Siempre se está moviendo. Naturalmente, las plumas te ocultan, pero lo más importante es que un escudo inmóvil solo detiene una bala de pistola. Una bala de rifle lo atraviesa, igual que si saltas de un árbol alto y caes en terreno llano, te rompes las piernas, pero si caes en una pendiente, no te pasa nada. Un escudo en movimiento detiene una bala de rifle. *Nahküsuaberü?*

Asentí.

—Bien —dijo—. Ahora viene lo más divertido.

Caminamos unos minutos más hasta la mitad de unos antiguos pastos en la linde de un campo. Lo que iba a ocurrir, fuera lo que fuese, lo vería todo el mundo. Una docena o así de guerreros estaban sentados al sol jugando al *tukii*, pero cuando me vieron se pusieron en pie y cogieron sus armas. Cada cual llevaba su arco y una cesta de flechas.

—Bien —dijo Toshaway—. Será muy fácil. Tú te quedas aquí y esos hombres te disparan. Estaría bien que utilices el escudo tanto como sea posible.

—¿Adónde vas?

—¡No quiero que me den!

Sonrió y me palmeó la cabeza.

Los guerreros se pusieron en formación de escaramuza a un centenar escaso de metros y cuando todo estuvo dispuesto Toshaway me gritó y agitó una flecha.

—*Ke matɯɯ mutsipɯ!* ¡Están desafiladas!

A los guerreros les pareció gracioso.

—¡No tienen punta! —repitió.

La gente iba saliendo poco a poco de los tipis para verlo y me pregunté si Toshaway habría llegado a comprobar todas y cada una de las flechas, pues desde cierta perspectiva sería una broma de lo más divertida si hubiera alguna que otra flecha afilada mezclada con las de punta roma. Yo solo valía uno o dos caballos y muchos habitantes del poblado seguían sin encontrarme ninguna virtud.

—*Tiehteti tsa maka?mukitɯ-tɯ!*

Asentí.

—¡No dejes de mover el escudo!

Me empequeñecí. Las flechas tardan unos segundos en recorrer cien metros, lo que parece una eternidad a menos que vengan en dirección a ti. La mayoría rebotaron en el escudo; una o dos erraron el tiro por completo; otras me golpearon en el muslo y la espinilla y luego de nuevo en la misma espinilla.

Les pareció desternillante y varios guerreros empezaron a imitarme, brincando a la pata coja al tiempo que chillaban *anáa anáa anáa* hasta que Toshaway les obligó a volver a su sitio.

—¡Tienes que moverte! —gritó—. ¡Es muy pequeño para cubrirte entero!

Los alegres indios abrieron fuego y mis piernas recibieron otra zurra. Una flecha me rozó la frente al asomarme por encima del escudo.

—No hace falta que bloquees las que no vayan a alcanzarte —gritó alguien.

Estaba agazapado, intentando hacerme tan pequeño como fuera posible; era lo más gracioso que habían visto los indios en su vida y el ejercicio continuó hasta que se quedaron sin munición.

Eché a andar de regreso al poblado cojeando, pero se oyeron protestas entre la gente, así que los guerreros y yo cambiamos de posición para que recogieran las flechas.

—Es por tu propio bien —gritó alguien, pero ahora yo tenía el sol de cara.

Me quedé mirando con los ojos entrecerrados una flecha en particular que daba la impresión de no moverse en absoluto.

Un rato después desperté. Toshaway estaba encima de mí, murmurando igual que un predicador desde el púlpito.

—¿Qué? —dije.

—¿Ya estás despierto?

—*Haa*.

Me palpé el taparrabos. Estaba seco.

—Bien. Ahora, si escuchas un momento, te voy a decir una cosa que me dijo mi padre una vez. La diferencia entre un valiente y un cobarde es muy sencilla. Es un problema de amor. Un cobarde solo se quiere a sí mismo…

Me sentí muy mareado y noté el suelo frío. Me pregunté si me habría partido el cráneo. Podías atravesar un ciervo con una flecha despuntada si estabas lo bastante cerca.

—… un cobarde solo se preocupa por su propio cuerpo —dijo Toshaway— y lo ama por encima de todo lo demás. El valiente quiere primero a otros hombres y luego a sí mismo. *Nahkṵsuaberṵ?*

Asentí.

—Esto —me dio unos golpecitos— no debe importarte nada. —Luego volvió a darme golpes suaves, en la cara, el pecho, el vientre, las manos y los pies—. Todo esto no tiene ninguna importancia.

—*Haa* —dije.

—Bien. Eres un indiecito valiente. Pero todos están aburridos. Levanta y deja que disparen contra ti.

Poco después estaba otra vez en el suelo. Los guerreros regresaron a la sombra y se pusieron a jugar mientras Toshaway me daba agua fresca y me envolvía la cabeza con un trozo de manta. Solo quedaron a la vista mis ojos, lo que provocó más carcajadas pero funcionó igual que un casco y dejé de tener miedo. Al final de la jornada habían reducido la distancia a la mitad y los tiradores se esforzaban por dar en el blanco. Transcurrida una semana les resultaba imposible alcanzarme en absoluto.

Como ceremonia de graduación blandí el escudo mientras un tipo grande y gordo llamado Pizon, quien no disimulaba que en su opinión debería ser *na?raiboo* en vez de miembro de la tribu, me apuntaba con la pistola de Toshaway. Se me pusieron por corbata pero bloqueé todos los disparos y no dejé de mover el escudo en ningún momento. Pizon me lanzó una mirada como diciendo que le habría gustado volarme la lámpara de un tiro, pero pude quedarme con el escudo. Puesto que era un objeto sagrado, se guardaba en una funda protectora lejos del campamento. Si lo hubiera tocado una mujer con la menstruación, habría quedado destruido.

La caza aquella primavera fue la peor que se alcanzaba a recordar. Toshaway había crecido con manadas de búfalos que ennegrecían la pradera durante semanas, pero ninguno de los indios más jóvenes había visto nada semejante. Había habido sequía en algunas zonas de las llanuras, pero sobre todo se debía a las tribus del este, que aumentaban en número un mes tras otro en los Territorios. Todos se tomaban libertades en nuestros cazaderos y pasábamos tanto tiempo matándolos a ellos como a los blancos. Se consideraba una buena manera de iniciar a los jóvenes sin tener que cabalgar muy lejos.

Cuando acabó de florecer la yuca, Toshaway y yo y unas cuantas docenas más salimos de expedición en busca de búfalos o de indios que invadieran nuestras tierras. Unos días después nos encontramos con una pequeña manada que se desplazaba hacia el oeste, en dirección a Nuevo México y la parte más árida de las llanuras, lo que suponía que algo los inquietaba. Los exploradores fueron hacia el este mientras los demás matábamos búfalos y luego nos llegó la noticia de que habían avistado un grupo de tonk. Con algunos indios de los que vivían en fuertes se tomaban precauciones, pero los tonkawa se pirraban por el agua de fuego y no se consideraba un gran logro matar a uno de ellos. Una década después quedarían extinguidos por completo.

Nuukaru, que me había estado enseñando a desollar, metió el cuchillo en la funda y se montó en la silla de tres largas zancadas. Yo había extraviado el arco y para cuando lo encontré y monté el grupo entero había salido zumbando a galope tendido.

La pradera no es tan llana como parece, es más bien ondulada como un océano, hay crestas y senos, y, puesto que no tenía tanta prisa por matar a un tonk, no pasó mucho rato antes de que perdiera de vista a los demás. Era un día bonito, la hierba se ladeaba y volvía a enderezarse en oleadas, en todas direcciones, el cielo estaba muy despejado y azul con alguna que otra nube que no acababa de irse. Era agradable notar el sol en la espalda. La idea de toparme con un tonk no podría haberme resultado menos atractiva. No se me permitía llevar un arma de fuego e incluso con los dos pies en el suelo no era más que un tirador mediocre con el arco; a menos que el blanco estuviera inmóvil, justo delante de mí, disparar desde un caballo en movimiento me era imposible.

El caballo se había dado cuenta de que algo iba mal y seguía intentando alcanzar a los otros. Iba a un paso suave y ligero, así que lo mantuve así. Tomé nota de la posición del sol y pensé que igual podía virar hacia el sudeste, en dirección a las brechas del Llano; podía cazar tranquilamente con el arco y tal vez en dos semanas podría llegar a caballo hasta la frontera si no me atrapaban. Había zonas de florecillas rojas, *puha natsu*. Pensé cómo se llamaban en inglés pero no lo sabía. Pensé en mi padre. Luego di rienda suelta al caballo y salimos al galope.

Unos minutos después oí disparos y chillidos y luego había jinetes y caballos. Toshaway, Pizon y algunos más estaban en torno a un hombre en el suelo. Se encontraba tendido en un área de gallardías y tenía varias flechas clavadas. Había perdido sangre suficiente para pintar una casa y se veía brillante entre el verdor que le rodeaba.

—Tiehteti-taibo, qué amable por tu parte haber venido.

Los comanches no andaban faltos de resuello ni estaban sudando y sus caballos estaban pastando por ahí. Salvo por Nuukaru, que blandía la lanza por si el tonk recuperaba las fuerzas, ninguno tenía el arma a mano. Para el caso, podrían haber estado juzgando la calidad de un ciervo o alce abatido. Por lo que al tonkawa respecta, emitía un canturreo y su respiración era sibilante, tenía el torso manchado y le chorreaba sangre del mentón como si hubiera estado alimentándose de cadáveres humanos.

Toshaway y Pizon cruzaron unas palabras y entonces Pizon sacó una vieja pistola de un solo disparo que llevaba al cinto y la tendió con la culata por delante. Era un arma del calibre 69, todo un cañón para ser una pistola.

—Adelante, Tiehteti. —Pizon añadió—: Si ese estuviera en tu lugar, te cortaría el pecho a rebanadas y se lo comería delante de ti.

El hombre levantó la vista y me reconoció, y luego desvió la mirada hacia la pradera. Su cántico se hizo más insistente y no tenía sentido demorarlo, así que apreté el gatillo. El arma dio un brinco contra mi muñeca y el hombre quedó un poco más recostado contra la piedra. Su música se interrumpió y las piernas se le empezaron a contraer como las de un perro dormido.

Era un guerrero atractivo de pelo largo y hermoso y Pizon le arrancó toda la cabellera hasta debajo de las orejas. La bala debía de haber aflojado algo porque cuando Pizon le arrancó el pelo, la cabeza del hombre se abrió como si tuviera una bisagra en la parte inferior, la cara hacia delante y la nuca en la otra dirección. Nadie había visto que una bala de pistola hiciera algo así. Era un buen augurio.

Los otros se distrajeron pero yo seguí contemplando fijamente la cara del hombre, que se miraba el pecho, todos sus secretos esparcidos al viento.

—Te comportas de una manera muy rara, Tiehteti-taibo.

—*Haa* —dije—. *Tsaa manusukaru.*

Nos enviaron a Nuukaru y a mí a recuperar las armas del muerto y cualquier cosa que se le hubiera caído y había algo en él, ahí tirado entre las gallardías todo en derredor manchadas de sangre, y salí cabalgando detrás de Nuukaru tan aprisa como pude. Una hora después encontramos el rifle del tonk. Era un mosquete Springfield casi sin disparar y Nuukaru no se lo podía creer: los tonk eran pobres y sus armas acostumbraban a ser pobres también.

—Esta arma debe de haber salido de los blancos —dijo—. Y el caballo también.

Me dio igual. Me aburría buscar las pertenencias de ese hombre: dudaba que poseyera gran cosa y no tenía intención de pasar el resto del día buscando un zurrón mugriento. Me pregunté si sería el único que sabía cuántos rifles y caballos tenían los blancos.

El resto del grupo se había perdido de vista; había hierba hasta la cintura en todas direcciones, y luego cielo. Mi caballo comía flores; le colgaban altramuces de los belfos. Me pregunté si me dejarían quedarme con la cabellera del tonk.

Uno de los tonkawa había escapado, pero como iba a pie por territorio desconocido, y puesto que era un indio de reserva probablemente no mucho mejor que un hombre blanco, era casi seguro que acabaría por morir, así que no nos molestamos en perseguirlo. Por no hablar de que una vez terminada la confusión de la refriega, él nos vería con facilidad antes de que lo viéramos a él, por lo que probablemente podría abatir al menos a uno de nosotros. A diferencia de los blancos, cuyos nobles líderes están dispuestos a sacrificar a cuantos seguidores haga falta para matar a un solo indio, los comanches no eran partidarios de renunciar a uno de los suyos a cambio de un enemigo. Era otro inoportuno rasgo de carácter, por lo que a luchar contra los anglos respecta.

Así que en lugar de seguir al tonk, nos preparamos para una celebración, cogiendo sus cabelleras, caballos y rifles nuevos, que al serlo, aunque nadie lo dijo, constituían un indicio de que se acercaba una tormenta. Nuukaru encontró el zurrón del tonkawa, que contenía docenas de cartuchos de papel, otro lujo proveniente de los blancos.

—Fijaos en esto, joder —dijo.

Nadie le prestó atención. Regresamos hasta los búfalos que habíamos matado, dándonos un gran banquete con el hígado y la bilis para luego encender una hoguera con mezquite y boñigas de búfalo y asar la carne y el tuétano. La cabellera del tonk era de Pizon. Que hubiera disparado yo no había sido más que una formalidad.

A la mañana siguiente el viento había cambiado de dirección y había un tenue olor a podrido. Apenas alcanzaba a percibirlo y naturalmente se morían cosas en la pradera sin cesar, pero a los otros comanches les pareció digno de atención, y tras envolver la carne de búfalo en sus propias pieles y atar los bultos a los caballos de reserva, nos pusimos en marcha. Unas horas después llegamos a un pequeño cañón, la hierba alta y un arroyo que corría por mitad de él, y al enfilarlo el olor empeoró, y luego los caballos se negaron a seguir.

No se oía nada salvo el viento, el borboteo del arroyo y el aleteo de las pieles de las tiendas. Había varios centenares de tipis, con miles de buitres negros tambaleándose entre ellos, como si hubieran decidido renunciar a su vida salvaje y volverse civilizados.

Me incliné y vomité y alguien a mi espalda hizo lo propio. Se decidió que me adelantara solo a inspeccionar mientras los otros permanecían a la zaga.

—¿Estás de broma? —dije.

—No hay nadie vivo en este desaguadero salvo nosotros —dijo Toshaway, que me dio un paño para atármelo sobre la boca y la nariz.

—Entonces dame tu pistola.

—No te hará falta.

—Déjamela de todas maneras.

Se encogió y me entregó el revólver, y luego se inclinó para ayudarme a atar el trapo sobre la cara.

—Acuérdate de levantarlo si tienes que vomitar. De otro modo lo lamentarás mucho.

Unos cuantos buitres remontaron el vuelo, otros se hicieron a un lado para dejarme pasar, y las moscas echaban a volar y se posaban en grandes oleadas negras. El suelo estaba cubierto de cadáveres humanos, no hubiera sabido decir si cientos o miles; estaban todos desmembrados y podridos, parcialmente devorados, ennegrecidos y retorcidos, y eran incontables. Mi caballo avanzó con cautela al principio, pero no tardó en ver que era inútil y empezó a pisar directamente sobre lo que quedaba de aquella gente.

Había cabezas y trozos de espina dorsal, pies y manos, cajas torácicas, el músculo negro y los huesos muy blancos, pedazos de grasa pegados a las piedras, brazos y piernas prendidos entre las ramas de los álamos donde los habían arrastrado pumas o linces. Había rifles y arcos y cuchillos esparcidos que empezaban a oxidarse. Había tantos muertos que ni siquiera los lobos, los coyotes y los osos habían sido capaces de devorarlos. El sol lo había ennegrecido todo pero alcancé a ver que no le habían cortado la cabellera a ninguno. No se me ocurrió quién podía haberles hecho algo así.

La mayoría de los caballos habían sido ahuyentados por los lobos, o devorados, pero unas docenas de los más leales o indefensos pastaban en la periferia; había una yegua grande y parda todavía ensillada, aunque la silla había girado hasta quedar bajo el vientre y apenas podía andar. Aminoré el paso y me acerqué a ella, que se quedó donde estaba, resignada a lo que fuera a hacer yo. Corté la cincha y al oír que la silla caía al suelo la yegua se alejó unos pasos, luego se sacudió y echó a trotar. Tenía marcado el hierro del ejército en la cadera, aunque llevaba una silla de montar india, y me pregunté las cosas que habría llegado a ver.

Uno de los tipis estaba cerrado con piedras y maleza amontonada delante de la puerta, y sin desmontar del caballo cogí las solapas y corté las cuerdas. En el interior había dos buitres muertos y docenas de cadáveres pequeños, minuciosamente dispuestos en hileras y colocados unos encima de otros. Quienquiera que los hubiese dejado allí estaba muy débil para enterrarlos, o quizá habían ido muriendo muy aprisa; era viruela o cólera o alguna otra enfermedad, así que volví la grupa del caballo, le hinqué los talones y regresé a donde me esperaban los demás.

—¿Conservaban la cabellera?

—Sí —dije.

—¿Cuántos?

—Cientos. Tal vez miles.

—Creo que en torno a un millar. ¿Has tocado algo?

—La verdad es que no. Un tipi que estaba al sol.

Amusgó los ojos y miró en torno. Era un cañoncito agradable.

—Supongo que hay lugares peores para morir.

—¿Quiénes eran?

—Creo que es el grupo de Perro Coceador. Comanches tenewas. Están fuera de su territorio así que algo no iba bien cuando acamparon aquí, huían de algo. *Tasía*, probablemente. —Hizo el gesto de puntearse la cara con un dedo–. El obsequio del gran padre blanco.

Llevé el caballo hasta mitad del río y le froté los cascos y las patas con arena, luego hice lo mismo con mi propio cuerpo. Esa noche dormí solo, a un buen trecho de los otros. Unos días después, antes de llegar al campamento, fui al río a restregarme otra vez y le pedí a Nuukaru que me llevase un cuenco de jabón de yuca y lo dejara en el suelo. También volví a limpiar el caballo.

Cuando llegamos al poblado estaban preparando una gran celebración y una danza de las cabelleras. Uno de los hechiceros me llevó a un tipi y me hizo desnudarme. Tragó bocanadas de humo de cedro y salvia, las expulsó sobre mí y luego me frotó el cuerpo con hojas. Le dije que ya había usado jabón, pero se figuró que el humo era mejor.

Unas semanas después llegó un grupo de comancheros al campamento y dijeron que habían visto a más indios cazando búfalos. Toshaway me advirtió que íbamos a salir otra vez de exploración. Reaccioné con entusiasmo.

–Dame uno de los rifles de los tonk –dije.

Debía de creer que pasaría algo porque me lo dio sin hacer ningún comentario, junto con una docena de cartuchos de papel.

Por la noche encendimos hogueras pero solo en hondonadas y lejos de cualquier árbol para que nada reflejase la luz. Al final regresaron los exploradores e informaron de que había un grupo de indios cortando búfalos en pedazos; por lo visto eran delaware, que, aunque los comanches no lo hubieran reconocido nunca, eran los mejores cazadores de todas las tribus del este, buenos rastreadores y hombres que convenía tomarse en serio.

Decidimos acampar sin hogueras y dormir antes de abalanzarnos sobre ellos. Los delaware también acamparon sin encender fuego, aunque no sabían que los habíamos visto, y los imaginé allí en la oscuridad, antaño habían sido los reyes del este como nosotros éramos los reyes del oeste, pero ahora habían matado veinte búfalos y ni siquiera podían encender una hoguera para celebrarlo.

La luz era mate y gris y brotaba de la hierba una bruma lustrosa. Había caballos yendo en todas direcciones y todo el mundo gritaba y yo miraba a un hombre que había sido alcanzado por cuatro o cinco flechas pero permanecía tranquilamente en pie atacando la carga del mosquete con la baqueta. Alguien vino por detrás y lo atravesó con una lanza. Era Nuukaru. Había algo en el hombre que se retorcía en el suelo pero por lo visto a Nuukaru no le importó.

El resto de los delaware quedaron rápidamente descolocados, aunque un hombre se las arregló para virar en redondo. Me había quedado al margen y pasó justo por mi lado; para el caso podría haberse quedado inmóvil, aunque no reaccionó al disparo y con el humo no estaba seguro de haberle alcanzado.

Le vi alejarse a caballo. Ya sabía lo que tenía que hacer. No había tiempo para volver a cargar el rifle, e incluso en pleno combate sabía que Toshaway y Pizon probablemente me estaban observando. Mientras lo pensaba, los dos acabaron de matar al hombre que habían empezado a matar, vieron al delaware que huía y fueron a perseguirlo.

Les seguí. No había fustigado nunca tan fuerte a un caballo pero los cuatro íbamos formando una larga línea pradera a través con el delaware en cabeza. Iba a lomos de un animal legendario, poniendo distancia entre nosotros a cada paso, nos llevaba seiscientos metros largos de ventaja, pero no había donde esconderse, ni cañones ni bosque, nada más que pradera abierta, y empezamos a darle alcance. Entonces el poni de Toshaway tropezó y chocó con el de Pizon y yo los sorteé.

Por lo que al delaware respecta, se veía una mancha lustrosa que le resbalaba espalda abajo allí donde había entrado mi bala y fustigué al caballo con más fuerza aún, aunque no tenía planeado qué haría en el caso de alcanzarle.

Entonces cayó al suelo. Había intentado saltar un barranco y el caballo lo había tirado. Estaba tendido entre la hierba alta.

Estaba encima de él antes de darme cuenta y lancé una flecha pero salió desviada varios palmos. Intenté disparar otra pero me temblaban las manos y el caballo estaba piafando, así que me dejé caer al suelo.

El delaware no se había movido. Empecé a sentirme mucho mejor, tenía la vista fija en la cuerda, intentando colocar la flecha, y al levantar la mirada le vi darse la vuelta, tensar el arco y disparar todo en el mismo movimiento.

De pronto yo tenía una flecha clavada. Me pareció que debía sentarme. Luego me estaba mirando a mí mismo; después decidí que no pasaba nada. Agarré la flecha y tiré de ella.

Más tarde caí en la cuenta de que el delaware estaba tan débil que no había podido tensar el arco como era debido. La correa de mi carcaj había detenido su flecha, pero justo entonces recogí mi propio arco, que había dejado caer, apunté con cuidado y le metí un flechazo al delaware en todo el estómago. La flecha entró hasta las plumas.

Estaba mirando alrededor en busca del carcaj. Había quedado fuera de su alcance en la caída. Disparé otra flecha, luego una tercera, que entró entre sus costillas. Estaba tirando de la que había quedado clavada en el suelo y supe que iba a devolvérmela. Lancé el resto de las flechas que me quedaban y se dio por vencido, aunque aún no estaba muerto. Sabía que debía ir a golpearle pero no quería acercarme más, me abochornaba su respiración y sus gorgoteos, mi mala puntería, tener miedo de un hombre que estaba casi muerto, y entonces alguien me dio una patada en el trasero.

Eran Toshaway y Pizon. No les había oído llegar.

—*KuɁe tsasimapʉ*.

Toshaway señaló al delaware con un gesto de cabeza.

—Hazlo deprisa —me instó Pizon—. Antes de que muera.

El delaware estaba tendido de costado y lo giré de modo que quedara boca abajo. Le puse el pie en la espalda y le agarré el pelo y él levantó el brazo para detenerme pero le hice un corte todo alrededor. No dejaba de golpearme la mano.

—Arráncasela —gritó Pizon—. Un movimiento fuerte.

La cabellera se desprendió como una rama al partirse y el delaware perdió la pelea. Me aparté unos metros y la miré: podría haber sido cualquier cosa, un pedazo de pellejo de búfalo o ternera. Salía el sol y empezó a dolerme la pierna: me había cortado con las puntas de mis propias flechas que sobresalían de la espalda del delaware. Sufrió un último estertor y, al verlo allí en el suelo, atravesado por mis flechas en todas direcciones entre la hierba apelmazada con su propia sangre, fue como si se despejara una bruma de mi mente, como si me hubieran bautizado de nuevo, como si me hubiera escogido el mismísimo Dios. Me acerqué corriendo a Toshaway y Pizon y los agarré.

–Puto crío blanco –comentó Pizon. Pero también sonreía. Se volvió hacia Toshaway–. Supongo que te debo un caballo.

Se celebró una gran fiesta cuando regresamos, habíamos obtenido ocho cabelleras, pero antes de que diera comienzo, Pizon contó la historia de cómo yo había ido tras el delaware solo, como un comanche de verdad, sin otra cosa que el arco, y dijo que ya sabemos el gran talento que tiene Tiehteti con su arco. Hubo carcajadas generales, cosa que me molestó. Pero esto va en serio, continuó, no era un sucio *Numu Tuuka*, sino un guerrero, y la única arma de que disponía Tiehteti era una que aún no sabe utilizar a caballo. ¿Y recibir un flechazo en el corazón y que la flecha se niegue a entrar? ¿Qué dice eso de Tiehteti?

Durante el resto de la noche el hechicero que me había purificado de la viruela contó a todos que me había dado su medicina de oso, pues solo eso podía haber detenido la flecha, pero nadie le creyó. Yo sabía que el delaware estaba casi muerto cuando le di alcance, que había recibido un balazo en los pulmones y el caballo lo había tirado contra las rocas, que de haberlo alcanzado cinco o diez minutos antes su flecha me habría atravesado hasta la columna. Que incluso en sus momentos postreros, si la correa de piel de búfalo no hubiera estado justo donde estaba, la punta me habría alcanzado el corazón. Pero para el final de la noche esos detalles no tenían la menor importancia, y ahí estribaba la trascendencia de la danza de las cabelleras, éramos eternos, los Elegidos, y nuestros nombres resonarían en la noche, mucho después de haber desaparecido de la tierra.

En algún momento antes del amanecer abrí los ojos. Estaba tendido en el jardín de nuestra antigua casa y había un indio inclinado sobre mí. Estaba viendo las flechas entrar pero decidí no creer lo que veía; recordé que me había golpeado en la cabeza y probablemente estaba confuso. El comanche era joven y me sonaba de algo y un rato después empecé a reconocer su rostro.

Cuando llegó la mañana aún notaba el hueco donde habían entrado las flechas. El sol había salido y relucía directamente por la puerta abierta del tipi y Nʉʉkaru y Escuté estaban fuera fumando. Salí y me senté con ellos. Los tres chicos que me habían llevado de caza, todos los cuales seguían siendo mejores cazadores, jinetes y arqueros que yo, vinieron a saludar, pero no se sentaron —ahora era superior— y luego Nʉʉkaru les indicó que se fueran con un gesto de la mano.

—Ya no tienes nada que hacer con esos críos —comentó.

Escuté llamó a su madre para que nos preparase algo de comer y nos trajo tortas de almeza, que eran una pasta de almezas y sebo cocinada al fuego. Nʉʉkaru y yo le dimos las gracias, Escuté se limitó a coger la comida y devorarla. Debió de haber visto cómo le miraba porque dijo:

—Podrían matarnos cada vez que nos vamos del campamento. Eso lo saben todos. La mitad de nosotros habrá muerto para cuando cumplamos cuarenta inviernos.

Poco después Lobo Gordo, el primogénito de Toshaway, se acercó con su esposa.

—¿Así que este es el famoso chico blanco?

Escuté dijo:

—Ahora eres un hombre, Tiehteti, y estoy seguro de que Lobo Gordo aprecia que seas respetuoso, pero no tienes que mirar fijamente el polvo.

Lobo Gordo se inclinó y me cogió por la barbilla, pero luego dejó de apretar.

—No hagas caso al gilipollas de mi hermano. Siempre le pongo de mal humor. —Señaló por encima del hombro—. Esta es Detesta Trabajar. Seguro que ya te habías fijado en ella, pero ahora eres un hombre, puedes hablarle, y fijarte en las manos tan lamentablemente suaves que tiene.

Detesta Trabajar, que estaba unos pasos por detrás de su marido, sonrió y saludó con la mano, pero no dijo nada. Era con mucho la india más hermosa que había visto, de poco más de veinte años, con la piel clara, el cabello lustroso y buena figura; todo el mundo consideraba una tragedia que no tardaría en estropearse al tener hijos. Su padre había pedido cincuenta caballos como precio por la novia, lo que era exorbitante según Nuukaru, pero Toshaway, que mimaba terriblemente a sus hijos, como cualquiera que pasase el rato con Escuté habría visto, le dio los cincuenta caballos y el matrimonio recibió su aprobación.

El propio Lobo Gordo era tan alto como su padre, pero mientras que su rostro era joven, tenía los brazos delgados y la barriga de un hombre mucho mayor. Ofrecía el aspecto que seguramente tendría Toshaway si hubiera dejado de cazar y participar en incursiones. Saludé con un asentimiento a Detesta Trabajar y procuré no mostrar más interés de la cuenta.

Lobo Gordo me había levantado la cataplasma y me tocaba con cuidado, la piel abierta y el hueso, el corte aún supurante.

–Hostia puta –exclamó–. No había visto nunca una herida así en un hombre vivo. –Me miró de arriba abajo–. Mi padre hablaba de ti, pero todo el mundo le cae bien y pensé que se estaba ablandando. Ahora veo que tenía razón. No es ninguna tontería. –Me cogió por los hombros; era un indio muy sobón–. Si alguna vez necesitas cualquier cosa, acude a mí. Y no frecuentes demasiado a mi hermano, es un capullo amargado.

Luego se alejó con su hermosa mujer.

–Vaya gordo cabronazo –masculló su hermano cuando ya no podían oírle.

–Escuté está esperando que Lobo Gordo le deje dar un tiento a su mujer, pero Lobo Gordo aún no está interesado en compartirla.

–Yo ya me las apaño para pillar *tai?ti* sin ayuda. No necesito que ese gordo me deje las sobras. –Miró a Nuukaru–. Tú, en cambio…

–Pillo más que suficiente.

–Con las viejas, igual.

—Como tu madre.

—Conociéndote, no me extrañaría —se mofó Escuté.

Se hizo el silencio. Yo había inventado una serie de historias sobre las diversas chicas con las que había estado, pero Nuukaru y Escuté prefirieron no preguntarme.

Después de comer fui al río a limpiar mi trofeo. Raspé la cara interna para quitar todo rastro de carne y grasa, la lavé con agua, la froté con una piedra áspera y volví a lavarla, retirando la membrana plateada con los dedos y repitiendo el proceso hasta que la parte interior de la cabellera quedó blanca, uniforme y suave. Luego cogí un cuenco de madera, lo llené de agua y jabón de yuca y lavé con cuidado el pelo, separando las hebras, procurando no tirar demasiado, como si el delaware aún fuera capaz de sentir lo que estaba haciendo, retirando con delicadeza cada erizo y semilla de hierba, la caspa y la sangre reseca. Volví a hacerle las trenzas, colocando de nuevo todas las cuentas, que eran de vidrio color turquesa y rojo, en los mismos lugares donde las había puesto él. Hice una pasta de cerebro y sebo y la froté en la cara interna de la piel, dejándola secar y frotando luego más pasta. La extendí en un aro de sauce para que se secara y luego la llevé de regreso al tipi y la colgué a la sombra.

Esa noche nos quedamos hablando hasta altas horas. Había colgado la cabellera encima de mi catre y estuve viéndola girar toda la noche en el aire caliente que despedía la hoguera. Las ascuas se fueron apagando y todos nos adormilamos y se oyó el crujido de la solapa del tipi y el ruido de alguien que intentaba entrar y oí que los otros dos también despertaban. Por el pelo alcancé a ver que la visita era una mujer, pero por lo demás estaba muy oscuro.

—Si has venido en busca de Escuté, estoy aquí.

—Y a Nuukaru lo tienes justo delante, al otro lado del fuego.

—Estáis los dos soñando —dijo la mujer—. Olvidad que estoy aquí.

—La esposa de Lobo Gordo. Debes de estar de broma.

—¿Dónde está Tiehteti?

—Aquí mismo —respondió Escuté—. Ahora mismo estás hablando con él.

—¿Está o no?

—No lo sé. Tiehteti, ¿estás ahí? Probablemente no. Le he visto ir hacia el prado; Se Folla Una Yegua iba a enseñarle no sé qué.

Detesta Trabajar dijo:

—Eres un gilipollas de mucho cuidado, Escuté.

—Pero gracioso, ¿verdad?

—A veces.

—Nʉʉkaru, tengo malas noticias. Por enésima vez, una mujer ha venido al tipi y no está interesada en ti.

—Vete a tomar por culo —dijo Nʉʉkaru.

—En cuanto a Tiehteti —declaró—, ya va siendo hora de que se haga hombre. Es un proceso que requiere contacto físico, y por tanto en algún momento, a menos que sencillamente quieras ver a un maestro en plena faena, tendrás que decirle a esta mujer, que se cuenta entre las más hermosas de todas las comanches, aunque también entre las más perezosas, en qué lugar del tipi estás.

—Estoy aquí —dije en voz queda.

—Nʉʉkaru, pedazo de pervertido escuálido, no creas que vas a quedarte ahí masturbándote; levántate y déjale un poco de intimidad a Tiehteti.

—*Noyoma nakʉhkupa.*

—Preferiría no hacerlo —dijo Escuté—. Pues soy sabio, y un gran líder, y algún día seré vuestro jefe.

Él y Nʉʉkaru cogieron las mantas y se marcharon.

—¿Tiehteti? Di algo para que sepa dónde estás.

—Sigue la pared hacia la derecha —indiqué.

Noté que palpaba el catre. Estaba muy oscuro para verla, para saber siquiera de quién se trataba salvo por su voz, pero oí los susurros cuando se quitó el vestido. Luego se metió debajo del manto. Su piel era suave contra la mía. Empezó a besarme el cuello y a pasarme los dedos por el estómago, yo intenté tocarla pero me retiró la mano y siguió acariciándome el vientre, luego los muslos, y tuve la sensación de que debería estar haciendo yo algo, así que intenté tocarla entre las piernas, le rocé el vello, pero esa mano también me la paró. Empecé a notarme como dócil. No se esperaba nada de mí; ella era una mujer adulta y llevaba las riendas.

Ella era de la misma opinión. Me pasó las uñas de aquí para allá, por el pecho y piernas abajo, mientras me besaba lentamente el cuello. Aquello se prolongó mucho más de lo que yo hubiera creído adecuado pero, al cabo, se me puso a horcajadas y de pronto me encontré en su interior.

Hubo un ruido. Escuté asomó la cabeza al tipi.

–¿Cuánto rato, esposa de Lobo Gordo? ¿Un minuto? O, a ver si lo adivino, ese ya está *pɯa*.

–Fuera –le espetó ella–. Vete a masturbarte con Nɯɯkaru.

Me dio un beso en la nariz. Se había inclinado sobre mí, que estaba muy quieto. Quería empezar a moverme pero ella me mantenía inmóvil.

–¿Qué te parece, cuñado?

Hice un ruido.

Ella movió las caderas.

–¿Quieres que haga esto?

–Sí.

–Hummm… Igual no.

No dije nada.

–Creo que vamos a quedarnos así –sugirió.

Carraspeé.

–A mí también me gusta –dijo.

Me pareció una coincidencia increíble. En algún momento empezó a moverse lentamente. Estaba inclinada hacia delante, nuestras frentes estaban en contacto y me sujetaba las manos. Su aliento era dulce.

–Detesta Trabajar no es mi nombre de verdad –dijo–. Me llamo Ave Solitaria.

Para cuando volvieron Nɯɯkaru y Escuté, había dormido cinco veces con Ave Solitaria. Esperaba que Escuté tuviese algo que decir pero no era así; él y Nɯɯkaru susurraron algo entre sí y luego Nɯɯkaru se fue a su catre pero Escuté, en vez de acostarse, se acercó a nosotros con sumo sigilo. Le tocó el cabello a Ave Solitaria y luego me palpó la cara con suavidad, después me dio unos golpecitos en el pecho y dijo algo en comanche que no entendí, y Ave Solitaria murmuró algo en sueños, y Escuté se inclinó hacia delante y le besó el pelo y me dio más golpecitos y me dio un beso en la frente. Luego regresó a su catre.

Estaba despierto. Desperté a Ave Solitaria y lo hicimos otra vez.

Por la mañana, cuando atravesaba la solapa de ventilación una levísima luz gris, noté que se levantaba. La retuve.

—No —susurró—. Ya es tarde.

—Dime por qué te llaman Detesta Trabajar.

—Porque solo hago el trabajo de diez hombres. En vez de cincuenta. —Se inclinó sobre mí y me besó—. No me mires en público. Esto probablemente no volverá a pasar. Es la primera vez que mi marido me envía con alguien, y no sé de qué humor estará cuando regrese.

Unas horas después, Nuukaru, Escuté y yo estábamos sentados en torno al fuego, comiendo carne seca de alce y observando el ajetreo del campamento. A Escuté le ocurría algo; por lo general se arreglaba el pelo con cuidado en forma de abanico en lo alto de la cabeza, pero esa mañana ni siquiera se había pintado.

—¿Estará enfadado conmigo Lobo Gordo? —pregunté.

—Seguro que te corta la polla. Espero que mereciera la pena.

—No le hagas caso —dijo Nuukaru—. Todo el mundo quiere acostarse con Detesta Trabajar y tú eres el único que lo ha conseguido, salvo el tipo que pagó cincuenta caballos por ella.

—Los cincuenta caballos los pagó mi padre, no el cebón de mi hermano. Si fuera mi padre el que se la beneficia no me importaría.

—Escuté está especialmente cabreado, como verás.

—¿Por qué iba a estarlo? ¿Dónde están mis cincuenta caballos si quiero casarme? Mientras tanto, le envían a Detesta Trabajar a Tiehteti.

—¿Con quién quieres casarte? —dije.

—Con nadie. A eso voy. ¿Con quién hostias puedo casarme ahora que ese gordo se ha llevado a la chica más guapa de la que nadie ha oído hablar?

—Su hermana no está mal —sugirió Nuukaru.

—Estoy jodido, de eso se trata. Es un cobarde seboso pero yo sigo quedando como el malo. Ocho de los caballos que se pagaron por la novia eran caballos que le di yo a mi padre. ¿Cuándo fue la última vez que mi hermano participó en una incursión?

—Creo que ya está bien —dijo Nuukaru.

—Me trae sin cuidado quién me oiga.

—Luego lo lamentarás.

Seguimos sentados un rato. No veía de qué tenía que preocuparse Escuté. Poseía seis caballeras y aunque era más bajo y delgado que su padre y su hermano, tenía buen cuerpo y era ágil de movimientos y todos los indios jóvenes, hombres y mujeres por igual, lo admiraban. Después pensé que igual tenía razón: Detesta Trabajar era la única que en realidad estaba a su altura en todo el grupo.

—Pies Perezosos tiene una cautiva muy hermosa, la rubia, ¿sabes? ¿La alemana?

—Pelo Amarillo —dije.

—Sí, ella. Está a la altura de Detesta Trabajar.

—No pienso casarme con una puta cautiva. Sin ánimo de ofender, Tiehteti.

—Todos provenimos de cautivos en algún momento —señaló Nuukaru.

—Sí, pero aun así no pienso hacerlo.

—Anoche no estabas enfadado —dije.

—No, no lo estaba. No estoy enfadado contigo, Tiehteti; me alegro de que probaras lo que es eso, te lo merecías. Lo que pasa es que a los ojos de mi padre, como el gordo es el primogénito, no puede hacer nada mal, y cincuenta putos caballos, ni siquiera intentó negociar.

—Todos sabemos que llegarás a ser jefe —dijo Nuukaru—. Eso lo sabe todo el mundo. Tu hermano no lo será. No es más que un hombre con un padre rico.

—Sí, ¿y si me matan en una incursión antes de llegar a ser jefe? ¿Mientras mi padre apoya a ese gordo y le compra más esposas?

—Entonces me aseguraré de que no te corten la cabellera.

—Increíble —dijo Escuté, y meneó la cabeza.

—Sigues teniendo padre —señaló Nuukaru—. Deberías estar agradecido.

—Tu padre murió como es debido y no le cortaron la cabellera —repuso Escuté—. Ya está en los venturosos cazaderos.

—Gracias, Escuté, ¿y dónde están, exactamente? He oído que más allá del sol, en alguna parte, hacia el oeste. El caso es que es raro, porque a veces siento deseos de pedirle a mi padre consejo sobre asuntos diversos, o notó su mano en el hombro, pero todos me aseguran que está en el oeste, justo detrás del sol, pero Tiehteti, que no conoce nuestras costumbres, me dice que si sigues el sol hacia el oeste, al final llegas a una extensión de agua salada sin límites, no a la tierra donde los caballos corren tan rápido que vuelan, donde no hace frío ni calor, donde la caza se empala por voluntad propia en tu lanza y se asa como por arte de magia y lo comes todo aderezado con el tuétano más sustancioso.

—Lo siento —dijo Escuté—. No tengo derecho a quejarme.

—Vaya. Por una vez mueves los labios y sale la verdad.

—Cambiando de tema —dije—, ¿creéis posible que vuelva a ver a Detesta Trabajar?

—Conociendo a mi hermano, no.

—Es imposible saberlo —dijo Nuukaru—. Pero sería una pésima idea pensar siquiera en ella, porque Lobo Gordo puede mostrarse susceptible al respecto. Fue increíblemente generoso lo que hizo, y es posible que lo hiciera solo para quedar bien.

—Ella disfrutó, me parece.

Escuté sacudió la cabeza.

—Ten cuidado, muchacho.

—Disfrutó porque su marido le dio permiso. Si alguna vez vuelve a ocurrir sin su permiso, o si él llega a sospechar siquiera que ha ocurrido, le cortará la nariz y las orejas y le rajará la cara. Y tú sufrirás problemas parecidos.

—Dicho sea en tu favor —dijo Escuté, con una mano en alto—, pese a tus logros, ese sigue considerándote muy joven, y no cree que seas una amenaza. Así que es posible.

—Más te valdría pensar en su hermana, Flor de la Pradera, que está soltera.

—Además, no es tan holgazana. Ni tan guapa, si a eso vamos.

—Pero sigue siendo bastante bonita. E inteligente.

—Y por eso van detrás de ella muchos hombres con mejores recomendaciones que tú, que han matado a más de un enemigo y robado muchos caballos.

—Por no hablar de que Escuté se la folló, así que casi seguro que tiene alguna enfermedad.

—Tal vez —dijo Escuté— deberías concentrar tus energías en montar y disparar, cosas que, como todo el mundo sabe, requieren tu atención, y pensar en lo ocurrido igual que si hubiera sido una visita del Gran Espíritu.

—Cabelleras y caballos, hijo mío.

No dije nada.

—Pero si alguna otra chica decide ir a tu tipi por la noche, por voluntad propia, y consigue zafarse de Nuukaru y de mí, cosa poco probable, entonces te la puedes follar sin problemas. Mientras que la situación opuesta: digamos que has estado hablando con una chica, y ella te ha dado ciertas señales, como dejar que le metas un dedo mientras está por ahí recogiendo leña, y, convencido de que le gustas, y deseoso de encontrar un lugar respetable para hacer el amor con ella, decides ir a su tipi una noche…

—Tu padre te matará al instante —dijo Nuukaru—. O algún otro miembro de la familia.

—Que luego entregará a Toshaway un caballo en compensación por tu muerte.

—En resumidas cuentas —continuó Nuukaru—, hasta que se casan, las mujeres pueden estar con quien quieran y son las únicas que pueden elegir. Luego, si se comportan así, les cortan la nariz.

—Entonces ¿ahora qué hago?

Escuté meneaba la cabeza.

—Escucha al blanco. Solo hace ocho horas que ha perdido la virginidad.

—Caballos y cabelleras —insistió Nuukaru—. Caballos y cabelleras.

14

JEANNIE McCULLOUGH

En 1937, cuando ella tenía doce años, un hombre llamado William Blount, junto con sus dos hijos, desapareció de su granja cerca del rancho McCullough. La granja en sí se había secado, la familia vivía de harina de la beneficencia y carne de conejo, y la mujer de Blount dijo que su marido y sus dos hijos habían ido a la propiedad de los McCullough —donde aún había agua y hierba en abundancia— a cazar un ciervo para alimentarse. Ni Blount ni sus hijos regresaron a casa y su esposa aseguró haber oído disparos provenientes del rancho.

Todo el mundo sabía lo que ocurría si entrabas ilegalmente en las tierras de los McCullough. Los dos caminos a la ciudad pasaban sinuosos por su cuarto de millón de acres, y si se te averiaba el coche, más te valía seguir a pie quince kilómetros por el camino que atajar por los pastos, donde los vigilantes podían tomarte por un ladrón. Después del asunto de los García, el rancho había sido declarado coto de caza estatal, lo que suponía que además de los vaqueros, los McCullough disponían de vigilantes de coto —técnicamente empleados del estado— como seguridad adicional. Había quien decía que enterraban a una docena de personas al año en los pastos más apartados, cazadores furtivos y vagabundos mexicanos. Otros decían que dos docenas. «No son más que habladurías», eso decía su padre. Pero veía que sus hermanos, que trataban a los vaqueros como si fueran de la familia, no se sentían a gusto con los vigilantes.

El día que desaparecieron los Blount, Jeannie salió a abrir la puerta principal y se encontró al sheriff solo allí plantado. Era oriundo del norte; se sospechaba que era medio indio, era un hombre alto y delgado con la cara quemada por el sol y nariz aguileña. Había salido elegido en lugar de Berger, el hombre de su padre, complaciendo los deseos de los mexicanos. Berger cazaba en sus tierras y tomaba prestados sus caballos; Van Zandt solo iba por allí cuando había problemas. O, según decía su padre, cuando necesitaba dinero.

En el descansillo de la escalera, justo debajo del ventanal de Tiffany, había una tumbona donde recostarse y leer. También se podía oír el piso de abajo sin ser visto. Ella se tendía allí, con el sol entrando por la ventana, los retratos de su familia en la pared de la escalera: el Coronel apoyado en su espada, con el uniforme de la Causa Perdida; la esposa muerta del Coronel con sus tres chicos. Tanto la esposa como uno de los hijos (Everett, lo sabía) estaban iluminados por una luz sobrenatural; Peter (deshonrado) y Phineas (que le caía bien) parecían normales. También en las escaleras había querubines y bustos de mármol. Escuchó a su padre y el sheriff:

—No quería venir —dijo Van Zandt.

Su padre dijo algo que no alcanzó a oír.

—La gente dice que deberíamos estar buscando a esos Blount.

—Evan, si dejamos entrar a diez agentes en nuestra tierra cada vez que desaparece uno de esos sudacas…

—Se trata de un hombre blanco y dos chicos y la gente está muy alterada, incluso los mexicanos. No había visto nunca algo parecido.

—Bueno, no es nada nuevo —respondió su padre—. Por aquí hay muchos a los que no caigo bien a menos que pierda dinero cada vez que les vendo un caballo.

Las relaciones entre los McCullough y la ciudadanía llevaban ya un tiempo siendo tensas. Un tercio del pueblo estaba sin trabajo; unos meses antes había salido a la luz que su padre había impedido la construcción de una nueva carretera estatal que pasaba por sus tierras: la carretera habría acortado en cuarenta y cinco kilómetros el trayecto entre Laredo y Carrizo Springs. El *San Antonio Express* publicó el artículo. Era lo mismo que decían sobre los ranchos King y Kenedy: «Otro reino amurallado. Los hombres de a pie no son bien recibidos».

—Es ese maldito Roosevelt —rezongó su padre—. Escucha bien lo que te digo, son las últimas elecciones libres que veremos en este país. Estamos a las puertas de una dictadura.

Al día siguiente se congregó una multitud ante la puerta principal del rancho. Se quedaron allí todo el día. Su padre no salió a hablar con ellos; en cambio, distribuyó la docena de subfusiles Thompson del rancho entre los peones que sabían utilizarlos.

—Esta noche no salgas al porche —le advirtió a ella—. Apártate de las ventanas y no enciendas ninguna luz.

—¿Qué va a pasar? —preguntó ella.

—Nada. Esto ya ha ocurrido muchas veces.

Fue a acostarse temprano, subiendo las escaleras del ala este, donde dormían los niños. Todos los dormitorios tenían porches para dormir en verano y apagó la luz, se lo pensó unos instantes y luego, desobedeciendo las órdenes de su padre, salió al porche y se acostó con sigilo. Las estrellas estaban radiantes como siempre y se quedó escuchando los grillos, el ulular de los búhos, los mugidos del ganado, los chotacabras, un coyote. Se oía el chirriar del molino que alimentaba la cisterna de la casa, pero ella apenas se daba cuenta. Las ranas croaban en los arbustos, lo que anunciaba lluvia. Oyó un susurro en el porche de al lado, su hermano Paul.

—¿Eres tú?

—Sí —dijo él.

—¿Qué crees que va a pasar?

—No sé.

—Eso de los Blount es una tontería, ¿verdad?

Él no respondió.

—¿No lo es?

—No estoy seguro —reconoció él.

—¿Están Jonas y Clint en la cama?

—Están con papá.

—¿Ves la puerta del rancho?

—Deja de hacer preguntas. —Se quedaron en silencio y entonces él añadió—: No veo nada.

—¿Qué pasará si entran?

—Supongo que papá les disparará. Les he visto llevando la ametralladora Lewis hace unas horas.

Su padre debía de haber llamado al gobernador porque a la mañana siguiente llegó una compañía de Rangers de San Antonio. El día después accedió a que el sheriff registrara la propiedad, el cuarto de millón de acres en su totalidad. Los Blount nunca fueron hallados, pero ella sabía tan bien como el que más que habría sido como buscar agujas en un pajar.

De los cuatro hijos, solo a Jonas y a ella les gustaba estudiar. A Paul y Clint les aburría; su padre tampoco le veía ningún sentido; la ley de asistencia obligatoria era otro indicio de que el gobierno intentaba echarle la mano al bolsillo. La escuela estaba en McCullough Springs, que había recibido ese nombre en honor a su bisabuelo. Después del incidente de los Blount su padre se dispuso a enmendar las relaciones, accediendo a pagar un mural que se había planeado poner en la escuela tiempo atrás, una escena pastoral en la que americanos y mexicanos trabajaban juntos en la construcción del pueblo, pero cuando el mural estuvo acabado, se veía a unos esqueléticos jornaleros texanos encorvados sobre un campo de cebollas, con los ojos saltones, y unas cuantas cruces andrajosas a lo lejos. Un patrón con cierto parecido superficial con el padre de Jeannie estaba a lomos de un caballo negro, vigilándolos. Pintaron encima del mural y el padre de Jeannie dejó de intentar congraciarse con los vecinos del pueblo.

Los McCullough corrían con la mayor parte de los gastos de la escuela, aunque los Midkiff y los Reynolds también participaban. Los hijos de los mexicanos asistían gratis, aunque nunca mucho tiempo; venían y pasaban el año, un mes aquí, otro mes allá, el encargado de velar por que no hicieran novillos nunca iba a buscarlos. No tenía sentido intentar trabar amistad con ellos; estarían ausentes la mitad del curso y cuando volvieran, ella tendría que empezar de nuevo. Los hijos de los campesinos blancos eran mejores, pero cuando iban de visita al rancho veía lo mucho que les habría gustado vivir allí en lugar de ella, y se comportaban con una impaciencia incómoda. Al final dejó de trabar amistad con nadie. La única persona con la que tenía mucho en común era Fannie Midkiff, pero era tres años mayor y la volvían loca los chicos. Estaba abocada a acabar mal, decía todo el mundo, fuera de la familia Midkiff o no.

Antes de morir el Coronel, siempre y cuando tuviera fuerzas, a ella le permitían sentarse con él a estudiar. El Coronel pasaba la mañana en la galería oeste, a la sombra, y la tarde en la galería este, a la sombra. Las visitas no cesaban nunca: un hombre del gobierno (un judío, dijeron) venía con un aparato de grabación y el Coronel hablaba durante horas. Había divanes en las galerías para que durmiera cuando quisiese; dormía sin cesar, eso era lo que hacía casi todo el tiempo; «Algún día me dormiré para siempre», eso le decía a ella.

Pero nunca dormía mucho rato seguido. Siempre se levantaba a tiempo para disparar contra una serpiente que intentaba cruzar el amplio patio de tierra, con la esperanza de alcanzar el frescor debajo del porche.

–Algún día viviremos en una casa que no tenga un maldito patio de tierra –decía su abuela.

–Será el día que nos piquen las serpientes –respondía el Coronel.

Si Jeannie estaba cerca cuando despertaba el Coronel, la mandaba a por hielo. O menta; había plantado un arriate en torno a uno de los abrevaderos. Parecía alimentarse de julepes. Ella machacaba la menta en el fondo del vaso, añadía tres cucharadas de azúcar y lo llenaba de hielo. A veces, antes de añadir el whisky, él le dejaba chupar el hielo dulce y mentolado.

Cuando no hacía mucho calor, el Coronel y ella iban de paseo, avanzaban lentamente por entre la hierba alta bajo el cielo luminoso, se detenían a descansar en un bosquecillo de robles, o en un soto con cedros, o a orillas de los arroyos si llevaban agua. Ella siempre pasaba por alto cosas: ciervos, un zorro, el movimiento de un pájaro o un ratón, una flor que había florecido fuera de temporada, un nido de serpientes. Aunque veía el doble de lejos que él, se sentía ciega en su compañía: no percibía prácticamente nada salvo el sol y la hierba. A menudo se preguntaba si estaría inventándose cosas, pero cada vez que salían de paseo, él recogía algún recuerdo: el cráneo blanqueado de una zarigüeya, una cornamenta mudada, la brillante pluma del ala de un escribano cerillo. Caminaba muy lentamente y a menudo tenía que detenerse y apoyarse en ella. Si la tierra no estaba demasiado reseca cuando se encontraban un nido de serpientes, la enviaba a por una garrafa de queroseno para verterlo en el agujero, pero la mayor parte del tiempo estaba reseca. A veces cuando se detenían a descansar le pedía que le sacara una espina del pie amarillo y endurecido. No llevaba botas; ya no podía mantener el equilibrio con ellas. Solo calzaba mocasines indios. Los indios —indios auténticos de la reserva de Oklahoma— le daban cosas así, y cuando se marchaban, se le ponía aire de tristeza y se mostraba brusco con el padre de ella o cualquiera que lo importunara. Jeannie era su preferida, esto saltaba a la vista, y su padre fingía que no le importaba, aunque ella sabía que sí.

Si el Coronel estaba ocupado y ella no tenía deberes, su tarea consistía en recoger las vacas de los pastos y ordeñarlas, oliendo su dulce aliento y escuchando el sonido del cubo, minúsculo al principio, luego suave conforme se iba llenando de leche. Sus hermanos detestaban ese trabajo —no era tarea propia de un vaquero, dejar que la vaca te cruzase la cara con la cola manchada de excrementos—, pero era gratificante ver el alivio del animal, los sonidos que ella era capaz de hacer con los chorros de leche, dirigiéndolos contra el costado del cubo. No era una canción, pero se le parecía mucho. La leche se llevaba a la cocina, se colaba y, o bien se ponía en la nevera, o se dejaba fuera para que la nata subiera a la superficie y luego desnatarla. El personal de servicio podía tomar toda la leche desnatada que quisiera, pero todo lo demás era para la familia. Siempre tenían más leche de la que necesitaban y a veces se cuajaban cubos enteros y uno de sus hermanos los llevaba a la casa de dormitorios para los vaqueros. Más adelante en su vida la echaría de menos, la leche cuajada con azúcar moreno y fruta. Cuando llegó la pasteurización, dijeron que la leche cuajada entrañaba riesgos, aunque ella llevaba tomándola toda la vida.

Cuando no iba a por las vacas, cuidaba de los terneros huérfanos; técnicamente era también tarea de sus hermanos, pero rara vez se preocupaban de cumplirla. Cuando un ternero quedaba huérfano, los peones lo llevaban a los corrales cerca de la casa. Jeannie ataba una vaca a la cerca y luego rociaba la cabeza del ternero con leche de la vaca. Dejaba que la vaca oliese su propia leche sobre el huérfano y después acercaba el ternero a la ubre de la vaca. Por lo general la vaca apartaba el ternero desconocido a coces, y Jeannie tenía que esperar un rato antes de repetir el proceso. A veces la vaca cedía de inmediato y dejaba que el huérfano mamase; otras veces llevaba días. Clint y Paul siempre andaban comprando caballos con el dinero que sacaban de los terneros huérfanos; nadie sabía qué hacía Jonas con sus ganancias. Ella le daba el suyo a su padre para que lo guardase, y cuando cumplió doce años abrió una cuenta en San Antonio e ingresó casi diez mil dólares.

Cuando no podía sentarse en el porche con el Coronel, su otro lugar preferido era la antigua casa de los García, que, aunque los García llevaban mucho tiempo muertos, seguía llamándose «casa mayor». Había sabido desde muy pequeña lo que fue de ellos.

—Pedro García no tenía hijos que se ocuparan del rancho —le contó su padre— y todas sus hijas se casaron con hombres malos que endeudaron a Pedro. Los hombres malos empezaron a robarnos el ganado y luego le pegaron un tiro a tu tío Glendale.

—Así que fuimos y nos liamos a tiros.

—No, los Rangers de Texas fueron a su casa e intentaron hablar con ellos, y nosotros les acompañamos. Pero los García empezaron a disparar contra los Rangers.

En su imaginación no había nada más importante que un Ranger de Texas.

—Me alegro de que estén muertos —dijo ella de los García.

—Eran buena gente que tuvo mala suerte —aseguró él. Luego añadió—: A la gente buena puede pasarle cosas malas.

Hijas: esa era una de las cosas malas que podían ocurrirte. Una vez oyó casualmente a su padre decirle a un periodista, que había ido con ocasión de que el Coronel cumplía cien años:

—Primero rezas para tener hijos, luego rezas para encontrar petróleo. Fíjese en los Miller, allá en Carrizo, eran propietarios de ochenta secciones, pero no tenían más que mozas a las que legárselo.

Se fue directa a su habitación y a la hora de cenar fingió estar enferma. Después de eso dejó de importarle que el Coronel hablara mal de su padre.

La casa de los García se había construido en la década de 1760, uno de los primeros asentamientos en el área; se levantaba sobre una loma con vistas al valle del río Nueces donde, incluso con el resto del terreno seco, seguía brotando un manantial de las rocas. La casa, que se parecía a un pequeño castillo, estaba construida con pesados bloques de piedra. Había una torre de observación, de casi doce metros de altura, para vigilar el territorio hostil, y las ventanas de la casa mayor eran ranuras altas, demasiado estrechas para entrar por ellas. Había también numerosas troneras, que, imaginaba, habían vomitado muerte contra los indios salvajes.

El tejado se había hundido tiempo atrás y dentro de la casa mayor el mezquite y el huisache crecían entre las ruinas, junto con algún que otro roble y almez que ya eran más altos que las paredes. Desde fuera, ahora la casa mayor parecía un jardín amurallado, un lugar seguro y acogedor, aunque no lo era. El suelo era la tierra misma y había clavos y muelles oxidados y trozos de madera astillada, por no hablar de las espinas del huisache. No le estaba permitido entrar pero entraba de todos modos, subiendo a la torre con cautela. Tras trepar por encima de más vigas medio quemadas y matas espinosas, alcanzaba la caja de escalera de piedra que ascendía en forma de caracol por el interior de la torre hasta arriba del todo, aunque ya no había ninguna plataforma. Se quedaba en el estrecho peldaño superior, al sol, contemplando el terreno en su descenso hacia el río Nueces, luego de regreso hacia su propia casa, y McCullough Springs más allá, con sus edificios de dos y tres plantas y su banco de piedra bien grande. Cuando el Coronel se trasladó aquí vivía primero en un jacal, y luego en una casa hecha de madera. Aquella casa había ardido después de que la mujer del Coronel muriera y se había construido otra de piedra.

Tenía que entornar los ojos para pasar por alto a los granjeros y jornaleros cual hormigas en los campos cerca del río, y evitaba mirar hacia su propia casa y el pueblo, e intentaba ver la tierra tal como fuera antaño. Un paraíso para los pobres: así la describía el Coronel. Pero ella prefería imaginarse una princesa, cortejada por todos los hijos de los hacendados; había siete y no tenía el menor interés en ninguno de ellos y se encerraba en la torre y se negaba a comer, hasta que el más pobre y feo de los siete resultaba ser un príncipe disfrazado, y entonces se iban rumbo a España, donde el clima era más fresco y los criados le daban ciruelas para comer.

Otras veces fingía ser la señora Rosalie Evans, la inglesa de la que siempre hablaba su padre que, pocos años atrás, se había parapetado en una torre como esa, y, en nombre de la democracia, había librado un combate a muerte con los comunistas mexicanos que fueron a apoderarse de sus tierras.

Cuando se hartaba de estar en la torre (solo había unos peldaños estrechos y una caída de cuatro plantas justo delante) o le dolían los ojos por la luz deslumbradora, se quitaba toda la ropa y se sentaba en el arroyo, el mejor de toda la propiedad de los McCullough. Los vaqueros siempre soslayaban la casa mayor y sabía que nunca la descubrirían.

El arroyo discurría en buena medida por las rocas hacia el río, pero se había construido una presa, y hacia un lado había un aliviadero de piedra que llevaba agua hasta una cisterna debajo de la casa. Podía asomar la cabeza por la abertura y oler la humedad. Desde la cisterna otro canal de piedra llevaba el agua sobrante hasta un remanso para bañarse un poco más abajo de la casa y desde allí un tercer aliviadero la desviaba hasta un lavadero para lavar la ropa o los cacharros de cocina, y a partir de allí el agua corría hasta una amplia terraza de loza, ahora cubierta de mezquites y placamineros, que tiempo atrás era el patio de la cocina. Era como las ruinas romanas que se veían en los libros de la escuela, pero aquí podía caminar por el borde de la antigua alberca, imaginándosela llena de agua fresca, y sentarse a la sombra de los robles. A lo lejos había colinas ondulantes y robledales y búfalos, imaginaba, pastando a orillas del río. Aunque naturalmente habría peligros; necesitaría una pistola por si se encontraba a los indios. No alcanzaba a imaginar una vida más perfecta.

En los pastos debajo de la casa había más muros de piedra y cascotes, los restos de una iglesia y otros edificios importantes cuyos usos constituían ahora un misterio. Muchos de los antiguos corrales de leña seguían en pie y el manantial de los García continuaba manando, pero alguien había derribado la presa, de modo que el agua ya no llegaba al aliviadero. La casa mayor se había secado como todo lo demás. El arroyo discurría ahora por su cauce originario, por delante de la vieja iglesia, donde de tanto en tanto, sobre todo después de un buen aguacero, sacaba a la luz cosas interesantes. Trocitos de estaño cuyo fin no atinaba a identificar, incontables fragmentos de cerámica vidriada de colores, tazas rotas que, según decía el Coronel, eran para tomar chocolate. Botones de cuerno, tornillos de latón, monedas diversas y fragmentos de hueso.

Solo los niños tenían interés en la casa mayor. Los jornaleros mexicanos, si se veían obligados a ir en busca del ganado a los pastos cercanos, siempre se persignaban. No podían evitar ser católicos ignorantes. Y los García no habían podido evitar ser unos cuatreros sudacas holgazanes y sentía lástima por ellos, aunque le hubieran pegado un tiro a su tío Glenn.

De vez en cuando, le extrañaba que aquellos sudacas holgazanes construyeran casas de piedra tan elaboradas, dotadas de cisternas, albercas y jardines diversos, pero las pocas ocasiones en que afloraban a la superficie de su mente pensamientos semejantes, procuraba tener presente que a menudo la gente hacía cosas raras e inexplicables, como los Brenner, cuyos dos hijos habían muerto acribillados intentando robar un banco en San Antonio, o la familia Morales, que había trabajado para los McCullough durante tres generaciones hasta que su hija se fugó para hacer de prostituta. Eso le contó Clint. Había grabado su nombre en las paredes de caliche blando de la casa mayor, C-L-I-N-T, en letras tan altas como él.

Un día de calor insoportable durante el verano, cuando no había colegio, y estaba aburrida de nadar en el abrevadero, Clint, Paul y ella se llegaron a caballo a la hacienda.

Fueron dando rodeos, cruzando por el camino un manantial que ninguno había visto, no tan caudaloso como el que había junto a la casa mayor, pero un manantial igualmente, que corría hasta un arroyo bordeado de placamineros, vides y robles. Fueron hasta el borde de un remanso −donde estaba claro que se podía atrapar tantas ranas como se quisiera− y tomaron nota del lugar para volver más adelante. Había lechos de río por todo el rancho, pero en su mayoría estaban secos, llenos de arena, los cauces marcados por los esqueletos de árboles muertos. La irrigación, decía el Coronel. Lo había secado todo. Lo que suponía otra de las virtudes de las antiguas tierras de los García: allí seguían corriendo todos los arroyos, era la sección con más agua de todo el rancho.

Jonas, su hermano mayor, no iba con ellos. Estaba a punto de irse a la universidad en el este, y, como castigo, su padre no le permitió tomarse ni un solo día de fiesta en todo el verano. Paul y Clint, los medianos, habían decidido no trabajar con tanto calor. Años atrás, le había preguntado a Clint si creía que su padre debía casarse con otra, para que tuvieran una madre de verdad, y Clint dijo: Ya teníamos otra madre, solo que tú la mataste. Al nacer, añadió.

La única satisfacción se la procuró oír que azotaban a Clint un buen rato. Aun así, sabía que era verdad. Su madre murió dándole a luz. La voluntad de Dios, aseguró su padre. Aunque otra vez dijo que fue porque él no iba a misa.

Imaginaba, si tuviera otra madre, cómo sería. Irían a enterrar cosas y a desenterrarlas después. Una vez, en la escuela, enterró un grueso anillo de plata que le había dado el Coronel, en lo más hondo del cajón de arena donde jugaban. Cuando volvió un rato después, Perry Midkiff lo estaba desenterrando. Su profesora estaba allí plantada.

−Es mío −dijo Jeanne Anne, señalando el anillo de plata.

−No −dijo la maestra−, lo ha encontrado limpiamente.

−Pero lo he dejado yo ahí.

−¿Para qué ibas a dejar un anillo en el cajón de arena? −dijo la profesora.

Era joven y gorda y no tenía barbilla propiamente dicha; moriría hecha una solterona, decía todo el mundo.

−Quería descubrirlo −respondió Jeannie, pero mientras pronunciaba las palabras se dio cuenta de que no tenían sentido.

Había perdido el anillo para siempre.

Había cantidad de cosas que desenterrar en la casa mayor, en la tierra entre las paredes, o fuera en el jardín, o en torno a la vieja iglesia y los jacales en ruinas de los vaqueros muertos. Era raro que no saliera a la luz algún fragmento de tesoro. Había un peto de armadura español medio desmenuzado que sus hermanos hicieron pedazos al intentar exhumarlo. Armas antiguas por doquier, tan herrumbrosas que apenas eran identificables: un estoque, una punta de lanza, hojas de hachuela y cuchillo, una pistola de un solo disparo con el cerrojo roto.

Aquel día en concreto, caminando por el cauce del arroyo junto a la iglesia, se encontraron con la ribera exterior de un meandro donde la tierra había cedido erosionada por la corriente. Había un trozo plano de madera que apenas asomaba de la tierra, y Clint, husmeando un tesoro, lo desenterró y lo lanzó lejos antes de dar un salto hacia atrás de súbito. Mirándoles desde el suelo, directamente iluminado por la resplandeciente luz del sol, había un esqueleto humano envuelto en tela andrajosa. Clint alargó la mano y arrancó el cráneo. Era pequeño —más pequeño que un melón dulce— y tenía un color amarillo intenso. Ella creía que todos los huesos eran blancos. Había un collar de oro y Clint también lo cogió.

—¡Es una chica! —exclamó.

Clint hizo alarde de contemplar el cráneo un rato y luego lo tiró a la hierba. Ella quería tocarlo pero no podía. Paul dejó el cráneo en el lugar que le correspondía, volvió a poner la tapa del ataúd y echó tierra y piedras encima con el pie.

—Los animales volverán a desenterrarlo, so bobo.

—Ahí no hay nada que comer —señaló Paul—. Somos los únicos a los que les importa.

De nuevo a la sombra del manantial se desnudaron, aunque ya eran todos muy mayores para quitarse la ropa interior. Se sentaron en el agua fresca, contemplando los pastos y los muros bajos y derruidos de la vieja iglesia, el Nueces allá a lo lejos.

—¿Qué edad tendría?

—A medio crecer —respondió Paul.

—Más o menos como tú —dijo Clint.

Después de un rato les entró frío; la temperatura del agua no cambiaba nunca, por mucho calor que hiciera. Almorzaron y se sentaron en las piedras planas y cálidas. No lejos de la iglesia, un grupo de vacas había estado a la sombra, mirándolos, y ahora llegó un toro a los pastos de abajo, husmeando el aire en pos de una vaca en particular. Vieron a la vaca correr, detenerse y volver la vista, luego correr de nuevo. Jeannie tuvo la terrible premonición de que los animales pisotearían el ataúd, pero ni siquiera se acercaron.

—Son todas así, ¿verdad? —comentaba Clint—. Se van corriendo, pero en realidad lo están pidiendo a gritos. Ese no tardará en conseguir lo que va buscando. Igual que ella.

Jeannie dejó escapar una risilla nerviosa y cerró las piernas con fuerza. Debajo del vello había unos incómodos pliegues de piel y debajo de estos, una diminuta abertura en la que sabía que debía encajar un hombre, aunque no entendía cómo ni por qué tendría ella que dejar que ocurriera tal cosa, salvo por algún acuerdo extraño, tal como una vez dejó a Paul que tomase prestado su caballo.

—Fíjate —dijo Clint, que la señaló con un gesto de cabeza—. Ya sabe de lo que hablo.

La vaca había empezado a subir la ladera en dirección a ellos, los había visto y se había detenido. El toro la alcanzó y ella no había huido, y se apresuró a montársele encima.

—La hostia, qué tranca tiene —comentó Clint.

No lo alcanzaban a ver bien, pero estaba claro que el toro le había metido a la vaca algo que entraba y salía. Al final se apartó de ella y se quedó jadeando y resoplando.

—Un día de estos algún toro bien grande te hará eso mismo a ti.

—Déjala en paz —le advirtió Paul.

Clint le dio un puñetazo, pero Paul se quedó quieto. Pobre Paul, tan dulce. Unos años después ella pondría su esquela en la cómoda de su cuarto, donde su cama seguía pulcramente hecha, la librería aún llena de noveluchas del Oeste, el polvo de su fotografía de graduación limpiado todas las semanas por las criadas. «Fuego de armas ligeras, bosque de las Ardenas.» Enero y la nieve hasta la cintura, y Paul, que había crecido en el desierto de Wild Horse, ni siquiera tenía un abrigo como es debido.

Clint murió primero, pero en Italia. Sus hermanos habían recorrido los dos un largo trecho para morir, pero aquella tarde, años antes de que ninguno de los dos hubiera abandonado el rancho para siempre, Clint se le acercó, y sin decir nada, le entregó el collar de la tumba de la chica.

Clint el Cruel. Así lo llamaba para sus adentros, aunque sabía que a él le habría dolido oírlo. Tenía como pasatiempo atrapar pájaros y animalillos, despellejarlos y disecarlos hasta que ya no parecían animales, sino que eran como pequeños almohadones llenos de bultos; los tenía por toda su habitación. A los catorce años, era un peón excelente, pero su padre solo tenía ojos para Jonas, que era el mayor. Clint montaba mejor a caballo, lanzaba mejor el lazo; lo lanzaba como los viejos mexicanos –por encima de la cabeza o por debajo, sin hacerlo girar más de la cuenta, sin ningún movimiento superfluo– y rara vez erraba el tiro. Era capaz de apartar un ternero del rebaño antes de que se diera cuenta de su presencia. Era el primero en perseguir un toro grande o montarse en un animal capaz de marear al más pintado; ella había visto caballos que se levantaban de manos como si quisieran tocar el sol, dando brincos para volverse del revés; eran incapaces de descabalgar a Clint.

Daba igual. Jonas era el primogénito y su padre prestaba más atención a los diversos fracasos de Jonas –demasiados para enumerarlos– que a los triunfos de Clint. Algún día el rancho sería propiedad de su padre, y luego pertenecería a Jonas. Todos lo sabían, incluido Clint, que se había pasado dos días enfermo en la cama tras beberse una botella del licor de zarzamora de su abuela.

Pero Jonas se marcharía cuando terminara el verano y le había dicho a ella en privado que no pensaba regresar. Aunque entonces ella no le creyó.

En teoría Jeannie tenía otra familia, otro par de abuelos por parte de madre. Pero la otra abuela había muerto mucho antes de que naciera; para el caso, como si no hubiera existido nunca. Su otro abuelo murió cuando Jeannie tenía ocho años. Era un granjero que había venido de Illinois para comprar terrenos que el Coronel ofertaba. Tal vez si su hija –la madre de Jeannie– no hubiera muerto, Jeannie lo habría conocido mejor, pero las pocas veces que fue de visita, se había mostrado tan silencioso y deferente que no le había encontrado diferencia alguna con un desconocido. No intentó reclamarla a ella ni a ninguno de sus hermanos y una vez, después de que se marchase, su padre se refirió a él como un hombre que sabía cuál era su lugar.

Mucho después se le ocurrió que, al menos desde el punto de vista científico, era pariente más cercana de aquel granjero callado que del Coronel, pero enseguida ahuyentó el pensamiento. Cuando murió, fue la última noticia que tuvo de la familia de su madre. No les veía importancia alguna; incluso el vaquero más pobre estaba por encima de un granjero. Estaba más interesada en su tío Glenn. Aún era un muchacho cuando dispararon contra él por primera vez, e imaginaba que ella habría hecho lo mismo, alertando valientemente a su padre de los mexicanos que les atacaban por la retaguardia para luego echarse las manos al corazón y morir sin sufrimiento alguno. Glenn no había muerto, claro. Pero ella habría muerto. Le habrían puesto su nombre a la escuela, y erigido una estatua, y su maestra habría lamentado dejar que Perry Midkiff robara el anillo de plata del Coronel.

Después de que falleciera el Coronel, su abuela se mudó a Dallas, y solo regresaba al rancho unas pocas veces al año para asegurarse de que todo seguía en orden. Jeannie no había esperado echarla en falta. Su abuela insistía en que se lavara y vistiese para cenar –cosa que sus hermanos no tenían que hacer–, le frotaba las manos a Jeannie para quitarle la mugre y le limpiaba las uñas con una púa de metal. Aunque también amenazaba a sus hermanos con una fusta hendida si la trataban de manera inadecuada o decían algo que una dama no debiera oír. Pero su abuela no estaba en casa muy a menudo.

De manera que, como la única mujer de la casa, no estaba en absoluto preparada para lo que ocurrió cuando tenía doce años, que la hizo ir en busca de su padre a todo correr, pisando casi por el camino una serpiente. Él entendió la situación tan rápido, antes incluso de que hubiera pronunciado las palabras, que cayó en la cuenta de que debía de estar al tanto de que ocurriría algo así. Empezó a llamar frenéticamente a una criada. Los dos se quedaron allí en silencio. Su padre, según vio, estaba más abochornado que ella y supo que tenía suerte de que no hubiera pasado delante de sus hermanos, ni en la escuela o en la iglesia; de hecho, no podría haber ocurrido en mejor momento, mientras paseaba a solas, examinando los rastros a orillas del abrevadero.

—¿No te dijo nada sobre esto la abuelita? —Volvió a llamar a gritos a la criada—. ¿Dónde está todo el mundo?

Ella no lo sabía.

—Bueno, desde un punto de vista científico eres una hembra. Y tu cuerpo se está preparando para que a la larga, dentro de muchos años, cuando seas una mujer hecha y derecha, puedas casarte.

Se dio cuenta de que él no se refería a casarse. Cuando le miró, trasladando el peso de un pie al otro, la camisa blanca manchada de sudor, se le ocurrió que ya no podría confiar en él por completo. El Coronel había estado en lo cierto; la única persona de quien podías fiarte eras tú mismo. Siempre lo había sabido de una manera u otra y al comprenderlo la vergüenza se esfumó sin dejar rastro; se sentía avergonzada solo por su padre, que pese a su estatura y sus manos grandes estaba totalmente indefenso. Jeannie se disculpó, fue a la antigua habitación de Jonas y sacó una camiseta de su cómoda, que rasgó para forrarse las bragas.

Cuando volvió abajo le esperaba una criada y, tras inspeccionar el trabajo de Jeannie y juzgarlo adecuado, le explicó como mejor pudo, medio en español, medio en inglés católico codificado, exactamente lo que ocurría, no, no se le pasaría, y luego las dos se fueron al pueblo a por provisiones.

15

LOS DIARIOS DE PETER McCULLOUGH

5 DE SEPTIEMBRE DE 1915

Glendale lleva dos semanas en casa, pero está pálido, débil y sigue peleando contra alguna infección. Mañana volveremos a llevarlo a San Antonio. El brazo de Charlie está mejor, aunque no curado del todo, y no puedo quitarme de la cabeza una imagen, que es la de mis dos hijos tendidos juntos en un solo ataúd.

Tras una larga ausencia, ha regresado la figura oscura. Le veo entre las sombras de mi despacho; me sigue por la casa, aunque aún no ha empezado a llamarme (una vez le vi en medio del río Rojo desbordado, sus brazos abiertos hacia mí igual que Cristo). He descargado todas mis pistolas. Ya no tengo energía para estar furioso con Pedro y mi padre. Fui a la tumba de mi madre, Everett y Pete hijo (picadura de serpiente, de la que no puedo culpar al Coronel, aunque le culpo).

Naturalmente se da cuenta de que pasa algo. Por lo visto no sabe qué. Varias veces me ha encontrado leyendo en el salón principal y se ha detenido como esperando a que hablase. Al no hacerlo —¿por dónde empezar siquiera?—, se ha ido arrastrando los pies.

Un hombre de la inteligencia de Pedro no lo habría pasado por alto. Eso me dice la voz de mi padre; la que oigo en mi cabeza. La misma voz dice que Pedro no tenía otra opción: sus hijas se habían casado con esos hombres, habían pasado a ser su familia, le habían dado nietos. Y si Pedro no tenía otra opción, entonces tampoco la teníamos nosotros. Esa es la lógica de mi padre: nunca hay opción.

Mientras tanto las cobardías que cometí tiempo atrás siguen obsesionándome. Si me hubiera casado con María (por quien albergué brevemente sentimientos), en vez de con Sally (la pareja más adecuada)…, que tenía treinta y dos años y había sido rechazada en dos ocasiones, que adoraba su vida en Dallas, cuya amargura se hizo evidente desde el momento en que se apeó del tren, que vino porque su padre y mi padre y su propia bilogía no le dejaron opción. «Estaba tan sola cuando conocí a Peter», eso es lo que cuenta de nuestro noviazgo. Nuestros padres acordaron el emparejamiento como si fuéramos novilla y toro. Tal vez dramatizo; lo cierto es que nuestros primeros años fueron bastante agradables, pero luego Sally debió de haber entendido que, como siempre decía yo, en realidad no tenía intención de dejar estas tierras. Muchas familias de nuestro rango, señaló ella con razón, mantienen más de una residencia. Pero nosotros no somos como otras familias.

Hay momentos en que veo a José y Chico y (cosa imposible) al mismísimo Pedro al otro lado del río, disparando contra nosotros. En otros momentos recuerdo el suceso tal como ocurrió, media docena de jinetes en la oscuridad, ocultándose entre la maleza, a cientos de metros de distancia. Tal vez mexicanos por el corte de sus ropas, tal vez no.

Al estar en la retaguardia, más arriba en la ribera, era el que mejor perspectiva tenía. Si me hubiera tomado más tiempo a la hora de disparar, o hubiera desmontado…, pero no quería darles. Pensé que podía dejar de lado la muerte, aunque solo fuera un momento, así que apunté por encima de sus cabezas y descargué el rifle, nada más que ruido y furia, la distancia extrema eximiéndome de tener que demostrar buena puntería. Si sencillamente hubiera ajustado la mira… Uno de los hombres a los que no acerté adrede seguramente disparó contra Glenn. El incidente podría haber terminado allí. Aunque es improbable.

No puedo por menos de compadecerme de los mexicanos. Por lo que a sus vecinos blancos respecta, vienen a este mundo cual coyotes con forma humana, y cuando mueren también los tratan como coyotes. El instinto me lleva a apoyarlos; me desprecian por hacerlo. Yo me veo reflejado en ellos; se sienten insultados. Igual no se puede respetar a un hombre que tiene lo que no tienes tú. A menos que creas que podría matarte. Por lo visto tienen una preferencia innata por la autoridad más severa —se sienten cómodos con las relaciones a la antigua usanza, patrón y peón—, y cualquier intento de trastocar esos límites lo consideran indigno, o sospechoso, o un indicio de debilidad.

Ser un simple animal como mi padre, a quien no afligen los remordimientos ni la conciencia. Dormir a pierna suelta, a gusto con tus certezas, los hombres tan prescindibles como el ganado.

Cuando duermo veo a Pedro, pulcramente dispuesto con sus vaqueros en el patio. Los ojos abiertos, la boca también, las moscas y las abejas arremolinadas. Le veo en la cama, su hija muerta a sus pies, su esposa muerta a su lado. Me pregunto si vería cómo las mataron. Me preguntó si reconoció como amigos suyos a los hombres que lo hacían.

17 DE SEPTIEMBRE DE 1915

Sally se ha trasladado a su propia habitación. Glenn sigue recuperándose en San Antonio; nos turnamos para ir a hacerle compañía. Pilkington no da explicación ninguna. Los vaqueros sospechan de fuerzas oscuras, una bruja de por medio.

Hoy Sally ha iniciado una conversación a la hora de cenar:

—Coronel, ¿qué solía ofrecer como recompensa por los lobos?

Mi padre:

—Diez dólares por piel. Lo mismo por una pantera.

—Entonces por los mexicanos, ¿cuál sería una buena recompensa?

—No vayas por ahí —le advertí.

—Solo lo pregunto, Pete. Es una pregunta razonable.

—No creo que haya que ofrecer ninguna recompensa —dijo Charles.

—Entonces ¿diez dólares es mucho? ¿O muy poco?

—Preferiría que no habláramos así. Ni hoy ni nunca.

—Ni siquiera sé si estás disgustado por esto, Peter, ni siquiera lo noto. ¿Lo nota alguien? ¿Parece disgustado Peter?

Todos guardaron silencio. Al cabo, el Coronel dijo:

—Pete tiene su propia manera de ocuparse de los asuntos. Más vale que lo dejes a su aire.

Ella se levantó y se llevó el plato a la cocina, lanzando una mirada furiosa a mi padre. A mí ya me odia.

Intento consolarme pensando que no estamos solos en nuestro sufrimiento. Hace dos semanas ardieron (otra vez) los puentes del ferrocarril a Brownsville, cortaron las líneas del telégrafo, dos blancos fueron escogidos de una cuadrilla de trabajadores y fusilados en plena mañana. Unos veinte texanos murieron en represalia; veinte que se sepa. El Tercero de Caballería viene enfrentándose con regularidad al ejército mexicano por toda la frontera, disparando de una orilla a otra del río. Tres soldados de caballería murieron a manos de los insurgentes cerca de Los Indios y, al otro lado de Progreso, en la parte mexicana, dejaron clavada en una estaca a la vista de todos la cabeza de un soldado raso de Estados Unidos que había desaparecido.

Por lo que respecta a nuevas más halagüeñas, el aire huele dulce y la tierra ya está volviendo a la vida. La lluvia sigue cayendo y hay adelias y heliotropos, las anacahuitas están llenas a rebosar de ruiseñores, mariposas de alas azules, el aroma a ébano y guayacán. Las nubes refulgen al ponerse el sol y el río riela bajo la luz. Aunque no para Pedro. Para Pedro, no hay más que oscuridad.

1 DE OCTUBRE DE 1915

He despertado en un sillón junto a la cama de Glenn en el hospital, pensando que si me quedaba allí el tiempo suficiente vendría mi madre y me acariciaría el cuello. Siempre he dependido de que otros ahuyenten a los fantasmas. Al afeitarme, la cara que he visto en el espejo del hospital no era del todo la mía; era como si el cristal tuviera algún defecto, mis rasgos torcidos, desproporcionados, como los de un muerto.

3 DE OCTUBRE DE 1915

De vuelta en casa. El juez Poole vino de visita desde Laredo para decirme que Pedro García llevaba ocho años delinquiendo con sus impuestos. Ya sabía adónde quería llegar. Me ha abrumado la vergüenza. Me latían con tal fuerza los oídos que apenas he entendido lo que me decía.

El juez me estaba mirando.

—No me lo creo —he dicho.

—Pete, llevo el registro fiscal del condado de Webb y he contrastado los datos con Brewster en Dimmit.

—Bueno, sigo sin creérmelo.

Poole se ha quedado ahí, temblando como un cubo de cuajo. Se ha dado cuenta de que le llamaba embustero, pero puesto que soy hijo del Coronel ha preferido pasarlo por alto. Ha repetido que el estado de Texas se ofrecía a vendernos todas las tierras de los García, casi doscientas secciones, a cambio de los impuestos atrasados.

—El sheriff Graham ya ha tomado posesión de la propiedad en nombre del tribunal.

—Pensaba que había que anunciar la venta por motivos fiscales.

—Está anunciada. Está en la puerta del juzgado, de hecho, pero no creo que la vea nadie, porque hay otras cosas anunciadas encima. No veo por qué ningún especulador yanqui tendría que enzarzarse en una guerra de pujas por unas tierras que deberían ser vuestras por derecho propio.

Como todos los adúlteros tiene la pasión de un tambor del ejército y está tan seguro de sí mismo como Cristo en su larga marcha… Que los especuladores yanquis hubieran sido ahuyentados hace tiempo por tanto tiroteo no tenía la menor importancia para él. Pero no había escapatoria… Me he disculpado y le dicho que no tenía la cabeza en su sitio por causa de lo de Glenn. Ha asentido y me ha dado unas palmadas en la mano con su garra pegajosa.

Espero que haber usado el nombre de Glenn de una manera tan rastrera no me condene a las llamas del infierno, aunque si pudiera eludir la compañía de Poole, tal vez accediera a ir a parar allí. He pedido que me dispensara pero antes de que tuviera ocasión de salir (de mi propia sala de estar), Poole ha mencionado que una pequeña consideración por su labor de mediador sería de agradecer. Estaba pensando en cien dólares pero me ha leído el pensamiento. Diez mil era una cifra justa, ¿no me parecía?

Poole podría haberle dado la tierra a cualquiera, pero se sabe que Reynolds y Midkiff (junto con todos los demás ganaderos de Texas) están pasando por dificultades económicas y como el Coronel gasta tanto dinero adquiriendo derechos de explotación petrolífera, probablemente parecemos ricos. A todos les encantan los desvalidos. Hasta que tienen que ponerse de su parte.

Tengo curiosidad por saber si Pedro dejó de pagar sus impuestos. Un año, tal vez. Ocho es imposible. Sabía lo que les pasa a los mexicanos que no pagan sus impuestos, aunque no sabía que podía ocurrirles lo mismo a los mexicanos que los pagaban. Puedo oír al Coronel –nunca se adquirió ningún terreno honradamente en la historia del mundo–, pero no hace que me sienta mejor.

Precio total por las secciones de los García: 103.892,17 dólares. Más o menos lo que valían esas tierras cuando vivían allí los apaches.

El Coronel insistió en que cabalgara con él hasta el cercado de los García. Cuando desmontamos sacó varias garrafas de queroseno de las alforjas.

—Me parece que no —dije.

—Debería haberlo hecho hace cincuenta años, Pete. Es como matar todos los lobos pero dejar una bonita guarida para que vuelvan otros lobos.

—No voy a dejar que quemes su casa.

—Bueno, yo no voy a dejar que me lo impidas.

—Papá —dije.

—Pete, hace mucho que no tenemos una conversación como es debido y sé que soy duro contigo. Y tú estás enfadado conmigo por los arrendamientos petrolíferos. No debería haberlo hecho a tus espaldas. Lo siento, pero fue la única manera que vi de hacerlo.

—Me importa una mierda lo de los arrendamientos petrolíferos.

—Bueno, eran necesarios —señaló.

—Sobrevivimos bastante bien. A diferencia de algunos vecinos nuestros.

—Ya sabes que le tenía aprecio al viejo Pedro.

—No el suficiente, por lo visto.

Guardamos silencio largo rato.

—No tengo que decirte cómo era esta tierra antes —comenzó—. Y tú no tienes que decirme que fui yo el que la echó a perder. Cosa que hice, con mis propias manos, la eché a perder para siempre. Eres lo bastante mayor para recordar cuando la hierba desde aquí a Canadá le llegaba a la altura de los huevos a un belga, y sí, es posible que de aquí a un millar de años vuelva a ser lo que fue, aunque no parece probable. Pero así es la historia de la humanidad. De tierra a arena, de fértil y estéril, de frutos a espinas. Es lo único que sabemos hacer.

—La maleza se puede desbrozar.

—A un coste enorme, que antes iba a parar a nuestros bolsillos.

—Y aun así no nos va mal.

Se encogió de hombros.

—Pete, adoro esta tierra, y amo a mi familia, pero no adoro el ganado. Tú creciste con él. No voy a decir que yo crecí con los búfalos, porque si bien es cierto también es una exageración, pero sí diré que para ti la vaca tiene algo de sagrado, y también lo tiene el hombre que la cría y se ocupa de ella, pero yo, yo puedo tomarlas o dejarlas; eran un negocio que emprendí para alimentar a nuestra familia, y he visto desaparecer tantas cosas a lo largo de mi vida que no logro preocuparme por esta. Lo que me lleva a donde quería llegar. ¿Cuáles han sido nuestras pérdidas este año, en un prado, por causa de los García?

—Papá —volví a decir, una palabra extraña en los labios de un hombre que tiene casi cincuenta años, pero el Coronel siguió adelante:

—Solo en los pastos del oeste, solo este año, hemos perdido cuarenta mil dólares. En otros prados, tal vez ochenta mil. Y yo diría que llevan robándonos una buena temporada, al menos desde que apareció el primer yerno. Ahora bien, ha habido sequía estos cuatro años, pero ¿reduce una sequía a la mitad tu número de cabezas? No si has estado alimentándolas como hicimos nosotros. ¿De pronto pierdes el treinta por ciento de las vacas preñadas? No, nada de eso. Aquí ha metido mano el hombre. Calculo que con el incremento nos han robado cerca de dos millones de dólares.

—No olvides el incremento en las mulas.

Negó con la cabeza, miró a lo lejos y permaneció callado largo rato. Naturalmente, yo no tuve que tomar posesión de estas tierras, como él. Naturalmente, las doy por supuesto de una manera que a él le resultaría impensable. Las secciones de los García multiplicarán por dos el tamaño de nuestro rancho; además en un momento en que otros ganaderos están pasando apuros. Es un logro enorme, desde cierto punto de vista, y me pregunto si es capaz de adoptar ningún otro. Entonces estaba hablando de nuevo:

—Nunca has tenido problemas para hacer frente a tu propia familia. Pero te cuesta Dios y ayuda enfrentarte a los forasteros. Ese siempre ha sido tu problema. —Se enjugó la frente—. Voy a quemar este nido de cucarachas. ¿Vas a ayudarme o no?

—¿Qué sentido tiene poseer todo esto? —dije.

—Que si no sería de algún otro. Alguien acabaría en estas tierras, quizá Ira Midkiff o Bill Reynolds o igual Poole se habría llevado la mitad y Graham una cuarta parte, y Gilbert se habría apropiado de otro cuarto. O algún magnate del petróleo recién llegado. Lo único que estaba claro era que Pedro iba a perderlas. Su tiempo había pasado.

—No pasó por voluntad propia.

—Los dos estamos diciendo lo mismo, solo que tú no te das cuenta.

—No tenía por qué haber ocurrido así.

—De hecho, sí tenía por qué. Así es como se hicieron los García con las tierras, expulsando a los indios, y así es como teníamos que conseguirlas nosotros. Y algún día, así nos las arrebatará alguien a nosotros. Cosa que te aconsejo no olvidar.

Cogió dos garrafas de queroseno, una en cada mano, y fue subiendo los peldaños poco a poco. Las garrafas eran pesadas y le estaba costando trabajo; a punto estuvo de dejarlas caer.

Mientras lo miraba caí en la cuenta de que no es de nuestra época; es como un fósil salido de la orilla de un río o una fosa en el océano, procedente de un momento de la historia en que uno tomaba lo que quería y no veía motivo para justificarse.

Entiendo que no es peor que nuestros vecinos: son sencillamente más modernos en sus razonamientos. Requieren alguna explicación racial para justificar sus hurtos y asesinatos. Mi hermano Phineas es con toda seguridad el más adelantado de todos, no tiene nada contra los mexicanos ni ninguna otra raza, lo ve sencillamente como un asunto económico. La ciencia en lugar de la emoción. Hay que alentar a los fuertes y dejar que los débiles perezcan. Aunque lo que ninguno de ellos ve, o quiere ver, es que tenemos elección.

Oí a mi padre tirar cosas dentro de la casa. A caballo aún parece joven; en el suelo carga con el peso de todos sus años. Viéndole arrastrar los pies con las garrafas de queroseno no he podido por menos de sentir lástima por él. Igual estoy loco.

Le seguí al interior de la casa. Podría haberle derribado y arrebatado el queroseno. Pero ya era muy tarde. No era más que una formalidad.

Dentro todo estaba cubierto del polvo que había entrado por las puertas y las ventanas abiertas, las huellas de animales eran abundantes, la sangre se había secado formando manchas negras poco definidas. En la sala de estar, mi padre había hecho un montón con los muebles y lo había rociado. Le seguí por el resto de la casa, hasta los dormitorios y luego al despacho de Pedro.

Sacó todos los papeles de sus armarios, viejas cartas, documentación del ganado, escrituras, certificados de nacimiento y defunción de diez generaciones, el documento original de cesión de las tierras, de cuando toda esta área era una provincia española, Nuevo Santander.

Después de empaparlo todo de queroseno, encendió la cerilla. Me quedé viendo cómo se arrollaban los papeles y el fuego se propagaba por la mesa y ascendía por la pared hasta un mapa grande del estado, trazado cuando todas las secciones tenían nombres españoles. Oí que alguien gritaba mi nombre: Pedro. Luego caí en la cuenta de que era mi padre. Fui en su busca y al salir del despacho la casa entera estaba llena de humo; había prendido fuegos en las demás habitaciones.

Me agaché por debajo del humo y miré en el cuarto de Pedro y Lourdes. Su cama estaba empezando a arder; el dosel prendió y llameó y la luz colmó el cuarto entero. Me pregunté a cuántas generaciones habrían alumbrado allí y supe que el Coronel debía de haber pensado lo mismo.

A través de las llamas vi una silueta oscura que me instaba a avanzar y solo haciendo un gran esfuerzo di la vuelta y regresé hacia la luz del sol. Cuando llegué afuera mi padre ya cojeaba colina abajo hacia los corrales de los García, con una garrafa de queroseno llena en cada mano.

16

ELI/TIEHTETI

EL BÚFALO

Los comanches poseían todo el territorio entre México y las Dakotas, las tierras con mayor abundancia de búfalos en todo el continente. Las tribus del norte los cazaban según las estaciones, pero los kotsotekas, cuyo territorio natal era el centro de la pradera, cazaban el año entero. En verano cazaban los toros, porque eran los más rápidos, y en invierno cazaban las vacas. Hasta la edad de tres veranos, la carne de los animales era igualmente sabrosa; a partir de entonces la de las vacas era más rica. Los machos viejos se solían cazar por la piel.

Los animales se cazaban con lanza o arco. Para utilizar lanza hacía falta un poco más de agallas; había que ponerse a la misma velocidad que el búfalo y clavarle la lanza, con una sola mano, entre las costillas, atravesándole los pulmones hasta el corazón. Tras el primer puyazo el animal se volvía e intentaba cornearte o aplastarte contra los demás búfalos a la carrera. La única manera de mantenerse a salvo era volcarse por completo, empujar la lanza con todo el cuerpo, usar el propio peso del animal para hincar más la punta. A menos que te aplastase antes.

El búfalo medio era el doble de grande que una vaca y tenía un espíritu tan feroz como el de un oso pardo. Podían saltar por encima de la cabeza de un hombre si querían, aunque rara vez lo hacían, y si tu caballo trastabillaba, o pisaba una madriguera de perros de la pradera, podías apostar a que no quedaría nada de ti que enterrar, pues el búfalo, a diferencia de los caballos, se desviaba de su trayectoria para pisotearte.

El arco ofrecía más margen para zafarse, porque se podía matar al animal a corta distancia, unos metros, disparando la flecha en un ángulo abrupto detrás de la última costilla. Del mismo modo, en cuanto un búfalo notaba que había sido alcanzado, se volvía e intentaba cornearte. Los mejores caballos viraban nada más oír la cuerda del arco, y ese lapso de un cuarto de segundo acostumbraba a ser suficiente para mantenerte con vida.

Hasta que llegaron los grandes rifles Sharps, había que matar al búfalo a la carrera, por detrás o hacia un lado, así que un grupo de jinetes fustigaba a los animales para que huyeran de estampida, y luego, poniendo a sus caballos delante de los animales que iban en cabeza, desviaban la manada y obligaban a los búfalos a volverse sobre sí mismos, describiendo un círculo. Entonces los cazadores empezaban a abatirlos.

Cuando habían matado tantos animales como se podía despellejar en un día, dispersaban el círculo formado por la manada, que se perdía en la pradera. Los búfalos caídos eran despedazados allí donde estaban, aunque despedazar no es la palabra adecuada. Los comanches eran como cirujanos. La piel se cortaba minuciosamente siguiendo la espina dorsal, porque la mejor carne y los nervios más largos quedaban justo debajo, y luego se desprendía el pellejo del animal. Si el poblado quedaba cerca, para entonces se habría reunido un grupo de niños optimistas y estarían atosigando al carnicero para que les diese un trozo de hígado caliente sazonado con la bilis de la vesícula. El estómago se sacaba y se retorcía para retirar la hierba de su interior, y el jugo restante se bebía de inmediato como tónico, o se lo untaban en la piel aquellos que tenían forúnculos o erupciones. El contenido de los intestinos se exprimía entre los dedos y los propios intestinos se asaban o se comían crudos. Los riñones, el sebo de los riñones y el que había en torno a los lomos también se comían crudos, a medida que avanzaba el despiece, aunque a veces se asaban ligeramente, junto con los testículos del toro. Si había escasez de hierba se daba el contenido del estómago a los caballos. En invierno, en caso de congelación, se retiraba el estómago entero y se introducía la mano o el pie congelado para que se calentase; por lo general la recuperación era absoluta.

Si había poca agua, se abrían las venas de los animales y se bebía la sangre antes de que hubiera podido coagularse. El cráneo se partía, los sesos se removían sobre un cuero de vaca y también se comían, porque eran grasos y tiernos; las ubres de cualquier vaca que estuviera dando de mamar se cortaban y la leche tibia se chupaba directamente de las tetas. Si los sesos no se comían de inmediato se utilizaban para curtir pellejos; todo animal tiene sesos suficientes para curtir su propio pellejo, salvo el búfalo, cuya piel es muy grande.

Una vez vaciado, el estómago se lavaba, secaba y utilizaba como odre para agua. Si no había cazuelas de metal, se podía cocinar en el estómago llenándolo de agua hasta la mitad y añadiendo piedras calientes hasta que hirviera el agua. Otro odre muy utilizado era el pellejo entero de un ciervo, que, si se le iba a dar ese uso, se cortaba y se retiraba de una pieza, para luego coserlo por los extremos. Pero estábamos hablando del búfalo.

Una vez se consumían los órganos, los cazadores se retiraban y las mujeres se ocupaban de la parte más dura del despiece. La carne se separaba del hueso en pedazos de en torno a un metro de largo. Las tiras se dejaban sobre la cara interna limpia del pellejo del animal recién sacrificado y cuando la piel del animal estaba llena hasta los topes de su propia carne, se envolvía, se ataba, se colocaba a lomos de un caballo o en una traílla y se llevaba al campamento para colgarla a secar. Luego se empaquetaba en *oyóotn*, o contenedores de cuero de vaca, que se cosían con tendones del animal para cerrarlos. Una vez seca, la carne se conservaba indefinidamente.

La lengua, la giba, las costillas laterales y las de la joroba eran cortes de primera y por lo general se guardaban para la barbacoa. Los huesos se partían y se cocinaban y el tuétano mantecoso, *tuhtsohpeʔaipn*, se sacaba a cucharadas para utilizarlo como salsa sin más, o, tal como se decía anteriormente, mezclado con miel para hacer una salsa dulce, o enfriado y majado con judías de mezquite para postre.

Los omoplatos se convertían en palas y azadas. Los huesos más pequeños se partían, se endurecían al fuego y se afilaban para hacer agujas o leznas, o cuchillos, puntas de flecha y raspadores. Las pezuñas se hervían para hacer una cola que se utilizaba en la confección de sillas de montar, para sujetar el tendón a los arcos y prácticamente para cualquier otra cosa. Todo guerrero guardaba una pequeña cantidad de esa cola para reparaciones de emergencia. Los cuernos se usaban para transportar los útiles de hacer fuego y, naturalmente, la pólvora.

Las boñigas, como fuente de combustible, mejoraban cada estación que pasaban en la pradera, ardiendo más tiempo y más lentamente que el mezquite. Una vez secas y reducidas a polvo, las boñigas también se utilizaban para revestir los portabebés de manera que dieran calor y absorbiesen la humedad, aunque el vilano de la espadaña, cuando se podía obtener, se consideraba superior.

Del nervio de la espina dorsal, así como de la fascia debajo de los omoplatos, a lo largo de la giba y en el abdomen, se hacía toda suerte de cordeles, cuerdas de arco e hilo para reforzar la varilla del arco. Con los largos mechones de pelo de la cabeza se trenzaban hilos, cuerdas y lazos. Con los gruesos ligamentos del cuello se hacían pipas. Del hueso central de la giba se obtenían enderezadores de flechas, aunque muchos preferían servirse de los dientes.

Se hacían vainas con la piel de la cola, empuñaduras para cuchillos y porras con los huesos de la cola; la tráquea se cortaba y se ataba a fin de hacer recipientes para pintura, arcilla y maquillaje. La dura pasta amarilla dentro de la vesícula biliar se usaba como pintura de guerra, las ubres se secaban para usarlas como platos y cuencos (la cerámica era frágil, pesada y por lo general inútil para un pueblo que se desplazaba a caballo). Cualquier feto nonato se cogía y se hervía en la placenta, y, puesto que era más tierno que la ternera, se daba a comer a los bebés, a los ancianos y a los que tenían mala dentadura. Mientras que el pericardio se usaba como bolsa, el corazón en sí se dejaba siempre donde había caído el búfalo, de modo que cuando creciera la hierba entre las costillas restantes, el Creador viera que su pueblo no era codicioso y tuviera buen cuidado de que las tribus de búfalos se repusieran, de modo que regresasen por siempre jamás.

17

JEANNIE McCULLOUGH

El Coronel murió en 1936. Jonas se fue a Princeton al año siguiente, solo regresó en dos ocasiones y se peleó ruidosamente con su padre las dos. Ya no se le mencionaba en la casa. Su abuela también había desaparecido, aunque no había muerto, solo se había trasladado a Dallas para estar con su otra familia.

Su padre y sus hermanos tomaban la cena en los pastos o la comían fría tras trabajar hasta tarde. Los tres hermanos volvían a casa de la escuela; sus hermanos se cambiaban rápidamente y salían a caballo al encuentro de su padre; Jeannie continuaba con sus estudios. Todos los sábados venía en coche un tutor de San Antonio y le ponía deberes de más. Su abuela había insistido y su padre accedía a cualquier cosa que la mantuviera ocupada. Un día se rebelaría; solo haría la mitad de lo que se le había asignado. Ya sabía lo que pasaría por alto: era el latín, sin duda el latín, y el tutor la miraría fijamente siguiendo la línea de su larga y sudorosa nariz mientras ella proclamaba triunfante que no había traducido ni una sola palabra de Suetonio.

Una vez terminados los deberes, el silencio de la casa empezaba a pesarle, y se ponía las botas y caminaba de aquí para allá solo para oír el ruido que hacían, y luego cenaba a solas en la galería. Escuchaba los discursos del presidente en la radio y a veces, si estaba especialmente molesta, la dejaba encendida para que cuando su padre volviera a casa, tuviera que ir al porche y apagarla. Le producía satisfacción, consciente de lo mucho que él se enfurecía.

Para entonces ella había dejado de trabajar en los pastos. Sabía que podría llegar a dársele bien si seguía intentándolo, pero el trabajo era caluroso, largo y aburrido y además, nadie quería que estuviese allí. Ni siquiera el Coronel, que había fundado el rancho, había tirado un lazo en los últimos treinta años de su vida: no veía ningún sentido al ganado salvo las ventajas fiscales. En lo que había que interesarse era en el petróleo, y ahora, cada vez que venía de visita su tío abuelo Phineas —siempre con un geólogo a la zaga—, ella se montaba en el asiento de atrás mientras Phineas y el geólogo iban delante, hablando de esquisto, arena y de prospecciones geológicas por medio de resonancias eléctricas, cosa que entusiasmaba al geólogo. No le importaba que Jeannie solo tuviera trece años; estaba encantado de divagar acerca de todo lo que sabía. Ella se daba cuenta de que a Phineas le agradaba que escuchase. El negocio del petróleo estaba en pleno auge; había partes del sur de Texas en las que no hacía falta faros para conducir por la noche, pues llameaba tanto gas que el fuego iluminaba el cielo kilómetros a la redonda.

Su abuela regresaba de vez en cuando, con olor a perfume antiquísimo y pastillas de eucalipto, su severo rostro afilado sobre un vestido negro, siempre era negro, como si guardara luto por algo que nadie entendía. Nada se hacía a su gusto: las criadas eran reprendidas, su padre era reprendido, sus hermanos eran reprendidos; bajaba a la casa de dormitorios y ordenaba a los peones que se lavaran las sábanas. A Jeannie le prescribía un largo baño para abrir los poros, que, según su abuela, eran más grandes cada mes.

Después de haber puesto en remojo la cara, haberse acondicionado el pelo y haberse secado y vestido de nuevo, se sentaba en el sofá de la biblioteca mientras su abuela le limpiaba debajo de cada uña, limándole las rugosidades, retirando las cutículas y untándole la piel de crema fría. «Aún conseguiremos hacer de ti una señorita», decía, aunque Jeannie llevaba un año sin tirar el lazo y hacía tiempo que los callos habían desaparecido de sus manos. Cada tres visitas llevaba todo su vestuario a la biblioteca para que su abuela viera qué tal le sentaban los vestidos: «Con ese pareces una criada buscona». Las prendas conflictivas se metían en una caja que su abuela se llevaba a Dallas para ser retocadas.

Su abuela siempre tenía noticias de la ciudad, cosa que a Jeannie le resultaba inmensamente aburrida, salvo por las historias de buenas chicas que acababan mal, que habían empezado a ocupar un lugar destacado en los sermones de su abuela. Aun así, ya no se dormía durante las charlas; resultaba reconfortante que le dijeran que procurase no estar al sol −«Bastantes pecas tienes ya»−, que cuidara lo que comía −«Tienes las caderas de tu madre»−, que se lavase el pelo una vez al día y que no se pusiera nunca pantalones. Luego su abuela le cogía las manos a Jeannie, como si hubiera cambiado algo en los diez minutos desde que las había tocado por última vez, pero no, ahí estaban sus dedos gordezuelos y poco elegantes, que por muchas clases de piano que recibiera seguirían igual. Los dedos de su abuela eran nudosos y artríticos y se parecían a las garras de un animal, pero una vez fueron las manos de una dama, por muchos años que hubiera desperdiciado en ese rancho.

Un mes o así después de haber terminado octavo, su abuela, después de darle las noticias habituales de Dallas, informó a Jeannie de que la habían aceptado en el internado Greenfield de Connecticut. Jeannie no era consciente de que hubiera presentado una solicitud. «Te vas dentro de seis semanas −dijo su abuela−. Mañana iremos en tren a San Antonio y te compraremos ropa como es debido.»

Sus protestas, que se prolongaron el resto del verano, no tuvieron la menor trascendencia. Clint y Paul consideraron que no tenía sentido resistirse; su padre se alegró de que hubiera un sitio mejor para ella, llegando al extremo de mentar a Jonas como una razón por la que Jeannie sería feliz en el norte.

«Yo no soy Jonas», rezongó ella, pero todos sabían que solo era verdad en parte. Su abuela le dio perlas y cuatro pares de guantes de cabritilla, pero eso no aplacó su ira en absoluto; ni siquiera miró a su padre cuando la dejó en el tren al norte. Pero miró las perlas durante un buen rato aquella noche, después de echar las cortinas de su compartimento en el coche-cama. Valían veinte mil dólares, había dicho su abuela; no permitiría que ninguna nieta suya tuviera un aire vulgar.

Jonas tenía que esperarla en Penn Station, pero llegó con una hora de retraso. En ese rato se topó con un hombre, los pantalones bajados y el trasero blanquísimo, embistiendo contra una mujer con miriñaque rojo en el último cubículo de los servicios de señoras. Salió a toda prisa pero transcurridos cinco minutos cayó en la cuenta de que no tenía elección y regresó a los mismos servicios, escogiendo el cubículo más alejado del hombre y su amiga. Milagrosamente, no le robaron el equipaje.

—Odio este lugar —fue lo primero que le dijo a Jonas, que guardó su equipaje como es debido en la consigna y la llevó a comer.

Caminaron entre los edificios altos.

—No mires tanto hacia arriba —le dijo él—. Más vale que no te tomen por una turista.

Pero no podía evitarlo. Las fotografías no captaban el tamaño de los edificios, que se asomaban amenazadores hacia las calles, prestos a derrumbarse y aplastarla en cualquier momento, si no la atropellaba antes un taxi. El barullo de todas las camionetas y la gente que gritaba hacía que le zumbaran los oídos y notó un revuelo en el corazón que no cesó hasta que estuvo un buen trecho al norte de la ciudad, en el tren camino de Greenfield, de nuevo entre árboles y tierras de pastoreo. Había alguna que otra vaca suelta y ovejas pastando a lo lejos, de raza Holstein y Jersey; «Al menos de eso sé», pensó, sería algo de lo que hablar con sus nuevas compañeras de clase.

Greenfield tenía numerosos atractivos para ella. Los viejos edificios de piedra con tejados a dos aguas rematados en punta y altos muros recubiertos de hiedra, el sol como una gasa tendida sobre el paisaje —lo que pasaba por verano era como el invierno en Texas—, los tupidos bosques y los campos ondulantes en los alrededores del campus. No había sabido que hubiera tantas tonalidades de verde, no había sabido que hubiera tanta lluvia y humedad en la tierra. El campus solo tenía catorce años de antigüedad, aunque bien podría haber tenido cien, a juzgar por como las enredaderas se habían adueñado de los edificios y los árboles rozaban las ventanas azotados por la brisa. En los escasos momentos que tenía para sí cada día, le costaba trabajo no sentirse importante, como si estuviera a solo dos pasos de ser conquistada por un príncipe, o el hijo de un primer ministro, que, ahora lo sabía, sería inglés en lugar de español, aunque otras veces se planteaba si no querría ser conquistada en absoluto, si tal vez sería ella misma una primera ministra; no era inconcebible, los tiempos estaban cambiando. Se veía detrás de una gran mesa de madera, escribiendo cartas a sus leales ciudadanos.

No disponía de mucho tiempo a solas. Los días se ceñían a un rígido orden: toque de campana seguido de desayuno y capilla, seguidos de clases, almuerzo, clases, deporte, cena y periodo de estudio. Las luces se apagaban a las once en punto, con una monitora merodeando por los pasillos para que se cumpliera el horario.

Su compañera de habitación, una niña judía que se llamaba Esther, lloraba hasta dormirse todas las noches y al final de la primera semana, cuando Jeannie volvió de cenar, Esther y todas sus cosas habían desaparecido. Su padre era dueño de unas fábricas en Polonia, pero lo había perdido todo a manos de los alemanes; el cheque de la matrícula no había sido aceptado. Jeannie fue trasladada a un cuarto más bonito. Su nueva compañera se llamaba Corkie, que era tímida pero agradable, y, a diferencia de Esther, parecía cómoda en su nueva escuela. Conocía a todo el mundo, aunque Jeannie percibió que no tenía muchas amigas. Corkie tenía los hombros tan anchos como los de un leñador de cedros, y era alta, y lo encaraba todo con una suerte de resignación: por su cara larga que nunca sería bonita, por las manchitas rojas encima de su labio, por su pelo ensortijado y con las puntas abiertas. Por su manera de vestir —prendas de colores apagados y aspecto desaliñado— y la escasa atención que prestaba a su apariencia, Jeannie pensó que debía de ser de familia muy pobre, así que se tomaba la molestia de mostrarse simpática con ella, llevándole postres que había sacado a hurtadillas del comedor, como antes llevara los cubos de leche cuajada a los vaqueros de su padre.

Ese lunes, cuando le preguntaron durante el almuerzo quién era su nueva compañera, les dijo que Corkie Halloran.

—Ah, ¿te refieres a la Poderosa Safo?

Fue Topsy Babcock la que lo dijo. Era pequeña y bonita, con el pelo rubio pálido y piel a juego, una sonrisa que se encendía y se apagaba igual que una señal de tráfico luminosa. Unas veces su sonrisa significaba aprobación, otras desaprobación: no era una persona a la que conviniera decepcionar. Las demás chicas sentadas a la mesa se rieron de Corkie Halloran, y Jeannie rió con ellas, aunque no sabía por qué.

—Estaba en Spence, pero dijeron que pasaba un poquito demasiado tiempo con una chica en particular, si sabes a lo que me refiero.

—Tendrían que haberla enviado a St. Paul: ¡habría encajado a la perfección!

A todas les pareció desternillante. Jeannie se limitó a asentir.

El fin de semana siguiente Corkie invitó a varias personas a la casa de sus padres, que estaba a solo cuarenta minutos del centro de estudios. Para sorpresa de Jeannie, muchas de las que se habían reído de ella en el almuerzo se apuntaron: Topsy Babcock, Natalie Martin, Kiki Fell y Bootsie Elliot. Jeannie esperaba un viejo cacharro, o tal vez una furgoneta, pero las recogió un chófer de uniforme al volante de un Packard de siete plazas.

Kiki dijo:

—Fue a ti a la que le tocó en suerte esa chica judía, ¿no?

Era la versión con cabello moreno de Topsy, aunque lo llevaba justo por debajo de las orejas, casi tan corto como el de un chico, y se rumoreaba que se había operado para reducirse la nariz. Desde su llegada a Greenfield, Jeannie había pasado cada vez más tiempo delante del espejo a la hora de acostarse, examinándose. La nariz se le había enderezado considerablemente pero sus ojos no tenían personalidad, eran del color de la niebla o la lluvia. Tenía la barbilla puntiaguda, la frente alta, y la cicatriz que le cruzaba el ceño —de la que siempre se había enorgullecido porque era como las cicatrices que tenían sus hermanos— le daba aspecto de hombre. Era una cicatriz profunda, no se podía pasar por alto.

—McCullough... —decía Topsy—. Es judío, ¿no?

Las otras chicas se rieron tontamente, salvo Corkie, que miró por la ventanilla.

—Me parece que no.

—Estoy de broma. Claro que no.

Jeannie guardó silencio el resto del trayecto. Había muy pocas casas. Las carreteras eran pequeñas y sinuosas y aun así estaban asfaltadas. Había altos setos, graneros rojos, los omnipresentes muros de piedra. Todo estaba a la sombra, el sol se filtraba débilmente entre los árboles y el cielo parecía pequeño y cerrado. Había frescor en el aire, aunque solo era septiembre.

Topsy, Kiki y Bootsie habían cursado la primaria juntas; las demás parecían conocerse entre sí de la misma manera, supuso, que ella conocía a los hijos de los Midkiff y los Reynolds. La segunda chica silenciosa del coche, Natalie, tenía larga melena castaña y un pecho generoso que se encorvaba para ocultar. Ponía empeño en mirar por la ventanilla, sin cruzar nunca la mirada con Jeannie, aunque, como todas las demás, sonreía a cualquier cosa que dijera Topsy.

Se le quitó un peso de encima cuando el coche dobló hacia una puerta de acceso de piedra y enfiló un largo sendero de entrada bordeado de grandes árboles. Había acres de césped, nunca había visto tanta hierba verde y lozana; intentó calcular el número de cabezas que podían criarse allí (¿un acre por cabeza? Parecía posible) pero ni se le pasó por la cabeza comentarlo en voz alta.

En la cima de la colina apareció la casa. Empezó a sentirse avergonzada. No era más grande que la casa del Coronel, pero sí más señorial, con arcos, columnas y torres, granito oscuro, estatuas de mármol, un aspecto erosionado como si llevara en pie desde los tiempos de los reyes.

—¿A qué se dedica tu padre?

Todas las chicas la miraron. Corkie también le lanzó una mirada y supo que había cometido un error de alguna clase. Pero ya era muy tarde. Corkie dijo:

—Va a su empresa de Nueva York y juega al tenis en el club, y también monta y caza mucho. Y trabaja en su novela.

—¿Qué clase de empresa es?

—Ya sabes… —Corkie se encogió de hombros.

Bootsie Clark dijo:

—El padre de Poppy también monta y caza, supongo. —Poppy era como las otras habían decidido llamar a Jeannie—. Es vaquero, ¿verdad?

—Los vaqueros son hombres a sueldo.

—Entonces ¿cómo se considera tu padre?

—Ganadero.

Estaba a punto de añadir «Pero no es de ahí de donde sale nuestro dinero» cuando las otras chicas la atajaron:

—Entonces ¿participa en esas cabalgadas épicas? ¿Hasta Kansas?

—Esas se terminaron en el siglo diecinueve.

—Qué pena —comentó Bootsie—. Parecían muy emocionantes.

No estaba segura de si era mejor responder o dejarlo correr.

—En realidad, no llevaban el ganado a la carrera como en las películas. Tenían que llevarlo caminando o perdían todo el peso.

—¿Qué te parece la casa de Corkie? —preguntó Natalie, cambiando de tema—. Supongo que la tuya debe de ser más grande.

—Lo cierto es que no.

—Claro que sí. Se dice que en Texas todo es más grande.

Se encogió de hombros.

—Pero no es tan bonito como esto. No es ni mucho menos tan verde.

—¿Cuántos acres tenéis?

Era una pregunta grosera —lo último que le preguntarías a alguien en Texas—, pero sabía que debía responder.

—Trescientas noventa y seis secciones.

—No es tanto —señaló Topsy.

—Ha dicho secciones, no acres.

—¿Cuánto es una sección?

—Ni siquiera los llaman acres. Un acre es muy pequeño.

—¿Cuánto es una sección? —preguntó Kiki, por segunda vez.

—Seiscientos cuarenta acres.

Por alguna razón eso hizo que todas las chicas, a excepción de Corkie, prorrumpieran en carcajadas histéricas. Corkie miraba al chófer, a la espera de que abriese la puerta.

—¿Tú también vas a ser ganadera?

—No lo creo.

—Entonces ¿qué vas a ser?

—Va a ser la esposa de alguien —terció Corkie—. Igual que todas nosotras.

Esa tarde salieron a cabalgar. Debajo de la casa principal había un establo con unos veinte caballos o así, un corral inmenso que denominaban «pista» y un amplio prado. Todo estaba ubicado en un bosque muy cuidado, pero no preguntó dónde terminaba la propiedad. Había hombres entre las sombras, cortando ramas y cargándolas en un carretón.

Llevaba pantalones de montar y botas de caña alta que le había prestado la hermana menor de Corkie. Se sentía ridícula, pero todas las demás iban vestidas de la misma manera. Suponía que iban a cabalgar un buen rato, cuatro o cinco horas, y pensó que ojalá hubiera comido más a la hora del almuerzo.

—Supongo que debes de tener caballos —comentó Natalie.

—Sí —contestó—. ¿Y tú?

—En realidad no hay mucho sitio para caballos en Tuxedo Park. —Se encogió de hombros.

—Pero hay sitio para los judíos —señaló Topsy.

—Topsy y Natalie eran vecinas de la chica con la que compartiste habitación.

—Su padre compró una casa allí hace diez años —le dijo Topsy—, pero no lo admitieron en el club, así que su familia no podía ni meter un pie en el lago. Si alguna vez los oían chapotear por allí, alguien llamaría a la policía.

—Cuéntale lo de la boda.

—Celebraron una boda el verano pasado, y todos los chicos de Tuxedo Park fueron a poner del revés los carteles, de modo que ningún invitado encontrara la casa. La ceremonia se fastidió por completo. —Sonrió—. El problema es cuando la gente se piensa que solo porque tiene dinero…

Jeannie asintió. Sacaron los caballos. Eran alazanes, de pecho más pequeño y patas más largas que los caballos para el ganado.

—He hecho que le pongan la silla de mi hermana a este —dijo Corkie, pasándole las riendas—. Eres más o menos de su estatura.

La silla era sencilla, sin pomo ni arzón trasero alto, y cuando Jeannie se encaramó a ella, notó los estribos cortos e incómodos, como si los hubieran fijado para un niño.

El caballo era alto y zanquilargo, de casi dieciséis manos; parecía un caballo rápido pero no parecía ni remotamente tan rápido como era en realidad. Era mucho más poderoso que un caballo para el ganado, al punto que más semejaba un automóvil. Con un caballo ganadero (caballo «cuarto de milla», lo llamaban esas chicas) había una negociación, había ocasiones en que se dejaba que el caballo se saliera con la suya, pero este caballo era rápido y además estaba ansioso por complacer; darle rienda suelta no hacía sino confundirlo, como si se soltara el volante de un coche. Por lo visto —al igual que todo lo demás en las vidas de esas chicas— lo habían creado solo para servirlas.

Vio que apenas le hacían falta las riendas; el caballo respondía con solo tensar las piernas; era tan sensible, de hecho, que al principio le resultó difícil de montar. Se planteó si era peor jinete de lo que pensaba. Estaba incómoda en la silla y cuando se pusieron al galope le costó trabajo mantenerse en la silla. Descendían aprisa por un sendero cuidado y había una serie de vallas más adelante; Corkie saltó la primera y a Jeannie le dio mala espina, pero la siguió de todas maneras. No había nada de lo que preocuparse. El caballo saltó la cerca sin que ella tuviera que hacer nada.

Tras una hora las demás chicas estaban cansadas y decidieron volver a los establos. Ella hincó los talones y pasó por un huequecito entre Topsy y Bootsie, con la esperanza de darles un susto, y luego adelantó también a Corkie. El caballo estaba disfrutando, así que dio una vuelta rápida al corral (pista, se corrigió), que tenía unos ochocientos metros de circunferencia. Era un buen caballo; no quería parar y a ella la abrumó la tristeza, por la vida que llevaba en ese corral y esos pocos kilómetros de sendero tan cuidado, montado por esas chicas que pasaban más rato vistiéndose que encima de la silla. Una existencia sin sentido.

Para cuando calmó al animal y regresó al establo, las otras chicas estaban esperando y sus caballos ya estaban en manos del mozo y sus hijos, que los almohazaban.

Bootsie decía:

—Pues sí que monta como un vaquero, ¿verdad?

—¿Es raro, no tener un mango al que agarrarse?

—No se toca el cuerno de la silla —explicó Jeannie.

Sabía que al principio había parecido torpe, pero creía que se había recuperado bien. Estaba claro que era mejor amazona que cualquiera de ellas, tal vez incluso que Corkie. Estaba igualmente claro que ninguna de ellas lo reconocería. O encontrarían alguna manera de convertirlo en un insulto. Le sobrevino el impulso de volver a montar el caballo, irse al galope hacia el bosque y emprender su largo viaje de regreso a Texas. Desde luego, no sería más duro que cualquier cosa que hubiera hecho el Coronel. Su padre pagaría el caballo.

—Entonces ¿para que sirve? —dijo Bootsie, que seguía hablando del cuerno de la silla de montar.

—Es para colgar las herramientas. Para atar la soga y demás.

—Bueno, se te veía incómoda. Seguro que te acostumbrarás.

—Monto mejor que cualquiera de vosotras —repuso. Notó que se le encendía la cara; se había visto obligada a decir algo de lo que no estaba segura—. Salvo Corkie —añadió.

—Aun así —dijo Bootsie—. Se te veía rara.

—Eso no es nada comparado con lo que hacemos en casa.

—Porque allí todo es más grande, seguro.

—Porque cogemos con lazo animales grandes e intentamos que no nos amorquen con sus cuernos.

—Creo que ha dicho no sé qué de amorcar —comentó Topsy.

—Quería decir amuermar. Hasta matarnos de aburrimiento.

—Me voy dentro —dijo Corkie. Estaba apoyada en la puerta del establo, con aire de cansancio—. La cena estará lista enseguida.

Esa noche no podía dormir, y tras un buen rato de deambular por pasillos oscuros, logró llegar a la cocina en busca de un vaso de leche. Acababa de acceder a la nevera cuando oyó a alguien a su espalda.

—No deberías estar aquí —dijo una voz.

Era una de las criadas.

—Lo siento.

El semblante de la mujer se suavizó.

—Basta con que lo pidas, cielo. Te llevaremos cualquier cosa que necesites.

Después de tomar la leche decidió salir. Estaba oscuro, pero había una luz encendida en el establo y descendió la pendiente por la hierba húmeda —húmeda, allí todo estaba húmedo—: no estaba segura de lo que tenía en mente. Hablar con su caballo, sacarlo a escondidas para dar un paseo nocturno, largarse y no volver nunca. Al acercarse al establo vio que la luz provenía de una ventana superior, en lo que había supuesto era el henil. Había una persona moviéndose detrás de una fina cortina, una música tenue. Estaba lo bastante cerca para oler las casillas. La persona volvió a pasar por detrás de la cortina y Jeannie cayó en la cuenta de que era el mozo. Vivía con su familia encima de los caballos. Lo vio sentarse en un sillón y le pareció que cerraba los ojos, escuchando en silencio la radio. No lo podía creer. Incluso los peones más modestos, los que no hacían más que levantar cercas el día entero, se alojaban en la casa de dormitorios. No vivían con los animales.

Se sintió cansada y dio media vuelta para regresar a la casa, las piernas frías y húmedas de rocío. Era solo septiembre, no era más que el principio. «Todo mejorará», se dijo. Pensó en el Coronel retenido por los indios; si él había sobrevivido a algo así, ella podía sobrevivir a esto, pero ni siquiera eso le sonó real, no eran más que palabras, era una época diferente.

De vuelta en la casa principal, oyó un ruido y vio luz al final de un pasillo y se abrió paso hacia allí. Era una biblioteca o despacho de alguna clase; había una chimenea encendida y una persona sentada en un sillón de cuero, fumando en pipa. Se acercó y cuando estuvo lo bastante cerca el hombre levantó la mirada hacia ella.

—Perdón —dijo.

Era el padre de Corkie. Parecía casi un chico a la luz tenue; debía de ser muy joven cuando nacieron sus hijos. Era muy guapo. Mucho más que su hija. Se quitó las gafas de leer y ella vio que tenía los ojos llorosos, como si estuviera disgustado por algo. Se los frotó y dijo:

—Eres la chica de Texas, ¿verdad?

Asintió.

—¿Qué te parece esto?

—Es verde. La hierba es bonita.

Fue lo único que se le ocurrió, y después le dio miedo decir nada más.

—Ah, el césped —dijo—. Sí, gracias. —Añadió—: Mi abuelo pasó un tiempo en vuestro estado antes de que fuera admitido en la Unión. De hecho, contribuyó decisivamente al proceso. Pero luego estalló la guerra de Secesión, así que regresó aquí. Siempre he querido ir a verlo con mis propios ojos.

—Debería.

—Sí, un día de estos. Parece que todo el mundo va allí a hacer dinero hoy en día. Supongo que debería verlo.

Ella guardó silencio.

—Bueno. —Asintió—. Más vale que vuelva al trabajo. —Se puso las gafas—. Buenas noches.

A la mañana siguiente, después de desayunar, Corkie le susurró que no debía hablar con su padre mientras trabajaba en la biblioteca.

—Está acabando su novela —dijo—. Lleva mucho tiempo escribiéndola y no se le puede molestar.

Asintió y se disculpó. Intentaba recordar si alguna vez había visto llorar a su propio padre. No era así.

El fin de semana siguiente fue en tren a Princeton a ver a Jonas. El trayecto fue agradable y se sintió muy adulta, viajando sola por una tierra desconocida. No creía que pudiera llegar a acostumbrarse a lo verde que era todo. Y, sin embargo, allí donde te detenías había un leve olor a moho, a descomposición, como si, hicieras lo que hicieses, los árboles fueran a volver, las enredaderas fueran a cubrirlo todo, tu trabajo fuera a quedar enterrado y tú fueras a pudrirte en la tierra húmeda, igual que todos los que habían pasado antes que tú. Antaño había sido igual que Texas, pero ahora no había más que gente, gente sin fin; no había sitio para nada nuevo.

Jonas salió a recibirla a la estación de ferrocarril y ella lo abrazó un buen rato. Llevaba las perlas y un vestido bonito.

—¿Qué tal te va por allí arriba?

—Ah, bien.

Le tocó las perlas, estuvo a punto de comentarle algo y luego decidió no hacerlo.

—Ya te acostumbrarás —le dijo—. Es mejor estar aquí que atrapada en McCullough o Carrizo. Allí no vas a aprender nada.

—La gente es fría.

—Puede serlo.

—He ido sentada en el tren con dos hombres y ninguno de los dos me ha saludado siquiera. Hemos pasado así toda una hora.

—Aquí es distinto —dijo él.

Luego estuvieron con los amigos de Jonas: Chip, Nelson y Bundy. No eran más que las dos de la tarde, pero todos habían estado bebiendo. Chip se echó a reír a carcajadas cuando oyó el acento de Jeannie. Era rechoncho hacia la cintura, no exactamente gordo, solo blando por todas partes, con un intenso bronceado y una confianza en sí mismo que no guardaba proporción con su aspecto.

—Maldita sea, vosotros los McCullough. Sí que sois de Texas. Durante un tiempo no le creíamos: este lo disimula muy bien. —Señaló a Jonas. Luego ladeó la cabeza y entornó los ojos, sopesando a Jeannie—. Bundy, esta tampoco parece tener una sola gota de puñetero negro. Debemos de estar con los dos únicos sureños de pura sangre que han existido.

Ella se sonrojó pero Bundy le tocó el hombro.

—No te preocupes por él. Sufrimos tal endogamia que no sabemos comportarnos cuando llega alguien nuevo.

Chip no había terminado con ella:

—¿Qué piensa usted de esta guerra, señorita McCullough? ¿Debemos enviar a los marines o esperar?

Jeannie debía de haber adoptado una expresión de asombro.

—¿La que inició Hitler? ¿La semana pasada?

—No lo sé —dijo ella.

—Dios mío, McCullough. ¿Qué diantre te enseñan en Greenfield?

—La dichosa asignatura de cómo encontrar un buen marido.

—Deja a ese montón de brujas y vete a Porter. —Agitó la mano en el aire—. Nosotros nos ocuparemos. En Greenfield no vas a aprender absolutamente nada.

Habían seguido así durante horas. Ella no sabía nada que los chicos mayores no hubieran oído antes, nada que no se hubiesen planteado ya. Al final, ella y Jonas se fueron a dar un paseo por el campus.

—Solo están bromeando, Jeannie.

—Los detesto —dijo ella—. Detesto a todos los que he conocido aquí.

Creía que iban a pasar la velada juntos pero Jonas tenía trabajo pendiente. La próxima vez, le dijo, podría quedarse en su habitación y conocer a más amigos suyos. Eran buenos contactos: conseguir que entrara en Barnard cuando llegara el momento sería pan comido. Pero por el momento estaba agotado y llevaba retraso en los estudios. «Porque te has pasado la tarde entera bebiendo con tus amigos», pensó ella.

Se planteó mencionar que había pasado tres horas en el tren para ir a verle, y ahora tendría que pasar tres horas para volver a Greenfield, pero estaba muy furiosa para decir nada. Cuando llegó a Nueva York ya había oscurecido y aún faltaba un rato para que saliera el tren a Connecticut. Paseó por las inmediaciones de la estación, mirando los escaparates de las tiendas de empeño, recibiendo empujones de toda la gente que pasaba, hombres que le lanzaban miradas por las que en Texas les hubieran pegado un tiro o al menos los hubiesen retenido para interrogarlos. Todos los periódicos clamaban sobre la guerra, los alemanes habían invadido Polonia. Pese a lo desdichada que era en Greenfield, apenas había percibido la existencia de la guerra, e, incluso ahora, le parecía más importante que no se le escapara el tren.

No volvió a Greenfield hasta poco antes de que se apagaran las luces y había olvidado comer, de modo que tuvo que irse a la cama con hambre. A la mañana siguiente Corkie la puso al tanto de que habían anunciado el baile de otoño. Tendría que enviar una invitación, a ser posible varias. Incluso Corkie, a la que no le pirraban esas cosas, había elaborado ya una lista con dos docenas de jóvenes, con la intención de enviarles invitaciones a todos. Jeannie se disculpó, se fue a la biblioteca y pasó el día entero allí.

Sería un desastre. No solo no tenía a quién invitar –los únicos chicos que había conocido eran los amigos de Jonas–, sino que la semana anterior, cuando las chicas habían estado bebiendo el vino de los padres de Corkie y luego se habían puesto a bailar, ella no se sabía ninguno de los pasos. Charlestón, baile del sombrero, vals, paso cuadrado. No conocía nada de eso. Corkie había intentado enseñarle, pero fue inútil, totalmente inútil; le llevaría años, años aprender todo eso, sería una absoluta humillación. Incluso montar a caballo con esas chicas –lo único que casi dominaba– había sido en cierto modo degradante.

Mientras tanto, las demás ya estaban hablando de los bailes a los que asistirían más adelante, los grandes en torno a Navidad; con catorce años ahora ya eran bastante mayores. Cayó en la cuenta de que sus compañeras de clase llevaban toda la vida preparándose para este momento; mientras ella iba a visitar a Jonas, habían pasado el día comprándose vestidos con sus madres. Y, por supuesto, todas conocían a docenas de chicos elegibles, que tendrían que desplazarse desde otras escuelas a varias horas de distancia.

Ese sábado preparó una pequeña bolsa de viaje y le dijo a Corkie que iba a ver a Jonas otra vez. Tomó el tren a Nueva York y fue en busca de un banco –no tenía dinero suficiente para hacer el viaje que quería–, pero resultó que los bancos estaban cerrados los fines de semana. ¿Todos? Sí. Al final, entró en una de las tiendas de empeño cerca de la estación de ferrocarril. El hombre que la llevaba tenía unos cincuenta años, parecía no comer mucho ni ver apenas la luz del sol y hablaba con un marcado acento extranjero. No había visto nunca un judío como él. Le dio las perlas de su abuela.

–¿Son auténticas?

–Claro –dijo.

Miró más allá de ella, hacia la calle, para ver si la estaba esperando alguien. Luego se metió las perlas en la boca como si pensara comérselas. En cambio, frotó todas y cada una contra un incisivo. Después las miró con lupa.

–¿Te ha enviado aquí un policía?

—No —contestó.

—Me interesa saber por qué las has traído aquí.

—He visto el escaparate. —Se encogió de hombros.

—Son de tu propiedad para venderlas.

—Sí.

La miró, pero no dijo nada.

—¿Qué clase de sombrero es ese? —preguntó ella, intentando ser amable.

Respondió algo parecido a *hichpah*.

—Soy judío. Por desgracia uno de los malos, que trabaja el sabbat. No te preocupes, no voy a comerte. Pero tampoco puedo comprarte las perlas.

—No tengo nada de dinero. He ido a los bancos pero están cerrados y tengo que volver a casa con mi familia.

—Lo siento.

Se quedaron mirándose y al final él dijo:

—Voy a despertar a mi hermano, pero seguro que te dice lo mismo.

Otro hombre, mucho mejor vestido, salió de la trastienda. Miró las perlas y se las pasó por el borde de los dientes, luego las miró con otra lupa, después bajo una luz muy brillante y luego con lo que parecía ser un microscopio.

—Evidentemente, valen varios miles de dólares...

—Valen veinte —dijo ella.

—Valen ocho —repuso él—. En un buen día, para el comprador perfecto.

—Me parece bien.

Él sonrió.

—Pero no te las puedo comprar a ti. Eres demasiado joven. Lo siento.

Notó que se le humedecían los ojos. Sintió deseos de coger las perlas y salir corriendo a la calle, pero en lugar de eso hizo el esfuerzo de permanecer allí para que vieran que estaba llorando.

—Eres muy pequeña —repitió.

—Me da igual. No pienso marcharme.

Los dos se miraron y empezaron a discutir en un idioma extranjero. Al cabo, el mejor vestido dijo:

—Podemos darte quinientos dólares. Me gustaría ofrecerte más, pero no puedo.

Entre lágrimas, dijo:

—Aceptaré mil.

Esa noche iba en un tren a Baltimore. Cuatro días después, cuando su abuela fue a recogerla a San Antonio, le dijo que le habían robado las perlas.

No era una historia que hubiera contado a mucha gente, y ni siquiera Hank había llegado a comprender del todo su trascendencia. Había sido un punto de inflexión en su vida, en cierto sentido su momento más importante; había visto el mundo y se había retirado, mientras que Jonas, pese a todos sus demás defectos, no lo había hecho. En ocasiones imaginaba cómo habría sido su vida si se hubiera quedado en el Norte. Como Jonas, lo sabía, asentada y cómoda, habría sido la esposa de alguien. Y no era esa quien quería ser.

Y aun así Jonas tenía cuatro hijos que lo adoraban, una docena de nietos. Las casas de ella, las tres que poseía, estaban vacías. Monumentos sin sentido. El trabajo de toda su vida pasaría a manos de un nieto al que apenas conocía y que con toda probabilidad se desmoronaría bajo su peso. «No es justo», pensó. Sintió ganas de llorar.

Miró a su alrededor. Ahora estaba segura. Había un olor en la habitación, era gas.

18

LOS DIARIOS DE PETER McCULLOUGH

1 DE NOVIEMBRE DE 1915

Phineas vino de Austin. En la capital nos tienen en un altar por haber matado a diecinueve vecinos nuestros y haber logrado de paso que dos miembros de la familia recibieran disparos. Phineas está hablando de presentarse como candidato a teniente de alcalde.

Glenn está en casa, pero sigue mal. Mi hermano y él hablaron largo rato. Los chicos siempre han apreciado a Phineas; a sus ojos es una versión más joven del Coronel, el colmo del talento viril. Naturalmente, no me atrevo a decirles lo que sospecho, aunque no estoy seguro de que él tuviera conmigo la misma cortesía, si la situación se invirtiera: probablemente me llevaría a un prado y me pegaría un tiro.

Que dos hombres de la misma familia sean tan distintos... Mi padre probablemente cree que mi madre se escabulló para acostarse con un poeta, un escritorzuelo o algún otro medio hombre cegato y llorón. Siempre me he visto como dos personas: el que era antes de morir mi madre, impávido como sus hermanos, y el que soy después, igual que un búho en una rama oscura, viendo cómo los demás pululan a la luz del sol.

Cómo él y Phineas pueden plantarse delante de un centenar de hombres y no preguntarse ni una sola vez lo que están pensando... Yo apenas puedo cenar sin sopesar si he estado hablando más de la cuenta o no lo suficiente, si he bebido mucho o muy poco, siendo tan sigiloso como puedo con el cuchillo y el tenedor, procurando evitar el tintineo cuando dejo la copa de agua. Y sin embargo, cuando salté el muro en casa de los García, me olvidé de mí mismo.

He estado yendo a su tumba, sin que nadie lo sepa. Ese día, después de marcharme, fueron enterrados todos en una sola fosa: madre, padre, hijas, nietos, empleados diversos. Sin señal alguna y, puesto que debido al caliche el hoyo no era muy profundo, he estado amontonando piedras y tierra encima. El viejo Pedro, que enviaba a un sacerdote a sus vaqueros después de cada desgracia, que siempre pagaba un ataúd forrado y un entierro cristiano. Sigo imaginando la casa tal como siempre ha sido; cada vez me sobresalto de nuevo, las paredes carbonizadas, los pájaros que vuelan a placer donde antes había un tejado. La madera era vieja y curada y el fuego ardió con ganas. Poco queda dentro salvo clavos y esquirlas de vidrio y metal. Incluso mirándola directamente, parte de mí cree que es un espejismo.

Igual por eso estoy constantemente decepcionado: espero bondad del mundo, igual que la esperaría un cachorrillo. Por eso, igual que Prometeo, me veo deshecho cada día.

Phineas y yo fuimos a caballo a ver qué quedaba de la casa mayor; me explicó que ya había estado hablando con el juez Poole sobre los «problemas fiscales» de los García. Yo esperaba que reconociese el embuste, pero no hizo tal cosa. No confía del todo en mí. No es distinto del Coronel.

Cuando llegamos a la casa, Phineas quedó consternado. Permaneció a lomos del caballo mientras yo desmontaba e iba a presentar mis respetos a la tumba. Debió de darse cuenta de lo que hacía, así que me dejó solo. Cuando pasé junto al manantial vi que alguien había tirado un perro muerto. Atrapé con lazo el animal y lo saqué.

—Desde aquí se alcanza a ver hasta la maldita frontera, ¿eh?

Era una exageración, pero entendí a qué se refería.

—El caso, Pete, es que igual deberías mantenerte alejado de aquí una temporada. A mí no me gusta verlo y tú… —Meneó la cabeza.

—Pedro García era un amigo.

—A eso voy —insistió.

Fui hacia la parte de atrás de la casa, donde podía sentarme en el patio y contemplarlo todo. Unos minutos después vino y me encontró.

—No deberías culpar de esto a papá.

—¿Cómo sería posible tal cosa?

—Esto habría pasado de todos modos. Y naturalmente, Pedro no llevaba ocho años de retraso en sus impuestos. Pero podría haber hecho cosas…

—¿Como qué?

—¿Casar a sus hijas como es debido? Supongo que pensó que las estaba haciendo felices, pero…

—Te refieres a que se hubieran casado con blancos.

—¿Por qué no? Lo hicieron todas las viejas familias. Vieron lo que se avecinaba y casaron a sus hijas con la gente adecuada. —Se encogió de hombros—. Se trata de Darwin en la práctica, Pete. Lo que la situación requería era diluirse, pero Pedro decidió empecinarse.

Pensé en Pedro animándome a que fuera a ver a María. Empecé a sentirme mal.

—Tú y papá sois de la misma opinión en muchos aspectos.

—No paso un momento del día sin pensar en este lugar.

—Vienes dos veces al año —señalé.

—¿Crees que un banco de Austin quiere prestar medio millón de dólares a un rancho que no ha visto nunca, y del que no sabe nada más que está hipotecado hasta el culo? ¿O Roger Longoria de Dallas? ¿Alguna vez te preguntas por qué os ofrece crédito en tan buenas condiciones? ¿O por qué llega siquiera ese crédito? ¿O cómo puede ser que el negocio de la ganadería se esté desmoronando por todo Texas pero de alguna manera a nosotros nos llega el dinero sin problemas?

Decidí cambiar de tema.

—Mientras tanto, papá va y se gasta el dinero en arrendamientos petrolíferos.

—Papá husmea el cambio que se avecina igual que un buitre se huele una cantimplora seca. Tiene más sensatez que nosotros dos juntos y si tuviera una pizca de ambición, sería gobernador.

—Eso lo dudo mucho.

Negó con la cabeza. Cualquier palabra contra el Coronel es como una palabra contra Dios, o la lluvia, o los blancos: todo lo bueno sobre la faz de la tierra.

—He pasado la mayor parte de mi vida intentando averiguar qué te pasa por la cabeza —dijo—. Primero pensé que eras lento y luego pensé que igual eras rojo. Al final se me ocurrió que no eres más que un sentimental. Crees en la pradera, el código, la nobleza del sufrido vaquero y el vacío del corazón de los banqueros: todo ese rollo que leíste en las novelas de Zane Grey...

En realidad no he leído a Zane Grey, aunque no hago ascos a las obras de Owen Wister, pero explicar esas sutilezas a mi hermano no tiene ningún sentido.

—... ya sabes que en los viejos tiempos, cuando papá necesitaba ganado, lo buscaba entre la maleza o pagaba a algún mestizo diez centavos por cabeza para que lo robase. Si se encontraba un buen ternero, se marcaba a fuego; si un terreno le llamaba la atención, se levantaba una cerca. Si alguien no le caía bien, lo ahuyentaba. Y —me lanzó una mirada cargada de intención— si alguien te robaba el ganado, cruzabas el río, arrasabas su puto pueblo hasta los cimientos y te llevabas sus animales de regreso a tus pastos.

—Por lo visto eso no ha cambiado mucho.

—Sí que ha cambiado. Ahora hace falta una sumadora para calcular si estás sacando suficiente ternera por acre para cubrir las nóminas. Tienes a una cuarta parte de los empleados ocupándose de la broza y otra cuarta parte de las lombrices y las garrapatas. Y cuando te estás preocupando de todas esas chorradas...

Levanté la mano para interrumpirle.

—Es lo que tenemos, Finn. Podemos quejarnos o podemos seguir trabajando, y yo preferiría seguir trabajando. Papá quiere creer que estamos sentados encima de un mar de petróleo, pero no es así; estamos sentados encima de un montón de contratos de arrendamiento caros que no valen un carajo en tierras que ni siquiera son de nuestra propiedad.

Pensé que había jugado bien mis cartas, pero Phineas estaba sonriendo. Por pura fuerza de voluntad me obligué a seguir donde estaba.

—¿Cuándo encontraron petróleo en el norte de Texas, Pete?

Algo que siempre han hecho: llamarme por el nombre de pila, igual que si regañaran a un niño. Y aun así me siento obligado a responderles, como si, pese a décadas de indicios en sentido contrario, pudiera explicarles mi punto de vista.

—Hace doce años —dijo, al no contestar yo—. Y ahora la mitad de nuestro petróleo procede de allí. Lo de Spindletop ocurrió solo un par de años antes. El puto pozo de petróleo más grande de la historia de la humanidad, antes de lo cual, los Rockefeller, los Mellon, los Pew, todos esos capullos del este, ganaron cientos de millones en Pensilvania. ¡Pensilvania! En todo ese estado no hay más que un par de barriles de petróleo. Por el amor de Dios, Pete, la broca Hughes, ¿cuándo fue eso, en 1908? Antes de que se inventara, una unidad de perforación no era muy distinta de la que utilizaban los romanos. ¿Me sigues?

Mirando la tumba de los García no le dije que también fue en 1908 cuando encontraron las cavernas en La Chapelle, cuando encontraron un hombre-mono, un neandertal con cincuenta mil años de antigüedad, que había sido cuidadosamente enterrado en un sepulcro, junto a una pierna de animal y varios cuchillos de sílex para protegerlo en el más allá. Todo ese tiempo llevamos confiando en la existencia de otro mundo. Desde antes de ser hombres de veras.

—... es igual que el negocio del ganado en 1865. No puede sino ir a mejor. Si encontramos petróleo aunque solo sea en un par de acres, nuestros costes quedarán cubiertos.

Regresé hasta mi caballo, en silencio, y él hizo lo propio. Volvimos colina abajo, a través de la antigua aldehuela de los García, la iglesia en ruinas y el viejo cementerio, la torre quemada de la casa mayor todavía el punto más elevado del terreno. Fuimos a paso lento hacia el río, sin hablar, mi hermano unos pasos a la zaga.

Al final se puso a mi altura:

—El caso es que siempre me he alegrado de que te guste vivir aquí. Cuando te fuiste a la universidad pensé que me quedaría aquí atrapado al cuidado de este lugar, pero luego regresaste. Y yo siempre he estado agradecido por ello, porque este lugar es demasiado importante para que lo lleve alguien que no sea de la familia. Eso es lo que quería decir. Te agradezco que estés aquí.

–Gracias.

–Pero recuerda que no estás aquí solo, y que pienso en esto igual que tú.

No dije nada. Phineas heredó la gran habilidad de mi padre de conseguir que cualquier cumplido suene condescendiente. Luego dije:

–¿Qué ocurre con Poole? Intento ver cómo este asunto de la tierra no se volverá contra nosotros.

–Impuestos atrasados.

–Cuéntame.

–Impuestos atrasados –repitió–. Y probablemente el juez tenga ganas de dejar el condado de Webb; estamos buscándole un puesto en el Quinto Tribunal. Pero puedes indagar todo lo que quieras. Los García debían impuestos, y si antes no estaba en los registros, ahora lo está, y no hay que darle más vueltas.

Otros sucesos en las inmediaciones:

18 de octubre, un tren asaltado por sesenta insurgentes cerca de Olmito (cinco muertos).

21 de octubre, un destacamento del ejército en Ojo de Agua atacado por setenta y cinco insurgentes (tres muertos, ocho heridos).

24 de octubre, segundo ataque contra el puente del ferrocarril de la estación de Tandy.

30 de octubre, el gobernador Ferguson se opone a llamar a más Rangers. ¿La razón? Salen muy caros. Subir los impuestos está descartado.

Lo que tal vez sea para mejor: por cada insurgente que matan, un centenar más se convierten a la causa. A los tejanos no les molesta el ejército, pero detestan a los Rangers.

Ahora que tenemos claro derecho a la tierra de los García, es tal como suponía mi padre: parecemos reyes benévolos. Mientras que Pedro era tacaño, nosotros damos empleo a la mitad de los hombres del pueblo. Cualquiera que ahora quiera trabajo, lo tiene: desbrozar maleza, cavar acequias, reunir veinte años de toros de cuernos largos sin marcar. Dos hombres han sido corneados y Benito Soto murió de insolación pero la gente acude a la puerta del rancho todos los días preguntando si contratamos. Pese a las advertencias del sheriff, permito que algunos mexicanos vayan armados. Solo por trabajar para un gringo puedes acabar muerto a manos de los sediciosos.

Que demos la impresión de tener las manos limpias, a pesar de lo que ocurrió, me parece incomprensible. Y deprimente. Como si fuera yo el único que recuerda la verdad.

El ánimo debe mejorar. Año récord de lluvias: cincuenta y dos centímetros a estas alturas. Cuanto más rápido retiremos la broza, más hierba brotará. Hay una cortina de humo encima del pueblo de tanta maleza como se está quemando, y en ese humo no veo más que bien. Las cenizas fertilizarán la tierra y es bien sabido que la salvia de tallo azul y la grama germinan mejor con el calor.

Hay cierta amargura en el pueblo (entre los blancos) por que no le fuera ofrecida a nadie más la tierra de los García. La viuda de Bill Hollis era una de los principales agitadores. En realidad no tiene recursos —no podría haberse permitido comprar ni un cuarto de sección, por no hablar de doscientas—, pero percibe la injusticia de la situación. Dutch Hollis, el hermano de Bill, por lo visto no ha estado sobrio desde que murió su hermano.

Will sugirió al Coronel que le ofrezcamos a Marjorie Hollis un precio generoso por su casa, solo para que se largue del pueblo. Y tal vez conozcamos a alguien a varios condados de aquí a quien se pueda alentar a que le ofrezca trabajo a Dutch Hollis. Desde luego, no puede ser bueno para él seguir en este pueblo, nuestra casa grande y blanca en la colina, la tumba de su hermano…

Así me encargo yo de las cosas. Pero al Coronel nunca le ha supuesto ningún problema saber que la gente lo desprecia.

1 DE ENERO DE 1916

Sally ha huido a Dallas con su padre y sus hermanas, llevándose consigo a Glenn y Charlie.

Después de que se marcharan fui a las tumbas de Pete hijo, mi madre y Everett. He esparcido semillas de centeno para mantenerlas verdes. Los pájaros probablemente se lleven la mayor parte. No sé si tener el cementerio tan cerca de la casa es bueno o malo.

Por la tarde he ido a la casa mayor. La tumba de los García se ha hundido mucho. He pasado tres horas escarbando tierra para llenarla; no he regresado hasta mucho después de oscurecer.

Entre tanto, continúan las incursiones de los bandidos: tres ranchos asaltados en Big Bend. El Duodécimo de Caballería, tras varios meses de cuantiosas pérdidas, cruzó la frontera y quemó dos pueblos mexicanos.

4 DE ENERO DE 1916

Sally y los chicos están de vuelta. Me acusó de que me importaban más los García que nuestro propio hijo. Me preguntó por qué voy allí tan a menudo.

—Porque no va nadie más.

—Esos sudacas le pegaron un tiro a Glenn —dijo—. Quiero que lo tengas presente.

—Bueno, los matamos. A los diecinueve, ninguno de los cuales estaba presente cuando Glenn recibió el disparo.

—Eso no significa que estemos en paz —repuso.

—Tienes razón —dije—, pero nosotros no somos tantos de familia, ¿verdad?

—Me pregunto si estoy empezando a odiarte. Pero luego me pregunto si te darías cuenta siquiera.

—Si me odias es porque tengo moralidad.

Eso la dejó sin habla. Me fui al despacho, eché unos leños en la chimenea y puse sábanas en el sofá.

Es ahora, desde que hemos estado durmiendo separados estos tres meses, cuando me pregunto cómo me las arreglé para tenerle aprecio siquiera. Sigue siendo guapa, encantadora a su manera. Pero si alguna vez albergó un solo pensamiento que no tuviera que ver de algún modo consigo misma, no he tenido noticia.

19

ELI/TIEHTETI

1850

En verano nos enteramos de que los penatekas, la más numerosa y rica de todas las tribus comanches, habían quedado aniquilados en su mayor parte. El año anterior una epidemia de viruela había venido seguida del cólera –todo ello propagado por los buscadores de oro, que cagaban en los arroyos– y un invierno duro acabó con los supervivientes. Para cuando aparecieron las primeras alondras, los penatekas –a excepción de un millar o así de rezagados– estaban pudriéndose en la tierra.

Desplazamos el campamento más al norte, hacia lo que entonces seguía siendo Nuevo México, para alejarnos de los indios enfermos y los blancos portadores de enfermedades que seguían cruzando por el Canadian hacia California. Ahora estábamos en el territorio de los Comedores de Raíces y albergaba la esperanza de toparme con Urwat y poder pagarle con la misma moneda, pero no llegué a verlo, porque los Comedores de Raíces habían ido más al norte aún, hacia territorio shoshone.

A pesar del exterminio de diez mil comanches, las llanuras nunca habían estado tan concurridas. Las tribus desplazadas –desde los del este como los chikasaw y los delaware hasta los más locales como los wichita y osages– seguían reubicándose en nuestros cazaderos. Los búfalos eran más escasos de lo que nadie alcanzaba a recordar y las cacerías de primavera no habían rendido suficiente carne ni pieles para que nos duraran todo el año. Toshaway y los demás ancianos decidieron jugarse el todo por el todo y planearon la mayor incursión en la historia del grupo, que pasaría de largo la mayoría de los asentamientos de Texas e iría directa hasta México. Debido a la magnitud de la incursión y la larga distancia, también irían mujeres y chicos para cuidar los campamentos, y trescientas personas en total, incluidos Tosha-way, Nʉʉkaru y Escuté, partieron en julio y no regresaron hasta diciembre.

Yo me quedé en la ranchería principal, donde, con los hombres ausentes y los búfalos escasos, los muchachos más jóvenes, tanto si habían cobrado cabelleras como si no, estaban de patrulla y de caza constantemente. Había una sensación de que las cosas estaban cambiando para peor. El campamento parecía vacío, a todo el mundo le faltaba un par de familiares, y se había cernido un abatimiento general. La única buena noticia era que el mercado de cautivos estaba en alza: se le podía vender al gobierno una persona blanca en cualquiera de los nuevos fuertes, a veces por trescientos dólares o incluso más. Compramos varios blancos a los Comedores de Raíces y nos los llevamos para vendérselos a los de Nuevo México, que al final los venderían en los fuertes.

Detesta Trabajar no volvió a mi tipi, pero poco a poco empezaron a venir otras chicas, porque sus *notsakapu* o amantes estaban participando en la incursión, y era bien sabido que yo era un solitario que no hablaba con los otros jóvenes *tekʉniwapʉ*. Con cabellera o sin ella, seguía siendo un cautivo, y los demás hombres no tenían nada que ganar hablando conmigo.

De modo que las mujeres me buscaban mientras estaba de caza o echando una siesta y me contaban cosas que no querían que oyera nadie. Quién se acostaba con el marido de su amiga o con el paraibo. Quién planeaba pasarse a los Comedores de Raíces o fundar un grupo nuevo. Quién iba a fugarse con su *notsakapu* porque sus padres no podían permitirse el precio de la novia, quién estaba cansada de ser la tercera esposa de un subjefe viejo y gordo —que, por cierto, mentía sobre algo que había hecho en combate—, quién se había contagiado de *pisipʉ* de un hombre casado y si merecía la pena pagar por un remedio.

Una noche alguien entró en el tipi y se sentó junto a la abertura, buscando mi catre en la oscuridad. Había un olor dulce que no reconocí, como miel, o tal vez canela.

—¿Quién eres? —dije.

—Flor de la Pradera.

Aticé las brasas para que hubiera algo de luz. Probablemente no era tan bonita como su hermana, Detesta Trabajar, pero estaba tan por encima de mi nivel que supuse había venido a hablar.

—Estoy cansado —dije.

No me hizo caso y se quitó el vestido. Después se durmió tan rápido, acurrucada contra mí, que me pregunté si era eso lo único que quería ya de entrada, alguien a cuyo lado dormir mientras su novio estaba ausente con Toshaway y los demás. Yo me dormí pero solo a medias. Estaba muy oscuro para verle la cara, pero era cálida y olía dulce y tenía la piel tersa. Estuve largo rato respirando en su cuello. Yo tenía ganas de jodienda pero no quería despertarla. Luego debí de dormirme porque más tarde me estaba zarandeando para despertarme. Se estaba vistiendo.

—No esperes que vuelva a ocurrir esto, y tampoco se lo digas a nadie.

Me pregunté si habría hecho un mal papel.

—Eso mismo me dijo tu hermana —comenté.

—Bueno, yo no soy una zorra como ella, así que puedes estar seguro de que te digo la verdad.

—Ella también decía la verdad.

—Entonces tú eres de los pocos afortunados que solo se han acostado con ella una vez.

—Ah —dije.

Se ciñó el vestido.

—La verdad es que eso no es cierto.

—Puedes volver a meterte debajo del manto —dije—. No tenemos por qué hacer nada.

Se lo pensó y luego lo hizo. Le dejé tanto sitio como podía.

—Buenas noches —dije.

—¿Lo has pasado mal, con todos ausentes?

—Ha sido difícil para todos.

—Pero para ti especialmente. Nuukaru y Escuté son los únicos amigos que tienes.

—Eso no es verdad.

—¿Quién más?

Me encogí de hombros.

—¿A qué hueles? —pregunté, intentando cambiar de tema.

—¿Esto? Es savia de álamo. La savia del brote, que solo se puede recoger en primavera.

—Huele bien.

Nos quedamos en silencio.

—La gente es estúpida —dijo—. Todos provenimos de cautivos.

—Supongo que no todos lo parecen.

—¿Qué me dices de Lobo Gordo?

—No, la verdad es que no.

—Pobre Tiehteti.

—No me vengas con esas —repuse.

—De acuerdo, lo siento.

—Es hora de dormir.

—Me pregunto cuándo dejarás de ser tan bueno.

—Es hora de dormir —repetí.

—Eres bueno —dijo—. Salta a la vista. No mangoneas a la gente, las más de las veces despellejas tus propios animales, tú…

—Pregúntale a ese *papi boɁa* lo bueno que soy.

Señalé encima del catre, donde colgaba la cabellera del delaware.

—Es un cumplido.

Poco después me puso la mano en el muslo. No sabía con seguridad lo que significaba. Movió la mano un poquito más arriba.

—¿Sigues despierto?

—Sí.

Tiró de mí para que me pusiera encima y se levantó el *kwasu*. Como siempre fue demasiado rápido y luego resultó embarazoso porque ella intentaba seguir moviéndose. Hice ademán de apartarme pero me retuvo.

—No pasa nada —dijo—. Todos van muy rápido conmigo al principio.

Me molestó su seguridad en sí misma. Luego decidí que no me molestaba. Me dormí. Cuando desperté se había ido, pero regresó la noche siguiente.

Durante el día no hablábamos, pero por la noche, después de que el fuego se hubiera consumido, oía el roce de su cuerpo contra la solapa del tipi y luego se acostaba en mi lecho. Para la tercera noche había memorizado hasta el último centímetro de su cuerpo, igual que si fuera ciego como un cachorrillo, aunque había momentos, si su pelo era diferente, o su olor era diferente, en que no estaba seguro de que fuera ella. Los comanches daban esa incertidumbre por supuesta, lo que redundaba sobre todo en beneficio de las mujeres, que podían satisfacer sus necesidades sin poner en peligro la reputación, y no tanto de los hombres, que a menudo no estaban seguros de a quién habían conquistado, o de si los habían conquistado a ellos y lo habían hecho con alguien que no era de su agrado. Cualquier piel era grata por la noche, las manchas invisibles, los dientes torcidos, rectos, todo el mundo era alto y hermoso y era una suerte de democracia magnífica; las mujeres no reconocían sus nombres, de modo que un pecho u oreja o barbilla se besaba para determinar su forma, o la curva de una cadera o clavícula, la tersura de un vientre, la longitud de un cuello, todo había que tocarlo. Al día siguiente conformábamos una figura a partir de las imágenes recabadas con las manos y la boca, viendo pasar a las chicas al sol, preguntándonos cuál habría sido.

Siempre había sido así. Corría una historia sobre una joven preciosa a la que visitaba todas las noches un amante (cosa que, en tanto que hombres, no teníamos permitido hacer, pero esto había ocurrido en otra época) y, a medida que su pasión se iba transformando en amor, ella empezó a preguntarse quién era ese amante; conocía todas sus partes pero no la totalidad, y conforme pasaba el tiempo se obsesionó con averiguarlo, para así estar con él tanto por el día como por la noche y no tener que separarse nunca. Una noche, justo antes de que llegara su amante, se ennegreció las manos con ceniza del fuego, a fin de marcarle la espalda y tener la respuesta. Por la mañana, cuando se levantó para ir a por agua para su familia, vio las huellas de sus manos en la espalda de su hermano preferido, y se puso a gritar y huyó avergonzada de la tribu, y su hermano, que nunca había amado tanto a nadie, fue corriendo tras ella. Pero no aminoraba el paso, y él no podía alcanzarla, y los dos siguieron corriendo por toda la tierra hasta que al cabo ella se convirtió en el sol y su hermano en la luna, y solo podían estar juntos en el cielo en ciertos momentos y nunca jamás pudieron volver a tocarse.

Por lo que respecta a Flor de la Pradera, tenía algo serio con un muchacho llamado Embiste al Enemigo, que era cinco o seis años mayor que yo pero estaba tomando parte en la larga incursión con Toshaway, Pizon y los demás. Ella tenía unos dieciséis años, por lo que para los comanches estaba en edad de merecer, pero el precio de cincuenta caballos por Detesta Trabajar había ahuyentado a la mayoría de los pretendientes de Flor de la Pradera, cosa que ella consideraba una ventaja temporal, ya que sabía que ningún hombre de la tribu se la podía permitir, aunque también sabía que en cuanto volviéramos a ser prósperos, la adquiriría algún jefe gordo y viejo, y la vida que conocía habría tocado a su fin.

La mayoría de las chicas se preocupaban por ello con discreción. Flor de la Pradera albergaba la esperanza de seguir soltera hasta los veinte, un año más que su hermana, antes de que algún viejo decidiera comprarla como esposa. Embiste al Enemigo no tenía cincuenta caballos, ni siquiera veinte —tenía unos diez, calculaba ella— y su familia no poseía muchos más; el padre de ella nunca lo consideraría un partido adecuado. De hecho, no había ningún guerrero joven con el capital que requería su padre; la generosidad de Toshaway había sido una excepción inaudita, de modo que Flor de la Pradera estaba abocada a ser la tercera o cuarta esposa de alguien a quien nunca querría, la más humilde en la jerarquía doméstica, y una vez casada se pasaría la vida raspando pieles igual que un vulgar na?raiboo.

Mientras tanto, había hecho buenas migas con el arco. Puesto que apenas había búfalos, mataba un ciervo, un alce o un antílope cada dos días para abastecer de carne el campamento, aunque como todos los demás, cada vez tenía que alejarme más para dar con los animales. En un momento dado de agosto estuve fuera casi cinco días y me di cuenta de que sencillamente podía seguir cabalgando hacia el este hasta llegar con los blancos, pero mientras estaba allí sentado a lomos de mi caballo contemplando las llanuras, llevando una mula cargada con carne para la tribu, se me ocurrió que no tenía nada a lo que volver, ninguna familia salvo tal vez mi padre, que, si seguía con vida, no había hecho ningún esfuerzo por encontrarme. Muchas familias blancas buscaban denodadamente a sus hijos y las noticias sobre recompensas se propagaban enseguida entre las tribus. Un mes antes, un negro liberto de Kansas había llegado a caballo al campamento, cogiendo a todos tan completamente por sorpresa que se decidió no matarlo. Su mujer y dos hijos suyos, también negros, habían sido capturados, y esperaba poder comprarlos.

No los teníamos en nuestro poder pero sabíamos que los habían visto con otro grupo hacia el oeste, y, después de darle de comer y dejar que él y sus caballos descansasen dos noches, le indicamos cómo encontrar a los *noyʉkanʉʉ*. Los únicos no indios universalmente detestados eran los *tʉhano*, o texanos, a los que siempre matábamos nada más verlos. A los demás blancos, o negros, si a eso vamos, se les juzgaba de forma individual, y si un hombre hacía algo especialmente osado o ingenioso —como sorprender a todo un campamento lleno de comanches a plena luz del día—, no solo se le permitía seguir con vida, sino que se le trataba como invitado de honor tanto tiempo como deseara quedarse. El padre de Toshaway me informó de que antes de que llegasen los *tʉhano*, los comanches no tenían nada en contra de los blancos —llevábamos cientos de años comerciando con los franceses y los españoles— y que fue únicamente la llegada de los *tʉhano*, que eran codiciosos y violentos, lo que cambió la situación. Los blancos lo sabían, y un texano, si caía en manos de los indios, aseguraba ser de Nuevo México o Kansas. Si eras de Texas acababas asado a fuego lento. Incluso un cuchillo se consideraba una muerte muy rápida para un texano.

Me quedé contemplando un frente azul que cruzaba la llanura y decidí regresar al campamento. Me planteé que no había pensando en regresar con los blancos en varios meses, y que probablemente no hubiera regresado más que a un orfanato, o un trabajo de sirviente, y mientras que la tribu me consideraba un hombre hecho y derecho, los blancos no me habrían tenido por tal. Y naturalmente estaba Flor de la Pradera, que negaba que hubiera nada serio, pero seguía viniendo a mi tipi todas las noches. Si la veía llevando agua, la llevaba por ella, o le ayudaba a recoger leña, o a despellejar un ciervo que había cazado yo para su familia. Su padre no me daba su aprobación, aunque técnicamente era hijo de Toshaway; prefería a Escuté, que era mayor, y no era blanco, y no era un cautivo.

La mayoría de los muchachos sentían vergüenza por mí, sobre todo porque sabían que en cuanto Embiste al Enemigo regresara, Flor de la Pradera se olvidaría de mi existencia, y Embiste al Enemigo, aunque probablemente no me matara, con toda seguridad me haría mucho daño, perspectiva que me recordaban una y otra vez, instándome, si no a dejar de verla, al menos a no humillarme en público. Pero si antes la consideraba inferior a su hermana, ahora pensaba lo contrario. Flor de la Pradera era ligera de pies como un cervato, sus ojos, mejillas y pechos no eran tan exagerados como los de su hermana, pero sí mucho más bonitos, como si el Creador hubiera decidido que no debía haber nada de más. No me importaba humillarme.

Al final, había otras cosas de las que preocuparse. Teníamos suficiente de comer pero era lo mismo todas las noches; andábamos escasos de todos los bienes que intercambiábamos, de azúcar, maíz y calabaza, y no teníamos caballos de sobra ni pieles para comerciar. Andábamos escasos de plomo, pólvora y tornillos para reparar las armas; estábamos en una región fría, seca y desconocida. La sensación de orden continuaba desmoronándose poco a poco, pues se contaba con que los chicos que deberían haber estado jugando cazasen, y los ancianos no tenían otro remedio que hacer el trabajo de las mujeres. Y quizá fue ese abatimiento general lo que impulsó a Flor de la Pradera a visitar mi tienda. O tal vez fue que en junio, cuando se suponía que nuestros guerreros habían llegado a México, tuvo una serie de sueños en los que vio el cadáver sin cabellera de Embiste al Enemigo, cosa que no podría haberle contado a ningún otro comanche, ya que era un pésimo augurio. Si por alguna razón hubiera decidido poner en común sus sueños, muchos de los mayores de la tribu la habrían acusado de ser una bruja y la habrían expulsado del grupo o asesinado. Naturalmente, si alguien había embrujado a Embiste al Enemigo era yo, aunque no creía en esas cosas, y además me sentía mal por él, porque me había llevado a cazar varias veces, de modo que no quería verlo sin cabellera, tal vez solo apresado por los mexicanos, y encarcelado, y retenido para siempre.

En general, fue el mejor verano que había pasado, y pese al desánimo de todo el mundo, yo estaba contento como no lo había estado nunca. Tal vez muriera cualquier día, a manos de blancos o de indios hostiles, tal vez me arrollara un oso pardo o una manada de lobos búfalo, pero rara vez hacía nada que no me apeteciera, y quizá fuera esa la diferencia principal entre los blancos y los comanches: que los blancos estaban dispuestos a renunciar a toda su libertad por vivir más tiempo y comer mejor, y los comanches no estaban dispuestos a renunciar a nada en absoluto. Dormía en el tipi cuando hacía frío y en unos matorrales cuando hacía calor, o bajo las estrellas, iba a cazar o deambulaba cuando me venía en gana, y tenía una chica, aunque ella también se consideraba la chica de otro. Lo único que de verdad echaba en falta era pescar, pues los comanches no comían pescado a menos que se estuvieran muriendo de hambre. Ni siquiera en mis expediciones de caza, cuando podría haber pescado, se me ocurría hacerlo.

En octubre los ancianos de la tribu decidieron que debíamos trasladarnos al sur, a territorio conocido, porque el invierno sería mucho peor aquí, y la comida más escasa. Pese a que los guerreros no habían regresado aún, cosa que empezaba a preocupar a todos, levantamos el campamento y dejamos instrucciones detalladas, por medio de jeroglíficos tallados en un árbol, de hacia donde nos dirigíamos.

Nos asentamos cerca de nuestro antiguo campamento, quince kilómetros al norte del Canadian, esperando que estuviese ocupado, porque se encontraba cerca de varias rutas indias bien conocidas, pero estaba vacío y la hierba estaba alta. Había sido un año húmedo y había forraje abundante para mantener a nuestra manada de caballos todo el invierno, lo que era una buena señal, pero no habían estado pastando allí más caballos, lo que era una mala señal, y la tribu se deprimió aún más, llegando al consenso de que debía de haber sido aniquilado un número enorme de comanches, no solo los penatekas, pues en caso contrario una zona de acampada tan buena no seguiría desocupada desde que nos habíamos ido.

Cuando los guerreros que habían ido de incursión por fin regresaron en diciembre, la única buena noticia fue que Toshaway, Escuté y Nuukaru seguían con vida. Estaban todos tan pálidos y habían perdido tanto peso que cuando se acercaron a caballo todos los tomaron por espíritus. Toshaway había estado a punto de perder un pie por congelación. Escuté había recibido un disparo en el hombro al comienzo de la incursión y había estado tres meses cabalgando con el hueso roto. Apenas era capaz de levantar el brazo del arco.

En junio, habían capturado ochocientos caballos pero sufrieron una emboscada —el ejército y los mexicanos ahora colaboraban, en vez de matarse entre sí como habían hecho siempre— y casi la mitad de los guerreros kotsotekas murieron o se dispersaron. El ejército, junto con varias compañías de Rangers, había perseguido a los guerreros restantes hasta el interior de Nuevo México.

Mientras todo eso ocurría, el campamento de las mujeres, que estaban esperando a que los guerreros volvieran de Nuevo México, había sido atacado por apaches mezcaleros, y o bien las habían matado o se las habían llevado como cautivas. Los cadáveres restantes quedaron tan dispersos por culpa de los animales que fue imposible contarlos. La hija de Toshaway estaba entre las bajas, y de los trescientos kotsotekas que habían partido, solo regresaron cuarenta escasos, y, aunque nadie lo mencionaba en la misma conversación, también se habían perdido cerca de mil caballos, lo que suponía que no teníamos animales de sobra para comerciar y el invierno sería aún peor de lo esperado. Desde aquel día hasta principios de primavera, todos los demás sonidos quedaron ahogados por llantos y gemidos, y la mitad de las mujeres del campamento tenían cortes en la cara y los brazos; muchas se habían llegado a cortar dedos enteros para rendir homenaje a sus familiares fallecidos.

Flor de la Pradera dejó de venir a verme una temporada, porque se sabía que Embiste al Enemigo había muerto, pero había caído tras las líneas enemigas tan rápidamente que su cadáver no fue recuperado y se daba por supuesto que le habían cortado la cabellera y lo habían profanado. Ella apenas salía del tipi ni comía, pero como no estaban casados, ni siquiera podía llorarle en público, ni contarle a nadie que lo había sabido en el momento en que ocurrió, que había presenciado su muerte con la misma claridad que si hubiera estado allí mismo para verla.

20

JEANNIE McCULLOUGH

1942

Phineas la invitó a Austin una semana después de que terminase los estudios de secundaria. Era mayo y ya hacía calor, treinta y ocho grados en McCullough, treinta y dos en Austin, sería agradable hacer un viaje a Barton Springs, tumbarse en la hierba y ver a la gente nadar –parejas flirteando, jóvenes con sus balones de rugby–, pasar el día a solas en un lugar donde no la conocían. No lo haría, claro. Había personas a las que era imposible desentrañar –su bisabuelo, por ejemplo–, pero ella no era así. «Soy aburrida –pensaba–. Predecible. Pero valiente a mi manera, valiente a pesar de…» No le gustaba pensar en el Norte, no le gustaba pensar en el tiempo que había pasado allá. Había sido desdichada y se había marchado. No le importaba correr riesgos cuando quería algo, aunque nadie más lo entendía. Cuando quería algo, era valiente de veras. Y sin embargo, nadie lo sabía. Así que daba igual.

El tren iba camino de Austin. Había más coches en la autopista, el doble o el triple de los que había visto de niña, ahora la mayoría de los texanos vivían en ciudades, según decían. Nadie lo hubiera dicho en el condado de Dimmit. Vio una camioneta con media docena de mexicanos en la caja, las rodillas apretujadas en torno a un montón de chatarra, el conductor venga a zigzaguear y cambiar de carril, un error de cálculo y todos quedarían desparramados sobre la calzada. Se preguntó por qué permitían que los trataran así. Son animales, eso decía su padre. El día de las elecciones la llevaba a la zona sur de McCullough, calles polvorientas, chozas de hojalata, ristras de chiles y carne de cabra colgada con moscas zumbando por todas partes. Su padre repartía gruesas tajadas de ternera de una nevera en la parte de atrás de la furgoneta, cajas de cerveza tibia; les pagaba la inscripción electoral y les indicaba cómo marcar la papeleta. «Gracias, patrón. Gracias.» Tenían mejores modales que los negratas; eso también lo decía siempre.

Las ventanillas del tren estaban abiertas y tenía la cara fresca gracias a la brisa, pero estaba sudando bajo el vestido, bajo los brazos. Era esa época del año en la que el calor tiene su propia entidad, una amargura progresiva. No. Era igual que un mazo contra la cabeza de un novillo. No haría sino empeorar hasta septiembre. Desde la otra punta del vagón, tres soldados le lanzaban miradas de reojo, uno de ellos era mucho mayor, los otros dos eran mexicanos, apenas de su edad, temerosos de mirarla. La mayoría de las juntas de reclutamiento no habían empezado a llamar a blancos todavía, aunque algunos, como sus hermanos, se habían presentado voluntarios.

Observó su propio reflejo, superpuesto como estaba al paisaje reseco y veloz del otro lado de la ventanilla. «Soy guapa», pensó. Las había más guapas, pero estaba bastante por encima de la media. «Phineas me ofrecerá un empleo.» Una suerte de consejera especial, una confidente. Pero eso tampoco era posible. Ni siquiera estaba capacitada para ser secretaria; para eso hacía falta taquigrafía. En realidad no sabía hacer nada, no se le daba bien nada, era una diletante. Inútil. Si se desvaneciera de la faz de la tierra en ese instante, no le hubiera importado a nadie.

«Sensiblera, sensiblera.» Se apoyó en el cristal y percibió el bamboleo del tren. «Ni siquiera es una palabra tuya –pensó–, es de Jonas.» Alcanzaba a ver las colinas hacia el norte, la elevación del Llano. El Coronel había sabido esas cosas: esta piedra tiene diez millones de años de antigüedad, esta otra doscientos, aquí hay un helecho contenido en piedra. Ahora los soldados empezaban a mirarla sin tapujos. Cuando era pequeña, hacía uno o dos años, se habría vuelto y les habría sostenido la mirada hasta que ellos la apartasen, pero ahora les dejó que se embebieran de ella, que dieran rienda suelta a sus fantasías, o eso imaginó. Al cabo de unos meses se irían a la guerra, y muchos no regresarían, su última morada en un lugar extranjero. Tal vez los tres, sus trayectorias truncadas. Se preguntó quién sobreviviría, supuso que el más grande, aunque cómo saberlo. No era como en los viejos tiempos, era en plan una bomba que caía y un centenar de muertos al mismo tiempo, todos hijos de una madre. Le sobrevino una emoción y se preguntó si debía ofrecerles algo, cigarrillos o un refresco, pero no eran más que prendas, el dinero no les serviría de nada. Solo había una cosa y se permitió pensar en ella un rato, cambió de posición las piernas y se arregló el vestido, no era más que una idea, quedaba descartada, nunca se había entregado a nadie. Pero, en el fondo, ¿qué más daba? Había ocasiones en las que estaba desesperada, totalmente desesperada por que la despojasen de su virginidad, pero no, pensó, imposible, no podía ser un soldado con espinillas, ni ese otro mayor y más temible con la cicatriz de una quemadura en el cuello como si se lo hubiera rozado una cuerda. Sería ese el que moriría. Lo sintió al instante. La excitó. Era todo muy dramático.

Se sintió culpable. Pensó en sus hermanos, que seguían en América, entrenándose en Georgia. Clint haría algo para alardear y lo matarían. Paul tendría más cuidado, pero se dejaría convencer de hacer algo arriesgado, sobre todo si algún amigo estaba en un apuro. Rogó al cielo que no tuviera amigos. De otro modo sin duda acabaría muerto. Era Jonas: él era el único de sus hermanos que se comportaba como el hijo de un rico. No correría ningún riesgo si alguien podía correrlo por él. Y era oficial.

Fuera, la hierba ya estaba agostada por el calor. Hacia el sur, la llanura de Texas descendía hasta México; hacia el norte comenzaban las estribaciones montañosas. Un matiz amarillento de calima estival. Una mula que tiraba de un arado. No sabía por qué, estaba claro que no llovería durante semanas, con semejante aridez no podías por menos de preguntarte si alguna vez volvería a llover.

Su tío Phineas era un hombre poderoso, director de la Comisión Ferroviaria, más poderoso que el gobernador, decían. En realidad no era tío suyo, sino tío abuelo, y decidía cuánto petróleo se podía extraer en todo Texas. De algún modo, eso controlaba el precio. Suponía que era como el ganado. Con sequía todo el mundo tenía que vender deprisa, de manera que el precio bajaba, aunque cuando escaseaba la ternera el precio volvía a subir. Solo que ahora los distribuidores de carne estaban trastocando la situación —compraban barato a los rancheros con penurias al tiempo que subían el precio en el otro extremo—, contándoles a los compradores de la ciudad, que no tenían ni idea, que una sequía conllevaba escasez. Los distribuidores eran los que se habían llevado el dinero; ya no se ganaba con la hierba, sino con los edificios de hormigón. Armour y Swift, distribuidores de carne. Su padre los detestaba. Mientras tanto, Texas daba más petróleo que cualquier otro lugar del mundo. No se oía quejarse mucho a los que tenían petróleo.

Abrió los ojos. Estaba en el suelo del salón, mirando el fuego. Su brazo, la piel vieja y tan fina que la luz parecía atravesarla, el reloj torcido en la muñeca. ¿Igual podría mover un poquito un dedo? No. Paseó la mirada por la habitación y la posó en un globo terráqueo junto al diván. No era más viejo que ella, pero muchos países ya habían dejado de existir. Una sola persona no tenía la menor esperanza. Vio que el mortero ya se había empezado a agrietar en la chimenea; las piedras no tardarían en desmoronarse. «¿Cuándo ocurrió?», se preguntó, y entonces pensó: «Ni yo misma esperaba vivir tanto tiempo». Solo que era mentira. Siempre había sabido que eran los otros quienes no lo lograrían.

La muerte, compañera frecuente; no era como en los lugares estables del Norte. Jonas lo percibió y se salvó. «Tú no sabías qué otra cosa hacer. O sí sabías pero pensaste que podrías eludirla.» Contempló los rescoldos en el hogar. Se preguntó si de veras había sabido lo de Paul y Clint, o si no sería más que otro fallo de la mente, la memoria registrando algo que nunca había sido cierto, como una cinta magnética que hubiera sido manipulada.

Phineas se había portado bien con ella. Era difícil imaginar el poder que tenía: como haría la OPEP años después, la Comisión Ferroviaria controlaba el precio del petróleo en todo el mundo.

Phineas se había hecho enormemente rico. Podía abocar al fracaso o asegurar el éxito de cualquier magnate del petróleo en el estado, de cualquier político: tal vez pudieras perforar todos los pozos que quisieses, pero no podías extraer ni una gota sin su permiso.

La sede de la comisión estaban en un edificio de oficinas estatal de color gris; lo único que lo delataba eran los coches: Packards, un Cadillac Sixteen, Lincoln Zephyrs y Continentals. Phineas tenía un despacho que hacía esquina, las paredes decoradas con sus trofeos, el Yellowboy Winchester del Coronel, un puñado de Colt Peacemakers, placas de los Ganaderos del Sudoeste y de las Asociaciones de Antiguos Vaqueros Trashumantes. Había fotos con elefantes, leones y piezas de caza con cornamentas de todo tipo que había cobrado en los cinco continentes. Había fotos suyas con Teddy Roosevelt, en Cuba, Phineas sonriendo de oreja a oreja, más seguro de sí mismo que el anciano.

Ahora tenía setenta y cinco años y, cuando estaba sentado, seguía dando impresión de poder. No se parecía nada al Coronel: un hombre alto con pelo blanco y tupido, trajes caros, secretarias guapas. No llevaba botas de vaquero ni corbata de lazo —eso eran afectaciones de una generación posterior—, sino que más parecía un banquero del Este.

Pero la salud le estaba fallando. Tenía las piernas hinchadas, el corazón vacilante. No llegaría a ver la edad de su padre, eso estaba claro.

Jeanne observó a la secretaria cuando dejaba café y una bandeja de kolaches. Una morena con ojos violetas, pómulos marcados, figura perfecta: ella nunca sería lo bastante atractiva. Phineas le preguntó si había noticias de Paul y Clint y la felicitó por haber terminado los estudios. ¿Tenía planes? Lo cierto es que no. Se sentó en una silla con vistas al capitolio y el centro de Austin. Estaba a solo cinco horas del rancho pero era un país distinto por completo.

Cuando la secretaria hubo cerrado la puerta, cambió algo en la actitud de Phineas, y ella se dio cuenta de que iba a hablar de negocios.

—Sospecho que es evidente para los dos que el rancho está perdiendo dinero.

Ella asintió, aunque no le había parecido evidente: el precio de la ternera había estado subiendo de forma continuada desde la guerra.

—Viví en esa tierra antes de que hubiera sido colonizada —prosiguió—. Enterré a mi madre, mi padre y mi hermano allí. Y ahora mi sobrino, tu padre, la está llevando a la ruina. No le importa despilfarrar nuestro dinero como si fuera a brotar una nueva remesa igual que la hierba en primavera. Por qué el viejo lo nombró accionista mayoritario, no tengo ni idea. —Se retrepó en el sillón—. ¿Has visto la contabilidad?

—Me parece que no —contestó ella.

—Claro que no. —Le indicó que se acercara a su lado de la mesa, donde había un libro de cuentas abierto. Señaló una cifra: poco más de cuatrocientos mil dólares—. Las ventas de ganado del año pasado. Parece una cifra elevada, y lo es, porque tu padre vende mucho ganado. Pero las siguientes treinta y siete páginas son deudas. —Fue pasando hojas, primero una a una, luego dos o tres cada vez, hasta que llegó al final. Señaló otra cifra—. Los gastos del rancho ascienden casi al doble de sus ingresos.

«Hay algún error», pensó ella, pero guardó silencio. En cambio, preguntó:

—¿Cuánto hace que es así?

—Bueno, por lo menos veinte años. Lo único que evita que estemos en números rojos es el petróleo y el gas, pero los pozos son viejos y poco profundos, y el Coronel, con muy buen juicio, solo arrendó unos pocos miles de acres, confiando en que arrendaríamos el resto a precios más elevados. Cosa que no hemos hecho todavía.

Se interrumpió de nuevo.

—Por razones que aún no acabo de entender, nuestro estado tiene un club de niños ricos a los que les gusta jugar a ser ganaderos. Como si ese término pudiera seguir existiendo hoy en día. Bob Kleberg ha convencido a tu padre que con tecnología, mejores toros y unas cuantas rejas atrapavacas, puede ganar dinero vendiendo carne de ternera, cosa que Kleberg no ha conseguido hacer en sus propias tierras. Como tal vez sepas, el rancho King, hasta el último de su millón de acres, estaba al borde de la bancarrota hasta que Humble Oil les prestó tres millones de dólares.

Lo que fue una pena, porque yo le había hecho a Alice King una oferta muy generosa. Y siempre me ha gustado la costa.

Esperó su reacción, pero ella siguió en silencio, así que continuó.

—Tu padre cuenta con que yo no seguiré aquí siempre, porque cree que una vez eche mano a mi dinero, sus problemas habrán tocado a su fin. Lo que por lo visto no entiende, ni le preocupa, es que incluso con mi dinero, el rancho irá a la quiebra: es solo una cuestión de cuántos millones despilfarrará tu padre antes de que ocurra.

Entonces entendió para que la había llamado: quería que traicionase a su padre. Para su propia sorpresa, no albergaba tantas objeciones como hubiera cabido esperar. Su padre, pese a su imagen agreste, era un dandi. Ella siempre lo había sabido, tal vez porque el Coronel siempre lo sacaba a relucir. Ganar dinero era lo último que tenía su padre en la cabeza, quería salir en las portadas de las revistas, como había salido el Coronel. Ella siempre había sabido que el Coronel no lo respetaba y ahora veía que Phineas —el otro miembro famoso de la familia— tampoco lo respetaba.

—¿Vamos a comer? ¿O puedes soportar un rato más de negocios?

—Estoy bien —dijo ella.

—De acuerdo. Dime qué sabes sobre la deducción sobre el activo agotable.

—Nada.

—Claro. Eso es justo lo que sabe tu padre. La deducción sobre el activo agotable es una de las cosas por las que el negocio del petróleo está tan alejado del negocio del ganado como el polo norte del sur. En estos momentos, está estipulado que si perforas en busca de petróleo, puedes deducir el veintisiete coma cinco por ciento de tus ganancias como pérdidas.

—¿Porque gastaste dinero para perforar los pozos?

—Desde luego eso es lo que decimos a la prensa, aunque por lo general ya hemos deducido en torno al sesenta por ciento de esos costes como intangibles. La deducción sobre el activo agotable es algo distinto por completo. Cada año que un pozo produce petróleo, aunque está metiéndote dinero en el bolsillo, simultáneamente reduce tu carga fiscal.

—Estás obteniendo beneficios, pero los denominas pérdidas.

Vio que su respuesta le satisfacía.

—Suena fraudulento —añadió ella.

—Es justo lo contrario. Es la ley de Estados Unidos.

—Aun así.

—Aun así, nada. La ley se promulgó por una razón. La gente criará ganado aunque pierda dinero haciéndolo: no es necesario incentivar la ganadería. El petróleo, por el contrario, es caro de buscar y más caro aún de extraer. Es una empresa tremendamente arriesgada. De modo que si el gobierno quiere que busquemos petróleo, tiene que incentivarnos para que lo hagamos.

—Así que deberíamos perforar.

—Claro que deberíamos perforar. Que tu padre siga pensando en vacas es un misterio. Todos los beneficios que obteníamos en los viejos tiempos dependían del exceso de reservas, de ventilarse un millar de años de hierba en una década. La manera en que solíamos abarrotar esos pastos, era como esos archivadores de ahí, que están encajonados, era como perforar en busca de hierba. Pero, como debes de haber comprobado de tanto oírme hablar, los hechos son un tostón, sobre todo para los hombres como tu padre. Porque ¿qué hace todo prospector granuja de tres al cuarto cuando gana su primer millón? Se compra un rancho y lo llena de ganado de raza Hereford, de la misma manera que se hace con un Packard o una esposa guapa. Aunque no espera que nada de eso sea una inversión rentable.

»Mientras tanto, el resto de nosotros no tenemos otra opción que vivir en el presente. Recibo llamadas del ministro de Marina, que me dice que no quiere que entre en vigor ni un solo control de producción. Quiere prospecciones, prospecciones y más prospecciones, la única ventaja que tenemos sobre los alemanes es nuestro petróleo, están construyendo un oleoducto de aquí a Nueva Jersey, donde están todas las refinerías, y quieren hasta la última gota que tengamos.

Phineas miraba por la ventana; estaba hablando de nuevo pero ella no lograba seguir el hilo —más asuntos fiscales— y empezaba a sentirse mal, no podía plantearle nada semejante a su padre, eso estaba descartado. «Esta guerra no durará eternamente —eso decía siempre su padre—. Todo volverá a ser como era.»

Se preguntaba lo que sería ser su padre, tomarse tan en serio, considerarse miembro de una especie de realeza, aunque de un país del que nadie había oído hablar. El Coronel llevaba muerto tanto tiempo que ahora su padre suscitaba el interés de los periodistas; iban a verle y les contaba las historias del Coronel, entremezcladas con las suyas propias, aquella vez que el Coronel y él asaltaron una casa llena de cuatreros mexicanos durante las guerras contra los bandidos de 1915. Se rumoreaba que una vez disparó contra un hombre a sangre fría.

A pesar de todo, su padre formaba parte de una estirpe en vías de extinción, para bien o para mal, la mayoría de las familias rancheras habían ido a la quiebra. Ahora la mayor parte de la gente vivía en ciudades —ella seguía sin poder entenderlo—, los días de la frontera habían quedado atrás, muy atrás, aunque había quienes preferían no reconocerlo. En lo tocante a su padre, con su semblante grave, sus manos grandes, por fin se había convertido en lo que había esperado desde niño, el representante de una era pasada, un emisario de un tiempo perdido. Que él no hubiera vivido durante ese tiempo era irrelevante: llevaba a los periodistas a los corrales y montaba un espectáculo, lanzaba el lazo y derribaba para que ellos lo vieran, había empezado a tener caballos más viejos y dóciles solo para las visitas, cosa que habría sido impensable en los viejos tiempos, porque los caballos costaban dinero y eran para trabajar, no para divertirse.

Un bocinazo de automóvil en la calle la hizo volver a la realidad. Phineas seguía hablando.

—… incluso si la mayor parte de Hill Country sigue sin tener electricidad, incluso si de vez en cuando uno se topa con algún niño dentón a lomos de un burro, esta guerra ha arrastrado al resto del mundo a la era moderna. La caballería polaca se estampó contra los tanques alemanes, ahora todos los caníbales del Pacífico Sur han visto un Zero, y si alguna vez alguien tuvo la menor duda de que la era del caballo había terminado, la cuestión ha quedado zanjada.

Asintió. Era evidente incluso para ella.

—Jeannie —dijo—, no pasará mucho tiempo antes de que volvamos la mirada sobre este momento y pensemos que apenas utilizamos petróleo. Razón por la que tenemos que abrir unos

cuantos pozos en esas tierras. Estoy harto de prestarle dinero a
tu padre.

Al día siguiente tomó el tren de regreso a casa. Estuvo detenido
mucho rato en San Antonio, el aire inmóvil, el sol cayendo a
plomo sobre el vagón. Permaneció apoyada en la ventanilla, intentando respirar lentamente, pensando en cosas frescas, el estan-
que donde abrevaban los animales, la primavera en la casa mayor.
Había soldados por todas partes, mexicanos con el uniforme
empapado de sudor, la cabeza colgando como aturdidos, la trans-
piración acumulándose, su única esperanza era que el tren volviera a ponerse en marcha, eran como novillos camino de Fort
Worth. Miles habían sido abandonados en manos de los japone-
ses, que les cortaban la cabeza con espadas. Aunque el propio
MacArthur había escapado. Un poco más orgulloso de la cuenta, a su modo de ver.

Escudriñó sus caras, pero todos miraban hacia abajo. Los
muertos vivientes. ¿Cuántos no eran hombres aún? Estaba harta
de estar sola, imaginó el semblante furioso de su padre, «Se la
entregué a un soldado», la gran carga desvanecida. Clint y Paul
habían ido a una casa en Carrizo. Su padre lo había sabido de
antemano. «Pero a mí no me está permitido.»

Cuando era pequeña y encontraba a su padre trabajando en
el despacho se sentaba junto a su silla y leía, o se le colgaba del
cuello y miraba por encima de su hombro, y al final él se volvía
y le daba un beso en silencio, señal para que lo dejara en paz.

Era todo lo que tenía su padre. Un abrazo y un beso. Aunque
también besaba a un caballo, dedicaba meses a intentar comprenderlo, más que a su propia hija.

Phineas no hacía sino utilizarla, eso era cierto, pero siempre
había hecho un hueco para ella, incluso cuando era pequeña;
debía de haber resultado pesada y, sin embargo, él se empeñaba
en enseñarle cosas. Para su padre, solo era un estorbo. Una incomodidad. Una cosa que podría haber sido un hijo.

Era todo una exageración, no era del todo verdad, pero la
enfurecía, las noches que había pasado sola en la casa, su padre
y sus hermanos en los pastos. Las cosas habían mejorado desde

que se fueron Clint y Paul, pero aun así. «Te quiere —pensó—, pero prefiere no pensar en ti.» ¿Qué prefería? Caballos. Vacas. Mujeres, tal vez, aunque en ese caso no había oído hablar de ello. Decidió que si alguna vez tenía hijos, no los dejaría solos ni un instante.

—No tendré hijos, de todos modos —dijo en voz alta.

El mozo de estación negro que estaba en el umbral levantó la vista y luego la apartó, avergonzado. El tren empezó a moverse. Se preguntó qué le diría a su padre.

Cuando tenía dieciséis años se besó con uno de los vaqueros, en los establos que él debía estar limpiando; estuvieron allí de pie diez minutos, notó cómo la lengua de él se movía suavemente en el interior de su boca. Pasó toda la noche pensando en él, sus pómulos y sus pestañas suaves, pero cuando fue a verlo al día siguiente, no la dejó ni acercarse. Una semana después había desaparecido. Sabía que no los habían visto; era como si su padre meramente lo hubiera percibido —como si hubiera percibido que algo la hacía feliz— y lo hubiese destruido.

Mientras tanto, a él le traía sin cuidado que la familia fuera de capa caída. Solo le importaba él mismo. Con el tiempo iría a la quiebra y todo lo que habían logrado caería en el olvido; no serían distintos de los García, los hijos de desconocidos en su casa en ruinas, una joven en una tumba. Se apoyó en la ventanilla del tren y escuchó el retumbo de las vías bajo su cuerpo, todo tocaría a su fin.

No. No lo permitiría. No sabía cómo se lo impediría, pero estaba más segura de que lo haría que de cualquier otra cosa en su vida; Phineas era viejo, su padre era un necio, y Jonas solo se preocupaba por sí mismo. Paul y Clint eran salvajes felices, correteando por ahí sin una sola idea en la cabeza. «De mí depende —pensó—. Tendré que hacer algo.»

Jorge la recogió en la estación de Carrizo. No tenía ganas de charlar, así que se montó en el asiento de atrás, cosa que normalmente no hacía, no le gustaba hacer que la gente se sintiera como criados. Pero a Jorge no le molestó. Pareció aliviado, de hecho. Le gustaba estar a solas con sus pensamientos igual que a ella, dar un paseo en coche para pensar, su propia vida, igual que ella, dando vueltas a los problemas en su cabeza. De algún modo eso la abochornó.

Cuando enfilaron el sendero de acceso de caliche la casa apareció en la cima de la colina, el sol de un blanco cegador sobre la piedra caliza, los robles y olmos verde oscuro, el cielo de un azul pálido candente. La tercera planta sería insoportable, la segunda, solo un poco mejor: dormiría en el porche esa noche, agua con hielo sobre las sábanas y dos ventiladores en marcha. Había un cupé negro aparcado a la entrada que reconoció como el de su abuela. El chófer, un blanco, estaba sentado a solas en el porche, lejos de los vaqueros que cenaban ruidosamente.

Las cortinas estaban echadas por el sol; la casa olía a piedra caliente. Fue arriba y se quitó el vestido sudado, se retocó el pelo y la cara y bajó a reunirse con su padre y su abuela en el comedor.

Su padre sonrió y se levantó para recibirla con un beso y supo de inmediato que algo iba mal. Se preguntó si uno de sus hermanos habría resultado herido, y luego cayó en la cuenta de que aún no habían salido del país. Naturalmente, eso no quería decir nada: uno de sus vaqueros había perdido a su hijo en el entrenamiento básico, atropellado por un jeep en una base militar. Todo le pasó por la cabeza en un instante; lo ahuyentó con la misma rapidez. No estarían sentados a cenar si le hubiera ocurrido algo a Paul o a Clint.

Su abuela, más débil incluso que Phineas, no se levantó; Jeannie la saludó y le dio un beso en la mejilla.

—¿Qué tal el viaje?

—Caluroso —respondió.

—¿Y Phineas?

—Está bien.

Su padre, que no tenía el menor interés en el tío Phineas, dijo:

—Tu abuela me estaba contando que ha hablado con los de Southwestern en Georgetown.

Ella asintió.

—Puedes empezar allí en agosto.

—Ah, no estoy interesada en eso —dijo alegremente, como si estuvieran pidiendo su opinión.

Su padre y la madre de este cruzaron una mirada, y él dijo:

—Jeannie, es ingrato, pero todos tenemos nuestros deberes en la vida. El mío es asegurarme de que este rancho siga a flote. El de la abuelita, asegurarse de que yo no cometa ningún error. —Dirigió una sonrisa indulgente a la abuela—. El tuyo es cursar unos estudios como es debido.

«No la respeta», comprendió. Se quedó sin aliento; su charla con Phineas no era más que eso, no significaba nada. Sintió frío. Iría a parar a Southwestern; intentaría sacarle el mejor partido.

—Esta vez no tendrás que ir tan lejos —le decía su abuela.

Más adelante no recordaría haber tomado ninguna decisión, las palabras salieron de sus labios como por voluntad propia:

—No pienso ser secretaria.

—No tienes por qué serlo —dijo su padre.

—Ni maestra.

—Todos tenemos nuestras obligaciones, Jeannie.

—Phineas y yo hemos estado hablando de eso mismo —dijo con buen ánimo.

Tomó un trago de agua.

—Bueno, es cierto —dijo él.

—Me ha enseñado la contabilidad.

Su padre empezaba a decir algo, pero entonces las palabras de Jeannie lo atajaron. Tenía intención de sostenerle la mirada hasta que la apartase pero habló con la vista fija en el plato.

—De hecho, el rancho no está a flote. Es todo lo contrario.

Levantó la mirada; el semblante de su padre no revelaba nada. Por el rabillo del ojo, vio que la abuela intentaba captar su atención.

—Sé lo que perdemos con el ganado.

—Bueno, no deberías pasar tanto tiempo escuchando al viejo Phineas —dijo él.

Intentó sonreír de nuevo, pero no lo consiguió.

Jeannie empezó a sentirse mal; se preguntó si habría contraído fiebre en el tren.

—…este rancho no es el lugar adecuado para una jovencita de tu talento —decía su padre—. Te presentarás en la escuela universitaria, que es una oportunidad que yo nunca tuve, a finales de verano.

—Tu vida no es más dura que la mía —respondió ella—. Montas un caballo de veinte mil dólares pero te comportas como si viviéramos en un asilo de pobres. Perdemos cuatrocientos mil dólares al año con tu ganado. Phineas dice que está harto de prestarte dinero. Habrá que hacer algo.

Ahí estaba: había declarado su traición. Él estaba diciendo:

—Levántate de la mesa, levántate de esta mesa ahora mismo.

Y ella dijo:

—No pienso hacerlo. —De todos modos, no podría haberlo hecho; estaba segura de que no le sostendrían las piernas—. Día tras día finges que mantienes a la familia, cuando lo único que haces es gastar el dinero de la familia.

—Es mi dinero —replicó—. No es dinero tuyo; no tienes voz ni voto en esto, eres una niña.

—Es el dinero del Coronel. Tú no ganaste ni un centavo.

—Ya está bien.

—No hemos cenado en dos semanas. ¿Por qué? Porque estás jugando con tus caballos. Antes pasaron casi seis semanas. El petróleo es lo único que te permite hacer esto.

Esperaba recibir una bofetada, pero su padre dio la impresión de calmarse, y dijo:

—El petróleo costea las mejoras de la propiedad, cielo. Las costea para que no tengamos que dormir en el barro tras la recogida del ganado, para que podamos volver a casa y dormir en camas de verdad por la noche. Y ese avión, porque ya no podemos contratar a hombres suficientes para supervisar los pastos a caballo.

—Entonces igual deberíamos renunciar a las recogidas de ganado por completo —dijo ella—. Porque así ahorraríamos mucho dinero.

Entonces su padre se levantó. Irguió los hombros y avanzó hacia ella, pero no pasó nada. Se dio la vuelta y salió de la estancia. Oyó sus pasos lentos mientras se recordaba a sí mismo que la casa era todavía de su propiedad, sus botas se fueron por el pasillo, dejaron atrás el salón y llegaron al vestíbulo y luego salieron por la puerta principal, cerrándola de golpe a su espalda.

—Eso ha sido una estupidez —le advirtió su abuela.

Ella se encogió de hombros, preguntándose si había destruido todo aquello que conocía; luego tuvo la sensación de que nunca había tenido importancia de todas maneras. La víspera, una hora antes, hablar con su padre, hablarle a nadie así habría sido impensable.

—No sabía que le tenías miedo —dijo—. ¿Es porque el Coronel no te dejó nada?

Su abuela hizo caso omiso de ella.

—No puedes quedarte aquí, Jeannie. Sobre todo después de esto.

Jeannie tuvo la sensación de que no le hubiera importado no hablar nunca más con su abuela, ni con nadie más de la familia.

—Tu padre no va a dejarte llevar este rancho.

—No hay ningún rancho. Vivimos de minerales y dinero prestado.

—¿Te ha escrito Phineas ese discursito? Porque si piensas que una mujer puede tener cabida en sus planes, te equivocas. —Le lanzó una mirada aviesa—. En más de un sentido.

—Supongo que ya lo veremos.

Estaba pensando en su padre, en lo delgado que estaba; sabía que ya no dormía toda la noche.

La abuela dejó el cuchillo y el tenedor, disponiéndolos con cuidado y alisando el mantel, y tomó un sorbo de jerez.

—Siempre he sabido que te parezco pesada —dijo—. Crees que es mi naturaleza, o mi disposición, o probablemente nunca te lo has planteado. Pero cuando decidí mudarme aquí, vi que debía elegir entre ser apreciada y tener voz. Es una elección que tú también habrás de hacer. O bien te querrán y no te respetarán, o bien te respetarán y no te querrán.

—Las cosas están cambiando.

—Es posible que lo parezca, pero cuando la guerra termine, los hombres regresarán, y todo volverá a ser como antes.

—Supongo que ya lo veremos —repitió.

—Este lugar… —dijo su abuela. Agitó la mano en el aire, apartando de sí no solo a Jeannie sino todo lo demás, la casa, la tierra, su buen nombre—. Soy miembro de la familia más rica en cuatro condados, pero siguen mirándome mal cuando voto.

Se hizo el silencio. A Jeannie le vino a la cabeza que durante años no había querido más que eso −que su abuela la tratara como una confidente, una persona de verdad−, pero ahora no quería nada parecido. Supuso que debería sentirse privilegiada; en cambio, se sentía avergonzada. Avergonzada de que a su abuela la intimidase su propio hijo, avergonzada de que se lamentara de su sexo; lo que debería haber sido compasión se convirtió en ira, su abuela debería estar entre los elegidos, resolviendo el problema social, pues si no lo hacía ella, ¿quién lo haría? Era debilidad, la familia entera, y sintió que toda una vida de miedo y respeto se esfumaba tan rápidamente como había ocurrido con los que había sentido por su padre. Se sentó erguida, se alisó el vestido, estaría sola en la vida, eso estaba claro, pero ahora no le importaba.

−Aquí no vas a encontrar un marido que entienda que estamos a mediados del siglo veinte. ¿Lo comprendes?

−Acabaré como tú, quieres decir.

−Eso es justo lo que quiero decir. Casada con hombres como tu padre o tu abuelo o tus hermanos. Con la clase de hombres que elegirían vivir aquí, no serás más que un lugar donde entrar en calor.

−Eso no va a pasar.

−No tendrás opción, Jeannie.

21

LOS DIARIOS DE PETER McCULLOUGH

10 DE MARZO DE 1916

Ayer Pancho Villa cruzó la frontera de Nuevo México y mató a veinte. Hoy apenas se ve a un blanco sin pistola o rifle al hombro, aunque solo vaya a comprar provisiones.

Los alemanes han prometido reforzar las tropas mexicanas con infantería alemana si optaran por cruzar la frontera. El pueblo entero está enloquecido; solo estamos a quince kilómetros del río.

No señalo que hay pocas probabilidades de que el Káiser envíe tropas a McCullough Springs cuando está perdiendo diez mil hombres al día en Francia. No señalo que el número de americanos fallecidos en Columbus es igual al número de texanos muertos a tiros en cunetas una noche cualquiera en el sur de Texas. No señalo esas cosas porque todo el mundo parece encantado con la noticia de esa nueva amenaza; vecinos que no se hablaban de pronto se muestran amistosos, las esposas tienen ahora nuevas razones para hacer el amor con sus maridos, los niños desobedientes hacen los deberes y vuelven a casa temprano para cenar.

Encontraron a cuatro mexicanos tiroteados a las afueras del pueblo, todos adolescentes. Nadie sabe con seguridad quiénes son ni quién los mató. Los vaqueros creen que son fuereños, hombres del interior de México, aunque no alcanzo a entender cómo pueden deducirlo de un cadáver abotargado. El incidente no se mencionaba en el periódico. Si hubieran sido cuatro mulas muertas, se habría abierto una investigación, pero no hay nada salvo quejas generalizadas por los costes del entierro.

4 DE MARZO DE 1916

Más sangre aún en nuestras manos y Charles ha sido trasladado a Carrizo. Estaba en el pueblo comprando provisiones cuando se topó con Dutch Hollis. Aunque no era más que mediodía, Dutch estaba muy borracho y delante de una multitud de testigos a la hora del almuerzo acusó a nuestra familia de diversos crímenes (de los que con toda seguridad somos culpables), incluido el de maquinar la muerte de los García para apropiarnos de sus tierras.

Tras un breve forcejeo, Dutch se impuso; Charles fue a la furgoneta y regresó con la pistola. Dutch tal vez hizo ademán de sacar el cuchillo o tal vez no (una navaja en una funda de cuero como la que llevan todos los hombres por aquí). Charles le pegó un tiro en la cara.

Nuestro caporal Garza llegó a tiempo de ver el último acto: «Virgen Santa, tendría que haberlo visto, ni siquiera le tembló la mano». Lo relató pensando que iba a enorgullecerme.

Poco después de llegar a casa, Charles ensilló el caballo y se fue camino de México. El Coronel y yo le dimos alcance a escasos kilómetros del río y le convencimos de que regresara.

—Todo irá bien —le dije, cuando volvíamos.

Se encogió de hombros.

—Nos las apañaremos de alguna manera.

No dijo nada. Noté que anidaba en mi interior la vieja impotencia: qué sentido tenía mi mera existencia; o eso parecen pensar todos.

—Se lo tenía merecido —dijo Charles—. Ha ido diciendo cosas así por todo el pueblo.

—Con la muerte de su hermano...

—¿Su hermano? ¿Y qué hay de mi hermano?

Espoleó el caballo y se puso a la altura del Coronel, que cabalgaba delante de nosotros. Se saludaron con un gesto de cabeza, no hablaron, una suerte de entendimiento tácito, igual que mi padre y Phineas. Empecé a notar un hormigueo en la piel…, se me pasó por la cabeza que quien debería huir a México soy yo…

¿Había hecho bien? Sally y él parecen pensar lo mismo… ¿Equivale dejar a alguien al borde de la muerte a matar a alguien?

Cuando regresamos a la casa, estaba esperando el sheriff Graham. Charles, poniéndose en evidencia, se ha quedado pálido. Graham nos ha dicho que no había prisa. Tenía sed.

Los cuatro hemos pasado el resto de la tarde en la galería bebiendo whisky y viendo ponerse el sol, ellos tres juntos charlando tranquilamente acerca del mejor modo de manejar el incidente, el sol adquiriendo el típico tono rojo sangre, que solo a mí me parecía simbólico, sentado como estaba aparte de los otros.

Oyendo a esos tres hablar de la muerte de Dutch Hollis, cualquiera diría que ha habido un accidente, la caída de un rayo, una inundación repentina, la mano de Dios. No la de mi hijo. «Tenía que hacerlo, reaccioné por instinto», el sheriff se limitaba a asentir, tomándose nuestro whisky, mi padre le volvía a llenar el vaso.

Me he planteado interrumpirlos para señalar que la historia entera de la humanidad se caracteriza por un único movimiento inexorable: del instinto animal al pensamiento racional, del comportamiento innato al conocimiento adquirido. Una cría de pantera a medio crecer abandonada a la intemperie se convertirá en una pantera perfectamente normal. Pero un niño a medio crecer abandonado de un modo similar se convertirá en un salvaje irreconocible, incapaz de vivir en una sociedad normal. Sin embargo, hay quienes insisten en lo contrario: que somos criaturas instintivas, como los lobos.

Una vez ha oscurecido y todos hemos quedado convencidos de la rectitud de mi hijo, Graham ha llevado a Charles en coche a Carrizo, pues estábamos de acuerdo en que era mejor que Charles pasara la noche en la cárcel para guardar las apariencias. Glenn, entre tanto, ha mantenido las distancias. Lo desconcierta el comportamiento de Charlie, por no decir otra cosa.

Fui a ver el cadáver de Dutch Hollis antes de que lo enterraran. Lo habían tendido en el cobertizo de atrás de Graham con varias barras de hielo. Estaba sin afeitar, no lo habían lavado; tenía la cara y la ropa mugrientas y apelmazadas de sangre y, como todos los muertos, había perdido el control de sus excrementos. Hace no mucho, veinte años tal vez, era un niño que tendía los brazos hacia su madre…, un niño que se hacía hombre… De pronto me sobrevino el recuerdo de verlo tocando el violín, junto con su hermano, en la casa de los Midkiff. Escudriñé el orificio oscuro, justo en el extremo de la ceja, una maquinaria compleja, averiada para siempre; había habido palabras y música…, nosotros le habíamos puesto fin.

Había algo brillante dentro de la camisa, un guardapelo de mujer… Lo levanté pero no atinaba a distinguirlo en la penumbra. Rompí la cadena, dándole de paso una sacudida a la cabeza. Luego salí de allí a toda prisa y regresé a la luz.

Al llegar a casa (con el corazón desbocado todo el rato, como si hubiera cometido un grave delito, como si el crimen no fuera matarlo sino arrebatarle el guardapelo), no había imagen, ni mensaje, ni mechón de cabello: el guardapelo estaba vacío. Lo he llevado a la casa de los García y lo he enterrado allí, junto con nuestras demás víctimas, esperando en todo momento que me siguieran, con una sensación criminal que no acababa de desaparecer. Hay quienes nacen para cazar y quienes nacen para ser cazados… Siempre he sabido que yo era de los últimos.

16 DE MARZO DE 1916

Charles ha regresado, pero no se le permite salir de ninguno de los cuatro estados que abarca nuestra propiedad. Sale a zancada firme con la barbilla alta; me resulta difícil mirarle. El juez Poole nos asegura que no se formularán cargos. De hecho, él, el sheriff y mi padre han pasado por las casas de quienes probablemente formarán el jurado.

Me gustaría dejar constancia de que me he estado debatiendo entre la esperanza de que sea castigado y la esperanza de que sea exonerado. No es así. Solo quiero que sea absuelto. Y, sin embargo, sus crímenes se multiplican... Ese es el hijo que crié con mis propias manos.

He ido a comprar provisiones, el sombrero echado sobre la cara, aterrado en todo momento ante la posibilidad de tropezarme con Esther Hollis, la madre de Dutch y Bill, pero esta tarde, con una enorme sensación de alivio, he recordado que lleva muerta varios años.

Nadie parece particularmente preocupado, y menos aún los mexicanos. El coraje, dicen, el calor y el polvo y los cuernos. Incluso a los caballos les da. Que al hijo de un gran patrón –un hombre con sangre– le dé coraje, es de esperar. Sobre todo cuando un hombre calumnia a su familia. Y en público... A decir verdad, fue el único acto razonable.

Mientras tanto los dos hermanos Hollis ahora se pudren. Es imposible creer que de verdad estemos hechos a imagen y semejanza de Dios. Aún hay algo del reptil en nosotros, de la alianza del cavernícola con la lanza. Un vestigio de nuestros tiempos en los pantanos. Y aun así hay quienes sienten deseos de volver atrás. De ser más como el reptil, dicen. Ser más como la serpiente, agazapada a la espera. Naturalmente, no dicen serpiente, dicen león, pero hay poca diferencia de carácter entre los dos, solo de apariencia.

24 DE MARZO DE 1916

El jurado de acusación se negó a presentar cargos.

2 DE ABRIL DE 1916

A pesar de Dutch Hollis, a pesar de los García, nuestro nombre tiene más influencia que nunca. Donde esperaba amargura, recibo respeto; donde esperaba envidia, recibo aliento. No robes a los McCullough: te matarán; no difames a los McCullough: te matarán. Mi padre considera que así debe ser. Le digo que estamos en el décimo siglo del segundo milenio.

A fin de cuentas, es como él dice: creen que estamos hechos de una pasta diferente. Si alguna vez se les ocurriera que comemos y sangramos igual que ellos, nos perseguirían con antorchas y horcas. O, mejor dicho, con agua bendita y estacas de madera.

Con respecto al sufrimiento de carácter más general, los hombres de Villa atacaron el cuartel de Glenn Spring ayer. Dejando a un lado mi compasión por los mexicanos, mi padre y yo estamos ansiosos por que llegue nuestra ametralladora Lewis, que dispara diez proyectiles del calibre 30 por segundo. Una auténtica bendición para los pocos que resisten contra los muchos. Debido a la guerra en Europa, tienen un volumen enorme de pedidos pendientes.

Hay rumores fundados de que el gobierno mexicano tiene previsto atacar Laredo: las tropas de Carranza se concentran al otro lado del río. Los mexicanos creen que deberíamos ceñirnos a la frontera original (el Nueces). Los texanos creen que la frontera debería estar cuatrocientos cincuenta kilómetros más al sur, más o menos por Durango.

Sally quiere mudarse a San Antonio o Dallas, o incluso a Austin, cualquier parte menos aquí.

—Estamos perfectamente a salvo —le aseguré—. No hay peligro de que los teutones ni el ejército mexicano vayan a acercarse a nuestra puerta en el futuro próximo.

—No es eso lo que me preocupa —dijo.

—¿Se trata de los chicos?

—Se trata de los tres. Los dos vivos y el que está enterrado.

—Les irá bien.

—Hasta que vuelvan a hacer algo como esto. O hasta que los encuentre el hermano de alguien.

—No quedan más Hollis. Ya nos hemos encargado de ello.

—Surgirá algún otro.

Pensé mencionarle que era su recompensa por entrar a formar parte de la familia de Eli McCullough, pero no dije nada. Me había abandonado toda la energía.

—Mis sobrinos de Dallas tienen armas —dijo—. Las usan para cazar ciervos. Van al colegio, persiguen a chicas que no les convienen, pero... —Se le quebró la voz—. Fui a ver al muchacho...

—¿Dutch? —pregunté con suavidad.

—... lo tenían en un cobertizo detrás del despacho de Bill Graham. Qué vergüenza.

No dije nada. Las cosas llevan mucho tiempo mal entre nosotros y cada vez que he albergado esperanzas, ella las ha hecho pedazos. Aparté la mirada y me encerré en mí mismo.

—Es posible que te quedes aquí solo, Pete. He perdido todos los hijos que puedo perder.

22

ELI/TIEHTETI

A oídos de los blancos, los nombres de los indios carecían por completo de dignidad o sentido y eso les hacía mucho más difícil entender por qué debían ser tratados como seres humanos en vez de como negros de la pradera. La razón era que los comanches consideraban tabú usar el nombre de una persona muerta. A diferencia de los blancos, miles de millones de los cuales compartían el mismo puñado de nombres, todos intercambiables a fin de cuentas, el nombre de un comanche vivía y moría con una sola persona.

A un niño no le ponían nombre sus padres, sino un pariente o una persona famosa de la tribu; tal vez por algo que había hecho esa persona, igual por algún objeto que le atraía. Si un nombre en particular no funcionaba bien, se podía poner un nuevo nombre al niño; por ejemplo, Embiste al Enemigo había sido un niño pequeño y tímido y se pensó que darle un nombre más osado quizá solucionase esos problemas, como en efecto ocurrió. Algunas personas de la tribu recibían un segundo o un tercer nombre en su vida adulta, si sus amigos y familiares encontraban algo más interesante que llamarlos. El propietario de la cautiva alemana Pelo Amarillo, cuyo nombre de nacimiento era Seis Ciervos, recibió de adolescente el nombre de Pies Perezosos, que se le quedó para el resto de su vida. El hijo de Toshaway, Lobo Gordo, se llamaba así porque la persona que debía ponerle nombre había visto un lobo muy gordo la víspera por la noche, y puesto que constituía una imagen interesante y no era mal nombre, se le quedó. El nombre de Toshaway significaba Botón Brillante, que también se le quedó desde su nacimiento, pero a mí me parecía una manera extraña de llamarlo, así que pensaba en él como Toshaway. Los nombres de sonoridad española también eran comunes, aunque a menudo no tenían ningún significado concreto: Pizon, Escuté, Concho. Había un guerrero llamado Hisoo-ancho que fue capturado a los siete u ocho años, cuyo nombre cristiano era Jesús Sánchez, y, puesto que era a lo único que contestaba, fue así como lo llamaron.

Muchos nombres comanches eran demasiado vulgares para repetirlos por escrito y por lo tanto, cuando la situación lo requería, los blancos los cambiaban. El jefe que lideró el famoso ataque contra Linnville en 1840 (en el que un grupo de quinientos guerreros saquearon un almacén lleno de ropa de gala y huyeron ataviados con sombreros de copa, vestidos de novia y camisas de seda) se llamaba Po-cha-na-quar-hip, que significa Polla que Está Siempre Dura. Pero ni ese nombre ni la traducción más sutil de Erección que No Merma, podían publicarse en la prensa, de modo que se decidió llamarlo Joroba de Búfalo. Así se hizo referencia a él hasta que murió, muchos años después, intentando aprender agricultura en una reserva, tras perder tanto sus tierras como su buen nombre por culpa de los blancos, aunque para su coleto siguiera siendo Polla que Está Siempre Dura.

El hechicero que, junto con Quanah Parker, lideró a toda la nación comanche contra los blancos en la guerra del río Rojo de 1874 se llamaba Isahata?i, que significa Coño de Coyote. Los periódicos lo llamaron Ishtai, Eshati y Eschiti, sin ofrecer traducción alguna. Toshaway tenía un sobrino llamado Intentó Follarse una Yegua, nombre adquirido en la adolescencia, y Detesta Trabajar, como se decía anteriormente, se llamaba en un principio Ave Solitaria. Los comanches eran gente de buen carácter y los nombres se aceptaban con sentido del humor, aunque después de que Intentó Follarse una Yegua cortase su primera cabellera y se decidiera cambiarle el nombre por Hombre de la Colina, no se le oyó quejarse.

Para febrero la tribu se estaba muriendo de hambre. No había habido una buena cacería de búfalos en más de un año, y la mayor parte de los ciervos, alces y antílopes de la zona se habían cazado durante el invierno. Los pocos animales que quedaban con vida solo se movían por la noche, sobreviviendo a base de ramitas y hierba seca. Para entonces habíamos empezado a seguir el rastro de ratas monteras hasta sus madrigueras y a comernos sus alijos de frutos secos, junto con las propias ratas si lográbamos atraparlas, y todos los miembros de la tribu sabían que los muy pequeños, los muy viejos y los enfermos pronto empezarían a morir, y así habría sido, de no haber descubierto una manada de búfalos que empezaba a desplazarse hacia el norte.

Todo el mundo lo tomó como una señal de que nuestra mala suerte había terminado y el Creador-de-Todas-las-Cosas nos había perdonado. Para cuando aparecieron las primeras Bellezas de Primavera habíamos repuesto nuestras reservas de carne y pieles y empezado a esperar con ilusión el verano, cuando el tiempo sería cálido, aunque eso también supuso que las mujeres del grupo tenían que trabajar el doble preparando todos los pellejos, de modo que estuvieran listos para cuando llegaran los comerciantes comancheros.

En mayo era hora de emprender nuevas incursiones. Un tercio del grupo había muerto el año anterior, la mayor parte de su riqueza en caballos se había perdido y si las incursiones de verano no tenían éxito, no estaba claro cuánto tiempo sobreviviríamos. Toshaway participaría de nuevo, aunque Escuté, que aún no podía manejar bien el arco, recibió orden de permanecer en el campamento, y yo sería enviado en su lugar. Nuukaru también iba a ir pero, a diferencia de los demás guerreros jóvenes, no alardeaba de las hazañas que lograría.

—No estés tan deprimido —se mofó Escuté—. Puedes traer una mexicanita preciosa y oír cómo me la follo por la noche.

Nuukaru negó con la cabeza.

—A ver si lo adivino. Tienes un mal presentimiento.

—Déjalo —le dijo, señalándome a mí.

Escuté me miró.

–Este siempre tiene algún mal presentimiento. No le hagas caso.

–También lo tuve la última vez.

–Ah, el gran *puha tenahpʉ*. Casi lo había olvidado.

–Las cosas están cambiando –dijo–. Tanto si lo reconocemos como si no. Los penatekas…

–Que les den a los putos penatekas. Eran los *taiʔi* del hombre blanco y recibieron su merecido.

–Eran cuatro veces más numerosos que nosotros.

–Y eran las zorras de los blancos y pillaron todas sus enfermedades.

–Ah, claro. Los que lanzaron el mayor ataque de todos los tiempos contra los blancos también eran sus zorras.

–Hace diez inviernos.

–Tenían manadas de caballos gruesos como búfalos.

–Nʉʉkaru, hemos tenido un mal año, eres un capullo pesimista, e igual deberías quedarte atrás, porque si sigues hablando así, en vez de cantar las *woho hubiya*, alguien te cerrará la boca con un tomahawk.

–Si esta incursión va tan mal como la del año pasado –repuso Nʉʉkaru–, no quedará nadie para cerrarme la boca.

–No le hagas caso, Tiehteti. Eso es lo que hace que la gente acabe muerta. –Meneó la cabeza–. Traerás un millar de caballos y un centenar de cabelleras y cincuenta esclavos mexicanos. Eso es lo que harás. Hablar de ello es una pérdida de tiempo.

–De acuerdo –dijo Nʉʉkaru.

–Me duele tanto el brazo que no puedo dormir pero no me oyes gimotear como un crío. Mata unos cuantos mexicanos, muere como un héroe, me importa una mierda, pero toda esta cháchara no tiene ningún sentido, para el caso como si te cortaras tú mismo el cuello, y cortaras también el cuello a todo tu pueblo.

–Tenemos previsto eludir a los blancos –dijo Toshaway–, pero…

–No tienes que preocuparte por mí –le aseguré.

–Bien. –Desvió la mirada hacia el poblado, considerablemente más pequeño de lo que había sido el año anterior–. Ojalá hubieras nacido hace veinte años, Tiehteti, porque aquellos sí que eran buenos tiempos. Los lobos búfalo nos seguían en nuestras incursiones porque sabían que sacarían algo de comer. –Se rascó la barbilla–. Pero tal vez vuelvan esos tiempos.

Descendimos de las praderas y la tierra volvió a convertirse en mesetas y cañones, había árboles, sobre todo álamos de Virginia y robles, la hierba era alta y las gallardías eran abundantes, manchas de color que se prolongaban durante kilómetros.

Toshaway tenía parientes a lo largo de la cabecera del San Saba y mientras los buscábamos, encontramos un campamento comanche recién atacado, en torno a setenta cadáveres, todos despojados de la cabellera. Había unos pocos guerreros, pero eran sobre todo mujeres, niños y ancianos. Toshaway había encontrado a sus parientes. Eran un grupo desgajado de los kotsotekas. Muchas mujeres y muchachas habían recibido el mismo trato que mi madre y mi hermana, acuchilladas también del mismo modo. Pasamos el día enterrándolos.

–Sus hombres deben de seguir fuera –comentó Pizon.

Había huellas de botas por todas partes, botas hechas en Austin o San Antonio o algún lugar del este. Había una extraña siembra de balas de mosquete en el suelo y las huellas de caballos herrados. Los tipis, armas y los pertrechos del campamento habían sido todos arrojados al fuego y quemados. Me noté asqueado de pura vergüenza, pero los demás comanches mantuvieron el semblante pétreo, y lo único que se dijo fue que unos años atrás, los asentamientos blancos más cercanos estaban a cientos de kilómetros de allí, y que era mala señal que hubiesen encontrado ese campamento.

–¿Cuántos blancos hay? –preguntó Toshaway–. ¿Lo sabes?

–Dicen que unos veinte millones.

Gruñó y me miró.

–Venga ya.

–Así es.

–De acuerdo, Tiehteti.

Describimos a caballo un amplio círculo en torno al campo, tomándonos un descanso de cavar. No podía haber sido un pelotón de Rangers porque doce hombres no podían matar a setenta y tres comanches, aunque fueran mujeres y niños. Toshaway supuso que eran unos trescientos jinetes, pero había tantas huellas unas encima de otras, pues habían pasado el día saqueando el poblado, que era imposible estar seguros.

Pensé en las huellas de mi padre, tenía una manera extraña de andar, como un pato, y ladeaba hacia fuera el pie izquierdo más que el derecho, y para ser un hombre alto y corpulento tenía los pies muy pequeños. Decidí no mirar.

En lo alto de la colina encontramos roderas como si se hubieran detenido allí un par de carretas. La hierba estaba quemada hasta las raíces.

—Qué raro —dijo Toshaway.

—Eran cañones —señalé—. Por eso está quemada la hierba.

—Son muy pesados, ¿no?

—Un caballo puede tirar de un howitzer de montaña. El ejército los usaba constantemente contra los mexicanos.

La colina estaba tal vez a doscientos metros del poblado y supe que las balas de mosquete que cubrían la tierra debían de proceder de botes de metralla. Un howitzer de montaña cargado con botes de metralla era como doscientos rifles disparando al mismo tiempo, o como acostumbraba a decir mi padre, como la mano del mismísimo Dios.

—Tiehteti, es muy raro. Por ejemplo, ¿cómo se colocaron en posición sin que nadie se diera cuenta? ¿Y por qué traer cañones hasta aquí a menos que estuvieran seguros de que habría indios en este lugar? Eso es lo que me parece raro. —Negó con la cabeza—. Alguien los dirigía.

—Apostaron los cañones en la oscuridad.

—Claro que en la oscuridad. Pero aun así. Sabían que los indios estaban aquí.

Se quedó mirando las ruinas del campamento a sus pies.

—Por desgracia, la mayoría de los hombres parecen haber caído en las hogueras y no he podido ver si mi primo estaba entre ellos. Aunque sí he reconocido a su mujer y a dos hijas suyas.

Para entonces los demás hombres se estaban lavando la ceniza y la sangre en el río. Antes de marcharnos, alisamos el tronco de un álamo y tallamos una nota por medio de jeroglíficos, explicando lo que había ocurrido y a cuántos habíamos dado sepultura, por si había más miembros de ese grupo que aún no hubieran regresado.

La noche siguiente vimos fuegos de campamento a lo lejos, hogueras como solo los blancos las hacían, el doble de grandes de lo necesario, casi dos docenas en total. Solo podía ser el ejército, porque no había tantos Rangers en todo el estado de Texas.

Mantuvimos una discusión acerca de si robarles los caballos pero decidimos seguir nuestro camino. Sería más seguro arrebatárselos a los mexicanos, y en vez de dormir cabalgamos toda la noche para poner tierra por medio entre nosotros y los soldados. Cruzamos el Pecos sin ver a nadie más, aunque había huellas recientes de caballos herrados, un grupo pequeño de viajeros. Debatimos si seguirlos, pero el ejército continuaba cerca y de nuevo se decidió esperar. Después de ascender para dejar atrás el valle del Pecos, la tierra se volvió llana y seca. Largas zonas de caliche, algún soto de robles, mezquites y huisaches, algún que otro cedro. No nos quedamos tranquilos hasta llegar a las Davis Mountains, donde se discutió de nuevo si seguir la ruta habitual por el viejo Presidio del Norte, donde había agua de sobra, buena hierba y no hacía falta subir tanto, o ir más hacia el este por las montañas, donde el camino era más escarpado y seco, pero también menos transitado. Los más jóvenes –que necesitaban cabelleras– estaban molestos porque no habíamos atacado al ejército ni a los viajeros cuyas huellas habíamos visto, de modo que se decidió tomar la ruta del Presidio.

Nos quedamos a distancia del pueblo, descendiendo poco a poco hacia el valle, luego hasta la cuenca misma y subiendo después otra vez a las montañas. A un día de marcha de la frontera había un latifundio en el que se sabía que había un millar de caballos.

Había un pueblecillo pegado al latifundio y dejamos la remuda con media docena de indios jóvenes para que guardasen los animales. La mayoría eran más diestros que yo cabalgando y disparando, pero eso daba igual, porque yo había conseguido una cabellera y ellos no.

El resto de nosotros escogimos los mejores caballos, nos cubrimos la cara y el cuerpo con pintura roja, negra y amarilla, nos pusimos brazaletes y pulseras de plata y latón y atamos plumas a las crines de nuestros caballos. Toshaway se aseguró de que me correspondiera un penacho de plumas junto con un largo escudo pardo y pasé un buen rato pintándolo. Hice de vientre tres veces, aunque la última no era más que agua. No quité ojo a Toshaway y Nuukaru. Toshaway reía y bromeaba con personas diversas, asegurándose de que todos estuvieran preparados; Nuukaru se mantenía apartado, y tenía el semblante serio, y también le vi ir entre los arbustos y hacerlo de nuevo unos minutos después. Intenté comer un poco de pemmican, pero tenía la boca muy seca. Decidí que no me hacía falta. Si te alcanzaban en el vientre, más te valía no tenerlo lleno.

El sol estaba a punto de ponerse cuando empezó a tañer una campana en la hacienda, probablemente la llamada a cenar, pero los comanches pensaron que nos habían visto y todos montaron en sus caballos, desplazándose hacia el pueblo y el rancho. Nos ceñimos los escudos. Unos pocos jinetes llevaban escopetas recortadas o pistolas de repetición, pero la mayoría tenían los arcos listos con media docena de flechas aferradas en la mano que sostenía el arco, la séptima flecha preparada, los carcajes ajustados de modo que pudieran coger más flechas cuando las necesitaran. Las riendas se ataban en corto para que no molestasen. Era de esperar que manejaras al caballo solo con las rodillas.

Nos acercamos a ellos con el sol a nuestras espaldas, avanzando en silencio por entre la maleza hasta que llegamos casi a las afueras del pueblo. Entonces hincamos los talones y lanzamos los caballos al galope. Había una pequeña zona despejada que cruzar y luego estallamos en gritos y alaridos como si estuviéramos celebrando alguna gran ocasión, mexicanos vestidos de blanco huían hacia el chaparral, un grito generalizado de «Los bárbaros», una sola nubecilla de humo entre dos casas, otro mosquete que asomaba de una ventana. Apunté justo a la izquierda del cañón pero el caballo iba muy rápido y fallé. Aparté el rifle y cogí el arco y para entonces ya estábamos dentro del pueblo, una amplia calle mayor con casas de adobe blanco a ambos lados; me pregunté cuánta gente habría y vi más bocanadas de humo pero lo único que oía eran los gritos y los aullidos y empecé a creer que no me pasaría nada. Todo se movía lentamente. Veía cada piedra y cada terrón, flechas que se precipitaban hacia hombres en los tejados o detrás de muros, un chico pertrechado con una escopeta que corría por la calle delante de nosotros, el sombrero se le cayó, echó el brazo atrás para cogerlo y lo alcanzó una flecha, luego le dio una segunda flecha y entonces se volvió de repente y eludió a dos caballos que se le echaban encima.

Entonces ya estábamos en la otra punta del pueblo. Solo había una calle, así que di media vuelta y la enfilé de nuevo. Salió un viejo con una pistola; estaba apuntando con tiento y noté la racha de aire al pasar la bala por mi lado. Antes de poder dirigir el arco hacia él, el caballo se desvió y lo arrollé y no me cupo duda por el sonido de que no volvería a levantarse. Luego iba en paralelo a un muro de adobe y saltaban ráfagas de arcilla a todo lo largo y caí en la cuenta de que había gente disparando contra mí. De alguna manera iba en cabeza, pero seguían pasando flechas en ambas direcciones y entonces llegué de nuevo al extremo del pueblo.

Un hombre con chaqueta negra de hacendado estaba agazapado detrás de un mezquite, disparando un rifle de repetición con calma. Lancé dos flechas pero las ramas las repelieron y entonces llegó otra flecha disparada desde más atrás que se abrió paso por una pequeña oquedad y el hombre cayó de espaldas. Se alzó un prolongado «wuupwuupwuup» y Toshaway agitó el arco, y luego se dio la vuelta para buscar a otros. Me di cuenta de que yo no había estado disparando lo suficiente. Me detuve para colocar bien las flechas. El escudo me golpeó la nariz; había un hombre con camisa blanca rodeado de una nube de humo y le lancé una flecha rápida. Dejó caer el mosquete y dio unos pasos como borracho, luego corrió hacia el chaparral con la flecha meneándose delante de él. Le disparé otra a la espalda, que tampoco le hizo aflojar el ritmo. Desapareció. Caí en la cuenta de que había permanecido quieto. Hinqué los talones en los flancos del caballo y nos lanzamos calle adelante.

Ya no era tanto una carga cuanto un tumulto general. Seguían pasándome cerca flechas; seguía cayendo gente; miraba a alguien, le alcanzaba una flecha, miraba a otro, también recibía un flechazo. Empezaba a sentirme como la mano del mismísimo Dios, entonces recordé el escudo y lo levanté y empecé a moverlo y justo en ese momento me volvió a golpear la cabeza. Intenté enjugarme los ojos y espoleé al caballo justo cuando el escudo era alcanzado por tercera y cuarta vez. Lo hacía girar en amplios círculos; me agazapé y alcancé el final del pueblo y cargué directamente hacia el chaparral para cobrar fuerzas.

Apareció delante de mí una mujer con un niño; corría a ciegas y el caballo viró para pisotearla. Lo aparté con la rodilla, esquivándola, luego describí un gran círculo en la maleza y me dirigí de nuevo al pueblo. Ahora no había en la calle más que cadáveres y comanches desmontados cortando cabelleras. La mayoría de los jinetes habían ido a alguna otra parte. Había disparos a unos centenares de metros, en la casa principal del rancho. Un persona con un mosquete asomó de detrás de un muro, miró alrededor y salió corriendo hacia el chaparral. Le rasgué la camisa de un flechazo pero siguió corriendo y supe que había errado la mayoría de mis disparos. Me quedé inmóvil unos instantes y no pasó nada. Fui camino del tiroteo.

Una docena de indios habían rodeado la casa y disparaban con arco y de tanto en tanto con un rifle hacia allí. Los habitantes estaban con vida y en buen estado porque se veían con regularidad nubecillas de humo procedentes de las troneras y las ventanas. En un patio de piedra, dos hombres yacían junto a un cañón corto, la baqueta y el barril de pólvora volcado a su lado.

El grueso de los comanches estaba reuniendo los caballos, y tuve una sensación extraña al presenciar el sitio de la casa, así que antes de que me reclutasen, me fui a ayudar con los caballos.

Cabalgamos la noche entera pero todos estaban de buen humor, un millar de caballos se extendían ante nosotros, los suficientes para que la tribu volviera a ser lo que había sido. Pensé en el hombre al que había alcanzado en la espalda y el estómago y en el otro hombre al que había arrollado con el caballo, y en los otros contra los que había disparado aunque no estaba seguro de haber acertado. Supuse que cabía la posibilidad de que estuvieran todos muertos. Ninguno me había producido la misma sensación que el delaware y me pregunté si volvería a tenerla. Me dije que no eran más que mexicanos y que habrían hecho lo mismo conmigo. Mi padre siempre decía que los mexicanos disfrutaban torturando a la gente tanto como los indios.

En torno a mediodía llegamos a las estribaciones de las montañas, llevando a los caballos por un cauce seco. En la cima de la colina, en el lado opuesto al que habíamos subido, nos detuvimos para reponernos. Fui en busca de Toshaway y lo encontré con Pizon, volviendo a llenar los odres de agua en un arroyo y maldiciendo a los indios que habían conducido los caballos por el agua en vez de por las riberas.

—Ah —exclamó Pizon—. El Gran Tiehteti.

—El que carga en cabeza.

Empecé a sonreír.

—Oh, fue una maravilla, Tiehteti, que cargaras así por en medio de ellos, errando todos los disparos que hacías con el arco, mientras todos y cada uno de ellos intentaban matarte, y fallaban también. —Dejó escapar una risilla y meneó la cabeza—. Era digno de verse.

—Sí que le di a uno —señalé.

—¿Estás seguro?

—Sí, en el estómago. Y en la espalda. Y maté a otro con el caballo.

—¿Les cortaste la cabellera?

—No, seguí adelante. —No atinaba a recordar por qué no les había cortado la cabellera—. El que llevaba un mosquete —dije.

—Ah, un mosquete.

—Pizon y yo íbamos tal vez unos diez pasos por detrás, pero fue como si todos los rayos del sol brillaran únicamente sobre ti, como si fueras el premio que ansiaran todos los hombres de ese pueblo y no tuvieran ojos para el resto de nosotros.

—Y cabalgabas la hostia de rápido.

—Eso me dijiste que hiciera.

—Si estás atacando, no cabalgues más rápido de lo que eres capaz de disparar.

—No te preocupes, los matamos a todos por ti. Y Saupitty y Diez Búfalos mataron a los que no habíamos visto. Una masacre hermosa de cojones.

—¿Cómo es posible que fallara? —dije.

—Yo diría que disparas como una mujer —comentó Pizon—. Pero no sería justo con las mujeres.

—Tiehteti, si cargas directamente contra alguien, da igual que te estés moviendo. Pero si están hacia un lado, tiene mucha importancia. Si tu caballo va al galope, tienes que apuntar un paso por detrás de tu blanco si está cerca, para que la flecha sea arrastrada hasta él, pero si está lejos puedes apuntar cinco pasos por detrás, aunque naturalmente depende del ángulo, y del viento, y de lo deprisa que vayas. Cuando el caballo va a la carrera, tienes que recordar que la flecha se desvía hacia abajo y hacia delante. Anoche disparaste por delante de todos los blancos, como si les apuntaras directamente.

—Eso hacía —reconocí.

—Al cuerno —dijo Pizon—, se merece una cabellera de todos modos. Yo nunca había disparado contra tanta gente que ni siquiera sabía que estaba allí. —Luego añadió—: Eres valiente de la hostia, Tiehteti. Estaba muy preocupado por ti. Y Toshaway tiene razón, disparas de puta pena. —Vio la cara que se me quedaba—. Al menos a caballo. Te he visto disparar desde el suelo y se te da bastante bien. Pero tal vez el resto de este año, cuando regresemos, deberías practicar solo a caballo y solo contra blancos que estén a un lado.

—Y quizá nos aseguremos de que tengas unas cuantas pistolas en el futuro. Además, ahora las llevan todos los blancos. No es un crimen utilizarlas.

—He intentado pedirte una.

—Si te hubiera dado una pistola, ¿dónde estarías con el arco? —Sacudió la cabeza—. Eres muy bueno con la pistola, eso ya lo sabemos todos, pero no tiene sentido perfeccionar lo que ya se te da bien.

Nos quedamos allí. Llené el *pihpóo* con agua turbia. Hacia el norte se veía el río y las montañas que ascendían a partir de la ribera, azules y púrpuras a lo lejos. Entonces apareció Nʉʉkaru por entre las rocas, seguido de otro joven *mahimiawapi*.

—Nos vienen siguiendo. Quizá un centenar de hombres, quizá más.

Nos quedamos mirándole.

—¿Me habéis oído? —dijo.

—Eres como una cría, Nʉʉkaru.

—Tenemos que ponernos en marcha —insistió.

—¿De dónde coño han salido cien hombres? —preguntó Pizon—. En toda esta provincia no quedan cien caballos.

—Cien, cincuenta, hay un montón de hombres. No sé cómo explicarlo si no.

—Primero son cien. Ahora son cincuenta. Pronto serán cinco viejos con un rebaño de cabras.

—Toshaway —dijo Nʉʉkaru—, trae el catalejo, pero no te hará falta.

Volvió corriendo ladera arriba.

Pizon miró al muchacho que había venido con Nʉʉkaru:

—¿Está portándose como una mujer?

—No he visto si son hombres o caballos, pero había mucho polvo. —Después añadió—: Pero él tiene mejor vista que yo.

—Probablemente algún gilipollas trasladando ganado.

—Van siguiendo nuestra ruta.

—Es un cauce de río seco a través del chaparral. Con un manantial en lo alto de la colina. Todos los animales en ocho kilómetros van a seguir esta ruta.

—Creo que son hombres, Pizon.

Pizon hizo caso omiso de él.

—No te conviertas en algo así, Tiehteti. Hay muchas cosas de las que preocuparse, pero cuando crees que todos los arbustos esconden algo, no tardas en cansarte, y entonces no verás al hombre que de verdad aguarda para matarte.

Escupió al suelo.

—*Yee*, esto me está poniendo de los nervios. Cuando lleguemos a Presidio, entonces sí que tendremos que preocuparnos.

Nadie dijo nada.

—Putos críos.

Toshaway regresó.

—*Tuyato?yern*, los jóvenes tienen razón. Cuando lleguemos al río, llévate los caballos por la ruta del norte, los demás dejaremos rastro hacia el oeste.

Pizon le miró.

—Tienen razón. Está lejos y el polvo es denso, pero son hombres, y no hay duda de que nos vienen siguiendo.

Cuando llegamos al río había oscurecido y les llevábamos apenas unos kilómetros de ventaja.

El agua era poco profunda; las lluvias estivales aún no habían llegado. Era una suerte, y la luna todavía no había salido, lo que también era una suerte.

Pizon y otros veinte o así se llevaron la manada de caballos río abajo, directamente por en medio del agua. Cabalgarían de esa guisa antes de doblar hacia las montañas de Texas. El resto cabalgamos arriba y abajo por las riberas hollando sus pisadas y dejando huellas evidentes que señalaban río arriba y luego directamente a través de la ribera opuesta, en cualquier dirección salvo la que habían tomado ellos. Luego fuimos corriente arriba.

—Somos el cebo —dije.

—Si son estúpidos pensarán que hemos cruzado directamente y se adentrarán entre las rocas en el lado de Texas y no sabrán adónde hemos ido. Si son listos supondrán que hemos ido río arriba.

—¿Y si van río abajo?

—Esperemos, por el bien de nuestro grupo, que no lo hagan.

—Así que nos seguirán.

—Probablemente.

Cuando llegamos a un lugar donde el terreno era pedregoso, salimos del agua en fila de a uno y, tras una breve discusión acerca de dónde encontrarnos, nos dividimos en tres grupos tomando distintas direcciones. Toshaway y yo seguimos hacia el oeste, junto con unos pocos más.

—Si son mexicanos, tal vez no nos sigan —señaló.

La luna había salido por fin y podíamos ver donde estábamos. Luego oímos ruidos y una docena de jinetes venían río arriba y luego otro grupo salió de entre la maleza y empezó a disparar y no paró. Huí hacia el chaparral. Cuando volví la vista el único que seguía montado era Toshaway; llevaba a otro indio a su espalda. Me detuve en un matorral con el rifle apuntado hacia un hueco, viendo a los hombres acercarse a la abertura y apretando el gatillo a medida que pasaban. Uno se dobló por la mitad y me volví y cabalgué directo hacia los espinos; hubo numerosos disparos y balas que partían ramas todo en torno pero no me veían y yo no aflojé la marcha. Transcurridos unos minutos ya no oía a nadie. Era un milagro que la maleza no me hubiera arrancado los ojos. Continué colina arriba unos ochocientos metros o así, luego di media vuelta y aguardé.

Resonaron unos cuantos disparos hacia el río y me detuve para volver a cargar el rifle y luego fui en dirección al ruido. Entonces vi a un hombre agazapado entre la maleza. Era Toshaway. Estaba desnudo y llevaba el taparrabos atado en torno a una herida en la pierna. Lo único que tenía era el arco y un puñado de flechas; había perdido el cuchillo y la pistola. Montó detrás de mí, hincó los talones al caballo y nos pusimos en marcha de nuevo.

—¿Estás herido?

—Creo que no.

—Entonces tu caballo lo está.

Tenía razón. Llevaba el flanco manchado de sangre, que yo había tomado por sudor.

—Eres un buen caballo —le dije.

—Cabalga hasta agotarlo, pero hazlo con suavidad.

—¿Cómo tienes la pierna?

—No debe de haberme alcanzado la arteria, o no seguiría con vida.

Cabalgamos durante dos horas, subiendo hacia las montañas áridas, ciñéndonos a las torrenteras para permanecer ocultos. El agua que las había labrado desapareció mucho tiempo atrás; los cauces estaban tan cubiertos de polvo como las llanuras. Nos detuvimos en la cima de una estribación. Mientras observaba las huellas que habíamos dejado, Toshaway arrancó las púas de una rama de cactus y la partió, la dobló y se la puso sobre la herida. Le sujeté la cataplasma con su taparrabos. Tenía el músculo muy magullado. A nuestra espalda la montaña descendía abruptamente hacia el río; no habíamos cubierto mucha distancia pero habíamos subido mucho. Vi jinetes en movimiento allí donde la luna se reflejaba en el agua y supe que podían vernos contra las rocas pálidas.

—Vamos a ponernos en marcha.

—¿Duele?

—Que si duele. Ay, Tiehteti.

Abrieron fuego por el cauce del río: habían encontrado a alguien de la tribu. El ruido menguó y luego cesó del todo. Me pregunté quién sería.

—Sigue adelante —me instó Toshaway.

Para cuando salió el sol, el caballo estaba casi muerto. Toshaway estaba pálido y sudoroso y teníamos ante nosotros hacia el norte una cuenca seca que se prolongaba docenas de kilómetros.

—¿Cómo andas de agua?

—El *pihpóo* recibió un disparo en el río.

—Muy mal —dijo.

El caballo estaba tendido de costado. No había ninguna esperanza para él.

Le cortó una vena del cuello al animal y bebió unos instantes. Luego me obligó a hacer lo mismo. El caballo no protestó. Toshaway empezó a beber otra vez. Yo tenía la boca llena de pelo y el estómago lleno de sangre y me entraron ganas de vomitar. Me hizo beber un poco más. La respiración del caballo se tornó más rápida.

—Ahora seguimos a pie —dijo—. Y esperemos que los buitres no lleven a nuestros amigos hasta el *tusanabo*.

Inspeccioné el rifle y vi que el cerrojo estaba estropeado, así que lo tiré a la maleza.

—Eran unos indios de mierda quienes les indicaban el camino —dijo—. Lipanes. Y también había blancos. —Meneó la cabeza—. Los apaches les chupan la polla a los mexicanos que les chupan la polla a los blancos. El mundo entero está contra nosotros.

Para media tarde habíamos descendido hasta la cuenca. Desde la parte superior se alcanzaba a ver una hilera de árboles más al norte —un río—, pero para alcanzarla tendríamos que cruzar kilómetros al descubierto, sin otro refugio que cardenchas y yucas gigantes. Cualquiera que mirase nos vería de inmediato.

—Por desgracia, no creo que lo consigamos si vamos bordeando la llanura.

—La cruzaremos.

—No —dijo—. Dame una de tus flechas. Tú irás por el camino más largo y permanecerás oculto.

—Cruzaremos la llanura —repetí.

—Tiehteti —dijo—. Está bien dar la vida, pero no por un hombre muerto.

—Vamos a cruzar la llanura —insistí.

A última hora de la tarde estábamos a la sombra a orillas del riachuelo. No era mucho más que un hilo de agua fangosa, la más repugnante que había probado en la vida, pero los dos estuvimos tumbados bebiendo varios minutos. Dejé allí a Toshaway y me fui con el arco a ver si encontraba un ciervo o algo para comer, y además nos hacía falta un estómago para llevar agua.

Estaba sentado entre los sauces, con la esperanza de ver alguna pieza, cuando reparé en un hombre a lomos de un bayo que venía a paso lento por el cauce. Llevaba detrás otro caballo pequeño de pelaje manchado que iba ensillado y cubierto de huellas de mano, parecido al animal que montaba Diez Búfalos.

El hombre era blanco, vestía una chaqueta de cuero nueva y llevaba cabelleras al cinto. Empecé a desplazar el peso de mi cuerpo. Luego me detuve. Él estaba mirando mis huellas en el barro. Yo había empezado a tensar el arco con tal lentitud que no lo habría visto aunque hubiese estado mirándome directamente, y por la manera en que la luz caía entre las hojas, el hombre estaba cubierto por una suerte de dibujo y vi un punto brillante y solté los dedos. Vio la flecha y entonces su caballo dio la vuelta y se abrió paso entre los arbustos. Oí más estrépito. Avancé unos diez metros escasos, lancé otra flecha y esperé. Me pareció ver su caballo justo al otro lado de los árboles. Al final di un rodeo hasta allí.

Estaba tendido sobre la hierba a la sombra. Se había arrancado la flecha y aún la tenía en la mano y algo me hizo pensar en mi padre pero solo guardaba un leve parecido con él, el pelo moreno y sucio, los ojos inyectados de sangre y la piel pálida bajo el sombrero. Me miraba directamente, pero no era más que una ilusión; conté las cabelleras que llevaba colgadas de la silla de montar y luego lo volví boca abajo para arrancarle la suya.

Además de los dos caballos, tenía un par de Colt Navy nuevecitos, un rifle del calibre 69, una cartuchera casi nueva, una petaca de pólvora, un cuchillo, un zurrón de munición bien pesado, tres calabazas de agua y una alforja llena de comida. Marqué la flecha con una X, luego le quité toda la ropa y la até en un fardo por si la quería Toshaway.

El caballo pinto pacía a orillas del arroyo. Lancé un suave relincho y se acercó de inmediato. No estaba seguro de que fuera el de Diez Búfalos, pero llevaba una silla de montar comanche y estaba cubierto de huellas de mano rojas y amarillas.

Estaba contemplando las montañas hacia el norte donde se veían árboles y buena hierba; no me costaría nada alejarme al galope, no habría más emboscadas, alcanzaría Bexar en ocho días. Pero el sentimiento remitió enseguida y fui en busca de Toshaway.

Nos sentamos a comer la carne de ternera seca del hombre y a beber el agua limpia y a comer también las ciruelas pasas y las manzanas que llevaba. Empezaba a sentirme bien cuando Toshaway decidió que era hora de sajar las partes magulladas de su pierna. Había cortado y abierto más ramas de cactus y recogido hojas de creosota para hacer una cataplasma, las machacó con agua y empapó dos trozos limpios de la camisa del hombre. Luego se sentó cerca del arroyo.

—No lo hagas como un puto carnicero —me advirtió—, pero tampoco te tomes demasiado tiempo.

Se puso un palo entre los dientes y yo cogí mi cuchillo de cortar cabelleras e hice un corte en torno a la herida de bala. Puso los ojos en blanco y se le cayó el palo de la boca. Acabé de cortar, luego lo volví boca abajo y corte la herida desde el otro lado. Después introduje los pedazos de camisa en la herida y los saqué por el otro extremo. Estaba comprimiéndola cuando despertó. Continuaba manando pis entre sus piernas, pero por lo visto no se daba cuenta. La herida sangraba copiosamente y me dijo que era buena señal. Cuando hube terminado de comprimirla y cubrirla con las ramas de cactus partidas, hicimos un vendaje bien ceñido con otro retazo de la camisa del cazador de cabelleras.

Mientras estábamos allí sentados me dijo que sabía que la noche que me capturaron fui yo quien disparó contra Oso al Acecho, pero no se lo dijo a nadie más de la tribu.

—Tampoco tenía sentido para mí —reconoció—. Sabía que lo habías hecho y no se lo dije a nadie.

Guardé silencio.

—Sabía lo que llevabas dentro —dijo—. Ahora todos los demás lo verán también.

En realidad yo no estaba escuchando. Pensaba en la noche que me capturaron, en mi madre y mi hermana. Vio algo en mi rostro y me dijo que su abuelo era un cautivo mexicano, la tribu entera descendía de cautivos, era la manera de ser de los comanches; había mantenido nuestra sangre fuerte durante muchos años.

Seguimos cabalgando y cambiándole la cataplasma. Unos días después encontramos un árbol con una colmena en su interior y nos llenamos las alforjas de miel, comiendo una parte pero dejando el resto para untársela en la herida, descansando mientras el sol estaba en lo alto y viajando solo de noche.

Para cuando llegamos a las llanuras, dos semanas después, él seguía teniendo un tajo en la pierna, pero la rojez y la hinchazón habían desaparecido. Otras dos semanas más tarde estábamos de regreso en el campamento.

23

JEANNIE

Fue una mala tormenta, de las que llenan los barrancos, la lluvia cayendo tan deprisa que la tierra no tenía tiempo de absorberla, las nubes tan densas que ocultaban la luz. A mediodía estaba oscuro por completo. Los truenos resonaban por la casa y estaba convencida de que era un bombardeo, una misión de la base aérea de Kaufman que había errado su objetivo. Vio cómo el fuego se propagaba por un soto de cedros cerca de la casa, árboles enteros que estallaban antes de ser alcanzados siquiera por las llamas; una enorme cortina de lluvia lo apagó.

Su padre había ido a los pastos más lejanos. No volvió a cenar pero unas horas después su caballo apareció en la puerta del rancho, solo y todavía ensillado. Ahora estaba más oscuro incluso; apenas atinaba a ver sus propios pies. No había la menor posibilidad de ir en su busca, pero no hacía frío, y era un hombre con recursos, y ella esperaba que apareciera en algún momento por la mañana, empapado y con los pies doloridos pero por lo demás intacto.

Aun así, durmió a rachas, despertando más o menos cada hora hasta que en un momento dado miró afuera y vio la luna. Los vaqueros estaban todos esperando abajo; el caballo de Jeannie ya estaba ensillado. Al rayar el día siguieron las tenues huellas del grullo de su padre, casi borradas por la lluvia pero, cuando consiguió centrarse por fin, bastante claras para seguirlas.

El rastro llevaba hasta un arroyo grande pero no continuaba al otro lado. La luz se propagaba por el horizonte y los trinos empezaban a resonar como si nada hubiera ocurrido. Jeannie y los vaqueros más veteranos continuaron con la búsqueda, los caballos y la mayoría de los hombres permanecieron rezagados para no pisotear ninguna señal, pero ni siquiera después, con el sol en lo alto, encontraron más huellas.

Su padre, al llegar al arroyo, debía de haber desmontado. O más probablemente, había llegado allí a la carrera, cegado por la lluvia y la oscuridad, y había caído. Ahora el caudal era apenas un hilo de agua, pero a una buena altura en las riberas, colgaba de los sicomoros hierba fresca. Un hombre podía haber sido arrastrado durante kilómetros. Docenas de kilómetros.

Cuatro días después, uno de los vaqueros de los Midkiff lo encontró, la planta blanca de un pie asomando bajo la broza y los restos de la inundación. Nadie se lo dijo a ella; sonó el teléfono y Sullivan se montó en la furgoneta y fue al pueblo y cuando regresó, había una caja en el asiento delantero con la ropa de su padre. Estaba sucia y desgarrada pero reconoció la camisa. La cogió, con la intención de llevársela a la cara, pero luego la dejó caer. Estaba plagada de moscardas.

Clint había muerto en Salerno, Paul en la batalla de las Ardenas, aunque ella había rezado todas las noches, aunque no había dejado de ir a misa ni un solo domingo. Cuando Clint murió había seguido rezando por Paul y Jonas, y en algún momento, meses antes de su muerte, también había empezado a rezar por su padre. Ahora se preguntaba si de alguna manera los habría matado ella. Lo uno parecía tan verosímil como lo otro. Decidió que dejaría de rezar por Jonas, y sobrevivió.

Debido al estado en que se encontraba su padre, se dispuso que fuera enterrado al día siguiente, y cuando se acostó en su cama esa tarde, agotada pero incapaz de conciliar el sueño, se le ocurrió que aún hacía falta que alguien llevara el rancho, que no quedaba nadie salvo ella.

Se permitió unos minutos más, luego se dio un baño, frotándose a conciencia, aunque sin perder ni un momento, como imaginaba que bañaría una madre a un niño. Se puso el vestido negro, luego se decidió por otro; no se podía permitir preocuparse por la ropa. Se puso unos vaqueros y botas viejas y supo que la abuela no habría dado su aprobación, aunque naturalmente ella también la había dejado, falleciendo el año anterior. Se maquilló un poco; estaba casi tan mal como los pantalones. Pero tenía las pestañas rubias, como el resto de su cuerpo: la hacían parecer demasiado joven. «¿Dónde está Jonas?», pensó.

No se había llevado a cabo ningún trabajo en cuatro días; todos habían estado buscando a su padre. Ahora sus treinta empleados —vaqueros, reparadores de cercas y peones de molino— estaban reunidos en torno a la casa de dormitorios, sentados en el porche o bajo los árboles a la sombra, hablando en voz queda y preguntándose qué iba a ocurrir.

Les dijo que no cambiaría nada, que si por algún motivo no estaba ella, repartiría sus cheques la señora Wright, la contable. Todo el mundo cobrará los últimos cuatro días, continuó, y tendrá el día siguiente libre. Pero hasta entonces, hay que ocuparse de los huecos abiertos por el agua, los Midkiff tienen algunas cabezas de ganado nuestras, y cualquier otro desperfecto causado por la tormenta, ya podéis poneros a repararlo, no hace falta que lo preguntéis.

No les dijo que no tenía autoridad para firmar sus cheques. Pasó el resto del día y la noche preocupándose unas veces de que nadie asistiera al funeral y preguntándose otras dónde guardaría su padre el testamento. Su abogado había puesto su despacho patas arriba y no encontró nada; en torno a medianoche Jeannie halló el documento en un viejo archivador. Había sido actualizado varias veces: una para Clint y otra para Paul, pero la versión más reciente, con fecha de solo unos meses atrás, que sin duda había causado a su padre una gran ansiedad, la nombraba única heredera de su parte del rancho. A Jonas le correspondía una parte de los minerales, pero nada más.

Le sobrevino un sentimiento de alegría; no pudo por menos de sonreír, luego reír, y luego se sintió fatal. Aun así, Phineas estaría encantado: ahora la propiedad entera se dividía entre ellos dos. A Jonas no le importaría gran cosa; estaba intentando regresar de Alemania, aunque los vuelos eran poco frecuentes y siempre iban llenos y un barco tardaría semanas en llegar. Volvió a preocuparse por el funeral.

Afuera se habían prendido varias hogueras para poner a asar terneras, cabras y lechones. Se habían hecho viajes a Carrizo a por alubias, maíz, café y dos docenas de tartas de la tienda. Un centenar de cajas de cerveza Pearl y cuatro cajas de whisky. La casa parecía más viva de lo que había estado en años; los cocineros estuvieron en vela toda la noche, haciendo lo que fuera que hiciesen, y las criadas también, cambiando toda la ropa de cama de las habitaciones de invitados, sacando los catres plegables guardados, asegurándose de que la casa estuviera lista para recibir compañía.

Phineas llegó con un séquito considerable; hubo un goteo y luego un torrente de personas de Austin, San Antonio y Dallas, de Houston, El Paso y Brownsville, los demás rancheros del sur de Texas, periodistas, casi quinientas personas en total, lo que al principio la hizo llorar —su padre era más apreciado de lo que ella había imaginado nunca—, pero a medida que transcurría la jornada vio que la mayoría había acudido por cortesía, no por su padre sino por ella, o por la familia, por la noción de los Mc-Cullough. Los mexicanos de la zona, que en su mayoría detestaban a su padre, y no sin motivo, también acudieron todos, porque era lo que se hacía cuando moría tu patrón.

La última vez que había estado tan concurrida la casa fue en el funeral del Coronel, pero entonces había un ambiente distinto por completo, de auténtica aflicción, del final de algo, de hombres hechos y derechos que no podían dejar de llorar. Ahora los semblantes eran sombríos pero no desazonados, la conversación natural. Su padre no había importado. No era justo, pero cuanto más pensaba en ello, más condolencias aceptaba, más oía susurrar por la sala las circunstancias de su muerte, más se enfurecía. Había muerto de una manera estúpida. Por tozudez y mal criterio. Los vaqueros habían regresado a casa a toda prisa en cuanto llegó la tormenta —los rayos mataban a más vaqueros que todas las armas—, pero su padre, con sus nociones, había querido terminar el recuento. «No me importa mojarme un poco», esas fueron sus últimas palabras.

Deambuló por la casa, cientos de personas, agradeciéndoles su asistencia e insistiendo en que comieran, el olor a ternera y cabrito y lechón asado, interminables platos de alubias, salsa y tortillas, litros y litros de cerveza y té dulce. Entraba y salía de la cocina; sí, había que partir el cráneo a otra res, a las brasas de inmediato; sí, era necesario ir otra vez a Carrizo, a saber cuántos asistentes se quedarían. Sullivan aparecía de vez en cuando y le ponía en la mano un vaso de té frío. Tenía el vestido manchado de sudor. Subió a cambiarse pero no había nada más; naturalmente, solo tenía un vestido negro. Lo colgó delante del ventilador en su cuarto, se limpió con una toalla y luego se colocó delante del ventilador. Tomó nota de subirle el sueldo a Sullivan; los suyos habían trabajado para la familia durante tres generaciones; su padre había sido tacaño. Se sintió tentada de descansar pero sabía que se habría dormido.

De nuevo abajo continuó moviéndose entre la multitud, sin oír apenas lo que decía la gente. El tío Phineas estaba en el rincón, apoyado en el bastón, hablando largo y tendido con un grupo de jóvenes. Era tan evidente que estaba disfrutando que Jeannie se alejó cuando él la llamó.

Los vaqueros y los mexicanos del pueblo permanecían en actitud respetuosa, hablando en voz baja, pero los hombres de las ciudades —todos con botas de montar y sombrero de ganadero—, pisaban fuerte y hablaban ruidosamente como si estuvieran en familia. Le producía una sensación de debilidad. El Coronel no habría tolerado a hombres así. Ojalá hubiera aparecido alguno de sus antiguos amigos —como aún aparecía alguno que otro, de tanto en tanto—, y, por respeto al Coronel, hubiese descargado un revólver de seis disparos apuntando al techo para despejar la casa.

Pero incluso eso era una fantasía. Por lo que ella sabía de los vaqueros, incluso los de antes, tendían a no sentirse cómodos entre la muchedumbre, tendían a mostrarse corteses y respetuosos, y la mayoría ni siquiera habría podido sostener la mirada a esos hombres nuevos, esos hombres de ciudad.

Jonas se perdió el funeral, pero de todas maneras regresó a casa de Alemania, donde la guerra, a efectos prácticos, había terminado. Ella estuvo a punto de asfixiarlo cuando lo recogió; no había sabido qué esperar −una mirada perdida en la lejanía, profundas cicatrices, una cojera−, pero se le veía sano y en buena forma y caminaba con paso firme.

Lo primero que dijo cuando entró en la casa, sus pisadas sonoras en el cavernoso salón principal, con las paredes de piedra y los techos de diez metros, fue:

−Tenemos que sacarte de aquí como sea. No tendrás una vida normal. La guerra acabará en unas semanas y podría conseguirte un empleo en Berlín. Probablemente sería de mecanógrafa o algo así, pero podríamos vivir juntos.

No sabía muy bien cómo contestar: era atrayente pero también una crasa equivocación, no pensaba ser mecanógrafa. Era su hermano quien debería volver a casa, no ir ella a un país extranjero.

−O qué demonios −decía él−. Tenemos dinero. No hace falta que trabajes, solo ven a vivir allí.

−¿Cómo es aquello?

Se encogió de hombros.

−Supongo que has visto cosas horribles, ¿no?

−No peores que otras.

Sintió deseos de preguntarle si había matado a alguien o visto morir a alguien, pero al parecer él se olió la pregunta y se levantó de repente, fue a la otra punta de la sala, mirando los viejos grabados, las estatuas y figurillas de mármol, al tiempo que meneaba la cabeza, cogiendo cosas y volviendo a dejarlas.

−¿Quieres comer algo? −le preguntó.

−Más vale que vayamos a la tumba. No puedo quedarme mucho.

Eso no tenía ningún sentido −había viajado una semana para llegar allí− y decidió pasarlo por alto, pues no estaba segura de que Jonas pensara con claridad.

−¿Quieres ir en coche o a caballo?

−Vamos a caballo. Hace cuatro años que no monto a caballo.

Mientras tomaban la cena, durante la que Jonas dejó caer algún giro británico, le preguntó de una manera que a ella le pareció demasiado directa:

—¿Hay por aquí algún hombre que te guste?

No. De hecho, el año anterior había habido otro vaquero, menos guapo que los demás, con una nariz como blandengue; se besaron detrás de uno de los corrales en los pastos y luego se tendieron junto a los manantiales en la antigua finca de los García. Había sido más agresivo de lo que ella quería —los pocos hombres que quedaban parecían salirse con la suya demasiado rápido—, pero esa noche, cuando una vez a solas estuvo recordándolo, lamentó haberle parado las manos. Esas ocasiones solo se presentaban a grandes intervalos, de modo que unos días después, cuando acordaron volver a reunirse, ella llevó un condón antiquísimo —encontrado en el cuarto de Clint, claro— en un bolsillo del vestido. Había esperado una hora, luego dos, tendida a solas bajo los árboles, sobre la hierba suave con vistas a la vieja iglesia.

Su vaquero no apareció. Una vez más lo ocurrido no revestía ningún misterio: los amigos del joven, temerosos de su padre, temerosos por sus propios trabajos, le advirtieron que desistiera. Ella lloró durante días: ni siquiera para ese hombre, al que (presuntuosamente, ahora lo sabía) había considerado por debajo de ella, era lo bastante buena. Siempre se había considerado un trofeo: rubia, menuda, con una figura no tan abundante pero desde luego con figura de mujer; la nariz respingona se le había enderezado, los ojos se habían hecho más grandes y bajo cierta luz se preguntaba si tal vez era hermosa. Pero la mayor parte del tiempo era como mínimo bonita, muy por encima de la media, y aunque es cierto que había una chica mexicana en Carrizo que era más bonita, esa chica era muy pobre.

Y aun así... tenía casi veinte años, debería estar por ahí viviendo, debería haber tenido pretendientes y no los tenía, a excepción de algún que otro hombre del pueblo que tal vez pensaban que la estaban cortejando, pero, por lo que a ella concernía, no lo estaban haciendo. No se consideraba rica, pero sabía que otros sí la tenían por tal; no confiaba en ninguno de los blancos del pueblo; tenían una imagen equivocada de ella. A los vaqueros los conocía, y confiaba bastante en ellos —iba en contra de sus propios intereses perjudicar la reputación de la joven–, aunque por lo visto no confiaban en ella, ni la respetaban, o tal vez percibían su desesperación.

En lo tocante a Jonas, apenas lo reconocía. Tenía la cara más llena, el cuerpo también; ya no quedaba nada del chico. Hablaba muy rápido, como alguien criado en el Norte, y maldecía constantemente, como alguien criado en el Norte; parecía tener una seguridad absoluta en sí mismo. Durante la cena se emborrachó de whisky y hablaron e hicieron un fuego enorme, de los que a su padre le habrían parecido un derroche, pero cuando por fin decidieron irse a la cama, Jonas se negó a subir a su antiguo cuarto –montando un numerito, pensó ella– y en cambio cogió una manta y se acostó en un diván cerca de la chimenea. Ella se fue a su dormitorio y mientras estaba allí sentada en camisón, supo que sería la responsable de perderlo todo. Jonas se había eximido: no le importaba lo más mínimo la casa ni su legado. Aunque naturalmente había quedado excluido de la mayor parte. Debía de haberle dolido, el insulto final de su padre, aunque aún había dejado a Jonas la mitad de sus minerales, que, a fin de cuentas, eran más importantes para su hermano de lo que podría haber llegado a ser la tierra.

A la mañana siguiente desayunaron en el salón, donde podían oír la radio.

–¿Te quedarás aquí hasta que terminen los combates?

Él negó con la cabeza.

–Recuerdo que papá la apagaba cada vez que hablaba Roosevelt –dijo señalando la radio.

Jeannie se preguntó si tendría que defender a su padre durante toda la visita. Aunque al final sería durante el resto de su vida.

–Dejó de hacerlo una vez empezó la guerra –señaló–. El día D dio fiesta a todos y nos quedamos aquí escuchando, y dibujó un mapa bien grande, y decía esa es la división de Paul, la Ochenta y dos Aerotransportada, que ha aterrizado ahí, y esa es la división de Jonas. Tomó todas esas notas para que las viesen todos. Estaba orgulloso de vosotros.

–Bueno, se equivocó porque no tomé tierra hasta el segundo día. Y Paul no desembarcó en la playa en absoluto, cayó en paracaídas en medio de todos los alemanes.

—No recuerdo hasta el último detalle —reconoció ella.

—¿Recuerdas cuando dijo que la elección de Franklin Delano Roosevelt suponía el fin de la democracia americana? ¿O que la gran sequía de los años treinta era un invento comunista? —Sacudió la cabeza—. No sé cómo salimos de alguien así.

—No era tan malo.

No recordaba que su hermano fuera tan frío, pero tal vez en realidad no había llegado a conocerlo. Cerró los ojos.

—Recuerdo que decía que vivíamos en la Frontera —continuó Jonas—. La Frontera, con «f» mayúscula. Yo le contestaba que la frontera se cerró antes de nacer él siquiera, y entonces me sermoneaba acerca de la tradición de la que éramos portadores. Le decía que no había tradición alguna, que no podía haber tradición de algo que solo había durado veinte años. Sea como sea… No sé en qué se convertirá este lugar, pero ahora mismo no le veo ningún sentido. No está lo bastante asentado para que haya cultura, pero tampoco es lo bastante salvaje para resultar interesante. No es más que una provincia.

Ella no contestó.

—Deberías venderlo. Conservar los minerales pero empezar de cero. Podríamos conseguir que te admitieran en Barnard sin problemas.

—No pienso mudarme al Norte —replicó en voz queda.

—Entonces eras una niña.

—Soy más feliz aquí.

—Jeannie. —Se llevó la mano a la frente como si lo que ella había dicho fuera la mayor estupidez que había oído en su vida—. Todo lo que nos enseñaron aquí era una mentira o un chiste sin gracia. Siempre andaban a vueltas con que los yanquis tal y los yanquis cual, que si eran de lo peor, todos unos embusteros, y un día se me ocurrió que si papá los detestaba tanto, era probablemente allí donde estaba mi lugar. Mientras tanto, él era peor que cualquiera que conocí en Princeton, rico desde la cuna pero siempre quejándose de lo pobre que era y lo explotado que estaba. ¿Y la manera en que trataba a los mexicanos?

Ella no dijo nada.

Jonas tenía los ojos cerrados.

—Yo era un puto imbécil cuando llegué allí.

Se quedó otra semana, hasta que los dos tuvieron la seguridad de que el patrimonio estaba en orden. Para entonces se había esfumado toda su ira. Cambió el testamento para dejarle a ella todo en el caso de que le ocurriera algo; firmó unos poderes. Jeannie se sintió más cerca que nunca de él; había perdido a su padre pero recuperado a su hermano. Y luego se subió al tren rumbo al este, hacia la guerra, y no volvió a verlo en tres años más.

A partir del día en que se fue Jonas, y durante no sabía cuánto tiempo, llevó un horario de gato, dormía tres cuartas partes del día, despertaba en mitad de la noche, deambulaba por la casa vacía, lloraba hasta quedarse dormida en el sofá solo para despertar unas horas después con el sol en los ojos. Volvía a subir a su cuarto con las cortinas gruesas, se encontraba el desayuno o la cena en una bandeja delante de la puerta, huevos fríos, carne fría, iba al cuarto de baño.

No tenía nada que hacer. Ningún trabajo, nada útil en lo que ponerse a pensar. Una vez a la semana, en lo que sabía que debía de ser el jueves, encontraba una tablilla con sujetapapeles en la mesa del comedor con todos los cheques de los empleados, que firmaba uno por uno y dejaba junto a la puerta. Pensaba en su padre y lloraba, pensaba en sus hermanos y lloraba, era vagamente consciente de que el tiempo transcurría, se preguntaba por qué Phineas no la llamaba, por qué no la había invitado a vivir con él. A menudo no sabía si lloraba por eso, o por su padre, o sus hermanos, o incluso su bisabuelo, que llevaba muerto casi una década pero había sido más tierno con ella de lo que nunca lo fuera su padre.

Tal vez pasó un mes. Igual fueron dos. Pero despertó una mañana cuando estaba saliendo el sol y aceptó, con absoluta certeza, que nadie volvería a cuidar de ella.

Una semana después apareció un hombre de Southern Minerals que quería hablar de su futuro.

—He pasado varias veces, pero siempre me decían que estabas indispuesta.

Se comportó como si fueran viejos amigos pero ella se cruzó de brazos y se quedó plantada en el vano de la puerta. Él se apresuró a ofrecerle un millón de dólares más el 12,5 por ciento por el arriendo de su propiedad, con la excepción de los acres que ya había perforado Humble. Estaba al tanto de toda su historia. Sabía que sus hermanos habían muerto en la guerra, que su padre había fallecido en un accidente, que Jonas había regresado a Alemania.

—Puedes mudarte a la ciudad. —Se corrigió rápidamente—. O criar tu ganado. La vida ya no será dura.

Le ofreció una mirada compasiva.

Ella no le miraba; ojalá uno de los vaqueros pasara por allí a caballo.

—Habla como un predicador —comentó.

—Gracias.

Sonrió y empezó a hablar de nuevo de la hierba, y el tiempo, y qué tal iba el ganado, y un rato después, cuando Jeannie hubo pensado qué decir, lo interrumpió.

—¿Siguen aceptando otros una octava parte de las regalías o solo las viudas y los huérfanos?

Él volvió a sonreír, se percató de sus intenciones, vio la planificación invertida en su grosería. Ahora estaba más cerca de ella y Jeannie se resistió al impulso de retroceder —eso supondría cederle el umbral—, y luego estaba el calor; lo más natural era invitarle a que se protegiera del sol. Decidió que no le importaba lo cerca que estuviera; no cedería. Pero al mismo tiempo se preguntó si era una estupidez, si estaba juzgando mal la situación por completo. Se preguntó si se habrían ido todas las criadas; se preguntó cómo había cruzado él la puerta principal del rancho.

Estaba tan cerca que alcanzaba a olerle el aliento, y empezó a alarmarse de lo sola que se encontraba. Todos los peones estaban en los pastos —a kilómetros del alcance del oído—, y Hugo, el cocinero, había ido a Carrizo a buscar provisiones. Estaba sola y ese hombre no le tenía el menor respeto.

—Me parece que me estoy cansando —comentó ella.

Él asintió pero continuó hablando; se quitó el sombrero para enjugarse la frente y Jeannie se dio cuenta de que el sol no le había dejado marca: trabajaba en un despacho. Mencionó por segunda vez que aquel no era lugar para que una chica estuviera sola y Jeannie notó un hormigueo que empezaba en la nuca y se le propagaba hasta los dedos de las manos; igual era demasiado tarde. Ese tomaría lo que quisiera. Se le quedó la boca seca y se armó de valor para decir:

—Si no se va voy a llamar al sheriff.

Él se quedó donde estaba como si la advertencia requiriera más consideración, o igual solo para demostrar que se iba solo porque quería. Luego alargó la mano, le apretó el hombro y le deseó buenas tardes.

Después de cerrar la puerta fue directa al despacho de su padre, pasando por delante de docenas de ventanas abiertas, puertaventanas con cierres inútiles: había infinidad de maneras de entrar en la casa; probablemente ese hombre lo estaba intentando por detrás.

En el cajón de su padre estaba su pistola Colt, pero tras desplazar la corredera tal como le habían enseñado, el cargador cayó al suelo y salió rebotado debajo de la mesa.

Abrió la amplia vitrina donde se guardaba el resto de las armas y encontró el rifle del calibre 25-20 con el que cazaba de niña. Sus hermanos lo consideraban poca cosa pero ella había abatido dos ciervos. Buscó la munición adecuada, preparó el rifle y regresó al pasillo. Le había llevado varios minutos hacerlo. Era ridículo. Si el hombre de verdad la hubiera seguido, habría llegado hasta ella hacía una eternidad. Notó aflorar una furia cada vez más intensa contra Jonas, contra su padre, contra...

Había algo fuera —el Ford de un representante petrolífero—, ya estaba en la puerta principal del rancho. Le vio, ahora una mota lejana, abrirla y trasponerla. Se sintió muy cansada. Quería acostarse.

En cambio cargó varios revólveres (ya no confiaba en la automática), los metió en un cesto y se paseó por la casa distribuyéndolos como si fueran flores: uno en el jarrón grande junto a la puerta de entrada, otro en un estante de la cocina, un tercero junto a su cama, el cuarto al lado de su sillón preferido en el salón.

Salió a la galería, desde donde se alcanzaba a ver una gran extensión hacia las colinas, casi hasta la carretera general, y empezó a analizar lo ocurrido. Llamar al sheriff era una equivocación. A quien había que llamar era a los vaqueros. La idea de que alguien matara al representante la animó un poco, le despejó la cabeza de una manera agradable. Se sentó y contempló las nubes y pensó en cómo ocurriría. Caería abatido igual que un novillo o un cerdo, de bruces. Se preguntó por qué le temblaban las manos. «Me estoy volviendo loca», pensó. Se fue de la galería y paseó por la casa, deteniéndose delante del espejo del vestíbulo. Era una broma, las armas eran una broma, era una niña jugando a cosas de adultos. Se preguntó de nuevo si se estaba volviendo loca.

Se le quitó un peso de encima cuando oyó al cocinero entrar y ponerse a charlar con una de las criadas. No estaba segura de si había estado hablando sola o no, si las criadas la habían oído. Todos estaban en lo cierto –Jonas, su padre, su abuela–: el lugar que le correspondía no era ese.

Vio cómo la primera furgoneta de los vaqueros coronaba una colina lejana, trayendo a remolque caballos de los pastos. Luego la segunda furgoneta, y la tercera. Notó que todo se volvía más liviano. Era así de sencillo. Se lo diría. Lo que fuera del representante, le traía sin cuidado («No me importa –pensó–, de veras que no»), aquello no era el Norte, donde se iba por ahí abordando a la gente. Incluso cargar las armas había sido una equivocación; necesitaba un muro blindado en torno a ella, de hombres, como lo había tenido su padre.

Sullivan, los vaqueros, todos ellos sabrían lo que hacer. Decidió pasar a la acción antes de que cualquier otra consideración le hiciera flaquear; probablemente no era tan mal tipo, probablemente había malinterpretado todo el asunto, era joven y estaba sola («Te ha abordado», se recordó). Sí, eso era. El hombre pagaría un precio. Incluso Jonas estaría de acuerdo. No lo matarían, pero sería algo desagradable. No estaba segura de qué. No le importaba. Se recordó cómo la había agarrado y entonces, antes de que tuviera oportunidad de cambiar de parecer, salió por la puerta principal, haciendo caso omiso de Hugo, que la llamaba a cenar, y fue sendero adelante hacia la casa de dormitorios.

24

LOS DIARIOS DE PETER McCULLOUGH

25 DE MARZO DE 1917

Ha vuelto la sequía pero el precio del ganado sigue estando alto debido a la guerra. Desperté tras una noche de pensamientos nítidos, descorrí las cortinas esperando encontrar el paisaje verde de mi juventud y de mis sueños. Pero a excepción de las inmediaciones de la casa, no había más que hierba escasa y quebradiza, matorrales espinosos, pedazos de caliche pelado. Mi padre tiene razón: la tierra se ha echado a perder para siempre, y en una sola generación.

Entretanto, ha contratado promotores para traer granjeros del norte. Los trenes se fletan especialmente y enseñarán a los yanquis las mejores granjas (irrigadas), las mejores casas (la nuestra, que es la más ostentosa), y les ofrecerán terreno reseco y agotado quinientas veces más caro de lo que pagaron por él los propietarios actuales. Me han ordenado que me esfume.

Durante dos meses el Coronel ha estado desviando agua de los estanques donde abrevan los animales a nuestro propio jardín (ahora lo tenemos, en vez de un patio de tierra) y se ha represado el arroyo que corre cerca de la casa, por delante de los pastos de Everett, para que inunde las tierras bajas que se ven desde la galería. Ike Reynolds vino a quejarse de que no le llega agua, pero el Coronel le explicó sus motivos y Ike se marchó convencido.

Incluso los manantiales de Carrizo están casi secos; se dice que es el resultado de la irrigación. Todas las resacas se han agotado. La tierra entera, por lo visto, se está transformando lentamente en un desierto; la humanidad desaparecerá y algo nuevo ocupará nuestro lugar. No hay razón para que solo haya una humanidad. Probablemente yo nací mil años antes de lo debido, o diez mil. Algún día mi padre parecerá como los romanos que echaban a los cristianos a los leones.

6 DE ABRIL DE 1917

He oído a Charlie, Glenn y mi padre hablando esta noche, he entrado en el salón principal para ver de qué se trataba, los tres me han mirado y se han callado. Me he marchado, claro. Las generaciones pasan, nada parece cambiar, el entendimiento tácito entre los otros y mi padre, miradas mudas que siempre me han excluido. Wilson ha declarado la guerra a Alemania hoy.

9 DE ABRIL DE 1917

Charlie y Glenn vinieron a hablar conmigo. Han decidido los dos alistarse en el ejército. Les dije que sería mejor esperar a finales de año, cuando resultaría más fácil encontrar peones que los sustituyan. No quedaron convencidos. «Tenemos dinero de sobra para contratar gente», dijo Charlie.

Sally ha pasado todo el día en su cuarto, incapaz de levantarse de la cama.

No podrían haber escogido una guerra peor en la que tomar parte. Ametralladoras y bombas de media tonelada. Siempre había pensado que los europeos volvieron a la edad de piedra cuando vinieron a América, pero por lo visto nunca la habían dejado atrás. Setecientos mil muertos solo en Verdún.

Lo que nos hace falta es que llegue otra gran edad de hielo y nos barra a todos al océano. Para dar a Dios una segunda oportunidad.

12 DE ABRIL DE 1917

Los chicos han tomado hoy el tren a San Antonio. Sally está haciendo el equipaje para quedarse con su familia en Dallas. Me dijo que por eso deseaba que hubiéramos tenido hijas. Le dije que estaba de acuerdo con ella.

—Ven conmigo —dijo.

No pude explicarle por qué me sería imposible sobrevivir en Dallas.

Una señal de mal agüero: inmediatamente después de despedirme de Glenn y Charlie, recibí una llamada del administrador de correos. Ha llegado la ametralladora Lewis. Tras varios julepes de menta con el Coronel, decidimos probar el arma.

Cogimos el tambor más grande —casi un centenar de proyectiles— y tras cargarlo laboriosamente y desentrañar los mecanismos, que son muy parecidos a los de un reloj de bolsillo, estábamos listos para mandar unos cuantos cactus al otro mundo cuando apareció el grupo de pecaríes más desafortunado del mundo.

Estaban casi a cuatrocientos metros pero, según la publicidad, el arma tenía un «área de fuego» efectiva al triple de esa distancia. El Coronel apenas alcanzaba a verlos, así que sugirió que me encargara yo de disparar mientras él miraba por los prismáticos. Estaba tendido en el suelo detrás del arma mientras él permanecía en pie a mi lado. Vi una figura sombría que saludaba con la mano a lo lejos.

Elevamos la mira y disparé una ráfaga rápida, tal vez cinco balas.

—Hostia puta, Pete, has fallado por veintitantos metros.

—Debe de ser el viento.

Me zumbaban los oídos. Fingí ajustar la mira.

—Bien, ya están hozando otra vez. ¿Vas a disparar o te vas a mear en los pantalones?

Apunté hacia la manada de pecaríes —que a esa distancia se veía como una mancha negra en contraste con el verdor de la maleza— y sostuve el gatillo apretado. Era como sujetar una locomotora. No es tanto apuntar como dirigir el arma igual que si de una manguera de incendios se tratara.

—Izquierda —gritaba él—, derecha, derecha, llévalos hacia la derecha…, ahora a la izquierda, más a la izquierda, izquierda, ¡izquierda, izquierda!

Hice lo que me indicaba, viendo cómo las balas hacían saltar la tierra entre las figuras pardas a la carrera.

—Pon otro tambor, aún hay algunos meneándose.

Coloqué el segundo tambor.

—La hostia —decía—, me pregunto si de verdad son cuatrocientos metros…

Ahogué sus palabras con el estrépito de la ametralladora.

Cuando fuimos a recoger nuestras cosas, mi yegua, que está acostumbrada a que cace ciervos, perdices y pavos montado en ella, tenía los ojos desorbitados. Barruntaba que se está tramando algo antinatural. El caballo de mi padre no estaba por ninguna parte y nos costó casi media hora encontrarlo.

Antes de regresar a casa, nos llegamos hasta allí para inspeccionar los daños. Los pecaríes estaban desperdigados por una sección grande y plana de caliche, despanzurrados de cualquier manera. Parecía que alguien les hubiera metido dentro dinamita.

—Bien —comentó mi padre, supervisando la matanza. Se paseó por allí a caballo asintiendo. Luego dijo—: ¿Tú crees que los alemanes tienen de estas?

—Las tienen a miles —contesté.

La Lewis se había enfriado lo suficiente como para colgarla de mi silla. Claro que los alemanes tienen ametralladoras. Pero no es propio de mi padre ver las cosas de esa manera. Cabalgamos de vuelta a casa.

—Recuerdo cuando un Colt de cinco disparos era un arma de destrucción masiva. Por entonces tú tenías quizá veinte años y ahí estaba el rifle Henry, que lo cargabas el domingo y disparabas durante toda la semana. Dieciocho cartuchos, me parece.

—La vida no hace más que mejorar —dije.

—El caso es que siempre pensé que todos esos libros te llevarían a alguna parte. Me apenó que no fuera así.

—Sí que me han llevado a alguna parte —repliqué.

—Me refería a lejos de aquí. Crees que tu padre no lo sabe, pero sí lo sé. Mi hermano era justo igual que tú. Es cosa de familia.

Me encogí de hombros.

—El lugar equivocado, el momento equivocado…, algo equivocado.

—Me gusta esta familia y me gusta este lugar —le aseguré, porque, por alguna razón, en ese momento me pareció cierto.

Hizo ademán de decir algo pero luego calló. Mientras cabalgábamos por el sol y el polvo, hacia nuestra casa grande y blanca en su colina, me dio la impresión de que se relajaba, se asentaba en la silla; saltaba a la vista que estaba absorto en sus pensamientos, repasando sin duda las muchas cosas que ha hecho por las que el mundo entero le admira.

Empecé a pensar en la frecuencia con que estaba en casa durante mi infancia (nunca), mi madre disculpándolo. ¿Le habría perdonado ella aquel día, justo al final? Yo no. Ella siempre nos leía, para intentar distraernos; nos dejaba muy poco tiempo para aburrirnos, o para darnos cuenta de que no estaba. Una versión infantil de la *Odisea*, siendo mi padre como Odiseo. Él contra los cíclopes, los lotófagos, las sirenas. Everett, que era mucho mayor, leía por su cuenta. Más adelante encontré sus diarios, dibujos detallados de chicas de piel morena sin vestido… Yo supongo que, puesto que mi madre nos decía que mi padre era como Odiseo, yo era Telémaco… Ahora me parece mas probable que acabe siendo un Telégono o algún otro hijo perdido de cuyas hazañas no quedó constancia. Y naturalmente también hay otros errores en la historia.

13 DE ABRIL DE 1917

Esta mañana, Sally me encontró en el despacho, donde había pasado la noche. Me trajo una bandeja con café y kolaches. Supuse que quería algo. Aún no se ha ido a Dallas.

—¿Qué tal la nueva arma? —preguntó.

—Me parece que al Coronel le encanta.

—¿Es la que usamos nosotros o la que usan los teutones?

—La nuestra, claro.

—Pero los teutones también las tienen.

—Claro —dije de nuevo.

—Bueno, espero que os lo pasarais bien con ella. —Meneó la cabeza—. Mientras oía esa arma, no podía dejar de pensar en Glenn y Charlie.

—Lo sé.

Se quedó ahí de pie y me fijé en las patas de gallo, más marcadas a cada año que pasa, como las mías. Parecía mi madre a esa luz, el cabello y la piel pálidos… pero a diferencia de mi madre, siempre hay alguna rueda girando en su cabeza. Aunque hoy parecía cansada de pensar. Me acerqué y la abracé.

—No creo que pueda seguir aquí.

—Eso vienes diciendo.

—Lo digo en serio.

Me encogí de hombros y la solté, pero ella me agarró con fuerza.

—Tenemos que seguir juntos —dijo. Luego añadió—: Llevas semanas sin tocarme.

—Tú tampoco me has tocado.

—Sí te he tocado. Lo que pasa es que no te has dado cuenta.

—No les pasará nada a nuestros hijos.

—Pete —dijo—, ¿alguna vez tienes una conversación sincera con alguien?

No estaba seguro de adónde quería llegar.

—No hay nadie más.

—Pues empieza conmigo —me instó—. Dime exactamente lo que piensas. No lo que crees que quiero oír, sino la verdad.

—Eso son disparates.

Me miró.

—Ya sé que no te apoyo mucho. Sé que nunca lo he hecho.

¿Qué iba a decirle? ¿Que siempre he sabido que mi sitio era este? ¿Que algún día tendré que hacer algo que demuestre la valía de mi vida? Un hombre de cuarenta y seis años, esperando a que el destino tome las riendas… Es probable que ya las haya tomado.

—Me prometiste una casa en la ciudad cuando se fueran los chicos.

—Lo sé —reconocí.

—Aún me quedan unos años que aprovechar. Unos cuantos hombres siguen considerándome atractiva. Si quieres que me mude a San Antonio por mi cuenta, dímelo. De otro modo, estoy dispuesta a dividir nuestro tiempo entre aquí y algún lugar civilizado, si tú accedes a venir conmigo parte de ese tiempo.

—Esté lugar se vendrá abajo sin mí —dije—. Y el Coronel no se puede quedar solo.

—Te preocupa tu padre.

—Tiene ochenta y un años.

Negó con la cabeza. Estuvo un buen rato mirando por la ventana.

—¿Es tu decisión final?

15 DE ABRIL DE 1917

Sally ha ido a la estación de tren. Hemos hecho el amor cuatro veces en los últimos dos días, más que en todo el año pasado. Una profunda depresión cuando me he despedido de ella, la inutilidad de vivir solo… He dejado varias veces que el coche siguiera su camino quitando las manos del volante… pero tampoco se trataba de eso. De alguna manera esto era necesario. El plan superior. Un extraño hormigueo por el cuero cabelludo, como antes de atacar a los García, como algunos días cuando era más joven, como cuando Phineas se adelantó para coger el ronzal de aquel caballo negro. Mi padre había querido que lo hiciera yo, pero delante de tanta gente, me fue imposible tocarlo.

Cuando he llegado a casa había oscurecido y la casa también estaba oscura, silenciosa y vacía. He añadido otro punto a la lista que empecé en Austin, titulada originalmente «Las siete clases de soledad» (un hombre y una mujer sentados cerca, un niño cogido a la pierna de su madre, una lluvia fría, el ruido que hacen los cuervos, la risa de una chica en una calle empedrada, cuatro policías caminando, pensar en mi padre); la lista ha llegado a varios centenares de entradas a estas alturas. Tendría que haberla quemado años atrás, pero en cambio he añadido otro punto: «Una casa en silencio».

Mañana despediré a todo el personal salvo a Consuela y una o dos criadas. No deberían tener problema para encontrar trabajo: están reclutando hombres y diestro y siniestro; les daré tres meses de sueldo.

He intentado dormir, pero unas horas después me he levantado y deambulado encendiendo todas las luces. Oía el viento sacudiendo las ventanas del otro lado de la casa. Al final no he podido soportarlo más y he ido a ver si mi padre seguía despierto.

25

ELI/TIEHTETI

Pizon y los demás, con el millar de caballos robados, habían alcanzado el campamento una semana antes que nosotros, y aún seguía llegando algún que otro rezagado. Habíamos perdido a once miembros del grupo pero en voz baja la incursión se consideraba un éxito. Aunque sabíamos que si continuábamos logrando esa clase de éxitos, no quedarían indios que montaran los caballos.

Se siguieron llevando a cabo incursiones menores durante todo el verano, emprendidas sobre todo por jóvenes que necesitaban caballos y cabelleras, para casarse y también porque de otro modo no tenían rango. El ejército casi había terminado de levantar una segunda línea de fuertes —de Belknap a Mason pasando por Abilene—, pero muchos colonos ya habían traspuesto esa segunda línea. Para los veteranos, la señal de peor agüero eran los árboles con colmenas, que parecían preceder a la línea de colonización en unos ciento cincuenta kilómetros o así y ahora llegaban casi hasta la linde del Llano. Nos alegraba tener tanta miel, pero todos sabíamos lo que significaba.

Los comancheros habían averiguado que otra vez gozábamos de prosperidad, y convencí a Toshaway de que doblara el precio de los caballos que vendíamos. Antes, un buen caballo se podía cambiar por un puñado de cuentas de vidrio o unos metros de percal, pero ahora queríamos más munición y piezas de recambio para armas, más puntas de flecha de acero y más comida.

Yo me quedaba en el campamento y cazaba y domaba caballos, pero sobre todo pasaba el tiempo con Flor de la Pradera, que ya no se avergonzaba de que la vieran conmigo, porque tenía un estatus equivalente al de Nuukaru o incluso Escuté, aunque mis aptitudes no estuvieran a su altura.

Lo más importante que ocurrió a finales de verano fue la captura de un joven cazador de búfalos, que, junto con el resto de su grupo, había calculado mal hasta qué punto podían protegerlo el ejército y los Rangers. Los alcanzamos en la cuenca baja del Palo Duro y tras un breve enfrentamiento murieron todos sus compañeros. Él salió arrastrándose de debajo de la carreta con las manos en alto y, sabiendo lo que le ocurriría, le disparé una flecha de inmediato, pero Pizon me empujó y salió desviada.

El cazador tenía cerca de treinta años, el pelo y la barba rubios, ojos azules y una especie de aire inocente. Me alegré de quedarme con su rifle Springfield y sus moldes para balas Minie, pero el auténtico trofeo era el propio hombre. Puesto que estaba vivo e ileso y tan cerca de nuestro campamento, se decidió llevarlo allí para torturarlo.

Su llegada provocó una gran conmoción y todos dejaron de trabajar para el resto del día. Era como si hubiera llegado el circo a la ciudad, o se hubiera convocado una ejecución entre los blancos. Debía de haberse olido lo que iba a ocurrir porque me suplicó que le ayudara pero yo no podía hacer nada, y algunos cautivos más recientes, cuya posición era menos sólida, le pisotearon la cara para demostrar su lealtad.

La tortura de un cautivo se consideraba un gran honor para las mujeres del pueblo y todas las ancianas se reunieron junto con las más jóvenes. Flor de la Pradera se disgustó al no ser elegida. Tras desnudarlo por completo, atándole las manos y los pies a estacas, con las extremidades abiertas de par en par de modo que quedase ligeramente suspendido en el aire, se rieron de su pelo pálido y sus partes íntimas, encogidas de miedo; una mujer se sentó sobre él a horcajadas y fingió que iba a joder con él, para regocijo de todos. Se había reunido la mayor parte del poblado, con los niños sentados o a hombros, igual que si se celebrara un ahorcamiento en la ciudad. Las mujeres hicieron cuatro hogueras muy pequeñas, una por cada mano y cada pie. Fueron echando leña con cuidado, manteniendo las llamas al mínimo, alimentándolas para que calentaran más solo cuando dejaba de gritar, lo que indicaba que los nervios se habían entumecido. Incrementaban el calor añadiendo un palo muy pequeño, y entonces él empezaba otra vez con su canción.

Chilló hasta quedarse ronco y los niños le imitaron con enorme júbilo. A media tarde apenas emitía sonido alguno y me pregunté si se le habrían roto las cuerdas vocales. A la hora de cenar le dieron caldo y agua, que su cuerpo aceptó de buena gana, aunque debía de haber sabido por qué se los daban. Luego volvieron a alimentarlo. Pasé cerca de él, pensando que estaba sumido en el estupor, pero me reconoció y me rogó que lo matara: de un cristiano a otro. Me quedé allí pensando, consciente de lo que querría que me hicieran a mí en su lugar, y luego Toshaway me alcanzó cuando regresaba al tipi.

—Ya sé lo que estás pensando, Tiehteti. Todos se enterarán y los castigos serán severos. Más de lo que crees, probablemente.

—No estoy pensando nada —dije—. Está matando a nuestro búfalo.

—De acuerdo —repuso—. De acuerdo, Tiehteti.

Flor de la Pradera estaba que ardía esa noche. Me apliqué a fondo pero después de la segunda vez perdí interés. Ella se restregaba contra mí y al final la detuve.

—Por lo general no me puedo librar de Nuukaru y Escuté —dijo. Habían ido a tomar parte en una incursión, así que teníamos el tipi para nosotros solos—. Pero ahora, para una vez que podrían servirme de algo…

—Seguro que hay otros despiertos, si es eso lo que quieres.

—Ya sabes que no. —Se acurrucó contra mí—. ¿Qué pasa? —preguntó.

—Nada.

—Es el hombre blanco, ¿verdad?

Negué con la cabeza.

—De acuerdo —dijo—. Perdona que esté tan cachonda.

—Dame un minuto.

—No te preocupes.

—Lo intentaré —dije.

Pero no pude.

Por la mañana, justo después de desayunar, le cortaron las manos y los pies porque tenía los nervios muertos por completo, y cuando los gritos empezaron a menguar, desplazaron el fuego debajo de los muñones donde los nervios seguían intactos. Ahora había poca gente viéndolo, y aunque el sonido de los chillidos del hombre colmaba el campamento, ya había empezado a parecer normal.

Toshaway me dijo que antaño aquello era habitual, pero con el paso de los años, a medida que las incursiones se llevaban a cabo cada vez más lejos del campamento, el riesgo de traer un prisionero adulto solo para torturarlo había dejado de compensar.

—Me voy a cazar —le dije.

Me miró.

—Estoy bien —aseguré.

Cuando no quieres ver serpientes las encuentras por todas partes y cuando buscas una no la puedes encontrar. Ciertos hombres extraían el veneno de las serpientes de cascabel para las flechas de guerra, pero yo manejaba el material con tanta torpeza que prefería no arriesgarme. Aun así, había exprimido más de una serpiente, y tras pasarme buena parte del día buscando, al final encontré una *wutsutsuki* bien grande a media tarde, en una roca alta al sol. Cuando dejó de revolverse le corté la cabeza y la envolví en un pedazo de cuero.

La segunda noche, dieron más caldo y agua al cazador de búfalos. Para entonces solo tenía medio centenar o así de admiradores, sentados en torno comiendo y mirándole. Me fui a dormir como siempre y esperé hasta que dejé de oír conversaciones. La noche era nublada y casi negra, cosa que interpreté como una señal. Me acerqué con sigilo adonde estaba atado.

Hizo un ruido cuando me acerqué; es posible que dijera por favor; es posible que dijera cualquier cosa.

Era un plan estúpido; estaba oscuro, había pequeños colmillos afilados y resultaba complicado, pero usé el mango del cuchillo para exprimir la cabeza de la serpiente encima de su boca. Fue solo una gota o dos pero empezó a patalear.

—Deja que se extienda por tu cuerpo —dije—. No tienes que aferrarte a él.

Le hice un pequeño tajo en el cuello y exprimí en él el resto del veneno. Me di cuenta de que me había cortado la mano.

Su respiración ya empezaba a cambiar.

Me marché y me lavé en el arroyo.

Cuando regresé a mi tipi, Flor de la Pradera estaba en mi lecho, tan excitada como la noche anterior.

Cuando terminamos, preguntó:

—¿Dónde estabas?

—Paseando.

—Estabas mojado —señaló.

Notaba un hormigueo en el brazo. Al final, le pregunté:

—¿No te molesta, lo que le estaban haciendo a ese hombre?

Me salió más fuerte de lo que quería.

—Es solo porque es blanco.

—No lo sé.

—No conviene hablar de ello con nadie.

—No lo hago. No lo haría.

—Ni siquiera conmigo —añadió.

Nos quedamos en silencio.

—Sé que no eres débil. Todos saben que no eres débil. —Estaba midiendo sus palabras—. Toshaway dice que algún día serás jefe. Te están haciendo un manto de búfalo, pero tenía que ser una sorpresa.

—Solo te preguntaba cómo te sientes.

—Te están haciendo un manto que demuestra cómo mataste al delaware, cómo tu magia te protegió de sus flechas, y cómo luego salvaste a Toshaway de los soldados. Pero se supone que es una sorpresa. —Luego dijo—: Ese hombre era blanco. Tienes que pensar en eso.

—No hacíamos cosas así donde me crié.

Se apartó de mí.

—Yo no fui siempre kotsoteka, ¿sabes? —dijo.

—No.

—Cuando era *tuepuru*, tenía quizá seis años, los texanos atacaron a mi grupo. Mi hermano nos obligó a mi hermana y a mí a meternos en el río e irnos nadando. A mi hermano le volaron la cabeza en el agua, y contra mí dispararon pero no me dieron. Al día siguiente mi hermana y yo regresamos al campamento y encontramos a mi madre, junto con un centenar más de mujeres muertas, ancianos muertos y niños muertos. Los texanos le habían cortado la cabeza a mi madre y la habían clavado en un palo en el suelo, y habían cogido un *tutsuwai* y se lo habían metido hasta dentro por entre las piernas, y había tanta sangre que supimos que lo habían hecho mientras seguía viva. Pero no había sangre alrededor del cuello así que supimos que eso no se lo hicieron hasta después. Por eso me crié como *pena tuhka* pero ahora soy kotsoteka.

—Lo mismo les pasó a mi madre y mi hermana —le dije—. Y a mi hermano.

—Tiehteti —contestó—, esto no puede ocurrir.

Buscó sus prendas y empezó a vestirse y yo decidí que no me importaba. Y naturalmente, tenía razón: a ella le estaba permitido hablar de su familia, a mí no me estaba permitido hablar de la mía, porque a menos que tu familia fuera comanche, era como si no hubiese existido nunca.

—Puedes detenerme si quieres —me advirtió.

No dije nada y la oí emitir un pequeño sollozo y entonces la cogí y la atraje hacia mí.

—No hablaré más de eso —aseguré.

Se encogió de hombros. Se quitó la ropa pero nos quedamos tendidos uno junto al otro hasta que por fin se durmió.

Me quedé despierto pensando, intentando comprobar si el hormigueo en el brazo se me estaba extendiendo al costado o si solo lo imaginaba. Luego me puse a pensar en mi padre. A principios de los años cuarenta, había habido tan pocas victorias sobre los comanches que cuando acontecían, la noticia se difundía por todo el estado. En aquellos años solo hubo una batalla en la que perdieron la vida muchos comanches, que fue la expedición de Moore por el Colorado. Moore aseguró haber matado a más de ciento cincuenta guerreros, pero siempre se había rumoreado que fueron sobre todo mujeres y niños, y que los guerreros estaban de caza cuando los asaltantes cayeron sobre el campamento. Mi padre había cabalgado con Moore, y a veces hablaba del ataque, pero lo hacía como si hablara de cualquier otra cosa. No era más que algo que había ocurrido. Los indios pequeños se hacían indios grandes. Eso lo sabía todo el mundo.

Flor de la Pradera me besó en sueños.

—Eres bueno —murmuró—. Eres honrado y bueno y no tienes miedo a nada.

A la mañana siguiente, el cazador de búfalos estaba muerto. Tenía la cara y el cuello hinchados, pero al parecer nadie se dio cuenta. En su mayor parte se llevaron una decepción. Era otro indicio de que las antiguas costumbres se estaban perdiendo: en el pasado, un cautivo habría seguido con vida dos o tres días más.

Pero si alguien sospechó de mí, no se dijo nada. Flor de la Pradera y yo pasábamos juntos todas las noches y Toshaway dijo que si quería tomar prestados caballos para ofrecerlos como pago por la novia, los tenía a mi disposición. Luego carraspeó, y mencionó, en tono más bajo, que cincuenta caballos sería un precio altísimo. Los tiempos habían cambiado.

Me dieron el manto de búfalo que me habían hecho, y también un tipi propio. Estaba resultando ser un buen año. Había llegado el otoño y las lluvias eran abundantes y el calor había abandonado las llanuras. Las noches eran frescas y los días soleados, la caza, buena, y empecé a hacer mis planes con Flor de la Pradera.

Unas semanas después de morir el cazador de búfalos, la gente empezó a enfermar.

26

JEANNIE

Llegó el día de la victoria y durante unas semanas dio la impresión de que todo sería distinto, y luego no lo fue. Sus hermanos no regresaron, los vaqueros siguieron con sus asuntos sin ella; no veía sentido a ayudarles a perder dinero. En varias ocasiones hizo el equipaje, sintiéndose lo bastante desesperada como para aceptar la invitación de Jonas, pero nunca llegó a reunirse con él antes de cambiar de parecer, estaba convencida de que si lo encontraba en Berlín, no sería distinto de lo ocurrido en Princeton, la abandonaría de un modo u otro.

Sobre todo estaba aburrida. Iba a Carrizo para traerle cosas al cocinero (arreglándoselas siempre para olvidar una o dos), hacía viajes a San Antonio, donde algunas modistas la conocían y prometían presentarle a hombres jóvenes, aunque nunca llegaban a hacerlo. Visitaba a Phineas, siempre con la esperanza de que la invitara a quedarse con él, en su mansión desde la que se divisaba todo Austin. Imaginaba que se sentarían en su galería y hablarían hasta altas horas de la noche, pero era un hombre reservado («Eres una mujer adulta», así se lo dijo), de modo que en cambio se alojó en el Driscoll.

Fue un buen año para la tierra. La hierba había seguido verde. Con tanta buena hierba sabía que debería comprar unos centenares de animales de reserva, pero el ganado era un lujo, los caballos eran un lujo, incluso la hierba era un lujo: los ranchos más pobres ahora parecían extensiones de tierra baldía. Sea como sea, prefería la hierba a las vacas.

Una vez a la semana ensillaba el caballo de su padre, General Lee, y lo llevaba por los terrenos. Sullivan ponía objeciones –había querido sacrificar al animal– y probablemente estaba en lo cierto. En varias ocasiones General Lee casi había logrado imponerse. Se quedaba quieto, dejaba que lo ensillara, y entonces, justo cuando se estaba montando, empezaba a lanzar coces. Tendía a corcovear en línea recta, pero la había tirado más de una vez. Deberías estar agradecido, le decía ella. Soy la única razón de que sigas vivo.

Pero no estaba agradecido. Debía de saber que ella no lo apreciaba, o que tenía sentimientos encontrados, o tal vez, al igual que Jeannie, sencillamente estaba aburrido, porque no tenía trabajo ni perspectivas y cuando sigues así mucho tiempo, tiendes a coger manías.

Texas estuvo una vez lleno de caballos salvajes, cinco millones, diez millones, nadie sabía el número exacto. Pero en su mayoría habían sido atrapados y enviados a los británicos durante la Gran Guerra. Entre la guerra y las plantas de transformación de desechos animales, Texas se había quedado prácticamente sin caballos. En su niñez, la mayoría de los caballos ganaderos viejos seguían yendo al este de Texas para convertirse en caballos de tiro, pero los tractores habían dado al traste con eso. Ahora los caballos viejos se transformaban en pienso para otros animales.

Lo que importaba era el petróleo. Los aliados habían consumido siete mil millones de barriles durante la guerra; el 90 por ciento había salido de América, sobre todo de Texas. Los oleoductos de Big Inch y Little Big Inch: no podrían haber invadido Normandía sin ellos. Los aliados habían navegado hacia la victoria sobre un mar de petróleo texano.

A veces pensaba en ello: si los oleoductos no se hubieran terminado de construir, si la liberación de Europa se hubiera cancelado, tal vez Paul y Clint seguirían vivos. O tal vez la guerra continuaría aún. Quizá Jonas también habría muerto. Era eso lo que siempre decían; si tal o cual acto terrible no se hubiera cometido, la guerra no habría terminado nunca.

No estaba segura de creerlos. Sonaban como hombres a los que les había tirado el caballo porque querían bajarse de todos modos. Y por lo que respecta al final de la guerra, resultó que los rusos eran tan malos como Hitler.

No, no iría a Europa. No seguiría a su hermano por ahí como un cachorrillo perdido. Algo cambiaría, lo notaba.

Desde que los vaqueros habían dado un buen repaso a aquel representante, no había venido ninguna visita más, pero un día llegó un carta de un gerente de Humble Oil. Quería comer con ella.

Se reunieron en el pueblo y era un hombre bien vestido, con rasgos agradables y el cabello entrecano pulcramente peinado a raya. Era atractivo y bronceado y a ella le gustó de inmediato y justo después de pedir sus bistecs le ofreció cuatro millones más un 25 por ciento de regalías.

Era el doble de lo que le había ofrecido Southern Minerals pero tras fingir pensarlo detenidamente, dijo:

—¿Qué más nos darán?

Él mantuvo la misma expresión amable.

—Sé que ponen cercas para que no entre la gente, pero ya las tenemos.

—¿Qué más les gustaría? —preguntó él.

—¿Y si le pidiera que desbrozaran toda la tierra —pensó un número elevado—, mil quinientos metros en torno a cada pozo?

—Quieren que arranquemos de raíz su mezquite.

Asintió.

—Quieren que desbrocemos quinientos sesenta y ocho acres de mezquite en torno a cada pozo.

¿Era el número real? No tenía idea. No tenía idea de cómo ese hombre lo había calculado sin bolígrafo y papel. Pero sabía que no podía poner de manifiesto su ignorancia, así que dijo:

—De hecho, queremos que desbrocen el terreno en torno a cada zona de perforación, tanto si es un pozo bueno como si no.

Él se echó a reír, recordándole a Phineas.

—Cielo, se da cuenta de que hay cantidad de tierra en la que está demostrado que hay petróleo en el sur de Texas, y que nadie pide esa clase de ventajas.

–Sé que pagaron tres millones y medio más regalías por el rancho King –dijo–. Y eso fue hace tres años, sin tener ninguna prueba de que hubiera petróleo, y sé todo el trabajo que han estado haciendo en sus tierras, porque somos amigos de Bob Kleberg.

Se hizo el silencio y continuaron en silencio. Fuera había ajetreo, gente vestida con ropa de ciudad, de compras o yendo a almorzar. Jeannie estaba a punto de empezar a disculparse, le había apretado más de la cuenta, pero naturalmente ese hombre quería algo de ella, lo mismo que aquel otro, y se esforzó por seguir callada como si el silencio fuera perfectamente natural. Podía continuar sentada sin hablar un siglo entero. El hombre miraba por el ventanal. Se fijó en sus ojos brillantes, sus rasgos pequeños –rasgos de hombre, pero bien cincelados–, saltaba a la vista que había heredado más de su madre. Era un hombre imponente. Se le ocurrió que él era tan consciente como ella. Pareció decidir algo. Ahora estaba juzgando.

–Ojalá pudiéramos ofrecerle algo mejor, pero… –Levantó las manos.

–¿Y si nos conectamos a su oleoducto sin más?

–Qué gracia –comentó.

–Bueno, ahora pasa por ahí muy poco petróleo. Es probable que se pudra.

–Si tiene previsto extraer el petróleo usted misma, señorita McCullough, permítame asegurarle que no hay manera más rápida de terminar arruinado, y que acabará viviendo en una de esas casas con los negratas y los que nunca dan un palo al agua. Si acepta nuestra oferta, esa tierra mantendrá a su familia durante varios siglos y no tendrá que mancharse ni un dedo salvo para firmar el arriendo.

Jeannie sabía que él se equivocaba pero no sabía por qué y no le cupo duda de que si decía otra palabra su ignorancia saldría a relucir, si es que no había salido ya. Cogió el bolso, le estrechó la mano y salió del restaurante antes incluso de que les llevaran la comida. Era un bistec de tres dólares y se preguntó si debía dejar dinero. No. Aflojó el paso, enfilando la calle del pueblo que llevaba el nombre de su familia, la sombra de los toldos, coches aparcados, el cielo que se veía resplandeciente entre las fachadas de ladrillo. Cuatro millones de dólares. No le parecía tan trascendente. A decir verdad, se sentía más culpable por el filete de tres dólares.

Luego empezó a sentirse estúpida. No era adulta en absoluto, era una cría, la contable le dijo que debería al gobierno cinco millones de dólares en impuestos estatales; eso tampoco le había parecido real. Podían obtener una prórroga pero se verían obligados a perforar, y pronto; era cuestión de encontrar a la gente adecuada. Phineas le había dicho que no se preocupara, pero no había estado preocupada en absoluto.

La carretera volvió a convertirse en un camino de tierra. Pasó por delante de las casas de los mexicanos, sus callejuelas asquerosas, puertas que no cerraban bien, gente que vivía a razón de diez en cada cuarto, tajadas de carne colgadas al sol, recogiendo moscas. Estaba convencida de que debía dar media vuelta, alcanzar al hombre de Humble antes de que se marchara.

Pero seguía andando. Era monte y tierras de cultivo. Sus pies, con los zapatos buenos, se hundían en el polvo; se estropearían. Era una estupidez hablar con nadie sin que estuviera Phineas presente. Era una estupidez lo que había dicho del oleoducto. No debería asistir sola a esas reuniones. Pero eso tampoco tenía sentido. Phineas no viviría eternamente, no era distinto a su padre.

Ed Freeman estaba en su campo de cebollas, tratando de reparar el sistema de riego. ¿Aún debía dinero a su padre? Le saludó con la mano y él la miró como si algo fuera mal, como si tal vez ella requiriera su ayuda. Jeannie siguió por la cuneta, con el sudor resbalándole ahora por la espalda.

Su padre le había permitido detestar las matemáticas; le había dicho que daba igual si se le daban bien o no. En eso también se equivocó. Sí que importaba. ¿Qué había calculado ese hombre; mil quinientos por mil quinientos? No, era un problema de geometría. «No tengo la menor idea», pensó.

Vio pasar un coche, levantando polvo, un blanco que llevaba al trabajo a cuatro mexicanos. Número de matrícula 7916. Setenta y nueve por dieciséis. Parecía imposible. No entendía cómo ese lo había hecho. Y sin embargo, lo había hecho.

En cuanto llegó a casa llamó a Phineas y le contó lo ocurrido, incluido lo que había dicho sobre el oleoducto. Él le dijo que no se preocupara: no había dicho nada que no estuvieran pensando ya. Se le quitó un peso de encima pero Phineas seguía hablando. La invitaba a Austin. Quería que conociera a una persona.

27

LOS DIARIOS DE PETER McCULLOUGH

—¿Se dedicaría usted a la agricultura, Coronel?

—Claro —dice—. Es la progresión natural de la tierra.

Hay tal vez unos cincuenta, todos con su mejor traje de domingo, comiendo lomo y bebiendo clarete en el salón principal, escuchando al coronel exponer las maravillas de nuestro clima sureño. Me planteo dejar mi lugar a la sombra en la galería para decirles que su política consistía en abrir fuego contra cualquier granjero que quisiera cobrarnos por cruzar sus tierras con nuestro ganado. Y toda su vida ha dicho que remover la tierra es la forma más rastrera de existencia humana. Lo achaca a su tiempo con los indios, aunque es habitual entre todos los que montan a caballo, desde los ganaderos con tierras al vaquero más humilde.

—… el jardín de invierno de Texas —dice—, doscientos ochenta y ocho días de cultivo… no volverás a levantar un dedo para sacar nieve a paletadas. —Aplausos dispersos—. Además —añade—, veréis que la proporción de mujeres entradas en años se reduce enormemente en comparación con lo que estáis acostumbrados en Illinois.

Risas y más aplausos. Dejo de escuchar; decido ir a dar un paseo.

Naturalmente, solo les enseñarán las granjas que van bien; ninguna cuyas aguas sean demasiado saladas para regar, ninguna de las granjas de las antiguas tierras de 'Cross S, subdivididas hace menos de diez años, la mayoría de las cuales están volviendo a ser la peor clase de erial cubierto de maleza. La tierra está tan muerta como los peores terrenos de Chihuahua.

18 DE ABRIL DE 1917

Me he topado con Raymond, el hijo de Midkiff, en el almacén. Llevaba unos cuantos animales por la carretera después de la granizada de esta tarde cuando ha visto la caravana de granjeros de Illinois aparcada bajo unos árboles.

Estaban en la carretera examinando piedras de granizo del tamaño de naranjas, comentando que podían haber muerto. Uno se ha dirigido a Raymond para preguntarle si era algo fuera de lo común.

–Desde luego –les ha dicho–. Pero tendrían que haber estado aquí el año pasado, ¡cuando llovió!

Al volver el Coronel estaba furioso y me ha dicho que teníamos que despedir al alelado hijoputa pichafloja que llevaba unas vacas manchadas por la carretera de abajo.

Le he explicado que no podemos despedir a Raymond Midkiff. Ha dicho que no pasaba nada: le pegaríamos un tiro. Le he recordado que los Midkiff son vecinos nuestros.

Naturalmente, todos los granjeros han pensado que Midkiff bromeaba. Los terrenos de regadíos están muy lozanos. No tienen un rasero mental con el que entender estas tierras; a algunos les han oído repetir el viejo dicho: «Si aras la tierra, lloverá». Me pregunto en qué siglo viven.

Todo ello, por alguna razón, me hace sentir casi insoportablemente solo, pero siempre he sido un estudiante aplicado de esa emoción.

19 DE ABRIL DE 1917

Todo el rancho Pinkard –más de un centenar de secciones– ha sido vendido y dividido. La familia se muda a Dallas. Fui a ver a Eldridge Pinkard. Apenas era capaz de mirarme. Somos casi de la misma quinta: su padre se estableció en esta región no mucho después del Coronel.

—El banco se lo habría quedado un día de estos, Pete. —Se encogió de hombros—. Incluso estando la ternera donde está, esta sequía… Tuve que retirar el dinero antes de que no quedara nada.

—He oído que compraste un terrenito en la zona de Cross Timbers.

Dejó escapar una risilla amarga:

—Dos secciones, nada menos.

—Probablemente críes unas cuantas cabezas.

Se encogió de hombros y arrastró el pie por la tierra, miró hacia lo que habían sido sus pastos.

—Antes de que pienses que soy un tipo despreciable…

—No lo pienso —mentí.

—Claro que sí, pero te lo agradezco. No iba a decir nada de esto a ninguno de los que os quedáis, pero tú y yo nos conocemos desde los tiempos en que había indios.

—Claro —dije.

—He mantenido la boca cerrada al respecto hasta que hablé con Eustice Caswell. El de la junta de reclutamiento, ¿sabes? —Meneó la cabeza—. Pete, dentro de un año todos los hombres de bien estarán en ultramar. No puedo ir a mear siquiera sin que algún vendedor de bonos me sablee diez dólares. Y… a decir verdad, siento envidia de algunos de esos muchachos a los que envían allí, porque para cuando lleguen a Francia, habrán visto más mundo del que he visto yo en toda mi vida. Y una vez me di cuenta de eso, empecé a ver que esta era la última oportunidad que se me presentaría. Y que sería un idiota si no la aprovechaba.

—Supongo.

—No es que nuestros padres se criaran aquí, Pete. No es que la gente lleve mucho tiempo viviendo aquí. No es más que el sitio donde pararon por pura casualidad.

—Las cercas nos detuvieron a todos —señalé.

Me dio la impresión de que iba a echarse a llorar, pero no lo hizo, y entonces vi que no estaba contento, pero tampoco estaba triste. La idea de mudarse de aquí le resultaba atrayente.

—El caso es que si me fuera a quedar, construiría carreteras por todas partes, de modo que pudiera dirigirlo con una cuarta parte de peones, conducir diez minutos en vez de cabalgar cuatro horas, cenar en casa todas las noches, levantar cercas con camiones. Podrías hacer que todo fuera sobre ruedas, si te centras en la tarea. Pero aun así... −Levantó la bota y la puso encima de un brote de mezquite para aplastarlo−. No nos engañemos, Pete. Esta tierra está hecha unos zorros. Ojalá hubieran hecho fotografías cuando éramos niños, porque quiero olvidar que alguna vez llegó a tener este aspecto.

Al volver yo a casa, mi padre reveló que lo sabía desde hace meses: adquirió la mitad de los minerales debajo de las tierras de los Pinkard. Le pregunté cómo íbamos a pagarlo.

−Decidí vender los pastos al otro lado del Nueces.

−¿Dónde tendremos los toros?

−Descontando la tajada del promotor, sacamos 31,50 dólares por acre. Podemos vallar lo que queramos. Eso costea los minerales debajo de las tierras de los Pinkard, además de la mitad de la adquisición de los García.

−Esos pastos se ven desde cualquier punto elevado de nuestra propiedad −dije.

−¿Y qué? Miraremos a las campesinas bonitas.

−¿Y si me niego a firmar la escritura?

−Puedes negarte tanto como quieras −replicó.

Solo que no puedo. Firmé tal como él sabía que haría. Me consolé pensando que, de todas maneras, los pastos del Nueces no son precisamente accesibles. El Coronel me consoló señalando que conservamos los derechos sobre los minerales.

−La superficie ya no vale una mierda −dijo−. Por suerte, estos yanquis ignorantes estaban muy ocupados hablando de su universidad para darse cuenta.

Estupendo, salvo que los pastos del Nueces eran el único lugar sensato donde dejar los toros. Ahora será mucho más difícil controlar la reproducción, nos supondrá más trabajo a nosotros, más trabajo a los vaqueros, y saldrá mucho más caro.

Por lo que respecta a los minerales, se han llevado a cabo muchas prospecciones a lo largo del curso del río grande; los camiones y los obreros ya no llaman la atención. Los precios de los arrendamientos se han triplicado. Pero aun así el lugar más cercano donde han tenido suerte ha sido Piedras Pintas, un buen trecho hacia el este, que solo produce unos cuantos cientos de barriles al día con unidades de bombeo. El resto no es más que gas, que a nosotros no nos sirve de nada.

26 DE ABRIL DE 1917

El Coronel, que llevaba ausente una semana, ha regresado hoy de Wichita Falls con una torre de perforación giratoria en varios camiones viejos. Asegura que le han hecho un buen precio. «El tipo que la tenía fue a la quiebra», me ha dicho, como si fuera un buen argumento de venta.

Acompaña al Coronel un hombre muy borracho que asegura ser geólogo. Otro borracho que asegura ser perforador. Los borrachos del número tres al cinco son peones y operadores de torre. Por su aspecto, cualquiera diría que han estado durmiendo donde hozan los cerdos.

—¿De dónde ha salido todo eso? —le he preguntado.

—Wichita Falls —ha dicho, como si no supiera dónde ha estado.

—¿Vamos a poner más molinos de viento?

—Tú no te preocupes.

El geólogo y él han ido a explorar los pastos arenosos de los García. El montador de torres, el mecánico y el perforador se han retirado al porche del coronel a beber.

4 DE MAYO DE 1917

Al no encontrar nada mejor, han ubicado un sitio donde perforar, apenas a ochocientos metros de la casa, sobre el recuerdo brumoso de una filtración que tal vez vio mi padre hace cincuenta años y que no se ha vuelto a ver desde entonces.

—Es un lugar interesante —le he dicho—, donde podemos verlo y oírlo desde la casa. Supongo que no se podía encontrar ningún otro sitio en casi cuatrocientas secciones.

—Eso me ha dicho el zahorí. Hay que escuchar siempre al zahorí.

Hay veces que no sé si cree que soy un simplón, o si en realidad lo es él.

El pánico se adueña de los mexicanos. Seis de nuestros mejores peones, incluidos Aarón y Faustino Rodríguez, me informaron de que se despiden y regresan a México: no creen que sus familias vayan a estar a salvo.

La razón: las buenas gentes de Austin acaban de aprobar los fondos para ampliar la fuerza de Rangers. El número de Rangers en la frontera aumentará a ochocientos (cuarenta en la actualidad).

Intenté hacer ver a los vaqueros que México es una zona de guerra. Les da igual. Es más seguro que esto, dicen.

Freddy Ramírez (nuestro segundo, que fue el primero en sorprender a los García robando ganado) también ha renunciado. Las fábricas de Michigan siguen contratando a mexicanos. O eso ha oído.

Intenté bromear al respecto, frotándome los brazos con las manos:

—¿Michigan? ¡Muy frío!

No le pareció gracioso.

—Al frío podemos sobrevivir. A los rinches, tal vez no.

A mi padre le trae sin cuidado que perdamos a siete de nuestros mejores peones. Después de poner a la mitad de nuestros empleados a trabajar montando la torre y llevando pertrechos a la zona de perforación, ha dado comienzo el trabajo de verdad. El estruendo resulta opresivo. Donde antes se oía el ganado, un molino de viento que chirriaba, ahora parece una estación de ferrocarril, aunque el tren nunca se acerca, ni se aleja, ni deja de meter ruido. Debido al calor están abiertas todas las ventanas. Me paseo por ahí con algodón en los oídos.

Continúa la perforación y hasta el momento no han encontrado nada más que arena. Entretanto, de resultas de la venta del rancho Pinkard y otros ranchos pequeños como ese, el pueblo está casi irreconocible. Furgonetas y recolectores de verduras en vez de caballos y vaqueros. El almacén de Gilbert vende fertilizante a toneladas. Fui a comprar unas barretas, unas palas y una caja de balas del calibre 30 para la ametralladora Lewis.

—¿También tengo que pagar yo ese precio?

Todo era tres veces más caro que antes.

—No. Supongo que los pocos que quedamos tenemos que hacer piña.

Fingió hacer cálculos en una libreta y redujo la factura a la mitad. Seguía siendo un 20 por ciento más caro que el mes pasado. Decidí no mencionarlo.

—¿Quién queda? —pregunté.

—De los sudacas, ninguno. Unas diez familias, los Vargas, los Guzmán, los Méndez, los Herrera, los Rivera, ni puta idea de quién más. Ocurrió todo el mismo día, por lo visto: vendieron sus propiedades a Shaw, el propietario de la pensión, compraron unas cuantas furgonetas viejas y se fueron camino de Michigan, cuarenta o cincuenta en una caravana. Me dejaron sin abrigos y mantas. Dicen que Ford contrató a dos mil mexicanos en una fábrica. Lo que es de lo más gracioso si lo piensas, sudacas fabricando coches y todo.

Pensé comentarle que varios «sudacas» de esos (Vargas y Rivera, por lo menos) habían ido a la universidad en Ciudad de México mientras que Gilbert y su hermano bizco andaban birlando novillas en Eagle Pass.

—Incluso el viejo Gómez se largó. En su almacén todo estaba a precio de saldo. Compré cajones y cajones de metates, chorizo, riendas de crin y cuerdas de cuero. Además de toda su mierda de curandero. ¿No es increíble? Tienes ante ti al nuevo curandero del pueblo, un servidor.

La idea de que algún mexicano confíe en que Niles Gilbert le venda medicina era deprimente. Aboné la factura e intenté largarme, pero no lo conseguí antes de que añadiera:

—Lo curioso es que echo en falta a todos esos, cosa que nunca pensé que diría, teniendo en cuenta todos los quebraderos de cabeza que nos dieron.

Bonitos sentimientos para un asesino. Supongo que yo no soy mejor.

A pesar de la desaparición de las últimas familias mexicanas de los primeros tiempos (muchas de las cuales han estado aquí cinco o diez generaciones, más que ningún blanco), ha llegado una nueva hornada para ocupar su lugar. No hablan inglés y serán presa fácil para tipos como Gilbert. Aun así, es mejor que el norte de México, donde sigue librándose una guerra. «No sé de qué se quejan —dijo mi padre—. Al menos no hay impuestos.»

Cuando llegué a casa, salí a caballo para echar una mano en la rotación de las reses del pasto número 19. Estamos subdividiendo todos los pastos, y como dijo Pinkard, esto empieza a ir sobre ruedas. Pero ¿cuándo acaba todo esto por perder el alma? Eso es lo que nadie parece saber.

20 DE JUNIO DE 1917

Necesito una furgoneta nueva. Me he decantado por una Wichita. La de dos toneladas y media sería un sueño. No puedo decidirme entre la transmisión de tornillo y la transmisión de cadena.

Me planteé comprar un Ford (ahora fabrican coches Modelo T en Dallas) pero todos los que tienen un Ford se han dislocado (o roto) un hombro al recular la manivela de arranque. Se sabe quién conduce un Ford por el brazo en cabestrillo: esa es la vieja broma.

No se puede fabricar chatarra y tener esperanzas de sobrevivir en el mundo de hoy en día. La gente quiere cosas que duren.

Hoy ha venido a la puerta una pobre mexicana. Me ha sorprendido que tuviera la valentía de cruzar la verja del rancho. Me sonaba de algo pero no acababa de identificarla, he supuesto que era la mujer o la hermana de algún peón. Estaba delgada y pálida, solo llevaba un vestido suelto y un chal fino encima, y cuando el viento le ha ceñido el vestido al cuerpo he visto que tenía las piernas casi esqueléticas.

—Buena noches —he dicho.

Ha habido una pausa.

—No me reconoces. —Hablaba un inglés perfecto.

—Me parece que no —he dicho.

—Soy María García.

He dado un paso atrás.

—Soy la hija de Pedro García.

28

ELI/TIEHTETI

OTOÑO DE 1851

Al principio no era más que fiebre, pero luego aparecieron las manchas y todos fueron presa del pánico. Una cuarta parte de la tribu levantó los tipis, reunió los caballos y se marchó del campamento en cuestión de horas. Unos días después, los primeros en caer enfermos estaban cubiertos de forúnculos, la cara y el cuello, brazos y piernas, las palmas de las manos y las plantas de los pies.

Los hechiceros levantaron junto al río chozas para llevar a cabo el ritual del sudor; la gente se sumergía en agua fría, se metía en la choza a sudar y luego volvía a sumergirse. No mucho después la gente empezó a morir; enseguida todos los hechiceros estaban enfermos también.

Los blancos llevaban cien años inoculando la viruela a sus hijos, pero para cuando Texas alcanzó la categoría de estado, se podía encontrar la vacuna en la mayoría de las ciudades. Los alemanes habían pagado a un médico para que fuera a Fredericksburg y mi madre nos había llevado a que nos vacunasen.

Flor de la Pradera fue una de las primeras en enfermar. No había tocado al muerto, pero yo sí. Esperaba que no fuera más que una fiebre, pero luego empecé a notarle la boca rara, tenía una especie de aspereza en torno a los labios, que yo me esforcé en suavizar.

Unas semanas después del inicio de la epidemia, un par de jóvenes comanches con sus mejores pinturas de guerra llegaron al campamento proclamando que el grupo de guerreros, incluidos Escuté y Nʉʉkaru, habían obtenido una gran victoria, numerosos caballos y cabelleras, sin perder ni un solo hombre.

Los mensajeros se detuvieron en la linde del campamento y Toshaway, que tenía las primeras marcas rojas en la cara, salió cojeando a su encuentro, provisto de arco y carcaj.

—La tribu está enferma —dijo—. Tenéis que ir a alguna otra parte.

Los mensajeros protestaron; no querían que se les negase la victoria, y al final Toshaway les amenazó con que dispararía contra cualquiera que entrase en el campamento, incluidos sus propios hijos, porque sería una muerte más misericordiosa que la tasía.

Ese mismo día apareció el grupo de guerreros de regreso. Se acercaron a unos cientos de metros del campamento y la gente que aún podía salió a despedirse por gestos. Toshaway se quedó apoyado en el arco. Dos guerreros se desgajaron del grupo y todos entornaron los ojos para ver quiénes eran. Eran Nʉʉkaru y Escuté. Se acercaron a cincuenta pasos y entonces Toshaway disparó una flecha que se clavó en el suelo delante de ellos.

—Os esperaremos en el territorio de los yamparikas —dijo Escuté.

—No os veremos allí —respondió Toshaway—. Pero os veré en los venturosos cazaderos.

Se adelantó otro joven *tekʉniwapʉ*.

—Ya me he pronunciado —insistió Toshaway—. Mataré a cualquiera que venga al poblado.

—¿Dónde está Engorda? —preguntó el joven.

—Está enferma —contestó alguien.

Siguió avanzando a caballo.

Toshaway lanzó una flecha que le pasó cerca de la cabeza.

—Puedes matarme si quieres, Toshaway, pero de un modo u otro pienso morir en este campamento con mi mujer.

Toshaway lo pensó. Luego dirigió el arco hacia los otros guerreros.

—Los demás os iréis ahora —dijo.

Unos pocos *tekɯniwapɯ*, sin saber muy bien qué hacer, pues no querían quedar como cobardes, empezaron a avanzar, pero Escuté y Nɯɯkaru se quedaron rezagados. Hasta los muy enfermos habían salido de sus tipis; se reunieron a las afueras del campamento y empezaron a gritar a los jóvenes, diciéndoles primero que se quedaran donde estaban y luego preguntándoles cosas que querían saber, noticias sobre familiares, antiguos secretos, cosas que deberían haber dicho mucho tiempo atrás, cosas que habían ocurrido después de marcharse los guerreros.

Al cabo, tras haber cruzado a gritos todos los mensajes desde lejos, los guerreros espolearon los caballos y empezaron a lanzar alaridos y la tribu entera, por última vez, respondió con sus propios alaridos de guerra, hasta que colmaron el aire, y los guerreros sacudieron arcos y lanzas, y volvieron la grupa, y desaparecieron a través de la pradera.

Para la cuarta semana Flor de la Pradera tenía toda la cara cubierta de forúnculos; no quedaba nada que alcanzase a reconocer, se había convertido en la enfermedad misma. Todas las mañanas nuestro lecho estaba empapado por causa de sus llagas reventadas; pero al final los forúnculos empezaron a mermar y cicatrizar y a mostrar indicios de recuperación.

—Ya no voy a ser hermosa —dijo. Estaba llorando.

—Seguirás siendo hermosa —le aseguré.

—No quiero vivir si estoy desfigurada.

—Te pondrás bien —dije—. No te rasques.

Esa noche le bajó la fiebre y empezó a respirar con más holgura. La observé largo rato. Cuando me despertó el sol tenía el brazo entumecido —todo el peso de Flor de la Pradera descansaba sobre él— y cuando intenté despertarla, no se movió.

Era una día cálido y despejado, pero solo había unas pocas personas por ahí. Toshaway estaba tendido en la hamaca, los ojos cerrados, la cara hacia la luz. Los bultitos de su piel empezaban a hincharse.

—¿Tengo mal aspecto? —preguntó.

—Los he visto peores.

—Sí. Y pronto tendré peor aspecto. —Escupió—. Tiehteti. Vaya manera de morir tan absurda.

—Los fuertes siempre sobreviven.

—¿Están al tanto de esto los blancos?

—Sí.

—Mientes.

—Quizá no —repuse.

—Ahora solo es quizá. —Volvió a cerrar los ojos—. No es digno.

No supe si hablaba de mi mentira o de la enfermedad.

—Cuando era más joven —recordó— el hijo de nuestro paraibo se puso muy enfermo. Siempre había sido pequeño pero adelgazaba a ojos vistas, y se le diera la medicina que se le diese, no mejoraba. Al final el paraibo me pidió que le hiciera un favor. Llevó a cabo un ritual de purificación, lavó y vistió a su hijo para entrar en batalla, le dio su propio escudo, un escudo de jefe, y luego fuimos todos a la montaña, y mi amigo y yo luchamos contra el hijo del jefe, solo los tres, y lo matamos. Y de esa manera, tomamos una muerte inútil y la convertimos en una muerte valiente.

—No pienso matarte.

—De todos modos, no podrías —respondió. Me sonrió—. Al menos no todavía.

—Pero algún día sí.

No lo decía en serio, pero sabía que era lo que quería oír.

—Acércate, si no te importa tocarme.

Me senté en el suelo.

—Hueles —señaló.

—Flor de la Pradera acaba de morir.

—Ah, Tiehteti. —Me cogió la mano—. Lo siento mucho. Y tú aquí dejándome hablar… —Se echó a llorar—. Lo siento mucho, pobre hijo mío. Lo siento mucho, Tiehteti.

Después de enterrar a Flor de la Pradera empecé a ir a los otros tipis. Había un excedente de muertos. Pizon murió esa tarde y ayudé a su hijo a enterrarlo. Una semana después enterré a su mujer y dos semanas más tarde enterré a su hijo. Familias enteras morían la misma noche y ahora iba de tipi en tipi, cerrando firmemente las solapas si ya había enterrado a todos. Enterré a Pájaro Rojo, Lobo Gordo, Detesta Trabajar —cuya cara muerta besé, imaginando que no tenía costras—, Pies Perezosos y dos esclavos suyos, Difícil de Encontrar, Dos Osos que Caminan, Siempre de Visita, Hisso-ancho y sus tres hijos, cuyos nombres no llegué a saber, Águila del Sol, Gran Caída por Zancadilla, Perro Negro, Pequeña Montaña y su marido. Perdida de Nuevo, que murió en brazos de Gran Oso, que no era su esposo. Enterré a Hukiyani y En el Bosque. Humaruu y Alce Rojo. Piitsuboa, Olmo Blanco, Ketumsa. Los demás nombres no los sabía, o los había olvidado.

Dormía en mi tipi, pero pasaba el día con Toshaway. Él y sus dos esposas estaban enfermos, los tres en un lecho. Había leña de sobra y hacía calor.

—Ven aquí, Tiehteti —dijo Situtsi.

Eso hice. Me senté recostado contra su catre, con los pies cerca del fuego, y ella me acarició el pelo. Empecé a cerrar los ojos. Watsiwannu estaba dormida, más cerca del final que los otros. Toshaway murmuraba. No estaba seguro de que supiera que yo estaba allí. Pero un poco después, dijo:

—Tiehteti, en el próximo grupo con el que vayas, si les ocurre esto, quiero que vayas a ver a los blancos y señales al ejército dónde está el campamento, y les digas que lleven los howitzers de montaña. ¿Me entiendes?

—Sí.

—Es una orden —dijo—. De tu jefe guerrero.

Asentí.

—¿Volverás ahora con los blancos? —indagó Situtsi.

—Claro que no.

—¿Contraen los blancos esta enfermedad?

—Sí, pero dan una medicina a los que no la tienen, y eso evita que se infecten.

—¿Te la dieron a ti? —preguntó Toshaway.

—Cuando era niño.

—Bueno, ¿y qué te parece la medicina comanche?

Luego se echó a reír. Entonces Sitϣtsi también empezó a reírse.

—Llevarás a nuestro pueblo hasta un buen lugar —dijo ella.

—No dejes que se adelante a los acontecimientos —le advirtió Toshaway—. Primero tiene que cavar. —Levantó la cabeza hacia mí—. Ese es tu único trabajo. Tienes que cavar.

Muchos cautivos habían empezado a huir, robaban caballos y desaparecían a través de las llanuras. Nadie tenía fuerzas para impedírselo.

Por lo que a mí respecta, cavé. Desgasté todas las palas de hueso y luego cavé con astiles de lanza, palos de tipi y cualquier cosa que encontraba. Tal vez cavara durante semanas, o meses, empezó a hacer más frío, las noches eran heladoras pero durante el día el sol mantenía la tierra blanda, así que cavaba. Algunos comanches que se habían recuperado de la enfermedad cavaban conmigo, con las caras descoloridas a ronchas. Parte de los supervivientes cazaban para que pudiéramos seguir cavando, otros no hacían nada, esperando aún morir con sus familias, hasta que no murieron, y entonces se sumaron a nosotros.

Mientras cavaba la tumba de Toshaway y Sitϣtsi, en un lugar alejado del campamento, una cornisa en la que había pasado semanas pensando, encontré una tacita blanca y negra. Era de cerámica y debajo, al seguir cavando, encontré una piedra plana, y debajo de esta otra piedra, y cuanto más cavaba más piedras encontraba, hasta que las piedras se convirtieron en una pared, y luego en la esquina de dos paredes, y luego se acabaron.

Ni los comanches ni los apaches antes que nosotros habían construido casas de piedra, y no había ningún pueblo de jinetes que hubiera hecho piezas de cerámica. Los caddos y los osages no habían llegado a vivir tan al oeste, y tampoco los blancos ni los españoles, y caí en la cuenta que había encontrado los restos de alguna antigua tribu que vivía en pueblos o ciudades, una tribu extinguida tanto tiempo atrás que nadie recordaba que hubieran vivido.

Decidí coger la taza para preguntarle a Abuelo pero estaba muerto, y luego pensé que le preguntaría a Toshaway pero también estaba muerto, y estuve a punto de dejarla pero no pude, no podía dejar de darle vueltas entre las manos, y entonces supe por qué, porque llevaba allí enterrada un millar de años o más y hacía que Toshaway y los demás parecieran muy jóvenes; como si fueran jóvenes y aún hubiera esperanza.

29

JEANNIE McCULLOUGH

1945

El hombre que le presentó Phineas parecía un aparcero –intensamente bronceado, pómulos marcados y aspecto agreste, como mal alimentado–, y de no ser por el pico de viuda sobre la frente, bien podría haber sido un mestizo indio. Estaba apoyado en los archivadores en el despacho de Phineas, intentando aparentar que era mayor de lo que era, y cuando ella entró, asintió como si no hubiera visto nada interesante y se volvió hacia el tío abuelo de Jeannie. Había algo en sus ademanes que le hizo preguntarse si ese hombre tenía una relación íntima con Phineas, si tal vez era el motivo por el que nunca se le permitía quedarse en casa de su tío abuelo. Decidió que no le caía bien.

–Hank es perforador –dijo Phineas–. Y Hank está buscando trabajo.

Hank le dirigió otro asentimiento pero no se ofreció a estrecharle la mano. Él y Phineas reanudaron la conversación que mantenían sobre rocas y explotación de pozos o algo igualmente aburrido. Ella escuchaba a medias y deambulaba por la estancia, pero siguieron hablando y empezó a preguntarse para qué la habían invitado, miró los cuadros de Phineas con su familia, Phineas con diversas personas famosas. El perforador llevaba camisa blanca y pantalones oscuros, que estaban limpios pero habían visto tiempos mejores; botas de trabajo de cuero, porque, supuso ella, no tenía zapatos como es debido. Aun así, se dio cuenta de que quería que se fijara en él; no era propiamente guapo pero tenía algo. «Llevas demasiado tiempo viviendo sola», pensó.

Por otra parte, había pocos hombres a los que Phineas tratara como iguales; por alguna razón, ese perforador era uno de ellos, aunque no alcanzaba a entender exactamente por qué. En cuanto al perforador (Hank, creía ella), seguía sin hacerle el menor caso. Entró una secretaria, una belleza como todas las chicas que trabajaban para Phineas, cabello moreno, piel cremosa y todas sus virtudes a la vista bajo un vestido verde bien ceñido; hizo lo posible por tocarle la mano a Hank cuando le llenó la taza de café, pero Hank se comportó como si no existiera, y Jeannie perdonó a la chica su atractivo y quedó convencida de que había algo entre ese joven y su tío. Al final, acabaron de hablar y Phineas se giró en su sillón.

–Vamos a contratar a Hank –dijo–. Irá a las tierras hoy mismo contigo.

Regresaron a McCullough Springs en la vieja furgoneta de Hank. Hacía calor y había mucho ruido; esperaba que él no se diese cuenta de lo mucho que estaba sudando. «No es más que un perforador», se recordó. Y tampoco es tan guapo; ella estaba muy por encima de su categoría. Tenía la nariz achatada, lo que podía deberse a un puñetazo, aunque tal vez hubiera sido así siempre. Había algo de perro de mala raza en él, habría dicho su abuela, y, sin embargo, tenía una suerte de confianza física que no se podía fingir, la había visto en los mejores vaqueros, afectaba una especie de pavoneo como si, pese a su tamaño, todo lo que hicieras tú o cualquier otro, él pudiera hacerlo mejor. Le recordó a Clint: la clase de hombre al que todo le resultaba fácil, al que se le daba bien todo lo que hacía.

Hank tenía veinticuatro años y había pasado la guerra (y todos los años antes de que estallara, desde su primera infancia) buscando petróleo con su padre, que ya había muerto. Habían tenido un patrimonio de varios millones en algún momento, pero sus últimas apuestas no habían rendido como esperaban, y luego su padre murió en una explosión, dejando a Hank en una situación apurada. Poseía su propia perforadora eléctrica

Cummings y un camión International con tracción a las seis ruedas, conocía a docenas de buenos obreros en busca de trabajo, pero en ese momento apenas tenía dinero suficiente para gasolina.

—Podría alquilar la perforadora —dijo—, pero ¿qué sentido tendría?

No esperaba respuesta.

—¿Tiene hermanos o hermanas?

—Tres hermanos —dijo ella—, pero dos murieron en la guerra.

—Yo tengo dos hermanas.

Debió de asomar algo al semblante de Jeannie, porque él dijo:

—Por si se lo pregunta, intenté alistarme en el cuarenta y dos pero me rechazaron por daltónico.

Ella asintió y miró por la ventanilla, viendo pasar la maleza y la tierra cuarteada. Todos los que no habían hecho el servicio militar se sentían obligados a contar sus penas.

—Yo no sabía que fuera daltónico, veo como todos los demás. Unos meses después fui a la oficina de reclutamiento de Houston, pero seguía sin distinguir los números de la prueba, así que me volvieron a suspender, solo que esa vez regresé y me llevé prestado el libro sin que se dieran cuenta. —La miró—. Supuse que no era muy caro.

—Probablemente —dijo ella.

—Sea como sea, memoricé los números y tuve que irme a Nuevo México para que no recordaran haberme visto. Esta vez pasé la prueba, pero debía de ir demasiado deprisa, porque empezaron a enseñarme las páginas en distinto orden y no acerté ni un puñetero número. Se dieron cuenta de lo que había hecho y me dijeron que si lo intentaba otra vez, me detendrían por interferir con el esfuerzo bélico.

—Vaya historia.

—Interferir con el esfuerzo bélico, ¿no es increíble?

—Creo que fue una suerte.

—Pruebe a pasar cuatro años con todo el mundo creyendo que eres un comunista o alguna otra clase de gandul. Estuve a punto de irme a Canadá para alistarme allí. Probablemente debería haberlo hecho, pero mi padre me disuadió.

—Muchos de los que están en el negocio del petróleo y el gas quedaron exentos —dijo ella—. De otro modo no habríamos ganado la guerra.

—Bueno, yo no quería ser uno de esos.

Ella empezó a decir algo, pero Hank bajó la ventanilla para que corriera bien el aire.

Para entonces ya estaban al sur de San Antonio, en la gran llanura. Entornó los ojos para protegerse de la intensa luminosidad; con tanto ruido le resultaba difícil pensar. Hank mantenía la aguja en los ciento veinte y se preguntó qué pasaría si se les pinchaba una rueda. Se fijó en su manera de conducir, los músculos de los brazos se tensaban y luego se distendían, la mandíbula en constante movimiento; estaba claro que era un hombre que no dejaba de darle vueltas a la cabeza. Pensó en su padre, que estaba convencido de ser un buen conductor, aunque no lo era. Hank mantenía la furgoneta en una línea muy recta; iba demasiado deprisa pero no se bamboleaban por la carretera. Se preguntó por sus hermanos, qué dirían si hubieran podido hablar, si habrían cambiado sus opiniones sobre la guerra. Supuso que no habrían sido distintas en absoluto. Una vez se le metía una idea en la cabeza a un hombre, no parecía importarle si lo mataban por ella o no.

—Bueno, me alegra que esté aquí —dijo Jeannie cuando él hubo subido de nuevo la ventanilla.

Asintió; igual ya no recordaba de qué habían estado hablando. O igual no era del mismo parecer. Mucho antes de que llegaran a McCullough Springs se estaba preguntando cómo sería vivir en la casa grande con él. Las sospechas que había albergado sobre su relación con Phineas no parecían acertadas; era del todo masculino. Pero, por lo demás, nada especial. No estaba segura de por qué se sentía tan atraída. «No conoces a suficientes hombres», decidió de nuevo.

Aun así, fingió dormir para poder mirarle sin que él se diera cuenta. No podía por menos de tener la sensación de que había estado esperándole sin saber siquiera que existía. Y entonces, un momento después, tomó la decisión de adquirir un apartamento en Dallas o San Antonio para no estar tan sola. Supuso que ese hombre le recordaba a su padre y sus hermanos; tenía esa suerte de aplomo, aunque no poseía su vanidad: había llevado botas de trabajo al despacho del hombre más poderoso de Texas. «Es igual que el Coronel», se dijo. El Coronel tampoco había salido de ninguna parte.

Cuando llegaron al rancho, se quedaron delante de la puerta principal hasta que Jeannie cayó en la cuenta de que esperaba que ella, como acompañante, se bajara y la abriera, aunque era mujer. Luego empezaron a subir la colina. Apareció la enorme casa blanca; se preguntó si le resultaría excesiva. No pareció darse cuenta. Para el caso, podrían haber estado llegando a una vieja choza. Aparcaron a la sombra y entraron, aunque ella le vio mirarse las botas en el umbral.

—Voy a hacer que alguien recoja su equipaje y le indique su habitación. Luego podemos cenar.

—Quiero estudiar los mapas que me ha dado su tío —dijo—. Mientras aún tengo fresco el trayecto.

—Ahí hay unas cuantas mesas —respondió ella, señalando el salón principal.

Jeannie fue arriba y leyó al sol con el ruido y la frescura del aire acondicionado en marcha. Su padre había estado en contra de instalarlo. Le sobrevino una sensación agradable y pensó que estaba besando a uno de los vaqueros; cuando abrió los ojos aún oía el sonido tan curioso que habían hecho sus labios. Luego estaba despierta. Bajó y se encontró a Hank comiendo a solas en la cocina; Flores le había preparado un filete.

—Podría haberme avisado —dijo ella.

—Pensaba que quería comer sola.

—Considero normal comer en compañía.

—No sabía si yo contaba como compañía.

—Bueno, pues cuenta —contestó ella.

—De acuerdo. En ese caso, lamento no haber cenado con usted, señorita McCullough.

Jeannie le dio la espalda y se puso un vaso de leche de la nevera.

—Se lo compensaré.

—Desde luego que sí —repuso ella.

No quería mirarle pero sabía que estaba sonriendo.

—Voy a enseñarle su habitación —dijo.

Le llevó arriba, por delante de los cuadros enormes y oscuros del Coronel y sus hijos, por delante de los bustos romanos, los grabados de Pompeya y los chismes de plata encima de todo el mármol, hasta llegar por fin a las habitaciones de invitados en la otra punta de la casa. Algo le hizo pensar que estaba acostumbrado a dormir en la furgoneta, y dijo:

—Espero que el alojamiento sea de su gusto.

Se encogió de hombros y ella se molestó de nuevo.

—Bien, buenas noches —dijo él—. No es usted tan mala como había pensado al principio.

Sonrió y ella vio que eso no le agradaba; era demasiado directo. Se fue por el pasillo apresuradamente.

A la mañana siguiente, Hank desplegó los mapas en el comedor.

—Por lo que dijo su tío, las fallas más evidentes están aquí, en la parte oriental de la propiedad. Es ahí donde conviene empezar.

—Entonces lo más sencillo será ir a caballo. De otra manera atravesaremos a pie un montón de maleza.

Él no reaccionó al oírlo.

—Voy a buscarle unas botas como es debido —añadió—. Dudo que las suyas encajen en los estribos.

—Voy a serle sincero —dijo—. No caigo muy bien a los caballos. Y supongo que ellos a mí tampoco me han caído nunca muy bien.

—Qué raro.

—Supongo que lo es para usted. Pero yo prefiero la furgoneta. No hace que me piquen los ojos y sé que no va a cocearme.

—¿De dónde dijo que era?

—De la luna.

—Voy a enseñarle a que le caigan bien los caballos.

—Puede intentarlo —dijo él—. Pero si me cocean, es posible que decaiga el aprecio que le tengo a usted.

Hank apartó la mirada y carraspeó con fuerza.

Ella también desvió la mirada. Nunca había conocido a nadie tan directo. Notó una sensación hormigueante. Le preocupó que Flores les hubiera oído, y luego llegó a la conclusión de que le traía sin cuidado.

—No le cocearán —aseguró en un susurro—. Ni decaerá su aprecio.

Notó más calor incluso en el cuello.

—Probablemente tenga razón —replicó él.

—¿Acerca de qué?

—Supongo que lo averiguaremos.

Pero una vez en camino, al parecer él perdió interés. Miraba al frente y a la derecha o la izquierda, pero nunca hacia ella; miraba lo que había fuera. Jeannie pensó en lo que había dicho: se había pasado de la raya. Había sido demasiado directa. Le sobrevino la desesperación, sí, había sido muy atrevida, no había sabido qué decir. Ahora él la tenía por una chica diferente de la que era.

—Nunca he estado con un hombre —dijo—. Por si se estaba llevando una impresión equivocada.

Él se echó a reír, luego se contuvo.

—No quiero que se lleve una impresión equivocada —insistió.

—No está acostumbrada a hablar con gente, ¿verdad?

Jeannie miró por la ventanilla. Por un instante, como una idiota, pensó que se iba a echar a llorar.

—No pasa nada —dijo él. Alargó el brazo y le apretó la mano, y luego la retiró con la misma rapidez—. A mí me ocurre lo mismo.

Pasaron todo el día conduciendo por los caminos de tierra del rancho. Dejaba patinar la furgoneta hasta que se detenía, luego se apeaba y se subía encima.

—¿Qué está buscando?

—La escarpadura —dijo—. Pero con la puñetera maleza que hay…

—Hay maleza por todas partes.

—Eso acabo de decir.

—No es solo en nuestras tierras.

Él siguió oteando.

—He olvidado los prismáticos —dijo. Luego añadió—: Para poseer tantas tierras, es usted de lo más sensible.

Ella no contestó.

—Pero al menos tienen buenas carreteras. La mitad de las veces que hago perforaciones en Texas, tengo que abrirme camino a través de cuatro o cinco kilómetros de mezquite.

—Deberíamos perforar cerca de los campos de Humble.

—Buena idea —dijo—, solo que llevan veinticinco años explotándolos. Y si encontramos algo tendrán un incentivo para redoblar su trabajo en esos pozos, y sacar más petróleo incluso, y su tío se pondrá furioso conmigo.

—¿Así que vamos a empezar a perforar en medio de la nada?

—¿Sabe cómo se le dan a usted los caballos?

—Sí.

—Pues a mí se me da así el petróleo.

—Tiene convencido de ello a mi tío.

Él sonrió.

—Traeremos un camión de prospección y ajustaremos un poco más los cálculos.

—Supongo que saldrá caro.

—Saldrá mucho menos caro que un agujero seco.

Ella durmió en su habitación y él en la suya. No quería que se llevase una impresión equivocada, aunque, por otra parte, sí quería. Dejó la puerta entreabierta, solo una ranura, por si venía. Cosa que era ridícula, claro. Ni siquiera sabía dónde estaba su habitación y no iba a ir a buscarla en la oscuridad. «Eres una zorra», dijo en voz alta. Aunque, naturalmente, hacía dos años que no la tocaba un hombre. Y en comparación con su madre, que ya estaba teniendo hijos a esas alturas…

Pasó despierta casi toda la noche. Se imaginó casándose con él, se lo imaginó aprovechándose de ella y luego dejándola tirada. Decidió que no le importaba siempre y cuando no fuera brusco. Luego se puso a pensar en la gloriosa vida de los hombres —irte por ahí a tener las experiencias que quisieras, cada vez que quisieras tenerlas— mientras ella seguía allí, cerca de los veinte años y todavía virgen, su único partido dormido en la otra punta de la casa. Él se comportaba como si le gustara pero suponía que en realidad no era así. Era demasiado terrible para contemplarlo siquiera. Se puso a mirar por la ventana y aguardó a que saliera el sol.

30

LOS DIARIOS DE PETER McCULLOUGH

Me quedé allí con la puerta abierta, esperando que sacara una pistola, o se me abalanzara con un cuchillo, pero no se movió. Era más menuda de lo que recordaba, llevaba la ropa andrajosa, desvaída por el sol, más que desgastada, su piel cuero sobre hueso, postillas en la cara allí donde había caído o sido golpeada. Las manos le colgaban a los costados como si no tuviera energía para levantarlas.

Intenté acordarme de su edad, treinta y tres o treinta y cuatro, solo que ahora sería mayor... La recordaba como una chica guapa, pequeña y con los ojos oscuros; ahora aparentaba la edad de su madre. Se le había roto la nariz y la tenía torcida.

–He venido a ver nuestra casa –dijo–. Esperaba encontrar mi partida de nacimiento. –Se encogió de hombros–. Naturalmente, dan por sentado que no soy ciudadana cuando intento cruzar.

Desvié la mirada de ella. Su acento producía un efecto inquietante –había pasado cuatro años en un colegio mayor para mujeres– en comparación con su aspecto.

–Igual tienes problemas para encontrarla –dije en voz queda, refiriéndome a la partida de nacimiento.

–Sí, ya lo he visto.

Seguía sin poder mirarla.

–Tengo mucha hambre –dijo–. Por desgracia...

Cada vez que intentaba levantar la vista, los ojos no me respondían. Estábamos en silencio y caí en la cuenta de que estaba esperando que yo dijera algo.

—Probaré en casa de los Reynolds —dijo.

—No —respondí—. Adelante.

Ha estado dos años viviendo en Torreón con un primo, pero el primo era carrancista y los villistas fueron a su casa y lo mataron, luego dieron una paliza a María y a la mujer del primo, tal vez incluso algo peor. El dinero que tenía lo gastó hace tiempo y llevaba casi un mes en la carretera. Al final decidió que no podía hacer otra cosa que volver aquí. Me recordó, varias veces, que era ciudadana norteamericana. Eso ya lo sé, le dije. Aunque, claro, parece tan mexicana como el que más.

¿Era adecuado darle el pésame por su familia? Probablemente lo contrario. No dije nada. Nos quedamos en la cocina mientras calentaba alubias y carne asada, unas tortillas que había hecho Consuela, mis manos temblorosas. Notaba sus ojos en la espalda. Las alubias empezaron a requemarse y al final me aparté. Le sonreí, no acostumbraba a hacer nada parecido, pero ella no me devolvió la sonrisa. Mientras las alubias reposaban cortó unos tomates y cebollas y unos pocos pimientos, y los mezcló.

—Si me perdonas, tengo mucha hambre.

—Claro. Tengo que hacer unas cosas arriba.

Asintió, sin quitarme ojo, sin tocar la comida hasta que me fui.

Me quedé sentado en el despacho como si me hubieran exprimido toda la vida... toda la energía que una vez tuve, mis años en la universidad, hecha pedazos contra las piedras de este lugar. Estuve a punto de coger el teléfono para llamar al sheriff y que se la llevase de aquí, aunque no sé qué razón le habría dado. Habíamos matado a su familia, quemado su casa, robado sus tierras..., ella debería denunciarnos a nosotros al sheriff..., debería haberse presentado con un centenar de hombres, los rifles amartillados.

Me planteé saltar por la ventana al tejado de la galería, que está a poco más de cuatro metros del suelo; podía dejarme caer a la hierba y marcharme para no volver nunca.

O sencillamente, podía esperar a que alguien, tal vez mi padre, con mayor probabilidad Niles Gilbert, se la llevara afuera, la arrastrase hasta la maleza y le arrancara el último jirón deshilachado. Veo a Pedro, la lágrima que resbala debajo del ojo de Lourdes, veo la cabeza de Ana caída hacia atrás, la boca abierta de par en par como si intentara gritar incluso después de muerta.

Decidí que se lo diría. Había hecho todo lo que estaba en mi mano. ¿Tal vez ella lo había visto? Me había puesto entre las dos líneas y el tiroteo había empezado de todos modos. Fui a la caja fuerte, conté dos mil dólares y me los metí en el bolsillo. La llevaría al hospital de Carrizo o dondequiera que hubieran inscrito su nacimiento, le procuraría la documentación necesaria y la ayudaría a ponerse en camino, amable pero firme; aquí no quedaba nada para ella.

Estaba pelando un mango.

—¿Qué planes tienes? —dije con la mayor delicadeza posible.

—Ahora mismo planeo comerme este mango. Con tu permiso, claro.

No dije nada.

—¿Recuerdas las veces que estuvimos sentados en nuestro pórtico?

Siguió pelando la fruta. El cuchillo se le escapó pero continuó como si no hubiera pasado nada.

—¿Quieres una tirita?

—No, gracias.

Se metió el pulgar en la boca.

Miré la mesa, luego por la estancia, los dibujos del techo de estaño. Le temblaban los hombros; tenía la cabeza inclinada y no le veía la cara. Pero no podía decir nada que no fuera a malinterpretarse.

Seguimos así hasta que decidí llevar los platos al fregadero.

—No debería estar aquí, claro —dijo.

—No es ninguna molestia —le aseguré.

—Para mi primo sí lo fue.

—¿Tienes más parientes?

—Mis cuñados. Espero que estén muertos, pero tienen madera de supervivientes.

Era obvio lo que haría cualquier persona normal. Habíamos dado cobijo a numerosos viejos amigos de mi padre, pastores decrépitos de otra época, hombres sin familia, o que ya no tenían nada que decir a su familia; docenas de ellos habían pasado sus últimos días en la casa de dormitorios, comiendo con los vaqueros, o con nosotros, según la amistad que tuvieran con mi padre. Pero esto era harina de otro costal. O eso se diría.

—Vivo aquí solo —le dije—. Mi padre tiene su propia casa colina arriba. Mi mujer me ha dejado; los hijos que me quedan están en el ejército.

—¿Es una manera de amenazarme? —preguntó.

—Todo lo contrario.

—Pensaba que igual me pegabas un tiro —dijo—. Igual aún me lo pegas.

La compasión que sentía empezó a esfumarse. Seguí fregando los platos, aunque ya estaban limpios.

—Entonces ¿por qué has venido?

No respondió.

—Puedes quedarte a pasar la noche. Hay habitaciones de sobra en el piso de arriba, basta con que subas las escaleras, dobles a la izquierda y escojas una.

Se encogió de hombros. Estaba chupando el hueso del mango y el jugo le había resbalado por la barbilla cubierta de postillas. Tenía todo el aspecto de haber salido de un chamizo de Nuevo Laredo, la antigua combinación de desesperanza e ira. Empecé a esperar más que nunca que rechazara mi ofrecimiento, que tuviera suficiente con una comida en casa de su enemigo.

—De acuerdo —dijo—. Me quedaré a pasar la noche.

23 DE JUNIO DE 1917

El dormitorio no me pareció seguro, así que me acosté en el despacho, la puerta cerrada con llave. Cargué, descargué y volví a cargar la pistola. Agucé el oído para detectar sus pasos en el pasillo, aunque la alfombra era gruesa y sabía que probablemente no oiría nada.

En torno a medianoche descargué la pistola por segunda vez. No soy distinto de los otros, claro, llevo dentro las mismas ansias oscuras. No la temía físicamente. Era algo mucho peor.

Al rayar el alba, me quedé adormilado. El sol empezaba a entrar; me di la vuelta y volví a dormirme. A lo lejos había un sonido que llevaba mucho tiempo sin oír; cuando me di cuenta de lo que era desperté de inmediato y me vestí.

Abajo, Consuela estaba en la entrada del salón, mirando. Me vio y se marchó como si la hubiera sorprendido haciendo algo indebido.

María estaba sentada en el banco, tocando el piano. Debía de haber oído mis pasos porque irguió la espalda y se saltó unas notas, y luego continuó tocando. El pelo le caía sobre los hombros, dejando a la vista su cuello; alcancé a verle las vértebras sin problema. No sabía lo que estaba tocando. Algo antiguo. Alemán o ruso. Me quedé a unos pasos de ella; siguió tocando sin volverse. Al final me fui a la cocina.

Consuela me miró.

—¿Le preparo el desayuno?

Asentí.

—¿Hay café?

—En la cafetera. Frío.

Me serví una taza de todos modos.

Consuela se puso a trocear nopales para echarlos a la sartén con mantequilla.

—¿Lo sabe su padre?

—No tardará en enterarse.

—¿Debo tratarla como una invitada o…?

—Claro —respondí.

Me pregunté hasta qué punto había conocido ella a los García. Pero los García eran ricos, claro, y Consuela es una criada. El sol había salido dos horas atrás y llenaba la casa, el aire cálido entraba por las ventanas. Llegaba con cuatro horas de retraso a trabajar. Fui a la nevera y saqué unos trozos de cabrito, luego los envolví en un paño con una tortilla.

—Ya se lo caliento —dijo ella.

—Más vale que me vaya —repuse—. Nos vemos a la hora de cenar.

—¿Debo vigilarla?

—No —dije—. Dale lo que quiera.

No volví a casa hasta mucho después de anochecer, cuando sabía que Consuela habría regresado a su casa. Olí que alguien había estado cocinando, pero los platos estaban fregados y guardados. María estaba sentada a la mesa, leyendo un libro. *El virginiano*, de Wister.

—¿Te gusta? —preguntó.

—No está mal.

—El hombre blanco y fuerte llega a una tierra virgen despoblada y demuestra lo que vale. Salvo que nunca ha habido nada semejante.

Nos quedamos allí sin nada que decir. Al final decidí sacarlo a relucir.

—Todo ocurrió muy deprisa aquella mañana.

Volvió al libro.

—Creo que es mejor que hablemos de ello.

—Claro que lo crees —dijo—. Quieres ser perdonado.

El aire nocturno corría por la casa. Había una lechuza fuera y el molino de viento, y, a lo lejos, el sonido de la torre de perforación de mi padre. Me quedé sentado y escuché.

—Me iré por la mañana. Lamento haber venido.

Noté que me tranquilizaba.

—De acuerdo —dije.

Yazgo despierto varias horas. Flirteo con el desastre, algún cataclismo que no alcanzo a imaginar; lo noto igual que el anciano sabe que se avecina la lluvia. Solo quiero que ella desaparezca... la mera idea me tranquiliza. Todos mis nobles pensamientos se desvanecen: cuando la bondad se necesita de veras es tan escasa como la leche de las reinas. Tengo la sensación de que en cualquier momento una compañía de sediciosos va a echar la puerta abajo, llevarme al muro de adobe más cercano…

Pero no era eso lo que temía en realidad. Albergaba un recuerdo de Pedro y yo sentados en su pórtico. Salió Ana y nos trajo té dulce, pero cuando Pedro lo bebió, el té le cayó por la camisa y el regazo; tenía un orificio debajo de la barbilla que no había visto. Luego estaba con mi padre y Phineas, hacia un lado un prado verde intenso, el olor a huisache, los arbustos todo en torno moteados de oro. Delante de nosotros un viejo olmo…, un hombre a caballo, una soga floja en torno al cuello, gente que esperaba algo de mí; no podía hacerlo, aunque era un acto bastante sencillo. Al final Phineas azotaba al caballo en la grupa y el hombre se deslizaba y quedaba atrás, venga a retorcerse y patalear, buscando apoyo con las piernas, pero no había más que aire…

La humillación del fracaso, los celos de Phineas. Y sin embargo sabía que no podría haberlo hecho, por muchas oportunidades que me hubieran dado. Intentaban endurecerme; todo en vano.

Abrí los ojos. Hacía frío. El viento soplaba por la casa, las dos o las tres de la madrugada, chirriaban los molinos de viento, los coyotes gañían. Me vino a la cabeza un cervato corriendo en círculos presa del pánico, luego fui a la ventana y me quedé mirando, la luna alumbraba lo suficiente para ver los pastos, unos quince kilómetros por lo menos. No había nada a la vista que no nos perteneciera.

Al final me vestí. Fui hasta el pasillo del ala oeste de la casa, caminando con sigilo, como si acudiera a una cita secreta, aunque no importaba…, estábamos solos. Me di cuenta de que tenía mal aliento, el pelo y la cara grasos, olía a sudor rancio, pero continué pasillo adelante. Un merodeador en mi propia casa. Por delante de los bustos en sus pedestales, los grabados de ruinas… otro retrato de mi madre, por delante de la habitación de Glenn y la habitación de Pete hijo y la habitación de Charlie…, al cabo oí un ventilador en marcha tras una de las puertas. Llamé suavemente con los nudillos.

Toqué de nuevo y esperé y luego toqué por tercera vez. Entonces abrí la puerta. La cama estaba vacía pero las sábanas estaban arrugadas y el cuarto estaba en penumbra. Fui a la ventana y ella estaba en el tejado de la galería, en el borde mismo.

—Aparta de ahí.

No se movió. Llevaba un camisón que debía de haberle dado Consuela. Por un instante me pareció que estaba sonámbula.

—Ven aquí —repetí.

—Si vas a matarme… —dijo—. Me da igual, no pienso ir contigo a la maleza sin más.

—Deberías quedarte aquí —le dije.

—Imposible.

—Quédate hasta que estés bien.

Negó con la cabeza.

—Quería detenerte antes de que te fueras. No quería más que eso.

—Para así haber tenido un gesto amable. —Me miró, meneó la cabeza y luego miró hacia las tierras. Miraba en dirección a su antigua casa, me di cuenta. Me preocupó que fuera a caerse. Dijo—: Hoy en la cocina mientras estabas de espaldas, he pensado en clavarte la tajadera en el cuello. He pensado en cuántos pasos tendría que dar y qué haría cuando te volvieras.

—Quédate —dije.

Negó con la cabeza.

—No sabes lo que me pides, Peter.

24 DE JUNIO DE 1917

En lo tocante a noticias que no tienen que ver con los García, los vaqueros se quejan de que el estruendo de las perforaciones está echando a perder el ganado. No creen que la camada de terneros de este año vaya a ser buena si los animales se ven expuestos a tanto ruido.

Fui a preguntarle a mi padre hasta qué profundidad tienen intención de perforar. Me dijo que hasta el centro de la tierra. Le pregunto si sabe que nuestro acuífero es poco profundo y nuestra agua es de las mejores en esta zona de Texas, y que si vierte petróleo en ella, será nuestra ruina. Me dice que esos hombres son expertos. Se refiere a los que duermen donde hozan los cerdos.

Se me ocurre que estamos entrando en una era en la que el oído humano dejará de distinguir los sonidos. Hoy apenas oigo a los perforadores. ¿Qué otras cosas no oigo?

Cuando volví a la casa para cenar, me llegó el sonido del piano antes de llegar a la puerta siquiera. Me quité las botas y las dejé fuera para que no me oyese entrar, abrí y cerré la puerta con mucha suavidad, luego me eché en el diván para oírla tocar. Al abrir los ojos estaba mirándome. Por un instante la imaginé tal como era diez años atrás: la cara redonda, los ojos oscuros. Luego le miré las manos. Estaban vacías.

—Voy a comer.

—¿Sola?

—Me da igual —repuso.

Calentó lo que nos había dejado Consuela. Cuando acabamos le pregunté de nuevo que ocurrió aquel día.

Se comportó como si no me hubiera oído.

—¿Te importa si preparo algo más? No puedo dejar de pensar en comida.

—Siempre hay algo en la nevera —dije.

Sacó un poco de pollo frío y se puso a comer. Intentaba mostrarse refinada pero saltaba a la vista que le estaba costando trabajo, yo estaba lleno pero ella seguía muerta de hambre.

—Cuéntame.

—Crees que si hablo de ello podré perdonarte.

—Yo no me he perdonado —repliqué en voz queda.

—Contártelo no cambia nada —dijo—. Eso que quede claro.

Asentí.

—Bien. Pues, cuando entraron en la casa, dispararon contra todos, tanto si ya estaban en el suelo como si seguían en pie. Alguien le pegó un tiro a mi sobrina, que tenía seis años, y entonces, como una cobarde, me fui a mi cuarto y me escondí en el armario. Luego recuerdo que estaba sentada en la cama y alguien me quitaba la camisa y yo caía en la cuenta de que me iban a violar antes de matarme, y luego vi que eras tú. Pensé que ibas a violarme tú y de algún modo eso hizo que fuera mucho peor.

»Después me llevaste por la casa. Alcancé a ver el interior de la habitación de mis padres, mi madre y mi padre muertos, mi hermana tendida con ellos, luego en la sala estaban César y Romaldo y Gregorio, Martín y mi sobrino, y sus familias. Vi que la puerta delantera estaba abierta, y el sol entraba por ella y empecé a albergar esperanzas de vivir, pero cuando llegamos al pórtico vi que se había congregado todo el pueblo. Entonces pensé que ojalá no me hubiera escondido en el armario. A punto estuve de arrebatarte el arma.

»Luego me llevaron a casa de los Reynolds. Pensaron que me rescataban, creyeron que me hacían un favor. Me dieron de comer, me dejaron bañarme, me dieron ropa, una habitación con sábanas limpias. Mientras tanto, mi propia casa, con mi propia cama y mi ropa, estaba a escasos kilómetros de allí. Pero ya no era mía.

—Nadie quería que ocurriese.

—Qué fácil salen de tu boca esas mentiras —dijo—. En tu caso, creo que tenías reservas, tal vez algún otro también…, los Reynolds, claro…, pero nadie más.

Miró el plato que tenía delante.

—Y sigo teniendo hambre. No me lo puedo creer.

Guardamos silencio y, al final, dijo:

—¿Podemos salir? Me entra frío y calor a rachas, y ahora tengo mucho calor.

Salimos al porche y contemplé las tierras. Hacía más fresco de lo habitual, una tarde agradable, con el sol a punto de ponerse. Me planteé comentarlo, pero decidí no hacerlo. Se oía la perforadora en marcha al otro lado de la colina.

Después de estar un rato sentados, dijo:

—He pasado mucho tiempo pensando en lo ocurrido. Y cuanto más pensaba en ello, más convencida estaba de que las cosas se habían torcido de una manera terrible; naturalmente que tu hijo recibiera un disparo…, ¿fue Glenn?

—Sí.

—¿Y qué tal está?

—Sigue vivo.

—Me alegro.

Noté que me ardía la cara. Por alguna razón eso —que Glenn siguiera vivo— me avergonzaba.

—Uno de los tuyos herido, once de los míos muertos… —Levantó las manos como si sopesara una balanza—. Hemos sufrido todos, el pasado, pasado está, es hora de seguir adelante.

No contesté.

—Eso es lo que piensas, ¿no? Tu hijo herido, mi familia exterminada, estamos en paz. Y naturalmente tú eres el mejor de todos; los demás piensan, vale, un blanco sufrió un rasguño, no hay suficiente sangre mexicana para lavar semejante pecado. Cinco, diez, cien…, para ellos es lo mismo. En los periódicos —levantó los dedos— hablan de los mexicanos como si fueran reses muertas.

—No en todos los periódicos.

—Solo en los que importan. Pero yo no soy mejor, claro; durante mucho tiempo, albergué fantasías prácticamente sobre todas las personas blancas de la ciudad, acerca de quemarlos, acuchillarlos. Recuerdo con suma claridad a Terrell Snyder mirándome con sorna, y también a los hermanos Slaughter…

—Me parece que los Slaughter no estaban presentes —comenté.

—Sí estaban, los vi con claridad, pero eso no tiene importancia. Decidí que dejaría de estar furiosa y tal vez aceptaría la situación entera, todo lo que había ocurrido, como un golpe de mala suerte. De hecho empecé a estar segura de ello. Conocíamos a tu familia desde hacía décadas, no tenía sentido. A ti en concreto te conocíamos muy bien; era incapaz de imaginar que maquinaras algo contra nosotros. Empecé a pensar que igual reaccioné de una manera exagerada al huir de casa de los Reynolds.

»De modo que cuando mi primo fue asesinado, decidí regresar. Crucé el río y al llegar a nuestros pastos sentí un alivio mayor del que sentía en meses. Caminé toda la noche. Tenía una excusa preparada por si me encontraba con alguno de tus vigilantes, aunque esperaba que no ocurriera, porque sabía que, dependiendo de su estado de ánimo, daría igual lo que le contase. Pero…, no había nadie. Eso también lo interpreté como una señal.

»Sabía en qué condiciones me encontraría la casa. El relleno de los sillones estaría desparramado, habría excrementos de pájaros, mugre por todas partes, los ratones habrían hecho trizas nuestros documentos, y naturalmente nadie habría limpiado los charcos de sangre de mi familia y las balas seguirían incrustadas en las paredes. Tendría exactamente el mismo aspecto que cuando me marché, solo que dos años más vieja.

»Cuando llegué a nuestros pastos de abajo, junto a la vieja iglesia, el sol estaba saliendo y vi que la casa había ardido. Pero aun así pensé, no, a veces las casas vacías sufren actos de vandalismo, los amantes las frecuentan, los pobres las ocupan, el clima seco…, incluso un cigarrillo podría haber prendido el fuego. Entré por una de las puertas, fui hasta las ruinas del despacho de mi padre, donde sabía que se guardaban todos nuestros documentos, en archivadores de metal que habrían resistido cualquier incendio. Los armarios estaban cubiertos de escombros, como todo lo demás, pero tras afanarme un rato los desenterré. Mi partida de nacimiento, tal vez algo de dinero, títulos de acciones, cosas así. Pero ¿sabes qué encontré?

Aparté la mirada.

–Nada. Estaban vacíos. Los papeles habían desaparecido. Hasta el último documento y carta, se habían llevado todos los registros. Y entonces supe que había sido provocado. No bastaba con exterminar a mi familia; también era necesario eliminar cualquier prueba de nuestra existencia.

–Nadie quería tal cosa –le dije.

–Otra mentira. Tú precisamente, tú has olvidado ya que mientes. Tus mentiras se han convertido en la verdad.

Decidí escudriñar un lagarto verde que se arrastraba por el porche. Un rato después oí algo; María tenía la respiración sibilante, como la de alguien que agonizara. Me sobrevino una sensación terrible pero la observé y siguió respirando; se había dormido. La contemplé largo rato y cuando estaba seguro de que no se iba a morir, entré y cogí una manta para arroparla.

31

ELI/TIEHTETI

Después de enterrar al último de los fallecidos, los cincuenta o así que seguíamos con vida reunimos los pocos caballos que quedaban y nos fuimos en dirección al sudoeste, sobre todo a pie, con la esperanza de encontrar al búfalo, o al menos localizar su rastro. No había ninguna señal reciente. Estaba claro que hacía más de un año que no había *nɨmɨ kutsu* por esa zona.

Nadie sabía dónde había buena hierba ni adónde podía estar dirigiéndose el búfalo. Luego averiguamos que había permanecido al norte, con los cheyennes y los arapahoes. Mientras tanto, empezaba a nevar y no había mucho que comer.

A excepción de Pelo Amarillo, unos pocos comanches viejos que habían estado expuestos a epidemias anteriores y yo mismo, no respondía a ninguna lógica quién había sobrevivido. La tasía había matado a débiles y fuertes, listos y tontos, cobardes y valientes, y si los supervivientes tenían algo en común, era que habían sido demasiado perezosos o fatalistas para huir. Los mejores entre nosotros habían huido o muerto por la peste.

Nadie hablaba. No había nada más que el viento, el crujir de los fardos, los palos de las traíllas al rozar el suelo pedregoso. Si no veíamos suficientes ciervos o antílopes, matábamos un caballo, lo que nos hacía ir más lentos aún. No había ningún plan más allá de encontrar al búfalo; no sabíamos qué haríamos en el caso de que nos topáramos con los *tɨhano* o con el ejército; había menos de diez que aún estábamos en condiciones de pelear; muchos niños se habían quedado ciegos.

Un día, mientras veíamos acercarse otro temporal del norte, el cielo a nuestra espalda del color de una magulladura, un frío que sabía me atravesaría el manto, se me ocurrió que no había visto a muchos de los niños en el desayuno. Tampoco recordaba haberlos visto la víspera por la noche. Miré a mi espalda, hice recuento de nuestra larga y lenta columna y estaba en lo cierto. Faltaban la mitad de los pequeños. Sus madres habían llevado a todos los ciegos a la pradera y los habían matado, de modo que los demás tuviéramos suficiente para comer.

Esa noche nos topamos con un grupo de comerciantes comancheros que vieron nuestra hoguera en plena tormenta. Iban cargados de maíz y calabaza, pólvora y plomo, cuchillos y puntas de flecha de acero, mantas de lana. No teníamos nada que darles. Por lo visto todas las demás tribus estaban diezmadas, porque decidieron hacernos compañía unos días. Nos ofrecieron unos sacos de harina de maíz pero no teníamos pieles y no podíamos comerciar con los pocos caballos que nos quedaban.

Cuando empezaron a cargar de nuevo sus mulas, se cernió sobre todos nosotros la desesperación; unos cuantos se sentaron en la nieve y rechazaron todo consuelo. La noche se había despejado y me alejé de la hoguera para contemplar las estrellas. No parecía tener mucho sentido continuar. Los pocos como yo que aún éramos capaces de cazar, podíamos sencillamente irnos, pero eso quedaba descartado. Estaba allí pensando cuando nuestro jefe superviviente, Montaña de Rocas, se me acercó.

—Quiero hablar un momento contigo, Tiehteti.

—De acuerdo —dije.

—Está claro —comenzó— que tal vez no sobrevivamos al invierno.

—Eso ya lo veo.

Miró hacia la pradera, ahora cubierta de una ligera capa de nieve, que pronto alcanzaría varios palmos de grosor.

—Hay una manera de que nos ayudes.

Sabía adónde quería llegar. El gobierno seguía ofreciendo cuantiosas recompensas por los cautivos devueltos.

—Es posible que tú sobrevivas este invierno aquí. Pero la mayoría no lo haremos. Tal vez ninguno de nosotros lo consiga. Pero si vuelves con los taibo… —Se encogió de hombros—. Sencillamente puedes volver cuando los comerciantes hayan cobrado.

No le miré.

—La decisión es tuya, claro. Pero se dice que igual te ofreces voluntario a hacerlo, sobre todo teniendo en cuenta los sacrificios que han hecho ya muchas familias. —Se refería a los niños—. Aun así, eres uno de nosotros y preferiríamos que te quedaras.

Por la chica alemana y por mí, los comancheros dejaron veinte sacos de harina de maíz, veinte kilos de piloncillo y diez toneles de calabaza. Veinte kilos de plomo, un barril de pólvora, unos tornillos para cerrojos de rifle, un paquete de mil puntas de flecha de acero, unas cuantas hojas de cuchillo toscas con mangos de cuero de vaca. Se consideró un precio bastante generoso, aunque los comerciantes no tenían duda de que conseguirían un beneficio considerable, porque yo aún era joven y la chica alemana seguía siendo bonita, sin marcas en la cara. Muchos cautivos, sobre todo mujeres, regresaban con orejas y narices cortadas, caras marcadas, pero Pelo Amarillo parecía ilesa, y era evidente que, una vez limpia, estaría hermosa. Me hicieron unas cuantas preguntas en inglés, para ver si aún lo hablaba, cosa que hacía. Después de casi tres años viviendo entre los indios salvajes, eso tampoco era habitual, y con toda seguridad nuestra devolución se consideraría un gran éxito y los comancheros recibirían una buena suma.

Montaña de Rocas me pidió que le dejara el Colt Navy, uno de los dos que le había cogido al cazador de cabelleras, pero eso quedaba descartado. Había enterrado el otro junto a Toshaway. Y no me gustaba la pinta de los comerciantes, ni de Montaña de Rocas, si a eso vamos.

La primera noche Pelo Amarillo se quedó a mi lado, lejos de los comancheros.

—No dejes que me toquen —dijo.

—No les dejaré.

—Hazles pensar que soy tu mujer.

—Quieren sacar dinero por nosotros —dije—. No creo que hagan nada.

—Por favor —insistió.

La noche siguiente supe que tenía razón: uno se le sentaba cada vez más cerca hasta que por fin la rodeó con el brazo. Era un hombretón con la barriga grande; parecía una versión sucia de san Nicolás. Me levanté y saqué el cuchillo y él levantó las manos, riéndose de mí.

—Pareces un poco joven, pero no voy disputártela.

—No tenemos que pelear por ella —dije—. Podemos pelear sin más.

Se rió un poco más y negó con la cabeza.

—Muchacho, ya veo que estás aferrado a ella como la muerte a un negrata muerto. Ya te he dicho que no voy a pelear. Me voy a dormir.

Se levantó y se fue a su catre debajo de la carreta.

Esa noche ella durmió en mi manto. Llevaba casi dos meses sin tocar a una mujer ni tocarme yo mismo siquiera, porque en lo único que podía pensar era en Flor de la Pradera, y en su cara desfigurada, cuando la cubrí de tierra.

Pero con Pelo Amarillo acurrucada contra mi cuerpo, parte de mí olvidó todo eso. Olía el cabello dulce sin lavar, y al final, cuando ya no pude aguantar más, empecé a besarle el cuello. Me pregunté si estaba dormida pero entonces dijo:

—No voy a impedírtelo, pero no quiero hacer eso ahora mismo.

La besé detrás de la oreja e intenté fingir que había sido un acercamiento fraternal. Ella me apartó el rabo para que no se lo clavara. Nos dormimos.

La noche siguiente dijo:

—Podemos hacer el amor si te apetece, pero quiero que sepas que me violaron quizá diez hombres de nuestra tribu. Intenté hablar de ello contigo muchas veces.

Estaba tan avergonzado que fingí haberme dormido.

—No pasa nada —dijo, palmeándome la cadera—. Dudo que te hubieran dejado entrar a formar parte de la tribu si te hubieras portado bien conmigo.

–Lo siento.

–Tú no dejes que me violen estos hombres. No creo que pudiera soportarlo.

La tercera noche le pregunté:

–¿Crees que no me siento atraído hacia ti porque te acostaste con todos esos hombres de nuestro grupo o sencillamente no quieres dormir conmigo?

–No quiero dormir con nadie –respondió–. Pero menos que nadie con esos comancheros. San Nicolás me enseñó la polla y los huevos y los tiene recubiertos de una enfermedad.

La cuarta noche insistí:

–Pero ¿qué hay de mí?

–¿Matarías a esos comancheros si te lo pidiera?

–Sí.

–En ese caso me acostaré contigo. Pero tenemos que hacerlo con sigilo para que no nos oigan o podrías acabar teniendo que matarlos.

–Los mataré –dije, aunque en realidad lo creía poco probable, porque representábamos el sueldo de todo un año para ellos.

Me miró. Era perspicaz.

–Olvídalo. Dormiré sola. –Se apartó del manto–. Prefiero que me violen a acostarme con un embustero.

–Te protegeré –insistí–. No hagamos nada. Siento haberlo mencionado.

La última vez que le pregunté algo relacionado con el sexo fue:

–¿Alguna vez te quedaste embarazada?

–Tres veces, pero todos salieron a los dos meses o así.

–¿Cómo?

–Me golpeaba el estómago con piedras. Además, por mucha hambre que tuviera, no comía.

–Si hubieras tenido un hijo, tal vez te habrían hecho miembro de la tribu.

–Eso habría sido estupendo de no ser por que todas y cada una de las noches que pasé allí no soñaba más que con volver a casa.

–¿Adónde?

–A cualquier sitio donde hubiera blancos. A cualquier sitio donde no tuviera que vivir con hombres que me violaran.

Debería haberme compadecido de ella, pero solo me enfureció. Echaba de menos a Toshaway más de lo que echaba de menos a mis propios padres y pensar en Flor de la Pradera me producía tal sensación de vacío que quería pegarme un tiro en la cabeza. Me di la vuelta y me puse a dormir.

Cabalgamos juntos durante tres semanas, compartiendo el mismo manto para que los comancheros pensaran que estábamos casados, y todas las noches yo esperaba que hiciéramos el amor, porque dormíamos acurrucados uno contra el otro bajo el mismo manto, pero lo que había dicho era cierto, ella no tenía el menor interés. Incluso la noche que bebimos whisky con los comerciantes y dejó que mis manos llegaran más lejos de lo habitual y pensé que esa noche podría penetrarla, no tardé en caer en la cuenta de que respiraba muy profundamente y ya no estaba despierta. Dejé que mis manos la recorrieran un poco más. Los comancheros conocían a sus compradores: nos daban de comer cuatro o cinco veces al día y Pelo Amarillo parecía más saludable a cada minuto, sus costillas más torneadas, los pechos y las caderas más abundantes, aunque seguía llorando en sueños todas las noches.

—Supongo que si tuviera una fantasía —me confesó— sería violar a todos los hombres que me violaron. Los traería de entre los muertos y los violaría a todos, una y otra vez. Con una tranca astillada bien grande, quiero decir. Se la metería una y otra vez y no pararía hasta quedar satisfecha.

No dije nada. Pensé en Toshaway, Nʉʉkaru y Pizon, y en Flor de la Pradera, Lobo Gordo y Abuelo, y Detesta Trabajar, que era en realidad Ave Solitaria, Escuté y Mañana Radiante, Dos Osos, Siempre de Visita; supuse que habría matado de buena gana a Pelo Amarillo si hubiera podido recuperar a cualquiera de ellos.

Pero, por lo visto, ella no se dio cuenta.

—Lo cierto es que he pensando mucho en ello —continuó—. En violarlos, quiero decir. A veces era lo que me permitía seguir adelante.

Sonreía.

—Pero ahora ya no tengo que pensar en ello.

Esa noche no hablé con ella, ni al día siguiente.

La última semana la pasamos por caminos de carretas, dejando atrás pueblos, asentamientos, los primeros blancos que veía en tres años que no me disparaban. Pelo Amarillo saludaba con la mano a todos. Pero los blancos no creían que fuera un acontecimiento especial, ver a otros blancos. La tierra se estaba asentando.

Cuando llegamos al Colorado, cerca de Austin, no podía dar crédito a los caminos; eran el doble de anchos y las roderas estaban cubiertas por completo. Pelo Amarillo estaba feliz, charlaba por los codos, había besado a los comerciantes en la mejilla y les había dado las gracias, y se había arrimado mucho a mí durante la cena. Saltaba a la vista que estaban celosos, pero san Nicolás los mantenía a raya. Sabía lo que valíamos. Me ofreció un cilindro de recambio para mi pistola si le dejaba lavarme y cortarme el pelo, que me había crecido hasta la mitad de la espalda. Me lo pensé y accedí.

Cuando esa noche nos acostamos, Pelo Amarillo me dejó metérsela un poco, pero estaba muy seca, y tras moverme unos minutos la cosa no mejoró, y me dio tanta vergüenza que me aparté.

—Venga, acaba —dijo.

—No puedo si tú no quieres.

Se encogió de hombros.

—La verdad es que no me importa. Has cumplido tu palabra.

Pensé en ello y luego aparté el manto, me puse en pie, miré al cielo y terminé yo solo. La hierba no estaba cubierta de escarcha siquiera, hacía mucho menos frío en la región de las colinas que en las llanuras. Volví a meterme bajo el manto con ella.

—Eres un hombre bueno —dijo—. Nunca he conocido a nadie como tú.

Al día siguiente llegamos a Austin. Nos llevaron a la casa de un comerciante que conocían los comancheros y luego al capitolio del estado. Un grupo de blancos vino y nos preguntó cómo nos llamábamos. Les llevó casi todo el día pero al final sacaron trescientos dólares por cada uno de nosotros; los comancheros cobraron y se fueron sin decirme una palabra, aunque intentaron dar un beso de despedida a Pelo Amarillo. Ella los rechazó. Ahora que estábamos en público, no hubiera permitido que la tocaran siquiera.

En realidad se llamaba Ingrid Goetz. Corrió la voz y la adoptaron varias mujeres acaudaladas. Cuando la vi al día siguiente llevaba un vestido de seda azul, el pelo lavado, trenzado y recogido en un moño en la nuca. Entretanto, yo me había negado a que me tocaran: llevaba polainas de cuero y taparrabos, iba sin camisa, y aunque habían insistido en quedarse con mi revólver, no les dejé que me quitaran el cuchillo, que llevaba metido en el cinturón.

Y así que dormía en un catre vacío en la cárcel mientras Pelo Amarillo se alojaba en una plantación al este de la ciudad, la casa del representante de Estados Unidos. Pocos días después se celebró una recepción en nuestro honor en la casa de un juez, una mansión de estilo georgiano cerca del capitolio con bonitas vistas al río. El juez era un hombretón pelirrojo que podría haber levantado un barril con cada brazo, aunque tenía las manos suaves como las de un niño. Había estudiado en Harvard en su juventud, luego fue senador en Kentucky, después renegó de la política por completo y se mudó a Texas para incrementar su patrimonio. Leía muchos libros y hablaba sin cesar, pero tenía buen talante y le tomé aprecio de inmediato.

Pelo Amarillo y yo hacíamos una pareja curiosa. Ella parecía haber vivido en la ciudad toda la vida; yo me había bañado y había perdido las largas trenzas, pero por lo demás semejaba un chico salvaje. Varios periodistas se reunieron y nos preguntaron si éramos marido y mujer, y al mirarla, con el pelo lavado y la piel limpia, me pareció más hermosa de lo que nunca la había visto y sentí deseos de decir que sí.

Todos los demás querían que ella dijera que sí también, porque era una buena historia, pero Pelo Amarillo era una criatura egoísta. No, no teníamos ningún vínculo, sencillamente yo había protegido su honor de los comanches, ella regresaba con su honor intacto gracias a mí, honor honor honor, aún lo tenía, eso era todo.

Me quedé sin habla. Nadie salvo los yanquis creyó una sola palabra. Todos los texanos sabían muy bien del apetito de los indios por sus cautivas.

Nos dieron una comida abundante con pan tierno, ternera y pavo asado, que yo no probaba, porque los comanches creían que comiendo pavo te volvías cobarde, y al mirar el ave me vino a la cabeza Escuté, que solía bromear diciendo: «Si comiendo pavo te conviertes en un cobarde, ¿en qué te conviertes comiéndole el conejo a alguna?». También había lechón asado, que yo no tocaba, pues los comanches sabían que era un animal asqueroso. Comí unos dos kilos y medio de ternera y dos liebres y se comentó el buen apetito que tenía. Pelo Amarillo comió un poco de pan y pavo y, mirándome directamente, se sirvió lechón varias veces.

Esa noche, pese a las corrientes de aire que había en la casa, hacía tanto calor y el silencio era tan intenso, y las camas tan blandas y sofocantes, que salí a dormir al jardín del juez. Pelo Amarillo, mientras tanto, ya estaba contándole a la gente que procedía de una familia de la aristocracia alemana, aunque, como todos habían sido asesinados, no había manera de verificarlo. Estaba seguro de que mentía, porque yo sabía dónde había vivido su familia, y los otros también dudaban de ella, pero nadie decía nada. Nunca habían visto que una cautiva regresara en tan buenas condiciones. A caballo regalado, no le mirabas el dentado.

Unos días después, el juez reunió a varios ciudadanos influyentes en su jardín para celebrar una barbacoa, junto con unos periodistas del este. Me pidieron que me pusiera mi atuendo e hiciera un numerito. Naturalmente, la mayor parte de lo que sabe hacer un indio no se puede mostrar en un circo, como rastrear la caza, o interpretar el estado de ánimo de un hombre a partir de sus huellas, así que pedí un caballo y lo monté a pelo de aquí para allá por el jardín mientras lanzaba flechas contra un fardo de heno. El juez había sugerido que disparase contra un tocón, pero de eso ni hablar, porque se estropearían las flechas, y puesto que tanto estas como el arco los había fabricado Abuelo, no tenía el menor deseo de dañarlas a menos que fuera disparando contra un blanco vivo. Me quedé montado y los presentes hicieron sugerencias. El juez señaló una ardilla en lo alto de un roble y la derribé de la rama, y luego alcancé a una paloma en otra rama. Los espectadores aplaudieron. No lejos de allí había un ojo negro entre la hierba que sabía era de un conejo, así que también le metí un flechazo. Varios periodistas del este se mostraron asqueados al ver al conejo chillar y zarandearse en el aire, pero el juez rió y dijo: «Vaya ojo tiene, ¿eh?». Entonces su esposa le lanzó una mirada cargada de intención. Él puso fin a la exhibición. Los negros pisotearon el conejo para hacerlo callar y también allanaron los terrones que habían quedado dispersos por el jardín.

Nos sentamos a tomar té y, al cabo, empezaron a hacer preguntas sobre Pelo Amarillo, o Ingrid Goetz, como insistían en llamarla. Durante mi exhibición había asegurado encontrarse mal y la habían llevado de regreso a la plantación. Yo sabía que no había nada de eso, claro.

El juez, que estaba presente, dijo:

—¿La conocías bien?

—Nos capturaron al mismo tiempo —contesté.

—Así que la conocías.

—Un poco.

—¿Y es cierto que no abusaron de ella? —preguntó el periodista.

Era del *New York Daily Times*.

Me planteé tirarla bajo las ruedas de la carreta, porque estaba claro que ella no quería saber nada de mí, pero no pude hacerlo.

—Claro que no —dije—. No la tocaron nunca. Era miembro de la tribu.

—Es bastante improbable —comentó el juez. Parecía incómodo pero continuó—: De ser cierto, sería el primer caso que me encuentro, porque la mayoría de las cautivas sufren abusos por parte de toda la tribu. Y a menudo por parte de cualquier visitante de la tribu también.

Tosió contra la mano y bajó la vista al suelo.

—No es eso lo que le ocurrió a ella —dije—. Muchos guerreros querían casarse con ella, pero no se lo permitió. Se mantenía aparte de los hombres.

El juez me miraba de una manera extraña.

—Supongo que había un joven jefe que quería casarse con ella pero murió en una batalla con el ejército y tal vez eso le rompió el corazón.

—¿Llegó a unirse con ese jefe, por vía matrimonial o de alguna otra manera?

—No —repuse—. Los comanches son muy estrictos al respecto.

—Pobrecilla —comentó el periodista—. Podría haber acabado siendo reina.

—Es muy probable.

El juez me miraba de hito en hito, como si intentara deducir por qué contaba una mentira tan extravagante.

—Supongo que eso demuestra que el piel roja puede ser noble cuando quiere —sugirió el periodista del *Daily Times*. Miró al juez—. Al contrario de lo que me aseguran.

El juez no dijo nada.

—Está más claro que el agua —continuó el periodista—. Si dejaran a los indios en paz… —Se encogió de hombros—. No darían ningún problema.

—¿Puedo preguntarle de dónde es?

—De la ciudad de Nueva York.

—Eso ya lo sé, pero ¿a qué tribu pertenece? ¿Los senecas? ¿Los cayugas?

El periodista negó con la cabeza.

—O igual es erie, o mohawk, o mohicano, o montauk, o shinnecock, o delaware, u oneida u onondaga. ¿O, mis preferidos, los poospatuck? Supongo que son sus vecinos. ¿Asiste a sus danzas de las cabelleras?

—Ya está bien —dijo el periodista.

—No quedan indios en su parte del país porque los mataron a todos. Así que nos parece curioso que les fascine tanto asegurarse de que nosotros tratemos a los nuestros con humanidad. Como si, a diferencia de los salvajes que masacró su abuelo, los nuestros fueran atentos y amables.

—Y, sin embargo, fíjese en esa mujer. La hicieron prisionera, pero no la maltrataron.

El juez hizo ademán de contestar, pero se lo pensó mejor. Luego, dijo:

—Eso parece.

Dos semanas después, Ingrid Goetz iba camino del este con el mismo periodista. No volví a verla ni a tener noticias suyas.

Más o menos entonces vino a verme el juez Black y me dijo que mi padre había muerto. Había sido asesinado en algún lugar cerca de la frontera, cabalgando con una compañía de Rangers. Una mujer que aseguraba ser su viuda y había visto el anuncio de mi regreso en el periódico, escribió al juez y se ofreció a dejarme que me quedase con ella.

Por lo que se sabía, mi padre se había reenganchado con los Rangers tras regresar y encontrarse la casa quemada y a su familia muerta o desaparecida, y aunque había sobrevivido durante los dos primeros años, al tercero lo mataron. Los Rangers de Texas tenían en aquellos tiempos un índice de bajas del cincuenta por ciento en cada periodo de servicio; estaban enterrados por todo el estado, a razón de tres o cuatro por tumba. A mi padre lo habían matado los mexicanos. Eso era lo único que se sabía a ciencia cierta.

Cogí el arco y un par de pantalones que me había comprado el juez, de modo que no me tomaran por indio, y salí a pasear por el río. Esperaba romper a llorar, pero no salió nada, y luego no estaba seguro de si estaba traicionando a Toshaway o no y opté por dejar de darle vueltas. Esa noche soñé que mi padre y yo estábamos juntos cerca de la antigua casa.

«No podrías habernos alcanzado —le decía—. Nadie habría podido.»

Pero entonces se desvanecía y no estaba seguro de si se lo estaba diciendo a él o a mí mismo.

El juez aseguró que no suponía ningún problema, pero saltaba a la vista que yo era una molestia en su casa, pues a sus tres hijas les había dado por pintarse la cara, lanzar gritos de guerra y ensayar sus aullidos. Su esposa sospechaba que tenía algo que ver conmigo. Era de las que les gusta salvar a la gente, pero tenía tantísimas reglas que no me aclaraba con todas.

Empecé a ausentarme después del desayuno y a pasar el día por el río, buscando algo contra lo que disparar. El juez me hizo prometer que llevaría ropa de blanco. Le preocupaba que me matase algún ciudadano.

Tenía cuidado de cazar aquellos pájaros que le gustaban a su mujer y una tarde regresé y dejé a las criadas cuatro patos y un faisán para que los desplumaran.

—Veo que hoy se te ha dado bien.

El juez estaba en la galería leyendo un libro.

—Sí, señor.

—Será difícil conseguir que vayas a una escuela como es debido, ¿verdad?

Asentí.

—Siempre me ha parecido interesante que los niños blancos se adapten tan pronto a las costumbres indias, mientras que los niños indios, cuando son criados por familias blancas, nunca llegan a adaptarse del todo. Aunque no es que seas un niño.

—No, señor.

—Naturalmente, no hay duda de que el indio vive más apegado a la tierra y a los dioses naturales. De eso no cabe duda. —Cerró el libro—. Por desgracia, no hay más margen para esa clase de vida, Eli. Tus antepasados y los míos se alejaron de ella en cuanto enterraron una semilla en la tierra y dejaron de deambular con las demás criaturas. No se puede volver a eso.

—No creo que vaya a estudiar —dije.

—Bueno, si te quedas por aquí, en algún momento tendrás que hacerlo. Sobre todo en la casa de mi señora. No es adecuado tener indios salvajes durmiendo bajo el mismo techo.

Me planteé señalar que tenía dos cabelleras en mi haber, que era mejor cazador, rastreador y jinete que cualquier blanco de la ciudad. La idea de meterme en una escuela, con niños, era ridícula. Pero en cambio, dije:

—Bueno, igual debería ir a ver a la nueva esposa de mi padre.

Vivía en Bastrop, una zona que nunca había acabado de asentarse del todo.

—No hay prisa —dijo—. Disfruto de tu compañía. Pero incluso allí, si quieres tener futuro, tendrás que estudiar, por doloroso que te resulte.

—Podría alistarme en los Rangers ahora mismo —propuse.

—Claro. Pero creo que tienes madera para hacer algo más importante que vivir entre forajidos y mercenarios.

Me molestaron sus palabras pero no dije nada. Procuré entender según qué rasero podía considerarse que necesitaba completar mi educación. Lo que ocurría es que a los blancos les vuelven locos las normas. Y aun así, ellos estaban al mando. Y yo era blanco.

Uno de los negros nos trajo té frío.

—Hay una cosa que me incomoda —dijo—. A Ingrid Goetz no la trataron distinto de otras cautivas, ¿verdad?

—La trataron tal como usted pensaba.

—¿De modo que inventaste ese cuento para protegerla?

—Sí.

Asintió.

—Me alegra ver que el tiempo que pasaste con los salvajes ha dejado tu compasión intacta, señor McCullough.

—Gracias, señor.

—Otra cosa.

Asentí.

—El gato persa preferido de mi señora ha desaparecido y teme que igual has tenido algo que ver.

—Desde luego que no.

—¿Qué piensan los indios de los gatos?

—Nunca vi ninguno. Había muchos perros, eso sí.

—Comen perro, ¿verdad?

—Eso, los shoshones —dije—. Para un comanche, el perro y el coyote son sagrados. Sobre quien lo coma caería una maldición.

—Pero sí comen seres humanos de tanto en tanto, ¿no?

—Eso, los tonkawas —señalé.

—Los comanches nunca.

—Un comanche que comiera a un hombre sería ejecutado por la tribu de inmediato, porque en teoría crea adicción.

—Qué interesante —dijo. Se estaba frotando la barbilla—. ¿Y esa danza del sol de la que todos hablan?

—Eso, los kiowas —dije—. Nosotros nunca hacíamos nada parecido.

Poco después de irse Ingrid, unos comerciantes trajeron a dos cautivas más, unas hermanas de Fredericksburg. Se armó un gran revuelo hasta que la gente las vio. Una tenía la nariz cortada. La otra parecía normal, pero estaba ida. Se hizo un anuncio por todo lo alto en la prensa pero nadie sabía qué hacer con ellas; no hablaban apenas y era muy molesto estar con ellas, así que acabaron viviendo en la casa de invitados del pastor, detrás de la iglesia. Fui a verlas a instancias del juez, para intentar comunicarme con ellas, pero en cuanto les hablé en comanche, no quisieron saber nada de mí. Las dos se ahogaron por voluntad propia unas semanas después.

Cosa que, naturalmente, ahorró muchos quebraderos de cabeza a todos, pues ahora la buena sociedad las consideraba más o menos igual que putas, ya que habían sido violadas por machos indios. Y, a diferencia de una puta, que podía renunciar a sus opciones inmorales y redimirse, estas mujeres no habían tenido autoridad ninguna sobre lo que les había ocurrido, y por tanto no tenían autoridad para enmendarlo.

Ya me estaba hartando de la casa del juez y había empezado a dormir al raso. Me había metido en pequeños líos por tomar prestado el caballo de un vecino y por acribillar a flechazos a varios cerdos del vecindario, por no hablar de que otros hurtos menores, que no tenían nada que ver conmigo, se atribuían ahora a mi presencia.

Reconocí ante el juez que los comanches aborrecían los cerdos y suponía que yo lo había heredado de ellos. Estaba gravemente infraestimulado. No tenía idea de lo que hacían los chicos blancos para entretenerse. Van a la escuela, me dijo. Le contesté que la matanza de los cerdos sería una minucia si me metían en una escuela. Cosa que era una exageración, claro: sencillamente me largaría. Entretanto, el juez aseguró a los vecinos que el estado les resarciría, pues aún estaba readaptándome a la vida civilizada.

Una tarde se sentó a hablar conmigo:

—Señor McCullough, no quiero dar a entender que no eres bienvenido en mi casa, pero podría ser hora de que vayas a visitar a la nueva familia de tu padre en Bastrop. Mi señora cree que podría hacerte bien, si sabes a qué me refiero.

—No le caigo bien.

—Admira enormemente tu espíritu —dijo—. Pero uno de los negros descubrió unos artículos que le parecieron cabelleras humanas y se lo dijo a la señora.

—¿Los negratas registraron mi zurrón?

—Son curiosos por naturaleza —dijo—. Te presento mis disculpas.

—¿Dónde está?

—Está a buen recaudo encima de los establos. No te preocupes, les dije que recibirían una tanda de latigazos si faltaba cualquiera cosa.

—Me parece que me iré hoy, entonces.

—No es necesario —señaló—. Pero que sea pronto.

Recogí mis pertenencias y pedí a los negros que me devolvieran las cabelleras que habían robado, junto con mi piedra medicinal.

Luego fui a ver al juez a su despacho y le di las gracias y le regalé mi cuchillo de carnicero y una funda con cuentas de vidrio. Me había agenciado uno mejor, un estupendo cuchillo Bowie, de uno de los vecinos del juez que lo guardaba en una vitrina; supuestamente había pertenecido al mismísimo Jim Bowie. Se lo habría dado al juez, pero no quería buscarle problemas. Por lo que a mi cuchillo indio respecta, el juez preguntó:

—¿Ha servido para arrancar cabelleras?

—Alguna —dije.

Arqueó las cejas.

—Solo mexicanas e indias —mentí.

Miró el cuchillo.

—Encargaré una vitrina. Sé quién es la persona idónea para hacerla.

—Como usted guste —dije.

—Ha sido un honor conocerte, joven. Estás destinado a hacer algo grande si no acabas ahorcado. Creo que comprobarás que no todos los representantes de la ley son tan liberales como un servidor; ese juez de Bastrop es un auténtico capullo, de hecho, es uno de mis mayores enemigos, y yo no le mencionaría nuestra amistad si puedes evitarlo.

Esa noche me fui camino de Bastrop, pese a las objeciones del juez, que era partidario de que tomase una diligencia por la mañana. Vi que la señora se sentía culpable de mi partida, y las niñas, cuando se enteraron de que me iba, lloraron y no había manera de consolarlas; su hija mayor se me echó encima y empezó a besarme el cuello, llorando como una histérica.

Pero me sentí libre de nuevo, ya que los cuarenta acres del juez, aunque él estaba muy orgulloso, me parecían un sello de correos; estaba acostumbrado a tener veinte millones o así a mi disposición. Y Austin estaba abarrotado de gente, cinco mil e iba en aumento; era imposible pasear por el río sin que te interrumpiera el cascabeleo de los caballos y los gritos de los barqueros. Saltaba a la vista que había demasiados lechones para tan pocas ubres.

32

JEANNIE McCULLOUGH

Casi había amanecido cuando se durmió y un rato después le oyó llamarla. Abrió los ojos. Por el sonido, estaba justo al otro lado de la puerta, y aunque había estado pensando en él toda la noche, se notó asustada y sin saber qué hacer, de modo que guardó silencio. Le oía ahí mismo en el pasillo.

Al final se armó de valor y gritó:

–Ahora mismo bajo. Dígale a Flores que le prepare café.

Le oyó bajar las escaleras. Luego lo lamentó. Se dijo que era solo porque no quería que la viera así, con la cara hinchada y sin maquillaje, pero sabía que no era verdad. «Soy una cobarde», pensó. Se lavó, se recogió el pelo hacia atrás y se arregló. Después fue a la cocina.

–¿Qué tal ha dormido? –preguntó.

–Bastante bien, supongo.

Si el comentario le dolió, ella no dejó que se trasluciera.

Después de desayunar, él fue a enredar con los mapas y cuando ella llevaba la cesta del almuerzo a la furgoneta, se fijó en el carrito con la botella de whisky y la coctelera plateada. Las metió en la cesta, reprendiéndose por ello, preguntándose cómo lo explicaría si de algún modo quedaba en evidencia, o si él ponía objeciones, pero se le ocurrió que no había nadie que pudiera pillarla, y eso le hizo sentir mejor y al mismo tiempo peor, y entonces le pareció que por lo que concernía a Hank, no tenía reparo en que las cosas fueran demasiado deprisa. Regresó a la cocina y envolvió un trozo de hielo en unos trapos, y también necesitaba azúcar. Siempre podía deshacerse de todo si cambiaba de parecer.

Cuando se alejaban de la casa en la furgoneta, ella indicó:

—Pare al lado de ese abrevadero.

Él accedió. Jeannie se apeó, arrancó un buen puñado de menta y lo guardó en la cesta.

—¿Para qué es eso? —indagó él.

—Para beber algo.

—Confío en su palabra.

Unas horas después, cuando él consideró que ya había visto suficiente terreno para tomar un descanso, almorzaron junto al arroyo cerca de la antigua casa de los García. Bordeando el cauce había unos pocos álamos de Virginia jóvenes; rogó que la dispensara y bajó por la ribera escarpada para coger un puñado de brotes, y luego volvió con él. Arañó la savia de los brotes con la uña.

—Mire —dijo.

—¿Qué es?

—Huela.

Le lanzó una mirada escéptica y ella le acercó la mano a la cara.

—Vaya —exclamó.

Le cogió el brazo y tomó su mano entera y se quedaron sentados de esa guisa. Jeannie alcanzó a notar su aliento en la muñeca.

—Ojalá pudiera olerlo el resto de mi vida.

—Es la savia de los brotes —dijo ella—. Solo se obtiene unas pocas veces al año.

—¿A qué sabe?

—Pruebe.

—¿De sus dedos?

Ella se encogió de hombros. Le miró…, con la esperanza de que…, no lo sabía. Pero él se llevó solo la yema del dedo a la boca y la retiró enseguida.

—Huele mejor de lo que sabe —comentó, y se echó a reír.

Jeannie se quedó allí esperando que la besara, pero él no se movió, de hecho le soltó la muñeca.

—Esto sí que es un paisaje —dijo, contemplando la sabana.

Ella hizo el esfuerzo de asentir. Se había cernido algo sobre ella que ocultaba la luz.

—La compañía tampoco está mal.

Jeannie volvió a asentir. Oían el agua que corría y las langostas.

—Y si me está diciendo que yo también soy duro de pelar, estoy de acuerdo.

—Yo no he dicho tal cosa —repuso ella.

—Eso es lo que he decidido oír.

—Bueno, no me ha dicho nada parecido a mí.

Pensando: «Es idiota». No estaba de humor para réplicas ingeniosas, había pasado el momento, se había ido al cuerno.

—Eres una chica preciosa. —Tendió la mano hacia su mejilla, luego se detuvo—. Pero…

—Voy a preparar algo de beber —dijo, aunque no estaba segura de querer hacerlo.

—Más vale que nos pongamos en marcha —dijo él. Se irguió y empezó a recoger sus cosas—. Es posible que me resulte difícil explicar hasta qué punto necesito este trabajo.

Hizo ademán de levantarse pero ella le cogió la mano y se la llevó a los labios.

—No sabes gran cosa de tu tío, ¿verdad?

Jeannie negó con la cabeza y no lo soltó.

—Hará que me ahorquen. Después de que me acribillen y me acuchillen.

—No hará tal cosa —respondió—. Vas a quedarte en la manta.

Se notaba muy inquieta; esperó que no se le notara.

—Soy el hombre más idiota del mundo.

Pero se quedó donde estaba.

Ella fue a coger de la furgoneta todo lo necesario para preparar los julepes, mezcló la menta, el azúcar y abundante bourbon en la coctelera, lo exprimió todo junto y añadió el hielo. Había olvidado traer vasos. Supuso que a él no le importaría. Volvió a tomar asiento y le pasó la coctelera.

—Es una copa bastante grande —comentó él.

Jeannie reparó en que en su ausencia había extendido pulcramente la manta, desplazándola más hacia la sombra, y otra vez se notó inquieta.

—He olvidado los vasos —dijo—. Tendremos que compartir.

—No tengo inconveniente.

—Ya me lo imaginaba. Es la receta de mi bisabuelo —añadió.

Él echó un buen trago.

—Es un julepe delicioso. —Tosió—. Dios mío. Ten cuidado que no te haga crecer pelo en el pecho.

—Llevo bebiéndolo desde que era niña.

Tomó un sorbo, y luego otro, y notó que se le subía a la cabeza al instante.

—Ay, Dios —dijo. Se recostó.

—¿Estás bien?

Asintió.

—Pareces apurada.

Aun así, vaciló. No era como los demás. Ella notó que volvía a irritarse y decidió que le gustaba. Le tomó la mano y lo acercó sobre sí. Se besaron largo rato, de una manera que a ella le pareció muy considerada; él permaneció casi en todo momento a su lado. Luego ella esperó y esperó a que la recorriera con sus manos pero no lo hizo. Jeannie empezó a mover las caderas y entonces él dejó de besarla y regresó la sensación de bochorno; de alguna manera había vuelto a ir demasiado lejos.

—¿Qué ocurre? —preguntó ella.

—Creo que deberíamos seguir buscando petróleo y también creo que tu tío abuelo me matará.

No se refiere a matar, pensó, se refiere a arruinar, y era deprimente oír a la gente preocuparse por el dinero; empezó a notar frío en su interior. No quería mirarle. Decidió que si no volvía a verle nunca, no le importaría. Igual no era justo. Se obligó a decir:

—No se enterará de nada.

—En tercer lugar, aunque vaya en contra de mis propios intereses mencionarlo, me basta con echar un vistazo a esa casa para ver que no te convengo.

Sabía a qué se refería pero fingió que no. Estaba cansada, enormemente cansada, estaba cansada de que esos hombres fueran galantes con ella, quería que le levantara el vestido y la pusiese contra la pared, quería que dejara de preguntar y dejara de hablar.

—¿Tienes mala reputación? —se esforzó por preguntar.

—No tengo reputación. He pasado la vida buscando petróleo en vez de buscar chicas. —Luego añadió—: Por desgracia, y mi padre era más partidario de sumergirme en agua que de mandarme a un burdel.

—Así hay menos posibilidades de contraer alguna enfermedad.

—Sí, aunque hay más posibilidades de perder una extremidad.

—¿Tan peligroso es?

Qué estupidez de comentario: claro que era peligroso, acababa de perder a su padre. Pero Jeannie vio que no le importaba en esos instantes, no quería ir por ahí, no le importaba ni su padre ni nadie más.

—Cada vez es más seguro.

—Podrías hacer lo que quisieras —dijo ella—, salta a la vista con solo mirarte.

—Pero es que me gusta hacer esto.

Guardaron silencio.

—Para que lo sepas, el que esté sin blanca no es más que una situación temporal. Aunque es una suerte para tu familia.

Jeannie lo atrajo sobre sí de nuevo y le besó. Se quedaron así un rato, pero las manos de él seguían sin recorrerle el cuerpo, era frustrante, estaba dispuesta a entregarse a él, tenía la sensación de que igual no volvía a verlo, se preguntó si había algo en ella, en su cuerpo o en su cara o igual algo distinto por completo, que a los hombres no les gustaba.

Quizá percibían su inexperiencia, quizá pensaban que no se le daría bien, o que significaría demasiado para ella. «No significa nada —sintió deseos de decirle—, para mí es como una maldición y quiero librarme de ella.» O quizá no pensaban en ella de esa manera en absoluto. Tal vez no era más que una chica simpática con la que hablar. Empezó a sentir frío de nuevo.

—Supongo que deberíamos volver al trabajo, ¿no?

—Deberíamos —dijo él.

—De acuerdo. Estupendo. Es una gran idea.

Se incorporó, recogió las cosas aprisa y regresó a la furgoneta por delante de él. Notaba que la seguía con la mirada, él no sabía qué había hecho mal, pero a Jeannie le traía sin cuidado. Quería volver a casa.

Pasaron el resto del día de aquí para allá, deteniéndose de tanto en tanto a fin de que él pudiera hacer anotaciones en los mapas.

—¿Cómo se orienta la gente por aquí? —dijo—. Es todo igual.

—No es igual en absoluto —señaló ella.

—Tal vez me acostumbre.

—¿Cuánto tiempo estarás aquí?

Le traía sin cuidado, preguntaba por preguntar.

—¿Si encontramos petróleo? Podrían pasar años si no me ahorcan del roble delante de tu casa.

—Es un cedro.

—Ya veremos.

—¿Siempre hablas tanto? —preguntó ella.

Él se sonrojó y miró por la ventanilla, y el ambiente se tornó silencioso e incómodo de nuevo. Se planteo pedirle que la dejara en casa pero en cambio dijo:

—¿Estudiaste?

—Hasta cierto punto.

—¿Qué quieres decir?

—Que puedo decir que terminé sexto curso.

—Supongo que es mejor que nada.

—Incluso eso es una exageración, por desgracia.

—Por lo visto, sabes leer y escribir.

—Como decimos en mi tierra, hay zopencos y zopencos. Yo soy de los primeros.

Esa noche cenaron con los vaqueros. Hank hablaba con ellos en español. Saltaba a la vista que les caía bien, aunque recelaban de él, y además, alcanzó a ver, se sentían celosos, cosa que le sorprendió. Volvieron a aflorar sus sentimientos. Pero cuando hubieron terminado de cenar y todas las criadas y Flores y Hugo estaban recogiendo, él se disculpó:

—Mañana hay que madrugar —les dijo—. Buenas noches.

A ella ni una sola palabra. Se fue a la cama furiosa.

A la mañana siguiente estaban conduciendo y ella le ordenó que se detuviera para coger más menta.

—Tienes intención de asegurarte de que no trabajemos nada, ¿eh?

—Pasarás aquí un año.

—Si tu tío no me echa.

—Vale. Me da igual qué hagamos.

—No hace falta que te lleves semejante decepción.

—Muy tarde —repuso ella.

—¿De veras estás decepcionada?

—Sí, lo estoy.

—No lo sabía.

Eso la enfureció.

—Qué estúpido eres.

Hank alargó el brazo e intentó tomarle la mano. Al principio ella no le dejó.

Esa tarde extendieron una manta a la sombra. Ella le instó a recorrerla con sus manos, cosa que hizo, pero luego se dio la pausa natural y al parecer él no fue más allá. Jeannie notó que su interés alcanzaba su cúspide y empezaba a declinar, todo el calor escapó de su cuerpo, como si ya sintiera una decepción que no había llegado. Decidió abordar el asunto mecánicamente, como un problema que pudiera resolver, y se obligó a incorporarse y desabotonar la camisa de Hank, aunque no estaba segura de cómo quitársela exactamente, y luego le desabrochó el cinturón y los botones de los pantalones. Él no la detuvo pero le dirigió una mirada interrogante. Jeannie asintió. Entonces él se hizo cargo y unos segundos después estaba desnudo por completo. Y luego ella también lo estaba. Él se encontraba suspendido en el aire encima de ella, mirándole los pechos, el resto del cuerpo, supuso que lo estaba disfrutando pero también cabía la posibilidad de que la estuviera juzgando, en cualquier caso se sintió incómoda y lo atrajo sobre su cuerpo.

Se quedaron allí tendidos, deslizándose un poquito, luego más, y transcurrido un rato ya era insoportable, empezó a empujar contra él mucho más fuerte, no estaba segura de cómo alcanzar lo que ansiaba, levantó las caderas, y luego otra vez, y entonces, de súbito, estaba dentro de ella. No le había dolido en absoluto. De hecho era todo lo contrario. Lo atrajo más cerca y entonces le dolió, aunque dejó de hacerlo de inmediato. Era como un muro del grosor del papel entre lo que parecía un pellizco y lo que era exactamente como había esperado. Entonces él empezó a tomar la iniciativa y ella se olvidó de sí misma un momento, luego recordó de nuevo y empezó a preguntarse si la única razón por la que daban tanta importancia al dolor era para evitar que estuvieras haciéndolo todos y cada uno de los instantes de tu vida.

Veía los árboles encima de ella, luego no estaba segura, no parecía encontrarse en ningún sitio en concreto, se preguntó si estaría sangrando, «habrá sangre», decían, «sangre sangre sangre», como si fuera lo peor del mundo, sintió deseos de reír, no debía reírse, no sería interpretado como es debido. Se notaba alternativamente dentro de su propio cuerpo y fuera de él, dormida y despierta, aquí y en alguna otra parte, y luego aquí otra vez. En una manta con un hombre encima, una piedra o un palo o algo duro en la espalda. Le apretó más fuerte contra ella. Continuaron así largo rato hasta que él se retiró de súbito. Ella supo por qué pero lo lamentó igualmente.

Entonces él dijo también:

—Lo siento.

—¿Por qué?

Ella le besó el cuello.

—La próxima vez irá mejor.

—Me ha gustado.

—Será mejor.

—Vuelve a entrar —dijo ella.

—Dame unos minutos.

Giró para apartarse y se tendió a su lado con la pierna encima de ella.

Jeannie empezó a mover las caderas. Era como si estuviera quebrantando una norma y estaba feliz.

—¿Puedes usar la mano?

Tenía la sensación de estar siendo codiciosa, pero él accedió de buen grado.

Notaba cómo iba cobrando intensidad, era mucho mejor que nada que hubiera intentado por su cuenta, pero antes de terminar, él volvió a subírsele encima.

—Ve más lento y con movimientos más largos —le indicó.

Lo hizo y ella notó que le sobrevenía una suerte de calor, como si alguien la hubiera sumergido en un barreño caliente («Pintura roja —pensó—, es una sensación roja»), lo notó propagarse desde la cintura.

Luego empezó a ser sumamente agradable de nuevo y él se retiró tan de repente como antes. Lo retuvo para que no se fuera. Él intentó levantar la cabeza para besarle el cuello. Jeannie vio que no tenía energía suficiente. Era como una persona borracha o dormida, Hank desplazó la boca de la oreja al hombro sin llegar a besarla de verdad. El aliento le olía bien. Lo abrazó con más fuerza.

—¿Has llegado? —preguntó él, poco después.

¿No había atinado a darse cuenta? Se sintió dolida y luego no, estaba siendo demasiado susceptible. Probablemente era normal.

Él hablaba de nuevo.

—¿Crees que...?

—Chsss... —le dijo—. Chsss... chsss... chsss...

Seguía teniendo la sensación de estar bajo el agua, o en un baño caliente. Despertó poco después, el corazón latiéndole de una manera extraña, no era suyo, sino de él. «Sangre», pensó de nuevo, le pareció desternillante, la gente era estúpida, no podía creerlo; «Qué tontería», pensó. Empezó a acariciarle la espalda, le besó el pelo. Él suspiró pero no se despertó. Soplaba una brisa y se oía discurrir suavemente el agua del manantial colina abajo hacia donde pasaba por delante de la vieja iglesia, donde sus hermanos encontraron la tumba, «Se fueron todos —pensó—, están todos muertos», contempló el parpadeo del sol. «Si yo muriera...»

Un rato después Hank estaba otra vez dentro de ella, pero ahora tenía la vejiga llena. Siguió moviéndose, pero ella quería levantarse. No estaba muy segura de qué decirle y empezó a preguntarse si había entregado algo valioso, lo más valioso que poseía, sin pedir nada a cambio, sin pedir siquiera una promesa. Sintió deseos de detenerlo para que la tranquilizara, pero no era buena idea, en esos instantes él le habría dicho cualquier cosa.

Como si le hubiera leído el pensamiento, pareció despertar y le quitó de encima todo su peso.

—¿Te estaba aplastando?

—No —respondió ella.

Se retiró levemente hacia un lado y ella lanzó un suspiro cuando salió de su interior. Se quedaron tumbados uno junto a otro, las piernas trabadas, durante largo rato, hasta que al final ella tuvo que levantarse o sufriría un accidente de verdad, no había manera de soslayarlo.

—¿Adónde vas?

—Necesito estar a solas un momento —dijo.

—¿Para qué?

Entonces él cayó en la cuenta.

Se puso rápidamente el vestido y los zapatos y se fue hacia el otro lado de la casa.

Cuando regresó a la manta él seguía desnudo, tendido con el sol esparcido a motas por todo su cuerpo. Se estaba bien a la sombra. Le pasó las manos por el pecho. Era huesudo, aunque también tenía músculos, sus hombros también eran esbeltos, pero fibrosos, no le sobraba nada en ninguna parte del cuerpo. Resiguió la fina línea de vello oscuro desde el ombligo hasta debajo de la cintura, el… («pene», pensó), había diversas palabras pero no estaba segura de cuál era correcta en esa situación, yacía sobre su pierna, mucho más oscuro que el resto de él. Estaba recubierto de una película reseca, y también había manchas de eso mismo sobre su vientre. Le tocó y él se estremeció.

—¿Duele?

—Me ha sorprendido, nada más.

Ahora parecía pequeño. Muy pequeño. Estuvo a punto de decir algo al respecto, luego decidió no hacerlo.

—¿Qué crees que diría Phineas? —preguntó ella.

—Da mucho miedo pensarlo.

—Creo que estará encantado —dijo Jeannie.

—Probablemente seas la única persona en todo Texas que lo cree. Pero… —Se encogió de hombros—. Imagino que él ya sabía que ocurriría. O algo parecido.

—Aunque quizá no tan pronto.

—No veo cómo podría dar su aprobación a que esté contigo, pero no es ningún idiota. Me sorprendió que me pidiera que te llevara a casa. No le encontré ni pies ni cabeza. Te eché un vistazo y pensé…

—¿Qué? —indagó ella.

—Pensé que no me dirigirías la palabra, nada más.

—¿Por qué nos habría enviado aquí juntos?

—Creo que sobre todo porque yo estaba dispuesto a trabajar barato.

—Phineas no es estúpido —le recordó ella.

—Ah, desde luego que no es estúpido. De eso no me cabe duda.

—Bueno, tú le caes bien. No le cae bien mucha gente.

—Ya.

—E igual porque los dos somos huérfanos.

—No me lo había planteado así.

—¿De verdad?

—Pues no —dijo él.

Guardaron silencio.

—Depende de ti cómo te sientas al respecto —dijo—. Hay gente que lo tiene mucho más crudo.

—En realidad no te gusto —dijo Jeannie.

—Tienes razón. No sé si me gustas o no.

Ella le dio un empujón.

—Estás guapa al sol.

—Me siento bien —respondió ella. Se había vuelto a quitar el vestido. El sol no era más que manchas del otro lado de sus párpados—. Podría seguir aquí tumbada eternamente.

Hicieron el amor de nuevo esa noche y luego se fueron a sus dormitorios en extremos opuestos de la casa. Ella no quería que Flores sospechase nada, aunque de qué manera la concernía, no estaba segura; se quedó acostada y se sintió ligeramente culpable, preguntándose de nuevo si había cometido un error.

Pero cuando amaneció lo primero que le vino a la cabeza fue él, por qué no estaba en la cama con ella, y atrajo la almohada para abrazarla y quedarse tendida medio encaramada a ella, y la besó, imaginando que era su cuello. Luego le entró una sensación extraña. Se preguntó si debía quedarse ese día en casa. Encerrarse y no salir..., era una extravagancia, algo que podía llegar a agotar del todo, no debía derrocharlo de una vez. Sí, estaba segura, no debía verlo. No le convenía acostumbrarse a él.

Transcurría el tiempo y cayó en la cuenta de que él debía de estar esperándola abajo; le entró una sensación nerviosa, inquieta, y se arregló a toda prisa y bajó a su encuentro.

Desayunaron sin prisas, los dos esforzándose por encontrar temas de conversación mientras miraban fijamente la espalda de Flores esperando que se marchase lo antes posible. Al final Jeannie le dijo, en lo que esperaba fuese una voz inocente (aunque no lo era, no podía serlo) que ya recogerían Hank y ella.

Cuando Flores se hubo marchado se arrancaron la ropa uno a otro en la despensa, probaron primero de pie, pero no fue satisfactorio y al final ella se tendió en el suelo, entre los sacos de alubias y harina, sintió un fugaz fogonazo frío como si su padre la estuviera viendo y juzgando y entonces decidió que haría lo que le viniese en gana.

Seis meses después su primera torre de perforación estaba construida y en funcionamiento. Tras todas las pruebas preliminares, Hank decidió que el mejor sitio para comenzar era uno de los antiguos pastos de los García. Insistió (asquerosamente, pensó ella al principio, luego de una manera entrañable) en meterse trozos de piedra en la boca para probarlos; los sacaba directamente del separador de esquisto. Empezaban a saber a petróleo, aseguraba, y si ella quería aprender el oficio, tendría a aprender a saborearlos. Le ofreció un pedazo quebradizo de caliza que había estado a varios miles de metros bajo tierra. Estaba húmedo del barro de la perforación, lo olió, era sulfuroso y repugnante. Lo tocó con la lengua y sintió deseos de vomitar de inmediato; sí sabía a petróleo, pero también sabía a otras cosas, a algo amargo o podrido, había estado en la tierra húmeda ochenta o cien millones de años.

Hacía el final de la jornada el enorme motor diesel Cummins había cambiado de tono súbitamente, la columna de sondeo dio un pequeño brinco y luego se hundió en el agujero y entonces la torre, toda la superestructura de acero por encima de ellos, lanzó un sonoro gemido como si de pronto estuviera lastrada.

—Eso no es bueno —comentó Hank.

El motor funcionaba menos forzado, hacía menos ruido, pero los peones de pronto se movían con resolución. Había movimiento en lo alto de la torre; el operador había abandonado la plataforma de observación; bajaba la escalera medio deslizándose medio dando saltos. Pasó rozándola, corriendo escaleras abajo hacia los pozos de lodo; poco después, el motor de extracción de fango empezó a sonar más fuerte.

Nada parecía haber cambiado pero todos corrían de aquí para allá como en un circo. Era entretenido. Se recostó contra la barandilla.

Los encargados del guardatuberías y las tenazas de sujeción rasgaban sacos de barita en polvo de color amarillo y los echaban en los pozos de barro; el operador de la torre bombeaba lodo del depósito de reserva.

Ahora alcanzó a ver un cambio: la tubería por la que retornaba el barro, que había estado fluyendo con suavidad todo el día sobre el separador de esquisto, empezó a eructar y farfullar. El lodo de perforación era lo que mantenía la columna de sondeo en el agujero; el lodo de perforación era lo único que evitaba que el gas saliera a presión del pozo.

Empezó a ponerse nerviosa. Un instante después se oyeron unos pequeños estallidos y el barro salió disparado por encima de la polea móvil. Empezó a oler a sulfuro y Hank la señaló y le dijo:

—Lárgate de aquí.

—¿Por qué?

—Está reculando.

Luego dejó de hacerle caso. No estaba segura de si la estaba tratando como a una cría. Decidió que no le iba a permitir que la tratara de una manera distinta. Se quedó donde estaba. Nunca llegaría a aprender si salía corriendo cada vez que las cosas se complicaban.

—Fuera de la torre —insistió él, pero Jeannie no se marchó.

Hank desembragó la columna de sondeo y dejó caer los arietes. Salió más lodo de perforación disparado por encima de la polea móvil, salpicándole el vestido y los zapatos.

—Vete de una puta vez de la torre, Jeannie.

La empujó sin miramientos hasta el borde de las escaleras. Ella volvió la vista y al final bajó. Otra vez hacía caso omiso de ella. Se sentó en una piedra a unos metros de allí. Estaba asustada, aunque no sabía bien de qué. Por otro lado, si ocurría algo… No pasaba nada. Estaría allí con él.

Diez o quince minutos después cesó el borboteo. El lodo empezó a correr de nuevo hacia los pozos. Los hombres se pusieron a reír y por el modo en que se palmeaban unos a otros en la espalda, todos hablando muy deprisa y sonriendo incontrolablemente, supo que habían pasado miedo. Había cientos de sacos vacíos de Baroid arrastrados de aquí para allá por el viento.

Hank indicó con un gesto al operador que desconectara el motor y todos los peones tomaron asiento junto a la caseta. Uno encendió un cigarrillo pero Hank alargó el brazo, se lo arrancó de la boca y aplastó la brasa minuciosamente contra el suelo.

—Igual podemos cortarnos un poco con esas gilipolleces de vaqueros, ¿no?

El hombre asintió.

Luego se volvió hacia Jeannie.

—La próxima vez que te pida que te vayas, te vas.

—¿Cómo voy a aprender si me voy cuando las cosas van mal? —preguntó.

—No habrías aprendido nada. Esto se habría convertido en una bola de fuego que hubieran visto desde el pueblo.

Los obreros estaban recostados en un banco en la caseta. El operador de torre caminaba de aquí para allá, maldiciendo las bombas de lodo.

—¿Qué hay de los arietes? —dijo ella.

—A veces el gas sube de todas maneras. Se puede hacer todo a la perfección pero no siempre se puede detener.

Después de aquello ya no quiso apartarse de él. Si estaba en un pozo que estallaba, ella también estaría allí. No volvería a estar sola.

33

LOS DIARIOS DE PETER McCULLOUGH

25 DE JUNIO DE 1917

Esta noche ella ha ido a buscarme a mi despacho. Le había dejado una furgoneta para que se fuera a Carrizo, medio esperando que no regresara.

–¿Te he asustado?

–Un poco –he dicho.

He caído en la cuenta de que en realidad había estado esperando que desapareciera, lo que me ha aliviado y me ha deprimido al mismo tiempo.

Ha mirado en torno.

–Tantos libros. ¿Y duermes aquí?

He asentido.

–¿Por mí?

–Adopté la costumbre antes de que se fuera mi mujer –le he dicho, lo que no era del todo mentira.

Ha tomado asiento en el sofá.

–Mírame –ha dicho, al tiempo que abría las manos–. Soy como una persona muerta. No puedo soportar ni mirarme al espejo.

–Tienes que comer y descansar, nada más.

–No puedo quedarme tanto tiempo –ha dicho.

–Ya te dije que no me importa.

–Pero a mí sí.

Hemos guardado silencio y ha vuelto a mirar alrededor.

–¿Qué edad tienes?

—Soy once años más joven que tú —ha contestado—. Aunque ahora parezco mayor.

—Sigues siendo muy guapa.

No era cierto, en realidad no, y sin embargo, me ha subido toda la sangre a la cara. Si es posible mejorar en cuatro días, ha mejorado. Ya no tenía la piel reseca, sus labios estaban menos agrietados, llevaba el pelo limpio y lustroso. Pero, al parecer, no ha reparado en mi elogio.

—El caso es que llevaba años imaginando decirte todas estas cosas, pero al ver que te hacen daño, me siento culpable. Luego me pongo furiosa conmigo misma por sentirme culpable. Y, sin embargo, estas últimas dos noches, he dormido muy bien aquí. Lo que también me hace sentir culpable. Supongo que, a fin de cuentas, la cobarde soy yo.

—Qué tontería —he dicho.

—No estás en posición de juzgar.

Ha seguido mirando la estancia, todos mis libros, de arriba abajo, y sus ojos se han vuelto tersos de nuevo pero no he podido por menos de tener la sensación de que no estaría mucho más tiempo en este mundo; he visto muertos con más peso en sus cuerpos.

—¿Quedan muchos granjeros por aquí?

—Sí.

—¿Y las demás familias mexicanas? ¿Las que estaban aquí?

—Unas fueron a Michigan a trabajar. Otras desaparecieron. Otras están muertas.

Ha preguntado cuáles. He abierto el diario y le he contado lo que tenía escrito, aunque la mayor parte lo sabía de memoria.

Fallecidos en las revueltas: Llewellyn y Morena Pierce, Custodio y Adriana Morales, Fulgencio Ypina, Sandro Viejo, Eduardo Guzmán, Adrián y Alba Quireno, los cuatro de Gonzalo Gómez, los diez de Rosario Sotos salvo los dos menores, que fueron adoptados por los Herrera.

Huidos durante o después de las revueltas: los Alberto Gómez, los Claudio López, los Janero, los Sapinoso, los Urraca, los Ximénez, los Romero, los Reyes, Domingo López, que no era pariente de Claudio, Antonio Guzmán, que no era pariente de Eduardo (fallecido), Vera Flórez, los Veracruz, los Delgado, los Urrazbe.

—Es posible que haya otros de los que no tuve noticia.

—Bueno, los anotaste —ha dicho—. Eso ya es algo.

—Hay más.

Los que se habían mudado a Detroit a trabajar: los Adora Ortiz, los Ricardo Gómez, los Vargas, los Gilberto Guzmán, los Méndez, los Herrera (incluidas las dos hijas de Rosario Soto), los Rivera, Freddy Ramírez y su familia.

—¿Sois propietarios de toda nuestra tierra —ha preguntado— o se dividió con los Reynolds y los Midkiff?

—Solo nosotros. Y unos granjeros del Norte.

Lo que era verdad, pero también mentira, y he lamentado haberlo dicho.

—Por los impuestos, supongo.

—Dijeron que tu padre iba atrasado en los pagos.

—No lo iba. Evidentemente.

He mirado por la ventana.

—Tengo tanta ira dentro de mí —ha dicho— que a veces no entiendo cómo sigo respirando.

1 DE JULIO DE 1917

María García lleva aquí diez días. Según Consuela, cuando estoy ausente deambula por la casa o se sienta en la galería contemplando las tierras que antes eran de su familia o toca el piano que antes era de mi madre. Cuando regreso de los pastos por lo general está tocando el piano: por lo visto sabe que para mí es una especie de regalo.

Después de cenar me la encuentro en la biblioteca. A los dos nos gustan los mismos sitios de la casa: la biblioteca, el salón, el lado oeste de la galería. Los lugares pequeños y recoletos desde donde se alcanza a ver muy lejos, o a oír si viene alguien.

Cuando le pregunto por sus planes dice que le gustaría seguir comiendo, y que cuando acabe hará otros planes. Ya tiene mejor aspecto, va engordando y desprendiéndose de años.

—Cuando resulte inconveniente —me dice—, me marcharé.

No le digo que ya resulta inconveniente, que mi padre ya me ha pedido que se marche.

—¿Adónde irías?

Se encoge de hombros.

Entonces digo, como si no supiera la respuesta:

—¿Qué tal está México hoy en día?

—Te cogen en plena calle, o cuando sales del cine, o de una cantina, y te dan un arma, ahora eres un zapatista, o carrancista, o villista, dependiendo de quién te coja. Si te niegas, o averiguan que pertenecías a otro bando, te matan.

—Debes de tener amigos en la universidad, ¿no?

—De eso hace quince años. Y la mayoría se fueron cuando la situación empeoró.

—¿A Michigan?

Lamento de inmediato haberlo dicho.

—Esos no son de los míos.

Pero se encoge de hombros y veo que me perdona.

Miro la luz que le ilumina el cabello, reluciente, y la línea de su cuello, donde hay un levísimo asomo de sudor. Se me pasa por la cabeza que tiene la piel muy bonita. Se recuesta hacia la corriente de aire del ventilador, mueve el pie arriba y abajo, mirándose la zapatilla, que debe de haber cogido de algún lugar en la casa.

—Me las arreglaré —dice—. Tú no tienes por qué preocuparte.

2 DE JULIO DE 1917

Fui a ver a mi padre para seguir hablando del asunto. Los perforadores se han quedado sin carbón para la caldera y el silencio es un alivio. Había olvidado cómo suena el silencio.

El Coronel estaba sentado a la sombra en la galería de su casa, que es más bien un jacal. No tiene ni de lejos la vista de la casa principal, pero está en un robledal y pasa cerca un arroyo, por lo que hace diez grados menos que en cualquier otra parte del rancho. Sigue durmiendo en unos arbustos por la noche (aunque ha tirado un cable y tiene encendido el ventilador Crocker) y se niega a usar el retrete de la casa, prefiriendo acuclillarse entre la maleza. Pasear por los alrededores de su casa es un poco como atravesar un campo de minas.

—Qué calor —dijo—. Deberíamos haber comprado tierras en el Llano.

Hacía 43 grados en la casa grande, 37 en su jacal.

—Tendríamos que retirar la nieve a paladas —señalé.

—Eso es lo malo de tener familia. Fíjate en un hombre como Goodnight, hace lo que le da la gana, se mudó a Palo Duro cuando se fueron los comanches.

—Charles Goodnight tiene familia. Una esposa, por lo menos.

Me miró.

—Molly.

—Bueno, nunca habla de ellos. —Luego cambió de tema—: Va a venir un hombre las próximas semanas; se llama Snowball. Es un negro que conocí en los viejos tiempos. Es posible que pase aquí una temporada.

Carraspeé y dije:

—También está el asunto de la chica de los García.

—No es tan guapa como su madre. De eso no cabe duda.

—Es bastante bonita.

—Quiero que se largue de aquí lo antes posible.

—Está enferma.

—No obra en el mejor interés, Pete.

—El mejor interés.

—Hay tres circunstancias respecto de esta mujer. La primera es que su cuñado disparó contra tu hijo. La segunda es que, con media docena de agentes de la ley presentes, fuimos a detener a los culpables. Por desgracia, las cosas no salieron como queríamos.

—Eso peca de inexacto, como poco.

Agitó la mano con furia en el aire, como si mis palabras fueran un olor rancio.

—La última es que el estado de Texas sacó a subasta las tierras de su padre, cosa que habría ocurrido tarde o temprano, tanto si hubieran seguido viviendo en la propiedad como si no, porque habían dejado de pagar sus impuestos.

Lancé un bufido.

—Hay constancia de ello.

—Razón de más para que sea mentira.

—Pete, hay muchas cosas que he querido salvar: los indios, el búfalo, una pradera en la que podías recorrer treinta kilómetros con la mirada sin ver el poste de una cerca. Pero el tiempo ha dejado atrás todo eso.

«¿Y qué hay de tu mujer?», pensé, pero me mordí la lengua.

—Dale dinero y líbrate de ella. Para el fin de semana.

—Se irá por encima de mi cadáver.

Abrió la boca pero no emitió ningún sonido. Por el color de su piel, debía de tener mucho calor.

—No me vengas con esos humos —le oí empezar, pero ya me estaba yendo, las manos ocultas en los bolsillos porque me temblaban.

No dejaron de temblarme hasta después de llegar a la casa.

Llamé a Sally, con la esperanza de que se erigiese en una voz de la razón. Llevábamos un mes sin hablar —se comunica conmigo por medio de Consuela— y le ha sorprendido tener noticias mías. Dice que no tiene ningún interés en regresar a McCullough Springs. El mayor error de su vida. Hablamos de Charlie y Glenn, que siguen en periodo de instrucción. Los dos coincidimos en que no era probable que los enviaran a la guerra. Supuse que Charlie se llevaría un chasco, pero no lo dije.

Un rato después mencionó que pasó dos semanas en las Berkshire Mountains, en Massachusetts, con una «amistad». Se preguntaba si había oído algo respecto, si tal vez era ese el motivo de que llamara. De pronto se me hizo evidente lo ridículo de llamarla para pedirle su opinión sobre María García; me irrité conmigo mismo por llamarla, me irritó mi propia desesperación. Pero pensó que me había irritado su cita y de inmediato adoptó una actitud conciliadora.

—Me entristece que no estés aquí —dijo—. Sería más divertido si estuvieras.

—Estoy trabajando, eso es todo.

Silencio.

—¿Estamos separados?

—No lo sé.

—Pero estamos tomándonos un respiro el uno del otro.

—No me importa lo que hagas —le dije.

—Solo te lo pregunto. Intento entender nuestra situación.

—Puedes hacer lo que quieras.

—Ya sé que no te importa, Peter. No te importa nada salvo tú mismo y tu tristeza. Eso es lo que más te importa, asegurarte de ser lo más desdichado posible.

—Lo que haces no me ha molestado en el pasado —dije—. No sé por qué iba a molestarme ahora.

—Intento comprender cómo es posible que aún te quiera, pero te quiero. Quiero que lo sepas. Aún puedes salvar lo nuestro cuando quieras.

—Qué bien —le dije.

Silencio.

—Bueno —dijo, al cabo—. ¿Qué tal van las prospecciones?

Bajé a ver qué había de cenar.

—Su padre dice que no cocine para ella —me advirtió Consuela.

Me encogí de hombros.

—Prepararé comida de más para usted —dijo.

Naturalmente, no hay nadie con quien hablar, ni siquiera Consuela; ya sé cuál será su respuesta. Cuál será la respuesta de cualquiera. Lo más conveniente es librarse de ella. Tal vez por su propio bien.

Tras buscarla durante diez minutos doy con ella en la biblioteca. El mejor lugar de la casa, porque la mayoría de las ventanas dan al norte y hay unas cuantas filtraciones de agua ocultas entre las rocas que mantienen el paisaje verde.

—¿Qué ocurre? —pregunta.

Me encojo de hombros.

—Te he visto volver de casa de tu padre.

Vuelvo a encogerme de hombros.

—Claro. Consuela me ha dado unas cosas, voy a recogerlas.

—¿No tenía una cuenta bancaria tu familia?

—Sí —dice—, y el poco dinero que pude sacar lo usé para vivir.

—¿De veras no hay ningún otro lugar?

—No te preocupes por mí.

—Siempre ha hecho lo mismo —digo, refiriéndome al Coronel.

—La tierra hace perder el juicio a la gente.

—No es la tierra.

—No, mi tío abuelo era igual. Para él una persona era un obstáculo, igual que una sequía, o una vaca que no hacía lo que él quería. Si le llevabas la contraria bien podía arrancarte el corazón antes de entrar en razón. Si hubieran vivido sus hijos… —Se encoge de hombros—. Naturalmente, no era este el lugar que nos correspondía, mi padre iba por el segundo año de universidad cuando murió su tío. Pero… —Vuelve a mover los hombros como restándole importancia—. Era un romántico.

—Era un buen hombre —digo.

—Era vanidoso. Le encantaba la idea de ser un hidalgo, siempre nos estaba recordando la suerte que teníamos de vivir en esas tierras. Pero en realidad no había un «nosotros». Era solo él. Era incapaz de aceptar que tal vez algún día sus vecinos lo matarían, así que nos retuvo a todos ahí, a pesar de los riesgos, de los que todos estábamos al tanto.

Se hace el silencio.

—Este tampoco es el lugar que te corresponde a ti —dice—. Probablemente lo has sabido siempre y sin embargo, aquí estás.

No siempre, claro, pero quizá desde que murió mi madre. Aunque no puedo contarle esa historia; no tiene ni comparación con la suya. En cambio, le cuento otra:

—Recuerdo cuando era niño, atrapamos a un muchacho que mi padre pensaba que nos había robado ganado. Tenía tal vez doce años o así, pero no quería decirle nada a mí padre, así que mi padre lanzó una cuerda por encima del montante de la puerta del rancho, se la puso al cuello al chico y ató el otro extremo a un caballo. Cuando lo posaron en el suelo otra vez empezó a hablar. Dibujó un mapa en la tierra y dijo que los hombres que buscábamos eran blancos, que le habían obligado a acompañarles porque no conocían las tierras.

Asiente. No sé si debo seguir o no. Pero sigo:

—Yo le estaba quitando la soga cuando mi padre le dio un azote al caballo y el chico quedó colgando otra vez.

—¿Y entonces?

—Murió.

—¿Atraparon a los otros?

—Ahorcó a los que no mató a tiros.

—¿El sheriff?

—No, mi padre.

Eran nueve pero los cuatro últimos se entregaron y mi padre desensilló sus caballos y buscó un álamo de Virginia como es debido y los ahorcó con sus propias cuerdas. Yo sostuve la lámpara de canfeno mientras Phineas les ponía la soga al cuello.

—Habrá acabado en un instante, compañero.

—Qué amable por tu parte —contestó el hombre.

Mi padre dijo:

—De un modo u otro, vas a acabar colgado, Paco. La cuestión es si ahora o dentro de unas semanas en Laredo.

—Prefiero que sea dentro de unas semanas. —La saliva le burbujeaba en la boca.

—Tendrías que alegrarte de que no te despellejemos —dijo mi padre.

María ha venido a sentarse a mi lado. Se está poniendo el sol, la luz en la habitación es tenue. Se recoge el cabello detrás de la oreja y trago saliva. Tiene los ojos tersos. Me toca la mano.

—Deberías dejar de darle vueltas —dice.

No puedo. Pero es difícil explicárselo a los demás, así que no digo nada.

Phineas se acercó a uno de los caballos y le dio una palmada, luego pasó al siguiente para azotarlo. Cuando cayó el último hombre todo quedo en silencio salvo por las sogas que crujían y los hombres que lanzaban borboteos y se cagaban mientras pedaleaban en el aire. Seguían pateando cuando mi padre dijo: «Esas sillas de montar no están nada mal».

—¿Peter?

Su mano cubre la mía y temo moverme.

—Eso lo llevo dentro en alguna parte —digo.

Nos quedamos así sentados y me pregunto si ocurrirá algo, pero los dos sabemos que no es en absoluto oportuno.

34

ELI McCULLOUGH

Llegué a Bastrop y busqué la dirección de mi nuevo hogar, una estructura desvencijada con múltiples habitaciones añadidas, construida antes de la declaración del estado cuando los materiales eran poco sólidos. Pero había un amplio jardín delantero con flores y hierba y una cerca encalada.

Mi madrastra tenía cuarenta y tantos años, expresión adusta y la toca firmemente ceñida. Parecía que la hubieran criado con leche agria y cuando los indios pensaban en blancos, la imaginaban a ella; por su manera de mirarme, no creo que me considerara una joya tampoco. Sus dos hijos eran más altos que yo y me ofrecieron sonrisas engreídas.

—Debes de ser Eli.

—Sí —dije.

—Bueno, te hemos buscado ropa. Puedes quitarte eso que llevas. Más vale que le des la pistola a Jacob.

El más alto alargó el brazo hacia el Colt. Le aparté la mano de una palmada.

—Aquí guardamos las armas bajo llave —dijo ella.

Volví a apartarle la mano.

—Madre.

Ella me miró de hito en hito y dijo:

—Déjale.

Tenía un catre en el mismo cuarto que los otros dos muchachos, que no quitaban ojo al arco, el cuchillo, la pistola; todo lo que era de mi propiedad. En cuanto me hubieron enseñado la casa salí a pasear, y, tras despistar a mis hermanastros, que intentaban seguirme, enterré la pistola y todo lo demás que consideraba de valor en el zurrón, quedándome solo con el arco y las flechas y una cartera pequeña con cosas que no creía que pudieran interesar a nadie.

Cuando volvía vi a mis hermanastros dando vueltas, intentando dar con mi rastro; me planteé tenderles una emboscada pero decidí no hacerlo, y regresé a la casa.

Esa noche había cerdo salado, que yo no quise probar. Me comí, eso sí, la mayor parte del pan de maíz y toda la mantequilla. La familia era oriunda del este de Texas y no eran partidarios de comprar trigo. El hecho de que tuvieran mantequilla era un pequeño milagro.

No podía criticar a mi madrastra, porque me había comprado todo un atuendo nuevo, incluidos los zapatos, y a la mañana siguiente iba vestido como sus hijos, tropezando con los zapatos porque era la primera vez que me los calzaba, lo que pareció desternillante a todos menos a mí.

El estado pagaba mi educación, por orden del juez, y había un aula y una maestra muy joven que intentaba enseñar a niños de todas las edades. Tras permanecer sentado unos minutos me puse en pie para no dormirme. Sentí pena por los demás alumnos, que no imaginaban siquiera plantar cara a esa maestra ni a nadie más; iban a pasarse la vida entera haciendo cosas así. Sentí tanta pena por ellos que a punto estuve de romper a llorar. La maestra olvidó lo simpática que era y vino hacia mí con una paleta; dejé que me persiguiera un rato antes de saltar por la ventana.

Pasé el resto del día fabricando trampas y colocándolas, entrando y saliendo de los graneros de la gente. Robé una yegua, cabalgué durante una hora y la devolví al establo. Observé a una mujer mayor y hermosa que leía un libro en el porche trasero, su bonito pelo castaño entrecano, iba en combinación porque hacía calor. Se recolocó un pecho y luego el otro y después metió la mano bajo la combinación y la dejó allí, lo que me resultó excesivo. Me fui y pasé unos minutos a solas. Pensé que probablemente podría abrirme camino en Bastrop.

Cuando volví a casa, mi madrastra estaba esperando.

—He oído que te has marchado de la escuela —dijo— y he oído que te han visto con el caballo del señor Wilson y he oído que has estado merodeando por el jardín de los Edmund, mirando por sus ventanas.

No sabía cómo se había enterado. Esperaba que me mirase las manos en busca de la señal de Onán. Entonces reparé en un olor extraño. Ardía algo y fui a la chimenea y vi que alguien había echado al fuego mis mocasines, el arco, las flechas y el taparrabos.

—El hombre que fabricó ese arco está muerto —le dije—. Es insustituible.

—Tienes que dejar esos tiempos atrás, Eli.

De haber sido un hombre, la habría matado sin pensármelo dos veces. Más adelante me lo plantearía y llegaría a la conclusión de que los dos tuvimos suerte.

—Jacob y Stuart te han traído los zapatos.

—No pienso ponerme esa puta mierda —dije.

Fui a mi catre y arranqué la manta de lana, luego fui a la cocina. Cogí un cuchillo y unas cosas que encontré en los cajones, una madeja de sisal, aguja e hilo, media hogaza de pan de maíz.

—Eli, puedes coger lo que quieras —dijo mi madrastra—. Es todo tuyo. Este es tu nuevo hogar.

Era una manera extraña de comportarse. O era tonta o era cuáquera.

Estaba convencido de que me seguirían mis hermanastros, así que les dejé un rastro que iba directo a una zona de arenas movedizas. Desde allí dejé unas huellas hasta un nido de serpientes de cascabel. Al final fui al árbol donde había enterrado mis pertenencias y desenterré el zurrón, que contenía el revólver y varios bártulos más, todos en buenas condiciones.

Después de caminar otra hora encontré una estribación elevada con un arroyo que corría por delante y sombra en abundancia. Hice una hoguera y me dormí envuelto en la manta, escuchando los aullidos de los lobos. Yo respondí a sus aullidos y estuvimos un rato así. Tenía el Colt debajo de las rodillas, al estilo indio, pero la región estaba tan colonizada que sabía que no lo necesitaría para nada.

A la mañana siguiente derribé unos cuantos árboles jóvenes con el cuchillo Bowie robado, que era sin duda un cuchillo excelente, pesado pero muy bien equilibrado; ni siquiera después de atravesar los nudos de algunos árboles se había desafilado. Me pregunté si de verdad habría sido propiedad de Jim Bowie pero a estas alturas para haber poseído todos los cuchillos que se le atribuían tendría que haber vivido un millar de años. Hice un bastidor para secar carne y la estructura de una pérgola de arbustos. Pero no tenía sentido afanarse tanto. Me tumbé al sol y contemplé las verdes colinas; había olvidado el calor que hacía en las tierras bajas. Pensé en todos mis amigos enterrados en el Llano nevado, lloré un rato y me quedé dormido.

Esa tarde maté dos ciervas, las despellejé y desollé y puse la carne a secar en el bastidor. Fui sacando los largos tendones de la espina dorsal y limpié y lavé los estómagos. Afilé un hueso de la pata hasta obtener un raspador pasable y suavicé los dos pellejos. Para entonces casi se había puesto el sol, así que hice una hoguera y me preparé una cena estupenda con carne de venado aderezada con bayas de cedro, y tuétano mezclado con almezas pasas. Al día siguiente decidí buscar un árbol con colmena.

Una semana después me había hecho otro arco y una docena de flechas tan inferiores a los que había fabricado Abuelo que cada vez que los utilizaba me ponía malo. Hice un par de mocasines nuevos y un taparrabos, luego regresé a Bastrop. Entré directamente en el jardín de mi madrastra, donde mis hermanastros tenían los cerdos a los que habían amenazado con echarme. Los acribillé todos a flechazos.

A su chucho no me costó ganármelo brindándole un lechón ensangrentado, después de lo cual nos hicimos amigos de por vida. Me siguió hasta el campo donde a mis hermanos les daba miedo ir, pues les habían advertido que podían raptarlos los indios. Naturalmente los indios no los habrían raptado; eran más bien de los que reciben un buen golpe en la cabeza.

Me quedé por allá un mes, echando en falta a Toshaway y a Flor de la Pradera y a todos los demás. Supuse que Nuukaru y Escuté estaban en alguna parte en la nieve, pero no tenía idea de cómo encontrarlos.

Volvía a la ciudad a menudo, sobre todo para robar cosas que parecían interesantes, como caballos, que montaba y luego dejaba atados cuando me hartaba de ellos. Entraba en las casas de la gente y disfrutaba de tartas recién hechas, pollo asado y las demás recompensas de la civilización, pero cuando se ponía el sol, siempre regresaba al lugar que me correspondía.

No me llevó mucho tiempo averiguar que la casa más elegante de la ciudad era propiedad de un juez llamado Wilbarger, que era el enemigo de mi amigo de Austin. Me encaramaba a los árboles desde los que se veía su jardín trasero, escuchando el arroyo que corría por allí. De vez en cuando su esposa salía a leer libros en el porche. Era la mujer que había visto en camisón, muy bonita, de cuarenta y tantos años, pero muy delgada y triste. Toda ella era pálida. El pelo, la piel, los ojos. No veía cómo una criatura como ella podía sobrevivir en un sitio tan azotado por el sol, y los criados debían de pensar lo mismo porque siempre estaban cuidando de ella, como si esperaran que fuera a morir o a escapar en cualquier instante.

Varias veces a la semana salía a pasear sola por el bosque, lo que no revestía peligro para alguien sensato, pero probablemente sí para ella, de modo que iba tras sus pasos a una distancia segura. Seguía un riachuelo hasta que suponía que estaba sola, luego se desnudaba y nadaba en alguna poza accesible. Tenía varias preferidas pero todas estaban más concurridas de lo que ella imaginaba. La primera vez que la vi sumergirse aguantó tanto rato la respiración que a punto estuve de lanzarme a rescatarla. Ella y el juez tenían tanto en común como un purasangre y un burro bizco.

Después de nadar se tumbaba en las piedras al sol y yo amusgaba los ojos para atinar a ver algo. Había hebras entrecanas en el pelo que tenía, cosa que no me había planteado. Tuve la seguridad de que el juez no había estado allí dentro recientemente. Mucho trueno y poco rayo.

Una tarde a las afueras de la ciudad me paró un hombre que se identificó como ayudante del sheriff. No me apuntó con el arma, pero dijo que tenía que llevarme a comisaría para hacerme unas preguntas. Podría haberle dado esquinazo, pero estaba aburrido y tenía curiosidad por ver cómo era la cárcel.

No estaba mal. Venía la mujer del juez y cocinaba para mí todos los días, tres comidas con tarta. Naturalmente, la reconocí, y era más bonita incluso de cerca que de lejos. Era alta y delgada, con ojos grises, huesos delicados y modales agradables; bastaba con mirarla para saber que venía de otro país. Las mujeres de la zona, la mayoría de las cuales hubieran podido pelear a brazo partido con un cerdo cimarrón, debían de detestarla. Tenía un acento que resultaba difícil de entender pero que a mi hermano le habría gustado. Era inglesa, decían.

El juez Wilbarger, cuyos purasangres había montado yo más de una noche, vino y me soltó un sermón sobre la moralidad.

—Entiendo que has pasado una época difícil —dijo—. Pero no podemos tolerar que robes caballos y mates los animales de la gente.

Asentí.

—He ahorcado a más de uno por robar caballos.

Volví a asentir. En realidad no había robado ningún caballo, solo los tomaba prestados y los devolvía, probablemente mejor domados de lo que estaban antes de pasar por mis manos.

—Si te cogen quebrantando la ley de nuevo, serás duramente castigado. Es la única advertencia que se te va a hacer. Dime que me entiendes, muchacho. Sé que hablas inglés, no pasaste ni tres años con esos indios.

—El viento sopla suavemente entre las flores —dije en comanche—. Además, hueles a coño de búfala.

—Habla en inglés —dijo Wilbarger.

—Me he estimulado con tu mujer más de treinta veces.

—En inglés, muchacho.

Luego no dije nada.

Al final, se levantó.

—Eres más listo de lo que da a entender tu comportamiento, muchacho. Se te puede domar, y lo haré si me obligas.

Me retuvieron tres días más, pero después de que se marchara Wilbarger el sheriff me sacó de la celda para que caminara.

—No le cabrees —me aconsejó—. Me dijeron que llegaste con cabelleras al cinto, pero te vas a meter en un lío del que no podrás salir.

Me encogí de hombros.

—Eran cabelleras indias, ¿verdad?

—Una era de un hombre blanco —dije, en inglés—. Pero había estado viviendo en México.

Me miró y se echó a reír a carcajadas. Yo también me eché a reír.

—¿Es verdad que te tenían todo el día cabalgando y disparando?

—También había mucha jodienda —dije.

—Alguna india gorda y vieja, supongo.

Negué con la cabeza.

—Solo está permitido hacerlo con las jóvenes. Una vez se casan, son terreno vedado.

Vi que la idea le resultaba atrayente pero que no me creía.

—La que se llevó mi virginidad tenía veinte años, y las otras incluso menos.

—Qué hijo de puta —exclamó—. Igual me raptan a mí.

Luego me sentí mal por hablar así de Flor de la Pradera. Y Detesta Trabajar, Gran Agua que Cae y Siempre de Visita. Se me pasó por la cabeza que eran las últimas personas del mundo que me habían querido de veras. Me levanté y fui a la ventana. Noté que empezaba a ponerme mustio.

Oí que el sheriff volvía a su mesa y movía unas cosas y luego se puso a mi lado. Me dio un vaso de whisky.

—Bueno, ¿qué demonios ocurrió? —dijo—. ¿Por qué volviste?

—Murieron todos —contesté.

Pensar en los indios me había dejado fatal, y cuando me permitieron salir regresé a casa de mi madrastra, con la intención de ponerme a bien con ella, pero no había nadie en casa. Estaba desanimado y harto de estar solo. Aun así, no venía nadie a casa. Me impacienté. Entré en el cuarto de mis hermanastros, donde encontré varios buenos anzuelos de acero, que me embolsé, y una amplia colección de postales pornográficas arrugadas, que dejé en la cocina para mi madrastra. Luego me apropié de toda la pólvora y las cápsulas fulminantes que había y me dirigí de regreso al bosque.

Dormía bajo la pérgola de arbustos o a cielo raso, ponía trampas, cazaba mapaches y curtía sus pieles, mataba ciervos y también los curtía. Encontré un remanso junto a una antigua presa de castores donde el agua tenía color pardo debido a las hojas de roble y enterré las pieles en el barro bajo el agua. Unas semanas después el pelo se había desprendido y estaban perfectamente curtidas, solo que rígidas.

Entre los blancos de la ciudad yo gozaba de tanta popularidad como el recaudador de impuestos. Sabía que no aguantarían muchos más robos de caballos ni matanzas de animales así que por lo general me quedaba donde había naturaleza. Pero al final llegué a un punto en el que los ciervos y los lobos no me hacían sentir menos solo, por no hablar de que tenía unas ganas feroces de jodienda, así que volví a echar un vistazo a la esposa del juez.

Al cabo, salió al porche. Uno de los negros le llevó té. Yo andaba muy necesitado de estimulación y después me quedé dormido. Cuando desperté ella no estaba en el porche y el sol había descendido un buen trecho. El juez tenía unos cuantos gorrines y lechones en un corral y al verlos me entró mucha hambre; había olvidado comer durante casi un día entero. Abatí de un flechazo un lechón pero a pesar del alboroto de sus gruñidos no salió nadie, me tomé mi tiempo y entré en el ahumadero, cogí un buen puñado de sal y me llevé el lechón de regreso al campamento.

Unas horas después estaba allí tendido, la barriga llena de carne crujiente, viendo anochecer desde donde me había encaramado. No alcanzaba a recordar por qué los comanches aborrecían tanto el cerdo. Era con toda probabilidad lo mejor que había probado en mi vida. Los lobos aullaron y yo contesté y ellos aullaron en respuesta.

A la mañana siguiente la esposa salió a dar su paseo diario hasta la poza donde nadaba, pero en vez de seguirla esperé hasta que su pareja de negros salieron a hacer un recado, probablemente a echar un polvo, y me colé en la cocina. Me apropié de una botella de vino dulce y varios puros, me fumé uno y estuve a punto de vomitar. Estaba seguro de que iba a ponerme malo. Me quedé tumbado en un sofá mientras la cabeza me daba vueltas. Era una casa bonita con entrepaños de madera, alfombras gruesas, cuadros por todas partes. El sofá estaba tan firme como si nadie se hubiera sentado nunca en él.

Cuando abrí los ojos había alguien mirándome y salí corriendo antes incluso de despertar. Casi había llegado a la puerta cuando me detuve.

Era la mujer del juez.

—No tienes por qué huir —me aseguró—. Se te veía tan tranquilo que no quería despertarte.

No dije nada.

—Me alegra volver a verte —dijo—. Sin estar tras los barrotes, quiero decir. Aunque también te he visto en el jardín.

No quería ponerme en evidencia, pero tampoco quería mentir. Guardé silencio.

—Bueno. ¿Cómo está el indio salvaje?

—Estoy bien —dije.

—Hay quien dice que eres muy peligroso.

—Solo para los cerdos.

—¿Eres responsable de que nos falte una cerdita?

—Depende de quién lo pregunte.

—Íbamos a comérnosla de todos modos. ¿O era un cochinillo? —Se encogió de hombros—. Puedes sentarte, ya sabes. No voy a decirle a nadie que has estado aquí.

—Eso está bien —dije.

—¿Te lo comiste? Dicen que te gusta matarlos sin más.

—Ese me lo comí.

—Vaya, me alegro.

No dije nada.

—Deberías sentarte, de veras. Veo que has estado fumando uno de los puros de Roy. Son tremendamente fuertes.

La mera mención de los puros hizo que volviera a sentirme mareado. Decidí quedarme unos minutos. En el caso de que el juez volviera a casa, lo mataría y regresaría con los indios.

—¿Qué haces aquí? —dije.

—Es mi casa.

—Me refiero a Bastrop.

—El juez era socio de mi primer marido en unos negocios.

—¿Se largó?

—Contrajo las fiebres en Indianola. El calor que hacía allí fue un duro golpe. Igual que los insectos.

—Son terribles en Indianola —comenté—. Junto con todo lo demás.

—Supongo que tú podrías embadurnarte de barro.

Me miraba de tal modo que fui a sentarme en el sofá. Ella también tomó asiento.

—¿Vas a llamar al sheriff?

—Me lo estoy pensando. No vas a cortarme la cabellera, ¿verdad?

—Me lo estoy pensando.

—¿Qué edad tienes? —me preguntó.

—Diecinueve.

Naturalmente, solo tenía dieciséis, pero de estar tanto al sol no me había visto aquejado de carbuncos.

—¿Te trataron mal?

—¿El sheriff?

Le pareció que tenía gracia.

—Los comanches, claro.

—Me adoptaron.

—Pero eras de una casta inferior a los comanches de raza, ¿no?

—Era más o menos igual. Era un miembro de su grupo.

—Qué interesante.

—Mi familia comanche murió —dije—. Por eso regresé.

Puso una cara toda maternal. Era una mujer dulce de verdad. Pero antes de llegar demasiado lejos por el camino de la rectitud, dije:

—Voy a beberme el oporto del juez y luego voy a robar uno de sus caballos. ¿Quieres un poco o no?

—Podría tomarme una copa contigo —accedió. Me miró arrugando la naricilla—. Pero ¿te importaría darte un baño?

—¿Vas a bañarme tú?

Se mostró sorprendida, pero saltaba a la vista que no lo estaba.

35

JEANNIE McCULLOUGH

Lo oyeron antes de verlo, pero cuando por fin apareció por encima de los árboles, era torpe y pesado y no había mucho que ver y la mayoría pensaron que ojalá no hubieran dejado su trabajo. El sheriff y sus hombres hicieron apartarse de en medio a todos, y, cuando fue seguro, el helicóptero descendió por el aire hasta posarse en tierra junto al campo de espinacas de Hollis Frazier.

Un hombre alto de nariz grande se desovilló del interior del aparato y, una vez se hubo congregado a su alrededor el gentío cubierto de polvo, se subió a una caja de madera y empezó a hablar. Algún otro repartió melocotones de Hill Country. El hombre insistió en que Coke Stevenson estaba poniendo el estado en manos de los grandes rancheros y los magnates del petróleo del norte, sin dejar nada para los trabajadores. Jeannie pensó que se habría puesto nerviosa hablando delante de cuatrocientos desconocidos, pero saltaba a la vista que ese no estaba nervioso, disfrutaba con ello, y volvió el megáfono hacia un grupo de gente en los márgenes de la muchedumbre y les instó a que se acercasen y le escucharan. Johnson el Fullero, le llamaban.

Al verle estrechar la mano de todos los hombres más bajos a su alrededor, supo que Phineas estaba en lo cierto. Ella conocía a Coke Stevenson, un hombre simpático a quien no le importaba especialmente la opinión que tuvieras. Poseía su propia brújula moral; un hombre dado a hacer buenas obras, la clase de persona que esperabas que llegaran a ser tus hijos. El hombre que tenía delante estaba tan feliz entre la multitud, tan feliz de que le miraran y le prestaran atención, que no podía quedar espacio en su interior para nada más. No había ni un solo magnate del petróleo en todo el estado que no lo respaldara.

—Tengo algo para el futuro senador —dijo Jeannie al ayudante, con la esperanza de que reparase en el halago.

No reparó en él. Volvió la mirada y dijo:

—Puede dármelo a mí.

Sudaba con su traje negro, un tipo del norte, con gruesas gafas de plástico, un hombre que nunca había caído bien a nadie, que empezaba a hacerse un sitio propio. Era un estilo que ella daría por sentado entre la gente que trabajaba en Washington.

El hombre cogió el sobre y ella pensó en el jefe de él y pensó en Coke Stevenson, y luego pensó en lo que le había dicho Phineas antes de que se sentara a firmar los cheques. «El problema de la mayoría de la gente es que no dan suficiente. Todos quieren llegar lejos, pero cuando se trata de dar dinero creen que cien pavos es más que suficiente y se sorprenden de no volver a tener noticias.» En el sobre de Jeannie había cuatro cheques por valor de cinco mil dólares cada uno. Uno de ella, uno de su abogado Milton Bryce, uno de su capataz Sullivan y otro de un vaquero llamado Rodríguez. Sullivan y Rodríguez ganaban menos de cinco mil al año en total; ella había encargado que depositaran el dinero en sus cuentas la víspera. Cualquiera de los cheques habría bastado para comprar un Cadillac nuevo y el ayudante leyó todos y cada uno con atención para asegurarse de que estuvieran debidamente cumplimentados. Luego le indicó que se acercara y le susurró algo a su jefe.

A Johnson se le iluminó la cara; lo llevaba en la sangre. Repartió unos codazos y el gentío se apartó, orejas grandes, nariz grande, cejas pobladas, descollaba por encima de todos los demás.

—Debe de ser la sobrina de Phineas.

No había dejado de sonreír desde que aterrizara.

—Sí.

—Bueno, ha hablado de usted a menudo y me alegra conocerla. Dígale que echo en falta salir de pesca con él.

—Sí, señor —repitió ella.

Alguien le estaba cogiendo de la manga.

Le dirigió una sonrisa a Jeannie.

—A trabajar. Pero volveré a verla, jovencita.

Después de que el congresista se montara en el helicóptero, el ayudante la buscó y le dijo:

—Puesto que ha alcanzado su límite, la próxima vez pague en efectivo. Va a ser una carrera muy disputada y nos hará falta toda la ayuda que podamos conseguir.

Le dio un melocotón.

Jeannie lo sopesó en la mano mientras caminaba hacia el coche. Era muy pequeño y tenía golpes, apenas lo bastante bueno para los cerdos, y había docenas como ese esparcidos por tierra.

¿Cuándo fue aquello? En el cuarenta y siete o cuarenta y ocho. No lo recordaba con exactitud. Decir que salió elegido no era del todo preciso. Aunque al menos la «Urna 13» había salido del condado de Jim Wells, no del de Webb ni el de Dimmit. Esos años se habían desdibujado y fundido unos con otros. Habían abierto suficientes pozos en el rancho para que empezara a entrar capital y luego acordaron no perforar más allí. Hank y ella habían comprado una casa en Houston. Alquilaron un pequeño despacho. Luego uno más grande. Después compraron una casa más grande. Tal como iba la economía, era imposible perder dinero hicieras lo que hicieses.

En los tres años que habían estado juntos Hank y ella, Jeannie había esperado que adoptaran unas pautas, aburridas pero estables, que empezaran a girar como ruedas por las roderas del camino. Pero no había ocurrido tal cosa. Sus vidas estaban cambiando demasiado aprisa, su negocio se multiplicaba por cinco o diez cada año, era de ella tanto como de Hank. A Jeannie no le sorprendían sus propias aptitudes, que siempre había dado por sentado, sino las de él, que por lo visto no tenían límite, y empezaba a preguntarse si la sobrepasaría, una idea que era liberadora e inquietante al mismo tiempo. Nunca se había planteado que alguien cuidara de ella, que pudiera llevar una vida normal y no tener que preocuparse tanto.

La mayoría de los hombres que había conocido eran necios como su padre y sus hermanos, sus vidas definidas por una ignorancia deliberada que tomaban erróneamente por orgullo. Esa ignorancia guiaba cada momento de su existencia y hasta ahora ella nunca había dudado de que veía con más claridad, más honradez, que ningún hombre que hubiese conocido, con la excepción del Coronel y tal vez de Phineas. Y ahora tenía a Hank.

Aunque no era perfecto. No tenía paciencia con las cosas que le parecían tontas, por mucho que esas cosas fueran importantes para otros. Poseía una frialdad que era casi norteña. Aquella horrible escritora de Nueva York había ido de visita y ella no quería conocer a la mujer a solas, pero Hank había tenido buen cuidado de ausentarse. Jeannie, mientras tanto, había accedido a reunirse con ella en el rancho, a ocho horas en coche desde Houston —aún no tenían un avión de verdad—, en vez de insistir en verse en su despacho. La mujer estaba escribiendo una gran novela sobre Texas; ya había ido a ver a los Kleberg y los Reynolds y acababa de asistir a la inauguración del hotel de Glenn McCarthy. Y había ganado el premio Pulitzer; parecía buena idea complacerla.

Se sentaron a cenar temprano: Jeannie dio instrucciones a las criadas de que sacaran la vajilla buena y la plata. Vio que la mujer se fijaba en esos detalles, lo estaba asimilando todo, igual que un pariente pobre a punto de heredar. Era alta y desgarbada como una adolescente, pero tenía el pelo entrecano y ensortijado como si unos pájaros hubieran anidado en él y, al igual que ocurría con muchas personas del norte, su aplomo no casaba con su aspecto.

—Eres la millonaria adolescente.

—Tengo veintidós años —repuso.

—Pero recibiste el dinero cuando eras adolescente.

—Es cierto —reconoció Jeannie—. Aunque nunca le he dado mayor importancia.

—Ah, pues la tiene —dijo la escritora—. Desde luego que la tiene. —Después añadió—: Qué actitud tan texana.

No alcanzó a ver si lo decía como un halago.

—¿Te sentías muy sola aquí?

—Ahora tengo marido —le recordó Jeannie—, y la mayoría ya no vivimos en nuestras tierras. Ahora somos gente de ciudad.

Ojalá estuviera con ella Hank; él sabría cómo lidiar con esa mujer; le preocupaba acabar diciendo algo fuera de lugar.

—La decoración de la casa no es típica de esta zona —señaló la escritora.

Jeannie se encogió de hombros.

—Es de muy buen gusto, diría yo. Parece que hubiera estado aquí desde siempre.

Volvió a encogerse de hombros. No pensaba confiar ningún chismorreo más a esa mujer.

—Mi bisabuelo era un hombre brillante.

La mujer asintió. Jeannie no entendía qué tenía de importante. Incluso su sombrero era ridículo. Todo en ella proclamaba a gritos que era de alguna otra parte, le obsesionaba cuánto dinero y tierras poseían todas las familias, los trapos sucios que pudiera averiguar sobre ellas.

Las criadas sirvieron la cena. Jeannie había considerado detenidamente lo que debían cenar y, tras descartar nada muy elaborado que diera a entender que buscaba la aprobación de la mujer, se había decidido por unas fajitas.

Flores era buena cocinera; había aderezado la carne con sal y pimienta picante, la había hecho a la parrilla sobre un fuego de mezquite y la había servido con abundante guacamole, salsa y tortillas recién hechas.

Cuando terminaron, los peones estaban regresando de los pastos y ocupando su lugar a la larga mesa detrás de la casa principal. Flores empezó a llevarles la cena, charlando con ellos en español. La autora miraba por la ventana.

—¿Quieres que te presente? —dijo Jeannie—. Esos son los que hacen el trabajo hoy en día.

—Me parece que no hablo su lengua, querida. Pero creo que voy a salir a fumar.

—Tengo que ir al servicio —dijo Jeannie.

Cuando volvió del cuarto de baño, encontró a la escritora delante de la ventana en el comedor, con una expresión extraña en la cara.

—Jeannie —dijo, al tiempo que señalaba a los vaqueros con un movimiento de la barbilla—, están comiendo lo mismo que nosotras.

El libro de esa mujer se publicó y luego fue adaptado al cine en una película protagonizada por James Dean. Era una larga exageración. Dejaba a todos a la altura de payasos, como si se hubieran topado tontamente con la riqueza, como si el estado entero estuviese lleno de magnates pueblerinos sin un par de neuronas que exprimirse.

Y, sin embargo, a la mayoría de esos magnates del petróleo les había gustado. Empezaron a inventarse afectaciones exageradas, tiraban monedas de plata por la ventanilla de la limusina, se daban baños de champán por valor de veinte mil dólares. Igual no era distinto de cualquier otra época. La frontera aún no estaba colonizada cuando Buffalo Bill empezó a ir de gira con sus espectáculos, y el Coronel siempre se quejaba del momento en que sus vaqueros empezaron a leer novelas sobre otros vaqueros; habían perdido la noción de qué era más real, los libros o su propia vida.

Johnson perdió por unos centenares de votos. Pero llegó a senador de todas maneras y Jeannie empezó a esperar sus visitas. Fue a ver a los Murchison, a Cullen, Brown y Hunt. Hubo muy pocos petroleros a los que no visitó. Sam Rayburn era presidente de la Cámara de los Representantes; Rayburn y Johnson eran lo único que impedía que los yanquis derogaran la ley de deducción sobre el activo agotable y de la misma manera que más adelante necesitarían que el Congreso fuera republicano, los magnates de la época necesitaban que Johnson y Rayburn estuvieran al mando, necesitaban que la Cámara siguiera siendo demócrata, y hacían generosas aportaciones para que siguiera siéndolo.

Ahora todos habían desaparecido: Hank, Johnson, Rayburn, Coke Stevenson, Murchison, Cullen y Hunt... No tardaría en reunirse con ellos. Suponía que debería estar feliz: prácticamente todos aquellos que había conocido habían pasado al más allá. Pero no estaba feliz en absoluto. Iba camino de una oscuridad de la que no regresaría. El que otros hubieran ido antes que ella no cambiaba nada.

No era buena cristiana; ahí estaba el problema. Los creyentes de verdad tenían sus motivos, cosas que habían deseado, pero no habían llegado a alcanzar en este mundo –dinero, felicidad, una segunda oportunidad– pero ella tenía esas cosas o no las necesitaba y siempre había sabido que el mayor de sus dones era su capacidad de ver las cosas tal como eran. Ver la diferencia entre sus deseos y la realidad. Y la realidad era que su vida terminaría igual que la de Hank. No volvería a verle: aquello que lo convertía en Hank había dejado de existir en el momento de su muerte. Ahora decían que incluso el túnel de luz no era más que un truco de las neuronas. Lo único que había era el cuerpo. Esperaba que estuvieran equivocados, pero lo dudaba.

Miró el antiguo mobiliario tallado, el techo alto y frío y los troncos que ardían sin desprender calor. Tal vez fuera una suerte de purgatorio. Eso no le importaría, seguir así por siempre, reviviendo recuerdos agradables. Cerró los ojos y estaba en Washington visitando a Jonas. Él quería presentarle a alguien y habían pasado la tarde en su embarcación en Chesapeake Bay.

Tenía las piernas bronceadas, no se le veía ni una sola variz. Llevaba un vestido de playa blanco y amarillo y estaba sentada en una lancha Chris Craft de madera; Jonas iba al volante y el hombre, pálido, con el pelo ralo y la piel de un tono rosado por efecto del sol, flirteaba con ella. Una sensación agradable. No se lo hubiera permitido allá en casa, pero en la bahía, bajo un cielo que era azul pero no caliente, en el agua limpia y fresca, no le importaba.

Era la primera vez que estaba lejos de sus hijos en más de un año. Aunque sentía que llevaba uno en su interior. Benjamin, probablemente. No se le notaba; aquel hombre tan agradable no tenía idea. Era bajo, de vientre blando, todo lo contrario de Hank, pero era divertido y lo encontraba atractivo. Aunque tal vez fuera sencillamente que se sentía mejor tratada; las mujeres aún tenían un lugar determinado aquí, pero no era tan reducido como en Texas. A un yanqui igual se le olvidaba abrirte la puerta, pero igual también se le olvidaba (o fingía que se le olvidaba) que era superior a ti. Empezó a imaginarse una vida.

Luego pasó algo entre el hombre y Jonas y entonces él se volvió hacia Jeannie y ya no sonreía.

—Detesto tener que hablar de negocios, Jeannie, pero me temo que nuestro amigo el conductor —indicó a Jonas— tiene algún asunto acuciante en la ciudad.

Ella se encogió de hombros como si no le importase, aunque hubiera preferido pasar el día entero navegando, lejos de sus hijos y del teléfono.

—¿Qué opinión te merece Mohammad Mossadeq? —preguntó él.

—Sé que deberíamos haber tenido más cuidado con él.

—¿Y si te dijera que no le queda mucho más tiempo en el trono?

Mientras él le dejaba procesar la información, ella se dio cuenta de que podía responder cosas muy distintas. Decidió no decir nada. Se alegraba de que Hank no estuviera con ella.

—Los angloiraníes recuperarán parte de lo que perdieron —continuó—, pero no será como antes. Los tiempos han cambiado.

Jeannie tomó un sorbo de su copa.

—Las compañías más importantes se llevarán la mayor tajada, pero ahora mismo estamos intentando reunir una coalición de voluntarios con buena disposición. Necesitamos buena gente con recursos disponibles de inmediato.

—Porque no quedaría bien dárselo todo a las compañías más importantes.

—Correcto —dijo él—. Y esto es América. Nos gusta apoyar a los más humildes. —Volvió a contemplar el agua—. Qué día tan bonito, ¿verdad?

Jeannie sabía que Hank hubiera instado al hombre a que le diera cifras, porcentajes, pero no era el enfoque más adecuado; sencillamente había que acceder y confiar en ese hombre y en Jonas.

—Aceptaremos tanto como nos puedas dar —dijo.

Se planteó preguntarle por el margen de tiempo del que podían estar hablando, pero eso sería peor incluso que preguntarle por el tamaño de la tajada. Volvió a sentirse aliviada de que Hank no estuviera con ella.

—¿Conoces Sedco?

—¿Conozco a Bill Clement?

—Reúnete con él cuando vuelvas a Texas. Dile que vas de mi parte.

Jonas puso la embarcación rumbo a Annapolis; Jeannie y el hombre siguieron hablando de otras cosas. Sus rodillas se rozaron, luego volvieron a rozarse. Esperaba que la invitase a una copa cuando llegaran al muelle, decidió que rehusaría, pero le dolió cuando él no lo hizo. Naturalmente, era lo mejor. Llamó a Hank desde el hotel y le dijo en lenguaje codificado que debían reunir tanto dinero en efectivo como fuera posible. Los dos estaban acostumbrados a llamadas así, los dos sabían que no convenía pedir detalles por teléfono.

Para entonces hacía décadas que estaba claro que el futuro estaba en ultramar. El primer pozo perforado en Irak, en 1927, cuando aún se llamaba Mesopotamia, había rendido noventa y cinco mil barriles al día. Un pozo grande de Texas, incluso entonces, producía quinientos, tal vez mil, y todos sabían que era cuestión de tiempo. Era en el Golfo Pérsico donde estaba el auténtico petróleo. Si ese pozo de Irak se hubiera descubierto diez o doce años antes, el imperio Otomano no se habría derrumbado. El mundo sería un lugar distinto por completo.

Para la década de los cincuenta, la prospección doméstica era un negocio duro. Costaba una fortuna, los pozos producían menos y una vez encontrabas el petróleo, no había garantía de que te permitieran extraerlo de la tierra. El gobierno planeaba una guerra contra Rusia y quería reservas petrolíferas en territorio nacional por si llegaba a estallar. La mejor manera de almacenar petróleo era dejarlo donde se encontraba. Reservas estratégicas, lo llamaban. Bueno para el gobierno, malo para los petroleros.

No había respuesta acertada. Los buenos tiempos para el petróleo en los años treinta —aquello de llenar los camiones cisterna por la noche y llevarlos al otro lado de la frontera para eludir las cuotas de producción— habían tocado a su fin mucho tiempo atrás. Había que ir al extranjero. Por todo el antiguo imperio Otomano se podía extraer petróleo por unos cuantos centavos el barril. Aún no había mucha infraestructura, pero era solo cuestión de tiempo.

36

LOS DIARIOS DE PETER McCULLOUGH

Cuando estoy en el despacho dejo la puerta abierta para oír el más leve indicio de los pasos de María por la casa. Si oigo a alguien en las escaleras salgo al pasillo como quien no quiere la cosa para ver quién es, con el corazón desbocado…, pero por lo general es Consuela o su hija.

Llevo varios días sin salir a los pastos. Le dije a Sullivan que estoy abrumado con el papeleo. Desde entonces he estado inventándome deberes a fin de quedarme en casa.

Cuando oigo pasos me precipito hacia la puerta. Si no está en el pasillo del oeste (estoy al final del pasillo del este, al otro lado de la caja de la escalera) voy hacia el centro, con la esperanza de encontrármela en las escaleras o en el vestíbulo de abajo. Luego me detengo, fingiendo investigar la vidriera de colores que llevo viendo treinta años, porque desde allí se ve a cualquiera que cruza la entrada principal o va de un ala a otra de la casa.

Los pasos de María se distinguen fácilmente de los de los vaqueros pero me engañan una y otra vez los pies livianos de Consuela y de su hija Flores. Y los de Miranda y Lupe Jiménez. Si me ven, apartan la mirada: ahora todas sospechan que tengo las miras puestas en ellas, aunque en realidad espero que sean otra.

Si transcurren varias horas (que se me hacen semanas) sin verla, cojo unos cuantos papeles sin valor y deambulo por la casa como si hiciera algún recado, y, si está abierta la puerta de la biblioteca, entro y finjo buscar un libro o folleto, como por ejemplo, el *Registro de marcas legalmente constituidas (1867)*, o algo igualmente inservible, pero María, claro, se lo ve venir. Cree que me muestro diligente, y hablamos durante media hora, y luego se disculpa por interferir con mi trabajo y coge sus cosas y se va a otra parte, mientras toda la sangre, o la fuerza vital que hay en mi interior, sea la que sea, se me cae a los pies.

Hoy estaba en la cocina, comiendo una ciruela, y ha entrado ella y me ha preguntado qué hacía y, sin responder, le ofrecido en un impulso la ciruela, a la que ya le había dado dos bocados, y sin vacilar ella la ha cogido y le ha dado un delicado mordisco, sin apartar la mirada de mí. Luego se ha marchado de súbito. Me he llevado la ciruela a la boca y la he mantenido ahí hasta que el sentido común me ha obligado a comerme el resto.

No imagino siquiera hacer el amor con ella. Me parece una falta de respeto de algún modo. Todas las noches toca el piano; he trasladado el diván al salón («Es el lugar que en realidad le corresponde», le mentí) para poder cerrar los ojos y sentir lo cerca que está. Parece creer que es un momento adecuado para que estemos juntos, porque nunca intenta escapar. No puedo dejar de revivir el instante en la biblioteca (su mano sobre la mía), me maldigo por no responder, por no devolverle el gesto o incluso inclinarme hacia ella: probablemente por eso no lo ha vuelto a hacer. O igual solo quería mostrarse comprensiva, y el mundo que he inventado para nosotros solo existe en mi imaginación. La mera idea me deja vacío por completo.

6 DE JULIO DE 1917

El plazo de mi padre para que se fuera María ya ha vencido. Empezaba a sentirme mejor hasta que me lo encontré esta mañana.

—Pete, me voy a Wichita Falls. Volveré dentro de una semana, momento en que esa García ya se habrá largado con viento fresco. Siempre te he dejado hacer tu santa voluntad, pero esto... —paseó la mirada por mi despacho, como si fuera a encontrar las palabras adecuadas entre mis libros—, esto no contribuye a alcanzar los fines que perseguimos.

—¿Qué vas a hacer en Wichita Falls? —pregunté.

—No te preocupes, no es cosa tuya.

—Ella no nos puede hacer nada.

—Esto ha ido demasiado lejos. Hay una persona en el mundo que no puede estar aquí y la has traído a esta casa.

—No vas a hacerme cambiar de opinión —dije.

—Ahora cada vez que te veo vas de punta en blanco. ¿Crees que no me he dado cuenta de que durante diez años no te molestabas ni siquiera en lavarte y ahora vas con cuello de camisa?

No dije nada.

—No estamos hablando de una viuda que puedes beneficiarte sin más ni más, hijo. Esa nos costará el rancho.

—Ya puedes irte —dije.

No se movió.

—Fuera de mi despacho.

Luego me encuentro a María en la biblioteca. Yo fingía buscar un libro, cuando dice, sin que venga a cuento de nada:

—¿Qué tal va el trabajo?

—Lo cierto es que no estoy trabajando

Me sonríe, luego se pone seria otra vez.

—Consuela me cuenta cosas.

—Sea lo que sea lo que te cuenta, no permitiré que ocurra.

—Peter.

Se encoge de hombros y mira por la ventana, más allá de los árboles.

Le miro la piel del cuello, las clavículas, la curva de un hombro, le miro los brazos, todavía delgados.

—No debería estar aquí —continúa—. Es el último sitio donde debería estar, de hecho.

—Ya me ocuparé de mi padre.

—No me refiero a eso.

—¿Adónde más puedes ir?

Se encoge de hombros y nos quedamos callados y veo cómo le cambia el semblante. Un instante después llega a una decisión:

—¿Tienes un momento? ¿Si no estás trabajando?

Está en el sillón de cara a la ventana. Yo tomo asiento en el sofá.

—No te preocupes por mi padre —le digo.

Se levanta, se acerca y se sienta a mi lado. Me toca la muñeca.

—Tarde o temprano, tendré que irme. Días o semanas, no importa.

—A mí sí me importa.

Me toca la mejilla. Estamos muy cerca y espero que ocurra algo, pero no ocurre. Cuando abro los ojos sigue mirándome. Me inclino hacia ella, luego me detengo; sigue mirándome, y la beso, apenas. Luego me retiro. Veo motas delante de los ojos.

Me pasa los dedos por el pelo.

—Tienes una buena mata de pelo —dice—. Y en cambio tu padre es calvo. Y es bajo, y tú eres alto.

Noto su aliento.

—Me olvidarás —dice.

—No lo haré.

Espero que ocurra algo. Nos acercamos el uno al otro. Me armo de valor y me vuelvo para besarla de nuevo, pero solo me ofrece la mejilla.

—Quiero —dice.

Pero luego se levanta y sale de la estancia.

37

ELI McCULLOUGH

1852

Unas semanas después la mujer del juez Wilbarger y yo estábamos tumbados en el sofá desnudos, por mi parte para hacer daño al juez, por la suya porque iba colocada de láudano y estar desnuda en el sofá era una buena manera de estar. Había enviado a los negros a Austin a hacer unos recados. Tenía una cara de esas que se ven en los libros antiguos; era pálida y muy delicada y yo suponía que en algún momento había sido la clase de mujer por cuya compañía hubieran matado los hombres. Y suponía que ella lo sabía, y sabía que ya no era así.

—¿Qué edad tienes en realidad?

—Diecinueve —dije.

—En el fondo no me importa. Solo quiero conocerte mejor.

—Diecisiete —dije.

Me miró.

—Dieciséis.

—¿Vas a seguir bajando?

—No, tengo dieciséis años.

—Me parece bien. Es la edad perfecta.

—¿Ah, sí?

—Para ti, sí.

Guardó silencio. Me pregunté cómo podía acabar una mujer así con un hombre como el juez. Me pregunté si le habría querido. Luego me puse a pensar en los comanches.

—¿Estás enfadado conmigo?

—No —dije. Luego añadí—: ¿Por qué no vuelves?

—¿A Inglaterra? Aquí soy muy respetable. —Se echó a reír—. No, nada de eso. Pero ¿qué haría allí?

—Sería mejor que Bastrop, probablemente.

—Probablemente.

Estaba mirándole el vientre liso y preguntándome si habría tenido hijos, pero algo me dijo que no se lo preguntara, así que en cambio comenté:

—No entiendo por qué no regresas. Ni siquiera a mí me gusta este lugar.

—Es complicado —contestó—. No lo puedo explicar.

Mientras tanto, frecuentando tanto la ciudad, empecé a ver al mismo chico una y otra vez hasta que no me cupo duda de que me seguía. Sabía que se llamaba Tom Whipple; tenía trece o catorce años, pero apenas media metro y medio y para más inri tenía un ojo vago. Al final lo pillé esperándome en las inmediaciones de la casa del juez, lo que me pareció un mal indicio. Le seguí hacia su casa y lo abordé en el bosque detrás de donde vivía.

Aunque lo tenía inmovilizado en el suelo, por alguna razón no parecía asustado.

—Eres el indio salvaje —dijo.

—Sí.

—Bueno, los indios mataron a mi padre. Supongo que ahora también me matarás a mí.

—Me has estado siguiendo —señalé.

—Dicen que vas por ahí robando caballos a la gente.

—Los tomo prestados.

—Dicen que matas gallinas y cerdos.

—Eso dejé de hacerlo hace semanas.

—Dicen que alguien va a pegarte un tiro.

Lancé un bufido.

—Bueno, que lo intenten. Podría zurrar la badana a cualquiera de esos bandidos de tres al cuarto.

—Mi padre era Ranger —dijo.

Llevaba en la ciudad el tiempo suficiente para saber que no era verdad; su padre era agrimensor, y el grupo entero había muerto a manos de comanches. O eso se comentaba. La mayoría de la gente era incapaz de distinguir a un apache de un comanche o de un blanco vestido de cuero.

Nos quedamos en silencio.

—Enséñame a robar un caballo —dijo.

Al día siguiente le dije a Ellen que Whipple merodeaba cerca de la casa. Salimos por la puerta de atrás y atajamos por el bosque hasta salir de la ciudad, y luego fuimos a un remanso que yo conocía. Llevé un par de pieles de ciervo para tumbarnos.

—Estas pieles huelen —dijo—. ¿Son muy recientes?

—De hace unas semanas.

—Mi pequeño salvaje.

Estaba tendida con el sol sobre su cuerpo, las piernas abiertas, los brazos a los costados. Soplaba una brisa pero las piedras estaban tibias. Alcanzaba a ver el verde ondulante de los cipreses y las ramas desnudas de los robles, y el cielo en la angosta abertura encima del río. Había sido así todos los días durante un mes, y seguiría siendo así hasta el final del verano. No era mala vida.

—¿Has tenido alguna otra aventura?

—Eres un hombre, ¿eh?

—Supongo.

—Los hombres siempre quieren saber esas cosas.

—¿Por qué no habríamos de querer?

—¿Quieres que responda la verdad o lo más educado?

—La verdad.

—Eres el primero. Nunca me había hecho sentir nadie como me haces sentir tú.

Me levanté.

—Lo siento —dijo—. Pensaba que siendo medio comanche no te importaría.

—No me importa.

—Vuelve aquí. —Dio unas palmaditas en el suelo a su lado y obedecí. Después de estar tendidos un rato más, dijo—: El caso es que hay veces que creo que podría abrirme de piernas para cualquiera prácticamente, solo para no volverme loca. Hay veces que creo que podría abrirme de piernas para Henry.

—Joder, pues entonces te lincharían.

—Con un negro, sí. ¿Sabes que ni siquiera me mira?

—Es un negro —dije.

—Pero, aun así, ni me mira. Sabe que lo matarían por eso, de modo que me tiene miedo. Me siento asqueada constantemente. Tiene más miedo de mí que de Roy.

Guardé silencio.

—Si alguna vez regreso a Inglaterra, será por eso.

Me deslicé a su lado, levanté una pierna y me introduje en ella. Luego sentí la necesidad de detenerme y abrazarla. Ella quería que siguiese con la jodienda. Cuando terminamos se durmió. Me incorporé y miré alrededor, contemplando cómo el río discurría por encima de las piedras. Había un ruiseñor repasando su cancionero.

Cuando abrí los ojos era tarde.

—¿Cuándo van a volver Cecelia y Henry?

—No lo sé —musitó—. Los he mandado a Austin.

—Más vale que nos vistamos.

No se movió. Tenía la larga melena, que no era del todo entrecana ni tampoco del todo castaña, enmarañada en torno a la cabeza.

—Ya sabes que si sigues enviándolos a hacer recados así algún día huirán a México.

—Desde luego, eso espero.

—Y sabes que saben lo nuestro.

—Desde luego, espero que no.

—Claro que lo saben.

—Bueno, Roy nos matará a tiros a los dos.

—No dirán nada.

—¿Por qué no?

—Bueno, para empezar, me tienen más aprecio a mí que a él. Y, además, son negros.

—¿Qué quieres decir con eso? —indagó.

—Ya sabes.

La observé mientras se ponía la ropa interior.

—Pues me temo que no.

Yo sabía que estaba en lo cierto, pero aun así noté que me enfurecía.

—Si no te gusta el juez, ¿por qué no lo dejas sin más?

Negó con la cabeza.

—No es tan difícil como parece.

—Claro —dijo—. Supongo que podríamos huir juntos.

—Deberíamos.

—No sabes lo que dices, cielo.

Se retiró el pelo hacia atrás, se lo sujetó y luego hurgó en la bolsa en busca del láudano.

—Crees que estás un poco por encima de mí, ¿verdad? —Mostró los dedos juntos—. Solo un poquito.

Me encogí de hombros.

—Bueno, tienes razón.

Me ofreció láudano.

—¿Quieres probar?

—La verdad es que no.

—Bien —dijo—. Me alegro por ti.

Se fue camino de la ciudad y yo esperé media hora o así y luego tomé el mismo camino. Había otro rastro de huellas por las piedras.

Los purasangres del juez me conocían tan bien que en realidad no era un robo. Tom Whipple no sabía nada de caballos. La primera vez que lo llevé a los establos, a punto estuvieron de hacerle atravesar la pared a coces. Le ayudé a subirse a la silla y luego monté detrás.

Cuando volvimos, Whipple estaba tan entusiasmado que no podía dejar de hablar, y, cuando nos escabullimos bosque a través, se me pasó por la cabeza que ese iba a hacer alguna estupidez. Observé sus pies mientras iba andando delante de mí.

Unos días después intentó coger el caballo de su vecino, un caballo de tiro belga de lomo entorchado, y en vez de eso se encontró con una buena perdigonada. Por suerte la puerta del establo detuvo la mayor parte. Pero eso no impidió que se fuera de la lengua.

Esperaba que Ellen fuera a verme a la cárcel, pero no lo hizo. Cuando la mencioné, el sheriff se limitó a menear la cabeza.

—Hijo, intento imaginar cómo podrías haber escogido a una persona peor con la que encamarte.

No dije nada.

—¿Estabas borracho?

—A veces.

—Esos aborígenes deben de haberte sorbido el seso, muchacho. Esperaba mucho más de ti.

—¿Cree que se celebrará un juicio?

—Si lo hay —respondió—, será el más breve de la historia.

38

JEANNIE McCULLOUGH

Estaba sentada en el sofá, viendo a Susan chupar la mantita y a Thomas, con el mechón rebelde en el flequillo, el peto y los bracitos gordezuelos, el pañuelo de vaquero rojo, se lo hubiera comido a besos. Le daba la luz del sol y siguió mirándolo y, después de que la torre se viniera abajo por vigésima o quincuagésima (o centésima) vez, se quedó dormida. Luego volvió en sí. Thomas ordenaba los bloques; Susan se había dormido. Parecía que el resto de su vida, antes de tener hijos, había sido un sueño. ¿Había tenido uso de razón siquiera? Era como un animal rumiando.

Ahora estaba despierta. Estaba aburrida pero había algo más, una agitación tan intensa que ya no podía permanecer físicamente quieta, se levantó y paseó arriba y abajo por la habitación y luego, mirando rápidamente a su espalda —los niños seguían en su sitio—, fue a la puerta de cristal que daba al jardín de atrás y lo recorrió en paralelo a la alta verja de madera. La hierba era espesa; estaba húmeda bajo los árboles. Podía preparar algo de beber.

Volvió al patio y observó a los niños desde el otro lado del vidrio. Naturalmente que los quería, pero había ocasiones, no quería decirlo, había ocasiones en que se preguntaba qué pasaría si sencillamente dejaran de existir. «A mí me pasa algo —pensaba—. A mí me pasa algo grave.» Intentó abordar el asunto con Hank, pero no había llegado a ninguna parte; él no sabía de qué le hablaba, y Jeannie puso fin a la conversación antes de incriminarse en mayor medida. Hank solo pasaba quince o veinte minutos con ellos a solas. Aunque, a su modo de ver, los cuidaba desde el momento en que llegaba a casa hasta que los niños se acostaban: su idea de cuidarlos consistía sencillamente en estar en la misma casa. Ella pasaba tanto tiempo con los niños en un día como Hank en todo un mes. No podía por menos de hacer el cálculo.

Había estado decaída desde el nacimiento de Thomas, su primer hijo. Había decaído aún más cuando el médico insistió, a los seis meses de estar embarazada de Susan, en que se quedara en casa tanto como le fuera posible. Empezó a preguntarse qué sentido tenía todo. Igual que cuando murió su padre. A ella le pasaba algo, ahí estaba, rodeada de su familia cada vez más numerosa, sus hijos sanos y preciosos, preguntándose qué sentido tenía seguir viva.

Era hermoso, era natural, pero era otra cosa, claro, algo que no podías decir sin arriesgarte a que te encerraran para siempre, era otra criatura chupándote la sangre del cuerpo. Estaba en el hospital y fue como si un espíritu malévolo se hubiera adueñado de ella, algo había surgido y se había apoderado de su voluntad, un instante era ella misma, al siguiente se había visto arrebatada y arrastrada a las profundidades, no tenía voz ni voto, nunca había entendido lo pequeña que era. No era algo que se pudiera explicar a otros. Había sobrevivido.

Le sobrevenía constantemente la sensación de haber sido engañada, traicionada por su propio cuerpo, había pensado que existía para disfrute propio y estaba furiosa y celosa de Hank, que no había pagado ningún precio, que, mientras ella yacía en la cama del hospital, le cogía la mano, le miraba arrobado a la cara y le decía «Respira, respira»; mientras tanto ella iba en un avión que había perdido el motor, cayendo en picado sobre el mar abierto, hacia la aniquilación, respirar era lo último que tenía en la cabeza. Tampoco había dejado de estar furiosa por eso. La seguridad con que Hank daba consejos sobre cosas de las que no tenía ni idea.

Estaba siendo poco razonable. No tenía sentido darle vueltas. Se quedó en el patio, contemplando a sus hijos por la ventana unos momentos más, se preguntó qué diría si la veía un vecino, si bajaba la niñera o Hank regresaba a casa. Volvió dentro. Llamó a la niñera por el interfono y le pidió que le preparara la bolsa a Susan. Thomas era lo bastante mayor para que cuidaran de él; a Susan se la llevaría al despacho. Aún iba varias veces a la semana a visitar su antigua vida. «Te estás portando como una criatura», pensó.

Puso a Susan en el asiento delantero del Cadillac y sintió un alivio inmediato, antes incluso de salir del sendero de acceso. Susan rompió a llorar. Jeannie la cogió y se la puso en el regazo mientras conducía. Veinte minutos después estaban delante de la oficina, y tras un largo trayecto en ascensor dejó a Susan con las secretarias, que estaban encantadas con ella, encantadas de tener a la niña en brazos, encantadas de eludir el trabajo, Jeannie no lo sabía ni le importaba, solo quería estar a solas.

Entró en el despacho y cerró la puerta. Hacía calor, resultaba agradable: era todo ventanales. Había una vista verde de la ciudad, que no hacía más que crecer y crecer, el paisaje del este de Texas era lozano y húmedo, era el Sur profundo. Un infierno en verano. Adoraba a sus hijos. Había esperado algo distinto. Había esperado que fueran como sus hermanos, o como potrillos o becerros, indefensos al principio, pero enseguida capaces de cuidar de sí mismos.

Lo que no había esperado era tanta necesidad. Decían que era amor pero no era amor en absoluto, si había de ser sincera, habían tomado más de lo que jamás serían capaces de devolver. Igual se lo habían llevado todo. «Eso está mal —dijo en voz alta—. Está mal que piense así.» Se quedó sentada, sin atreverse a respirar, contemplando los rascacielos, llenos de gente, los veía yendo de aquí para allá, sentados en sus despachos. No había nadie como ella. «Eres patética —pensó—, piensa en tu propia madre.»

En la sala de al lado oyó a Susan empezar a llorar; los sollozos la hicieron levantarse de la silla de un salto, iba camino de la puerta antes de darse cuenta siquiera de lo que pasaba. Pero naturalmente las chicas podían encargarse. Volvió a la mesa: montones y montones de documentos, era ridículo, carecía del contexto necesario en todos los casos, se puso a leer al azar. El informe de un prospector petrolífero, el informe de un geólogo, un acuerdo que se había torcido tiempo atrás. Hacía calor. Las preguntas no tenían sentido. Había sabido en lo que se estaba metiendo («Solo que no lo sabía —insistió—, no lo sabía»), su vida se regía por las necesidades ajenas; la única necesidad que no podía satisfacer era la que sentía casi a diario, la de montarse en el coche y ponerse en marcha y no parar nunca.

Un rato después se despertó sudando. El sol seguía entrando a raudales. Se preguntó si estaba encendido el aire acondicionado. Revolvió los papeles, tirando los que estaban desfasados, pero no tenía sentido, le llevaría meses ponerse al día. Fue al diván y se durmió de nuevo. Luego eran más de las cinco. No había hecho nada.

Se miró la cara en la polvera: hinchada, el tapizado le había dejado marcas, había una chica bonita por allí en alguna parte, con pómulos marcados, piel perfecta y una boca bonita, pero no era visible en el espejo; había perdido todo el color salvo el de las ojeras. Tenía los dientes amarillentos y su pelo parecía algo que se hubiera secado al sol.

Se quedó dormida de nuevo. Cuando volvió en sí había oscurecido. Se retocó y salió del despacho.

Susan estaba dormida en el regazo de la única secretaria que quedaba. Todos los demás se habían marchado a casa y la chica no se movía, estaba ahí sentada, con aire de impotencia.

—Lo siento mucho —dijo Jeannie.

—Ay, no, la adoro —respondió la chica, y así era.

La hacía perfectamente feliz estar ahí sentada con una criatura en el regazo; tenía un aspecto tan angelical como la niña y de alguna manera eso hizo sentir peor incluso a Jeannie.

—Gracias por cuidarla. No tienes idea del peso que me quitas de encima.

La chica simplemente se quedó mirándola. Era cierto: no tenía idea. Sería feliz si tuviera una criatura así, feliz de tener un marido también.

Por suerte, Hank estaba en Canadá otra vez. Al menos se había ahorrado que la viera así. Él, junto con Herman Jefferson, su geólogo, y Milton Bryce, su abogado, siempre le estaban diciendo que no tenía que molestarse en ir. Las cosas iban bien sin ella, llevaban dos años yendo bien. Era demasiado discretos para decirlo, pero lo que pensaban era: «No eres necesaria. Nuestro mundo ha seguido adelante sin ti».

Pero el de ella no había seguido adelante. «Para el caso, como si estuviera muerta», pensó.

Cuando Hank regresó de Alberta, Jeannie le dijo que era hora de contratar a una segunda niñera, y tal vez incluso a una tercera, si iban a tener otro hijo.

—Qué tontería —dijo él.

Trajinaba por la cocina, preparándose un sándwich, moviéndose con su eficiencia habitual, todo de nuevo en su lugar.

—¿Qué importancia tiene?

Ella creía que estaba hablando de dinero.

—Claro que la tiene —replicó él—. No quiero que a nuestros hijos los críe gente a la que no conocerán cuando sean mayores.

—Pues quédate en casa y críalos tú.

La miró para ver si hablaba en serio.

—No es necesario que trabajes —dijo Jeannie—. Nunca nos hará falta dinero.

Estaba molesto. Tomó un bocado del sándwich y lo acompañó de un trago de leche.

—Yo no puedo seguir haciéndolo sola. Lo digo en serio.

—Eso es ridículo.

—Entonces supongo que soy ridícula.

—No, me refiero a que es ridículo que digas que estás sola. Tienes a Eva todo el día y yo estoy en casa a las seis todas las tardes.

—Y si te digo que son mitad tuyos —insistió—. Y que puedes ocuparte de ellos la mitad del tiempo.

—Yo cumplo con la parte que me toca —dijo él, y por la manera tan curiosa en que se le quebró la voz Jeannie se dio cuenta de que se lo creía.

—Así es —respondió—, pero no es la mitad, ni siquiera una cuarta parte, es algo así como un uno por ciento. Te agradezco que dejes la puerta abierta pero eso es muy distinto de estar sentado todo el día con ellos, solo.

Hank no dijo nada.

—Contrataremos a otra niñera. No cambiará nada para ti.

—Eso ni pensarlo —dijo él.

—No estoy dispuesta a dejar el negocio.

—Ya lo dejaste —señaló—. Apenas sabes nada de lo que está pasando.

Se le ocurrió que no era distinto de su padre, lo que tal vez fuera una exageración, o tal vez no, igual simplemente era capaz de ofrecer un semblante más amable.

—Ya no me siento persona —dijo Jeannie.

—Bueno, qué agradable es oír eso de la madre de tus hijos.

Ahora ni la miraba.

—Tengo la sensación de que es o ellos o yo.

—No sé qué mosca te ha picado.

A pesar del bronceado, vio que tenía el cuello enrojecido. Dejó el sándwich y se marchó de la habitación y luego de la casa.

Le oyó poner el coche en marcha y salir del sendero de acceso.

Se echó a llorar, claro. La verdad la superaba por completo. No tendría que haber dicho nunca aquello. Salió al jardín y se sentó en la penumbra verde. Lo que él quería, lo que todos querían, era que se quedase en casa y no volviera a tener una idea valiosa en la vida mientras todos ellos seguían haciendo exactamente lo que querían. Era una locura. Hank, Jefferson, Milton Bryce: los detestaba a todos, llegó a detestarlos de veras en ese momento; le traía sin cuidado lo que pensaran de ella.

La decisión estaba tomada. Ella no iba a regresar. Se dispondría algún acuerdo, ella tenía un valor de cincuenta millones de dólares y era una locura, una auténtica locura, que estuviera atrapada allí, o en cualquier otra parte, por causa de los hijos, el marido, esa situación, no estaba segura de cómo describirlo en realidad, pero era todo eso, y se había terminado.

Oyó que el coche entraba en el sendero. Ella se quedó en el jardín donde había oscuridad. En el interior, vio a Hank bajar los peldaños hasta el salón, por delante de todo el mobiliario nuevo, por valor de doscientos mil dólares —dinero de ella—, le vio ir a la barra, ponerse un whisky y mirar fijamente el interior del vaso. Luego fue a la ventana y miró por ella. En la casa había demasiada luz para que la viera; solo veía su propio reflejo. Su áspero rostro de aparcero, el pelo tupido y las patas de gallo que ya le asomaban; sí, lo quería, pero se quedó donde estaba. Hank tendría que escoger.

Era un buen hombre. Pero al cabo, el dinero era de ella, y sin eso, no estaba segura de que hubiera acabado cediendo.

No parecía correcto, tener que negociar con su propio marido, tener que manipularlo, pero igual Hank lo había estado haciendo con ella todo el tiempo, por mucho que ninguno de los dos se hubiera dado cuenta.

Contrataron a dos niñeras más, y ella volvió al trabajo. Pensaron que era una mala madre. Oía por casualidad a las secretarias, naturalmente estaban todas solteras, naturalmente estaban todas celosas, naturalmente se habrían acostado con Hank sin pensárselo dos veces: un hombre rico y atractivo. Las mujeres fingían ser solidarias hasta que era importante de veras; se comportaban como si les trajeran sin cuidado hombres de los que en realidad estaban enamoradas. Por supuesto, se aseguró de que todas las chicas que contrataban fuesen tan poco atractivas que Hank tuviera que estar extraordinariamente borracho para fijarse en ellas siquiera. «Tenemos las secretarias más feas del mundo», comentaba él siempre.

Aun así. Pensaron que era mala madre. Ella procuró olvidarlo.

39

LOS DIARIOS DE PETER McCULLOUGH

7 DE JULIO DE 1917

Solo dormí unas horas, pensando en ella en la otra punta de la casa. No bajó a desayunar, y si salió de su cuarto, debió de hacerlo con el sigilo de una lechuza. Cuando fui a comer vi que los platos estaban puestos a secar, recién fregados; había estado ahí, se me había escapado. Se me pasó el hambre y volví al despacho.

Cogí y volví a dejar al menos dos docenas de libros. Los sopesé, luego los descarté, llamé a Sally. Abrumado por la necesidad de contárselo a alguien. Si pudiera subirme al tejado y anunciarlo con un megáfono…

Pero soy feliz simplemente sabiendo que está en la misma casa. Si hay alguna duda sobre si es mejor amar que ser amado…, la respuesta es evidente. Me pregunto si mi padre estaría de acuerdo. Me pregunto si alguna vez se sintió así; como todos los hombres ambiciosos sospecho que es incapaz de ello. Siento ganas de llorar por él. Cambiaría todo lo que hay en esta casa, todo lo que poseemos, por seguir sintiéndome así, y al pensarlo, me echo a llorar, por mi padre, por María, por los Niles Gilbert y los Pedros.

Por suerte o no, me sacó de esa ciénaga de emociones un suceso que requería mi atención. En torno a las dos de la madrugada se oyó un estruendo. Cuando me levanté para ir a ver, ya no asomaba por encima de la maleza la parte superior de la torre de perforación.

Resultó que el perforador había topado con una bolsa de gas y perdido el control de la sondeadora. Uno de los operadores se vino abajo con la torre; que siga vivo es un milagro (dicen que los borrachos caen mejor). Gracias a un segundo milagro el gas no prendió y de resultas de un tercer milagro (desde la perspectiva común) ahora hay un flujo constante de petróleo por nuestros pastos, colina abajo y hasta el arroyo.

A última hora de la tarde había llegado todo el pueblo a ver la torre en la ciénaga de fango oleaginoso en la que había caído. Saltaba a la vista que era un éxito de proporciones monstruosas, que las preocupaciones que pudiéramos haber tenido han terminado ya, estamos más alejados incluso de la vida diaria de los ciudadanos de a pie. Pero los vecinos del pueblo no parecían entenderlo. Casi parecían pensar que la fortuna les había sonreído a ellos. La gente sumergía tazas en el barro para saborear el petróleo como si fuera café.

Es como dice mi padre. El destino de los hombres es ser dominados. El pobre prefiere asociarse, de pensamiento si no de obra, con los ricos y los triunfadores. Rara vez se permite plantearse que su pobreza y las riquezas del vecino están inextricablemente unidas, porque entonces tendría que pasar a la acción, y le resulta más fácil pensar en todas las razones por las que es superior a sus otros vecinos, que son más pobres incluso que él.

Mientras la muchedumbre se congregaba en torno a la torre caída, el lago de petróleo cada vez más grande, el perforador, que aún seguía borracho como una cuba, no era capaz de decidir si prender o no el pozo. El gas puede desplazarse cientos de metros por el aire, estallando a la menor provocación; no es insólito que fallezcan así espectadores, horas o incluso días después de brotar un pozo.

Después de darle más al whisky para aclararse las ideas, ha decidido no prender el pozo. El petróleo no salía a borbotones sino que fluía. No podía haber mucho gas. O eso le ha parecido.

A mí me ha parecido que estaba borracho. He advertido a todos que se mantuvieran alejados del pozo, aunque cuando he visto a Niles Gilbert y a sus dos porcinos vástagos saliendo a duras penas del fango viscoso, después de haber estado casi en la boca misma del burbujeante arroyo negro, he empezado a desear que brotase una chispa divina. Se me ha pasado por la cabeza, mientras veía correr el petróleo colina abajo, que dentro de poco ya no quedará nada que sojuzgue el orgullo del hombre. No habrá nada que no hayamos dominado. Salvo, naturalmente, a nosotros mismos.

Los vaqueros se sirven de caballos y arrobaderas para levantar un dique, pero están perdiendo la batalla. Un granjero yanqui de barbilla prominente se ha ofrecido a alquilarnos su nuevo tractor Hart-Parr. De haber nacido aquí, sencillamente lo habría traído, pero siendo del Norte solo piensa en llenarse el bolsillo. Tras pensármelo un poco he accedido a pagarle. El petróleo discurre con intensidad hasta el arroyo: las arrobaderas no están diseñadas para el trabajo de emergencia.

Aun así, todos estaban de buen humor y acto seguido se han emborrachado, incluidos el operador que se había caído de la torre y el peón medio aplastado. Ha empezado a aparecer gente de Carrizo, aunque yo no alcanzaba a ver cuál era la atracción: un pozo negro, un hedor sulfuroso, más dinero incluso llenando los bolsillos de su vecino más acaudalado. El Coronel ha aparecido a medianoche, tras haber venido desde Wichita Falls conduciendo a noventa por hora, tan rápido que ha reventado una rueda.

Ha ido a buscarme al despacho. Por las ventanas entraba un ligero olor a azufre, como si el mismísimo Satanás estuviera fumando un pitillo en nuestra galería. Por pura coincidencia, no me cabe duda, también es el olor del dinero.

—Hijo —ha dicho el Coronel. Me ha abrazado. Ya estaba tan borracho como los otros—. A partir de ahora, puedes pagar para que desbrocen tanto terreno como quieras.

Ni una palabra sobre María. En un momento de pánico he ido a echar un vistazo a su habitación: estaba dormida en su cama, suspirando por algo. La he estado mirando largo rato hasta que se ha movido.

8 DE JULIO DE 1917

Esta mañana me la encuentro esperándome abajo.

—Qué noticias tan emocionantes, ¿eh?

Me encojo de hombros. Solo pienso en lo que ha perdido ella; me alegro de que el petróleo se encontrara en nuestra tierra en vez de la suya.

—¿Tendrás que trabajar mucho hoy?

—No creo —digo—. Tengo que ir a Carrizo a hacer unos recados, si quieres venir.

Accede, lo que me hace verlo todo con mejores ojos, incluso la constante procesión de coches que van y vienen de la zona de perforación, las puertas del rancho abiertas; esta mañana había cincuenta novillas en la carretera.

Cuando llegamos a Carrizo ninguno de los dos tenemos nada en particular que hacer. Se nos antoja ir a comer a Piedras Negras (se menciona Nuevo Laredo; María no quiere ir allí). Será un trayecto de tres horas; volveremos tarde a casa; no hablamos de ello. Se recoge el pelo para que no se lo despeine el viento; la miro de soslayo, la boca cálida, las pestañas oscuras, el fino vello de la nuca.

Cuando por fin llegamos a la ciudad, en torno a las cuatro de la tarde, estoy nervioso, pensando en carrancistas, villistas, zapatistas, pero María no parece preocupada. Hacemos caso omiso de los limpiabotas y los vendedores de lotería y buscamos una cantina donde sentarnos en el patio a la sombra de un cenador. Pedimos tiras de arrachera, pescado a la parrilla, tortillas sobaqueras, tomates y aguacates troceados. Ella se toma un tequila sour; yo, una cerveza Carta Blanca. No podemos terminar toda la comida; ella la mira fijamente. Vacilamos en pedir otra ronda. Vacilamos de nuevo en el coche.

En vez de dirigirnos a casa nos adentramos más en la región para ver la antigua misión de San Bernardo. Son unas ruinas pequeñas, una sola planta, nada comparable a las catedrales de

Ciudad de México, pero en sus tiempos la influencia española llegaba hasta allí. Todas las expediciones al norte partían y regresaban a ella; se percibía el alivio que debían de sentir los jinetes cuando la misión, con su cúpula y sus arcos, asomaba en el horizonte. Y el miedo que debían de tener al abandonarla. Esta tierra era mucho más peligrosa de lo que nunca fue Nuevo México.

Se me ocurre que la misión de San Bernardo no es mucho más antigua, cincuenta o sesenta años, que la casa mayor de los García. Me quedo callado. María o bien me lee el pensamiento o bien cree que mi silencio se debe a otra cosa, porque me coge la mano y apoya la cabeza en mi hombro.

—Es agradable no estar en tu casa —dice.

Caminamos lentamente, a pasos cortos, a la espera de que se diga algo importante. No me suelta la mano, pero tampoco me mira.

—¿Y tu mujer? ¿Cuándo volverá?

—Nunca, espero.

—¿Te divorciarás de ella?

—Si puedo.

—Es una mujer hermosa, en las fotos.

—Es de buena familia.

—Lo parece.

—Se casó conmigo porque su familia está arruinada, ¿sabes? Creía que se casaba con una versión más joven de mi padre, pero por desgracia eso es mi hermano Phineas.

—Igual te prefirió porque eres guapo.

—Desde luego que no.

—Desde luego —responde—. Tu hermano tiene cara de comadreja.

—Mi mujer quiere que sea una persona distinta. —Me encojo de hombros—. Me alegro de que se haya ido.

Seguimos caminando. Espero que me suelte la mano, pero ella hace oscilar adelante y atrás nuestros brazos enlazados, como si fuéramos niños, y me agarra con firmeza.

Cuando llegamos al coche dice:

—Llegaremos muy tarde si volvemos, ¿no?

Una parte de mí, la parte que se impone cuando hay algo en juego, responde:

—Esperan mi regreso.

—Ah —dice, y desvía la mirada.

Se sienta en el coche, cruzada de brazos, mirando la misión y la brasada hacia el sur, mientras pongo el motor en marcha.

Cuando me monto a su lado, trago saliva y digo:

—Igual no es seguro regresar después de anochecer.

—Igual no —dice.

Vamos a un hotel cerca de la estación de ferrocarril.

—¿Qué te parece?

Ahora ni me mira. Nos quedamos en silencio como si fuéramos un pareja de siempre peleada. Hace más fresco y los ventiladores del techo están en marcha pero noto que me resbala el sudor por la espalda. Todos los ruidos están amplificados, mis botas al arrastrarse por el suelo, el tablero de la recepción que cruje cuando me apoyo para firmar el registro. Titubeo, luego escribo señor y señora García. El recepcionista me guiña el ojo. Nuestra habitación está en la segunda planta. Subimos, en silencio, luego entramos en la habitación, en silencio.

—¿Y bien? —digo.

Se sienta en la cama y lo mira todo menos a mí. El mobiliario es barato; alguien ha grabado sus iniciales en la cabecera de la cama.

—Esto está mal —dice—. Deberíamos regresar.

—No quiero vivir sin ti —dejo escapar en español.

—Dilo en tu idioma.

—No viviré si me dejas —digo.

Vuelve a mirar el suelo, pero creo que está sonriendo.

—Me preguntaba si tus vacilaciones se debían a mi apariencia.

—No —le aseguro.

—Ahora es cuando me dices que soy preciosa —responde. Se echa a reír. Da unas palmadas en la cama a su lado—. Ven aquí.

—Te quiero —digo.

—Te creo —dice.

9 DE JULIO DE 1917

Estamos en la cama cara a cara, me ha pasado una pierna por encima, pero no nos movemos; yace soñolienta contra mí. Sigo con la mirada el dedo con el que recorro su brazo, el hombro, el cuello, luego otra vez brazo abajo. El brillo difuso del ferrocarril entra por la ventana.

—Tócame la espalda —dice.

Paso un buen rato trazando formas perezosas, luego la beso para hacerle saber mis intenciones. Tira de mí para que me ponga encima de ella y suspira. Empieza a mover las caderas.

Después nos quedamos dormidos así. Cuando despertamos lo hacemos otra vez.

—Sería feliz si no nos levantáramos nunca de esta cama.

—Yo también —digo.

Me besa y luego vuelve a besarme una y otra vez y cierro los ojos.

Por la mañana, cuando la luz se filtra por las cortinas, me pregunto si se habrá esfumado el hechizo, pero me mira con la luz del sol resplandeciente sobre nosotros y apoya la cabeza en mi cuello. La noto a mi lado, respirándome.

40

ELI McCULLOUGH

El juez Wilbarger no tardó en hacer los preparativos para una celebración con corbata de lazo incluida, porque una vez se fue de la lengua Whipple, los esclavos también empezaron a cotorrear y luego la ciudad entera cayó presa de la fiebre del chismorreo; todos sabían que me había estado beneficiando a la mujer del juez ocho y diez veces al día, bebiendo su vino, robando sus caballos, echando sus puros a los cerdos. Se consideraba un milagro que el juez no le hubiera pegado un tiro a su compañera infiel, aunque estaba claro que alguien tendría que ir al encuentro de Satanás en lugar de ella.

Tenía esperanzas de que me ayudara a salir bien parado la popularidad, pero no era más que ignorancia bisoña, porque los blancos no sentían ningún cariño por los cuatreros y los asesinos de cerdos, ni siquiera por los buenos. Lo único que me salvó fue el juez Black de Austin, que implicó en el asunto al poder legislativo del estado, y acusó a Wilbarger de someterme a abusos mentales a mí, un indefenso cautivo indio que acababa de regresar, hijo de un Ranger mártir, de modo que el juicio y el ahorcamiento se pospusieron hasta que Wilbarger encontró la manera de librarse de mí, a saber, alistándome en una compañía de los Rangers. Lo que, en aquellos tiempos, se consideraba lo mismo que ir al cadalso.

La idea de cabalgar con los Rangers me resultaba tan atrayente como le hubiera parecido a mi padre la idea de cabalgar con los comanches, pero me dejaron bien a las claras la gravedad de mi situación. Me llevaron a Austin con grilletes y me dejaron bajo la custodia del juez Black, aunque solo pasé allí unas horas. Tenía un pequeño bayo esperándome, una buena silla, un segundo Colt Navy y una carabina Springfield. Sus hijas vinieron a verme pero su esposa no quiso, y el juez se mostró muy severo, y nada de lo que dijera yo habría enmendado las cosas.

Me sumé a la compañía en Fredericksburg, cerca de las tierras que mi padre había legado a mi madrastra. El oficio de Ranger no era tanto una carrera cuanto una manera de morir joven sin que te pagaran por ello; las posibilidades de sobrevivir un año con una compañía eran las mismas que las de no sobrevivir. Los afortunados acababan en una sepultura anónima. Los demás perdían el moño.

Para entonces los tiempos de las unidades de élite, al mando de Coffe Hays y Sam Walker, habían tocado a su fin. Walker había muerto, asesinado en México. Hays había renunciado a Texas y se había ido a California. Lo que quedaba era una mezcolanza de soldados sin blanca y aventureros, presos e infelices dejados de la mano de Dios.

Al final de cada periodo de servicio, a los que sobrevivían se les daba un kilómetro y medio de tierra sin reclamar en alguna parte del estado. Era una suerte de aparcería sangrienta, en la que matábamos a los indios y nos apropiábamos de una parte de sus tierras a modo de pago, pero como todos los aparceros, siempre salíamos perdiendo. Todas las tierras seguras habían sido reclamadas y los únicos acres aún reembolsables tardarían décadas en tener algún valor. De manera que los vales siempre se canjeaban por equipamiento, sobre todo con especuladores que vivían en grandes casas y nos ofrecían caballos o revólveres nuevos, quedándose con la tierra a un precio de diez centavos por dólar. Nuestra única remuneración aparte de esa era la munición, de la que teníamos un suministro inagotable. Todo lo demás —desde el pan de maíz hasta la carne— se esperaba que lo biráramos o nos lo apropiáramos de alguna manera.

Apremiamos al estado para que nos suministrara pólvora y plomo y dedicamos unas semanas a entrenarnos antes de ponernos en marcha. Lo único que hacíamos era disparar. Plantamos un poste y el capitán nos dijo que no saldríamos hasta que todos fuéramos capaces de alcanzar el poste cinco veces de cada cinco montando a caballo, por lo menos al trote, aunque al galope sería mejor, sin preferencia por una mano u otra, pues esos detalles se consideraban superfluos.

Tras esas pocas semanas quedó claro que la pistola me iba mejor que el arco. Los que se lo podían permitir llevaban dos Colt Navy, porque en aquellos tiempos se tardaba varios minutos en volver a cargar. Algunos hombres llevaban revólveres Walker Colt, que eran el doble de potentes pero también el doble de pesados, y había que llevarlos en las fundas de la silla de montar, y no al cinto, lo que no era seguro si te separabas del caballo. Por no hablar de que la palanca de carga a veces se desplazaba y encasquillaba el cilindro; pese a todo lo que se ha escrito sobre ellos, si no se fabricaron muchos Walker fue por un motivo.

En mi primer periodo de servicio con los Rangers no vimos ni un comanche. Vimos sus rastros y restos, pero no pudimos darles alcance. Puesto que eran mejores asaltantes, también se les daba mejor evitar las emboscadas; puesto que eran mejores rastreadores eran más difíciles de seguir, de manera que mis temores de encontrarme algún día a Nuukaru y Escuté en la mira de mi Springfield resultaron ser ridículos.

A excepción de unos pocos lipanes y mezcaleros cansados, la mayoría de los que atrapamos eran mexicanos y vagabundos negros, o indios que trabajaban en los fuertes cuyas aptitudes se habían oxidado de tanto estar con los blancos. Mientras tanto, cualquier grupo de bandidos digno de su nombre iba provisto de arco y flechas, y tras llevar a cabo una masacre metían unos cuantos flechazos a las víctimas, de modo que los indios cargaran con la culpa de lo que hubieran hecho. Allí donde miraras, los pieles rojas no merecían sino desprecio.

Cuando escaseaba la caza o los colonos se mostraban rácanos era habitual que pasáramos varios días hambrientos, de modo que cuando recuperábamos unas propiedades cuantiosas, pongamos por caso caballos o ganado, a menos que reconociéramos los hierros, dábamos un rodeo para venderlas en México, junto con las sillas de montar y las armas. A los colonos les vendíamos cabelleras, lanzas, arcos y demás avíos indios que la gente quería colgar como trofeos. Las orejas gozaban de una popularidad especial.

Pese a tanto hurto, por lo general volvíamos a casa con los bolsillos vacíos, los bártulos se nos rompían constantemente, se nos morían los caballos y todo teníamos que sustituirlo sobre la marcha. Los legisladores nos instaban a que nos comportáramos como ladrones, a «saquear a los saqueadores», lo que naturalmente era lo mismo que robar a los nuestros, pero por lo que concernía a los cargos electos, todo lo que no figurase en el registro no contaba como incremento en los impuestos, que era lo único que importaba a sus propietarios, los algodoneros.

En lo tocante a los algodoneros, admiraban y respetaban a los funcionarios del estado, que a diferencia de ellos trabajaban por la gloria y no por el dinero. Contagiaron esa manera de verlo a los ganaderos, que a su vez se la contagiaron a los petroleros. Era un sistema que funcionaba de maravilla, pues cualquier funcionario estúpido que sugiriera que le pagasen en metálico, en vez de con palmaditas en la espalda, se le etiquetaba de *jayhawker* o *free-soile*, o, peor aún, de abolicionista, y se le echaba a patadas del estado.

En los Rangers había numerosos ex cautivos, algunos de los cuales estaban encantados de vengarse de sus antiguos captores, aunque en su mayoría se habían alistado por las mismas razones que yo, a saber, que las costumbres de los blancos habían dejado de tener sentido. Se sentían asfixiados en las ciudades e incluso en los asentamientos, echaban de menos su antigua vida en las praderas, y lo más cerca que podían estar de sus antiguas vidas, de sus viejos amigos, era persiguiéndolos y alguna vez matándolos.

En mi segundo año tuve como compañero a Warren Lyons, que había pasado diez años entre los comanches. Después de meterse en una pelea con unos jefes, había desertado y se había ido con los blancos, regresando con su familia de origen solo para descubrir que no tenía nada que decirles. Los hombres no sabían a ciencia cierta si era un genio o un asesino en masa.

Trece de nosotros partimos en mayo, y en junio perdimos a uno de Ohio por culpa de la fiebre y en agosto nuestro capitán fue alcanzado por un disparo cuando íbamos por la ruta inferior de San Antonio-El Paso. Lyons fue elegido nuevo capitán y seguimos patrullando la zona entre Davis Mountains y la frontera. Un día de septiembre íbamos en busca de unos mexicanos que habían robado caballos a Ed Hall y nos habíamos parado a comer en un agradable risco una jornada o así al este de Presidio. Manaba un arroyo de la roca, igual que en los tiempos antes de que se agotara el agua, y el terreno descendía a nuestros pies hacia las llanuras verdes del río, con la sierra del Carmen asomando azul a lo lejos. Era una escena tranquila. La última vez que estuve allí, con Toshaway, Pizon y los demás, no había tenido tiempo de fijarme.

Comimos venado recién cazado, comimos fruta que nos habían dado los colonos y estábamos en términos generales contentos con nuestra suerte cuando Lyons vio a ocho jinetes que venían hacia nosotros por el lado mexicano, en dirección a uno de los vados de la antigua ruta de guerra comanche. Me pasó el catalejo. Apenas se apreciaban sus colores, pero había algo en su aspecto y no me cupo duda de que eran comanches. Llevaban una pequeña caballada, tal vez dos docenas de ejemplares.

—¿Qué crees? —le pregunté a Lyons.

—Yo diría que son *numununu*, eso seguro —me dijo.

—Los números no están de nuestra parte.

Solo éramos once. A menos que la proporción fuera de dos o tres contra uno, alguien sería abatido.

—Lo más probable es que estén cansados. No tienen muchos caballos.

—Eso no significa que estén cansados.

—Significa que no les fue bien.

Regresé para decírselo a los demás. Estallaron en gritos de entusiasmo; los comanches eran tan poco frecuentes como los elefantes y todos querían cobrarse uno.

Lyons se estaba comportando con disciplina. Entretanto, yo estaba más nervioso que nunca, cosa rara porque nos habíamos estado enfrentando a enemigos a razón de una vez por semana. Descendimos del saliente hacia una cuenca bordeada de álamos de Virginia, yendo por la arena húmeda para no levantar polvo.

Los comanches solo tenían dos mosquetes entre todos y decidimos acercarnos con sigilo hasta tener a tiro el vado y alcanzar a tantos como fuera posible con los rifles antes de que pudieran salvar esa distancia. Me pregunté si Lyons estaría tan inquieto como yo. Los otros estaban animados, pues nunca habían luchado más que con indios de los que merodeaban por los fuertes.

Cuando llegamos cerca del río comprobé las armas por tercera vez y puse una cápsula nueva en el rifle. Los comanches seguían en la otra orilla. Avanzábamos cual espectros entre las rocas y los sauces y no nos habían visto y supe que si conseguíamos sorprenderlos en el río sería una masacre. Volví a pensar en Toshaway.

Cuando me di la vuelta para mirar a Lyons, se había quitado las botas y se estaba poniendo un par de mocasines que había sacado de las alforjas. Había pasado con los comanches casi una década, aún hablaba consigo mismo en comanche, ni siquiera pensaba en ellos como comanches sino como *numunuu*, y me di cuenta de que no estaba nervioso por enfrentarse a ellos cuando estábamos casi igualados en número sino que iba a regresar para luchar junto a sus viejos amigos.

Desenfundé la pistola; se levantó y caminó directo hacia la boca del arma.

—¿Qué hostias haces, McCullough?

—¿Qué hostias haces tú?

Seguí apuntándole.

—Me gusta ponerme los mocasines para pelear —dijo. Apartó el cañón de un manotazo—. Tienes auténticos problemas, McCullough. No tienes ni la menor idea.

Les oía reír y hablar, estábamos esperando a que salieran por completo de la maleza para recibirlos con una andanada, pero entonces Hinse Moody y los otros imbéciles dispararon sus rifles, profirieron sus aullidos de guerra y se lanzaron al ataque, espoleando los ponis y cargando colina abajo. El comanche era el trofeo más preciado; nadie quería perder la oportunidad.

Los indios se refugiaron tras las rocas y cuando Moody y los demás estuvieron a tiro de pistola, empezaron a lanzarles flechas.

Transcurridos diez minutos, dos comanches emprendieron la huida hacia el río. Moody y los otros habían caído en la primera andanada y casi todos los demás habían encajado al menos una varilla de cornejo desde entonces. Salvo Lyons. Peleaba como un *numu* de pura sangre: se descolgó para quedar a un lado de su grullo, disparando por debajo del cuello del animal. Su caballo parecía un acerico cubierto de alfileres cuando por fin se dio por vencido; los indios debían de haberse dado cuenta de que era un renegado porque disparaban todos contra él. Cuando su caballo se vino abajo supuse que se parapetaría tras él, pero se lanzó a esquivar las flechas y ni siquiera le rozaron; rebotaban en las piedras todo alrededor y él se abalanzaba sobre los indios en solitario.

Me fijé en una sombra entre la maleza que me dio mala espina; disparé una vez contra ella, corregí el tiro medio palmo, disparé otra vez, haciendo correcciones y disparando aquí y allá hasta que el arma estuvo vacía. Apenas había cargado el primer cilindro cuando Lyons salió corriendo hacia la izquierda.

Se hizo el silencio. Habían dejado de llegar flechas, me zumbaban los oídos y había caballos lanzando relinchos y bufidos. Alguien gemía y llamaba a su mujer. Aparte de Lyons y yo, solo seguían en condiciones tres de nuestro bando y estaban apostados muy por detrás de donde yo me encontraba. Lyons estaba mucho más adelante. Mi caballo había caído y me encontraba tranquilamente parapetado tras él, pero eché a correr y cubrí seis o siete metros. Luego echó a correr Lyons. Vi el montón de rocas donde estaban los indios, pero había perdido el sombrero y el sol me deslumbraba. Avancé a la carrera de nuevo. No pasó nada. Avancé un trecho más largo y una flecha salió de entre los sauces y me hizo un corte en el muslo. Vi que Lyons se lanzaba a la carga, le oí disparar hasta vaciar el arma, entonces me obligué a levantarme. No estaba seguro de hacia dónde tenía que apuntar. Lyons salió de entre los arbustos.

—Bueno, me parece que ya están todos.

—¿Y ahí abajo?

—Bueno, echa un vistazo. Pero he contado cinco muertos, más los dos que se han largado.

—Hay otro más junto al agua —señalé.

—Pues ya tienes los ocho.

Yo no estaba tan convencido.

—¿Te queda alguna?

Enfundó una pistola y sacó la otra para comprobar la munición.

—Dos. Suficientes para unos indios muertos. —Luego se volvió—: Eh, putas mujeres.

Los otros tres estaban casi ochenta metros más atrás.

—Avanzad por la derecha.

Señaló hacia el río.

Aunque los dos estábamos allí plantados al descubierto, todos avanzaron el menor trecho posible y volvieron a agacharse.

—¿Quiénes coño son esos de ahí atrás? —preguntó Lyons.

—Me parece que Murphy y Dunham. Y tal vez Washburn detrás de ellos.

—Vaya panda de maricones. —Me miró—. Tienes que echarle un vistazo a esa pierna.

Eso hice. Gracias al milagro de un centímetro, la punta se había desviado hacia la parte exterior de la cadera en vez de entrar donde estaba la arteria grande. Rodeé ampliamente las rocas. Lyons saltó por encima. Notaba la sangre resbalándome hasta el interior de la bota. Pero no había más indios y sus caballos pastaban junto a la orilla.

—¿Queréis que vayamos? —gritó uno de los rezagados.

Miré a Lyons.

—Todavía no —contesté a voz en cuello.

Nos desplazamos con precaución entre los comanches caídos, unos tendidos en profundos charcos de sangre mientras otros parecían dormidos, una bala afortunada en el cuello, un final limpio y rápido, les levantamos las caras y las observamos con cuidado y Lyons debió de ver a alguien que conocía, porque cuando llamamos a los otros tres, no tomó parte a la hora de cortar cabelleras y despojarlos de sus pertenencias; se fue por su lado y no habló con nadie.

Justo cuando empezábamos a recoger a los muertos, Mac-Dowell, uno de los que pensábamos que había caído, se puso en pie. Le había alcanzado en la cabeza una esquirla y tras recobrar el dominio de sí mismo fue capaz de montar. Yo me vendé la cadera —pensé de nuevo que era un milagro que la flecha se hubiera desviado de mis entrañas— y cargué a lomos de caballos a nuestros cinco muertos. Los llevamos a Fort Leaton, donde tenían palas.

A la mañana siguiente, tres de los cuatro Rangers que quedaban, Murphy, Dunham y Washburn, entregaron la placa a Lyons.

—No queremos ningún caballo de los aborígenes —dijo Washburn—. Solo queremos quedarnos con las armas, las cabelleras y demás.

—Pues quedáoslas.

—¿Empiezas a echar de menos la trementina?

Miré a Washburn. Era un bizco del este de Texas y se había quedado casi cien metros por detrás de nosotros durante el enfrentamiento.

—No hay paga suficiente para esto —dijo—. Eso lo sabe hasta un paleto comedor de arcilla como yo. —Señaló a los otros—. Dunham había cabalgado con Hinse Moody desde que tenía ocho años. ¿Lo sabías?

—No —dije.

Dunham ya se alejaba. No sabía por qué yo cargaba con la culpa.

Los tres desertores fueron a recoger sus bártulos, dejándonos solo a Lyons, al joven cuatrero MacDowell y a mí. El chico tenía buen fondo y estaba contento de haber sobrevivido. Luego subimos al parapeto y les vimos irse cabalgando hacia las montañas, pero nos dejaron mirando e hincaron las espuelas a los ponis.

—Bueno —comentó Lyons—. Me parece que nuestro botín se ha doblado.

Pasamos el resto del día limpiando armas y arreglando arreos. Dos de los caballos que habíamos arrebatado a los comanches tenían hierros estadounidenses; se los cambiamos a Ed Hall para que los vendiera en el Viejo México. Yo me quedé con un precioso caballo castrado de color calabaza que luego perdí jugando a las cartas.

Ed Hall dijo:

—¿Cuántos creéis que escaparon?

—Dos.

—¿Seguro que no vais a quedaros un poco más?

—Ya te las arreglarás —dije—. Invítalos a cenar delante de tu cañón.

Rió entre dientes.

—No creo que vayan a caer en esa trampa por segunda vez.

Naturalmente, no era su cañón; era el de Ben Leaton. Leaton había muerto unos años antes y Hall se había casado con su viuda pero estaba teniendo problemas para mantenerse a su altura. Leaton había sido un extraordinario cazador de cabelleras y yo siempre había sospechado que estaba al mando del grupo que casi nos atrapa a Toshaway y a mí. Se hizo famoso por invitar a cenar a un grupo de indios y luego escabullirse en plena cena para abrir fuego con un cañón que había cargado con un bote de metralla y ocultado tras una cortina. El disparo destrozó a los indios confiados junto con todo lo demás que había en el comedor. Nadie volvió a robarle ningún caballo después de aquello.

Cuando nos levantamos por la mañana nos encontramos con que MacDowell había muerto durante la noche.

—Estoy maldito —me dijo Lyons.

—Me parece que MacDowell estaba más maldito que tú.

No estaba de humor para sus tonterías. Me dolía la pierna, no había dormido y estaba muy cansado para cavar otra tumba.

—No —dijo—. Me refiero a que siempre lo he sabido, que todos a mi alrededor morirán y yo no sufriré ni un rasguño.

—A mí me pasa lo mismo —le dije.

Me miró.

—Te conozco hace seis meses y ya te han alcanzado dos flechas.

—Pero no me han herido de gravedad.

—Aun así. Hay una diferencia de la hostia.

No conseguí hacerle entender que no había la menor diferencia. Dejó los Rangers un año antes de que nos uniéramos a la Confederación. Luego se mudó a Nuevo México y murió pese a su suerte y su buena salud.

Después de vender en Austin los caballos y las armas y las sillas obtenidas, Lyons y yo nos repartimos el dinero y él se fue de nuevo camino de la frontera. Yo me atavié con camisa, pantalones y sombrero nuevos, dejé las armas para que ajustaran el engranaje y fui a pagarle al juez el caballo y la pistola que me había dado dos años atrás. No los quiso aceptar, pero se alegró de verme, según dijo, con el aspecto y el comportamiento de un hombre blanco. Cené con su mujer y sus tres hijas, que se alegraron también de verme, y vi que su esposa empezaba a tomarme aprecio.

—Sabía que sería bueno para ti —dijo—. Sabía que te ayudaría a civilizarte un poquito.

No le dije que estaba haciendo lo mismo que había hecho con los indios. Las hijas mayores me lanzaban miraditas insinuantes, y eso no estuvo mal, solo que me puso de cierto ánimo y en cuestión de unos días me quedé sin blanca.

La ciudad me abrumaba. No había más que golfillos y zorras, proxenetas y prófugos de la justicia. Vendí la pistola Derringer a cambio de una docena de dosis de calomel, que consumí por los dos extremos, porque pensaba que había contraído la sífilis. Luego empeñé uno de los Colt y alquilé la habitación más barata que encontré, a la espera de que los Escogidos organizaran otra patrulla.

Un hombre fue a buscarme a la pensión. Me dio un zurrón de cuero como si me hiciera una entrega que yo estaba esperando. Cogí la bolsa pero no la abrí, y eché la mano hacia el bolsillo de atrás hasta que recordé que había vendido la Derringer. El hombre tenía la barbilla frágil, cuatro días de barba incipiente y un sombrero medio podrido calado hasta las cejas. Parecía un ayudante de sepulturero.

—Vi a Sher Washburn el otro día —dijo—. Mencionó que había cabalgado contigo y pensé que tu nombre me sonaba. Luego comprobé que lo había anotado.

Le miré.

—Tu padre hablaba mucho de ti. Todos lo sabíamos.

—¿Quién eres? —pregunté.

—He venido de Nacadoch. Estoy probando suerte allí con una granja pero hace tiempo que conservo esto para dártelo.

Dentro del zurrón había un chaleco de cabelleras. Docenas de cabelleras, unas con pelo, otras sin él, cosidas según un esmerado patrón. Todas parecían oscuras.

—Sí, son todas de puñetero indio —dijo—. De eso no te quepa duda; probablemente ayudé a tu padre con la mitad de ellas.

Cogí el chaleco; era suave y de excelente confección y pensé en Toshaway, que tenía una camisa de cabelleras. Lo enterré vestido con ella.

—¿Puedo darte algo a cambio?

—No. —Negó con la cabeza e hizo ademán de escupir pero se contuvo.

—Vamos a tomar un poco el aire —dije.

Fuimos caminando hacia las afueras de la ciudad.

—Sabes que fue en tu busca, ¿verdad? Siempre le preocupó si lo sabías. Llegaron hasta el Llano antes de perder el rastro.

—Ah —dije.

—Sí, fue en tu busca, desde luego.

Llegamos al agua y nos quedamos allí y no había mucho más que decir. Unos barqueros impulsaban con pértiga río arriba sus embarcaciones cargadas de suministros para los colonos. Saqué el tabaco de mascar y le ofrecí y él arrancó un trozo y se lo metió bajo el labio.

—Tu padre era un fenómeno —dijo—. Era capaz de husmear a los indios mejor que un lobo.

—¿Qué fue de él?

Estaba mirando el agua.

—Recuerdo que podías plantarte en Congress y oír los billares con un oído y los aullidos de los aborígenes con el otro. Había treinta, cuarenta casas, tal vez. Y ahora fíjate.

Volvió la vista hacia la ciudad a nuestra espalda, donde ahora había miles de personas. En la orilla del río, el dueño de la barca de pasaje no paraba de hacer caja.

—¿Qué fue de él? —repetí.

Guardó silencio y pensé en mi padre volviendo a casa para encontrarse a su mujer y su hija y luego pensé en él siguiéndonos a caballo. Contemplé el agua. Noté que él miedo me abandonaba.

El hombre se quedó allí inmóvil. No llegó a responder.

41

J.A. McCULLOUGH

Sabía que no estaba sola, había alguien en la estancia, la persona responsable de su estado. «Estoy viviendo mi muerte», pensó, y se abandonó a la deriva. «Un lugar frío. Un antiguo remanso. Pero la mente –pensó–, la mente sobrevivirá»; ese era el gran descubrimiento, estaba todo conectado, había raíces debajo de la tierra. Solo había que llegar hasta allí. La gran colmena.

No estaba segura de sí misma; se sentía como una niña. La mente no era más que…, era el alma, siempre lo habían dicho. El cuerpo se encogía, se encogía cada vez más mientras el alma crecía y crecía hasta que el cuerpo ya no podía contenerla. Se podía construir una pirámide o un panteón pero daba igual, el cuerpo se encogía y se encorvaba, tenían razón, pensó, habían tenido razón en todo momento, era un error, el peor de su vida. «Tienes que despertar.»

Abrió los ojos, pero no estaba en la habitación, había colores, un paisaje, una llanura verde que se extendía hasta donde alcanzaba la vista y delante de esta, un cañón inmenso a la deriva entre nubes en un cielo resplandeciente. «Este recuerdo no es mío –pensó–, este recuerdo pertenece a otro.» Alcanzó a ver un coyote que caminaba con sigilo por una cañada, olores, sonidos, el animal lo iba asimilando todo; pensó en una cerradura, una puerta, un hombre que disparaba un arma.

Abrió los ojos, se ancló a la habitación, contando las sillas, mesas, cuadros, rescoldos en el hogar, estaba de nuevo en la casa de River Oaks. Hank se encontraba junto a la ventana. Estaba furioso por los niños. O por alguna otra cosa: la televisión. El presidente había recibido un disparo y su esposa trepaba por encima del asiento del coche.

—Me cago en H.L. Hunt —decía Hank—, acabamos de matar al presidente.

Se oyó una voz, la de ella:

—Dicen que Oswald trabajaba para los rusos.

«Esto tampoco es real», pensó. Hank había muerto antes que JFK. Estaba mezclando las cosas.

Pero Hank no parecía darse cuenta.

—Hunt reúne a un millar de personas para que le esperen en el aeropuerto con carteles de TRAIDOR y YANQUI VUÉLVETE A CASA. Unas horas después, le pegan un tiro.

—Es un tanto evidente —dijo ella.

La chimenea estaba encendida. Hank miraba por la ventana, pero no habría sabido decir qué veía.

—Cuando Dios deja caer un montón de dinero en tu regazo, empiezas a pensar que estás más cerca de él que otros.

Luego la estaba besando. Continuó, no se daba cuenta de que era vieja, de que se le habían caído los dientes. Luego hacían el amor. Ella perdió el conocimiento, luego volvió en sí.

Estaban junto a la barra.

—¿Tenemos algún asunto con Hunt?

—No —respondió ella.

—Qué alivio. —Hank tomó un sorbo de whisky—. Si no fuera tan paleto, sería peligroso.

—Tú eres un paleto, cariño.

—Soy un paleto con una colección de arte. Dentro de cien años, seremos los Rockefeller.

Naturalmente, no se refería a los Rockefeller. Se refería a los Astor. O los Whitney. En lo tocante a su colección, la mitad de lo que habían comprado al principio eran falsificaciones y a ella le había llevado el resto de su vida sustituirlas por los originales.

En cuanto a JFK, no le había sorprendido. El año que murió, aún había texanos vivos que habían visto cómo a sus padres les cortaban la cabellera los indios. La tierra estaba sedienta. Seguía habiendo algo primitivo en ella. En el rancho habían encontrado puntas de flecha tanto de los clovis como de los folsom, y mientras Jesús subía al Calvario los indios mogollon seguían abriéndose la cabeza unos a otros con hachas de piedra. Cuando llegaron los españoles estaban los sumas, jumanos, mansos, los la juntas, los conchos y los chisos y tobosos, ocanas y cacaxtles, los coahuiltecos, los comecrudos… pero si habían aniquilado a los mogollón o eran descendientes de ellos, eso nadie lo sabía. Todos fueron exterminados por los apaches. Que a su vez fueron exterminados, al menos en Texas, por los comanches. Que al final fueron exterminados por los americanos.

Un hombre, una vida: apenas era digno de mención. Los visigodos destruyeron a los romanos, y aquellos fueron destruidos por los musulmanes. Que fueron destruidos por los españoles y los portugueses. No hacía falta Hitler para ver que no era una historia agradable. Y, sin embargo, ahí estaba ella. Respirando, pensando todo eso. La sangre que corría por la historia colmaría todos los ríos y océanos, pero pese a tantas matanzas, ahí estabas tú.

42

LOS DIARIOS DE PETER McCULLOUGH

13 DE JULIO DE 1917

Cuatro días desde que regresamos de Piedras Negras. Naturalmente, repararon en nuestra ausencia —mi Chandler había estado fuera toda la noche—, pero no se dijo nada. María cree que pasamos inadvertidos con tanto jaleo.

Los representantes de las compañías petrolíferas han llegado al pueblo en tropel; se presentan desconocidos a nuestra puerta a cualquier hora del día y las luces están encendidas en casa de mi padre toda la noche. Tanto los Midkiff como los Reynolds han estado vendiendo terrenos arrendados, pero mi padre ha rehusado todas las ofertas que nos han hecho. Fui a su casa a hablar con él y me lo encontré sentado desnudo en la alberca junto a su manantial. Tenía los ojos cerrados. En el agua parecía un diablillo pequeño y pálido.

—No sé por qué este calor nunca me había afectado —dijo.

—Te estás haciendo viejo —señalé.

—Tú también.

—Deberíamos vender algún terreno arrendado y olvidarnos del asunto.

—¿Sigue esa chica en la casa?

No contesté.

—El caso es que si no hubiera tenido a tu madre encerrada, juraría que te engendró algún indio.

—No habrías estado en casa para darte cuenta de haber sido así —repliqué.

Se lo pensó, luego cambió de tema.

—Déjales que encuentren más petróleo y luego ya nos plantearemos lo de vender terrenos arrendados.

Me senté en las piedras.

—No pasa nada, hijo. Eres un buen ganadero. Pero no tienes ni idea de ganar dinero. Y para eso me tienes a mí.

—Gracias por recordármelo.

—Calcula el valor que tienen nuestros minerales a cien el acre, que es como están vendiendo los Reynolds y los Midkiff.

—Decenas de millones —dije.

—Luego calcula lo que valdrán a mil el acre. O a cinco mil.

—¿Por qué te importa siquiera? —dije.

—Lo que va a ocurrir es lo siguiente. Un par de docenas de perforadores y petroleros van a pasar uno o dos años sondeando nuestros terrenos arrendados. Luego venderemos.

Quiero creer que se equivoca. Por desgracia, no es así.

—¿Qué pasa con esa chica? —dijo, pero yo ya me marchaba.

Lo que pasa con María es que llevamos días doloridos. La primera noche después de Piedras Negras me escabullí en silencio de su habitación, pero en cuestión de una hora ya había vuelto y desde entonces apenas hemos pasado unos minutos separados.

Esta mañana desperté justo después del amanecer. Me quedé tumbado, escuchándola respirar, respirando el olor de su pelo y su piel, adormilándome para luego despertar y mirarla de nuevo, invadido por la luz y la grata sensación de estar cerca de ella.

Ahora que lo pienso no he visto la sombra en varios días; no he pensando en la cara destrozada de Pedro ni en el grito de Ana. En un momento de pura perversidad, intento recordar esas imágenes, pero no puedo.

Siempre he sabido que no soy la clase de persona que otros se sienten inclinados a querer. Son ciegos a lo que yo veo en mí mismo; de un vistazo deciden que no hay que confiar en mi criterio. Mi suerte excepcional, por lo que a ellos respecta, fue nacer en el seno de esta gran familia; de otra manera sería un escritorzuelo, en una oscura habitación de alquiler en una ciudad asquerosa.

Se me ocurre que María podría despertar una mañana y verme como los otros, que su amor podría resultar pasajero, aunque hasta el momento es casi lo contrario; veo mi propia mirada infantil reflejada en la suya, la sorprendo mirándome cuando estoy de espaldas, despierto y está apoyada en un codo, contemplándome. Estamos ebrios el uno del otro. Por lo que respecta a mi supuesta dolencia —que había tomado por un síntoma de la edad, y Sally había tomado por otro síntoma más de mi falta de hombría—, no ha habido el menor indicio. En todo caso, al contrario: mi cuerpo está poseído por un deseo inagotable de estar unido a ella (con solo pensarlo…); nunca nos separamos después de hacer el amor y a menudo se acomoda encima de mí y se duerme mientras seguimos acoplados.

Esta mañana me ha leído del *Cantar de los Cantares*; yo le he leído la segunda de las cartas de Abelardo y Eloísa; cuando estamos juntos parece que nuestra mera existencia trasciende de todo aquello que va mal en el mundo, pero ahora me pregunto si hay algún elemento más oscuro, un hombre que tiene relaciones con alguien que no es su igual, aunque naturalmente ella lo es, en todos los sentidos salvo en lo que respecta al poder, lo que supone que no lo es. Es libre de ir y venir y aun así no es libre, pues, aparte de nuestra habitación aquí, no tiene ningún lugar que pueda considerar propio.

—¿Adónde has ido? —dice a mi regreso.

—A mi despacho.

—Has estado ausente tanto rato…

—No volveré a hacerlo nunca.

—¿Alguna vez escribes sobre mí?

—La mayor parte de lo que escribo es sobre ti —digo—. ¿De qué otra cosa iba a escribir?

—¿Desde cuándo?

—Desde el primer día.

—Pero entonces eras desdichado. Igual deberías destruir esas páginas.

—Estaba confuso —digo.

—He estado pensando en la historia de tu padre y los muertos...

Vacilo un momento; podría referirse prácticamente a cualquier historia de mi padre. Entonces caigo en la cuenta de a qué se refiere.

—... y hay una que me gustaría contarte. ¿Igual no te importa ir a por tu diario?

—Tengo buena memoria.

—Pero eres perezoso.

—No, es verdad. Mi memoria es mi maldición.

Me pasa los dedos por el pelo. Me levanto a buscar el diario, solo para complacerla. De camino al despacho paso por delante de Consuela, que está ordenando mi cuarto, donde hace cinco días que no duermo. No levanta la vista.

Era un coahuilteco, el último con vida sobre la faz de la tierra. Su pueblo era más antiguo que los griegos y los romanos; llevaban viviendo aquí cinco mil años cuando se construyeron las pirámides, y para ellos, todas las demás razas de la tierra eran cual hormigas fugaces, que aparecen los primeros días de calor pero mueren con la primera helada.

Pero al final llegó también su invierno. Aparecieron los españoles y luego los apaches, que continuaron el trabajo de los españoles, y luego los comanches, que continuaron el trabajo de los apaches, hasta que, para ese día de la primavera de 1836, aquel hombre era el único superviviente.

Ese día mi tío abuelo Arturo García vio al coahuilteco arrodillado en sus pastos, buscando algo, y como el indio estaba casi ciego, Arturo acudió en su ayuda. Tras varias horas entre la hierba búfalo y los nopales encontró lo que había perdido, una cuenta de obsidiana negra, que Arturo supuso poseía propiedades místicas. Arturo había nacido en esas tierras, igual que su padre, y sabía que no había piedras de esa naturaleza en el área.

Arturo era un joven adinerado, con una remuda de caballos de pura raza, una mujer hermosa y sesenta leguas de terreno concedidas por el mismísimo rey de España. Tenía la casa llena de plata, obras de arte y armas de su familia, que habían sido caballeros en los viejos tiempos. Todas las mañanas despertaba antes de amanecer y contemplaba la salida del sol, que iluminaba su tierra y sus obras y todo lo que legaría a sus hijos.

Arturo tenía la sangre caliente, y era conocido por arrancar los corazones de sus enemigos, pero también era la clase de persona que –pese a tener un centenar de hombres a su servicio, un pueblo del que cuidar, una mujer hermosa y cuatro hijos– no tenía inconveniente en ayudar a un viejo indio a buscar una cuenta.

No creía en videntes ni oráculos, claro; no era un campesino estúpido. Su hermano y él habían estudiado en la universidad Pontificia, sus antepasados fundaron la universidad de Sevilla, desde pequeño había aprendido a hablar con soltura en francés, inglés y español. Pero ese día no se sentía tan inteligente. Los anglos, contra toda probabilidad, habían ganado la batalla contra su pueblo en San Jacinto, y estaba preocupado por su familia.

La victoria no tenía sentido. En un bando había un ejército profesional, un imperio antiguo y poderoso en el que nunca se ponía el sol, y en el otro un montón de bárbaros ignorantes, criminales condenados y especuladores de tierras. Aunque Texas había estado brevemente abierta a los anglos, las fronteras llevaban cerradas desde 1830, y aun así seguían entrando ilegalmente en el estado para aprovecharse de la tierra libre, los servicios gratuitos y las leyes poco estrictas. No era muy distinto de lo que ocurrió en la periferia del imperio romano, cuando los visigodos rebasaron al ejército imperial. Igual Dios maldice a los soberbios.

Arturo preguntó al vidente si podía hacerle una consulta, y el vidente dijo que por supuesto, aunque no había garantía de que le diera respuesta.

Arturo preguntó:

–¿Perderé mis tierras?

El vidente dijo:

–Vete de aquí, no me importunes con preguntas de carácter material; este es un lugar para el espíritu, la filosofía, la naturaleza del universo en sí.

(«Eso no es lo que dijo el indio en realidad», la interrumpo.)

(«El que fuera indio no guarda relación con su inteligencia.» María me pone un dedo en los labios.)

Esa noche no dormía pensando en todo lo que podía perder. Acudió al vidente de nuevo a la mañana siguiente.

—Vidente, ¿perderé mis tierras?

Y el vidente dijo:

—Tienes los mejores caballos en ochocientos kilómetros a la redonda, la casa más grande, la mujer más hermosa, un linaje antiguo y cuatro hijos sanos. Yo soy un indio ciego y sin blanca. Deberías ser tú quien respondiera.

—Pero tú eres sabio.

—Soy viejo. Tan viejo que recuerdo jugar en tu casa antes de que estuviera ahí.

—Me parece que te equivocas —dijo Arturo—. Esa casa se construyó hace casi cuatrocientos años.

—Aun así, lo recuerdo. Había una roca enorme sobre la que acostumbraba a dormir con mi mujer y mis hijos, porque era muy cálida, incluso en invierno, pues llegaba hasta el centro de la tierra. Debieron de retirarla, porque era una roca creciente y se hacía un poco más alta cada año.

Arturo estaba al tanto de que había existido tal roca. Dinamitaron la parte superior y la casa se construyó encima de lo que quedaba. Pero con el paso de los años, la roca había empezado a crecer, agrietando el enlucido y combando todos los suelos, de tal manera que una canica dejada en el centro de una habitación rodaba hacia cualquiera de las paredes. Al final levantaron el suelo y rebajaron la roca con martillos y escoplos. Pero era imposible que el indio lo hubiera sabido. Arturo dijo:

—Anciano, te he hecho un favor y ahora tendrás la bondad de hacerme tú también este favor. ¿Conservaré mis tierras o no?

El viejo coahuilteco estuvo diez minutos sin respirar ni una sola vez. Luego dijo:

—No te gustará mi respuesta.

—Es lo que sospechaba.

El hombre asintió.

—Tengo que oírla.

—Lo lamento pero no conservarás tus tierras. Tú y tu esposa y todos tus hijos moriréis a manos de los anglos.

Esa noche Arturo estaba en su pórtico, viendo a sus hijos jugar en la hierba, su preciosa mujer allí cerca, sus inmensos pastos donde los vaqueros y sus familias cuidaban de sus rebaños.

No entendía por qué un hombre como él, un buen hombre, tenía que sufrir tan terrible destino, y esa noche cogió el arma más antigua de su familia, una alabarda que se utilizó en combate contra los franceses, los holandeses y los moros, y afiló la hoja de modo que cortara en dos una hebra de cabello. A la mañana siguiente regresó a donde estaba acampado el viejo coahuilteco y le cortó la cabeza de un solo tajo. Pero mientras la cabeza estaba ahí tirada, separada ya del cuerpo, le miró y le maldijo.

(«Pero los pulmones —digo—. Sin pulmones no puede haber aire...»)

(El dedo vuelve a mis labios.)

Unos meses después, decidido a proceder con la mayor cautela, Arturo envió a su familia a Ciudad de México por su seguridad. Pero antes de que pudieran siquiera cruzar el río, los asaltaron unos milicianos blancos, que sometieron a horrendos ultrajes a su mujer mientras agonizaba y asesinaron también a los cuatro hijos de Arturo.

Arturo tomó la decisión de no volver a casarse, y no lo hizo. En 1850, después de la segunda guerra, fue a Austin y pagó los impuestos por sus propiedades, y solo gracias a que dominaba a la perfección el inglés hablado y escrito, mejor incluso que cualquier abogado anglo de la capital, logró que le permitieran conservar alguna propiedad. La mitad de sus tierras le fueron confiscadas de inmediato porque los anglos aseguraban que su título presentaba fallos, aunque no fueran capaces de concretar cómo ni dónde.

Veinte años después desapareció, asesinado junto con todos sus vaqueros. Mi padre, que era sobrino suyo, heredó la propiedad. Mi madre no quería saber nada. Quería que vendiera la tierra a los americanos.

—Pero son asesinos —dijo mi padre.

—Mejor vendérsela que vivir entre ellos —respondió mi madre.

Pero mi padre empezó a perder el juicio pensando en los enormes pastos que poseería y seis meses después de la muerte de Arturo, mi madre y él se mudaron aquí, junto con una docena de vaqueros que contrató en Chihuahua.

La casa estaba incólume, el tesoro de la familia todavía intacto. Después de leer los diarios de mi tío, fue a exhumar un esqueleto en el lugar que se describía en ellos. Volvió a enterrar al hombre, cuya cabeza estaba en efecto separada del cuerpo, en el lugar más tranquilo que fue capaz de encontrar, bajo un placaminero a orillas de un arroyo, con un buen cuchillo y un saco de alubias para que acompañaran al hombre en sus viajes por el más allá. Estaba convencido de que así se invalidaría la maldición y nuestra familia estaría a salvo.

(María me mira. «Como puedes ver, no sirvió de nada.»)

43

ELI McCULLOUGH

1854-1855

Ese invierno, en vez de enviarnos a la frontera, nos enviaron al norte para patrullar los caminos entre el Washita y el Concho. Por lo general era en invierno cuando los indios se escondían, pero el año anterior, el gobierno había acomodado a quinientos comanches en contra de su voluntad en el Clear Fork del Brazos y a otros dos mil indios caddos y wacos en una reserva más grande hacia el este.

Como era habitual, las reservas andaban escasas de comida y las tentativas de enseñar a los indios nuestras costumbres blancas superiores no hacían sino convencerlos de todo lo contrario. Sus cultivos se malograban por la sequía o se los comían los saltamontes; había más indios amontonados en un espacio más reducido de lo que imaginaban que pudiesen vivir los seres humanos. Los vecinos se quejaban de que los indios de las reservas robaban ganado; los indios se quejaban de que los colonos robaban caballos y llevaban a pastar su ganado a tierras indias. Pero no atrapamos a ningún indio, y con los blancos que atrapamos no pudimos hacer nada.

Entretanto, se estaban construyendo casas a tiro de rifle de las faldas de las montañas. Los colonos habían ido allende Belknap, Chadbourne y Phantom Hill, ciento cincuenta kilómetros más allá de donde el ejército podía protegerlos. No les importaba que solo hubiera una compañía de Rangers para patrullar toda la zona este del Llano. En lo que concernía a la legislatura, los patanes piojosos no votaban ni donaban dinero para campañas políticas, así que sus problemas, que en privado se consideraba habían causado ellos mismos –aunque necesarios por el bien del estado– se pasaban por alto. Nada de nuevos impuestos. Los Rangers costaban dinero.

Una noche de abril acampamos en una meseta. A diferencia de otras compañías de Rangers teníamos cuidado con las hogueras, las hacíamos como los indios, en arroyos y depresiones, lejos de cualquier árbol que reflejara la luz. Alcanzábamos a ver cuarenta y cinco o cincuenta kilómetros, una extensión de malas tierras que se prolongaban en todas direcciones, el río serpeando entre mesetas, colinas aisladas y chimeneas rocosas, incontables ramales de cañones y colinas ondulantes, bosquecillos de enebros y robles. La tierra estaba reverdeciendo, los almeces y los álamos de Virginia bordeaban todos los arroyos, la grama y la salvia de tallo azul cubrían las vegas de los ríos y era una vista agradable con las colinas de roca roja, los valles verdes y el cielo cada vez más oscuro en lo alto. La Osa estaba en su apogeo y aunque no habíamos atrapado a un solo indio en seis meses, el tiempo era cada vez más cálido y no íbamos a perder ningún dedo del pie más. Ya estábamos a punto de acostarnos cuando vimos un brillo difuso hacia el este, en un vallecito, que se tornaba más intenso ante nuestros ojos. Cinco minutos después los caballos estaban ensillados y nos dirigíamos meseta abajo hacia el fuego.

La casa seguía ardiendo cuando llegamos. Había un cadáver sin cabellera y carbonizado en el umbral; vimos que había sido una mujer. Entre la maleza encontramos a un hombre cosido a flechazos. Las flechas tenían dos acanaladuras y las huellas de mocasines se estrechaban hacia la punta, por lo que supe que había sido cosa de los comanches. La granja no llevaba mucho tiempo allí: los postes del corral aún rezumaban savia y se veía el esbozo de las estructuras de un ahumadero y un establo. Yoakum Nash encontró un guardapelo de plata y Rufus Choate encontró un cuchillo Barlow y tras beber hasta la saciedad en su manantial y hacer una batida rápida en busca de más objetos de valor, nos marchamos de allí y fuimos en pos de los indios.

Su rastro era bastante claro, y kilómetro y medio más allá encontramos a un muchacho con la cabeza aplastada, su cuerpo empezando apenas a quedarse rígido. Cuando llegamos al río las huellas lo cruzaban de aquí para allá en cualquier dirección concebible y el capitán me puso en cabeza. Todas las pistas eran demasiado evidentes. Enfilé por mitad del agua hasta que encontramos un largo trecho de terreno rocoso. Supe que habían ido por allí y, como era de esperar, donde terminaban las piedras empezaban las huellas de poni.

La hierba era alta y los rastros estaban claros pero no había suficientes. Se dirigían hacia una zona escarpada, a la que los demás supusieron que habían subido los indios para ver si alguien seguía sus pasos, pero era muy pronto para eso, así que los llevé de regreso al río, perdiendo media hora más. Luego encontramos un vestido azul pálido entre las piedras. Era lo que vestiría una adolescente, muy pequeño para la mujer quemada, que era alta y gruesa.

—Bueno, parece que tenemos a una con vida —comentó el capitán.

—Tal vez —repuso McClellan. Era el teniente—. O tal vez se han desecho de ella entre la maleza, igual que del otro.

Yo sabía que estaba viva. Se la habían llevado a ella y a su hermano, pero su hermano era muy joven, o había gritado o hecho ruido y la chica era lo bastante lista para aprender la lección de lo que le había pasado, a pesar de lo que le habían hecho antes de atarla al caballo.

Nos quedamos unos momentos en las orillas, reponiéndonos, mirando en torno a las chimeneas de roca y los cañones, la hierba alta y los cedros; los indios podían estar en cualquier parte. No hacía falta ser Napoleón para tender una emboscada en un terreno así y todos queríamos quedarnos en terreno llano y abierto cerca del agua.

Tras recorrer unos kilómetros más llegamos a un meandro abundantemente cubierto de álamos en el que la luz tenía algo extraño. El sol se alzaba a nuestra espalda. El capitán y yo nos adelantamos un poco y él miró por su catalejo mientras yo miraba por el mío; había unas motas sobre la roca roja, tal vez a unos ocho kilómetros.

—¿Ves algún caballo?

—Sí.

—¿Saben que les seguimos?

—No lo creo.

El sol empezaba a darles de cara pero volvimos las grupas y atajamos por entre la maleza de todos modos, manteniendo árboles y colinas entre nosotros y los indios, espoleando a los ponis como alma que lleva el diablo. Pero cuando volvimos a otearlos, esta vez desde la cima de una pequeña meseta, nos habían sacado más distancia incluso.

A media jornada nuestros caballos estaban hechos polvo. Los comanches habrían cambiado de montura dos veces y el capitán se conducía con temeridad, haciéndonos sortear embudos y matorrales a galope tendido.

—No quieren pelear —dijo—. Solo quieren huir.

Mientras tanto, nos estábamos acercando al Llano y las malas tierras se habían estrechado hasta formar un solo cañón de varios kilómetros de anchura. Bloques de piedra del tamaño de un palacio de justicia se habían desprendido de las paredes superiores; había bosques petrificados de tocones y troncos, rebaños de antílopes que nos miraban desde los riscos. Los indios tendrían que salir de allí trepando.

Nos estábamos acercando a la embocadura del cañón y cuando salimos de entre unos álamos, allí estaban, ochocientos metros escasos más adelante pero casi doscientos metros por encima de nosotros. Uno de ellos se volvió y saludó con el brazo. Yo escudriñaba por el catalejo. Era Escuté.

No alcancé a distinguir su cara, pero lo supe por la espalda recta, el brazo torcido y la manera como llevaba el pelo, que era distinta a la de la mayoría de los comanches. Me pregunté si estaría con él Nuukaru. Se me pasó por la cabeza que igual Nuukaru ni siquiera seguía con vida.

Entonces resonó por el valle un estallido seco.

Uno de nuestros hombres tenía un rifle Sharps con mira de largo alcance, pero debía de haber errado el tiro por un margen considerable porque los indios siguieron saludando con la mano mientras desaparecían por la cornisa.

Después de tres horas de cabalgar por cañones encajonados y otros callejones sin salida, encontramos la ruta que habían seguido los indios. Había hierba oso y enebro colgando sobre nuestras cabezas, cascadas que se precipitaban por repisas de roca casi demasiado altas para que subieran por ellas nuestros caballos. Unos pocos hombres con arcos, disparando hacia la sima, nos habrían abatido a todos con facilidad, así que seguimos adelante lentamente. Nos temblaban los brazos de mantener las pistolas apuntadas hacia arriba. El barranco iba a morir en un callejón sin salida. Había una pared cubierta de dibujos y tallas, serpientes y hombres danzando, caballos y búfalos, un chamán con penacho de plumas, las figuras arremolinadas que ve uno al dormirse.

Tenía la atmósfera de un lugar sagrado y nos temimos que los indios aparecieran por encima de nuestras cabezas y nos lanzaran una lluvia de flechas desde todas partes. Entonces oímos susurros o runruneos todo en torno y Elmer Pease empezó a gritar. El resto nos escondimos detrás de la roca más cercana.

No había flechas. En cambio había una suerte de derviche suspendido en el aire, un pequeño tornado, aunque no soplaba viento, era una especie de espíritu indio, y estuvo flotando largo rato antes de volver a internarse en el cañón, donde se desvaneció.

El capitán salió de detrás de su roca.

—McCullough y Pease, id por detrás de esa cara a ver si este sendero lleva a alguna parte.

Una hora después estábamos en el Llano. El rastro de los comanches era tenue pero claro. Por las huellas vi que tres jinetes se habían separado del grupo hacia el oeste, llevándose una docena de ponis sin silla y dejando una senda amplia y claramente hollada para despistarnos. El grueso del grupo había seguido hacia el norte en fila de uno, sus huellas casi indistinguibles entre tantos rastros de búfalo y rocas. Pensé en la chica que se habían llevado. Luego pensé en Escuté.

—Van por ahí —dije.

Señalé hacia la senda hollada.

Siete u ocho kilómetros después se desvanecía. Supuse que habían llevado maleza consigo y la habían dejado caer. O habían empezado a cabalgar en fila de a uno. O sabían tretas que yo no había aprendido. Dimos la vuelta y desanduvimos nuestros pasos; íbamos seis horas por detrás de ellos y todos tenían monturas de refresco. Desmonté y me quedé mirando la tierra, haciendo caso omiso del rastro que habían dejado por las piedras, invisible para todos los demás pero muy claro a mis ojos, una ligera alteración, marcas aquí y allá en el polvo.

—Estoy perplejo —dije.

El capitán me miró.

—Podemos separarnos a ver qué encontramos.

—No vamos a separarnos —repuso el capitán.

—Sabemos que no han ido hacia el oeste y probablemente no han ido tampoco hacia el sur.

—¿No ves nada? —insistió—. ¿Nada en absoluto?

—No hay ningún rastro —le dije.

No me creyó pero no podía hacer nada. Fuimos hacia el norte siguiendo la falda de las montañas, hincando espuelas con la esperanza de volver a atisbarlos contra el horizonte antes de que se pusiera el sol. Yo miraba mientras cabalgábamos, nuestro camino divergiendo cada vez más del de Escuté hasta que al final tomamos un rumbo distinto por completo.

El capitán dejó de confiar en mí después de aquello, pero no tuvo mayor importancia. Dos meses después hicimos un viaje imprevisto a Austin para reaprovisionarnos y encontró a su mujer entreteniendo a un proveedor del ejército. La pistola del capitán se encasquilló y el proveedor lo mató a cuchilladas.

Después del entierro fuimos a la cárcel a por el proveedor. El sheriff nos entregó las llaves.

—¿No va a hacer nada? —dijo el hombre, cuando nos lo llevamos ante la mirada del sheriff—. ¿Va a dejar que me ahorquen sin más?

Cuando lo sacamos a la luz del sol, adujo que había sido uno de los filibusteros que sobrevivieron a los enfrentamientos en Ciudad de Mier, pero señalamos que de aquello hacía mucho tiempo, y había sido en otro país, y que ya era hora de enfrentarse a los hechos.

A escasas manzanas del capitolio lo desnudamos, le cortamos todo lo que le colgaba entre las piernas, luego lo enganchamos a una reata y lo arrastramos de aquí para allá por Congress. Para cuando lo colgamos había dejado de patear. En mi opinión tendríamos que haberle cortado la cabellera, pero todos los demás pensaron que ya parecía un espantajo tal como estaba y que no tenía sentido liarla demasiado gorda. Fuimos a la taberna y me eligieron capitán en sustitución de McClellan. Esperé a que estuvieran bien borrachos y luego regresé para cortarle la cabellera al proveedor. Siempre le había tenido aprecio al capitán.

Con la excepción de Nuukaru y Escuté, no tenía ninguna duda de a quién era leal. El orden era el siguiente: a cualquier otro Ranger y luego a mí mismo. Toshaway había estado en lo cierto: tenías que querer a otros más de lo que querías tu propio cuerpo, de otro modo serías destruido, ya fuera desde dentro o desde fuera, eso daba igual. Ya podías masacrar y dedicarte al pillaje que, siempre y cuando lo hicieras por aquellos a quienes querías, no tenía importancia. No se veía a ningún comanche con esa mirada perdida: no hacían nada que no tuviera como fin proteger a sus amigos, sus familias o su grupo. La enfermedad de la guerra era una dolencia del hombre blanco, que luchaba en ejércitos lejos de su hogar, por hombres que no conocía, y hay un mito acerca del Oeste, que fue fundado y dominado por solitarios, mientras que la verdad es justo la contraria; el solitario es un débil mental, y así se le consideraba, y se le trataba con recelo. No se vivía mucho tiempo sin alguien que te cubriera la espalda y había muy pocos, blancos o indios, que vieran a un desconocido en plena noche y no le invitaran a acercarse al fuego.

La gente iba y venía en los Rangers. Yo no siempre era elegido capitán, pero siempre tenía un lugar para cabalgar. Cuidaba de los recién llegados, tanto si eran más jóvenes como si eran mayores, y empezaba a tener la vida resuelta, un año no muy distinto del siguiente; las caras en derredor cambiaban, les daba sepultura o una palmada en la espalda cuando dejaban la compañía, luego iba a revisar mi equipo, le dejaba los revólveres al armero, los arreos al guarnicionero, compraba camisa y pantalones nuevos y luego canjeaba mis vales de terreno por un caballo o whisky o algo útil.

Después me afeitaba la barba de seis meses, averiguaba qué compañía estaba a punto de partir y volvía a poner mi nombre en la lista.

44

J.A. McCULLOUGH

Estaba oscuro, había ruido, no alcanzaba a ver dónde estaba, se oía el sonido del agua, un fragor como si estuviera entre dos mareas. Dos personas discutían: «Es una niña —decía uno—, esta será una niña», luego otra voz, que reconoció como la de su padre, que decía «De acuerdo, cariño». El tamborileo de un corazón, el arrebato de la respiración. No podía moverse. Había voces de niños. «Mis hermanos», pensó.

Luego no estaba segura. Había voces en español y en otro idioma que no reconocía, aunque tenía sentido en cierto modo. Una quemazón. La hierba era alta y el sol le daba en los ojos y había un hombre con barba oscura y un casco reluciente que la miraba como si no supiera qué hacer. Dio un paso adelante y volvió a clavarle algo. Se enganchó; lo retiró y probó de nuevo, y esta vez se le clavó hasta dentro y el hombre y el sol no eran nada salvo manchas negras.

Abrió los ojos. Estaba de nuevo en la sala enorme. «Ha habido otras ocasiones antes de esta», pensó. Notó que le sobrevenía una sensación de alivio; era el comienzo de algo, no el final, había estado equivocada siempre, equivocada toda su vida.

Luego se esfumó. Se lo había inventado todo. No era sino la mente inventando historias. Cualquier cosa que no implicase su propio final. La casa se desvaneció, polvo en el aire, alcanzaba a ver el interior de las estrellas… Consiguió a fuerza de voluntad remontarse a sus propios pensamientos.

La furgoneta iba demasiado rápido, derrapaba al tomar las curvas, como si el conductor pensara que iba por asfalto en vez de tierra. Algo iba mal, Jeannie lo supo de inmediato, aunque el vehículo no era más que una mota todavía, a kilómetro y medio o más, levantando una polvareda inmensa a su paso. Alguien había resultado herido; eso estaba claro. «Que no sea Hank.» Era más una sensación que un pensamiento. Se quedó en el salón y vio acercarse la polvareda. «Si no es Hank, no me saltaré un solo día de misa.» Luego le pareció un exceso de dramatismo, una promesa ridícula, igual se habían quedado sin cerveza, por lo que ella sabía. Aun así, tenía una sensación.

Cogió el teléfono y llamó al médico antes de que llegase la furgoneta, antes de saberlo siquiera con seguridad. «Soy Jeannie McCullough –dijo–. Creo que alguien ha sufrido un accidente en nuestras tierras, creo que estaban cazando pájaros.»

Salió a la galería. Uno de los peones vio lo que estaba ocurriendo; cabalgaba hacia la puerta del rancho para interceptar la furgoneta. Desmontó del caballo y abrió la puerta justo a tiempo para que el vehículo entrase a toda velocidad y entonces ella tuvo una sensación diferente, la de que se había cometido un error, que el hombre no tendría que haber franqueado el paso a la furgoneta en absoluto; de pronto tenía mucho frío y quería ir arriba.

Cuando la furgoneta se detuvo cerca de la galería, salió corriendo a su encuentro. Hank iba en la cabina con uno de los de la aseguradora. Toda la preocupación se esfumó, se sintió tonta, sintió «Gracias a Dios gracias a Dios», estaba sonriendo, era una persona ridícula, pero entonces los dos hombres se apearon de un salto y vio que estaba equivocada.

Luego fue a mirar la caja de la furgoneta. Ahí estaba Hank, la cara blanca, la camisa pesada y oscura, huellas de mano de color intenso por toda la pintura, por todas las ventanillas, el tercer hombre sostenía a Hank en sus brazos y lloraba. «No pasa nada –pensó ella–. Tiene más sangre en el cuerpo que todo eso.» Se encaramó a la caja, estaba sembrada de codornices, el hombre no quería soltarlo, sujetaba a Hank con todas sus fuerzas; «Cariño –decía ella–, cariño me oyes»; Hank tenía los ojos cerrados, pero entonces los abrió. Acercó su cara a la de él; alguien decía que lo sentían lo sentían. «Hank soy yo. Abre los ojos.» Los abrió; la vio. Él intentaba sonreír y luego no ocurrió nada. Sus ojos cambiaron.

Unos instantes después llegó el perro de Hank; había venido corriendo todo el camino desde los campos de codornices, subió a la furgoneta de un salto y empezó a lamerle la cara a Hank y a ladrar, intentando despertarlo, tirando de su camisa y ladrando; no dejaba que lo apartasen. «Llevaos este puto perro de aquí. —Era ella—. Que alguien se lleve este puto perro.» El perro de muestra le mordió la mano a alguien, luego siguió lamiéndole la cara a Hank, los ladridos no iban a cesar nunca y al final el de la aseguradora se hizo con él y lo sacó de la caja de la furgoneta. «Chsss… —decía alguien—. Chsss chsss chsss», pero no sabía si se dirigían a ella o al perro de Hank.

«No —pensó ahora—, no no no.» No quería pensar en ello. Ojalá la hubiera fulminado un rayo antes de haber mirado siquiera por la ventana. El perro no se apartaba de ella. La acompañaba a todas partes, y ocho años después, cuando por fin murió, el dolor la dejó incapacitada, no había sido capaz de ir a trabajar, fue como perder a su marido por segunda vez.

Era un hombre estupendo. Había hombres que nacían así, la huella de Dios en todo cuanto hacían, Hank había sido uno de ellos. Perderlo…, se ahogaba. Cuando hablaba la gente ella estaba bajo el agua. Les oía y no les oía. Pensaba en otra cosa. Aún sentía dolor, sabía que seguía viva. ¿Era verdad lo que decían, que eras como una mariposa abriendo las alas, un día estabas aquí atrapada y el día siguiente ya no estabas? No lo sabía. No quería olvidar. «Quiero recordar —pensó—. Recordaré recordaré recordaré.»

45

LOS DIARIOS DE PETER McCULLOUGH

22 DE JULIO DE 1917

Empezaron las perforaciones en los pastos de los Reynolds y los Midkiff. Ni una sola habitación libre en el pueblo. Las calles están abarrotadas de hombres, camionetas, carretas, montones de herramientas; hay gente que duerme en tiendas y zanjas. Niles Gilbert alquila su pocilga por ochenta dólares a la semana. Como siempre espero que nuestra fortuna desorbitada provoque ira; naturalmente, ocurre lo contrario. Ven nuestra prosperidad casi como si fuera suya, como si alquilar una pocilga no fuera muy distinto de tener unos cuantos millones de dólares en petróleo.

Y —por el momento— todo el mundo está ganando dinero. Venden ropa, herramientas viejas, comida, agua, alquilan habitaciones, el uso de sus coches, camionetas, mulas y carros, tiros de caballos y patios traseros. Grover Deshields ha dejado de atender sus cosechas y en cambio se dedica a pasear con su tractor, cobrando diez dólares (el sueldo de una semana) por sacar furgonetas atascadas en baches encharcados en las zonas de perforación. Se rumorea que encharca él mismo los baches por la noche. Algún día este auge tocará a su fin. Aunque no para nosotros.

Ahora hay cuatro torres de perforación, más o menos armadas, que resultan visibles desde la sierra detrás de nuestra casa. El perforador de mi padre no está impresionado. Cree que pronto habrá un centenar. Eso a pesar de que el único lugar aparte de este donde se ha encontrado petróleo por aquí es Piedras Pintas. Están los campos de los Rieser y los Jennings, pero allí solo hay gas.

Por lo que a María respecta, he dejado de fingir que salgo a los pastos. Sullivan viene a buscarme por la noche y me hace un informe de las actividades de la jornada. A punto ha estado de sorprendernos varias veces… Espero que la novedad que supone María pase, pero no hace sino volverse más intensa. Si estoy siquiera una hora lejos de ella no puedo pensar en nada más, olvido los nombres de la gente, lo que se supone que debo estar haciendo, qué razones tengo para ser.

Quiero saberlo todo. Tal como un niño descubre el mundo saboreándolo… Quiero llevarme a la boca todas y cada una de las partes de María; me encuentro pensando en sus anteriores amantes, cómo era con sus hermanas, su padre, su madre, quién era en la universidad, de dónde proceden sus distintas partes.

Me levanto antes del amanecer y ella sigue durmiendo, relajada, las manos levantadas por encima de la cabeza, la cara sobre un brazo, las rodillas inclinadas como si se hubiera dormido en un banco… Veo iluminarse el sol cuando la toca, la tersa piel de su cuello (una marca roja que dejé por descuido), una oreja, el hueco detrás de la mejilla, la barbilla (levemente puntiaguda), los labios (un poco ajados), mientras sus ojos, que son casi negros salvo por unas motas doradas, parpadean en un sueño. Sin despertar, se da cuenta de que no estoy a su lado y alarga el brazo para acercarme a ella.

La sombra sigue sin aparecer. He empezado a mirar en todos los lugares oscuros, por el rabillo del ojo, pero… nada. Pedro: solo consigo recordar su cara de joven, y Lourdes, lo mismo, cuando era una mujer más joven y hermosa, como si, en mi imaginación, envejecieran al revés.

23 DE JULIO DE 1917

Una racha de aire del norte, veintitantos grados por lo menos. Despertamos alerta y con la cabeza despejada: tenemos que salir.

Puesto que hay un acuerdo tácito sobre pasar tiempo cerca de las tierras de los García, metemos una cesta en el Chandler y nos dirigimos a Nuevo Laredo. Mientras conduzco, ella me insta a que la recorra con la mano; nos detenemos brevemente por el camino. Me planteo que nunca había hecho nada parecido: nunca le había hecho el amor a una mujer fuera de los confines de un dormitorio. Me pregunto si lo habrá hecho ella y estoy fugazmente celoso pese al sentimiento que antes me inspiraban sus antiguos amantes, pero la sensación pasa y me noto contento otra vez.

Cuando llegamos a Nuevo Laredo la fealdad de la ciudad es de algún modo abrumadora.

—Es intolerable —digo.

—La haremos hermosa para todos los demás —asegura.

Apoya la cabeza en mi hombro.

Buscamos una cantina («o un hotel», me recuerda), pero cuando nos acercamos a la plaza de toros hay varios americanos borrachos, bien vestidos, que piropean a voz en cuello a las chicas mexicanas; uno mira fijamente el coche y comenta algo a sus amigos sobre María. A punto estoy de pararme para tener unas palabras con ellos, pero María me dice que siga adelante. Describimos otro lento círculo por la ciudad, pasamos por delante del Alma Latina, donde un trío de mariachis están sentados sin nadie ante quien tocar, y entonces reparamos de alguna manera en todos los congales y casas de citas y decidimos ir siguiendo el cauce del río.

Después de haber puesto tierra por medio entre nosotros y la ciudad nos detenemos donde una pequeña colina ofrece una buena vista de la sabana. Hay un viejo roble de largas ramas con hierba suave debajo.

Estamos tumbados en una manta, contemplando la tierra y el cielo infinitos, cuando María dice:

—Me gusta imaginar todo esto al principio de los tiempos, cuando la hierba era muy alta y había caballos salvajes.

—Los caballos solo llevan aquí unos centenares de años —señalo.

—Eso prefiero olvidarlo.

—Lo que verías son búfalos.

—Salvo que un búfalo no tiene mucho atractivo —dice—. ¿Qué sentido tiene el búfalo?

Me encojo de hombros.

—Pero tú los prefieres. De acuerdo, imaginaré búfalos entonces, aunque son peludos, malolientes, poco elegantes y tienen cuernos.

—Su lugar es este —digo.

—En mi imaginación, también es el lugar de los caballos. Y si no es el lugar de los caballos, tampoco es el mío. Y si no es el mío, no es el tuyo. En tu mundo no hay nada más que búfalos e indios tristes.

—Y entonces aparece un gallardo español a caballo. Y los mata a tiros.

—Es verdad. Qué hipócrita soy.

Le beso el cuello.

—Mi padre creía que seguía habiendo mustangs por aquí. Decía que veía a menudo sus huellas, sin herraduras.

—Es posible —digo.

—Yo soñaba con ellos.

Pienso en todos los mustangs que matamos a tiros. Pero Pedro también lo había hecho. Todos lo habíamos hecho.

Miro alrededor. A los pies de la colina hay un arroyo que desemboca en el río Bravo. La orilla está bordeada de placamineros, almeces y pacanes, olmos. Oigo la llamada de las urracas verdes.

Nos tendemos y hacemos el amor al sol, a pesar de que alcanzamos a ver, en la lejanía, a los jornaleros que trajinan en los campos de cebollas a orillas del río. A María le parecen pintorescos; yo no puedo por menos de compadecerme de ellos.

—¿Seguro que quieres estar conmigo? —dice—. Creo que preferirías a una revolucionaria.

Vuelvo a besarla.

—Yo no soy más que vieja y sentimental —dice.

—Más joven que yo.

—Las mujeres envejecemos en años de perro.

La miro.

—Incluso yo —insiste. Vuelve a encogerse de hombros—. Pero por el momento creo que se nos ha calentado el vino.

Se levanta y va ladera abajo para meter las botellas en el arroyo. Me preocupa que pise algún abrojo, pero tiene las plantas de los pies más curtidas que yo. La veo desaparecer por la colina, sus caderas pequeñas cimbreándose, las cicatrices en la espalda, el pelo recogido en la coronilla.

Cuando lleva ausente unos minutos supongo que puede haber ido a hacer sus necesidades, pero como sigue sin regresar decido ir en su busca, me planteo calzarme las botas, no lo hago, luego camino por la hierba alta y parda, pensando en serpientes, erizos y espinos. La encuentro tendida en el riachuelo. Tiene el pelo suelto, flotando en torno, las piedras blancas bajo su cuerpo. Doy tres o cuatro zancadas decididas y entonces levanta la mirada.

—Siempre me ha gustado estar al aire libre —dice.

Da unas palmadas en el agua como si fuera nuestro lecho. Me acuesto junto a ella. Veo lo blanco y pecoso que soy, bronceado únicamente en los brazos, con pelos revueltos por todas partes..., pero luego pasa esa sensación.

Al final subimos la colina hasta la manta. El sol nos seca y ella se acurruca contra mí y se duerme. No falta nada. Me pregunto si alguna vez he sido tan feliz y entonces pienso otra vez en mi padre, si alguna vez habrá sentido nada parecido. Ni siquiera de joven alcanzo a verlo. Es igual que mi hermano, un arma apuntando directamente contra el mundo.

46

ELI McCULLOUGH

Nuestra comisión expiró en 1860. El estado quedó dividido por la secesión, con los algodoneros y todos los que leían sus periódicos a favor, y todos los demás en contra. Pero los rebeldes necesitaban Texas; sin nuestro algodón, ganado y puertos la Confederación no podía resistir.

Ese verano Dallas fue arrasada. Como en cualquier conspiración de profetas, una serie de milagros rodeó los incendios. El primero fue que todos los edificios habían estado vacíos —no resultó herida ni un alma— aunque se prendió fuego a toda una manzana. El segundo milagro fue que no hubo testigos. El tercero y último milagro fue que aunque no había nada que le gustara más a un abolicionista que el sonido de su propia voz —cada vez que un carro de bueyes o una caja de jabón ardía en Kansas, una docena de *free-soilers* se entregaban a la justicia con la esperanza de que los colgaran por sus crímenes— ningún pobre infeliz reivindicó los incendios de Dallas. Los algodoneros habían quemado sus propios edificios para llevarnos a la guerra y antes de que saliera el sol el día siguiente, sus periódicos culpaban a esclavos fugitivos y yanquis, cuyo siguiente paso sería quemar todo Texas, justo después de haber violado a todas las mujeres blancas.

Para finales de verano, la mayoría de los texanos estaban convencidos de que, si se abolía la esclavitud, todo el Sur quedaría africanizado, ninguna mujer como es debido estaría a salvo y el amalgamiento estaría a la orden del día. Aunque a renglón seguido te decían que la guerra no tenía nada que ver con la esclavitud. Se trataba de la dignidad humana, el autogobierno, la libertad misma, los derechos de los estados; era una guerra para mantenernos a salvo de la mano entrometida de Washington. Daba igual que Washington hubiese evitado que volviéramos a formar parte de México. Daba igual que estuvieran manteniendo a los indios a raya.

Vale la pena tener en cuenta que incluso entonces nadie creía que la esclavitud fuera a durar eternamente. La marea estaba profundamente en contra, no solo en América, sino en todo el mundo. Pero los propietarios de las plantaciones suponían que si podían sacarle otros veinte años a la institución, bien merecía la pena convencer a todos de que lucharan. Fue entonces cuando el espíritu de la codicia empezó a despertar en mi interior. No tenía sentido ser un hombre humilde.

Tras el voto de secesión, el estado empezó a despoblarse. La mitad de los Rangers que conocía se fueron camino de California: no estaban dispuestos a morir para que algún rico conservara a sus negratas. Pisándoles los talones iba todo texano que alguna vez hubiera dicho una sola palabra contra la «esclavocracia», o los algodoneros, o fuera sospechoso de haber votado a Lincoln. Y también se fueron secesionistas en tropel. En muchos trenes que se dirigían hacia el oeste, lejos de la guerra, ondeaba orgullosamente la bandera confederada. Estaban a favor de la guerra siempre y cuando no tuvieran que luchar ellos, y siempre he pensado que por eso California resultó ser como es.

Aunque yo no estaba a favor de extender la esclavitud a otros territorios, me parecía el estado más natural: nosotros teníamos esclavos, los indios tenían esclavos, disfrutarás del botín de tus enemigos, que Dios nuestro Señor te ha otorgado. Los rostros de Jesucristo y su madre han adornado muchas espadas; todos los héroes de Texas se han labrado un nombre en la lucha contra México. Para ellos la guerra había sido una oportunidad de oro y no veía por que esta tenía que ser diferente.

Si no te alistabas en una unidad de la caballería de Texas, te reclutaban y te enviaban al este para luchar en la infantería, de modo que cualquier hombre con dos dedos de frente que no tenía caballo se apresuraba a suplicar, pedir prestado o robar uno. Yo me alisté en los fusileros montados al mando de McCullough (ningún parentesco) y nos pusieron a las órdenes de Sibley y nos enviaron a arrebatarles Nuevo México a los federales.

Las cosas se torcieron desde el primer momento. A nuestro líder, el coronel Sibley, la marcha le resultaba considerablemente aburrida, y cuando llevábamos unas semanas en camino, se retiró a su lecho en una carreta, acompañado por dos prostitutas y un barril de whisky barato. Hubo un alboroto por parte de los tragafuegos, que imaginaban estar luchando por la dignidad humana y la libertad respecto de la élite norteña, pero se requisaron más carretas con prostitutas y las quejas cesaron. El resto ya nos llamábamos a nosotros mismos los NR —los Negratas de los Ricos—, en honor a los valientes que habían inspirado nuestra lucha por la libertad. Por lo que a Sibley respecta, siempre y cuando compartiese su whisky, nos traía sin cuidado.

La prensa decía que lo tendríamos fácil en el campo de batalla contra los granjeros yanquis, pero no tardamos en detectar un error de cálculo. No había muchos granjeros precisamente entre los de Nuevo México. De hecho parecían haber crecido igual que nosotros, cazando y luchando contra los indios, y tras unos meses se colaron tras nuestras líneas y quemaron todo nuestro tren de abastecimiento. Sibley se enfurruñó y se retiró de nuevo a su ambulancia provista de putas; los demás votamos y decidimos regresar a Texas. La prensa dijo que, puesto que Nuevo México estaba abarrotado de aborígenes, no lo queríamos ni regalado, de modo que nuestra retirada se consideró más bien una gran victoria.

Richmond estaba a más de dos mil kilómetros de allí; en buena medida se olvidaron de nuestra existencia. Nos apretábamos el cinturón —el nuevo gobernador fue investido en una ceremonia discreta–, pero todos teníamos suficiente para comer. Salvo por la escasez de jóvenes en las calles, y las noticias esporádicas de barcos yanquis hundidos en nuestros puertos, ni nos habríamos enterado de que se estaba librando una guerra. Puesto que ahora era teniente, podía ir y venir a mi antojo, pero no había muchos sitios adonde ir. Los comanches habían retomado un buen pellizco de su antiguo territorio; la frontera había retrocedido varios cientos de kilómetros. En todos los tramos de caminos comarcales poco transitados donde no acechaban los indios, estaban los miembros de la Guardia Nacional. Se ofrecía una recompensa de cincuenta dólares por los desertores confederados, y si no te conocían en persona, bien podían hacer pedazos tus documentos de permiso, echarte una soga al cuello y llevarse tu cadáver para canjearlo por sus monedas de plata.

El juez Black tenía mucha influencia, así que me alojaba en su casa cuando me hartaba del cuartel, bebía su clarete, dormía en su despacho, pedía sándwiches por el montaplatos. Leí unos cuantos libros pero sobre todo bebía whisky, fumaba puros y planeaba el futuro. Me había quedado claro que la vida de los ricos y famosos no era tan distinta de la vida de los comanches: hacías lo que te venía en gana y no respondías ante nadie. Me veía terminando la guerra como capitán o mayor, momento en que me dedicaría a la ganadería o el transporte de mercancías. Si algo tenía claro es que no pensaba volver a trabajar para nadie.

Por lo que a las tres hijas del juez respecta, una había muerto por causa de unas fiebres y las otras dos seguían solteras. La mayor tenía veintidós años, de cabello melado como el juez, piel pálida y buen temperamento, aunque con la tendencia de mi hermano hacia los libros y los pensamientos profundos. Se había visto implicada en alguna clase de escándalo, pero nadie hablaba de ello. La menor era más recatada, exactamente igual que su madre, una belleza atezada con gusto por las exquisiteces y un comportamiento en público impecable.

Abusaba de mí mismo pensando en ellas, pero el juez aspiraba a que sus hijas se casaran con un hombre de Harvard, o un hijo de Sam Houston, o al menos con el hijo de un banquero. Yo era un teniente poco de fiar, cuyo tiempo en el mundo sería probablemente breve, y no tenía sentido hacer ninguna inversión en mí. Así que cuando la puerta de mi cuarto se abrió y se cerró sigilosamente una noche, aposté a que era Millie, la cuarterona que acababa de entrar a formar parte del servicio de la casa.

Vino y se sentó en mi cama. La miré a la luz de la ventana. Era Madeline, la hija mayor.

—Pensaba que no te molestaría —dijo.

No me molestaba. Tenía la piel pálida y el cabello pelirrojo; su cara estaba cubierta de pecas pero tenía los ojos verdes y grandes y la boca suave. Todo en ella estaba perfilado con delicadeza, y aunque en el pasado besar a chicas tan bonitas me había parecido como morder un caqui verde, di unas palmadas en el colchón y se tendió a mi lado.

Tenía el aliento dulce, lo que supuse se debía al jerez de su madre. Cuando vio que yo no iba a tomar la iniciativa, se puso a horcajadas sobre mí. No pasó mucho rato antes de que yo llegara a la conclusión de que había extraviado su virginidad en algún momento del pasado lejano.

Por desgracia noté que se apoderaba de mí una cobardía propia de un holandés. El juez no me lo perdonaría nunca; en el mejor de los casos esperaría que me casara con ella. Por no hablar de que estaba borracha, y, me pareció, un poco loca; era imposible saber por dónde iría el asunto cuando amaneciera. Detectó mi cobardía y se quedó encima de mí. A diferencia de la mayoría que consentían mi compañía en aquellos tiempos, era dulce y limpia. Le pasé los dedos por el pelo y vi que lo tenía más fino que la seda de maíz, pero no creí que fuera a apreciar la comparación, así que me la guardé.

—¿Es que no soy lo bastante bonita?

—Eres demasiado bonita —dije.

—Pero…

Me tocó y me recordó mi fracaso.

—Tengo muchas cosas en la cabeza —le aseguré.

—Porque vas a ir otra vez a luchar en esa horrible guerra por los esclavistas.

—Es por Texas —señalé.

—El presidente Jefferson Davis no es Texas —dijo.

—Esa no es manera de hablar.

—¿Quién me va a oír?

—Yo te oigo.

—No seas tonto. Merece la pena luchar por Texas, pero no por los esclavistas. Y ahora mismo no sé si hay mucha diferencia.

—Vaya casa es esta para ser *free-soiler* —comenté.

—Le dije a mi padre que es un cobarde y que si la esclavitud no ha terminado es porque los hombres como él no dicen lo que piensan. Y porque los hombres como tú van a luchar por ella. Aunque, naturalmente, a diferencia de él, tú no tienes opción.

—No —reconocí.

—Lleva advirtiéndome sobre ti desde que tenía doce años.

—¿Dijo que tenía la sífilis?

—Dijo que si buscaba la palabra en el diccionario de Johnson encontraría una foto tuya.

Guardé silencio.

—Te estoy tomando el pelo. —Rió—. Solo me lo preguntaba, teniendo en cuenta tu historia.

—Bueno, pues no la tengo —aseguré.

—Me acostaré contigo a pesar de la sífilis. Te quiero y ahora vas a ir a enfrentarte a la muerte.

No sabía qué pensar de ella.

—Bueno —dijo—. ¿Tú me quieres?

—Dios santo —repuse.

—Estoy bromeando. —Lanzó un suspiro—. Vale, ya me voy.

—Pienso morir de viejo —dije.

—No te lo tomes a mal.

—No es eso.

—No deberías tenerle miedo.

—No le tengo miedo. Me da miedo lo que ocurrirá si pasas demasiado tiempo conmigo.

—Bueno, ya te gustaría que te hiciera ese honor, pero llegas con unos cinco años de retraso. Como seguro que ya habrás oído.

Empezó a mover las caderas. Metí las manos por debajo de su camisón. Incluso en ese momento ya era consciente de que no hacía lo debido. No voy a echar la culpa a nadie más. Pero me dije que era una chica y que el afecto que albergaba, fuera cual fuese, habría desaparecido para cuando el rocío se evaporase de la hierba por la mañana.

Durante buena parte de la noche nos dejamos llevar por el entusiasmo y por la mañana regresó a hurtadillas a su cuarto. Esperaba un sermón acerca de que estábamos casados a los ojos de Dios, pues eso es lo que valía un peine en aquellos tiempos, pero lo único que dijo fue:

—Mi madre y mi padre se van a San Antonio.

Esa noche lo hicimos varias veces más y todas ellas tomé precauciones.

—Te da miedo tener que casarte conmigo —comentó.

—No me importa casarme contigo.

No había pensado en ello hasta ese momento, pero supe que era verdad y no lamenté haberlo dicho.

—Bueno, qué manera tan bonita de decirlo.

No le hice caso.

—No me ocurrirá nada —dije—. No tienes por qué preocuparte.

—No deberías hablar así, de veras.

Estuve a punto de decirle que había cosas respecto de las que Dios y yo habíamos enterrado el hacha, aunque bien podía tratarse del mismísimo Diablo. Pero decidí morderme la lengua.

Unas semanas después recibimos órdenes de ponernos en camino hacia Kansas. El juez me llamó a su despacho. No se había afeitado y tenía el pelo ladeado y vi que había dormido con la ropa que llevaba puesta. Era un hombre grande en todos los sentidos y salvo por su color rojizo nunca le había visto ningún parecido con su hija. Pero ahora vi que Madeline tenía sus ojos y su boca grande, y eso me produjo una gran alegría.

—Eres casi hombre muerto —me advirtió. Sacó una pistola del cajón y la dejó de golpe encima de la mesa—. Intenté hacerle admitir que abusaste de su honor, pero insiste en que no fue así. ¿Es verdad?

—Sí —mentí.

—Le dije que tenías la sífilis y que se le quedaría la cara marcada por la enfermedad.

—Eso no es cierto, hasta donde yo sé.

—Le dije que te acostabas con putas.

—Me voy —dije—. No se preocupe por eso.

—Eso no me preocupa —continuó—, pero estoy muy preocupado por mi hija. De hecho, estoy aterrado por mi hija. Lo vuestro no tiene mi aprobación. Tú sí tienes mi aprobación, pero no con Madeline. Por desgracia, esa consigue lo que se propone. Te casarás con ella.

—Eso tengo intención de hacer.

—Así se habla —dijo—. Así se habla.

No me había mirado en ningún momento, sino que miraba fijamente por la ventana. Supe lo que intentaba encontrar: el momento exacto en el tiempo en que cometió su primer error. ¿Fue acogerme cuando regresé de la tribu india, o fue salvarme de morir ahorcado en Bastrop o fue permitirme que fuera regresando los años posteriores, siempre en contra del buen criterio de todos los demás? Se le humedecieron los ojos.

—Di algo horrible, Eli. —Empezó a ordenar los documentos encima de la mesa, poniéndolos en pulcros montones, y luego se levantó y cogió una brazada de libros que estaba en el suelo desde que alcanzaba a recordar. Los llevó a las estanterías—. No dejes viuda a mi hija.

Miró un título y lo dejó en su lugar, miró el siguiente, recorrió unos pasos y abrió un hueco.

Estaba a punto de salir por la puerta cuando me llamó:

—Tienes que entender que quería algo distinto para ella, Eli. Eres un buen hombre y te quiero como a mi propio hijo, pero sé la vida que llevará contigo.

Siguió dejando libros en los estantes.

—Quería que se casara con alguien con una casa en alguna ciudad, un banquero, un funcionario o un yanqui. No quería que viviese en una cabaña y muriera de parto o por beber agua en malas condiciones o coceada por un caballo o que perdiera la cabellera o recibiera un disparo. —Meneó la cabeza—. Mi hija…

—Lo prometo.

—No puedes —dijo—. No puedes hacer una promesa sobre lo que le harán otras personas.

47

J.A. McCULLOUGH

Estaba de regreso en la oficina de Houston. Milton Bryce con sus gruesas gafas de abogado, peinándose ya el pelo en cortinilla, le decía que hiciera una oferta por Brown y Root. Pero ya no salía apenas petróleo en ninguna parte; Jeannie no podía ver qué sentido tenía una compañía de oleoductos.

—También se encargan de presas, bases militares, cosas así —decía Bryce—. Trabajan mucho para los Cuerpos de Ingenieros. Ya sabes que Herman Brown murió…

—Me enteré.

—Y ahora George intenta dejar el negocio. Quiero decir ahora. Esta semana.

Algo en su insistencia la desanimó; dejó de escuchar.

—Está limpio y probablemente podrías comprarlo todo por cuarenta. Si yo tuviera ese dinero…

Tomó nota de estudiarlo, pero unos días después, Ed Halliburton apañó una oferta deprisa y corriendo, pese a que, junto con el resto de la industria, su compañía de cimentación de pozos estaba tocando fondo. George Brown vendió por treinta y seis millones de dólares; en una década la compañía estaría obteniendo unos ingresos brutos de setecientos millones al año, construyendo bases para el ejército en Vietnam.

No fue precisamente su único error. Durante años tras la muerte de Hank, tenía la necesidad de calcular y volver a calcular todos y cada uno de los riesgos, como si de todo lo que hacía estuviera quedando registro para que otros lo juzgaran, como si sus pensamientos más íntimos fueran a salir a la luz pública. Se volvió prudente hasta decir basta, elaboraba casos para cada decisión, no dejaba nunca de leer, no dejaba nunca de pensar; era insólito que tuviera una conversación que no hubiera ensayado ya en su imaginación, y había ocasiones en que se convencía de que ni siquiera Hank habría sido capaz de seguirle el ritmo. Aunque en momentos de mayor sobriedad, sabía que faltaba algo. Los hombres a su alrededor siempre estaban seguros de tener razón, incluso cuando no había motivo para ello. Eso era lo que importaba. Estar seguro de las cosas. Si te equivocabas, bastaba con que defendieses tu posición con más aplomo.

Mientras tanto, todo el mundo le robaba. T. J. Block, su socio en varios proyectos de prospección, se había trasladado «por razones de conveniencia» al despacho de Hank. En su aturdimiento había renunciado a nuevos arrendamientos, pues no tenía la energía para estudiarlos en persona, aunque el problema también era Hank: había llegado a tantos acuerdos verbales, estaba metido en tantos proyectos, tantas promesas… Ella no podía seguirle el ritmo. No sabía cuándo alguien le estaba mintiendo. Le estaban cobrando dos veces por los mismos encargos de tuberías y fango de perforación, no sabía si la estafaban los perforadores o los abastecedores o ambos, pero todos veían una oportunidad, le llegaban ofertas para comprarle el negocio. Las hermanas de Hank la demandaron por la mitad de la compañía y sus propios empleados creían que era estúpida; tardaban mucho en cumplir sus órdenes; parecían pensar que no sabía distinguir un buen trabajo de uno malo, se mostraban reacios a poner en marcha proyectos de gran envergadura que estaban convencidos de que ella acabaría por abandonar. Surgían problemas de revestimiento, problemas de cimentación, problemas de flujo, las herramientas se averiaban constantemente… A Hank le habían dado lo mejor de sí, a ella no le daban nada.

Naturalmente, todos le aseguraban que no había nada de eso. No sabía si estaba siendo paranoica o volviéndose loca o sencillamente se había metido en camisa de once varas y debería venderle la empresa a T. J. Block, que se comportaba como si ya fuera suya. Todos parecían saber cosas que ella ignoraba; se preguntaba si le habrían pinchado el teléfono.

Por lo que a todo el mundo concernía, habían estado trabajando para Hank. Ella no era más que un pegote, una bonita esposa rubia que −en vez de abrir una boutique de ropa, un establo de caballos o algo más sensato− había decidido entretenerse en la oficina de su marido.

Empezó a sospechar que podía desmoronarse de verdad, que tendría que llevarse a sus hijos, irse de Houston y regresar al rancho, y entonces Milton Bryce y ella iban a comer y en vez de detenerse y aparcar siguió adelante. Calle abajo y hacia el campo.

−De todos modos no tenía hambre −comentó él.

Siguió conduciendo hacia las afueras de la ciudad hasta que no había salvo robles y pinos altos y rectos, la luz que caía sobre la carretera también de color verde.

−¿Quién no me está robando, con toda seguridad? −preguntó.

Él guardó silencio y permaneció en silencio. Jeannie se preguntó si se habría vuelto contra ella igual que los demás.

−Bud Lanning no es mal tipo −dijo, al cabo.

−Bud Lanning encargó mil doscientos metros de tubería de revestimiento para terminar un agujero de seiscientos metros de longitud.

−¿Gordon Lytle?

Jeannie había cometido un error.

Él se pasó la mano por el pelo pegándoselo al cráneo.

−¿Qué opinión te merece el señor T. J. Block?

−No está mal −respondió Bryce−. Si dejamos de lado que es un embustero y un ladrón.

Ella notó que sonreía y le sobrevino un intenso alivio que luego se esfumó y la dejó furiosa. Siguieron carretera adelante en silencio.

−No me lo preguntaste −dijo él−. Y en realidad no es cosa mía ofrecerte estas opiniones.

−¿Y si despido a todo el mundo ahora mismo?

−Primero te conviene cambiar las cerraduras. Y tendrás que quedarte al menos con una de tus secretarias. Tal vez dos.

Dio media vuelta al coche en una carretera forestal y fue camino de la ciudad.

Pasaron el resto de la tarde deambulando por el Museo de Bellas Artes.

Al final decidió que sería capaz de comer un sándwich. Incluso eso resultó ser demasiado ambicioso, pero aun así, esa noche cambió las cerraduras y por la mañana, cuando la gente empezó a presentarse en la oficina, los despidió a todos menos a Edna Hinnant, la secretaria.

Los empleados nuevos eran mejores, y sin embargo... Para que la respetasen tenía que conocer sus trabajos tan bien como el suyo propio; si no entendía el flujo de fractura y la perforación por chorro frente a la perforación a percusión y los distintos métodos de consolidación de arena y acidización y los materiales de apoyo..., solo quería dormir pero había tanto que revisar, más de lo que nunca se habría esperado de Hank. Se notaba flaquear de nuevo; no tenía sentido trabajar tan duro en algo que nadie quería que hiciera ella.

Más adelante caería en la cuenta de que era sencillamente que no había tenido nada más. Sus hijos no eran suficiente y siempre había sabido que no era en absoluto como su abuela, no era en absoluto como las demás mujeres del barrio, cuyas vidas estaban sumidas en sus vestidos y sus veladas para recaudar fondos, que podían pasarse una semana intentando distribuir a la perfección los asientos de los invitados a una cena. Siempre se había visto de una manera determinada; el hecho de que otros se creyeran con derecho a opinar al respecto —acerca de quién debía ser— no tendría que haberla cogido por sorpresa, pero así era. Mientras otras mujeres pedían recetas de Valium, ella pidió una de Benzedrina, y cada vez que se notaba alicaída o quería quedarse en la cama o alargar la hora del almuerzo se acordaba del Coronel, que había seguido trabajando hasta los noventa años.

Interminables informes, ejercicios mentales para mantener la mente alerta. Cualquier número que veía —una matrícula, el número de una casa, un cartel indicador— lo multiplicaba, lo dividía, lo manipulaba de alguna manera, 7916 Oak Drive, setenta y nueve por dieciséis, que era ochenta por dieciséis menos dieciséis. Mil doscientos ochenta. Menos dieciséis. Mil doscientos sesenta y cuatro.

En cuanto a los hombres a su alrededor, se mostraban amables al tiempo que se resistían a todo lo que hacía. Convenció a Aubrey Stokes de que le vendiera un arrendamiento en vez de pasárselo a las compañías más grandes, pero justo cuando ella estaba a punto de colgar, él dijo:

—Te enviaré unos documentos esta tarde. Solo para tener la seguridad de que nos entendemos.

Se quedó demasiado sorprendida para responderle.

—No es nada personal, Jeannie.

Pero sí era personal. No había un solo operador petrolífero en todo el estado que no considerase que su palabra valía tanto como un contrato, que no mirase por encima del hombro a los del este con su interminable necesidad de abogados y documentos. Pero los hombres que habían aceptado la palabra de Hank no aceptaban la suya. Se comportaban como si hubiera llegado del espacio exterior o pasaban por alto tranquilamente sus intentos de hablar de negocios y desviaban la conversación hacia su familia y su salud (estaba sometida a mucha presión); no confiaban en que pudiera mostrarse despiadada o centrada cuando la naturaleza disponía que se quedase en casa con sus criaturas.

Quitó todas las fotos de sus hijos del despacho. No podía permitir que la gente sospechara que estaba pensando en su familia cuando tendría que estar pensando en el trabajo y al mismo tiempo —aunque le llevó mucho más tiempo reconocerlo ante sí misma— no podía dar al traste con la fantasía que tenían esos hombres de acostarse con ella. No lo habría hecho y no lo hizo, pero no convenía darles a entender que esa puerta estaba cerrada. No convenía tener fotos de los hijos.

Después de despedir a todos pasaba siete días a la semana en el despacho y, consciente de que necesitaría lo mismo de Milton Bryce, triplicó su sueldo y ofreció a su esposa una línea de crédito en Neiman Marcus. En cuanto a sus hijos, Tom y Ben se dieron cuenta de que tendrían que sobrellevarlo. A Susan la perdió definitivamente. Los chicos siempre se habían portado bien y habían cuidado de sí mismos; Susan había sido un bebé con tendencia a los cólicos y cuando aprendió a caminar siempre se metía en la cama con Hank y Jeannie, con la excusa de que había tenido una pesadilla. A los cuatro o cinco años, si no se le prestaba suficiente atención, cogía algo que tuviera a mano, quizá un jarrón, quizá el vaso de agua, y, mientras fingía inspeccionarlo, lo dejaba caer al suelo.

Hank había sabido cómo vérselas con ella. Tenía paciencia y una capacidad para aislar las cosas en compartimentos estancos de la que Jeannie carecía. Su mente era un lugar pulcramente ordenado y si Susan tenía un berrinche podía centrarse en ella por completo y olvidarla en cuanto salía por la puerta. «Se está ocupando de ella la niñera; no hay de qué preocuparse», así funcionaba su cabeza, cual conectores dentro de un ordenador. Pero Jeannie, incluso después de llegar al despacho, seguía enfadada con su hija la mitad de los días. Se tomaba sus arrebatos a título personal, en todas las familias había vetas de sangre débil, había quienes se quedaban regodeándose con sus propios problemas y quienes se levantaban y salían adelante. Jeannie, a la edad de su hija, había aprendido por su cuenta a montar y lanzar el lazo, había aprendido por su cuenta a competir con hombres en su propio terreno. Su hija competía a la hora de mostrarse estrepitosa y molesta, una princesa imposible; antes incluso de que su padre muriera lo tenía por un santo y a su madre por algo muy distinto; hiciera lo que hiciese Jeannie, nunca era suficiente.

Naturalmente, su hija no era más que lo que se suponía que debía ser una chica en Texas. La rara era Jeannie.

48

LOS DIARIOS DE PETER McCULLOUGH

1 DE AGOSTO DE 1917

La mayoría de los perforadores avanzan el doble de rápido que el Coronel y sus secuaces alcohólicos. Se ven al menos cuarenta torres de perforación desde la carretera. Las noches silenciosas son cosa del pasado.

El pueblo está inundado no solo de perforadores, representantes de las petrolíferas y especuladores, sino ahora también de hombres que construyen tanques de almacenamiento y cavan zanjas, que trasportan tuberías, madera y combustible, que reparan herramientas y demás equipamiento. Todos cobran el doble que el año pasado.

Por lo que respecta a nuevas sobre los muertos: encontraron el cadáver de un hombre detrás del Cabot Inn (lo que Wallace Cabot llama ahora su casa). Explotó un alambique para fabricar licor ilegal en el poblado de tiendas de campaña. Un peón que dormía bajo una furgoneta murió aplastado.

Nuestro perforador asegura que eso no es nada. Ya veremos cuando el resto de las torres de perforación estén en funcionamiento, dijo. Será un río de sangre y cadáveres.

Le preguntó a María qué piensa de todo eso. Dice que intenta no pensar en ello.

Mi padre vendió dos mil ochocientos acres de terrenos arrendados debajo de los antiguos pastos de los García a la compañía Magnolia Oil. Casi a mil el acre. Los perforadores en los pastos de los Midkiff y los Reynolds están obteniendo muestras a unos pocos cientos de metros bajo la superficie, y la torre del Coronel (ahora con trabajadores profesionales) dio con una buena muestra de petróleo a doscientos cincuenta metros escasos. Eso o mi padre asperjó las entrañas del pozo. Sea como sea, parece que nuestras preocupaciones monetarias están solucionadas de cara a las diez próximas generaciones o así. Eso me deprime enormemente.

Como es natural, Magnolia quiere perforar cerca de la casa, donde estaba el pozo en el que mi padre hizo el descubrimiento (el único del que mana petróleo), pero yo dije que no pensaba tolerarlo.

Ahora el área es una poza de ochocientos metros de apestoso fango negro. Sullivan y yo pasamos por allí hoy. Está resentido por el asunto del petróleo, y teme por su trabajo.

—El caso es que me alegro de lo del petróleo —dijo—. Pero no puedo pedir ni un vaso de agua en el pueblo sin que alguien intente cobrármelo.

—Bueno, ahora podemos permitirnos desbrozar toda esta maleza, poner cercas en todos esos pastos…

—Qué sentido tiene desbrozar la maleza si tenemos que estar viendo toda esta mierda el día entero y oyendo las bombas de perforación toda la noche. Por no hablar de que dejan abiertas todas las puñeteras cercas.

Seguimos mirando el vertido de petróleo.

—¿Crees que venderá el ganado? —preguntó.

—No se lo permitiré.

—Eso es lo que les he dicho a los muchachos. Él siempre ha tenido la cabeza en otros asuntos, pero tú…, tú no eres de los que dejarían que pasara algo así.

Nos quedamos en silencio y me planteo que Sullivan no ha dicho una palabra contra mi padre en los treinta años que hace que le conozco.

—Tenemos el doble de cabezas que hace dos años —le recordé—. Tenemos el doble de trabajo.

Caí en la cuenta de la razón de que sea así y me estremecí. Empecé a preguntarme dónde estaba María.

—Pero el ganado no dará dinero como esa porquería. Eso es lo que tiene preocupados a todos.

—Bueno, no tienen de qué preocuparse.

Luego añadí:

—¿Te has enterado de lo de la chica de los García?

No respondió. No supe con seguridad si estaba rumiando sus pensamientos o si no me había oído. Seguimos adelante y entonces dijo:

—Creo que todo el mundo ha oído hablar de ella, jefe. Por lo menos en estos tres condados.

—Es una situación difícil.

—Eso es quedarse corto.

—¿Qué crees que será de mi mujer?

—Igual la mata un caballo de una coz. O se cae a un río.

—Nunca he tenido tanta suerte.

—Eso es verdad —dijo Sullivan—. Si alguien se cae a un río, serás tú.

4 DE AGOSTO DE 1917

Hoy, por primera vez, vamos juntos a McCullough Springs. Al principio ella mantiene una distancia cómoda, como si fuera una empleada, pero la cojo de la mano. Almorzamos en Almacitas, bebemos cerveza Carta Blanca, nos demoramos en la calle abrazándonos. Me parece que nunca me he sentido mejor. Aunque una parte de mí se pregunta si estamos haciendo todo esto como una especie de baluarte contra la marea que amenaza todo en torno. Como si pudiéramos detenerla con amor. Cosa que, naturalmente, es ridícula.

Esta noche estamos sentados en la biblioteca, mi cabeza apoyada en su regazo, cuando digo:

—¿Por qué no te casaste?

Se encoge de hombros.

—No, en serio.

—Tuve amantes, si te refieres a eso.

No me refiero a eso, y me produce una sensación desagradable pensar en ello, pero insisto.

—No estoy dispuesta a entregarme a nadie que no me respete —dice—. Antes muerta.

—Seguro que no eran todos tan malos.

—Debería haber nacido hombre —dice.

Le pellizco el muslo.

—Esperan que los mires con adoración, al margen de lo que hayan hecho, y si no esperan que les laves la ropa, esperan que te mantengas en segundo plano respecto de la mujer que se la lava. —Se encoge de hombros—. Y los mexicanos son los peores. Un mexicano te lleva a un sitio, pongamos por caso un hotel bonito, o un paisaje hermoso en las montañas, y te lo enseña como si lo hubiera creado él mismo. Y parte de él se lo cree.

—Eso es fanfarronería —digo.

—Aun así —responde—. Se lo cree. Y por eso no me casé nunca. Y no espero hacerlo.

Le lanzo una mirada dolida.

Se inclina y me besa.

—Salvo contigo, claro.

Arrimo la cara a su regazo y le rodeó la cintura con los brazos. Pero cuando vuelvo a levantar la vista hacia ella, mira fijamente por la ventana oscura y no parece reparar en mí.

—Hay otra historia —dice.

Hace mucho tiempo, en el desierto Wild Horse, había un joven vaquero, muy guapo, aunque muy pobre, que estaba enamorado de la hija de un ranchero texano.

Esa chica, tan hermosa que casi nublaba la vista, era deseada y cortejada por todos los hijos de los rancheros a ambos lados del río, aunque pura de corazón como era, estaba más interesada en los caballos que en los hombres, y soñaba únicamente con un semental que corría con los mustangs salvajes. Ese caballo era insólito tanto por su color blanco puro como por su tamaño, dieciséis palmos. Además de su forma perfecta, tenía la dureza de un pinto, la velocidad de un purasangre, y, al igual que la chica, era codiciado por todos los hombres que lo habían visto o habían oído hablar de él. Pero nadie lograba atraparlo.

Cuando el joven vaquero se enteró de hasta qué punto adoraba la chica a ese caballo, decidió hacerle un regalo. Durante meses siguió sus huellas y descubrió sus secretos. Luego esperó toda la noche en un abrevadero oculto, y cuando llegó el semental, lo atrapó con el lazo. Le dio ciruelas y caquis y trozos de piloncillo. Repitió el proceso durante muchas semanas hasta que el caballo dejó que lo acariciara y lo tocara, y luego que lo embridara, y luego que lo ensillara. Pero incluso entonces solo se encaramaba a un estribo, nunca intentaba montarlo, hasta que tuvo la seguridad de que al caballo no le importaría. Y de ese modo acostumbró al caballo a la silla sin doblegar su espíritu.

Tras amansarlo un poco más, el vaquero cepilló y almohazó al semental blanco y lo llevó a la casa del ranchero tejano, donde llamó en voz queda a la hija del ranchero. Cuando ella abrió la ventana reconoció al vaquero de inmediato, y al caballo también, y supo que era el hombre con el que se casaría. Compartieron un casto beso, pero acordaron buscar a un sacerdote antes de hacer nada más.

Por desgracia, no estaban solos. El hijo gordo de un ranchero anglo lo había visto todo, porque cuando no estaba forzando a las criadas se escondía entre los arbustos delante de la ventana de la hermosa texana para verla desnudarse y hacer cosas incalificables consigo mismo.

(«¿Estaba eso en la versión de tu madre de la historia?», preguntó.)

(No me hace caso.)

El vaquero volvió con su padre para darle la noticia de que la chica más hermosa que nadie había visto iba a casarse con un vulgar vaquero. Y entonces su padre y él le tendieron una emboscada.

Con sus rifles fabricados especialmente esperaron a que el vaquero estuviera de espaldas y lo asesinaron, y, durante el resto de sus días, relataron a todos sus amigos el magnífico disparo que habían hecho, a una distancia enorme, contra un mexicano.

Pero cuando llegaron al cadáver del joven vaquero, el semental blanco había vuelto para protegerlo. Mordió y coceó al granjero y a su hijo, así que también lo mataron. Luego le cortaron la cabeza al vaquero.

La hija del ranchero, al no regresar su vaquero, cogió la pistola de su padre y se quitó la vida. Pero Dios no permite que seres tan nobles estén separados, así que todas las noches de luna llena se puede ver al vaquero a lomos de su caballo, con la cabeza en el regazo, montando su espectral semental blanco con los demás mustangs, en busca del espíritu de su prometida.

(«Me parece que te equivocas con esa historia», le digo.)

(«¿Y eso?»)

(«Es también una antigua leyenda nuestra», respondo.)

Durante muchos años hubo un semental negro, no blanco, que corría con los mustangs y llevaba a lomos un jinete espectral. La mera visión del jinete hacía que los mustangs salieran de estampida, y por eso la gente siempre sabía cuando aparecía el semental negro, porque sonaba como si un tornado hubiera tocado tierra en el desierto, con miles de mustangs galopando a través del caliche.

Muy pocos hombres llegaron a acercarse al caballo y su jinete, pero los que lo consiguieron dijeron que iba montado con normalidad, salvo que su cabeza estaba separada del cuerpo. Llevaba la cabeza, junto con el sombrero, atada al regazo. Y durante muchos años, los vaqueros dispararon contra el jinete fantasma, pero las balas le atravesaban el cuerpo como si fuera una diana de papel, y seguía cabalgando.

Al final, unos vaqueros decidieron resolver el misterio. Esperaron toda la noche en un abrevadero, y cuando aparecieron el semental negro y el jinete decapitado, abatieron al caballo.

A lomos del precioso mustang había un viejo cadáver reseco que se mantenía erguido encima del caballo gracias a unas ataduras de cuero, con la cabeza bien sujeta al regazo. Tras muchos meses de indagaciones, se descubrió que un joven mexicano llamado Vidal, que era un mujeriego redomado además de cuatrero, había encontrado la muerte.

Los hombres que lo atraparon fueron Creed Taylor y Bigfoot Wallace, texanos legendarios sobre los que se han escrito numerosos libros. Eran muy bromistas, de modo que para dar ejemplo con Vidal, le cortaron la cabeza y ataron tanto la cabeza como el cuerpo a un semental negro sin domar que había caído en una trampa junto con otros mustangs. Soltaron al semental y al jinete sin cabeza, que desconcertó y aterrorizó al populacho durante más de una década.

—La tuya es la verdadera —dice.

—Es una vieja historia —aseguro—. Es muy conocida.

—Claro —responde—. Hay muchos detalles convincentes. En primer lugar, hay un mexicano muerto que era ladrón de caballos, como todos los mexicanos muertos. En segundo lugar, hay dos texanos famosos, que decidieron, tras matar a un hombre, que lo decapitarían para divertirse. En tercer lugar, deciden que limitarse a decapitarlo no es lo bastante gracioso. Será desternillante si, en vez de enterrarlo, atan su cadáver a un caballo salvaje.

—Hummm… —digo.

—Y el último detalle convincente es que un grupo de vaqueros anglos, al enfrentarse a la tarea de capturar un legendario semental negro, en vez de cazarlo a lazo, o tender una sencilla trampa, deciden abatirlo a tiros, porque era lo más cómodo.

—Por eso no cuento historias.

—No, ha sido muy instructiva.

—La tuya es la que deberían oír nuestros hijos.

—No —dice—. Nuestros hijos deberían saber la verdad.

Luego me besa la frente y me acaricia el pelo, como si yo fuera un niño.

49

ELI McCULLOUGH

1864

A principios de año hubo una reestructuración y enviaron al este a la mayoría de los Negratas de los Ricos. Intentaron transferirme al Regimiento de la Frontera, pero no tenía ganas de combatir contra los comanches y tampoco me caía bien el comandante McCord, así que como castigo me enviaron a los Territorios Indios. La mayoría de los blancos no quería trabajar con indios —se les consideraba apenas por encima de los negros— pero yo sospechaba que sería vivir a cuerpo de rey y tenía razón.

De las cinco tribus civilizadas, dos —los creeks y los seminolas— se habían puesto de parte de la Unión. Las otras tres —los cherokees, los chikasaws y los choctaws— luchaban por la Confederación. Había una brigada de cherokees a las órdenes de su propio general, Stand Watie, y una brigada de choctaw bajo el mando de Tandy Walker. A mí me ascendieron al rango provisional de coronel y me pusieron a cargo de un batallón de cherokees harapientos. Habían firmado los documentos de alistamiento igual que los blancos, pero no creían en botas y uniformes, ni en recordar sus órdenes, ni en luchar cuando se veían superados en número. Creían en comer bien y seguir de una pieza, lo que hacía de ellos unos seres inservibles, por lo que concernía al ejército.

Para entonces, recibíamos la mayor parte de nuestros suministros gracias a los trenes de la Unión. Queríamos pistolas fabricadas en la Unión, que tenían estructura de acero y no de latón, y queríamos sus rifles de repetición, los Henry y los Spencer, aunque también nos contentábamos con los Enfield. Queríamos sus pantalones y sus mantas de lana, sus catalejos, sus sillas y arreos, sus caballos y munición, ternera enlatada, café y sal, quinina, camisas de fábrica, su papel de escribir y sus agujas de coser.

Nuestras únicas órdenes consistían en perturbar la retaguardia enemiga, lo que suponía abalanzarnos sobre Kansas o Missouri, quemar graneros o puentes o simplemente robar gallinas. De tanto en tanto, cuando teníamos la barriga vacía como el corazón de un banquero y no había nada que saquear a los de la zona, íbamos al sur a reabastecernos.

Era una manera de vivir que me resultaba familiar y no me suponía la menor molestia, dormir al raso y vagar por donde se me antojaba, y tampoco tenía el menor inconveniente en estar con los indios que, civilizados o no, vivían más cerca de lo que era natural que la mayoría de los blancos. Pero en verano me dieron unos días de permiso y decidí regresar a Austin.

Fui a galope tendido todo el camino pero cuando me encontré la colina y vi la casa del juez, tiré de las riendas. No estaba seguro de por qué había ido a casa. Recordaba estar sentado en un caballo con atuendo de comanche, lanzar flechas para lucirme ante los periodistas; en el jardín de atrás había almeces de diez metros de alto que recordaba como plantas de semillero. De pronto me sentí viejo, y a punto estuve de volver la grupa y regresar camino del norte otra vez, pero Madeline estaba en el umbral de la casa de invitados, así que desmonté, até el caballo al palenque y fui hacia ella.

Llevaba en brazos a Everett. Tenía nueve meses, o tal vez fueran ocho u once.

—Papá ha vuelto —dijo ella.

El bebé daba la impresión de que iba a echarse a llorar y ella parecía otra persona: había envejecido diez años desde el comienzo de la guerra. No había tenido problema para recuperar su figura, y al ver los círculos oscuros bajo los ojos y la piel en la que le salían cardenales con tanta facilidad, supe que había cometido un error para siempre jamás.

Entramos y me cogió las manos para llevarlas a su pecho y me entraron unas ganas feroces de jodienda. Pero una vez llegamos a la cama, me di cuenta de que ella no las compartía.

Aun así quería que lo hiciéramos de todos modos pero antes de empezar dijo:

—Mejor métela ahí. —Y levantó las piernas un poco más—. No quiero que se me espese la leche. ¿Disfrutas?

Asentí.

—¿Tanto como…?

—Claro —masullé.

—A mí también me gusta. Pero duele.

La saqué. Giró sobre sí y me miró con atención.

—Creía que sería asqueroso. —Miró más de cerca—. Aunque huele.

—Más vale que me lave.

—Pensé que te gustaría —dijo—. ¿Te ha gustado?

—Claro —contesté.

Los negros habían calentado agua, así que fui a la casa principal y me di un baño. A mi regreso estaba otra vez vestida.

—¿Es por el bebé? —dije.

—Probablemente.

Paseé la mirada por la casita. Era pequeña y oscura. Me dije que los quería.

—Me siento un poco alejada de ti, quizá.

—Estoy aquí mismo —señalé.

—Te vas y cada tantos meses vuelves unos días y lo hacemos y luego vuelves a irte. Me siento como una vaca.

—Eres preciosa.

—No hablo de mi aspecto. Me refiero a que vienes y te vas y eso es todo.

Empecé a decir algo pero me interrumpió.

—Mi padre podría encontrarte algo aquí. Sé que te lo dijo. Veo a oficiales por la ciudad constantemente y tiene que haber hombres en la costa que ven a sus familias constantemente también.

—Eso no sería justo.

—¿Para el ejército o para mí? ¿Para un montón de hombres que conoces desde hace un año o para mí? Te gusta fingir que no hay otra opción pero la hay, Eli.

—¿Por qué estás enfadada? —dije—. Acabo de llegar.

—Procuro no enfadarme.

Everett me fulminaba con la mirada.

—Yo te hice —dije.

—Es la cara que tiene siempre —me advirtió ella.

Esa tarde, después de haber ido a ver al juez y su esposa, estábamos otra vez en la cama. Madeline había robado una botella de aceite de girasol de la cocina.

—¿No quieres otro Everett —pregunté— o una hermanita para él?

—Claro que sí —dijo—. Algún día sí que quiero, pero yo sola no.

Me miró, tomó mi mano entre las suyas y la besó. Era una mujer preciosa. Me recordé que tenía fuerza de sobra.

—¿Alguna vez piensas en la vida que llevo aquí?

—Imagino que es dura —respondí, aunque no lo imaginaba.

—Es dura. Estoy metida en esta casa con un animalillo que ni siquiera puede hablar conmigo. A veces despierto y pienso: hoy será el día que se me olvide hablar.

—Pero ¿no es bonito tener un bebé?

—Claro que sí —dijo—. Pero no es más bonito para mí que para ti. Cuando llora a veces me gustaría dejarlo en la cuna y huir tan lejos como sea posible.

No dije nada.

—Lo siento. Estoy cansada de jugar a la esposa abnegada. Pensaba que iba conmigo pero no es así. Cumpliré con el cometido de cuidar a tu hijo pero si crees que voy a hacerlo sin abrir la boca, te equivocas por completo.

—¿No pueden cuidarlo las negras?

—Mi madre las tiene muy ocupadas —dijo.

—Ya sabes que cuando no estoy aquí, o estoy durmiendo bajo la lluvia o viviendo a base de galletas agusanadas. O hay gente disparándome.

—Me siento como si fuera tu amante —dijo—. Así que no finjas que no encuentras más que sufrimiento, porque te conozco, Eli, y sé que no lo harías si así fuera.

Luego nos quedamos los dos callados. Me pareció que iba a echarse a llorar.

—No quiero que este sea tu último recuerdo de mí.

—No ocurrirá nada.

—Y haz el favor de dejar de decir eso.

—De acuerdo —dije.

—Al principio pensé que había otra mujer allí arriba. Ahora me gustaría que no fuera más que eso.

50

J. A. McCULLOUGH

Las cosas se habían torcido desde el principio. Ella había subido a su avión y su piloto no estaba y el suplente –una mujer– tenía ciertos aires. Por primera vez en sus ochenta y seis años, décadas de volar diez o veinte veces a la semana, sintió deseos de bajarse del avión. Naturalmente, todo fue bien. La mujer era una piloto excelente, había volado con una perfección tal que Jeannie apenas se había dado cuenta cuando tocaron tierra. Pero aun así seguía teniendo esa sensación.

Luego estaba sentada en la galería, el sol se iba poniendo y había silencio y se había echado a llorar, el cielo entero de punta a punta era de color rojo y púrpura y naranja llameante, un día no muy lejano sería el último, tal vez ese mismo, todo era tan hermoso que no soportaba la idea de abandonarlo. Entonces Frank Mabry anunció su presencia. Se quitó el sombrero y aguardó a que ella saludara. Se preguntó si estaba ciego o sordo, pero no era más que estúpido. Hizo caso omiso de él, pero ni siquiera así se marchó, siguió allí plantado como un perro al que hubieran regañado y esperó.

–Señora –dijo unos instantes después.

Ella asintió. Se enjugó los ojos.

–Me preguntaba si ha pensado en lo que hablamos la última vez.

–No –respondió. No tenía idea.

Mabry pilotaba el pequeño helicóptero que utilizaban para la recogida del ganado. Ella volvió a enjugarse los ojos y pensó que ojalá se cayera muerto, pero él no se retiró, por lo visto creía que aún podía congraciarse con ella gracias a sus artes de comadreja.

—¿Cuánto hace que me conoces, Frank?

—Treinta y cuatro años. Y de hecho ahí quería llegar. Me estaba preguntado que si algo… ocurriera, si tiene usted algo previsto, alguna gratificación, para la gente que lleva tanto tiempo trabajando para usted.

Se preguntó de qué estaba hablando. Entonces lo entendió.

—Haz el favor de irte —dijo.

Se marchó arrastrando los pies. Ella pensó que ojalá le coceara un caballo o que volcara su camioneta o que se le cayera la hélice a su pequeño helicóptero. Le vio alejarse en su vehículo, tuvo la sensación de que todo se había echado a perder y se acostó sin cenar.

A la mañana siguiente despertó más temprano de lo que quería. Por lo general encendía el ordenador, echaba un vistazo a los futuros de petróleo y a Standard & Poors, dónde había cerrado Asia y cómo estaba el mercado en Europa, pero esa mañana no tenía ningún interés. Se vistió y enfiló sin hacer ruido el largo pasillo, con la luz alcanzando apenas la madera oscura y los bustos de los antiguos romanos, pero en vez de bajar se quedó en lo alto de las escaleras y observó cómo entraba el sol por la vidriera de colores. Había algo en esa imagen. La había visto miles de veces pero ahora notaba algo distinto. «Estás siendo sentimental», decidió. Empezó a bajar las escaleras.

En la cocina se preparó el desayuno pero cuando fue a retirar el plato, encontró el lavavajillas lleno de platos y vasos limpios. No eran suyos; solo había estado allí una noche. Alguien —algún empleado— debía de haber celebrado una fiesta, no recordaba que le hubieran pedido permiso, «No —pensó—, no me lo pidieron», naturalmente era Dolores, que se encargaba de la casa, nadie más se hubiera atrevido.

Dolores llevaba treinta años trabajando para ella y siempre habían mantenido una suerte de amistad discreta, abrazos y besos al aire, J. A. se pasaba de vez en cuando por las reuniones familiares de Dolores, los cumpleaños o las fiestas de graduación, una presencia benévola. Desde luego les había ayudado a vivir muy por encima de lo que era normal en el condado de Dimmit. Y, a diferencia de Mabry, de Dolores sí se estaba ocupando, aunque ella no lo supiera todavía.

Notó que la ira la sofocaba; no debería tener esa clase de sentimientos. Ya no eran saludables. Procuró contener sus pensamientos. El enfado se esfumó, el sol entraba a raudales por las ventanas, se veían colibríes ahí mismo y le llegaba el aroma a vainilla –los agaritos estaban en flor–, pero daba igual, todos estaban contra ella, lo único que veían era que su fin estaba cerca. Se preguntó si tendría que haberse vuelto a casar. Lo que era ridículo –Ted había muerto años atrás, otro marido que enterrar–, pero aun así, no había llevado una vida natural.

«Las pastillas –pensó–, y la bebida.» Pero incluso el pequeño envase le suponía un esfuerzo excesivo. Se preguntó cuándo vendría Dolores, le mencionaría el incidente pero dejaría claro que quedaba todo perdonado, podía celebrar fiestas pero solo con su permiso. La luz se propagaba por la casa, a través de viejas alfombras y suelos oscuros, los retratos de su padre y su abuelo y su bisabuelo en la caja de la escalera principal; tendría que haber otro, claro, el de la persona que había llevado el rancho más tiempo que su padre y su abuelo juntos, pero una no colgaba un retrato de sí misma. Y no venía nadie detrás para hacerlo. Su nieto: tal vez él fuera feliz. Eso era lo único que cabía esperar.

Se abrió y se cerró la puerta principal y Dolores apareció en el otro extremo del comedor, una figura diminuta, desproporcionada respecto del entorno. Transcurrió un largo instante mientras se acercaba; llevaba un bolso de mano blanco nuevo y cuando llegó cerca de la otra punta del comedor, sonrió y dijo:

–Buenos días, señora McCullough.

–Buenos días –contestó ella–. ¿Qué tal fue la fiestecita?

La mujer apartó la mirada. Jeannie alcanzó a ver cómo le daba vueltas a la cabeza.

–¿Fiestecita? –dijo–. No fue una fiesta; no fue más que una reunión, no la había planeado.

Estaba claro que lo había ensayado y Jeannie volvió a ponerse furiosa:

—Bueno, la próxima vez ponme al tanto. Esta sigue siendo mi casa.

Dolores siguió sin mirarla y entonces Jeannie se sintió mal; ¿cómo debía de ser estar llegando al final de tu vida y que aún siguieran regañándote? Rodeó la encimera con la intención de abrazarla, de demostrarle que no era nada grave, eran viejas amigas, pero si Dolores reparó en su intención, no lo dejó traslucir. Dijo: «Voy a hacer su habitación». Y se volvió hacia las escaleras, dejando a Jeannie con la sensación de que era ella, y no Dolores, quien debería pedir disculpas.

Y tuvo esa sensación: que Dolores ya no creía que mereciera la pena disimular lo que ambas sabían: que en casi todo aquello que era importante ella ya no necesitaba a J. A. McCullough. En su propia comunidad, a Dolores se la tenía por una persona rica, una matriarca; la gente iba a pedirle favores, todos los días de fiesta había coches aparcados a ambos lados de la carretera delante de su casa.

En los viejos tiempos habría sido todo lo contrario. Jeannie habría sido la que tenía la casa llena de niños alegres, bodas, cumpleaños y fiestas de graduación que planificar, mientras que Dolores habría perdido a la mayoría de los suyos —tal vez a todos— por causa de la disentería y la malnutrición, por el exceso de trabajo, la mala atención médica y el coraje de los maridos celosos (antes se masacraban entre ellos, pensó, siempre salía en las noticias que algún peón despertaba y se encontraba con que le había cortado el cuello a su mujer). Pero ahora…, ahora…

El sol era radiante. El verano no tardaría en llegar y entonces la luz lo extinguiría todo, los colores en su totalidad. Pero por ahora era verde y fresco. Tuvo la sensación, que se transformó en un pensamiento claro, de que no viviría para verlo. Se miró las manos. Algo se movía en el rincón. Sintió frío.

Tras la muerte de Hank, hubo momentos en que la cara que le devolvía la mirada en el espejo no significaba absolutamente nada; en las circunstancias adecuadas, la habría destruido igual que una mosca en la ventana. Pero no la habían dejado sola. Si alguna virtud tenían los petroleros era que sabían acerca del sufrimiento y la pérdida; a la mayoría solo les separaba una o dos generaciones de una choza de lona alquitranada y durante semanas después de la muerte de Hank no la habían dejado sola. Daba igual lo mucho que anhelara el silencio, había gente en la cocina, en la sala de estar, las habitaciones de invitados, había comida a la vista, sirvientes a los que no reconocía, desconocidos que iban y venían, sus hijos yendo a la escuela, regresando, no sabía cómo.

Los texanos habían sido implacables; tal vez detestaran a los negros y los mexicanos, tal vez detestaran al presidente tanto como para matarlo, pero no la habían dejado a solas, habían cuidado de ella como una madre o una hija, hombres a los que apenas conocía, hombres cuya ausencia de sus despachos les costaba miles de dólares cada hora, y aun así bajaba y se los encontraba dormidos en su sofá, y llamaba a sus chóferes para que vinieran a recogerlos.

Aunque, naturalmente, eran esos mismos hombres los que casi se habían negado a hacer negocios con ella en los años siguientes. Era mejor no pensar en ello. Todo estaba perdonado, todos habían vuelto a la tierra, habían vivido solo para morir.

Ted había llegado a su vida unos años después de que Hank la abandonase. Era mayor que ella y procedía de una familia más antigua aún, pasaba casi todo el tiempo jugando al polo –cuando no corría o nadaba–, aunque tenía el aura de alguien que se hubiera drogado mucho, de un hombre que se hubiera echado a perder.

No físicamente; a los cincuenta años medía más de uno ochenta, tenía una cintura de ochenta centímetros y el aspecto curtido de sus antepasados, aunque sus callos eran propios de los mazos de polo y las pesas y no se había roto un hueso en la vida, que había pasado en buena medida persiguiendo a mujeres. Pero como si hubieran pulsado un interruptor, decidió sentar la cabeza. Era listo, aunque a ella le llevó mucho tiempo darse cuenta, le prestaba atención en muchos aspectos que Hank había pasado por alto y poco a poco había llegado a ver que Hank, aunque era bueno, había vivido sobre todo para sí mismo, si bien ninguno de los dos lo había advertido en su momento.

Y Ted, justo debido a esa diferencia, le había dado la esperanza de que igual no había acabado de entender por completo la vida ni a la gente, de que las cosas podían ser distintas; era una sensación agradable. A Ted le importaba el aspecto que tenía Jeannie, se fijaba cuando se cortaba el pelo y se ponía ropa nueva, conocía la diferencia entre un estado de ánimo en el que podía hablar con ella y uno en el que no. No la lisonjeaba, pero se daba cuenta. Y, sin embargo, no era una persona seria. Era un playboy entrado en años que quería compañía; que se había cansado, suponía ella, de fingir delante de cada camarera o azafata que le llamaba la atención. Había decidido que era mayor, y quería estar entre los suyos.

A los chicos les cayó bastante bien. No se lo tomaban del todo en serio, aunque se portaba bien con ellos, y cumplía un papel que ella no podía desempeñar, llevándolos a cazar y a montar; era muy vago para cazar ciervos pero le gustaba cazar codornices. Los chicos nunca parecían aprender nada de él; no mejoraron sus aptitudes para montar ni para la caza en su presencia, pero no les exigía nada y por la noche ella volvía a casa y se los encontraba juntos en el sofá viendo la televisión, Ted con una botella de vino, los chicos con su refresco, *Los vengadores* o *Bonanza*, ninguno tenía nada que contar, pero estaban felices como un montón de perros en invierno.

En cuanto a Susan, había empezado a veranear con los hijos de Jonas en Maine, tres meses de dichoso silencio e intimidad y tras el segundo verano regresó pidiendo dejar Kincaid e irse a Garrison Forest, como las hijas de Jonas. La idea de que su hija desapareciera de su vida durante ocho meses no era del todo atractiva, aunque parecía mejor —apenas— que tener que soportarla. Para entonces Susan no estaba meramente necesitada; era una saboteadora. Hurgaba en las cosas de su madre, se colaba en su dormitorio cuando sabía que Ted estaba allí, fingía entrar en la cocina a por un tentempié, vestida solo con la camiseta y las bragas.

—Esa chica es de lo más traviesa —le dijo Ted.

—Tendrá suerte si no está embarazada en su próximo cumpleaños —comentó Jeannie.

—Me parece que la que tendrá suerte serás tú.

Naturalmente, Ted tenía razón. Pero de algún modo, incluso entonces, no le había parecido así.

Ted no tenía hijos propios; podría haberle dado uno mientras aún era posible, pero ninguno de los dos había estado dispuesto a comprometerse. Lo que Ted quería sobre todo era una familia, sin tener que criarla él mismo; una mujer que tenía su propio dinero, una mujer que lo aceptaba como parte de su lote, pero por lo demás no pedía nada. Nunca lo habría imaginado, pero había sido más feliz con él, se había sentido mejor adaptada que nunca. No podía evitar sentirse atraída por gente como Hank, claro, gente con su propio fuego, pero por mucho que pensaran que te querían o que querían a su familia o su país, por mucho que jurasen lealtad, ese fuego siempre ardía solo para ellos.

51

LOS DIARIOS DE PETER McCULLOUGH

6 DE AGOSTO DE 1917

Sally llamó para decir que viene de visita.

—No te preocupes por tu pequeña pelada —me dijo—. No me entrometeré.

Por un instante vi que todo se desmoronaba a mi alrededor. No respondí nada. Al final, le dije:

—No hay razón para que estés aquí.

—Supongo que es mi casa. Me gustaría ir de visita a mi propia casa. Tengo entendido que hay mucho jaleo por ahí.

—No eres bienvenida —le espeté, aunque sabía que era inútil.

—Bueno, pues ya te puedes quitar esa idea de la cabeza. Porque voy a regresar.

Mi padre estaba sentado en el porche con el perforador y un puñado de hombres más.

—Acabo de hablar con Sally —dije.

Me lanzó una mirada.

—Y si ocurre algo, me encargaré de que salgan a la luz ciertas cosas.

—Nos vemos esta noche, muchachos —les dijo a los hombres.

Se levantaron todos a una y se fueron.

—Sea lo que sea lo que estás a punto de decir, no lo digas. De hecho, ni siquiera lo pienses.

—Impide que venga.

—No tengo nada que ver con eso —replicó.

Meneé la cabeza.

—Cualquiera menos esa chica, Pete. De hecho, me encantaría que dejaras preñadas a todas las puñeteras mexicanas del pueblo, porque a menos que me hagan un trabajito como es debido, mis días de jodienda han terminado, y me vendría bien tener más herederos.

—No tenemos de qué preocuparnos con María —señalé.

—Eso ya lo sé.

—Entonces dile a Sally que no se acerque por aquí.

—El caso es que si fueras comanche, podrías cortarle la nariz a Sally, despacharla y casarte con la nueva.

—Se llama María.

—Por desgracia no eres comanche. Estás sujeto a las leyes norteamericanas. Lo que significa que deberías haberte librado de Sally antes de traer a esa.

—Me das vergüenza ajena.

—Lo mismo digo —repuso.

—¿Así que vuelve tu esposa?

La miro; no tiene sentido negarlo.

—No te preocupes por ella —digo.

Se encoge de hombros. Veo que ha estado llorando.

—Sabía que tenía que terminar alguna vez.

—No tiene que terminar —digo.

Me da la espalda.

Intento abrazarla pero se zafa.

—Está bien —dice.

—No está bien.

—Estaré bien.

Me doy cuenta de que ni siquiera habla conmigo.

Después de que se durmiera he cogido una botella de whisky y me he ido hacia el chaparral hasta llegar a Dog Mountain, que no es más que una colina grande, aunque es la más elevada que hay por aquí. En la cima hay una roca grande con un respaldo cortado o tallado en la piedra y me he encaramado allí para recostarme. La casa quedaba kilómetro y medio o así a mi espalda; se veía alguna que otra luz, pero por lo demás, estaba oscuro.

Cuando llevaba sentado un buen rato he empezado a tener una sensación extraña. Siempre ha sido un lugar cálido y han estado sentándose hombres exactamente en ese mismo sitio durante al menos diez mil años, porque tiene la mejor vista de la región circundante. ¿Cuántas familias han llegado y se han ido? Antes de que hubiera hombres había un vasto océano, y sabía que debajo de mí, en las profundidades, había criaturas vivas convirtiéndose en piedra.

He pensado en mi hermano, que siempre me ha compadecido por mi temperamento, que pasa la vida de puertas adentro, obsesionado con sus documentos y sus cuentas bancarias. Cuando madura el agarito no puede olerlo, cuando florezcan las anémonas no las verá. Por lo que a mi padre respecta, lo ve todo. Pero solo para poder destruirlo.

7 DE AGOSTO DE 1917

Sally llegó esta mañana. Me dio un beso educado en la mejilla, luego saludó a María. «Me alegra verte de nuevo, vecina.» Después rió y dijo: «Este calor da pie a apaños de lo más curiosos».

Dijo que se alojaría en un dormitorio en la otra punta de la casa y ordenó que llevaran allí sus cosas.

Entretanto, yo tenía que pasar el día con Sullivan, porque hemos contratado una cuadrilla para levantar más cercas.

Tenía intención de decirles que se las arreglaran sin mí, pero María me ha asegurado que estaría bien.

—Tu mujer y yo tendremos que estar a solas en algún momento. Más vale que sea cuanto antes.

Nos reunimos con la cuadrilla en la puerta del rancho y condujimos hasta mitad del mismo, explicándoles lo que queríamos que hicieran. Puertas aquí y aquí y allá… Transcurridas unas horas estaba tan inquieto que me temblaban las manos. Le dije a Sullivan que tenía que irme.

De regreso en la casa, el Pierce Arrow de Phineas estaba aparcado en el sendero de acceso. Me ha sobrevenido una sensación horrible. Phineas, Sally y mi padre estaban todos sentados en la sala, esperando.

He ido de habitación en habitación, llamándola, la cocina, el salón principal, la biblioteca, luego he mirado en todos los armarios. Consuela estaba en mi cuarto, retirando las sábanas de la cama. No quería hablar. He vuelto a bajar y me los he encontrado sentados aún.

Sally ha dicho:

—María ha decidido regresar con su gente.

—Yo soy su gente.

—Por lo visto, ella no era de la misma opinión.

—Si le habéis hecho daño —he dicho—, cualquiera de vosotros —mirando a Sally y a mi padre—, os mataré.

Se han mirado y ha cruzado su semblante una expresión como si lo encontraran gracioso. De haber tenido una pistola, los dos habrían muerto un instante después. Veía una neblina roja y he sacado la navaja de la funda, la he abierto y me he acercado a mi esposa.

—Te cortaré el puto cuello —le he dicho.

Ha sonreído y me he acercado más y ha perdido el color por completo.

—Y tú —he dicho, señalando con la navaja a mi hermano—, ¿estabas al tanto de esto?

—Pete —ha contestado—, le hemos ofrecido diez mil dólares por regresar con su primo a Torreón. Ha decidido aceptar.

—Su primo está muerto.

—Conoce a más gente allí.

—¿Dónde está ahora?

—Va en un coche.

—Hijo —ha dicho mi padre—, es lo mejor.

He subido a mi despacho. He cargado la pistola y enfilaba el pasillo cuando he visto la figura oscura, apoyada en la barandilla, esperándome. Estaba iluminada por el sol y me he quedado largo rato mirándola: primero tenía la cara de mi padre, luego era la mía, luego era otra cosa.

He regresado a mi mesa.

Estoy esperando a que preparen el coche. Me voy a Torreón dentro de una hora.

52

ELI McCULLOUGH

JUNIO DE 1865

Tuvimos a los federales pegados a los talones todo el invierno y para Navidad habíamos perdido la mitad de nuestros hombres. Estaba claro que si no nos íbamos de Kansas acabaríamos todos muertos a tiros o ahorcados; Casaca que Vuela y los cherokees restantes decidieron largarse al oeste de las Rocosas. Los cinco Negratas de los Ricos −Busque, Showalter, Fisk, Shaw y yo− decidimos ir con ellos. La última noticia que habíamos tenido era que Sherman había tomado Georgia. Si había más grupos de confederados, habíamos dejado de toparnos con ellos.

Los cherokees se hicieron con unas cuantas cabelleras de utes pero eludieron a los federales por completo, acampando en la linde de los bosques y ciñéndose a rutas poco transitadas como si de forajidos se tratara hasta que una tarde en el Bayou Salado tropezamos con un pequeño regimiento. Por lo general eso nos habría hecho salir pitando hacia la siguiente cadena montañosa, pero había dos docenas de carretas para solo unos centenares de hombres, y todas llevaban tiros de ocho mulas, y a Casaca que Vuela tampoco le pasó inadvertido.

−Llevan algo pesado −dijo.

Guardé silencio. Sabía exactamente lo que llevaban pero a menos que Casaca que Vuela estuviera de acuerdo conmigo, era inútil. Él tenía casi cincuenta años y había insistido en que lo llamaran coronel y por eso me habían nombrado a mí coronel también. Lucía su casaca con hojas de roble por mucho que hiciera cuarenta grados.

—Van a la oficina de ensayo de Denver —dije.

La guerra no se parecía nada a lo que había imaginado —incluso el juez estaba casi en bancarrota—, pero cuanto más miraba las carretas, más me planteaba si aún podría salvarse algo del naufragio. Pensé en Toshaway y en la incursión que habíamos hecho en México y no vi por qué esto tenía que ser distinto.

—Si no llevan pieles —decía Casaca que Vuela—. O madera. O, quién sabe, igual sencillamente ahora se sienten así de fuertes. Igual marchan así por diversión.

—Bueno, a ese ritmo no llegarán al paso. Tendrán que acampar en esa cota.

Seguimos mirando. Los hombres que conducían las carretas se apearon para caminar a medida que la pendiente del camino se volvía más pronunciada. Era región de oro y llevaban algo pesado. Naturalmente, podría haber sido cualquier cosa. Pero Casaca que Vuela empezaba a darme la razón.

—Espero que no vayamos y nos encontremos con que es un montón de piedras.

—En ese caso —dijo Casaca que Vuela—, no será más que una continuación de lo que ha sido toda mi vida.

Llamó a unos cuantos cherokees y se pusieron a hablar. Luego se volvió hacia mí.

—¿Ese cañón que llevan?

—Probablemente un howitzer de montaña.

—Con lata de metralla, si les preocupa que les roben.

—Sí, pero solo tienen un disparo, y lo harían contra sus propios hombres.

—Y aun así, es raro —dijo.

Acamparon donde pensábamos que lo harían. Había mariposas en la hierba, una vista de ciento cincuenta kilómetros de las montañas, un arroyo frío que discurría por allí cerca. Nosotros estábamos en la linde del bosque. Había rocas y polvo. Los hombres de la Unión estaban relajados, se tomaban su tiempo para levantar las tiendas, hacían apuestas sobre los carneros cimarrones, que eran puntos blancos en los acantilados encima de sus cabezas. Algunos tenían rifles Sharps. De vez en cuando uno de los puntos blancos se despeñaba montaña abajo, como un muñeco de nieve que cayera.

Todos los muchachos se mostraron en contra. Salvo Showalter, que estaba con los indios; nos habíamos tendido boca abajo en las rocas y pasábamos los catalejos de aquí para allá.

—Igual estamos apuntando demasiado alto —comentó Fisk.

—Bueno —dije—, es lo que quieren los indios, y es lo que quiere el presidente Jeff Davis, y es lo que vamos a hacer.

—Escucha al tragafuegos. La leyenda viva.

Shaw dijo:

—En mi humilde opinión, la actitud del jefe está desfasada. En unos cuatro años.

Le pasé el catalejo a Fisk. Era el mayor de nosotros; tenía una familia grande allá en Refugio.

—Es una idea estúpida.

Empezó a recular a rastras por las rocas.

—¿Adónde vas?

—Tengo que escribir una carta —dijo.

—Yo también —dijo Shaw—. Si cambiáis de idea, ya me lo haréis saber. Si no, nos encontraréis a mí y a mi caballo volviendo por donde hemos venido.

Le miré.

—Estaré en el campamento —dijo. Pero no sonreía.

Solo quedábamos Busque y yo.

—¿Qué piensas tú? —pregunté.

—Creo que es una estupidez.

—Viviremos a cuerpo de rey si sale bien.

—Ya sabes que encontrarán el modo de arrebatárnoslo.

—Qué actitud tan derrotista.

—Es hora de echar una meada en la hoguera y llamar a los perros, Eli. Por lo que sabemos, Jeff Davis podría estar colgado de la rama de un árbol a estas alturas.

No dije nada.

Seguimos vigilando a los casacas azules, que se habían quedado en ropa interior y estaban tumbados en la hierba, disfrutando del sol, apostando encima de mantas de montar o escribiendo en sus diarios. Otros despellejaban los carneros y preparaban el fuego.

—Lo siento por esos indios —comentó Busque.

Vimos a los federales cenar, les vimos contemplar la puesta de sol, aún alcanzábamos a verlos cuando salieron las primeras estrellas, pasándose una botella, disfrutando de su trabajo, comportándose como si no hubiera ninguna guerra.

La mayoría de las tiendas estaban en una pequeña depresión, las carretas y los caballos rodeándolas. En torno a medianoche lanzamos flechas contra sus piquetes. Luego provocamos la estampida de su manada de caballos por entre las tiendas y aquello se convirtió en una masacre a carta cabal; los federales eran fáciles de identificar porque todos se retorcían bajo las lonas caídas o miraban en torno confusamente, vestidos con prendas interiores de cuerpo entero de un blanco brillante. Nos abalanzamos sobre la cuenca desde todos lados, disparando con los rifles de repetición mientras los cherokees se lanzaban a la carrera, ululando y machacando cabezas con sus hachas de sílex. La mayoría de los yanquis murieron antes de saber quién los atormentaba y empecé a sentir lástima por ellos, ni siquiera era una lucha de verdad, y entonces reparé en que Casaca que Vuela intentaba captar mi atención.

Una docena de hombres de la Unión, todos en paños menores, habían escapado hasta el montículo donde estaba emplazado el cañón. Sacaban cosas de una carreta, sin hacer ningún intento de escabullirse, y pensé que habían perdido el juicio. Entonces entró en funcionamiento su cañón y supe por qué no habían huido.

Uno apuntaba mientras otros se afanaban en alimentarlo y el resto vigilaba los flancos y el arma disparaba tan deprisa que era como veinte hombres abriendo fuego al mismo tiempo.

Unos cherokees habían cargado a caballo y entonces lanzaron una segunda carga. El arma no había dejado de disparar desde que empezó y Shaw, Fisk y yo nos escondimos entre unos arbustos raquíticos al otro lado del prado. Los federales estaban en una elevación justo enfrente de nosotros y en la hierba más abajo había docenas de tiendas pisoteadas y hombres muertos y agonizantes, caballos y gemidos como si de una subasta de ganado se tratase.

Se quedaron sin blancos contra los que disparar. Empezaron a rematar a los heridos. La luna era brillante y Fisk abatió a un hombre que estaba cerca del arma y entonces las ramas encima de nuestras cabezas comenzaron a cimbrearse y crepitar y Shaw dijo «Le han dado a Leon», y quedó en silencio.

Alguien de los nuestros abría fuego y los federales veían el fogonazo y disparaban veinte o treinta proyectiles y les sacaban rendimiento. Shaw tenía la cara oscura y alargué el brazo hacia Fisk. Estaba húmedo. Uno de los cherokees salió al descubierto, pero el arma lo detectó y entonces regresó junto a mí. Me retrepé contra una roca no más grande que una silla de montar y las balas comenzaron a golpearla, algo me dio en el brazo, me escocía la cara, y entonces empezaron a disparar contra los arbustos encima de mi cabeza. El terreno todo en torno era llano y abierto y supe que se me había acabado la suerte. Intenté recordar el cántico de la muerte. Lo había olvidado.

El arma dejó de disparar de nuevo. Casaca que Vuela gritaba algo. Busqué con la mirada una zanja o una roca o un caballo muerto. Había una carreta volcada pero estaba muy lejos, y había un indio detrás de la carreta que disparaba con el arco casi en vertical, y luego más indios hacían lo mismo y el aire encima del arma empezó a vacilar y oscilar, como por efecto del calor de un gran fuego. Los cargadores lanzaban gritos y chillidos y entonces todos los indios estaban disparando y el artillero se había quedado solo disparando a ciegas contra la oscuridad.

Los cherokees avanzaban entre las tiendas, rematando a los heridos con cachiporras. Se oía algún disparo aislado valle abajo.

Me vendé el brazo y fui a por Busque y Showalter. Nos dirigimos hasta el arma. La tierra alrededor estaba sembrada de cientos de flechas: los indios las habían lanzado casi en vertical para que cayeran sobre los federales desde lo alto y había cadáveres dispersos con las varillas clavadas en ángulos extraños, en la parte superior de los hombros y la cabeza.

Uno de los cuerpos empezó a moverse. Salió un hombre de debajo. Parecía ileso.

—Me rindo —dijo. Levantó las manos—. ¿Sois bandidos?

—Somos de los Estados Confederados de América —le dije.

Nos miró con gesto de extrañeza. Luego dijo:

—Soy civil. Soy representante de ventas.

Busque dijo:

—¿Y qué es eso?

—Represento a la compañía Gatling. No tenemos un contrato con el ejército, pero les ofrecimos unas muestras de producción para que las utilizaran, pues creo…, creo que tuvimos dificultades para ponernos en contacto con vuestro gobierno.

Los cherokees que quedaban empezaron a congregarse.

—¿Cómo funciona esa arma? —preguntó Busque.

—En realidad es muy sencillo. Se coge un cartucho de papel estándar, se introduce en el cargador… —Cogió un pequeño cilindro del suelo, había cientos o miles por todas partes—. El cartucho y el cargador se meten en esta tolva en la parte superior, así.

Casaca que Vuela se había acercado.

—Trabaja para la compañía que fabricó el arma. Dice que es viajante.

Casaca que Vuela ladeó la cabeza como si estuviera pensando. Dijo algo a sus hombres. Seis u ocho se abalanzaron y acuchillaron al representante hasta matarlo.

Los indios intentaron desmontar el arma para que no se pudiera utilizar de nuevo. Pero no lograban encontrarle sentido en la oscuridad, así que empezaron a golpearla con piedras.

Casaca que Vuela me llevó aparte y fuimos a las otras carretas, donde habían abierto con palanca una caja.

—Esto es pesado pero no parece oro. Parece trigo.

—Es polvo de oro —dije—. Es oro, sin lugar a dudas.

—Hay mucho.

—¿Cuánto?

—Cientos de sacos como ese. Cientos por lo menos.

El saco parecía de en torno a un kilo.

—Tendremos que enterrar una parte y volver más adelante.

—¿Por qué? —dijo.

—Será difícil transportarlo todo.

Me miró.

—¿Qué?

—Eli, ¿es que ver esa arma no te ha convencido de nada?

—No.

—Creo que no me estás diciendo la verdad. ¿Conocías la existencia de esa clase de arma?

—No exactamente.

—Así que la conocías.

—No sabía que las estaban produciendo.

—Pero sabías que el otro bando acabaría por tenerlas. Un arma con la que un hombre puede matar a cuarenta.

Desvié la mirada hacia el valle oscuro a nuestros pies y las montañas más allá. Me pregunté si lograríamos regresar a casa.

—Ay, Eli. En nuestro grupo hay casi un millar de mujeres, niños y ancianos. Cuando empezamos este viaje éramos casi doscientos guerreros para mantenerlos. No era suficiente. Ahora quedamos tal vez cuarenta.

—Es una tragedia —dije—. Lo siento muchísimo.

—Es una tragedia mayor incluso que estemos en el bando perdedor de esta guerra. Las tierras que nos dio el gobierno federal, que no eran muy buenas, y esperábamos ampliarlas luchando, es posible que las perdamos por completo. Queda claro con solo ver disparar esa arma.

Me encogí de hombros.

—¡Y esos hombres! Fíjate qué gordos están, y qué buenos son sus caballos, mientras que nosotros nos morimos de hambre, igual que nuestros caballos. Y las municiones que llevan…

—Siempre ha sido así —dije—. Siempre somos los más desvalidos.

—Vamos a dejar de luchar —dijo—. Lo siento.

—Es una mala decisión.

—Vuestro gobierno ni siquiera existirá dentro de un año, Eli. Sois cinco hombres blancos…

—Ahora tres.

—Tres. Lamento que hayáis perdido a dos hombres, pero cuando esta guerra termine, vosotros tres podréis hacer lo que queráis. Pero yo estaré atrapado en la reserva, junto con mi familia, pagando el precio por respaldar al bando equivocado. Igual que todos mis hombres. Que, cuando hayan acabado de enterrar a sus hermanos, probablemente llegarán a la conclusión de que lo mejor es mataros a los tres. Primero porque nos llevasteis hasta esa arma, de la que no os molestasteis en advertirnos, y después porque cuando los blancos roban algo, no hay problema, los blancos pueden robarse entre ellos, pero si los indios roban algo, es muy distinto. ¿Lo entiendes? A unos indios que roban oro no se les perdonará. —Se encogió de hombros—. Y aun así, necesitamos ese oro.

No dije nada.

—Ha sido una gran batalla, Eli. Es la última que ganaremos. Después de esta no habrá más que derrotas. Y creo que, en tu lugar, me largaría de esta montaña lo antes posible.

—Tú eres su jefe —señalé.

—A diferencia de tu pueblo, nosotros somos demócratas. Cada cual es libre. Mi palabra es simplemente un consejo, no la ley. —Me dio unas palmadas en el hombro—. Te lo digo porque eres el mejor hombre blanco que he conocido. La idea de que sigas con vida me produce un gran placer.

—A mí también —dije, pero no me hizo caso.

—Será mejor que cabalguéis día y noche, al menos los primeros días.

Me di la vuelta para irme. Él había metido unos sacos de oro en un zurrón de cuero.

—La magia no te tocará, Eli. Lo vi desde el momento en que te conocí. Pero naturalmente, eso también es una maldición.

Me entregó el zurrón.

—¿Qué pensáis? —preguntó Busque.

Rebuscando a la luz de la luna, Showalter y él habían encontrado un uniforme de la Unión limpio por barba, cosa que no había sido difícil, porque la mayoría de los casacas azules habían muertos en paños menores. Guardaron los uniformes en las alforjas.

—Nos vamos a California —dijo Showalter.

—Daré parte de que caísteis en combate.

—Gilipollas —repuso Busque—, los combates han terminado. Esos cabrones casacas azules tenían todos Henrys y Spencers y esa puta arma automática. Por no hablar de las botas yanquis que calzaban todos. Habría matado a cualquiera de ellos solo por las botas.

—Y ese puto oro —dijo Showalter—. A los nuestros les dan pagarés que no valdrán nada para cuando llegue la época de los melocotones.

—Yo soy coronel —les recordé.

—Eli, dentro de muy poco habremos perdido la mayor guerra de la historia; de hecho, es posible que ya la hayamos perdido, y que la noticia no nos haya llegado todavía. No pienso acabar en un campo de prisioneros de la Unión, ni acribillado por la Guardia Nacional de aquí a entonces, o, peor incluso, muriendo en la batalla final por un montón de gilipolleces.

No dije nada.

—Si vuelves a Austin te matarán por desertar. Y la guerra acabará de todas maneras, tanto si sigues vivo como si no. Ven al oeste y envía a buscar a tu familia.

—No puedo.

—¿Crees que hemos vivido hasta ahora porque somos unos soldados excelentes? ¿Eso crees?

No dije nada.

—Eres un auténtico hijoputa —dijo—. Siempre me diste que pensar.

—Chicas —dijo Showalter—, ¿creéis que esos negratas de la pradera van a dejarnos echar mano a algo de ese oro?

Había más de doscientos muertos de la Unión, la mayoría en ropa interior. Por lo general después de luchar me sentía como tras ir a cazar ciervos, pero ahora empecé a sentirme fatal.

Veintiocho cherokees habían muerto en el acto y, al amanecer, catorce de los heridos serían sacrificados a tiros por sus amigos. Enterramos a Shaw y Fisk, que tenían la cara reventada. Pensé en los hijos de Fisk, y en los hijos de todos los demás, todos habían sido la niña de los ojos de alguien.

De las carretas de abastecimiento me aprovisioné de carne de cerdo salada y cartuchos para el rifle Henry. Casaca que Vuela permitió a Busque y Showalter coger una bolsa de polvo amarillo por cabeza. Estaban felices y preferí no decirles lo que me había dado antes a mí.

Sus hombres no querían ni mirarnos. Todos pensaban que habíamos sabido lo del arma y los tres nos fuimos al trote montaña abajo, dejando a los cherokees con el oro y todas las armas, la munición y los caballos de los federales. Justo a la orilla del camino había un muerto con la ropa interior larga, y un trecho más allá, junto al arroyo, había otro.

No podía quitarme de encima la sensación de que había cruzado una línea de la que nunca podría volver, pero igual la había cruzado ya años atrás, o igual nunca existió. No había nada que pudieras coger que no perteneciera a alguna otra persona. Fueran cuales fuesen los hilos que me retenían, habían quedado cortados.

—Deja de preocuparte —dijo Showalter—. En cuanto salga el sol y vean su botín, querrán cogerlo y huir. ¡Se olvidarán de nuestra existencia! —Me ofreció una sonrisa torcida.

—Probablemente tengas razón —dije.

Busque iba muy por delante de nosotros. No me había mirado desde el entierro.

Al pie de la montaña, cuando llegamos a un largo tramo de roca, me fui por mi cuenta, no sin antes prometerles que les vería en California cuando terminara la guerra. Era el final de los Negratas de los Ricos. Dije unas palabras para distraerlos de lo que delataba mi rostro.

Oímos los disparos cuando los cherokees sacrificaron a sus heridos. Vi a Busque y Showalter desaparecer hacia el oeste y luego le quité las herraduras a mi caballo y fui rodeando la falda de la montaña, manteniéndome a cubierto, cambiando de dirección cada vez que cruzaba un arroyo o una zona pedregosa.

Supuse que Busque y Showalter no tendrían mucho cuidado con sus rastros. Esperaba que los indios no los encontraran, pero sabía que lo harían, la gente a mi alrededor no vivía mucho tiempo, los cherokees atraparían a los otros pero no a mí, estaba totalmente seguro de ello.

Un mes después llegué a Austin. La guerra había terminado en primavera.

53

J.A. McCULLOUGH

Era una zorra o una bollera o una puta. Un hombre atrapado en un cuerpo de mujer; mira por debajo de la falda y le verás la polla. Una mentirosa, una intrigante, un corazón de hielo con el coño a juego, un putón desorejado que había llevado una vida de perros, aunque no debía tomárselo a pecho. Nadie lo decía con ánimo de ofender.

Ser un hombre suponía vivir sin ceñirse a ninguna regla en absoluto. Se podía decir una cosa en la iglesia y otra en el bar y de alguna manera las dos eran ciertas. Podías ser un buen padre y marido y cristiano y acostarte con todas las secretarias, camareras y prostitutas que te llamaran la atención. Todos tenían sus guiños y gestos de cabeza, su código para «Me follé a esa animadora o niñera o azafata de Pan Am, esa criada o monitora de equitación». Mientras tanto, el más leve indicio de que ella no era virgen (aparte de tener tres hijos), la excluiría para siempre, igual que una letra escarlata.

No es que se quejara, pero nunca había dejado de parecerle raro que aquello que se alababa en los hombres –la necesidad de ser bueno en todo, de ser alguien importante– se considerase en ella un defecto de carácter. No había sido así cuando Hank estaba vivo. Igual pensaban que su ambición se derivaba de él, igual no les importaba que fuera una mujer si estaba bajo el control de un hombre.

Pero ¿por qué le importaba? La mayoría de los hombres la aburrían, la gente la aburría; había pasado quince años viendo cómo la mente de Hank se desarrollaba y cambiaba y se sorprendía constantemente. Ella no iba a renunciar a su libertad por nada menos. Los primeros años tras la muerte de Hank solo se había acostado con un puñado de hombres, y de todos ellos el único del que se había enamorado estaba casado, y en lo tocante a los otros, sus sentimientos habían perdido intensidad, o se había esfumado de repente; no eran Hank, no podían ser Hank. La mayoría de las noches, si tenía energías, cogía su masajeador y se dormía.

Sí, estaba celosa, había dos series de normas, un hombre podía tener amantes y abortos, acostarse con todas las animadoras de los Dallas Cowboys… Ser libre en ese sentido, hacer lo que quisieras, aunque no se trataba solo de ser libre, se trataba de ser deseado. Por viejo, gordo o feo que fueses, eras deseado. No podía pensar en ello sin sentirse fracasada, como si tuviera que vivir la vida en una suerte de jaula, seguir un sendero angosto y concreto, viendo a los otros corretear como un montón de niños, o perros, quebrantando las normas, describiendo círculos, de aquí para allá.

No era mojigata. Había utilizado a más de un hombre por sexo, o lo había intentado, pero cada vez se parecía menos a lo que quería, era algo a medias, y ni siquiera a los hombres les gustaba ser tratados así, al margen de lo que dijeran a sus amigos, «Te portaste como si yo fuera una especie de vibrador», le dijo uno, eran criaturas muy sensibles, monstruos y criaturas sensibles, eran cualquiera cosa que quisieran ser.

Y, sin embargo, habían empezado a aceptarla. Todos se estaban haciendo viejos, todos se estaban haciendo ricos, no lo sabía, pero habían empezado a tratarla como la señora que había aparecido en la portada de *Time*, la mujer que tendrías que haber conocido mucho tiempo atrás, cuando era un bombón, una devoradora de hombres; naturalmente, incluso a los cincuenta, seguía siendo imponente. Pero eso no formaba parte del acuerdo. El acuerdo era ser vieja y gorda, como ellos, aunque ser viejo y gordo a ellos no les importara.

Lucho Haynes la invitó a su campamento de caza, y ella rehusó de inmediato. Fue a Lucho, no a Clayton Williams, a quien se le ocurrió la idea de la Caza de Monadas: prostitutas contratadas por docenas y dispuestas en el bosque con una manta y una nevera portátil −de la misma manera que un tratante de aves dispondría faisanes antes de una cacería−, para que Lucho y sus amigos salieran a buscarlas.

Mencionó la invitación a Ted.

−Bueno, dudo que te violaran ni nada por el estilo −respondió él−. Probablemente tienen chicas más jóvenes para eso.

−El sexo podría ser una novedad interesante −replicó ella.

Fingió no sentirse herido y volvió a la revista que estaba leyendo.

−No me importaría probar más tarde.

−No caerá esa breva.

−Bueno, si de verdad te interesa mi opinión, creo que es una pésima idea. Encontrarán algún modo de humillarte u ocurrirá naturalmente, sin que tengan que planearlo siquiera, porque son tan estúpidos que no pueden ver lo que quieres en realidad.

−¿Y qué quiero?

−Ser como ellos −dijo−. Ser aceptada en su pequeño club.

−No hay ningún club −repuso−. Y si lo hay, formo parte de él.

−Supongo que es verdad.

−Qué ridiculez

−No, tienes razón. No sé de qué estaba hablando.

Al día siguiente llamó a Lucho y le dijo que iba.

El campamento estaba tres horas al noreste de Houston, en las profundidades de Pineywoods. Había familias que vivían en chozas, campos de maquinaria de granja estropeada, era tan pobre como México, tan pobre como el siglo anterior. En su furgoneta llevaba ropa para tres días y un par de escopetas: una del calibre 28 para codornices y una del 20 por si necesitaba algo más pesado, y su revólver normal debajo del asiento del conductor.

Tomó el camino arenoso; el coche no dejaba de derrapar. La vegetación era tupida, había enredaderas colgando, aromas de flores que no reconocía, pensó en sábanas blancas, su padre, viejos pinos de aguja, robles blancos y magnolias de treinta metros de alto. Era como remontarse en el tiempo, mosquitos y libélulas y el aire tan húmedo y denso: no parecía posible que fuera Texas.

Para cuando Lucho la llevó a su cabaña, el sol se estaba poniendo y la mayoría de los hombres habían regresado de pescar o cazar. Iba con tacones, falda y blusa y se maldijo por no haber llevado spray antiinsectos. Ningún hombre parecía haberse duchado ni afeitado en varios días. El típico rancho de un magnate del petróleo tenía una casa principal de caliza con gruesas puertas de madera y mobiliario de cuero; allí el pabellón era una tosca estructura de tablas con ventanas de rejillas sujetas con grapas y las paredes sin terminar. Podría haber sido el campamento de caza del alcalde de un pueblo en el quinto pino, con cables eléctricos amañados de cualquier modo, neveras y televisores viejos. Conocía a todos los hombres presentes, Rich Estes, Calvin McCall, Aubrey Stokes, T. J. Garnet, media docena más, todos vestidos con sus prendas más viejas, las piernas pálidas bajo los bermudas, la barriga colgando. Ella había traído pantalones vaqueros pero decidió no cambiarse: lo peor habría sido dar la impresión de que le importaba encajar, permitirles saber lo halagada que se sentía. Eran todos buenos hombres, pero eran de los que exigían sumisión.

Cenaron alubias y tortillas, ternera o cabrito, montones de siluros fritos pescados esa misma mañana, una bandeja de ardillas fritas acribilladas con perdigones del seis; si se calculaba lo que podrían haber ganado esos hombres de no haber estado cazando y pescando, probablemente fuese la comida más cara de todos los tiempos. Travis Giddings cogía las cabezas de ardilla y las chupaba metódicamente, la camisa cubierta de salsa de carne. Bebían refrescos Big Red, té dulce o cerveza Pearl, pero sobre todo whisky en vaso de cartón. Luego había bandejas de tarta de durazno y vasos de helado. Pero no había conversaciones a gritos, ni se blasfemaba; era como unos vestuarios cuando entra el profesor. Dejó caer que solo se quedaría una o dos noches a lo sumo y percibió su alivio. Lucho empezó a pasar una botella de whisky; ella se la llevó a la boca, la empinó y la tuvo así largo rato como si tuviera intención de bebérsela entera. Naturalmente, mantuvo la lengua pegada al morro, dejando que apenas le entrara en la boca un poco, pero hubo aclamaciones y risas y en unos minutos un torrente de «joder» y «mierda» como si hubiera reventado una presa, «A todos les gustan las chicas borrachas», pensó. Igual no era justo.

Fingió asquearse con el follón, rió los chistes verdes, y cuando aparecieron cuatro mujeres (¿strippers?, ¿prostitutas?) no reaccionó. Lucho le lanzó una mirada y ella supo que no había sido idea suya; Jeannie le guiñó el ojo para darle a entender que no se preocupara. Estaba a salvo −cualquier de esos hombres se habría lanzado delante de un tren por ella−, pero ellos no estaban por encima de hacer que se sintiera incómoda. Se preguntó quién habría encargado a las chicas, tal vez Marvin Sanders, que nunca le había tenido mucho aprecio, o quizá Pat Cullen, o igual el propio Lucho, al margen de lo que ahora intentase aparentar. Quizá la habían invitado para ponerla a prueba. O quizá habían supuesto que no podría encajarlo, o quizá no habían pensado en ella en absoluto.

Sentada en el sillón sucio, viendo a las chicas circular, las luces tenues, las ventanas abiertas, Merle Haggard en el tocadiscos, tomaba sorbos de su ginebra con limonada, borracha a su pesar. Era una sensación agradable de compañerismo; conocía a esos hombres desde hacía décadas. Muchos habían estado a su lado cuando murió Hank, y a pesar de su comportamiento a partir de entonces, allí estaba, a salvo y protegida. Empezó a relajarse y entonces Marvin Sanders la miró y dijo algo y las chicas la miraron también. Había tres botellas de whisky en circulación. Se preguntó si alguno de los hombres estaría dándole a algo más fuerte, aunque no era un sitio de esos, y ellos no eran, en su mayor parte, esa clase de hombres. Beber hasta que tu coche acababa en la cuneta o perdías el conocimiento a los mandos del Cessna: sí. Fumar hierba: no. Una de las chicas estaba a su lado, una morena con los ojos teatralmente maquillados de negro, nada más que con el sujetador y las bragas. Luego estaba sentada en el regazo de Jeannie. Jeannie notó la entrepierna de la chica restregándose un poco por encima de la suya, era suave y estaba totalmente fuera de lugar, ojalá se hubiera puesto pantalones o algo más grueso. Empezó a apartar a la chica y luego se detuvo, todos estaban mirando. La chica estaba mirando, ¿le importaba acaso lo que quería Jeannie? No, el hombre que le pagaba le había dicho que lo hiciera; la chica cumpliría su cometido. Se prolongó medio minuto, luego un minuto; había perfume de vainilla barato, había una extraña intensidad en los ojos de la chica. «Está disfrutándolo», pensó Jeannie, y entonces la chica la besó, con la boca abierta, fuerte y fingido, todo de cara a la galería. Jeannie apartó la cabeza. Se preguntó cuánto ganaría la chica al año. Qué haría si supiera lo que ganaba Jeannie. Entonces terminó la canción y la chica se levantó. Jeannie le lanzó un guiño de solidaridad, pero la chica pasó de ella; ya estaba mirando por la habitación. «Yo era más guapa que tú hace tan solo diez años», pensó, pero lo ahuyentó de su mente, la chica no era el problema, era Marvin Sanders, gordo y con la cara roja; el pelo peinado en cortinilla le caía hacia el lado equivocado, tenía los pantalones manchados de refresco de cereza, una figura ridícula, aunque eso no importaba, era rico y podía comprar todo lo que quisiera.

No mucho después se levantó, bostezó y dijo que se estaba haciendo tarde para una vieja dama. Todos dejaron lo que estaban haciendo y gritaron buenas noches al tiempo que levantaban la copa. Era muy temprano pero nadie protestó. Por lo que a las chicas respectaba, no le hicieron ningún caso.

Caminó en la oscuridad hasta su cabaña, los pinos enormes por encima de su cabeza, todo encerrado. Se preguntó si Hank habría hecho cosas así; naturalmente, debía de haberlas hecho, era probable que hubiera tocado a muchas strippers, había pasado semanas con otros hombres de negocios en sus campamentos de caza e islas privadas, por lo que ella sabía podía convertirse en una persona totalmente distinta. Desde luego no se habría acostado temprano —habría sido un tanto en su contra—, y de pronto tuvo la seguridad de que se había ido a la cama con otra mujer, la seguridad más absoluta, podía haberlo hecho, sin riesgos ni consecuencias, cientos o quizá miles de veces, el código de silencio nunca se quebrantaría. Se preguntó cómo era que nunca se había dado cuenta. Le sobrevino una sensación de soledad.

¿Por qué la perturbaba tanto, llevaba muerto veinte años, no tenía sentido —escuchó el chirriar de las cigarras, risas y música procedentes de la casa principal—, quién era ella para decir quién había sido su marido? Se sentó en ropa interior en el catre desconocido y duro. Se preguntó si debería vestirse y regresar a casa, a casa con Ted, que ya le había pedido dos veces que se casara con él, vería si aún seguía dispuesto. Estaba harta de estar sola.

Se tumbó. Estaba muy borracha, quedaba muy lejos para conducir hasta allí. Se quedó dormida y a la mañana siguiente se lavó la cara en el arroyo, se maquilló en el espejo mate y agrietado, descartó la idea de casarse con Ted y pasó la mañana cazando urogallos con Chuck McCabe. Después de lo cual se montó en su Cadillac y se fue de regreso a Houston. Nadie le preguntó por qué. Fingieron alegrarse de que hubiera ido.

Iba conduciendo. Hacía calor y de pronto le vino a la cabeza el hierro de marcar, cómo desafiaba a su padre y a todos los demás, y ahora allí estaba, cuarenta años después, desesperada por encajar. La habían domado. Se había dado por vencida. Debería haber dado un hijo a Ted, había sido una egoísta, su vida entera para su padre y para Hank, pero uno no podía medirse con los muertos, conservaban su perfección mientras tu carne se volvía cada vez más débil.

Y su padre también había sido débil, e incluso Hank, ahora lo veía. Había sido una idea más tiempo que una persona real, pero no era más que una idea, ya no era real, a ella no le había ido mal, no había nadie como ella. Eso debería contar a su favor. No era como otras mujeres. Una docena de vidas dedicadas al tenis o el polo no la habrían hecho feliz, y, con respecto a un hijo, si Ted se lo hubiera pedido, se lo habría dado. Pero había querido hijos como quería todo lo demás, era una vieja canción en alguna parte de su cabeza, tenue y remota. Aunque en esto Ted había tenido razón. No debería haber ido. Había sido un error, un error tremendo, aprendería de él.

54

LOS DIARIOS DE PETER McCULLOUGH

8 DE AGOSTO DE 1917

Calor. Reventé dos neumáticos por conducir demasiado rápido por las rocas. Medio día perdido; creo que llegaremos a Torreón mañana. Sullivan y Jorge Ramírez vienen conmigo. Jorge conoce un poco la zona. Está muy nervioso: si nos detienen los carrancistas será cuestión de suerte si vivimos o morimos.

No me importa especialmente. Tengo la sensación de que cualquiera podría atravesarme con el dedo. No hay nada dentro.

9 DE AGOSTO DE 1917

De unos jornaleros por el camino Jorge consiguió sombreros y ropa como es debido, que nos ponemos, dando a los hombres la nuestra. Ira contra los americanos aquí arriba sobre todo teniendo en cuenta la reciente expedición de Pershing («la invasión», la llaman en español). Pasamos burros que arrastran maderos y mulas cargadas con cerámica y hombres de pies gruesos que avanzan lentamente bajo el calor, de blanco de arriba abajo salvo por la manta que llevan sobre los hombros. Hay niños que no visten más que sombreros y ponchos raídos que apenas les llegan a la cintura y nos detenemos a menudo por culpa de rebaños de ovejas y cabras y vacas con las costillas marcadas que no ven ningún motivo para apartarse de nuestro camino.

Pregunté a Sullivan y Jorge si creían posible que Phineas hubiera encargado que hicieran daño a María, o algo peor. Sullivan negó con vehemencia. Jorge guardó silencio. Le insté a contestar y dijo que no, que no lo creía.

Sullivan señaló que Phineas se prepara para presentarse candidato a gobernador, y el padre de Sally es un juez importante. Sugirió que probablemente esas eran las razones de que quisieran librarse de María. Señalé que también había otras razones.

En Torreón, que es más grande de lo que pensaba, seguimos en coche hasta encontrar una cantina que Jorge juzgó segura (se me escapa de qué lógica se sirvió) y pasamos unas horas sentados al fondo (tras untar al propietario con ciento cincuenta pavos) mientras Jorge salía a echar un vistazo. Llevábamos los dos las camisas y los pantalones blancos sucios de los jornaleros, que apestaban al sudor de otros hombres. Sullivan tenía su 45 en una silla vacía y la carabina en la otra. Yo tenía la pistola debajo de la camisa pero dudaba que tuviera energía suficiente para utilizarla. Sullivan lo notaba y eso le enfurecía.

Cuando Jorge llevaba ya varias horas sin regresar, Sullivan señaló, aunque dijo que se había prometido tener la boca cerrada, que diez mil dólares son mucho dinero. Suficiente para emprender una vida nueva por completo. «Estoy nervioso aquí, jefe, a decir verdad. Cuanto más tiempo nos quedemos, menos probabilidades tenemos de librarnos de las serpientes.»

No estoy seguro de qué se supone que debo sentir. Jorge regresó por fin y pedimos de comer. Nos había encontrado un buen hotel.

¿Sabía María que ocurriría algo así? ¿Lo estaba esperando? Me parece poco probable: igual esperaba que la llevaran a la brasada y le pegaran un tiro.

Pero es la pregunta que callamos el resto del día. No hay ningún indicio de ella que Jorge fuera capaz de detectar; quizá pasó por aquí anoche, o quizá no.

Yo miraba mientras Sullivan y Jorge sopesaban en silencio lo que harían con diez mil dólares. El sueldo de cinco años. Me dejarían, eso seguro. Veo en sus caras lo que piensan respecto de María. No puedo explicar la situación. Ya no estoy seguro de saber cuál es siquiera.

Que estaba desesperada lo callamos; que tenía todo que ganar y nada que perder también lo callamos. Que es diez años más joven que yo y hermosa; eso tampoco lo menciona nadie.

10 DE AGOSTO DE 1917

Nos han robado el coche. Parapetados en la habitación del hotel. A la espera de que Phineas envíe dinero por cable para un nuevo vehículo. Ahora conocen la cara de Jorge y es peligroso salir incluso para él. Curiosamente, vemos a un fotógrafo europeo deambulando por las calles; nadie parece hostigarlo en absoluto.

11 DE AGOSTO DE 1917

Por lo visto, Phineas y mi padre están haciendo llamadas: un jefe de policía ha traído esta mañana un maletín lleno de pesos y un Ford 1911 que está dispuesto a vender. Señalo que cuesta lo mismo que un Ford nuevo en un concesionario. Sullivan y Jorge me lanzan una mirada para que cierre la puñetera boca.

A Jorge casi le arranca el brazo la manivela de arranque, pero la policía nos escolta hasta la afueras de la ciudad. Nos instan a que saquemos partido al viaje hoy, que es domingo, porque la gente estará de asueto. Nadie parece saber nada de María.

13 DE AGOSTO DE 1917

Fuimos a San Antonio a hablar con los de la agencia de detectives Pinkerton.

—Quiere que busquemos en todos los pueblos de México.

—Sí —dije.

—Eso es imposible. Es imposible desde el punto de vista económico e imposible desde el punto de vista logístico. Allí están en guerra.

—Déme una cifra.

Levanta las manos.

—Cien mil dólares.

No dije nada.

—Le tomo la palabra cuando dice que quiere que busquemos por todos lados. Hay maneras de hacerlo por una décima parte de eso.

—¿Obtendré los mismos resultados?

—De una manera u otra, es probable que el resultado sea el mismo.

—Pues adelante —le dije.

Miró la mesa.

—Todo el mundo conoce a su familia, pero…

—Mi familia no debe saber ni una palabra de esto.

—A lo que me refiero es a que necesitaremos el dinero por adelantado, señor McCullough.

Saqué el talonario, el dinero que he estado ahorrando para mí, todo lo que he reunido en la vida. Pensé: nunca seré libre si firmo esto.

—Puedo darle ochenta mil hoy. El resto se lo traeré la semana que viene.

—Para que lo sepa, está tirando el dinero. Villa sigue guerreando por el norte, Carranza y Obregón tienen la zona central y Zapata, el sur. Aunque ella siga…, bien de salud, encontrarla será sumamente difícil.

—Lo sé muy bien.

Firmé el cheque. Una gota de sudor emborronó los números.

—¿Seguro que quiere que lo acepte? —dijo.

18 DE AGOSTO DE 1917

Sally preguntó cuándo voy a aceptar la realidad de nuestra situación. Le dije que rezaba todos los días para que su Packard vuelque en una zanja. Se rió y le señalé que no bromeaba.

Después de recobrar el dominio de sí misma dijo que estaba dispuesta a pasar solo la mitad del tiempo aquí, y la mitad en San Antonio, solo para guardar las apariencias. No contesté.

Esta tarde regresó a mi despacho con una botella de vino fresco y dos copas. Reconoció que no había sido perfecta, aunque yo tampoco lo había sido. Quiere empezar de nuevo. Un segundo matrimonio, por así decirlo.

Le contesté que no la quería tener cerca, ni ahora ni nunca, que preferiría acostarme con un cadáver podrido.

—Estuviste con esa chica un mes —me dijo—. Ya es hora de que madures.

—Es el único mes que he sido feliz en mi vida.

—Bueno, ¿y qué hay de los chicos? —indagó.

—Los chicos no me respetan. Han aprendido de ti. De ti y de mi padre.

Hizo añicos las copas y se quedó apoyada en el marco de la puerta, como solía hacer María. Luego se marchó y miré una copa rota y me pregunté lo que sería clavársela en el cuello. Luego estuve a punto de vomitar. Si sigues tus propias huellas el tiempo suficiente, acaban por convertirse en las de una bestia.

Pienso en María. Me digo que fue un lujo, como una fruta fuera de temporada; uno es afortunado de tenerla pero resulta fugaz.

19 DE AGOSTO DE 1917

Me han enterrado vivo.

55

ELI McCULLOUGH

1865-1867

Los mejores texanos estaban muertos o se habían ido del estado, y los que dirigían el cotarro antes de la guerra regresaron. Los algodoneros gimoteaban por tener que pagar a sus esclavos, pero conservaban sus tierras, sus purasangres y sus grandes mansiones. Es más romántico atrapar terneros con lazada que cosechar algodón, pero la reputación de nuestro estado como reino ganadero es un tanto excesiva. La ternera siempre fue un pariente pobre de la planta del algodón y no fue hasta treinta años después del hallazgo de Spindletop cuando el petróleo destronó al Rey Algodón.

Me mudé de nuevo con el juez pero apenas soportaba estar en la ciudad, con las clases superiores pavoneándose en carruajes mientras que todas las mañanas había que descolgar de los árboles esclavos libertos o unionistas errantes. Aquello cada vez se parecía más a los Antiguos Estados, la nariz de algún vecino metida en todos tus asuntos, a quién votabas y a qué iglesia ibas, y me planteé comprar una parcela cerca de las montañas, donde la frontera seguía abierta, aunque el juez se oponía tajantemente. Señalé que los comanches estaban huyendo; era solo cuestión de tiempo. Y no teníamos que trasladarnos allí; podía simplemente comprarla. Pero el juez pensaba que sería una tentación demasiado grande, y probablemente estaba en lo cierto, porque a menudo me sentaba en su fumador pensando en Nuukaru y Escuté y en si debería salir en su busca. Lo más seguro es que ya estuvieran en el Brumoso Más Allá, pero de no ser por Everett, habría dejado a Madeline todo mi dinero y me habría ido a averiguarlo.

Fue un periodo ocioso. Eché cuerpo y los pantalones se me quedaron pequeños y empecé a cogerle un gusto a la bebida que nunca conseguí quitarme de encima. El juez me instaba a que buscara un trabajo como es debido pero tenía dinero en el banco y estaba decidido a sacarle partido, como se lo sacaban los de las clases pudientes. Intenté recuperar la concesión de mi padre, que ahora estaba en zona colonizada, pero había sido dividida en cuatro parcelas, los nuevos propietarios no querían vender y todos mis demás planes quedaron en agua de borrajas. Mis mejores tiempos habían quedado atrás, eso estaba claro.

Mientras, el juez pensaba lo contrario. Se había mudado a Texas para ver cómo se asentaba la región, y, ahora que había cumplido su deseo, tenía planeado presentarse como candidato al Senado. Era un asunto peliagudo porque las tropas de Custer estaban ocupando la capital y nadie sabía qué pasaría cuando se fueran. El juez tiró los dados y se presentó por el partido Republicano, cosa que sus amigos le habían desaconsejado, aunque él no quiso hacerles caso. Creía que los tiempos estaban cambiando. Unas semanas después lo encontraron muerto a tiros cerca del río.

Lo que me quedaba tras la muerte de Toshaway, fuera lo que fuese, quedó enterrado con el viejo juez. Renegué de los demás hombres. Si alguien sabía quién lo hizo, no dijo nada, y empecé a planear una campaña de asesinatos entre los Roberts, Runnels y Wauls, sentí que el antiguo fuego sagrado comenzaba a arder, pero Madeline detectó mi plan y sus palabras me hicieron entrar en razón. Se vendió la casa grande y nos mudamos a la granja de Georgetown. Los esclavos se llamaban ahora sirvientes y trabajaban a jornal.

La madre y la hermana de Madeline se daban por satisfechas holgazaneando y llorando al juez, pero a su modo de ver mi trabajo consistía en ir a lomos de un caballo panzudo supervisando a los esclavos libertos que iban penosamente de aquí para allá entre las hileras de algodón. Los días de vivir a cuerpo de rey habían tocado a su fin; sobrevivíamos a base de venado, carne de cerdo y la santísima trinidad de la cebolla, el apio y el pimiento. Pero no me hacía ninguna gracia ser testigo del declive de la gran familia. Y no tenía madera de supervisor. Y el comanche que llevaba dentro consideraba que hurgar en la tierra era más miserable aún que limpiar heces. Y quería sacar partido a mi dinero.

A veintiocho centavos por acre compré secciones en los condados de LaSalle y Dimmit. Me planteé adquirir parcelas en la costa, pero los King y los Kenedy ya habían subido los precios, y la franja del Nueces era fértil, estaba bien irrigada y era tan barata que podía hacerme con una acreocracia como es debido. Había bandidos y renegados pero nunca me había importado tener la pistola a mano, y en esa parte del estado un hombre con un lazo podía atrapar tantas reses salvajes como quisiera, que luego vendía a cuarenta dólares por cabeza si conseguía llevarlas al norte. No era cribar oro precisamente, pero se le parecía, y me puse en camino para salvar el buen nombre de la familia.

Había cuarenta y ocho almas en todo el condado, el más cercano un viejo mexicano llamado Arturo García. Antaño era propietario de la mayor parte de la región circundante pero ahora poseía solo doscientas secciones, y el mismo día que lo conocí intentó pujar más alto que yo por una parcela de cuatro secciones que comunicaba todos mis demás pastos. Mi rancho era inútil sin ella. Fui a la notaría pública y ofrecí cuarenta centavos por acre, un precio excesivo con creces, que aceptaron.

—Me alegra tenerlo en la zona —dijo el notario.

—Me alegra estar aquí.

—Intentamos librarnos de gente como los García, si sabe a lo que me refiero.

Le miré. Estaba pensando que podría haber pujado más bajo por la tierra pero él me malinterpretó.

—No solo porque es mexicano. De hecho, mi mujer es mexicana. Es porque tiene tratos con ladrones reconocidos como tales.

—Bueno es saberlo.

—Supongo que tiene un arma, ¿no?

—Claro que sí.

—Bueno, yo no la perdería de vista.

Me gustaría decir otra cosa, pero eso no hizo sino convencerme de que había ido al sitio adecuado.

56

J. A. McCULLOUGH

Una vez más era una estúpida, todos lo sabían, incluso Milton Bryce. El petróleo nacional era un callejón sin salida, se perdía dinero en cada barril que se extraía. Pero tenía una corazonada. Eso fue lo que ella les dijo. Luego procuró no pensar en ello. Era la mayor apuesta de su vida y estaba en paz.

Era feliz con Ted, era feliz con sus hijos, a todos les iba bien, incluso a Susan y Thomas. Ben había terminado el primero de su promoción y había entrado en la universidad A&M de Texas. No le interesaba mucho el deporte, pero era a todas luces muy inteligente, tenía interés por el prójimo, sabía escuchar, todo lo contrario que sus hermanos, que parecían convencidos de tener una suerte de acuerdo especial con el destino (Susan) o apenas reparaban en nada que no fuera ellos mismo (Thomas). Susan solo había aguantado un semestre en Oberlin antes de mudarse a California; pasaba meses en los que era imposible dar con ella y luego sonaba el teléfono a las tres de la madrugada y allí estaba, pidiendo una suma de dinero exorbitante. Aunque parecía feliz. Jeannie accedía a facilitarle la suma y Susan le contaba sus aventuras. En cuanto a Thomas, el mayor, seguía viviendo en su casa. A Jeannie eso la hacía más feliz de lo que estaba dispuesta a reconocer, sabía que tendría que instarle a salir, pero —una excentricidad de Thomas— parecía convenirle estar cerca de casa. Tenía el ejemplo de Phineas, pero Thomas no era él.

Thomas estaba contento de vivir con su madre y ella estaba contenta de que así fuera, tenía un coche, una asignación considerable, hacía viajes con sus amigos. Había sido un niño precioso y eso había sido su perdición; incluso ahora esperaba ser el centro de todo. Un hombre enamorado de su propio rostro, así lo decía Ted, y ella suponía que no se lo podía echar en cara, guardaba auténtico parecido con Peter O'Toole de joven, cosa de la que estaba enormemente orgulloso, tanto así que a menudo ella se sentía tentada de comentar que Peter O'Toole no vivía con su madre.

Respecto de aquella excentricidad suya, la disimulaba tan bien que a veces Jeannie se preguntaba si estaría equivocada, aunque otras veces estaba segura, y asustada, y temía que lo sorprendieran en público. A decir verdad, no había mucho de lo que preocuparse. Todos conocían a Tom McCullough, y a los texanos se les daba bien pasar por alto todo aquello que no querían ver, era una reliquia de los tiempos de la frontera cuando no se podía escoger a los vecinos.

Sí, sus hijos eran felices. Era el paquete completo, incluso Susan. Fueron unos años buenos. Y tal vez por eso continuó desprendiéndose de propiedades, dejando de diversificarse, vendió la compañía de acero y la aseguradora que había comprado con Hank, la mayor parte de los bienes inmuebles, lo invirtió todo en el petróleo, terrenos nacionales, que todos le vendían encantados. Resultaba tan fácil que a veces se preguntaba si no estaría precipitándose hacia el suicidio —el suicidio financiero, al menos—, lo que dejaría a su familia muy tocada.

Se preguntaba si sería el mismo sentimiento de liberación que había permitido a su padre dilapidar su herencia en el rancho. Aunque su padre era estúpido de verdad. Esto era otra cosa. Jeannie había hecho un viaje por Oriente Medio con Cass Rutherford y mientras que él no vio nada fuera de lugar, de hecho creía que las cosas estaban mejorando —la infraestructura, la competencia de los perforadores y geólogos—, a ella la situación le pareció inquietante. Veinte años atrás, eran hombres montados en camellos. Ahora había urbanizaciones, basura por todas partes, gente que te miraba por encima del hombro en todas las esquinas. Ese era el problema de la televisión: todo el mundo sabía lo que te estabas llevando, lo que veían esos árabes era extranjeros ricos que compraban su petróleo a diez centavos por dólar el barril. Al final del viaje, se sentía tan corrupta y deprimida que se planteó abandonar el negocio por completo.

Tras pasar unas semanas en casa entró en razón, pero la sensación de incomodidad no desapareció. Iba a ocurrir algo y el derrocamiento de Mossadeq fue un milagro que difícilmente se repetiría. Así que había empezado a buscar terrenos nacionales. Era una estúpida, aunque más tarde lo considerarían intuición femenina, aunque no lo era, no era más que una cuestión de ver lo que tenías delante de las narices en realidad, en vez de lo que querías ver.

El petróleo no iba a ninguna parte. Entonces Bunker Hunt apostó fuerte por Libia y fue masacrado y los egipcios entraron en Israel y llegó el embargo. El auge había durado diez años. Y aun así esa insatisfacción. Había acertado con la apuesta pero ellos no se lo reconocían. «Ellos» eran…, no estaba segura. ¿El mundo? ¿Su padre y sus hermanos y su marido fallecidos? «¿Esperabas una medalla?», pensó. Y así era. No era del todo irrazonable, algún gesto por parte de sus colegas en el negocio, un poco de reconocimiento, una mención suya junto a los Richardson, los Basse y los Murchison, los Hunt. Estaba segura —rabiosamente segura— de que si Hank hubiera logrado lo que había logrado ella, su nombre habría estado incluido. Igual tenía complejo de víctima. Eso era lo que querían que pensase.

Se centró en su vida familiar, tal vez por primera vez en la vida. Ahí tenía su medalla: un hogar feliz, hijos felices. Ben y Thomas y todos sus amigos, que, al igual que ellos, habían quedado exentos de la llamada a filas. Hicieron suya la casa de Jeannie, bebiendo y nadando a cualquier hora, era como ser una hermana mayor, jóvenes borrachos en la cocina, borrachos en el jardín, le contaban sus problemas.

Luego, sin más ni más, como si todo lo hubiera sostenido una ramita, se terminó. Ben estaba en el rancho; su camioneta volcó en una zanja. Milton Bryce había ido con ella a verle: no parecía él mismo, Jeannie no sabía bien de qué modo, no tenía más que un ojo morado, le habían peinado con la raya al otro lado; salió de la habitación y le dieron algo dulce −¿un refresco de cola?− y luego estaba pensando en sus hermanos y después no recordaba nada.

Lo enterraron y luego no se esperaba nada más, se sentó en la antigua casa familiar y todo se tornó vaporoso e inalcanzable. Se había permitido pensar, en algún rincón recóndito de su mente, que algo pudiera ocurrirles a Thomas o a Susan −tenían un criterio terrible, corrían riesgos−, pero Ben había sido el eje central, el alma templada. Y si él... Tuvo la sensación de que los perdería a todos. Había fracasado de alguna manera fundamental. Habían estado en lo cierto respecto a ella todo el tiempo.

Thomas también pareció notarlo, notar que la muerte de su hermano era culpa de ella, que había alguna influencia que no había ejercido, sobre la manera de conducir de los jóvenes, o la curva cerrada en el camino o la zanja en la que volcó la furgoneta. Un día se fue y no regresó. Susan llamó a cobro revertido para decir que se había presentado en California; había conducido toda la noche. Resultó que se había ido para siempre. Jeannie vendió la casa de River Oaks y se fue a vivir con Ted.

Podía reconocer que era distinto de perder a su marido. Sabía que sobreviviría, sabía que se recuperaría, «No te lo tomes como una lección», le dijo Jonas, pero así se lo tomó, había esperado demasiado, y si no era una lección, entonces ¿qué sentido tenía?

Incluso si existía Dios, decir que amaba a la humanidad era ridículo. Lo contrario era igual de probable; que nos engañaba sistemáticamente era igual de probable. Pensar que un ser todopoderoso creara un mundo para todos menos él, que dedicara todo su tiempo a velar por los intereses de criaturas inferiores, iba en contra del sentido común. Los fuertes despojaban a los débiles, solo los débiles no lo creían, y si Dios andaba por ahí, era tal como sospechaban los griegos y los romanos; un embaucador, un hermano mayor que pasaba todo el rato inventando maneras de castigarte.

Estaba resentida, Ben la había cambiado, primero para mejor y luego para peor, estaba furiosa y derrotada, cuando no estaba demasiado alicaída pergeñaba una vasta disertación, elogios de distintas figuras, la aprobación del Coronel, el éxito en los negocios, las portadas de revista, su matrimonio, amantes dignos y haber salvado el nombre de los McCullough, eso la mantenía a flote un tiempo, le permitía no sumirse en la oscuridad, pero siempre, siempre, acababa hundiéndose. Nada de ello tenía importancia.

El auge continuó. Los de la revista *Time* fueron a verla de nuevo: ahora era la mujer que había predicho el embargo. Por cierto, ¿era feminista? ¿No? Otra vez apareció en la portada, no totalmente derrotada, aunque no era lo mismo, no era lo mismo. Un editor la abordó para proponerle que escribiera sus memorias, algo que sirviera de inspiración a otras personas, mujeres, querían decir, la historia de su vida, cómo piensa usted y resuelve los problemas, algo para que la juventud se sienta estimulada, aunque seguramente se referían a las amas de casa.

Pero ¿qué diría? ¿Que el Coronel había estado en lo cierto? ¿Que solo podías depender de ti mismo? Eso no llenaría todo un libro. Lo intentó de todos modos, y durante un tiempo recuperó un sueño de su juventud, sentada a una mesa, respondiendo a las cartas de todos sus súbditos, las cámaras demorándose en todas y cada una de sus palabras, escribió sobre su padre y sus dos hermanos y la madre que no conoció, su marido y su hijo, dónde debía detenerse, los niños en el cementerio, los muertos apareciéndose en tropel hasta que apartó los papeles. Sabía por qué el Coronel detestaba hablar de los viejos tiempos. Porque en cuanto volvías la vista atrás y empezabas a hacer balance, estabas acabado.

Para 1983 había perforadores yendo a la bancarrota a diestro y siniestro, pero para Ted y la mayoría de sus amigos, el auge no había sido más que un periodo de riqueza excepcional, en el que los cheques de regalías de los que todos vivían habían sido absurdos en vez de meramente elevados.

Jonas estaba bien, tan frugal como siempre; no le hizo falta apretarse el cinturón. Seguía yendo a Boston en su viejo

Volvo varios días a la semana, igual desde Martha's Vineyard, igual desde Newport, igual desde su casa del lago en Maine, aunque no estaba segura de que de veras hiciera algo en su bufete. Sobre todo parecía despertar a la misma hora todas las mañanas, dedicando horas a elaborar listas de lo que había que hacer: «Adaptar el barco para el invierno, pintar las barandillas del porche (se tenía por un manitas), llamar por lo del ruido del Volvo, squash con Bill (raqueta), rejillas del porche, tasas de matriculación, Club Bohemian, reservas en...». Le encantaba tachar cosas de la lista; a veces anotaba cosas que ya había hecho, «Desayuno con Jeannie», solo para tacharlas de nuevo.

Jeannie se planteó vender el rancho, conservar la casa pero vender las tierras, no le quedaba familia en Texas; en Midland se podía comprar un Rolls-Royce o un edificio de oficinas o incluso un Boeing por unos centavos el dólar, no habría trabajo en el negocio del petróleo durante mucho tiempo, eso estaba claro. Era hora de vender. No tenía sentido estar tan lejos de su único hermano vivo y sus hijos.

Ted y ella estaban en el rancho, discutiendo por eso mismo (uno no vendía la tierra, opinaba él), cuando Consuela fue a avisarle de que había alguien en la puerta.

Era una mujer mexicana más o menos de su edad, con un vestido y joyas como si hubiera sido invitada a una fiesta. Jeannie aún no se había duchado ese día; se retiró el pelo hacia atrás, se alisó la blusa y se sintió baja.

—Soy Adelina García.

Eso no le dijo nada.

—Soy hija de Peter McCullough.

Eso tampoco le dijo nada. Luego sí. Alargó la mano hacia el pomo de la puerta.

—Peter McCullough no tenía ninguna hija —dijo—. Me temo que se equivoca.

—Es mi padre —repitió la mujer.

Al no reaccionar Jeannie, la mujer adoptó un aire apremiante.

—Usted es mi sobrina —dijo—. A pesar de nuestras edades.

Igual era la barrera del idioma, pero no podría haber ido a decir nada peor.

—Bueno, ya me ha conocido. Y estoy ocupada.

Jeannie cerró la puerta.

La mujer se quedó en el porche un buen rato y luego regresó a paso lento a su coche. Jeannie se preguntó cómo habría cruzado la puerta del rancho.

Era una vieja treta. Aunque por lo general uno se enteraba por medio de un abogado. Aun así, se sintió intranquila, y de nuevo en la biblioteca, perdió las fuerzas por completo y se derrumbó sobre Ted, que se ladeó en torno a su cuerpo para ver la televisión.

—¿Alguien importante?

Se sentía fatal; algo le decía que siguiera a la mujer pero no conseguía levantarse.

—¿Qué quieres comer? —preguntó él.

—Era una mexicana que aseguraba ser pariente mía.

—¿La primera?

Asintió.

—Bienvenida al club.

Se quedó sentada.

—Llama a Milton Bryce —le aconsejó él, sin apartar la vista de la televisión. Era *Dallas*. La gente estaba obsesionada con la serie—. Llámale ahora mismo si de verdad te preocupa.

Pero no estaba segura de que le preocupara en ese sentido. Decidió pensárselo. Esperó hasta la hora de cenar y llegó a la conclusión de que no tenía importancia.

¿Qué más podría haber sido? Tenía cantidad de amigas de familias antiguas que siempre estaban dale que te pego con lo indefensas que estaban, sin carnet de conducir ni tarjeta de la seguridad social, la peor clase de fanfarronería, estaban indefensas, indefensas por completo, y se enorgullecían.

Las cosas que las hacían felices no significaban nada para ella. Era una reliquia de otros tiempos, quizá, como su bisabuelo. Pero ni siquiera eso era cierto. No se parecía a él en absoluto. Ella no tenía imaginación, solo había perseguido lo que alcanzaba a ver, podría haber hecho algo más.

Tenía la sensación de que debía disculparse, pero ante quién, y por qué, no lo sabía. Paseó la mirada por la habitación. Seguía en penumbra. Cuando por fin ocurra, pensó, ni siquiera me enteraré, y entonces dejó de tener miedo.

57

ULISES GARCÍA

Siempre había corrido el rumor de que descendían de norteamericanos ricos, era una historia que a su madre le gustaba contar sobre la parte de la familia de su padre. Su padre murió cuando él tenía dos años. Se estaba librando la Guerra Sucia, y lo último que se supo de su padre fue que lo llevaban a una comisaría.

Después se habían mudado muchas veces, hasta quedarse por fin en Tamaupilas con sus abuelos. Su abuelo trabajaba en un rancho, levantaba cercas, reparaba molinos de viento y cobertizos, pasaba más tiempo en una furgoneta que a caballo, pero eso hacían ahora los vaqueros. En América, los vaqueros volaban en helicóptero. O eso decían.

Su abuelo había trabajado para los Arroyo toda su vida y no era más rico ahora que cuando empezó; los Arroyo eran los propietarios de las tierras desde el siglo XVII y pagaban como si el tiempo no hubiera transcurrido desde entonces. Sentado junto al fuego con los veteranos, podía ver toda su vida desde el nacimiento hasta la muerte, era un buen trabajo, tenía suerte de haber entrado allí; sus amigos acabarían en refinerías, o vendiendo baratijas a los turistas, o con los narcos.

Aun así, había noches en que despertaba pensando que era tan viejo como su abuelo, encendía la luz, se acercaba al espejo y se miraba la cara. Era moreno, había quien lo tomaba por mulato, tenía la nariz delicada y el ceño marcado.

En invierno llegaba un goteo de hombres de regreso del norte con miles de dólares en el bolsillo y algunos se lo ventilaban todo —el trabajo de toda una estación— en un par de noches de apostar. Su abuelo se limitaba a encogerse de hombros. Mercedes Arroyo se gastaba tres mil dólares en un pañuelo, ¿qué diferencia había?

En cuanto a Ulises, veía a las hermosas nietas de los Arroyo ir y venir, sus chóferes y sus BMW; cuando pasaban alcanzaba a oler el perfume en el interior de los coches. La casa estaba llena de jaguares y elefantes disecados, alfombras exóticas, cuartos de baño decorados con oro, pero él lo sabía de oídas; nunca le habían permitido entrar.

Su madre fue a trabajar a Matamoros y él se quedó con los abuelos. Un día estaba hurgando en una maleta que había dejado, que estaba llena de cosas de su madre, fotos antiguas y llaves, tarjetas de cumpleaños de gente que él no conocía, recibos desvaídos, el carnet de la universidad de su padre, y entonces, en su propia bolsa de papel…, la partida de nacimiento de su abuela. El documento estaba en español pero el nombre del padre no: Peter McCullough. Y había cartas escritas en inglés.

Sabía que su abuela había intentado ponerse en contacto con la parte norteamericana de su familia, pero la habían desdeñado, y luego su padre también lo intentó, y también le dieron con la puerta en las narices, y no alcanzaba a imaginar cómo los McCullough (ahora sabía su apellido) podían haber hecho tal cosa. Intentó imaginar su punto de vista, una persona que se presenta en tu puerta y pide dinero. Los detalles eran importantes; habría que abordarlo de cierto modo.

Empezó a soñar despierto con visitarlos, y ser recibido, y con que le daban tierras y se hacía rico. Naturalmente, no lo harían sencillamente porque sí; les demostraría que sabía de ganado, conocía su negocio, no era simplemente un gorrón, trabajaba duro, y entonces, una vez se hubiera probado a sí mismo sin lugar a dudas, haría una presentación formal.

Esas ensoñaciones se habían prolongado varios años; parecían salidas directamente de una telenovela y no tenía claro cuándo pasaron a ser un plan en firme. Pero en septiembre de 2011, cruzó el río y fue a caballo al rancho de los McCullough. Su padre conocía a alguien en una plantación de olivos en el lado mexicano, unos kilómetros río arriba del rancho, y ese anciano y él esperaron a que hiciese una noche oscura para cruzar. Después de eso le resultó fácil. No era un pollo cualquiera, era un vaquero, y aquel era el lugar que le correspondía.

Buscó al capataz blanco y le ofreció darle su silla labrada a mano si algún bronco de su remuda conseguía desmontarlo. El capataz se echó a reír, luego le explicó que no tenían ningún bronco en la remuda, que probablemente hacía medio siglo que no tenían broncos. Hacían las recogidas del ganado con helicópteros y compraban la mayoría de los caballos a los tres años en otros ranchos.

Pero se dio cuenta de que al capataz le había impresionado su aspecto, no había echado a Ulises del rancho de inmediato, había inspeccionado con cuidado sus arreos, sus zahones. Ulises tiró el lazo unas cuantas veces para que lo viera, atrapó un ternero por el cuello y luego por una pata delantera. «Atrapé a lazo una vez un águila en pleno vuelo», dijo. No era exactamente cierto; había sido un pavo. Pero vio que al hombre le gustaba su cara. «También sé usar un soldador.»

Pasó el resto del día en la furgoneta del hombre, echando una mano con las tareas, reparando una cerca, conduciendo un tractor con rastrillo hilerador de forraje. Al final, el hombre dijo:

—Dos cincuenta a la semana. La migra no suele meterse en la propiedad, pero si asomas las narices y te pillan, pasarás unos meses en la trena. Por lo general no hacemos nunca esto, pero andamos escasos de personal, y cada vez más.

Tomó nota, pero decidió no preguntar por qué.

—Si sigues aquí dentro de unos meses, podemos plantearnos pedir un permiso. Aunque nadie está seguro de que este sitio vaya a durar tanto tiempo. Esta misma semana he perdido a dos tipos. Así que si tienes alguna otra cosa en perspectiva, te aconsejo que la aproveches.

Su sueldo no era gran cosa según el baremo norteamericano, pero no tenía nada en qué gastarlo. En los ranchos más pequeños los agentes del Servicio de Inmigración y Control de Aduanas iban y venían a diario, pero los McCullough tenían su propia seguridad y la migra rara vez se pasaba por allí. Era peligroso salir de la propiedad, eso sí: las camionetas blancas y verdes estaban por todas partes; era un poco como estar bajo arresto domiciliario.

Tenía un catre y unos cuantos clavos de los que colgar las camisas. Cuando no estaba trabajando, estaba por ahí viendo la tele con los demás vaqueros. Cuando no le dejaban ver los programas americanos —no daban mucha importancia a hablar inglés—, pedía prestado un rifle y salía a la brasada a matar algún pecarí o conejo, o seguía el rastro de los ciervos de cornamenta enorme que había por todas partes. Eran demasiado valiosos para matarlos; los americanos pagaban miles de dólares por cazarlos.

Se escabullía a la ciudad una vez al mes, enviaba a sus abuelos la mitad del sueldo y se compraba una camisa nueva, aunque tenía que pedir la percha en la que venía. En Navidad pasó mucho tiempo mirando unas botas Lucchese hechas a mano pero se decidió por unas Ariat, que costaban una cuarta parte. También compró una herramienta multiusos Leatherman. Se sentía rico. Entonces entró un blanco con un arma en la tienda y todos guardaron silencio. Alguna clase de agente. Ulises se quedó junto a la caja registradora, esperó a que metieran sus compras en bolsas, observando el reflejo del hombre en el escaparate. Se sintió asqueado al salir. Se detuvo cerca de una papelera, se planteó tirar todo lo que acababa de comprar. No podía valer eso.

Será mejor cuando tengas permiso de residencia, le dijo Romero cuando estaban otra vez en la furgoneta. «No estoy recibiendo mi permiso», dijo Ulises en español, pero Romero fingió no oírlo. Llevaba cinco años trabajando para los McCullough y aún lo paraban los del Servicio de Inmigración, que fingían no reconocerlo. Ulises veía lo mucho que se enorgullecía de su nueva furgoneta blanca, aunque no le pertenecía a él más que al rancho, y mucho se temía que Romero era idiota y él también era idiota.

La anciana se moría y no tenía a nadie que se encargara del negocio. Su hija era drogadicta y su hijo, según se decía, no era un hombre como es debido. Había habido un nieto al que todos tenían aprecio, pero se ahogó en tres palmos de agua. El otro nieto iba de visita al rancho con sus amigos: llevaban sandalias y no se afeitaban nunca y estaban todo el rato fumando mota. Bastaba con echarles un vistazo para saber por qué se estaban yendo los vaqueros. Ese lugar moriría con la anciana.

Su plan era ridículo. La anciana rara vez iba de visita al rancho y el capataz, que probablemente también estaba buscándose un empleo, olvidó su promesa de solicitar el permiso. Pero aun así era mejor que trabajar para los Arroyo. Así que se quedó.

58

LOS DIARIOS DE PETER McCULLOUGH

1 DE SEPTIEMBRE DE 1917

La sombra me sigue a todas partes; le veo en el rincón a la hora de cenar, aguardando su momento; se queda a mi espalda mientras estoy sentado a la mesa. Como si ardiera un fuego enorme delante de mí. Imagino que me acerco..., dejo que las llamas me engullan.

Cabalgo hasta la casa mayor y pego el oído a la roca. Oigo la campana de la iglesia, niños que llaman, zapatos de mujer.

Un recuerdo del día después de las muertes:

Mi padre postulando, distraídamente, que el que hubiera sobrevivido María era una especie de tragedia. De haber muerto, toda la ira y el pesar de los García habrían desaparecido de la faz de la tierra. Sus palabras se han convertido en una película que se proyecta una y otra vez en mi mente. Imagino apuntarle con un revólver a la cabeza mientas duerme. Imagino al barrenero de pozos que aparca su furgoneta delante de la casa, prendiendo con una cerilla las botellas de nitroglicerina.

Naturalmente, siempre lo he llevado dentro. Solo estaba esperando un momento para escapar. A mi padre no le pasa nada: él es el normal. El problema estriba en los que son como yo, los que esperábamos poder elevarnos por encima de nuestro estado instintivo. Que esperábamos ir más allá de nuestra naturaleza.

Me sobrevino esta mañana: está muerta. Caminé de aquí para allá por la habitación, pero luego no me cupo duda: está muerta, nunca he estado tan seguro de nada en la vida.

Mi padre fue a buscarme al despacho.

—Sabes que lo siento —dijo—. Sabes que me duele verte así.

No respondí. No le he dirigido ni una sola palabra desde aquel día.

—Tenemos responsabilidades —me dijo—. No podemos comportarnos como la gente normal.

Seguí sin hacerle caso. Se paseó por el despacho, mirando las estanterías.

—Muy bien, compañero. Ya te dejo en paz.

Se acercó, levantó la mano para ponérmela en el hombro, pero algo en mi semblante…

—Irá a mejor —me dijo.

Se quedó ahí plantado unos instantes. Luego le oí irse por el pasillo arrastrando los pies.

Naturalmente, en persona…, la idea de hacerle daño es repugnante. Porque, a diferencia de él, soy débil. No le importó canjear una esposa y unos pocos hijos por conseguir lo que quería…, cada cual atraviesa su propio fuego por sus propios pecados, yace en su propio tormento. El mío es el pecado del miedo, la timidez… Es posible que yo alejase a María de este lugar…, ni siquiera se me había ocurrido. Retenido por las cadenas de mi propia mente.

Mi sol se ha puesto, las tinieblas han ocupado todos mis caminos. El resto de mi vida pende sobre mí como un peso; me recuerdo que mi corazón latió feroz durante una breve temporada…, mis pensamientos más absurdos se hicieron realidad.

Tal vez llegue otra inmensa edad de hielo y reduzca todo esto a polvo. Sin dejar el menor rastro de nuestra existencia, como hace incluso el fuego.

6 DE SEPTIEMBRE DE 1917

Sally se me sigue insinuando. Como si yo fuera a olvidar sin más ni más lo que ha hecho. Es solo porque ya no me muestro condescendiente con ella por lo que está interesada en mi compañía. Hoy me preguntó si voy a seguir buscando a María. Luego preguntó: «¿Me buscarías a mí si desapareciera?». Está desconcertada. Ella no creía que María fuera del todo humana; no cree haber hecho nada malo. Cada oveja con su pareja: es el único principio al que se ciñe.

Me contento con pensar que un día no seremos sino marcas en la piedra. Manchas herrumbrosas de sangre, el negro de nuestro carbono, arcilla que se endurece.

7 DE SEPTIEMBRE DE 1917

No se puede permitir que esta familia continúe.

59

ELI McCULLOUGH

En 1521 una docena de cabezas de ganado español desembarcaron en el Nuevo Mundo; para 1865 había cuatro millones viviendo en libertad solo en Texas. No se avenían a ser domesticadas; preferían meterte una cornada y volver a rumiar hierba. El típico paleto las eludía de la misma manera que a un oso gris.

Pero no podían evitar ser animales gregarios. Una vez tenías un rebaño lo bastante grande, incluso las de cornamenta más vetusta se sumaban. Empezando de cero podía llevarte un año tener tu propio hierro, tirando el lazo, cortando y marcando siete días a la semana, y si no acababas corneado o pisoteado siempre había un vecino que disfrutaba más pasando ese mismo año cara al sol con una sonrisa; todo lo que tenía que hacer era ir a tus pastos una noche con diez compañeros inseparables, donde, en unas horas, podía coger tu trabajo de todo un año y apropiárselo.

Por alojamiento, comida y una tajada de los futuros beneficios contraté a dos antiguos confederados, John Sullivan y Milton Emory, junto con Todd Myrick y Eben Hunter, que habían pasado la guerra zafándose de la Guardia Nacional en los condados de Maverick y Kinney. Conocían las tierras mejor que yo y no eran alérgicos al sudor ni a la sangre. Todos conocían a Arturo García y le detestaban, pero como era habitual aborrecer a los mexicanos en aquellos tiempos, no le di mayor importancia.

Se ponía en marcha una recogida de ganado adeudando a los peones el sueldo de un año y después de haber pedido prestado dinero a todos tus conocidos. Se conducía a los animales sin hostigarlos y se les permitía pastar y abrevar a voluntad, para que no perdieran ni un solo gramo. Se les trataba igual que si fueran huevos preciados. Entretanto, una tormenta podía costarte la mitad del rebaño.

Se ha escrito acerca de la vida del vaquero como si fuera la cúspide de la libertad en el Oeste, pero en realidad era un trabajo pesado e insomne hasta límites casi inimaginables —cinco meses de esclavitud para reunir un rebaño de animales—, y de no haber estado cabalgando para mi propia marca no habría durado ni un día. El hecho de que la región era lo bastante tranquila para cruzarla llevando propiedades valiosas da a entender todo lo necesario; la época de Bridger y Carson y Smith habían terminado tiempo atrás, la tierra ya se estaba civilizando.

Perdimos a dos de los hombres de treinta dólares cuando sus caballos se despeñaron por un precipicio en la oscuridad. A los otros los dejamos en Kansas. Se alegraron de ver la gran ciudad y buscar otro trabajo; tenían más dinero en el bolsillo del que habían visto nunca. Con 1.437 cabezas saqué treinta mil dólares y doscientos ponis indios que no quería nadie. Llevamos los ponis por la ruta de Chisholm y me detuve en Georgetown para ver a la familia mientras Sullivan, Myrick, Emory y Hunter llevaban los ponis de regreso al Nueces.

Madeline seguía viviendo en la granja con Everett, Phineas y Pete. Su madre, todavía una belleza de renombre, se había vuelto a casar y había sirvientes en el comedor otra vez.

Estábamos en la cocina al sol. El dinero estaba en el banco y me alegraba de estar en casa, me alegraba de estar mirando a mi hermosa mujer. Tenía hebras blancas en el cabello pelirrojo. Me incliné y se lo besé.

Me dio una bofetada allí mismo.

—¿Es un mechón entrecano?

—Más bien canoso —señalé.

Suspiró.

—Ahora me vas a echar en falta menos aún.

Volví a besarla.

—¿Me echas de menos?

—Claro.

—A veces no estoy segura de gustarte siquiera.

—Qué locura —dije, aunque sabía a qué se refería.

—Bueno, sé que te gusta la idea que tienes de mí. Pero no estoy segura de que te guste yo en realidad.

—Te quiero.

—Claro que me quieres. Pero eso es distinto de que te guste.

Nos quedamos en silencio.

—Hace dos años, cuando estuvimos todos juntos aquí, sigo pensando en ello. No quiero volver a comer venado en mi vida, pero cuando pienso en ello, fue la época más feliz que he pasado.

—Estábamos sin blanca —contesté—. No había ningún futuro.

—Bueno, un día estaré muerta. Tampoco hay ningún futuro en eso.

La contemplé con el sol entrando por las ventanas y sus codos en la mesa blanca. El pelo le caía suavemente sobre los hombros y lo miré y sus labios rojos y los pómulos altos y el pecho pálido aún pesado bajo el vestido. Pensé que cualquier hombre sería dichoso de poseerla de la manera que pudiese.

—Vamos al dormitorio —dije.

Me ofreció una sonrisa cansada.

—De acuerdo.

Luego la estaba mirando entre las sábanas blancas. Tenía los ojos cerrados.

—Lo necesitaba.

—Yo también —le dije.

Negó con la cabeza.

—Tú no necesitas nada.

Apartó las sábanas y se quedó tendida al sol.

Pasé los dedos arriba y abajo por su cuerpo.

—Si sigues haciendo eso, voy a quererte otra vez.

Seguí haciéndolo, pero estaba preguntándome qué me pasaba. Se dio cuenta y se arrastró hacia mí y me tomó en la boca.

Me pregunté cómo o dónde lo habría aprendido. Luego estaba listo otra vez. Mientras lo hacíamos estuve a punto de decirle que si tenía que hacerlo con algún otro no me importaría pero luego cambié de parecer. Intenté escabullirme pero me retuvo donde estaba.

—Dentro de diez años tendremos la casa más grande de todo Austin.

—¿Y entonces regresarás del quinto pino?

—Sí.

La besé en el cuello.

—Creo que te gusta el quinto pino.

—Me gusta la gente, lo que pasa es que no sé ganar dinero donde viven.

—Bueno, dentro de poco no tendrás que irte.

—Dentro de poco no tendré que irme.

—Eso es —dijo.

Cuando regresé al rancho Todd Myrick estaba muerto en el patio y Eben Hunter estaba en el porche. Llevaban así tres días. Fui en busca de Sullivan y Emory. En los pastos de abajo había más buitres y por su aspecto como recubierto de espuma caí en la cuenta de que el hombre que tenía ante mí era Emory.

Sullivan estaba en el puesto del ejército de Brackett. Había recibido un disparo en el pulmón pero había sobrevivido hasta entonces, y eran optimistas. Era un hombretón con una voz curiosamente aguda que heredaría su hijo. Le pregunté cómo se sentía, pero él no quería hablar de eso.

—Es de lo más curioso que estuvimos cinco meses por ahí y luego, casualmente, fueron a visitarnos nada más volver —comentó.

—Y esperaban que tuviéramos el billetero lleno a rebosar de la venta del ganado.

Los ladrones habían levantado las tablas del suelo y arrancado la alacena de la pared pero no había dinero alguno. Lo había ingresado en el banco.

—Cualquiera con dos dedos de frente lo achacaría a tu vecino mexicano. —Tuvo que respirar con esfuerzo—. Estos tiparracos le hicieron una visita, pero para el caso, fue como un perro oliendo sus propios meados.

—¿Pillamos a alguno?

Miró por la ventana y supe que no debería habérselo preguntado.

—Lo único que me importa es que sigues respirando.

—Emory consiguió abrir fuego un par de veces. Ese muchacho era rápido.

Le ofrecí el pañuelo pero en cambio me cogió la mano y la retuvo. Noté un nudo en la garganta. Estaba pensando en los otros. Luego se hizo el silencio.

Sullivan me soltó la mano y cogió el pañuelo.

—No pienso marcharme del condado sin encargarme al menos de unos cuantos. Me preguntaba si puedo quedarme contigo hasta entonces.

Pasé el día enterrando a Emory, Myrick y Hunter. Luego fui a ver a Arturo García.

Vivía en una gran casa blanca que parecía una fortaleza de antaño. Había un largo porche cubierto en torno a la fachada y salió a recibirme. Por la puerta abierta atiné a ver que la casa estaba llena de cuadros con marcos dorados y armas, muebles como los que tenían los reyes.

Me acompañaba en el sentimiento. Por algún milagro, su ganado y sus caballos seguían intactos. Yo quería dar un paseo por sus cercas en busca de mis doscientos ponis indios, pero sabía que ya habían ido camino del Viejo México.

—Lo que me extraña —dije— es que para llegar a mis pastos tuvieron que haber pasado muy cerca de tu casa. A menos que quisieran dar un rodeo de treinta kilómetros. Y para sacar mis animales, tuvieron que conducirlos de nuevo a través de tus pastos. Razón por la que, a todas luces, siguen las huellas ahí.

—Es un país muy grande, Eli. Lo siento.

—También se enteraron en cuestión de un día de que habíamos regresado.

—Eli, solo lo diré una vez, porque sé que estás disgustado, pero el que viva en la frontera, y que sea mexicano, no quiere decir que tuviera nada que ver con el robo de tus caballos, o la muerte de tus hombres.

—Yo no he dicho tal cosa.

Salió un joven blanco de la casa con pantalones de color amarillo intenso y camisa de seda azul. Llevaba las botas lustradas con saliva y una pistola en cada cadera. Parecía un actor de teatro, la imitación que haría uno del este de un tipo duro.

—Jim Fisher —dijo—. Le acompaño en el sentimiento, señor.

Luego empezaron a llegar otros hombres de los pastos. Me despedí y pasé unas noches durmiendo entre la maleza, lejos de la casa, dándole vueltas al asunto.

No había otros vecinos, ni carreteras que cruzaran por allí.

He de decir que el que García fuera mexicano no tenía nada que ver. Blanco o mexicano, cuanto más importante era un ranchero, más probable era que expulsara a sus vecinos. Tu trozo de tarta es un trozo menos que puedo comerme yo, esa era su actitud, y por cada huérfano al que ayudaba en público dejaba diez en privado.

García había perdido la mitad de su hacienda. Que el estado le había robado las tierras, no lo niego. Pero yo no tuve nada que ver con eso y además él no era el primero que la había perdido. Supuso que yo no podía hacer nada. Me largaría de allí tarde o temprano.

Salvo que esa mano yo no la iba a jugar solo. Había una barranca sinuosa que ascendía desde sus pastos de atrás, donde las paredes eran tan escarpadas que solo se podía cabalgar en fila de a uno, un lugar donde dos hombres con Winchesters de diez disparos, si tenían paciencia, podían detener a tantos oponentes como fuera necesario. Cuando murió García estaba hablando en un idioma que no era inglés, ni español ni siquiera comanche, no se parecía a nada que hubiera oído. Aun así, le entendí. Él creía que me estaba maldiciendo pero no era nada que yo no supiera ya.

Cuando Sullivan estuvo lo bastante recuperado para arrimar el hombro contratamos a media docena de hombres dispuestos a apoyarnos y condujimos los caballos y el ganado de los García hasta Nuevo México. Todos los terneros y potros sin marcar los llevamos a mis pastos. Tendría que haber quemado aquella casa entonces, y haber echado sal en la tierra, porque un año después vino su sobrino y retomó las cosas donde las había dejado su tío.

60

J. A. McCULLOUGH

Estar tumbada y no hacer nada más que pensar: si se lo hubieran preguntado la víspera habría deseado pasar un año así; ahora lo único que quería era levantarse. La habitación volvía a estar iluminada, entraba el sol, pero algo iba mal: mesas y sillas estaban volcadas, habían caído cuadros de la pared, había bustos y pedestales tirados por ahí. Afrodita estaba boca abajo en el rincón. El tejado se vendría abajo y los animales harían allí sus madrigueras.

«En realidad no lo estoy viendo», pensó. Decidió no hacer caso. Decidió alegrarse de estar en esa habitación, el único lugar que a su padre no le había dado por volver a decorar, el resto de la casa lo había llenado de obras de Remington, Russell y Bierdstadt. Pero el Coronel no lo habría permitido. Para él, ese era el aspecto que tenía el éxito: madera oscura, esculturas antiguas, dinero del este. Que intentaba hacerse pasar por dinero europeo. Naturalmente, eso había cambiado. Ahora los italianos hacían películas sobre vaqueros.

Antes incluso de que terminara el auge ella había empezado a diversificarse de nuevo, el petróleo volvió a caldearse, todas las amas de casa de Midland conducían un Bentley. Al igual que la mayoría de sus conocidos, entró en el negocio de las sociedades de ahorro y préstamo. Las SAP habían quedado desreguladas, se les permitía prestar dinero en bienes inmuebles comerciales, petróleo y gas, el techo se había suprimido en aras del interés que se podía pagar a los impositores. Ella compró una pequeña, ofreció intereses elevados para atraer impositores, luego utilizó el dinero para proyectos inmobiliarios en Houston y Dallas, llevándose unos adelantos desorbitados. Pero luego el negocio inmobiliario se vino abajo junto con el petróleo, y Southsun fue rescatada, cosa que le hizo sentirse culpable, aunque no tan culpable como para querer perder ella los cien millones de dólares. Pensó que tendría que prestar declaración en Washington, pero no fue así.

Mientras tanto, Thomas estaba planeando salir del armario de modo que se enterasen todos sus viejos amigos, todos aquellos que había conocido en Houston; ella le advirtió en sentido contrario, lo desalentó sin descanso, no tenía nada que ganar con ese plan. No haría más que ponerse las cosas más difíciles. Nunca veía a esas personas de todos modos.

—¿Por qué tengo que esconder quién soy? —le espetó él.

Se sorprendió tanto que no se le ocurrió nada que decirle. Por fin estaba plantando cara él solo, tendría que respaldarlo. Y sin embargo, no estaba segura, era una manera de llamar la atención —identificarte en público por lo que hacías en los momentos de mayor intimidad—, estaba mal, estaba muy mal, Thomas tendría que haber tomado como ejemplo a Phineas, que había cogido el mundo en su puño y lo había aplastado.

Ella había cometido algún error. Ninguno de sus hijos tenía la menor confianza, estaban los dos hechos un lío, Susan con su adicción a los gurús y los terapeutas, Thomas con sus ideas liberales, su insistencia en salir del armario. No parecían entender que lo que importaba era lo que hacías. No lo que decías ni lo que pensabas.

La salida del armario fue un fiasco. Ella percibió su confusión, se sintió fatal por él, Thomas había pensado que sería importante, un momento de inflexión, pero no cambió nada, era la misma persona.

No fue justo por parte de Jeannie. Ella no sabía por lo que había pasado. Thomas. Había empezado a preguntarse si era culpa suya, sus dos hijos habían acabado siendo desdichados, suponía que porque ninguno había acometido ninguna empresa que tuviese trascendencia. Había tomado un vuelo para ir a verlos, una propuesta formal, unos cuantos millones para cada cual, o veinte, lo que necesitaran, lo que quisieran hacer —una galería de arte para Thomas, un viñedo para Susan—, no había razón para empezar modestamente. Se sorprendieron. Siempre les había dejado en paz. Y luego lo vieron. Lo entendieron. Su madre los consideraba unos fracasados, los consideraba triviales, intentaba salvarlos de sí mismos.

Para entonces Susan tenía dos niños, Jeannie apenas los veía, era como si su hija, sin insinuarlo siquiera, supiese que era la única guerra que tal vez pudiera ganarle a su madre. Pero entonces el novio de Susan, que no era padre de ninguno de los dos, se largó a alguna parte y Susan llamó para preguntar si podía mudarse a Texas, aunque en realidad no lo decía en serio, lo que quería decir era si su madre podía cuidar de sus hijos mientras ella iba a la caza de otro hombre.

Jeannie aceptó encantada, aunque procuró que no se le notara. Los niños tenían seis y ocho años, pero apenas recordaban haberla conocido. Ash era pálido y rubio; Dell, un español de pura cepa; parecían exactamente lo que eran, niños de padres distintos. Los adoraba. No habían visto el rancho desde que eran muy pequeños y se lo enseñó desde un helicóptero, su inmenso reino, ellos eran los príncipes.

—Algún día esto os pertenecerá a vosotros dos —dijo.

—Madre —le advirtió Susan.

—Algún día todo esto será vuestro.

Adoraba a los niños. Estaban ahí sentados delante de la televisión, compró unos cuantos ponis mansos y les gustaba montarlos, pero por lo general los dos estaban poseídos por una suerte de torpeza, de recelo, como si el mundo físico conspirase contra ellos. No podía por menos de compararlos con sus propios hermanos, incluso con Ben y Thomas. Era probablemente una ilusión. Era probablemente que le fallaba la memoria. Los adoraba de todos modos; ahí sentados en el sofá viendo dibujos animados tintineantes, perdonó a Susan todo lo que había hecho en su vida.

Pero semejante falta de disciplina. A los cinco años ella y sus hermanos ya tiraban el lazo. A los diez ella ya utilizaba el hierro de marcar. A sus nietos no se les daba bien nada y tampoco tenían mucho interés en nada. Se preguntó si el Coronel los habría reconocido siquiera como descendientes suyos, adoptó brevemente una actitud defensiva, pero naturalmente no era verdad. Algo le estaba ocurriendo a toda la humanidad.

«Eso es lo que piensan todos los viejos», decidió.

Los llevaba a dar paseos tanto tiempo como eran capaces de aguantarla, «Esto son huellas de pecarí, eso son huellas de ciervo, eso es una urraca verde. Eso es una bandada de buitres y ahí es donde un conejo ha salido huyendo y ahí donde un halcón se comió un pájaro carpintero».

Cuando llegaron los primeros hombres, les contó, había mamuts, búfalos gigantes, caballos gigantes, tigres de dientes de sable y osos gigantes. El guepardo americano, el único animal de la tierra capaz de correr más rápido que un antílope.

Sus nietos escuchaban por educación. Igual percibían adónde quería ir a parar con su historia; adónde quería ir a parar con todas sus historias. El guepardo americano había desaparecido y los antílopes se habían vuelto más lentos: los holgazanes podían seguir reproduciéndose. La gente también se había vuelto más lenta.

Fueron dentro a ver la televisión. Ella se sentó en la galería a solas. Tierras de los McCullough, hasta donde alcanzaba la vista. No había referencia. Estaba el Coronel, claro, pero ¿qué clase de hombre había sido necesario para clavar una lanza a un animal de diez mil kilos? Los osos eran el doble de grandes que un oso gris moderno, debían de haber sufrido muertes horribles, con tantas palabras para la valentía como tenía un esquimal para la nieve. Para el sufrimiento también. «Esos fueron nuestros antepasados», pensó.

No habían dejado nada salvo indicios y huesos. En Australia, impresas en la roca, habían quedado las huellas de tres personas que cruzaban unas marismas. A cuarenta kilómetros por hora: los tres avanzando tan rápido como el hombre más rápido de la tierra en la actualidad. Estaban cobrando velocidad cuando se acabaron esos indicios.

¿Qué debía contarles a sus nietos? Había demasiados datos y podías disponerlos en el orden que se te antojara. Eli McCullough había matado indios. Eli McCullough había matado blancos. Había matado, punto. Dependía de si veías las cosas a través de sus ojos o de los ojos de las víctimas cuando apretaba el gatillo. Los muertos no tenían voz y eso hacía que fueran intrascendentes.

Jeannie no lo sabía. Igual él había sembrado las semillas de su propia ruina. Se había asegurado de que todos tuvieran cubiertas sus necesidades, y se habían vuelto blandos, se habían convertido en gente que él no habría respetado.

Uno quería que sus hijos lo tuvieran mejor que él mismo, claro. Pero ¿en qué momento dejaba de ser mejor? La gente necesitaba algo de lo que preocuparse o se destruían a sí mismos, y pensó en sus nietos y en todos los nietos aún por llegar.

61

ULISES GARCÍA

El rancho ganaba todo su dinero con el petróleo y el gas, y los hombres de esas compañías siempre se paseaban por allí en sus vehículos comprobando pozos, tanques y bombas. Eran en su mayoría blancos y sus latas de refrescos siempre aparecían en las cunetas. Los vaqueros no les tenían mucho aprecio y cada vez que veían la cinta de un topógrafo acordonando un recodo, se detenían y la cortaban.

Pero el trabajo no estaba mal; el aire acondicionado tenía sus ventajas cuando te apetecía, y el dinero, en comparación con México, era increíble. A finales de enero había ido a un rodeo con los demás vaqueros, todos los otros con permisos de trabajo. Eran reacios a llevarle —una furgoneta llena de mexicanos era un blanco de primera, y si los pillaban perderían el permiso—, pero fingió no darse cuenta de que vacilaban. Enseguida se percató de que tres cuartas partes de los hombres que competían no vivían ni trabajaban en ranchos; competían en rodeos por diversión.

Fernando y él quedaron terceros en lanzamiento de lazo por parejas; iba a recoger sus diez dólares cuando vio a un par de agentes del Servicio de Inmigración hablando con el promotor. Se fue en dirección contraria. Se escondió entre la maleza a la salida del aparcamiento y esperó a que salieran Fernando y los demás.

Nadie habló en el viaje de vuelta. No era moco de pavo tener un permiso de trabajo; solo por estar con ellos, los ponía en peligro.

Le estaban entrando unas ganas locas de ir a alguna parte. Ni siquiera podía salir del rancho. Un domingo se fue a caballo hasta la antigua casa de los García; ahora no era más que un montón de paredes en ruinas, pero una vez fue una mansión, una fortaleza incluso. Aún discurría un arroyo por allí cerca, y había árboles y sombra, y una vista. Entró en las ruinas de la casa y supo al instante, lo notó en las entrañas, que los suyos habían vivido allí. Aunque García no era exactamente un apellido poco común.

Vino una furgoneta por el camino y se escabulló de las ruinas y se planteó esconderse; tenía la sensación de estar haciendo algo ilícito. Aunque, naturalmente, no era así. Bien podía estar persiguiendo una vaca extraviada.

El hombre que se apeó de la furgoneta era bajo y ancho, con pantalones viejos, camisa vieja y gafas gruesas, el aspecto de una persona que pasaba todo el tiempo a solas. Los demás peones habían mencionado que la señora McCullough estaba pagándole a alguien por escribir una historia del rancho. Nunca había conocido a un escritor, pero supuso que ese hombre tenía aspecto de serlo, tenía aspecto de no haberse lavado el pelo ni limpiado las gafas en mucho tiempo. Ulises se presentó.

—Me gusta venir aquí a comer —dijo el hombre. Parecía avergonzado de que le faltara el resuello—. Tiene la mejor vista de toda la propiedad, y además —señaló el arroyo— es agradable estar cerca del agua.

Después de estar un rato sentados charlando, Ulises preguntó:

—¿Qué fue de la gente que vivía aquí?

—Los mataron.

—¿Quién los mató?

—Los McCullough. ¿Quién si no?

62

LOS DIARIOS DE PETER McCULLOUGH

15 DE SEPTIEMBRE DE 1917

Noto que mi corazón se va aplacando. Un castigo peor incluso. Todas las esperanzas no cumplidas que colman mis años.

Pienso en el disparo recibido por mi hijo, lo cerca que estuvo de la muerte, como una excusa para otras muertes. Mis dos hijos en un cuartel, esperando a que los enviaran a ultramar. Esta casa nada más que un mausoleo. Ya solo en la historia documentada la estrella polar ha cambiado cuatro veces…, y aun así hay quien insiste en que perduraremos en esta tierra.

18 DE SEPTIEMBRE DE 1917

Salí a ayudar a los vaqueros con la reparación de las cercas tras la lluvia de anoche. En un arroyo, sobresaliendo de la ribera, encontré un hueso tan antiguo que se había convertido por completo en piedra; sonó igual que el acero cuando lo golpeé.

20 DE SEPTIEMBRE DE 1917

Ab Jefferson de la agencia Pinkerton vino hoy en persona. Fingió que era una visita de cortesía. Fuimos a dar un paseo en coche y me informó de que en Guadalajara hay tres posibles Marías García, todas recién llegadas. Me dio tres direcciones.

Tuve que parar el coche a la orilla del camino. Me dio unas palmadas en la espalda.

—Es uno de los nombres más comunes en México, Pete. Probablemente son campesinas.

—Es un comienzo —dije.

—¿Quieres que envíe a alguien?

—No. Escribí una carta a cada una, rogándoles que me permitan volver con ellas. He estado tumbado en el sofá todo el día. La sombra ya no se cierne sobre mí. Se ha retirado a un rincón.

63

ELI McCULLOUGH

La ternera subió durante cuatro años seguidos, pero en 1873, con el desplome de la economía, la mayoría recurrió a sacrificar los novillos por las pieles.

Yo no pensaba permitirlo. Para entonces tenía ciento dieciocho secciones en propiedad más otras setenta arrendadas. Conservaba el ganado. Nuestras pérdidas se reducían al mínimo porque abríamos fuego contra cualquier jinete a caballo que traspusiera nuestras cercas. Lo hacíamos de manera metódica.

A los que iban a pie les dejábamos pasar: no se puede decir que negara nunca a un hombre honrado el trabajo de su jornada. En Carrizo se sabía que cualquiera que no tuviera suficiente para alimentar a su familia podía quedarse con uno de mis terneros, siempre y cuando me dejara la piel. Solo con balas y muros se consigue tener vecinos honrados y una sola noche en mis pastos podía granjear a cualquier cuatrero el sueldo de un año, un año de mi vida. Si hubieran levantado una cerca a prueba de vacas entre nosotros y el río…

Aún se pueden encontrar en el chaparral muchas pistolas viejas. El hueso se pudre más rápido que el hierro. Lo hacíamos todo de manera metódica.

Madeline y los niños se habían mudado a una casa grande en Austin. Los niños tenían escuelas y tutores y yo hubiera preferido quemar el rancho a que se trasladaran allí, aunque Madeline había estado pidiendo una casa como es debido en el Nueces, para que pudiéramos vivir todos juntos. Lo fui posponiendo. No había escuelas. Y ella no habría visto con buenos ojos el tratamiento que dispensábamos a los que cruzaban nuestras cercas.

Un día me sobrevino un humor negro sin razón alguna, estaba furibundo como una serpiente y no soportaba que nadie me mirase. Me fui por mi cuenta. Supuse que era el calor.

A la mañana siguiente lo estaban gritando en las calles: Quanah Parker y los últimos comanches se habían rendido. Apenas quedaban mil sobre la faz de la tierra −el mismo número que había vivido en el poblado de Toshaway− y ahora todo Texas estaba a disposición del hombre blanco. Le dije a Madeline que necesitaba pasar un tiempo a solas, ensillé el caballo y me fui Colorado arriba. Cabalgaba sin parar, pero por lejos que llegara siempre había porquerizos y barqueros. Cabalgué hasta bien entrada la noche, cuando todo estuvo por fin en silencio. Subí a una cornisa e hice una hoguera y lancé aullidos a los lobos. Pero nadie contestó.

Que algo había hecho mal estaba claro. No era lo bastante necio para creer que podría haber salvado los ponis de los soldados de caballería del general Ranald Mackenzie, pero eso nunca se sabe con seguridad. Un solo hombre puede cambiar las cosas.

Pensé cómo podría haber regresado con los *nananananan* cuando empezó la guerra. Caí en la cuenta de repente de que habían pasado quince años desde entonces. No me lo podía creer; apenas era capaz de decir nada concreto que hubiera hecho. Me quedé allí sentado, mirando más allá del precipicio, dándole vueltas. No era que no quisiese a mi familia. Pero hay cosas que nadie puede darte.

Entonces se me hizo insoportable mirar el fuego; mandé la leña al río a patadas y vi como se apagaban las chispas. Luego regresé a casa. Llegué en plena madrugada negra, llené una lámpara y fui a mi despacho.

Saqué los libros mayores y los títulos de propiedad y los puse sobre la mesa. Depósitos, acciones del Pacific Express, una fundición en Pittsburgh, un aserradero en Beaumont. Me planteé lo abundantes que habían sido las lluvias y pensé en los pastos que acababa de arrendar y en todos los nuevos terneros que alimentaría la hierba verde. Me quedé sentado en la silla y pensé en todo eso. Empecé a sentirme más tranquilo.

64

J. A. McCULLOUGH

Más que dejarla, Ted había pedido que lo eximieran. Había sufrido una última revolución sanguínea y se había liado con una mujer a la que doblaba la edad. Jeannie se enfadó, se preocupó por él, por el provecho que podía ver en él aquella mujer, una maestra. Lo que no hizo más que ponerle furioso. Podrías haberme retenido, dijo él, podrías haberme retenido en cien o mil ocasiones distintas. Pero, naturalmente, no podría haberlo hecho. Ella no lo llevaba dentro.

Era verdad que estaba sola, que de vez en cuando le sobrevenía una necesidad física que no había sentido por él hacía décadas, pero sobre todo la embargaba la levedad. Se preguntaba qué le pasaba. Siempre había sido una persona que no necesitaba mucho afecto, no necesitaba mucho de los demás, pero eso suponía un inconveniente, claro: tampoco tenía gran cosa que ofrecer.

Su temor a que Ted fuera su último amante resultó ser ridículo. Había otros compañeros, hombres que podían tener, y que aún tenían, mujeres más jóvenes, pero aun así eran compañeros; había cosas que no podían compartir con las jóvenes, y sospechaba que, si bien nadie lo había reconocido ante ella, décadas de ser el menos atractivo de la pareja podían pasarles factura. Se preguntó lo que sería mirarte al espejo y verte, canoso, con la piel colgando, todo marchito y cubierto de innumerables manchas, al lado de un espécimen joven y perfecto de la raza humana.

No estaba segura. No había transigido. No había transigido y, de esa manera, se había librado. «Soy la última de mi estirpe

—pensaba—, la última la última la última…», pero incluso eso era una suerte de vanidad, no podía haber un último de nada, había incontables miles de millones aún por llegar.

Milton Bryce se quedó viudo, había habido otra oportunidad, lo conocía desde casi cincuenta años atrás, y hablaron de ello, cómo los dos podían formar una especie de asociación, se habían besado pero no se habían llegado a tocar de ningún otro modo; los dos tenían setenta y tantos años, era un buen hombre, pero no había ni un ápice de fuego en él. Era mejor estar sola. No era una solterona. Había cosas que no había hecho, tal vez se las había perdido, pero el Coronel tampoco se volvió a casar. Había una razón para ello.

Igual si hubiera enfermado habría cambiado de parecer. Pero ni siquiera entonces hubiera querido que se ocupara de ella un amante, ni siquiera después de dos décadas se había sentido cómoda yendo al retrete delante de Ted, no le había gustado lavarse los dientes en su presencia y cuando se levantaba de la cama siempre se ponía el camisón, no era pudor. Era sencillamente que si no te guardabas algo para ti, lo único que quedaba era comodidad.

Siempre había sospechado («sabido», pensaba) que quizá sobreviviera a Thomas. Había gente con la voluntad de sobrevivir, gente capaz de arrastrarse a través de un desierto, pero Thomas no era uno de esos.

A partir de cierto momento había empezado a pensar que su hijo saldría bien parado, llevaba con la misma pareja («amante —pensaba—, marido») más de una década, y entonces, de la noche a la mañana, su pareja se estaba muriendo y todos sabían lo que suponía eso para Thomas. No hacía de ella nada especial. Todas las historias acababan así. Y sin embargo, Jeannie tenía la sensación de haber alentado el destino de Thomas, de que al sospecharlo de alguna manera, al planteárselo, lo había evocado como por ensalmo desde el futuro, que era donde se suponía que debía seguir la muerte de un hijo.

Por lo que respecta al hombre con el que vivía Thomas —Richard—, ella nunca le había tenido mucho aprecio. No estaba seguro de sí mismo y lo compensaba. A Thomas y Susan les parecía desternillante, pero no lo era y lo aborreció al verlo en el hospital, «Has matado a mi hijo», eso fue lo único que le vino a la cabeza. Tenía que regresar a Midland por la mañana. «¿Cuándo volverás por aquí?», le preguntó Thomas. «Para el funeral», pensó ella. Richard la detestaba incluso en su lecho de muerte; ella le pagaba con la misma moneda. Pero había algo en el semblante de su hijo.

—De acuerdo —dijo—. Vendré mañana.

Intentaba librarse de unos terrenos en Spraberry dejándolos en manos de Walt y Amos Benson. Estos querían comprárselos a 16,26 dólares; ella aspiraba a 19. Era un precio elevado, pero las cosas se estaban moviendo.

—Ven al rancho —le dijeron—. Podemos ir a cazar codornices.

No había nada que le apeteciera más; los Benson eran viejos amigos, la esposa de Walt había fallecido un año atrás y siempre había habido una cierta chispa…, pero no podía. Tenía que volver a San Francisco. No quiso decirles por qué.

Así que regresó y pasó la noche en el hospital, mirando al hombre de cara chupada en la cama, consciente de que no tardaría en estar mirando a su hijo ahí mismo. No habían avisado a los padres del hombre. Se preguntó si debía averiguar quiénes eran y llamarles. Decidió que sí, que tenían derecho a saberlo, pero luego vaciló, y entonces se dio cuenta de que nunca le había dado tanto miedo nada, hizo un trato tras otro, su propia vida, todo su dinero, hablando con Dios la noche entera. Nada tenía la menor importancia. Perdería a su hijo. Por la mañana durmió dos horas en el Gulfstream y despertó en Midland para reunirse de nuevo con los Benson. Les dijo que Saddam Hussein iba a invadir Kuwait.

—¿Sobre eso se basa tu precio?

Estaba muy cansada para explicárselo.

—Cielo —le dijeron—, ¿qué te pasa?

Quería ir al rancho de los Benson, quería sentarse en su patio y beber vino con Walt, quería dejar de pensar en su hijo. En cambio, el chófer la llevó de regreso al aeropuerto.

Todo eso por dinero. Dinero que no necesitaba, dinero que su hija no necesitaba, dinero que su hijo no necesitaba. Nadie que conociera necesitaba dinero. Y sin embargo, por lo visto, ella estaba dispuesta a hacer cualquier cosa por él. Pasaba los días en Midland y las noches en San Francisco. Estaba loca. Accedió al precio de los Benson.

Walt volvió a invitarla al rancho. Se miraron largo rato, ahí estaba la oportunidad de ella, lo había rechazado años antes, él no lo intentaría de nuevo. En lugar de ello regresó a San Francisco, se alojó en el Fairmont y se quedó dos meses ayudando a Thomas a vaciar su apartamento, atormentándose con los horrendos cuadros de Richard. Y Thomas había vivido. Empezó a medicarse y eso lo salvó. Empezó a llamarla «madre» de nuevo; solo la llamaba Jeannie cuando estaba enfadado.

Sabía que otros la compadecían. Sabía que su vida parecía vacía, pero era lo contrario. No se podía vivir para uno mismo mientras se vivía también para los demás. Incluso ahí tendida era libre. No estaba en algún hospital donde te mantenían con vida cuando no tendrían que hacerlo, donde no tenías voz ni voto respecto de tu propio final.

Estaba otra vez en la sala enorme. Ahora la luz era cegadora, el sol caía directamente a través del tejado, los muebles ladeados, todo desordenado, pero le traía sin cuidado.

Había un aroma en el aire, calmante y dulzón, y lo reconoció: bálsamo de Gilead. Brotes de álamo de Virginia. ¿Estaban floreciendo? No alcanzaba a recordarlo. No alcanzaba a recordar el día ni el año. Hank y ella habían plantado una hilera de árboles jóvenes en torno al abrevadero, ahora eran enormes, un bosquecillo de álamos. Había dejado las cosas mejor de lo que las encontró. Recordó al Coronel frotándole la savia en los dedos, recordó cómo el olor perduraba el día entero, cada vez que te llevabas las manos a la cara, cada vez que tomabas un sorbo de agua, bebías ese aroma. El Coronel se lo enseñó a ella y ella se lo enseñó a Hank. Ahora la estaban esperando. Alcanzaba a sentirlo.

ULISES GARCÍA

Había oído su reactor y luego lo había visto aterrizar la víspera; era todo un espectáculo, un avión que parecía tener capacidad para treinta o más personas, tomando tierra para dejar a una sola. Era un Gulfstream. El mismo por el que tenían preferencia los narcotraficantes. Un coche fue a recogerla a la pista.

Incluso verla desde lejos le produjo una sensación de nerviosismo. Había trabajado todo el día, pero no había podido comer.

Luego vio que la llevaban en coche por el rancho, sentada en el asiento posterior de su Cadillac. Llevaba la barbilla en alto, contemplando todo lo que poseía. Cuando se acercaba la hora de cenar, Ulises se había propuesto pasar por delante de la casa, solo para atinar a verla, cuando reparó en una anciana sentada a solas en el inmenso porche, revisando unos documentos.

Se acercó a caballo y se llevó la mano al sombrero.

–Buenas tardes. Soy Ulises García.

Ella le miró. La molestó que la interrumpieran. Pero él sonrió y al final ella no pudo contenerse. Le devolvió la sonrisa y dijo:

–Hola, señor García.

No se le ocurrió nada más que decir, así que le deseó buenas noches y se alejó a lomos del caballo maldiciéndose.

Al día siguiente el avión seguía allí. El sol se estaba poniendo e iba de regreso a la casa de los dormitorios. Supuso que era ahora o nunca. Naturalmente, si ella lo rechazaba, tendría que marcharse. Era un buen trabajo, Bryan Colms le apreciaba, los demás peones le apreciaban, aunque pensaran que era un fantasmón.

Era un cobarde si no lo intentaba, claro. Después de cenar, se puso la camisa buena y metió sus documentos en una cartera de cuero pequeña que le había dado su abuelo.

LOS DIARIOS DE PETER McCULLOUGH

13 DE OCTUBRE DE 1917

Recibí dos telegramas de Guadalajara pidiéndome que fuera, pero ninguno es de la María auténtica. Hoy llegó una carta. Muy breve.

«Recibí tu nota. Guardo buenos recuerdos pero no veo manera de continuar.»

Espero hasta estar seguro de que Sally no está en casa, luego llamo a Ab Jefferson y le cuento lo que ha ocurrido.

—Podríamos traerla aquí sin problema —dice.

—¿Cómo?

—Ya lo hemos hecho alguna vez, señor McCullough.

Entonces lo entiendo.

—No —le digo—. Ni pensarlo.

No es un gran plan. Redacté una carta para Charlie y Glenn explicándoselo como mejor pude. No espero que me perdonen; sobre todo Charlie. Es tanto hijo del Coronel como mío. Mañana es domingo, así que tendré que esperar.

14 DE OCTUBRE DE 1917

Desperté esta mañana con una felicidad que no sentía desde que ella se marchó, que fue cediendo lentamente al sentimiento de siempre. No sabía que albergara tanto miedo en mí.

Si accede a verme no será lo mismo, entonces era una refugiada: seremos como viejos amigos que ya no tienen nada en común. Nuestros vínculos resultaron ser un espejismo. Mejor no verlo. Mejor aferrarme a algo que sé que es bueno.

15 DE OCTUBRE DE 1917

Anoche no dormí. Metí tres mudas de ropa y el revólver en la bolsa de viaje. Dentro de unos minutos cruzaré la puerta del rancho de los McCullough por última vez. De una manera u otra.

El banco de Carrizo no tendrá lo que necesito, así que voy a ir a San Antonio. Ronald Derry me conoce desde hace veinte años; no me pondrá pegas. A menos que sí me las ponga. Doscientos cincuenta mil dólares para terrenos petrolíferos en arriendo. «Terrenos petrolíferos en arriendo —diré—, ya sabes cómo son esos granjeros, solo quieren dinero contante y sonante».

Luego cruzaré la frontera. Naturalmente, el dinero no es mío. Si deciden llamar a mi padre...

No me hago ilusiones sobre mis posibilidades de llegar a Guadalajara con vida. Estoy en pleno uso de mis facultades. Este es mi testamento.

67

ELI McCULLOUGH

Con la rendición de los comanches, quedó abierta a la colonización un área del tamaño de los Antiguos Estados y todos los del este que poseían un barco ballenero o un hotel empezaron a imaginarse como magnates ganaderos.

Había franceses y escoceses, condes y duques con chaqués de faldón de puntas, yanquis emperifollados con la cara lustrosa igual que un espejo nuevo. Pagaban más de la cuenta por los terrenos, pagaban más de la cuenta por el ganado, pagaban más de la cuenta por los caballos, intentaban ponerse a la altura de los demás. Mientras tanto, los pastos del sur ya se estaban agotando; los ganaderos listos llevaban sus rebaños a Montana para que engordaran con la hierba que quedaba.

La mitad de los peones eran hombres de Harvard con calcetines de hilo de Escocia, pistolas encargadas por correo y arreos con adornos plateados recién salidos del yunque del guarnicionero. Habían venido al oeste para crecer con el país. Lo que significaba ver el final del mismo.

Dije que vendería para 1880. La parte de mí que seguía viva detestaba ver siquiera los terneros, detestaba estar pensando todos y cada uno de los instantes del día cómo me reportarían beneficios o me acarrearían pérdidas. El resto de mí no podía pensar en nada más. Cómo protegerlos, cómo obtener por ellos el mejor precio, y, cuando hubiera dejado de obtener beneficios con ellos, de qué otra manera obtenerlos. Estaba atrapado entre los cuernos de mi propia empresa, mi propia ruina, tenía más en cuenta a los animales que a mi propia mujer e hijos, ya no era distinto de Ellen Wilbarger con su láudano. Ella no lo necesitaba hasta que lo probó, pero poco después ya no veía otro camino.

Madeline creía que yo tenía algo con una señorita. Pensaba demasiado bien de mí. El problema era mucho más grave que cualquier chica.

Para entonces había hecho que se mudaran a San Antonio, pero aun así yo pasaba el tiempo en la brasada o en algún abrevadero polvoriento y Madeline no era mucho más feliz. Me dijo que construyera una casa como es debido en el Nueces o me atuviera a las consecuencias. Le contesté que solo me quedaban unos años; notaba que aquello me estaba haciendo algo.

—¿Cómo qué? —me preguntó.

Empecé a explicárselo, pero no fui capaz. El mismísimo Diablo me había inmovilizado la mandíbula.

Empezó a caminar de aquí para allá por la sala. Había trabado amistad con otras mujeres cuyos maridos estaban ausentes y había empezado a maquillarse; solo un poquito, pero me di cuenta. Los sirvientes estaban cumpliendo con sus tareas de sirvientes y los chicos estaban en el jardín.

—Detesto esta casa —dijo.

—Es una casa estupenda —señalé.

Era una casa grande y blanca al estilo español, tan grande como aquella en la que creció, con una buena vista del río. Costaba el sueldo de dos años, además de un pagaré por una cantidad considerable.

—Preferiría vivir en una choza.

—Nos iremos antes de lo que crees —dije.

—¿Por qué no ahora?

—Porque no.

—No tenemos que vivir en la casa más grande. Ni ahora ni nunca. Creo que me has tomado por mi hermana.

Sonrió pero yo quería mantener la seriedad.

—Tres años —le aseguré—. Pase lo que pase te juro que después no volveré a acercarme a una vaca.

—Eso es lo mismo que decir nunca jamás.

—No hay escuela.

—La construiremos. O contratamos a un maestro. O mantenemos esta casa y vamos y venimos y contratamos a un maestro la mitad del tiempo. —Levantó las manos—. Hay muchas maneras de hacerlo —dijo—. No estamos construyendo un ferrocarril precisamente.

—Bueno, construir un lugar y abandonarlo es tirar el dinero.

—El idiota que compre la tierra también comprará la casa. Mientras tanto, yo estoy aquí con tus hijos, que se pasan el día fingiendo que son tú cuando en realidad no te conocen.

—No es el lugar más adecuado —dije—. Eso seguro.

Pero ya había dejado de escucharme. La vi pensando.

—El senador va a volver a Washington —dijo. El senador era el nuevo marido de su madre—. Hay una bonita casa a la venta al lado de la suya. Que es adonde voy a llevar a los niños, a menos que me convenzas de lo contrario.

Me alejé de ella y me quedé delante de la ventana. La mejor parte de mí sabía que debería dejarla marchar pero no podía pronunciar las palabras. Fuera, Everett vestía mi vieja camisa de cuero. Lucía una pluma en el pelo y hablaba con los otros chicos. Llevaba tanto tiempo prometiéndole que le enseñaría a hacerse un arco que caí en la cuenta de que había dejado de pedírmelo. Pete y Phineas estaban tirando contra algo en el jardín; no tenían el fuego de un primogénito. También le había prometido a Everett que le dejaría cabalgar conmigo unos días durante la recogida de ganado. A decir verdad, me gustaba que los chicos fueran a la escuela. No había querido iniciarlos en la vida a la intemperie; muy pronto solo sería apta para los que la tenían como hobby o los inadaptados.

Madeline seguía hablando.

—O —decía—, puedes hacer que nos mudemos al Nueces.

Guardé silencio.

—Estupendo. Entonces, en septiembre.

—No es apenas tiempo suficiente ni para construir un refugio.

—Entonces, contrata el doble de hombres. O diez veces más. Me da igual. Pero dentro de tres meses los niños y yo no estaremos viviendo en esta casa.

En Abilene se abría una sastrería nueva cada semana, y, después de conducir el ganado, la mayoría de los peones vendían los caballos, compraban trajes y tomaban el tren de regreso a casa. Los que habían visto un espectáculo de Ned Buntline o Bill Cody alardeaban del incidente durante meses, como si los espectáculos fueran más reales que sus propias vidas. Los demás pasaban el invierno leyendo las crónicas de Bret Harte.

Las recogidas de ganado fueron haciéndose más breves. La compañía ferroviaria International and Great Northern estudió la posibilidad de que pasara una línea por nuestros pastos. La hierba estaba desapareciendo pero daba igual —los ferrocarriles atraían a granjeros y ganaderos, a la gente que quería vivir en pueblos—, la tierra que había comprado por veinticinco centavos valía cuarenta dólares el acre cuando construyeron.

De no ser por los niños, me habría ido a buscar oro al Klondike. La región se había echado a perder, igual que una mujer tras prostituirse para el ejército. Nunca había imaginado que pudiera llenarse. Nunca había imaginado que hubiera tanta gente en el mundo.

68

J. A. McCULLOUGH

Había entrado en el salón principal para ver a su padre sentado delante de la chimenea. No reparó en ella, que se quedó entre las sombras; él estaba sentado en un sillón que había acercado al hogar de piedra, leyendo una libreta encuadernada en cuero. Cuando terminaba una página, la arrancaba, se inclinaba hacia delante y la echaba a las llamas. Había otras tres libretas –por lo visto eran una especie de diarios– en el suelo a su lado. Al cabo, se acercó a él.

–¿Qué haces? –preguntó.

Sudaba y estaba más pálido que nunca. Durante un rato no dijo nada.

–Tu abuelo era un embustero –dijo por fin.

Parecía que iba a romper a llorar y luego se quedó ahí sentado y a ella le vino a la cabeza el padre de su amiga del colegio, al que también había visto delante del fuego llorando, y se preguntó si sería algo habitual en los padres.

Se recompuso.

–Debería trabajar un poco. –Se levantó, cogió las cuatro libretas y las tiró entre los leños que ardían. Luego la besó en la cabeza–. Buenas noches, cariño.

Cuando estuvo segura de que se había ido, cogió el hurgón y sacó los diarios. Las llamas no los habían tocado apenas.

No se los había enseñado a sus hermanos, ni a nadie más. Había sabido lo que cabía esperar. Había sabido que era la única en cuyas manos estarían seguros.

Jonas se había estado portando de una manera rara todo el día; después de clase, en vez de ir a los pastos a reunirse con su padre, se había ido a su cuarto. Jeannie lo observó durante la cena, le pasaba algo, probablemente la gripe. Apenas probó la comida.

Retiraron los platos y Paul y Clint se fueron a la biblioteca a jugar a cartas. Ella salió al porche de su habitación a leer y levantó la mirada hacia la oscuridad y vio una figura que iba colina abajo en dirección a los establos. Llevaba los hombros encorvados y la cabeza gacha como si estuviera avergonzado y supo de inmediato que era Jonas.

Ni siquiera después hubiera sabido decir por qué le siguió. Fue a los establos y se sentó en la oscuridad, mirando. Se encendió una luz. Se preguntó si su hermano había quedado con una chica; se preguntó quién sería la chica. Pero luego él empezó a sacar a los caballos hacia los pastos, propinándoles manotazos para que se pusieran en marcha.

Se acercó más y miró por las grietas entre las tablas, en plena noche oscura, mientras él arrastraba balas de heno y las amontonaba bajo el henil. Cuando estuvo satisfecho con el montón que había levantado, sacó una garrafa de queroseno y la vertió sobre el heno.

—¿Qué haces? —le preguntó ella.

Abrió la puerta. Él la miraba, y salió a la luz.

—Jeannie —dijo. Parecía acongojado.

—¿Qué haces? —repitió.

—Es la única manera de que me deje marchar.

Ella no lo había entendido.

—Papá —dijo él. Se encogió de hombros—. Pensé que ya vería lo que pasaba cuando yo empezara a costarle dinero de verdad. Esa siempre ha sido la manera de llegarle al corazón. Puedes chivarte de mí si quieres, me da igual.

—No me chivaré —replicó.

—Entonces vuelve a mirar las casillas para asegurarnos de que no me he dejado ningún caballo. Ahora mismo no tengo la cabeza en su sitio.

Jeannie recorrió el establo, comprobando todas las casillas.

Había hecho una antorcha con un palo y una camisa vieja y ella vio por la puerta cómo la empapaba en queroseno y la encendía. Luego tiró la antorcha al montón de heno. Hubo un estrépito y luego todo se iluminó. Salió y cerró la puerta a su espalda. Se quedaron sentados en la ladera y vieron cómo empezaba a asomar la luz por todas las grietas del edificio, como si estuviera saliendo un pequeño sol en su interior. El humo empezó a brotar a raudales hacia la noche y su hermano se puso en pie y la abrazó contra él y luego la cogió de la mano y regresaron caminando en silencio colina arriba hacia la casa de su padre.

69

ULISES GARCÍA

Se había afeitado y llevaba el pelo húmedo y peinado con esmero. Vestía camisa y pantalones recién lavados. La camisa era nueva, igual que los pantalones; las botas las llevaba lustrosas. Tenía la cartera de cuero con todas las partidas de nacimiento, y el viejo revólver Colt de su bisabuelo, que ya no funcionaba pero llevaba claramente grabado el nombre de «P. McCullough».

Rodeó el porche, buscándola, y vio unas puertas de cristal abiertas.

Se acercó y allí estaba, sentada en un sillón, leyendo.

Ella le reconoció.

—Debes de estar buscando a Dolores.

—No —dijo él.

—Me gusta tener el fuego encendido cuando vengo —comentó—. Aunque tenga que dejar la puerta abierta para que no haga calor.

—Parece agradable.

Ella esperó a que dijera algo más.

—Trabajo para usted.

—Lo recuerdo.

Pasó largo rato antes de que Ulises pudiera decir nada. Se notaba mareado.

—Soy el bisnieto de Peter McCullough —dijo—. Quería trabajar para usted porque…

No pudo decir el resto; quedaría como un loco.

El rostro de ella no dejó traslucir nada.

De su cartera de cuero, que también había limpiado y engrasado antes de ir, sacó las cartas y los documentos. Entró unos pasos en la sala y se lo dio todo, luego retrocedió. Miró en torno mientras ella leía. La sala era enorme, treinta metros por cuarenta, calculó. Los techos eran de diez metros de altura, una construcción de vigas igual que una vieja iglesia. La sala en sí podría haber abarcado tres de las casas en las que había crecido, y empezó a pensar en la casa de los Arroyo.

Ella leyó las primeras páginas, pero luego siguió hojeando los documentos más aprisa de lo que podía leerlos.

—Somos parientes —repitió él.

Sus ojos no revelaron nada, pero él se dio cuenta de que empezaban a temblarle las manos.

—Me temo que voy a tener que pedirte que te vayas —dijo ella.

Ulises señaló de nuevo los papeles.

—Te vas a ir de esta casa ahora mismo —dijo ella—. El señor Colms te dará tu cheque.

Estaba a punto de decirle algo más pero ella no prestaba atención ya. Como si no estuviera allí, se levantó del sillón con aire despreocupado, se acercó a una mesita de mármol y levantó el auricular del teléfono.

Marcó y sus miradas se cruzaron.

—Soy la señora McCullough. Hay un hombre en mi casa que no quiere marcharse. Sí, está aquí mismo ahora, en la sala conmigo.

Le dirigió un gesto con la cabeza y movió la mano para que se marchase. Él notó que su cuerpo empezaba a moverse, hacia la puerta.

—¿Que cómo se llama? Martínez o algo así.

Él tuvo la sensación de que le habían echado encima un cubo de agua caliente. Avanzó unos pasos para recuperar los documentos, pero ella malinterpretó sus intenciones, retrocedió demasiado aprisa y tropezó con sus propios pies; Ulises alargó los brazos para cogerla pero ella se retorció para zafarse y cayó delante del hogar. Su cabeza hizo un ruido contra la chimenea de piedra. El teléfono se le cayó de la mano. Oyó que alguien hablaba desde el otro extremo.

—¿Señora McCullough? —Estaba susurrando.

Ella no contestó. Los párpados le temblaban, pero no estaban cerrados del todo ni abiertos del todo.

—No la he tocado —le dijo Ulises.

Ella guardó silencio. No se movió, tenía los ojos abiertos pero no fijaba la vista en nada y Ulises supo que se iba a morir.

Recogió los documentos y los metió en la cartera, miró alrededor para ver si había olvidado algo y luego se dirigió hacia la puerta. La había matado. No tocándola, sino meramente por existir.

Salió pero a lo lejos vio una de las furgonetas del rancho que coronaba la colina y volvió a entrar. Naturalmente, lo encontrarían, lo descubrirían, tenían los medios para hacerlo. No la había tocado. «Eres un mexicano en la casa de una anciana rica —pensó—. Les traerá sin cuidado si la tocaste o no.»

Esperó a que la furgoneta pasara de largo y deambuló por la casa, buscando otra salida; vaya casa era, las alfombras tan mullidas que sus pies no hacía el menor ruido, obras de arte y estatuas por todas partes, luz tenue, era como una casa de película. Procuró quitarse todo eso de la cabeza y entró en la cocina; al otro lado había una puerta que daba afuera.

Tenía la boca seca. Se acercó al fregadero y bebió del grifo, no la había tocado. «Te matarán —pensó—. No les importará.» Eso era evidente.

El agua le estaba sentando bien. El corazón empezó a latirle más despacio. Se pasó la mano por la camisa para enjugar unas gotas, pensó en las distintas maneras de explicarse, pero nadie le creería, ni él mismo se hubiera creído.

Luego no estaba seguro de cómo se le ocurrió esa solución, pero le vino a la cabeza así de rápido: había una estufa de gas inmensa y la apartó de la pared. El gas procedía de la propiedad, eso era lo que decían todos los peones, directamente de la tierra bajo sus pies. Cogió la herramienta multiusos que llevaba al cinto, metió la mano debajo de la estufa y desenroscó el conducto de cobre.

Una vez en el porche, cerró la puerta a su espalda con sigilo. Todo en torno la tierra se extendía bajo el crepúsculo, no había nada a la vista que no fuera propiedad de los McCullough.

Se planteó robar una furgoneta pero de esa manera tendría que seguir a pie cuando llegase a la frontera. Alcanzó a ver las luces de la casita del ama de llaves, de la casa de Bryan Colms, de la casa de dormitorios; echó a andar hacia el establo privado de los McCullough, rezando para que no hubiera nadie, pero no había ningún vehículo, y cuando llegó al establo dejó las luces apagadas.

Había estado dentro en otras ocasiones para limpiar las casillas y sabía qué animal quería. La embridó, le echó una manta encima y la ensilló a toda prisa. Bryan Colms insistía en llamarla rucia, pero era blanca, claro.

Luego la sacó del establo, la llevó colina abajo, lejos de la casa, y le hincó las espuelas. Los estribos eran cortos.

No había llegado muy lejos cuando resonó el estrépito más grande que había oído en su vida. El caballo tomó el bocado entre los dientes, pero a Ulises le trajo sin cuidado, siempre y cuando se dirigiera hacia el río. Se arriesgó a echar un vistazo a su espalda; había una nube de polvo todo en torno a la casa, aunque seguía en pie. Luego asomaron destellos y vio las llamas. Unos kilómetros después volvió la mirada y la luz se había propagado de punta a punta del horizonte.

Cuando llegó al río tiró de las riendas para mirar en torno. El cielo era enorme. Las luces de América, que habían ocultado las estrellas, se habían desvanecido. Las piernas se le empezaban a agarrotar y también notaba calambres en el abdomen y la espalda. «Eres un caballo fuerte», dijo. Le dio un beso en el cuello.

Luego descendieron por la ribera. Era fácil cruzar, el río era poco profundo; ya ni siquiera era un río.

¿Qué había dicho el historiador? Diecinueve o veinte personas. Había pasado por la casa del hombre y este le había enseñado la fotografía que hicieron a los Rangers y los vecinos del pueblo posando con los cadáveres de su familia.

—¿Quiénes son? —le preguntó—. ¿Quién es cada cual en la foto?

El historiador se había encogido de hombros.

—Nadie lo sabe. Nadie sabe el aspecto que tenía ninguno de los García.

Los blancos estaban al sol, sus rostros claros, mientras que las caras de los hombres tumbados en el suelo podían haber estado moldeadas en arcilla. El historiador volvió a encogerse de hombros y le enseñó otras fotos, la cabaña del Coronel McCullough, vaqueros muertos mucho tiempo atrás, caballos y coches antiguos. Para él, la fotografía de los García muertos no significaba más que esas otras cosas.

Ulises no había podido dejar de pensar en ello, era como descubrir un cáncer en tu propio cuerpo, la idea de los tíos y tías, tíos abuelos y tías abuelas, una familia enorme, aniquilada. Siguió cabalgando. Pero, naturalmente, él tenía sangre de ambos bandos a partes iguales. No era una víctima. La mitad de su familia había matado a la otra mitad. Llevaba ambas cosas dentro.

Los americanos… Dejó que sus pensamientos discurrieran sin rumbo fijo. Creían que simplemente porque habían robado algo, no había que permitir que nadie se lo robase a ellos. Pero eso era lo que pensaba todo el mundo, claro: que aquello que habían arrebatado, fuera lo que fuese, tenían que poder conservarlo para siempre.

Él no era mejor. Los suyos habían arrebatado la tierra a los indios, y sin embargo, no dedicó a pensar en eso ni un instante; solo pensaba en los texanos que se la habían robado a los suyos. Y los indios a quienes habían arrebatado la tierra los suyos, se la arrebataron a su vez a otros indios.

Su padre había acudido a esa mujer para pedirle ayuda y esa mujer lo rechazó. Su abuela había ido y también fue rechazada. Y ahora él también había sido rechazado. Sin embargo, esa misma mujer había donado veinte millones de dólares a un museo. Millones para los muertos, para los vivos nada, eran las personas como ella quienes acababan mandando. Tenía que recordar esas cosas. Seguía siendo joven. Lo recordaría.

Entretanto, volvería con su abuelo, y luego, pensó, iría a Ciudad de México, donde no había problemas con los cárteles. Negocios, política, no sabía qué, pero era tal como sospechaba, los días en que ibas con la cabeza alta porque eras un hombre, porque habías atrapado a lazo un águila, esos días habían terminado. Los americanos, por lo visto, lo habían sabido.

Recorrería unos cuantos kilómetros más y se detendría a hacer noche. Después…, no lo sabía. Pero sería alguien. Nadie olvidaría su nombre.

70

J.A. McCULLOUGH

Había visto entrar a ese muchacho, García; lo había reconocido desde la otra punta de la sala. Había sabido desde el mismo momento en que habló que decía la verdad.

Ya no cabía dentro de sí misma. Toda la vida había sabido que se iría cabalgando hacia la oscuridad, pero ahora la tierra era más verde de lo que nunca había sido, el sol lo iluminaba todo, había estado equivocada, veía a sus hermanos muy por delante de ella. Eran jóvenes, y decidió darles alcance.

71

PETER McCULLOUGH

Tras cuatro días al volante de su coche llegó a Guadalajara. Se detuvo delante de la casa de ella, una pequeña estructura de adobe con pintura amarilla medio desconchada y un jardín bien cuidado.

Esa noche, después de que ella se hubiera dormido, se puso los pantalones y la camisa y salió a comprobar que el coche seguía allí. Estaba oscuro y reinaba el silencio; la mayor parte de las luces del vecindario estaban apagadas. Le había sorprendido que tanta gente tuviera electricidad.

Se preguntó si había robado el dinero porque era un cobarde, porque le preocupaba cambiar de parecer. Llegó a la conclusión de que daba igual. Volvió dentro para despertarla. Cargaron el coche y se marcharon hacia la oscuridad.

Durante un tiempo se mudaban cada pocas semanas, alojándose en hoteles bajo nombres distintos. En el sur todo estaba más tranquilo y tuvieron un hijo en Mérida y otro cerca de Oaxaca, pero cuando terminó la guerra a él empezó a preocuparle que los encontraran, y en 1920, después de que Carranza fuera depuesto, se trasladaron a Ciudad de México.

Había un gobierno nuevo y la ciudad estaba rebosante. Había banqueros e industriales, exiliados y artistas, músicos y anarquistas; había catedrales y mercados cada vez más grandes y vistosas pulquerías, se pintaban murales por todas partes, los tranvías atravesaban la noche. Los automóviles se disputaban la calzada con burros y jinetes y viandantes descalzos. Supuso que todo aquello lo volvería loco. No fue así. Subía a la azotea de su edificio de apartamentos y contemplaba la calle; no había visto tanta gente en su vida.

—No te gustan las ciudades —comentó ella.

—Es mejor para los niños.

No era solo eso. Estaba perdiendo la memoria; Pedro y Lourdes García parecían increíblemente jóvenes, igual que su madre y su padre; apenas atinaba a recordar su propia infancia; apenas atinaba recordar el año anterior. Si había alguien observando desde los rincones oscuros, no se dio cuenta nunca. Todas las noches después de ponerse el sol iba a contemplar la calle y apoyaba las manos en la piedra tibia, un millón de vidas pasando justo a sus pies, millones más aún por llegar, eran todos igual que él, eran todos libres, todos caerían en el olvido.

72

ELI McCULLOUGH

1881

Me había dicho que vendería para 1880. Las lluvias fueron buenas, las reses sobreprimadas me habían reportado 14,50 dólares y, luego, un magnate alemán que quería ganado para un rancho en Kansas me prometió diez dólares por los primales que tuviera en primavera. Los peones vendieron sus caballos y tomaron el tren de regreso a casa, pero yo envié un cable a Madeline para decirle que me demoraría. Le había construido la casa en el Nueces pero para entonces ella había dejado de esperar que yo regresara a casa en absoluto.

Cabalgué dando un rodeo, pasando por nuestros antiguos cazaderos. Ahuyenté a las vacas de nuestro campamento en el Canadian, donde los cornejos habían crecido rectos y altos, más allá de donde alcanzaba el brazo de un hombre. Busqué durante días, pero no encontré las tumbas de Toshaway, Flor de la Pradera ni Ave Solitaria. La tierra había quedado reducida a roca y los árboles se habían talado para hacer leña.

Por lo que a la tumba de mi hermano respecta, unas veces he tenido la seguridad de que los indios nos llevaron por la ruta del cañón Yellow House, y otras veces he estado igual de seguro de que era el Blanco, o Tule o el Palo Duro. Cabalgué toda la longitud del Llano, siguiendo la falda de las montañas, con la esperanza de que saltara la chispa, de que percibiera el lugar cuando lo encontrase. No hubo nada de eso.

Al llegar a casa me encontré a todos mis hombres esperándome en la galería.

—¿No tenéis nada mejor que hacer? —dije.

Entonces vi la casa.

—¿Qué eran todos esos disparos? —indagué.

No contestó nadie.

—¿Quién disparó?

Los habían enterrado debajo de un álamo de Virginia en una colina desde la que se veía la casa. Tenía unas buenas vistas. Madeline, Everett y un peón llamado Fairbanks.

Madeline había recibido un disparo en el jardín y Everet había caído al intentar meterla a rastras en casa y los tres peones supervivientes, dos de los cuales también murieron, habían hecho retroceder a los bandidos. Lo único que se sabía era que se trataba de renegados indios. Nadie sabía cuáles.

—¿Les cortaron la cabellera?

Sullivan me siguió colina arriba. Tenía sentido común para las cosas. Cogí una pala y me puse a cavar y cuando olimos los gases de la tumba y Sullivan vio que no pensaba detenerme, me sujetó contra la tierra. «Seis libras de cebada por un denario, pero no dañes el aceite ni el vino.» A mi esposa y mi hijo no les habían cortado la cabellera, y ni Peter ni Phineas habían sufrido un solo rasguño.

El ejército pensó que los autores habían sido un grupo de renegados comanches. Los habían seguido hasta México pero no cruzaron el río. Sullivan me llevó a donde habían estado los indios en el corral. Eran lipanes. La punta de un mocasín apache es mucho más ancha que la de uno comanche, que es ahusada, y los ribetes son más cortos y se arrastran menos. Los apaches tienen los pies más grandes. Y las flechas tenían cuatro acanaladuras.

Había veintitrés peones y todos se dispusieron a cabalgar. El mayor tenía veintiocho años, el más joven, dieciséis, y perseguir a un grupo de indios... Habían creído que aquellos tiempos habían pasado para siempre. Si tenías la oportunidad de remontarte en la historia, de librar las grandes batallas de tus antepasados... Sus caras resplandecientes eran dignas de verse.

El grupo de lipanes se dividió siete veces sobre terreno pedregoso y el rastro ya tenía varias semanas, pero si alguna vez creí en el Creador fue por esa razón: había llovido antes del ataque de los lipanes y luego el suelo se había secado, dejando sus huellas tan fijadas en la tierra como las marcas de las bestias ancestrales. Doce jinetes; las huellas de los ponis sin herrar llevaban directas a la orilla del agua.

No aminoramos el paso cuando llegamos al río. En Coahuila la pista se interrumpía; era terreno duro y árido. No me bajé del caballo. Consulté el libro de la tierra: yo era Toshaway, era Pizon, era los propios lipanes, temeroso de detenerme para mirar a mi espalda, consciente de que había matado donde no debía y sin embargo, los ponis que me había llevado salvarían a mi tribu un año más.

Los otros no vieron nada. Un hombre afligido a lomos de un caballo pálido. Me seguían por pura fe.

Al anochecer estábamos en la cima de una colina desde la que alcanzábamos a ver a los últimos de la tribu lipán. Habían vivido en ese país quinientos años. Esperamos hasta que sus hogueras se hubieron consumido.

Dinamitamos los tipis y matamos a los indios cuando huían. Un guerrero magnífico, con un cuchillo de caza como única arma, cargó entonando su cántico de la muerte. Un hombre ciego disparó un mosquete y su hija se abalanzó delante, sabiendo que el arma estaba vacía; se volvió hacia nosotros y la acribillamos también. Eran los últimos de una nación, mujeres, tullidos y ancianos, nuestras armas tan calientes que disparaban por voluntad propia, habíamos envuelto el guardamanos del rifle con el pañuelo y aún así a todos se nos quedó la mano marcada a fuego.

Cuando hubimos terminado con las personas, matamos a todos los perros y caballos que quedaban con vida. Le arrebaté al jefe la vejiga que tenía como petaca para el tabaco; estaba curtida y adornada con cuentas. En su escudo, embutido entre las capas de pellejo, estaba *Decadencia y caída del imperio romano* de Gibbon.

Cuando salió el sol, descubrimos a un chico de nueve años. Lo dejamos como testigo. A mediodía llegamos al río y vimos que el chico nos había seguido con su arco: durante treinta kilómetros había aguantado el ritmo de hombres a caballo; durante treinta kilómetros había estado precipitándose hacia su muerte.

Un niño así valdría por un millar de hombres hoy en día. Lo dejamos a la orilla del río. Que yo sepa, aún me está buscando.

AGRADECIMIENTOS

Gracias a mi editor, Dan Halpern, otro artista que entiende de qué va el asunto. También a Suzanne Baboneau. A mis agentes, Eric Simonoff y Peter Straus. Libby Edelson y Lee Boudreaux.

Estoy agradecido a las siguientes organizaciones por su generoso respaldo: el Dobie Paisano Fellowship Program, Guggenheim Foundation, Ucross Foundation, Lannan Foundation y la Noah and Alexis Foundation.

Mientras que todos los errores recaen sobre el autor, las siguientes personas fueron inestimables gracias a sus conocimientos: Don Graham, Michael Adams, Tracy Yett, Jim Magnuson, Tyson Midkiff, Tom y Karen Reynolds (y Debbie Dewees), Raymond Plank, Roger Plank, Patricia Dean Boswell McCall, Mary Ralph Lowe, Richard Butler, Kinley Coyan, «Diego» McGreevy y Lee Shipman, Wes Phillips, Sarah y Hugh Fitzsimons, Tink Pinkard, Bill Marple, Heather y Martin Kohout, Tom y Marsha Caven, Andy Wilkinson, todos los del James A. Michener Center for Writers, André Bernard, por estar dispuesto a escuchar, Ralph Grossman, Kyle Defoor, Alexandra Seifert, Jay Seifert, Whitney Seifert y Melinda Seifert. Asimismo, tengo una deuda de gratitud con Jimmy Arterberry de la Comanche Nation Historic Preservation Office, Juanita Pahdopony y Gene Pekah del Comanche Nation College, Willie Pekah, Harry Mithlo y el Comanche Language and Cultural Preservation Committee, aunque eso no implica en modo alguno que respalden este material. Se calcula que los comanches perdieron un 98 por ciento de su población a mediados del siglo XIX.

R.I.P. Dan McCall